In gleicher Aufmachung erscheinen in der Reihe
HEYNE SCIENCE FICTION & FANTASY
herausgegeben von Wolfgang Jeschke:

Das Science Fiction Jahr # 1 (1986) · 06/4260
Das Science Fiction Jahr # 2 (1987) · 06/4371
Das Science Fiction Jahr # 3 (1988) · 06/4464
Das Science Fiction Jahr # 4 (1989) · 06/4550
Das Science Fiction Jahr # 5 (1990) · 06/4640

DAS SCIENCE FICTION JAHR

5

Ein Jahrbuch für den
Science Fiction Leser

AUSGABE 1990

Herausgegeben
von
Wolfgang Jeschke

WILHELM HEYNE VERLAG · MÜNCHEN

HEYNE SCIENCE FICTION & FANTASY
Band 06/4640

Redaktion: Wolfgang Jeschke

Umschlagbild: Salvador Dali
Printed in Germany 1989
Umschlaggestaltung: Atelier Ingrid Schütz, München
Satz: Schaber, Wels
Druck und Bindung: Ebner Ulm

ISBN 3-453-03905-X

DAS SCIENCE FICTION JAHR #5

INHALT

EDITORIAL **9**

AUTOREN

Ein Nachruf auf Reinmar Cunis
— von Michael K. Iwoleit **69**

Die Geburt der Tragödie aus dem Geiste der Nation:
Überlegungen zu Hans Dominik
— von Klaus W. Pietrek **83**

Stanisław Lem, Philosoph und Kriminalromanschriftsteller
— von Dieter Hasselblatt **280**

INTERVIEWS

Ein Gespräch mit Terry Pratchett
— von Paul Kincaid **111**

Ein Gespräch mit Doris Lessing
— von Usch Kiausch **127**

Ein Gespräch mit Michaela Roessner
— von Usch Kiausch **131**

Ein Gespräch mit Tom Maddox
— von Usch Kiausch **213**

Ein Gespräch mit David Brin
— von Wendy Graham **220**

Ein Gespräch mit Ray Harryhausen
— von Joachim F. Müller **451**

Ein Gespräch mit Darko Suvin
— von Horst Pukallus **264**

SZENE

Die deutsche SF-Szene 1988/89
— von Hermann Urbanek **13**

DAS SCIENCE FICTION JAHR # 5

INHALT

SF-Neuerscheinungen in der DDR **63**

Winfried Petri zum 75. Geburtstag
— von Jörg Pfleiderer **73**

Nicht den Lesernachwuchs vergessen!
— von Jörg Weigand **78**

Die britische SF-Szene 1988/89
— von Hermann Urbanek **100**

Die französische SF geht in die Provinz
— von Jörg Weigand **133**

Die amerikanische SF-Szene 1988/89
— von Hermann Urbanek **143**

Preise — Preise — Preise **510**

ÜBER SCIENCE FICTION

Wiedersehen mit dem Cyberpunk
— von Norman Spinrad **190**

Philip K. Dick und die SF der Neunzigerjahre
— von Michael K. Iwoleit **235**

Der »Neue Mensch« — ein »Termitenstaat findiger Tiere«?
— von Linus Hauser **495**

HÖRSPIEL

Science Fiction-Hörspiel 1988/89
— von Ute Bauer, Sascha Mamczak, Thomas Tilsner und Horst Tröster **395**

FILM

Die Nummern des Jahres
— von Norbert Stresau **290**

DAS SCIENCE FICTION JAHR #5

INHALT

Perspektiven des SF-Films — am Beispiel von Ridley Scotts »Blade Runner« und Terry Gilliams »Brazil« — von Michael K. Iwoleit **357**

Dark Knight in Gotham City Batman — der Film — von Ute Thiemann **445**

COMIC

Like a Bat out of Hell ... Batman wird fünfzig — von Heiko Langhans **429**

MULTIMEDIA

Kybernetische Dörfer: Die »Ars Electronica« wird zehn Jahre alt — als Mediendorf — von Günther Luxbacher **385**

Lautlos im Weltraum? — SF und Musik — von Willmar Plewka **463**

SPECULATION

Vergangenheit wird Zukunft — von Peter Schattschneider **487**

BÜCHER

Edwin A. Abbott, »Flächenland. Ein mehrdimensionaler Roman«, von Detlef Hedderich / Brian W. Aldiss, »Barfuß im Kopf«, von Michael K. Iwoleit und Horst Pukallus / Karl Michael Armer und Michael Nagula (Hrsg.), »Zärtlich war die Zukunft«, von Thomas Roth / Margaret Atwood, »Der Report der Magd«, von Walter Udo Everlien / Iain M. Banks, »Bedenke Phlebas«, von Colin Greenland / Greg Bear, »Blutmusik«, von Colin Greenland / Greg Bear, »Äon«, von Rachel Pollack / Ray Bradbury, »Zen in der Kunst des Schreibens«, von Wolfgang Pollanz / David Brin, »Gordons Berufung«,

DAS SCIENCE FICTION JAHR #5

INHALT

von Scott Bradfield / Italo Calvino, »Cosmicomics«, von Michael K. Iwoleit / Jonathan Carroll, »Die panische Hand«, von Detlef Hedderich / Wolfram Eicke, »Koma Koma«, von Thomas Roth / Raymond Federman, »Die Nacht zum 21. Jahrhundert oder aus dem Leben eines alten Mannes«, von Michael Nagula / Herbert W. Franke, »Hiobs Stern«, von Michael Nagula und Horst Pukallus / William Gibson, »Cyberspace«, von Gregory Feeley / William Gibson, »Biochips«, von John Clute / Martin Grzimek, »Die Beschattung«, von Wolfgang Pollanz / Frank Herbert & Brian Herbert, »Mann zweier Welten«, von Brian Stableford / James P. Hogan, »Unternehmen Proteus«, von Walter Udo Everlien / Shirley Jackson, »Wir haben schon immer im Schloß gelebt«, von Frank Duwald / Wolfgang Jeschke (Hrsg.), »Wassermans Roboter«, von Walter Udo Everlien / Barry Longyear, »Sie kommen aus Schenectady«, von Detlef Hedderich / George R. R. Martin, »Armageddon Rock«, von John Dean / Michael Nagula (Hrsg.), »Solange es Leben gibt«, von Detlef Hedderich / Walker Percy, »Das Thanatos-Syndrom«, von Wolfgang Pollanz / Tim Powers, »Die Tore zu Anubis Reich«, von Walter Udo Everlien und John Dean / Tim Powers, »In fremderen Gezeiten«, von Carsten Kuhr / Terry Pratchett, »Das Licht der Phantasie« und »Das Erbe des Zauberers«, von Carsten Kuhr / Christopher Priest, »Der schöne Schein«, von Walter Udo Everlien / Pamela Sargent & Ian Watson (Hrsg.), »Das unentdeckte Land. Geschichten über das Leben nach dem Tod«, von Walter Udo Everlien / Paul Scheerbart, »Der Kaiser von Utopia und Das graue Tuch und zehn Prozent Weiß«, von Michael Nagula / Lucius Shepard, »Das Leben im Krieg«, von Detlef Hedderich / Lucius Shepard, »Grüne Augen«, von Colin Greenland / Robert Silverberg, »Zigeunerstern«, von Ian Watson / Thea von Harbou, »Frau im Mond«, von Michael Nagula / Jörg Weigand (Hrsg.), »Die anderen sind wir«, von Michael Nagula / Bruce Sterling, »Schismatrix«, von Stephen O'Kane / Kate Wilhelm, »Somerset träumt«, von Charlotte von Isenburg / Gene Wolfe, »Soldat des Nebels«, von Gregory Feeley / Timothy Zahn, »Die Blackcollar-Elite« und »Die Backlash-Mission«, von Detlef Hedderich und Hilde Linnert **516 ff.**

BIBLIOGRAFIE

Phantastische Literatur im Heyne-Taschenbuch 1989
— von Werner Bauer **699**

EDITORIAL

Lieber Leser,

ein Jubiläum ist zu feiern!

Seit 30 Jahren gibt es Science Fiction bei Heyne. Mit dem Heyne-Taschenbuch Nr. 39 fing es an. Sein Titel: »Die Triffids«, sein Autor: der Engländer John Wyndham. Viele folgten, Autoren aus aller Welt, hauptsächlich den USA, aber auch Europa, Osteuropa, ja sogar Syrien, Indien und Japan mit Tausenden von Romanen und Erzählungen verteilt auf inzwischen mehr als 1600 Titel. Als ich (damals zusammen mit Herbert W. Franke) 1973 die Herausgeberschaft übernahm, hatte es die Reihe unter der Ägide von Günter Schelwokat schon auf 370 Titel gebracht. Clifford D. Simaks »Die letzte Idylle« war sozusagen die Übergabemarke. Die Titelflut schwoll weiter und weiter; über 1200 Neuerschei-

nungen in 16 Jahren. Die Auflagen und die Umsätze wechselten, waren Moden unterworfen, waren schon besser, aber auch schlechter. Wie es derzeit aussieht, weist Hermann Urbanek in vertrauter Akribie mit seinem Taschenrechner nach. Tatsache ist, daß die Startauflagen bei SF noch vor zehn Jahren bei 18000 Exemplaren lagen. Sie sind auf 12000 (Romane) und 10000 (Anthologien, Collections) durchgesackt. (Das SF-JAHR hält den Negativ-Rekord: 8000 — das macht diesen Spaß so teuer.) Die Umsätze konnten sich halten, im letzten Jahr sogar steigern — dank der Tatsache, daß die amerikanischen SF- und vor allem Fantasy-Autoren mit Hilfe ihrer fabelhaften Textverarbeitungsanlagen immer größere Texte zu überblicken und zu liefern in der Lage sind, wenn auch der getretene Quark ... aber lassen wir das, er mundet auch dem deutschen Leser — je länger je lieber. Der Umfang des Buches und sein hoher Preis schrekken den SF- und Fantasy-Käufer nicht ab, im Gegenteil, das ist nachweisbar. Mehr Buch fürs Geld — da wird zugegriffen (freilich nicht bei Anthologien — leider, obwohl in der kurzen Erzählform, wie schon immer in der SF, die Juwelen zu finden sind). Die Angst, die Bücher könnten für das meist jugendliche Publikum unerschwinglich werden, läßt sich den Verlegern nur schwer ausreden, obwohl die Lagerbewegungsstatistiken das Gegenteil beweisen. (Hier glaubt man dem Computer nicht; Vorurteile pflegen tiefer zu sitzen.) Freilich: das Plot muß stimmen, aber es ist ersichtlich, daß neben den »Dauerbrennern« Star Trek, Alan Dean Foster, Anne McCaffrey, Philip José Farmer und wie sie alle heißen, mehr und mehr umfängliche Bände (Greg Bear, C. J. Cherryh, Stephen B. Donaldson, James P. Hogan) unter den monatlichen Nachdrucken zu finden sind.

Die Auflagen entwickeln sich unterschiedlich. Während die SF seit 2 Jahren in leichtem Aufwind ist, fällt die Fantasy zurück, so daß sich insgesamt eine gleichbleibende Tendenz ergibt. Wo bleibt bei uns der große Boom, der seit einem halben Jahrzehnt in den USA und Großbritannien wütet? Moment! Gemach! Sehen Sie sich die Statistiken genau an. Dort wird Horror (zu Recht) mit zur phantastischen Literatur gerechnet, der hierzulande fast ausschließlich in den sog. Allgemeinen Reihen erscheint. Mit Stephen King würde meine Lagerbewegungsstatistik (zwischen 8000 und 10 000 Nachbestellungen pro Monat bei den Spitzentiteln) dieser Reihe völlig anders aussehen, und erst der Umsatz! Nur unterm Strich …? — also, ich bin froh, daß diese millionenschweren Mode-Matadoren in der Allgemeinen Reihe erscheinen, dort läßt sich noch ein erkleckliches Umsatzplus rausquetschen, dort finden sie durch die breiteren und verästelteren Vertriebskanäle mehr Leser, eben solche, die mit Fantasy und erst recht mit Science Fiction normalerweise nichts anfangen können. (Für eine Gänsehaut reicht's allemal.)

Zum Schluß ein Hinweis in eigener Sache: Ich habe versucht, den Rezensionsteil ein bißchen durchzulüften. Wer einen Blick in den bundesdeutschen Semiprofi- und Fanblätterhain wirft, macht die betrübliche Feststellung, daß die Ergüsse oft sehr gestelzt, lehrerhaft, zuweilen ungeschickt und alleweil absolut humorlos, ja nicht selten grämlich oder sogar gallig daherkommen. Die Engländer machen so etwas ganz anders: Nicht, daß sie alle gut wären, sie sind sogar sehr unterschiedlich im Niveau, aber sie sind allesamt lockerer, einfallsreicher und humorvoller, nehmen sich selbst und die Autoren und deren Bücher, über die sie referieren, nicht gar so bierernst. Mir gefielen seit jeher die Rezensionen in der englischen SF-Zeitschrift »Foundation« besonders gut. Ich habe — trotz der Tatsache, daß viele Bücher, die ich für diese Reihe ausgewählt und herausgegeben habe, schlecht wegkommen — weder die Mühe (der Korrespondenz mit Herausgeber und Autoren) noch die Kosten (der komplizierten Honorarabrechnung) gescheut, um ein paar dieser Rezensionen hier vorzustellen, in der Hoffnung, daß auch meine Mitarbeiter sie sich zum Beispiel nehmen.

Übrigens ist es einer jener merkwürdigen Zufälle, daß ein Bild von Dali das Cover des Jahrbuchs ziert, das im Jahr seines Todes erscheint. Ich hatte es vor Jahren für eine Anthologie erworben, die dann aber nicht zustande kam, und *mich Anfang dieses Jahres entschlossen, das Motiv für dieses Buch zu verwenden, lang bevor die Meldung von Dalis Tod durch die Presse ging. So soll es nachträglich an einen einzigartigen Künstler und an sein phantastisches Werk erinnern, dem die Science Fiction und ihre Autoren (darunter nicht nur Sladek: »Laß die Giraffe brennen!«) sehr viel verdanken.*

Viel Spaß beim Lesen und Durchblättern

Ihr W. Jeschke

SZENE

Die deutsche SF-Szene 1988/89

von Hermann Urbanek

1. VORBEMERKUNGEN

Seit sich Mitte der 80er Jahre der bis dahin anhaltende Boom auf dem Gebiet der Science Fiction und Fantasy im speziellen und der phantastischen Literatur im allgemeinen abgeflacht hatte und die negativen Trends erstmals ihre deutlich spürbaren Auswirkungen gezeigt hatten, war die Talfahrt des Genres 1987 in unverminderter Stärke weitergegangen. Im Gegensatz zu ersten Schätzungen und Prognosen hat sie sich aber 1988 nicht fortgesetzt, sondern es fand eine Konsolidierung auf einem etwas höheren Level als noch 1987 statt. Doch diese Konsolidierung wird leider nicht von langer Dauer sein, denn den bislang vorliegenden Informationen zufolge wird sich die Talfahrt 1989 wieder fortsetzen und für 1990 ist gegenwärtig noch überhaupt keine Vorschau möglich. Bei den Büchern — einschließlich der Paperbacks —, wo es bei der Zahl der veröffentlichten Genre-Titel (einschließlich von Thrillern mit SF-Touch) in den letzten Jahren ständig bergauf ging, kommt 1989 der große Einbruch. So, wie es jetzt aussieht, werden 1989 in etwa ebensoviele Hardcover mit Fantasy-, SF- oder Horror-Elementen veröffentlicht werden wie 1986. Offenbar haben die negativen Trends, die bei den Taschenbüchern relativ rasch Auswirkungen auf den Markt gehabt haben, bei den Buchverlagen erst mit Verspätung eingesetzt. Tatsache aber ist, daß es das bereits für 1988 erwartete schlechtere Jahresergebnis bei den Büchern jetzt 1989 geben wird. Und da die Großverlage reduzieren, bleibt es für das Endergebnis ohne Bedeutung, daß Kleinverlage wie DACHS oder CORIAN verstärkt Titel mit phantastischem Inhalt veröffentlichen. Bei den Taschenbuchverlagen ist die Situation uneinheitlich. Verlage wie HEYNE, BASTEI und GOLDMANN werden 1989 in etwa wieder so ähnlich abschneiden wie 1988, und die kleinen Schwankungen bei den TB-Verlagen, die nur sporadisch Genre-Literatur veröffentlichen, werden sich in etwa ausgleichen und keine große Auswirkung auf das Taschenbuch-Ergebnis haben. Stark auswirken aber werden sich auf das Jahresergebnis 1989 die Einstellung der Reihe ULLSTEIN SF, die neuerliche gewaltige Reduktion der MOEWIG SF und die etwas geringere bei der BIBLIOTHEK DER PHANTASTISCHEN ABENTEUER vor ihrer endgültigen Einstellung im Herbst. Unter dem Strich wird also auch beim Taschenbuch das Ergebnis 1989 viel schlechter aussehen als noch 1988. Insgesamt betrachtet wird die Zahl der Publikationen 1989 beträchtlich unter der des Jahres 1987 liegen. Daher werden auch künftig die Taschenbuchverlage bei der Programmgestaltung auf Nummer Sicher gehen und großen Namen den Vorzug vor talentierten, aber unbekannten Newcomern geben. Ausnahmen — vor allem bei HEYNE, aber auch bei BASTEI — bestätigen die Regel nur noch. Die Situation der deutschen bzw. deutschsprachigen Autoren hat sich im letzten Jahr ebensowenig geändert wie die ihrer nicht-angloamerikanischen Kollegen. Sie haben nach wie vor kaum Chancen zur Veröffentlichung, und wenn, dann zumeist nur im Bereich der Kurzgeschichte oder Erzählung. Auch hier zählen in der Regel nur bekannte Namen, und obwohl schon etliche deutsche Autoren erfolgreiche Bücher verfaßt haben, wie Thomas R. P. Mielke, Reinmar Cunis, Andreas Brandhorst, Horst Pukallus oder Harald Braem, so gibt es doch nur einen, der einen großen Bekanntheitsgrad errungen hat und dem es wirklich gelungen ist, die Ressentiments, die in der Regel deutschsprachigen SF- und Fantasy-Autoren entgegengebracht wird, zu überwinden: Wolfgang Hohlbein. In Wolfgang Jeschkes internationalen Anthologien sind erfreulicherweise immer wieder deutsche Autoren vertreten und hin und wieder gelingt es auch Jörg Weigand, eine Anthologie deutscher SF bei einem Verlag unterzubringen, aber das alles ist natürlich sehr wenig und für die deutschen Autoren frustrierend. Aber ohne einen neuen SF-Boom wird sich die Situation der deutschen SF leider nicht ändern. Die Science Fiction konnte ihr Tief überwinden und ihre Führungsrolle ausbauen. Der Horror-Roman legte erwartungsgemäß zu, und es sieht ganz so aus, als wäre hier die Marktsättigung noch lange nicht erreicht. Schwere Einbußen hingegen mußte die Fantasy hinnehmen, sie liegt aber nach wie vor auf Rang 2. Die Phantastik klassischen und modernen Zuschnitts hingegen konnte gewaltig zulegen und sich aus ihrem Mauerblümchendasein befreien. Es sieht ganz so aus, als wäre die Gesundschrumpfung des Marktes bzw. dessen Bereinigung im Jahre 1989 abgeschlossen und der Tiefststand erreicht. Von den marktführenden Verlagen kommt beinahe unisono die Mitteilung, daß die Verkaufszahlen der einzelnen Bücher wieder ansteigen, so daß von diesem Aspekt her betrachtet eine positive Entwicklung begonnen hat, die den erhofften Aufschwung des Genres vielleicht schon 1990 auslöst.

2. DAS JAHR 1988 — EINE RETROSPEKTIVE

Wie schon eingangs erwähnt war 1988 für die phantastische Literatur kein besonders schlechtes Jahr, wenn es auch einige wenig erfreuliche Ereignisse gab. Im Herbst 1988 wurde die traditionsreiche Reihe ULLSTEIN SF eingestellt, in der zuletzt immerhin 20 Titel im Jahr erschienen waren. Und MOEWIG reduzierte seine SF-Reihe im Oktober auf einen Titel pro Monat. Dafür startete GOLDMANN im November die Horror-Reihe GOLDMANN SCHOCK und FISCHER die Reihe FISCHER LOGO, in der bisweilen SF-Texte herausgebracht werden. Die Zahl der veröffentlichten Titel ist kräftig gestiegen, und zwar um nicht weniger als 11,1 %. Die Einstellung bei ULLSTEIN, die Reduzierung bei MOEWIG und die neuen Reihen bei FISCHER und GOLDMANN fanden so spät im Jahr statt, daß sie sich gegenseitig fast aufhoben und daher kaum einen Einfluß auf das Ergebnis hatten. Die Anzahl der Romane erhöhte sich überdurchschnittlich stark, Storysammlungen und Anthologien blieben fast gleich, während die Zahl der Sammelbände drastisch reduziert wurde. Während die Steigerung bei den Taschenbüchern relativ bescheiden ausfiel, wurde das Bild, das die Phantastische Literatur als Ganzes bot, durch eine unerwartete Steigerung bei der Genre-Literatur in gebundener Form gewaltig verbessert; die Zahl der Hardcover stieg wieder um knapp 32 %.

Wie sich die einzelnen Genres aufgegliedert haben, wie sie sich in deutsche Erst- bzw. Originalveröffentlichungen und Nachdrucke bzw. Neuausgaben aufsplitteten, wie die einzelnen Taschenbuchverlage abgeschnitten haben und in welcher Relation die Ergebnisse des Jahres 1988 zu denen von 1987 stehen, ist den folgenden Statistiken zu entnehmen. Berücksichtigt wurden dabei alle bekanntgewordenen Publikationen des Jahres 1988 in gebundener Form, im Taschenbuch und als Paperback. Bei den Hardcovern wurde aber im Gegensatz zum Taschenbuch (etwaige in diversen SF- und Fantasy-Reihen mitlaufende Spezialtitel wie Spielebücher, Sekundärwerke, SF-Jahrbuch und Essaysammlungen sind in dieser Sparte unter DIVERSES gelistet) auf die Auflistung aller nicht literaturspezifischen Titel verzichtet. Bei der Kategorisierung der einzelnen Titel wurde die von den Verlagen selbst gewählte Genre-Zuordnung übernommen, sofern sie vorlag und sich nicht im Widerspruch zum Inhalt befand. Unter NACHDRUCK sind alle Titel zugeordnet, die zuvor schon in deutscher Sprache erschienen sind, sei es als Buch, Heft oder Taschenbuch, wobei nicht nach Übersetzung differenziert wurde. Als SAMMELBÄNDE wurden Zusammenfassungen mehrerer Romane zwischen zwei Buchdeckeln oder im Schuber bezeichnet, wie »Mathemagie« von L. S. de Camp & Fletcher Pratt, »Raven — Die Schwertkämpferin« von Richard Kirk oder die HEYNE-Dreifachbände. Enthielt einer dieser Sammelbände einen Roman, der zuvor bei uns noch nicht veröffentlicht worden war, so wurde er als NEUERSCHEINUNG gereiht.

Den vorliegenden Unterlagen zufolge sind im Jahre 1988 insgesamt 658 einschlägige Titel im Taschenbuch, als Paperback und in gebundener Form veröffentlicht worden, das sind exakt 66 Titel mehr als 1987. Den Löwenanteil nahmen naturgemäß wieder die Taschenbücher ein, die im deutschen Sprachraum dominierende Publikationsform, denen die bei uns zahlenmäßig nicht bedeutenden Paperbacks, die in TB-Verlagen erscheinen, zugerechnet wurden, und zwar mit 500 Titeln. Als Hardcover erschienen 158 Titel, 38 mehr als im Vorjahr und rund ein Viertel des Gesamtausstoßes. Den überwiegenden Anteil der Publikationen machten mit knapp drei Vierteln die ROMANE aus, von denen es 1988 um 78 mehr gab als 1987, auf Rang zwei konnte sich die STORYSAMMLUNG plazieren, dann folgten die ANTHOLOGIEN und SAMMELBÄNDE. Und 435 NEUERSCHEINUNGEN (1987: 383) standen 223 NACHDRUCKE (1987: 209) gegenüber. Nähere Details sind den folgenden Statistiken und Grafiken zu entnehmen.

Tabelle 1: *Aufschlüsselung nach Publikationsform*

	Roman	%	Antho	%	Storysammlung	%
TB	365	73,0	47	9,4	53	10,6
Buch	119	75,3	6	0,3	27	17,1
Summe	484	73,6	53	8,0	80	12,2

	Sammelband	%	Diverses	%	Summe	%
TB	15	3,0	20	4,0	500	76,0
Buch	4	0,2	2	0,1	158	24,0
Summe	19	2,9	22	3,3	658	100,0

Tabelle 2a: *Vergleich nach Publikationsform/Anzahl der Titel*

	Roman			Antho			Storysammlung		
	87	88	%	87	88	%	87	88	%
TB	320	365	+14,1	48	47	− 2,1	62	53	−14,5
Buch	86	119	+38,4	2	6	+200,0	20	27	+35,0
Gesamt	406	484	+19,2	50	53	+ 6,0	82	80	− 2,4

	Sammelband			Diverses			Summe		
	87	88	%	87	88	%	87	88	%
TB	28	15	−46,4	14	20	+42,8	472	500	+ 5,9
Buch	7	4	−42,9	5	2	−60,0	120	158	+31,7
Gesamt	35	19	−45,7	19	22	+15,8	592	658	+11,1

Tabelle 2b: *Aufschlüsselung nach Publikationsform und Marktanteil*

	Roman %			Antho %			Storysammlung %		
	86	87	88	86	87	88	86	87	88
TB	60,2	54,1	55,5	7,3	8,1	7,1	7,9	10,5	8,1
Buch	10,7	14,5	18,1	0,7	0,3	0,9	1,2	3,4	4,1
Gesamt	70,9	68,6	73,6	8,0	8,4	8,0	9,1	13,9	12,2

	Sammelband %			Diverses %			Summe %		
	86	87	88	86	87	88	86	87	88
TB	8,6	4,7	2,3	2,6	2,4	3,0	86,7	79,7	76,0
Buch	0,4	1,2	0,6	0,3	0,8	0,3	13,3	20,3	24,0
Gesamt	9,0	5,9	2,9	3,0	3,2	3,3			

Tabelle 3: *Aufschlüsselung nach Genrezugehörigkeit*

	TB	%	Buch	%	Summe	%
SF NEU	165	25,1	61	9,3	226	34,4
SF NACHDRUCK	89	13,5	12	1,8	101	15,3
SF GESAMT	254	38,6	73	11,1	327	49,7
HORROR NEU	50	7,6	18	2,7	68	10,3
HORROR NACHDRUCK	12	1,8	3	0,5	15	2,3
HORROR GESAMT	62	9,4	21	3,2	83	12,6
FANTASY NEU	67	10,2	35	5,3	102	15,5
FANTASY NACHDRUCK	51	7,7	9	1,4	60	9,1
FANTASY GESAMT	118	17,9	44	6,7	162	24,6
PHANTASTIK NEU	13	2,0	11	1,7	24	3,6
PHANTASTIK NACHDRUCK	33	5,0	7	1,1	40	6,1
PHANTASTIK GESAMT	46	7,0	18	2,7	64	9,7
DIVERSE NEU	13	2,0	2	0,3	15	2,3
DIVERSE NACHDRUCK	7	1,1	—	—	7	1,1
DIVERSE GESAMT	20	3,1	2	0,3	22	3,4
SUMME TOTAL	500	76,0	158	24,0	658	100,0

(Kleinere Differenzen hinter dem Komma ergeben sich durch das notwendige Auf- und Abrunden, haben aber keinen nennenswerten Einfluß auf die Aussagekraft)

Tabelle 4: *Vergleich nach Genrezugehörigkeit*

	Taschenbuch			Buch			Summe		
	1987	1988	%	1987	1988	%	1987	1988	%
SF NEU	136	165	+21,3	37	61	+64,9	173	226	+30,6
SF NACHDRUCK	105	89	−15,2	14	12	−14,3	119	101	−15,1
SF GESAMT	241	254	+5,6	51	73	+43,3	292	327	+12,0
HORROR NEU	37	50	+35,1	7	18	+157,1	44	68	+54,4
HORROR NACHDRUCK	10	12	+20,0	8	3	−62,5	18	15	−16,7
HORROR GESAMT	47	62	+31,9	15	21	+40,0	62	83	+33,9
FANTASY NEU	95	67	−29,5	34	35	+2,9	129	102	−20,9
FANTASY NACHDRUCK	45	51	+13,3	5	9	+80,0	50	60	+20,0
FANTASY GESAMT	140	118	−15,3	39	44	+12,8	179	162	−9,5
PHANTASTIK NEU	9	13	+44,4	10	11	+10,0	19	24	+26,3
PHANTASTIK NACHDRUCK	21	33	+57,1	—	7	—	21	40	+90,5
PHANTASTIK GESAMT	30	46	+53,3	10	18	+80,0	40	64	+60,0
DIVERSE NEU	13	13	0,0	5	2	−60,0	18	15	−16,7
DIVERSE NACHDRUCK	1	7	+600,0	—	—	—	1	7	+600,0
DIVERSE GESAMT	14	20	+42,8	5	2	−60,0	19	22	+15,8
SUMME TOTAL	472	500	+5,9	120	158	+31,7	592	658	+11,1

Tabelle 5: *Aufschlüsselung der Taschenbücher nach Verlagen*

Verlag	Anzahl 1988	Marktanteil %	Anzahl 1987	Marktanteil %	Differenz Anzahl %
Heyne Verlag	128	25,6	128	27,2	—
Bastei Verlag	108	21,6	88	18,7	+ 22,7
Goldmann Verlag	55	11,0	51	10,8	+ 7,8
Moewig Verlag	53	10,6	83	17,6	− 36,1
Ullstein Verlag	29	5,8	25	5,3	+ 16,0
Knaur Verlag	25	5,0	13	2,8	+ 92,3
Fischer Verlag	25	5,0	28	6,0	− 10,7
Suhrkamp Verlag	23	4,6	17	3,6	+ 35,3
dtv	21	4,2	10	2,1	+210,0
Rowohlt Verlag/rororo	14	2,8	7	1,5	+100,0
Insel Verlag	4	0,8	—	—	—
Luchterhand Verlag	4	0,8	7	1,5	− 42,9
Ravensburger Verlag	3	0,6	6	1,1	− 50,0
Beltz & Gelberg Verlag	2	0,4	2	0,4	—
Corian Verlag	2	0,4	3	0,6	— 33,3
Pelikan Verlag	2	0,4	—	—	—
Diogenes Verlag/detebe	1	0,2	3	0,6	−200,0
Piper Verlag/Serie Piper	1	0,2	1	0,2	—
Gesamtsumme TBs	500	100,0	472	100,0	+ 5,9

Eine Besonderheit stellt in dieser Liste der CORIAN VERLAG dar, da er hier mit den Publikationen der Taschenbuchverlage mit aufgelistet ist und nicht wie die Paperbacks der Buchverlage dort einbezogen wurde. Das hat historische Gründe, da Corian immer schon hier eingereiht wurde. Weil es nur sehr schwer möglich ist, dies nachträglich — und damit notwendigerweise auch rückwirkend — zu ändern, und die Vergleiche und Relationen davon unberührt bleiben, wurden die Paperbacks dieses Verlages bei den TASCHENBÜCHERN belassen.

Die folgenden Grafiken zeigen die Entwicklung des Genres in den einzelnen Bereichen und nach Publikationsform.

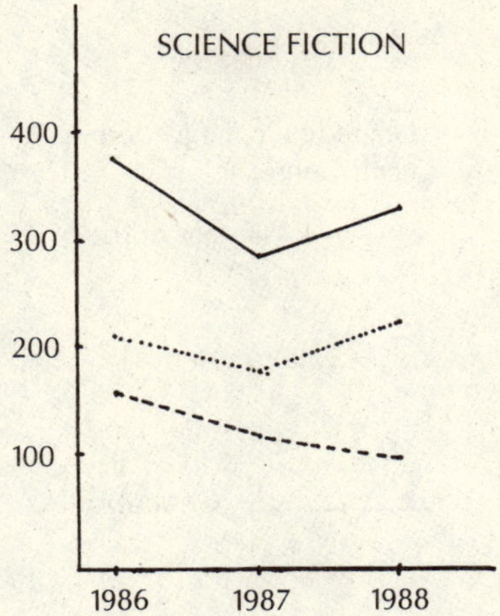

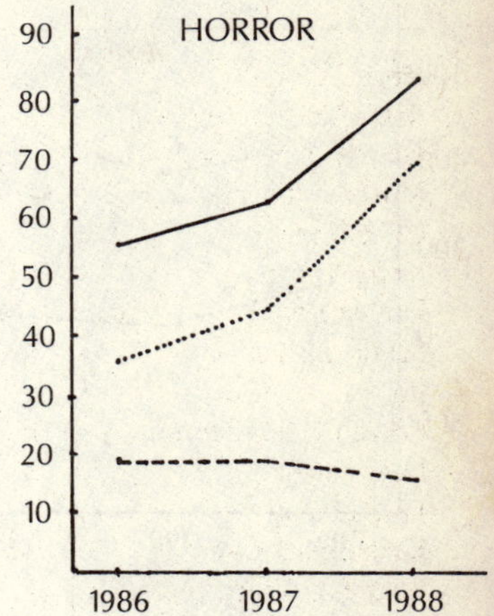

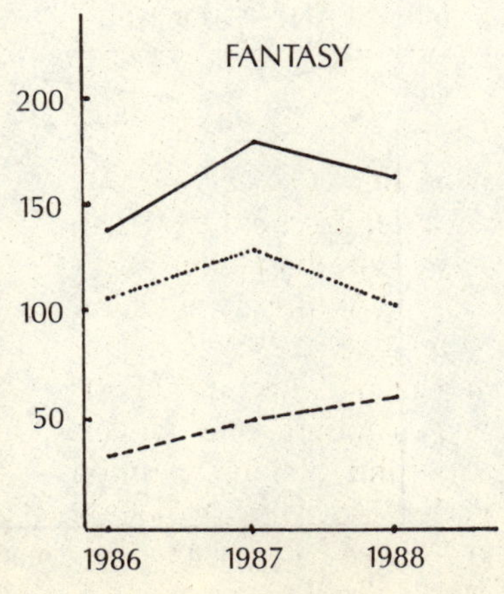

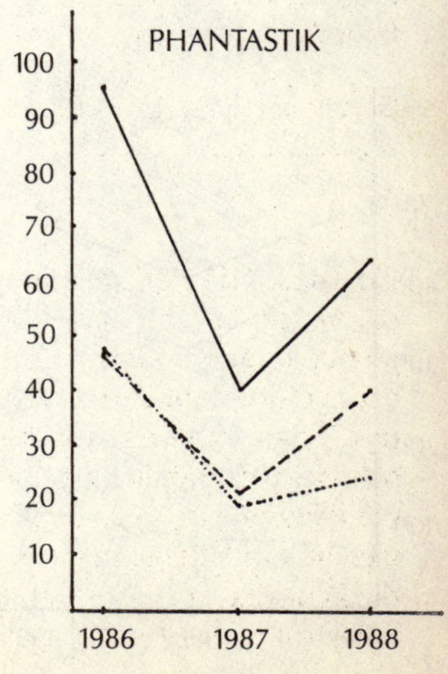

PHANTASTISCHE LITERATUR GESAMT

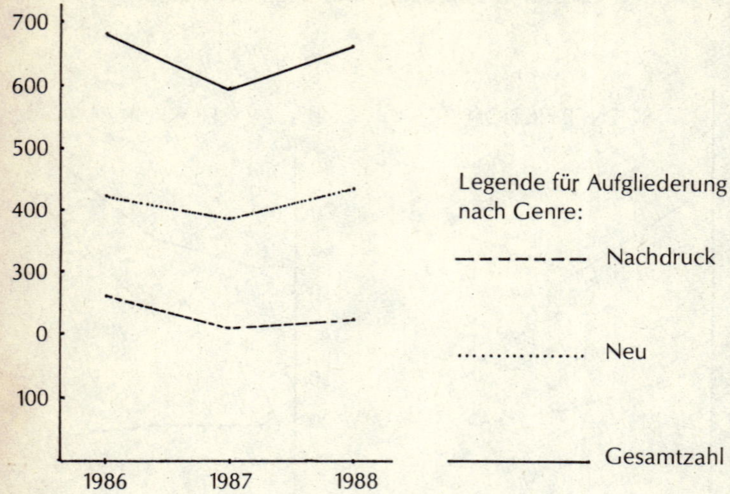

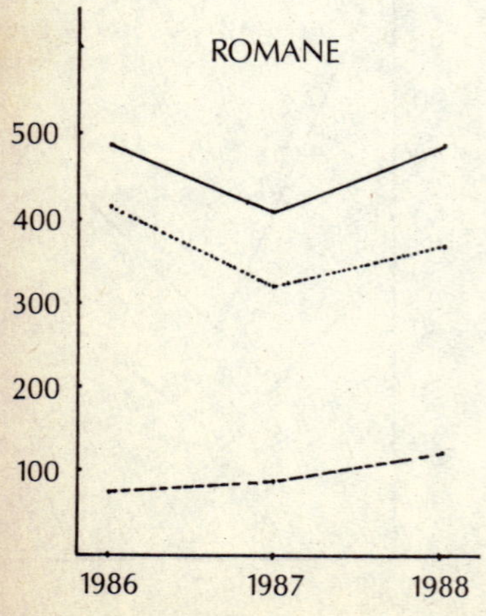

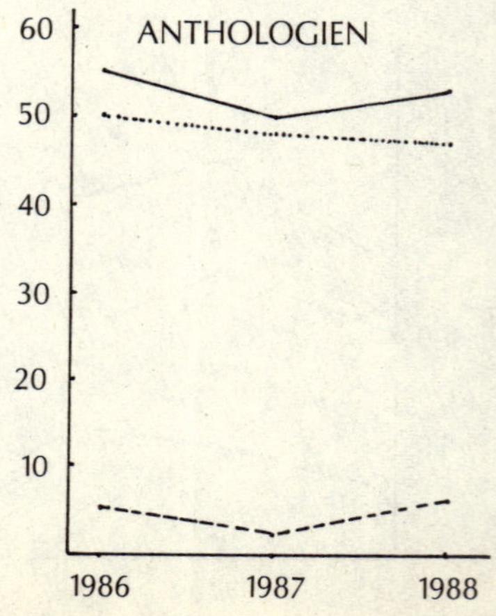

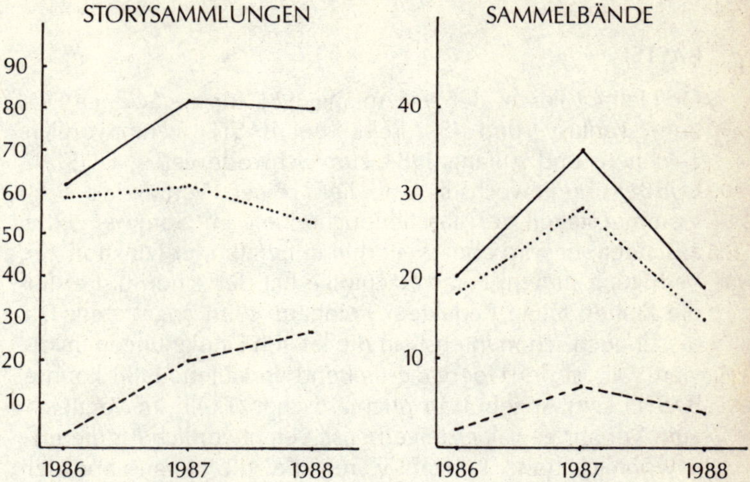

Legende für die Aufgliederung nach Publikationsform

- - - - - - - - - - Hardcover

· · · · · · · · · · · · · · · Taschenbuch

———————— Gesamtveröffentlichungen

3. FACTS UND TRENDS AUS DEN TASCHENBUCHVERLAGEN

BASTEI

Dr. Helmut Pesch, der seit Anfang 1986 für die Science Fiction-, Fantasy- und 13er-Reihe bei BASTEI verantwortlich zeichnete und Anfang 1984 zum Schwesterverlag GUSTAV LÜBBE übergewechselt war, ließ seinen Vertrag als Programmgestalter der Taschenbuchreihen im Sommer 1989 auslaufen, er wird aber weiterhin in beratender Funktion zur Verfügung stehen. Seine Nachfolge hat der schon bisher für die Reihen tätige Redakteur Reinhard Rohn angetreten. Da dieser auch schon intensiv in die letzten Einplanungen involviert war, ist der Übergang fließend verlaufen. 1988 konnte BASTEI sein Angebot an phantastischen Titeln im Vergleich zum Vorjahr gewaltig steigern. Mit verantwortlich für die ungewöhnlich hohe Titelzahl waren u. a. die Herausgabe der futuristischen Jugendbuchserie MASK, eine Steigerung bei den in der 13er-Reihe erscheinenden Thrillern mit SF-Elementen und Sonderpublikationen zum 25-Jahr-Jubiläum des Verlages. Die Situation der deutschen Autoren bei BASTEI hat sich leicht gebessert. Neben Jason Dark (alias Helmut Rellergerd) mit seiner Horror-Taschenbuch-Serie um den Geisterjäger JOHN SINCLAIR, von der bereits über 100 Bände veröffentlicht wurden, und Wolfgang Hohlbein mit dem neuen HEXER-Roman »Auf der Spur des Hexers« und dem ersten Band der neuen SF-Abenteuer-Serie um die Raumpilotin CHARITY, erschien mit »Götterkrieg« das dritte Taschenbuch von Rolf Michael zu seiner Fantasy-Serie STRASSE DER GÖTTER und die von Jörg Weigand zusammengestellte Anthologie deutscher SF mit dem Titel »Die Anderen sind wir«. Die 13er-Reihe erfreut sich nach wie vor großer Beliebtheit und viele interessante Titel erscheinen dort. Zu den Höhepunkten in dieser Edition zählten 1989 zwei neue Reißer von Jon Land, dem Spezialisten für Katastrophen-Thriller mit SF-Elementen, mit den Titeln »Der Alabaster-Agent« und »Der Alpha-Verrat«, der Psycho-Thriller »Satans

Frau« von Dan Greenberg, »Der Hauch des Drachen« von Peter Straub, »Das letzte Gefecht« von Stephen King, die Horror-Collection »Alptraumland«, hrsg. von Jason Dark, und das Buch zum Film »Ghostbusters II« von Ed Naha. Für die ersten Monate des Jahres 1990 sind »Byzanz ist überall« von Michael Moorcock, der SF-Roman »Doktor Shapirows Gehirn« von Isaac Asimov und »Tallis im Mythenwald« von Robert Holdstock, die Fortsetzung seines mit dem WORLD FANTASY AWARD ausgezeichneten Romans »Mythenwald« eingeplant. Aus dem Programm genommen wurde »Der letzte Tag in Jerusalem« von Naomi Mitchinson.

In der Reihe FANTASY, in der seit November 1988 alternierend ein bzw. zwei Titel pro Monat erscheinen, wurde die Anthologieserie um die DIEBESWELT mit dem 9. Band, »Sturm über Freistatt«, vorerst beendet. Begründet wurde diese Entscheidung damit, daß es die immer komplexer werdende Handlung neuen Lesern unmöglich mache, mit einem späteren Band in die Handlung einzusteigen und daß die mittlerweile vorliegenden amerikanischen Vorlagen vom Niveau her nicht mehr an die Anfangsbände heranreichen. Weitergeführt wurden Piers Anthonys XANTH-Zyklus mit »Helden-Maus«, Orson Scott Cards Zyklus um ALVIN MAKER mit »Der rote Prophet« und der fünfbändige Zyklus DAS MALLEORAN mit »Der König von Murgos« von David Eddings. Neu gestartet wurde eine humorvolle Trilogie um den gegen Magie allergischen Zauberer EBENEZUM von Craig Shaw Gardner. Daneben erschien noch die Taschenbuchausgabe des Hohlbein-Romans »Die Heldenmutter« und »Lord Darcy — Die vollständigen Ermittlungen in Sachen Mord und Magie« von Randall Garrett als preisgünstige Sonderausgabe. Weitere Highlights der ersten Monate des Jahres 1990 sind neue Fortsetzungsbände zu den Serien und Zyklen: zu MALLOREAN von Eddings, HÜTER DER FLAMME von Rosenberg, MYTH von Asprin und XANTH von Anthony.

Bei der Science Fiction waren die Zyklen und Serien 1989 nicht ganz so dominierend vertreten. So wurde Piers Anthonys DIE INKARNATIONEN DER UNSTERBLICHKEIT abgeschlossen und der Sechsteiler ISAAC ASIMOV'S ROBOT CITY steht vor dem Abschluß. Weitergeführt wurde Kirk Mitchells Alternativwelt-Serie um ein noch bestehendes Römisches Imperium, neu gestartet wurden der Zyklus FLUX & ANKER von Jack L. Chalker und die CHARITY-Serie von Wolfgang Hohlbein. Zu den Höhepunkten des vergangenen Jahres gehörten die Anthologie »Die besten Stories der amerikanischen Science Fiction — World's Best SF 8«, hrsg. von Donald A. Wollheim & Arthur W. Saha, »Welt in den Lüften« von Larry Niven (Folgeband zu »Der schwebende Wald«), »Die Stadt am Ende der Welt« von Orson Scott Card und »Der dunkle Schirm« von Philip K. Dick. Aus dem Programm für das Frühjahr 1990 wären »Erstkontakt« von Jack McDevitt, »Das Kristallreich« von L. Neil Smith, »Anti-Körper« von David J. Skal und »Die Narabedla-Verschwörung« von Frederik Pohl besonders hervorzuheben. Highlights in der PAPERBACK-Edition waren bzw. sind »Little Heroes« von Norman Spinrad, die von Isaac Asimov und Martin H. Greenberg zusammengestellte Themenanthologie »Wahltag 2090«, »Über den Dächern von London« von Christopher Fowler, »Der Schwarze Wind« von F. Paul Wilson und »Der Inquisitor« von Wolfgang Hohlbein, dessen für Oktober 1988 angekündigter Roman »Der Thron der Libelle« aus dem Programm genommen wurde.

FISCHER

Wie sich 1988 herausstellte, waren die Verkaufszahlen der anfänglich so erfolgreichen, von Verena C. Harksen liebevoll betreuten BIBLIOTHEK DER PHANTASTISCHEN ABENTEUER drastisch zurückgegangen, offenbar im Zusammenhang mit den durch die relativ geringe Auflage und die hohen Übersetzungskosten bedingten, manchmal enormen Verkaufspreisen. Da Verena Harksen sowieso schon zum 31. 12. 1989 gekündigt und der Programmleiter Unterhaltung bei FISCHER, Peter Wilfert, keine weiteren Titel mehr angekauft hatte, wurde die Entscheidung getroffen, die Reihe zunächst zu reduzieren und schließlich im Herbst 1989 auslaufen zu lassen. Zu den letzten Bänden der BIBLIOTHEK gehörten die TREDANA-Trilogie von Joyce Ballou Gregorian, »Der Teufel in Silber« von John Dickson Carr, die von der Herausgeberin selbst zusammengestellte Anthologie »Der Rubin« mit romantischen Phantasien deutscher Autoren, »Meine Frau, die Hexe« von Thorne Smith und »Traumschwester«, die vierte Anthologie der US-Reihe »Sword and Sorceress«, herausgegeben von Marion Zimmer Bradley.

Im Unterhaltungsprogramm sind 1989 verstärkt phantastische Bände erschienen, zuletzt »Denkende Roboter — Erzählungen aus der phantastischen Wirklichkeit« von George Langelaan, »Die Brücke der Vögel« von Barry Hughart, »Tochter der Nacht« von Marion Zimmer Bradley, »O-Zone« von Paul Theroux und »Traumjäger und Goldpfote« von Tad Williams, und für Anfang 1990 sind u. a. die Sammlung »Der vergiftete Garten« von Fjodor Sologub, »Ein Wiedersehen in Kenilworth« von Peter Rühmkorf und »Meister Li und der Stein des Himmels« von Barry Hughart zur Veröffentlichung vorgesehen.

In der Reihe FISCHER LOGO, die sich an eine naturwissenschaftlich interessierte Leserschaft richtet, sind neben Denkspielen und Büchern mit mathematischen und Logik-Fragen auch phantastische Titel regelmäßig ein Bestandteil des Angebots, zuletzt »Gödel, Zappa, Rock 'n' Roll« von Rudy Rucker. In Vorbereitung befinden sich »Darwins Insel« von Hubert Monteilhet und »Hackers Traum« von Werner Möllenkamp.

Gewaltig ausgebaut wird die Reihe MÄRCHEN DER WELT. In neuer Titelbildgestaltung erscheinen en bloc 14 Bände im November, und ab Januar wird pro Monat ein neuer Titel erscheinen.

GOLDMANN

Mit einem kleinen Plus an veröffentlichten Titeln hat GOLDMANN seinen Marktanteil von rund 11 % gehalten und sich 1988 vor MOEWIG auf Platz 3 der Taschenbuchverlags-Rangliste gesetzt. Michael Görden hat sich von GOLD-

MANN getrennt (er macht jetzt für HEYNE die ESOTERIK-Reihe), die SF und FANTASY werden jetzt von Christoph Göhler herausgegeben, der zuvor schon die SF-Reihe redaktionell betreut hatte. 1988/89 gehörte GOLDMANN zu den Verlagen, bei denen es die meisten Verschiebungen und Änderungen beim Programm gab. Besonders chaotisch gestaltete sich die Herausgabe von Wolfgang Hohlbeins ENWOR-Zyklus, bei der sogar die Verschiebungen noch mehrmals verschoben wurden; Band 10 lag dann endlich im Juni vor. Das Schwergewicht lag wieder bei der FANTASY, wo nach ENWOR auch Terry Brooks Bestseller-Zyklus SHANNARA in neuer Titelbildgestaltung nochmals aufgelegt wird. Zu den Höhepunkten zählten Louise Coopers Trilogie HERRSCHER ÜBER DIE ZEIT und der dritte LANDOVER-Roman, »Der verschenkte König« von Terry Brooks. GOLDMANN hat auch die Rechte an den Romanadaptionen zum erfolgreichen Spiel »DRAGONLANCE« erworben. Die erste Trilogie, DRAGONLANCE CHRONICLES, geschrieben von Margaret Weis & Tracy Hickman, soll unter dem Titel DIE CHRONIK DER DRACHENLANZE auf sechs TBs gesplittet geschlossen im November herauskommen. Für Anfang 1990 sind drei Bände der Serie DIE SCHATTENMEISTER von Viktor Sobek eingeplant, die z.T. auf den vier Romanen des Autors beruhen, die in BASTEIs FANTASY-Heftreihe erschienen sind. Weitergeführt wurden auch die FANTASY SPIELBÜCHER von THIENEMANNS und die Serie EINSAMER WOLF, die Serie SILBERSTERN wurde mit Band 4 abgeschlossen. Nicht erschienen ist der für März 1988 angekündigte Roman »Das Land im Spiegel« von Graham Dunstan Martin.

In der ehemals renommierten GOLDMANN SF-Reihe erscheinen nach wie vor ausschließlich Bücher zu den erfolgreichen TV-Serien STAR TREK/RAUMSCHIFF ENTERPRISE, V — DIE AUSSERIRDISCHEN und DOCTOR WHO. Infolge von Problemen mit der Übersetzung wird der für August zur Publikation vorgesehene 15. ENTERPRISE-Band erst zum Jahreswechsel 1989/90 erscheinen. Diese Serien werden auch im Sommer 1990 weitergeführt werden. Wie es danach mit SF und Fantasy weitergehen soll, ist ungewiß, da Christoph Göhler die Herausgeberschaft Ende 1989 niederlegt und ein Nachfolger noch nicht bestimmt ist.

Die 30bändige BIBLIOTHEK VON BABEL erschien, anders als geplant, November 1989 als komplette Kassettenedition.

Weiterhin monatlich mit einem Titel kommt die Horror-Reihe GOLDMANN SCHOCK heraus. 1989 erschienen neben einer Romanadaption von »Freddy Kruegers Nightmare on Elm Street« Romane von F. Paul Wilson, Charles L. Grant, John Skipp & Craig Spector, Graham Masterton und S. P. Somtow (d. i. Somtow Sucharitkul), Anfang 1990 folgen weitere Titel von Masterton und Wilson, sowie von John Russo und Peter James, dann wird sie eingestellt.

In der ALLGEMEINEN REIHE fanden sich 1988/89 folgende Highlights: »Feuerfahrt« von John Jakes, »Alice im Spiegelland« von Lewis Carroll und »Frühstück für starke Männer« und »Geh zurück zu deiner lieben Frau und deinem Sohn« von Kurt Vonnegut.

HEYNE

Marktführer HEYNE hatte wie in den Jahren zuvor auch 1988 überhaupt keine Probleme, seine dominierende Position zu verteidigen und veröffentlichte insgesamt fast anderthalb mal so viele Genre-Titel wie der größte Mitbewerber BASTEI. In der Reihe HEYNE SCIENCE FICTION & FANTASY blieb es in der Regel bei acht Titeln pro Monat, bisweilen wurde aber auch schon der Einplanung her ein neunter ins Programm aufgenommen. Da speziell von HEYNE starke Signale kommen, daß die Verkaufszahlen wieder spürbar anziehen, so ist es nicht unmöglich, daß HEYNE-SF-Herausgeber Wolfgang Jeschke seine Reihe wieder leicht ausweitet. Wieder nur sporadisch, aber immerhin doch, waren wieder die deutschsprachigen Autoren und ihre nicht-angloamerikanischen Kollegen vertreten. Bei der SF gab es »Tempograd« von Georgij Gurewitsch, »Hinter den Mauern der Zeit« von Horst Pukallus & Michael Iwoleit, »Nacktes Ziel« von Adam Wisniewski-Snerg und »Namenlos« von Norbert Stöbe, bei der FANTASY

»Katerherz und Tigerseele« von Dorothea Sara. Der für Februar 1989 eingeplante Roman »Den Überlebenden« von Maria J. Pfannholz wurde geschoben, weil in ihm der erst kurz vorher verstorbene Franz Joseph Strauß nicht gut wegkommt und eine Veröffentlichung zum ursprünglichen Termin unpassend gewesen wäre. Für Anfang 1990 ist der neue Roman des SFCD-Literaturpreisträgers Ernst Petz zur Publikation vorgesehen.

Die Beliebtheit von Serien und Zyklen ist nach wie vor unverändert im Steigen begriffen, deshalb werden sie bei HEYNE auch in verstärktem Maße bei den Einplanungen berücksichtigt. Bei der FANTASY wurde die SAGA VON DRY PRESCOTT bis Band 33 weitergeführt, in der HAGGARD-Edition erschienen weitere zwei Bände, ebenso auch in Tanith Lees Zyklus von der FLACHEN ERDE. Weitergeführt wurde die DERYNI-Serie von Katherine Kurtz mit der KÖNIG KELSON-Trilogie und im Frühjahr 1990 wird es auch mit der CONAN-Serie weitergehen, und zwar mit neuer Titelbildgestaltung, wobei die früheren Bände mit neuen Covern nochmals aufgelegt werden. Komplett vorgelegt wurde der ALLAIRE-Zyklus von Susan Dexter. Neu gestartet wurde die sensationelle SCHEIBENWELT-Serie von Terry Pratchett (aber leider nicht mit dem ersten Roman, der vor Jahren bei GOLDMANN erschienen ist, sondern mit dem thematisch mit dem Pilotroman zusammenhängenden Band 2) und Patricia Kennealys Serie um Kelten im Weltraum. Bei der SCIENCE FICTION erscheint nach wie vor jeden zweiten Monat ein neuer STAR TREK-Roman, allerdings nicht ausschließlich um Kirk, Spock und Co., sondern auch über die Anfänge aus der Zeit, die vor der Handlung der TV-Serie liegt, und künftig auch über DIE NÄCHSTE GENERATION. Der SCHIFFS-Zyklus von Frank Herbert & Bill Ransom wurde mit dem 4. Band abgeschlossen und von Alan Dean Foster erschien der Abschlußband der EISSEGLER-Trilogie, mit einem Nachdruck der ersten beiden Bände. Daneben kamen noch einige zwei- oder dreibändige Zyklen heraus, wie BLACKCOLLAR von Timothy Zahn oder ERDENLIED von Sharon Webb. Für Anfang 1990 sind jeweils ein neuer Roman zur HOMANX-Serie von Alan

Dean Foster und zur DRACHENREITER-Serie von Anne McCaffrey eingeplant.

Neben den schon erwähnten Serientiteln bot die HEYNE FANTASY den zweiten Teil des Fantasy-Epos, den Stephen R. Donaldson mit »Der Spiegel ihrer Träume« begonnen hatte, den hervorragenden ersten Roman um einen unsterblichen Soldaten, »Soldat des Nebels«, von Gene Wolfe, sowie Romane von Gloria Rand Dank, Tim Powers und Laurence Yep. Zur Veröffentlichung vorgesehen sind u. a. »Die grüne Perle« von Jack Vance (2. Band der LYONESSE-Trilogie), Jo Claytons SEELENTRINKER-Trilogie und »Land der Träume« von World Fantasy Award-Preisträger James P. Blaylock.

Die von Wolfgang Jeschke zusammengestellten internationalen Anthologiebände gehörten neben dem »Science Fiction Jahresband« auch 1988/89 wieder zu den Höhepunkten im HEYNE-SF-Programm. Zuletzt kamen »Papa Godzilla« und »An der Grenze« heraus, für 1990 befinden sich »Mondaugen« und »Johann Sebastian Bach Memorial Barbecue« in Vorbereitung. Auch die Auswahlbände aus den amerikanischen SF-Publikationen »The Magazine of Fantasy & Science Fiction«, zusammengestellt von Ronald M. Hahn, und »Isaac Asimov's Science Fiction Magazine«, herausgegeben von Friedel Wahren, enthielten wieder exzellentes Material und stellten Leckerbissen für alle Freunde der Kurzgeschichte dar. Aus dem an Spitzentiteln nicht gerade armen Programm des Jahres 1989 ragten besonders die Storysammlungen »Laß die Giraffe brennen« von John Sladek, »Sie kommen aus Schenectady« von Barry Longyear und »Aus dem Überall und andere seltsame Visionen« von James Tiptree jr., die Anthologie »Science Fiction aus den Goldenen Jahren«, hrsg. von Isaac Asimov & Martin H. Greenberg (die besten Stories von 1944), und die Romane »Das Leben im Krieg« und »Grüne Augen« von Lucius Shepard, »Westlich der Sonne« von Edgar Pangborn, »Die Stimme des Wirbelwinds« von Walter Jon Williams, »Gordons Berufung« von David Brin, »Am Ende des Winters« von Robert Silverberg, »Huysmans Schoßtierchen« von Kate Wilhelm, »Mona Lisa Overdrive« von William Gibson (Abschlußband der NEURO-

MANCER-Trilogie), »Bedenke Phlebas« von Ian Banks und »Entwicklungskrieg« von David Brin hervor.

Grundsätzlich ist jeder Band der auf einhundert Titel konzipierten Bibliothek der SF-Literatur zu empfehlen, besonders hervorzuheben wären aber von den sechs im Jahr 1989 erschienenen Publikationen »Isher« von A. E. van Vogt (der komplette, aus zwei Romanen und zwei Kurzgeschichten bestehende Zyklus in einer kommentierten Gesamtausgabe), »Ein Mann in einer fremden Welt« von Robert A. Heinlein und die Bände 2 und 5 in James Gunns die Entwicklung des Genres dokumentierenden Anthologienreihe WEGE ZUR SCIENCE FICTION.

Auch 1989 erschienen Titel von Großen des Genres wie Stephen King, Arthur C. Clarke, Isaac Asimov, Dean R. Koontz und anderen, die den Budgetrahmen der SF & F-Reihe sprengen würden oder vom Inhalt her nicht hineinpassen — HEYNE war mit seiner ausgezeichneten Horror-Reihe DIE UNHEIMLICHEN BÜCHER zu früh auf den Markt gekommen, deshalb war ihr nicht der eigentlich verdiente Erfolg zuteil geworden — in der ALLGEMEINEN REIHE. Das gilt auch für Titel, die für eine größere Leserschicht interessant sind und daher höhere Verkaufszahlen erwarten lassen. Zu den 1989 dort publizierten Taschenbüchern gehörten u.a. »Der Affe im Menschen« von Michael Stewart, »Die Wallfahrer« von Carl Amery, »Die Herrin von Hay« von Barbara Erskine, »Im Banne des Bösen« und »Zeit des Grauens« von John Saul, »Die Gruft« von James Herbert, »SS-GB« von Len Deighton, »Die Kirche der Nacht« und »Der Kuß des Todes« von Whitley Strieber, »Die Wiege der Zukunft« von Arthur C. Clarke & Gentry Lee, »Schwarzer Mond« von Dean R. Koontz, »Das Stephen-King-Buch«, »Wenn du wüßtest ...« von Peter Straub, »Haus der Nacht« von Charles L. Grant und »Das Buch vom Gral«. Für die ersten Monate des Jahres 1990 sind »Die Besucher« von Whitley Strieber, »Unheil« von James Herbert, »Tür ins Dunkel« von Dean R. Koontz, »Das Monstrum. Tommyknockers« von Stephen King und »Dai-San« (3. Band der Fantasy-Tetralogie, die mit »Ronin« und »Dolman« begonnen hat) eingeplant.

Bei den Paperbacks, den HEYNE JUMBOS, erschienen »Drei« von Stephen King (Band 2 des Zyklus um den DUNKLEN TURM), »Horror vom Feinsten« (Stories von Stephen King, Clive Barker, Peter Straub, Charles L. Grant, Whitley Strieber u. a.) und »Cabal« von Clive Barker, für Februar 1990 sind »Die zweite Haut« von Thomas Harris und »Mitternacht« von Dean R. Koontz zur Publikation vorgesehen.

In der Reihe HEYNE SACHBUCH kam »Danse macabre« von Stephen King heraus, und im Frühjahr soll von Hans Joachim Alpers, Werner Fuchs und Ronald M. Hahn das »Lexikon der Horrorliteratur« auf den Markt kommen. Vorerst verschoben wurde der Philip José Farmer-Titel »Fleisch«, der die Romane »The Image of the Beast«, »Blown« und »Flesh« enthält; der Inhalt ist so starker Tobak, daß die Übersetzung überarbeitet und entschärft werden muß.

KNAUR

Moderne Horror-Literatur, wie sie in den USA momentan so große Zuwachsraten verzeichnet, präsentiert die Reihe KNAUR HORROR, in der ein Band pro Monat erscheint. Zu den Autoren, die hier besonders gepflegt werden, gehörten 1988/89 Jeffrey Sackett (»Geraubte Seelen«, »Gepfählt« und »Nacht der Auferstehung«), Ramsey Campbell (»Unter Einfluß« und »Dieses Gesicht muß sterben«), Clive Barker (»Das erste Buch des Blutes«), Stephen Gregory (»Die Waldhexe«) und US-Bestseller-Autor Robert R. McCammon, von dem zuletzt »Die schwarze Pyramide« und »Höllenritt« erschienen sind. In Vorbereitung befinden sich »Das zweite Buch des Blutes« von Clive Barker, »Tauchstation« von Robert R. McCammon und die Anthologie »Heiße Angst«, hrsg. von Tim Sullivan. Als Paperback sind »Die besten Horror-Stories« (mit Geschichten von Stephen King, Richard Matheson, Robert Bloch, Brian W. Aldiss u. a.), zusammengestellt von Edward L. Ferman & Anne Jordan, erschienen. In der ALLGEMEINEN REIHE wurden auch im letzten Jahr interessante Titel veröffentlicht, wie »Das Tunnel-Labyrinth« von Gloria Murphy, »Nackte Angst« und »Flüstern in der Nacht« von

Dean R. Koontz, »Mach 3« von Peter Fox, »Das lautlose Sterben« und »Die Organspender« von Leslie Horvitz, »Aufzeichnungen eines Unsichtbaren« von Harry F. Saint und »Das Buch Camelot«, hrsg. von Bertram Wallrath.

LUCHTERHAND

Im Frühjahr wurde das kleine, aber feine SF-Programm, das in den letzten Jahren in der SAMMLUNG LUCHTERHAND präsentiert wurde, nach vorhergegangenen Titelreduzierungen endgültig eingestellt. Der letzte Band war die von Karl Michael Armer & Michael Nagula zusammengestellte Themenanthologie »Zärtlich war die Zukunft« mit Liebesgeschichten aus der Welt von morgen von Peter Carey, Karen Joy Fowler, Frederik Pohl, Tanith Lee, Michael Blumlein, J. G. Ballard, Joanna Russ und Tom Maddox.

MOEWIG

Nachdem erst im März 1988 das Programm der von Dr. Florian Marzin betreuten Reihe MOEWIG SF von fünf auf drei Titel pro Monat reduziert worden war und es ab Oktober 1988 nur mehr einen Band pro Monat gab, folgte bereits im Frühjahr die nächste Schrumpfung. Der SIME/GEN-Roman »Die Mahagoni-Rose« von Jacqueline Lichtenberg wurde aus dem Programm genommen und ersatzlos gestrichen, der vierte DOPPELWELT-Roman von Piers Anthony, »Verbannt auf der Doppelwelt«, für März '89 vorgesehen, wurde zunächst auf unbestimmt verschoben und schließlich für Dezember 1989 neu eingeplant. Im Sommer erschien dann nur eine Neuauflage von Daniel Walthers »Kanonenboot Panik«. Ab Oktober soll es dann alle zwei Monate einen Band der MOEWIG SF geben. Eingeplant sind neben dem Anthony-Titel die von Marion Zimmer Bradley herausgegebene DARKOVER-Anthologie »Rote Sonne über Darkover« und Lin Carters Fantasy-Anthologie »Das Fräulein und der Dämon« mit den besten Fantasy-Stories des Jahres 1978.

Auch die EDITION GOLDKÄFER war von den Umstellungen und Reduktionen der MOEWIG TASCHENBÜCHER stark betroffen. Auf unbestimmt verschoben wurde »Wieland oder Die Verwandlung« von Charles Brockdon Brown, die Novellensammlung »Die schwarze Spinne« von Jeremias Gotthelf, ursprünglich für Februar 1989 eingeplant, ist auf August verschoben worden. Im März 1990 soll »Frankenstein« von Mary Shelley erscheinen.

Bisweilen erscheinen auch interessante Polit-Thriller mit SF-Touch oder andere phantastische Romane bei MOEWIG im allgemeinen Programm. So sind erschienen bzw. befinden sich in Vorbereitung »Unternehmen Skye« und »Hammerhead« von Julian Jay Savarin, »Die Traumfalle« von Michael Schneider, »Unternehmen Blitzschlag« von Ken Rogers, »Sarah — das Böse wartet auf dich« von Lisa Tuttle und »Die Macht des Bösen« von Ian Watson.

Nicht erscheinen werden die als Kassetten-Sonderproduktionen geplante MAGIRA-Serie von Hugh Walker und die WARLOCK-Serie von Christopher Stasheff.

Auf 320 Bände angewachsen ist die Reihe der PERRY RHODAN PLANETENROMANE. Wie auch schon 1988 beschäftigten sich die Autoren bevorzugt mit Thematiken, die in der Heftserie nicht ausführlich genug behandelt werden konnten. Die Atlan-Zeitabenteuer wurden mit zwei Bänden weitergeführt.

SUHRKAMP

Wie auch schon in den Jahren zuvor bot die von Dr. Franz Rottensteiner betreute PHANTASTISCHE BIBLIOTHEK in den Suhrkamp-Taschenbüchern eine ausgewogene Mischung von Science Fiction und Phantastik, sowohl von Klassikern als auch modernen Texten. Wie auch schon in der Vergangenheit gab es 1988/89 wieder bisweilen große Diskrepanzen zwischen Einplanungen und tatsächlichen Veröffentlichungen. Zu den Höhepunkten gehörten Titel von H. P. Lovecraft (»Azathoth«), Herbert W. Franke (»Hiobs Stern« und die klassische Sammlung »Der grüne Komet«), Algernon Blackwood (»Die gefiederte Seele«), »Tor Åge Bringsvaerd«

(»Minotaurus«). Für die kommenden Monate eingeplant sind u. a. »Das Haus mit den tausend Stockwerken« von Jan Weis, »Kometentanz« von Paul Scheerbart, »Der Junge aus der Hölle« von Arkadij & Boris Strugazki, »Limbo« von Bernard Wolfe, »Zentrum der Milchstraße« von Herbert W. Franke, »Die Stimme unseres Schattens« von Jonathan Carroll, »Bescheidene Genies« von Wadim Schefner und »Die Sirene«, eine von Franz Rottensteiner herausgegebene Anthologie mit wenig bekannten und neuen Texten von Autoren wie William Morris, George MacDonald, Frank R. Stockton, Edith Nesbit, Herbert W. Franke und Karlheinz und Angela Steinmüller. An Stelle der aus dem Programm genommenen Titel »H. P. Lovecraft« von L. Sprague de Camp (PhB 84) und »Das Zimmer der Träume«, einer Sammlung phantastischer Erzählungen aus Frankreich (PhB 21), sind »Das Absolutum oder Die Gottesfabrik« von Karel Čapek und »Die Goldmacher« von Martin Beheim-Schwarzbach eingeplant worden, die beide 1990 herauskommen sollen. Noch nicht erschienen waren bei Redaktionsschluß folgende schon länger eingeplante Bände: »Sternträumer« von Cordwainer Smith (PhB 192), »Auf Cthulhus Spur« von August Derleth (PhB 211) und »Jenseits der Träume«, hrsg. von Robert N. Bloch (PHB 224).

ULLSTEIN

Nach der Einstellung der von Ronald M. Hahn herausgegebenen Reihe ULLSTEIN SCIENCE FICTION im September 1988 erscheinen nur mehr sporadisch interessante Titel der phantastischen Literatur in diesem Verlag. In der Belletristik-Reihe EIN ULLSTEIN BUCH erschienen 1989 »Die Möwe Jonathan« und »Illusionen« von Richard Bach, »Horror Stories«, hrsg. von Richard Davis, »Der Diwan des Harun Al Rashid« von Gerhard Konzelmann, »Die verbotene Stadt« von Curt Hohoff, »Gespräch mit dem Vampir« von Anne Rice (1. Band der CHRONIK DER VAMPIRE), »Der Exorzist« von William Peter Blatty, »Countdown in Miami« von Armand de Borchgrave & Robert Moss und »Die letzte Versuchung« von Nikos Kazantzakis. Für den März 1990 ist »Der

Elektrische Mönch«, der erste Roman um DIRK GENTLYS HOLISTISCHE DETEKTEI von Douglas Adams vorgesehen. In der THRILLER-Reihe erschienen »Der zehnte Kreuzzug« von Christopher Hyde, »Verdammte Seelen« von Kay Nolte Smith, »Die Havarie« von Richard Hugo und »Bis an das Ende der Welt« von David Graham. Und bei den ABENTEUERN kamen »Der Werwolf«, »Die Stahlkugel« und »Der Hitzestrahl« von Philip McCutchan heraus. Die von Hella Knappersbusch zusammengestellte Anthologie »Die Rache der Hexe und andere dämonische Geschichten« wurde in der Reihe GROSSDRUCK veröffentlicht.

SONSTIGE TASCHENBUCHVERLAGE

Der **DEUTSCHE TASCHENBUCHVERLAG — dtv —** gehört zu den Verlagen, die zwar nur sporadisch, aber stetig SF und Fantasy im Programm haben, in erster Linie in der Belletristik-Reihe DAS LITERARISCHE PROGRAMM, in der auch die Taschenbuchedition dtv/KLETT-COTTA erscheint, und der Jugendbuchreihe DTV JUNIOR, bisweilen aber auch in anderen Reihen des Verlages. Zu den Höhepunkten des letzten Jahres gehörten in der Belletristik-Reihe »Momo« von Michael Ende, »Abenteuer eines Reisenden« und »Zuletzt kommt der Rabe« von Italo Calvino, »Die Frau seines Lebens und andere Geschichten« und »Ball bei Thod« von Herbert Rosendorfer, »Hundeherz« von Michail Bulgakow, »He! Rebeck!« von Peter S. Beagle, die Storysammlungen »Das Schaf im Wolfspelz« und »Der Fliegenmelker und andere Erzählungen« von Rafik Schami, »Nächte im Zirkus« von Angela Carter, »Der Baron und die Fische« von Peter Marginter, »Flächenland« von Edwin A. Abbott, »Pepe Amado« von Gudrun Pausewang, »Roter Mond und schwarzer Berg« von Joy Chant und »Die andere Seite« von Alfred Kubin. In der Jugendbuchreihe wurden u.a. »Der Riß im Raum« und »Durch Zeit und Raum« von Madeleine l'Engle (Band 2 und 3 der mit »Die Zeitfalte« begonnenen ZEIT-Trilogie), »Ein Schiff aus Narnia« von C. S. Lewis (3. Roman aus dem NARNIA-Zyklus), der phantastische Roman »Das Drachenkind«

von Michael Marks (alias Wolfgang Hohlbein) und »Der Fluch des Ringes« von Diana Wynne Jones herausgebracht.

DIOGENES veröffentlichte in seiner Taschenbuchreihe detebe Ende 1988 den phantastischen Roman »Das Konzert« von Hartmut Lange und die Sammlung »Gedächtnis ade« von Jack Ritche, 1989 folgten u.a. »Kuck Kuck« (noch mehr Kille Kille Geschichten) von E. W. Heine, »Dolly Dolittle's Crime Club 6« (mit einer Story von Ray Bradbury), »Die gelben Männer« von Urs Widmer, »Amanda« von Carol Hill, »Zwischen den Laken« von Ian McEwan, »Ich küsse deinen Schatten« von Robert Bloch (zwei Storycollections) und der Krimi »Der Tod ist ein einsames Geschäft« vom SF-Literaten Ray Bradbury. Für März 1990 angekündigt ist »Dolly Dolittle's Crime Club 7« mit neuen Geschichten von Joan Aiken, Henry Slesar, Ray Bradbury, Robert Bloch und anderen.

Haffmans veröffentlichte im Sommer 1989 »Die Kinder der Finsternis« von Wolf von Niebelschütz. Für den Herbst 1989 ist eine überarbeitete Neuherausgabe des 1967 bei HEYNE erschienenen SF-Romans »Das brennende Labyrinth« von Hanns Kneifel vorgesehen.

In den bibliophilen **Insel-Taschenbüchern** kamen 1989 folgende phantastische Titel neu heraus: »Das Jahr 2440« von Louis-Sebastien Mercier, »Vathek« von William Beckford, »Der unheimliche Gast« von E. T. A. Hoffmann, »Der Dibbuk« von An-Ski und »Utopia« von Thomas Morus.

Sporadisch erscheinen auch in der **Serie Piper** interessante einschlägige Titel, wie 1989 »Moskau 2042« von Wladimir Woinowitsch.

Ravensburger publizierte 1989 die Tierfabel »Wie der Wal erschaffen wurde« von Ted Hughes und Gudrun Pausewangs Roman um einen Reaktorunfall, »Die Wolke«, im Frühjahr 1990 werden der SF-Roman »Spiel mit dem Zufall« von Robert Westall und der dritte Roman von Colin Dann um die

Tiere vom Farthingwald, »Wie die Tiere das Fürchten lernten« — für die deutsche Ausgabe wieder auf zwei Bände, »Jagd auf den Schatten« und »Die Unbekannte«, aufgesplittet — erscheinen.

Bei **rororo** kamen 1988/89 folgende Titel in der Belletristik-Reihe heraus: »Einsteins Ungeheuer« von Martin Amis, »Die Rättin« von Günter Grass, »Unjahre« von Knut Faldbakken, »Zappenduster« von Stanley Elkin, »Katzenwiege« von Kurt Vonnegut, »Der Zentaur im Garten« von Moacyr Scliar, »Koma Koma« von Wolfram Eicke, »Dunn's Dilemma« von Stan Lee, »Der Kartenmacher« von Russell Hoban und in der neuen Leo Perutz-Edition »Der schwedische Reiter«, »St. Petri Schnee«, »Herr, erbarme dich meiner« und »Wohin rollst du, Äpfelchen?«. Der SF-Roman »Die fünfte Macht« von Peter Schmidt erschien in der thriller-Reihe, in der Jugendbuchreihe rotfuchs kam die Storysammlung »Tanz der Tintenfische« von Eleni Torossi und in der Edition neue frau die Anthologie »Gespenster-Ladies« mit englischen Spukgeschichten des 20. Jahrhunderts (zusammengestellt von Richard Dalby und mit Beiträgen von Angela Carter, Norah Lofts, Edith Nesbit und Rosemary Timperley) heraus.

4. NEWS AUS DER HEFTROMANSZENE

BASTEI

Bei BASTEI ist für den Herbst 1989 der Start der neuen Horror-Heftreihe HORRORLAND geplant. In dieser Reprint-Reihe sollten die besten Horror-Romane der letzten zwei Jahrzehnte neu aufgelegt werden. BASTEI ist auf dem Sektor des Horror-Heftromans führend. Nach wie vor erscheinen die Serien TONY BALLARD von A. F. Morland alias Friedrich Tenkrat (hat unter Einbeziehung der zuvor in der Reihe GESPENSTER-KRIMI erschienenen Titel im Sommer 1989 das 250. Heft erreicht), PROFESSOR ZAMORRA von Robert Lamont (hinter diesem Verlagspseudonym verbarg sich zuletzt ausschließlich Werner Kurt Giesa; von ihr ist im Sommer der Jubiläumsband 400 erschienen) und JOHN SINCLAIR von Jason Dark alias Helmut Rellegerd in drei Auflagen, wobei die erste den Jubiläumsband 600 schon erreicht hat. Mit Band 40 eingestellt wurde das Magazin ALFRED HITCHCOCK's KRIMI-STUNDE, in dem bisweilen Stories von bekannten SF-Autoren (wie Kate Wilhelm z. B.) erschienen sind.

KELTER

Bislang ist noch keine Entscheidung darüber getroffen worden, ob die dritte Auflage von REN DHARK, die mittlerweile auf knapp 70 Bände angewachsen ist, über die Ausgabe 98 hinweg weitergeführt oder wie die beiden ersten mit diesem Band eingestellt wird.

V. KRÄMER

Trotz vorheriger Versicherungen des Verlegers, es werde STAR GATE auf jeden Fall bis Heft 24 weitergeführt, ist nach Heft 21 — seit mehr als einem Jahr — keine neue Ausgabe mehr erschienen. Man kann also davon ausgehen, daß die Serie, die zuletzt ausschließlich von W. K. Giesa unter den Pseudonymen Kurt Carstens und Ted Ewigk geschrieben wurde, endgültig gestorben ist.

VERLAGSUNION PABEL MOEWIG

Anfang 1989 fusionierten die VERLAGSUNION und die Verlage ARTHUR MOEWIG und ERICH PABEL zur neuen VERLAGSUNION ERICH PABEL-ARTHUR MOEWIG KG. Hier erscheint nach wie vor PERRY RHODAN, die erfolgreichste und langlebigste SF-Serie der Welt, in vier Auflagen. Die erste strebt mittlerweile dem Jubiläumsband 1500 zu, der im Mai 1990 erscheinen und einen neuen Zyklus in dieser Zukunftsgeschichte der Menschheit beginnen wird. Nach seiner Rückkehr nach fast 700 Jahren haben Rhodan und seine Gefährten eine veränderte Lokale Gruppe vorgefunden, die

Milchstraße selbst war von vorerst undurchdringlichen Wällen umgeben. Bei seinen Erkundungsflügen in der näheren und weiteren Umgebung der Heimatgalaxis trifft Rhodan auf alte Bekannte und erfährt, daß die Cantaro, eine rätselhafte Rasse von Cyborgs, etwas mit der Abschottung der Milchstraße zu tun hat. Zudem erlangt er Kenntnis von der Existenz der Schwarzen Sternenstraßen, einem intergalaktischen Transportnetz, das über bestimmte Schwarze Löcher angeflogen und benutzt werden kann. Schließlich gelingt es einer kleinen Flotte, die Barriere zu durchbrechen. Was die Heimkehrer dann vorfinden übertrifft ihre schlimmsten Erwartungen: Die Milchstraße ist ein Ort des Schreckens, die Völker der Galaxis leben in Unterdrückung, werden genetischen Experimenten ausgesetzt, viele Planeten — wie auch Halut, die Heimat Icho Tolots — wurden in Schlackehaufen verwandelt, und der Teufel selbst soll in Terras Hallen regieren. Das Sonnensystem ist unerreichbar hinter einer weiteren Barriere versteckt, und sogar Galbraith Deighton, ein alter Freund Rhodans und Aktivatorträger, scheint von den neuen Machthabern korrumpiert worden zu sein. Nach anfänglichen Erfolgen erleidet die Expeditionsflotte, die Kontakt mit dem Widerstand aufgenommen hat, empfindliche Niederlagen, und es scheint, als wäre es unmöglich, gegen die Cantaro, die offenbar im Auftrag der geheimnisvollen »Herren der Straßen« das Schreckensregiment errichtet haben und für den Terror verantwortlich sind, auf Dauer zu bestehen. Darüber hinaus geht noch der Aktivatorklau um, der es auf die Zellaktivatoren abgesehen hat und dem schon etliche vordem Unsterbliche zum Opfer gefallen sind. Doch Rhodan gibt nicht auf, er will wissen, was wirklich in der Milchstraße los ist, den Terror beenden, seinen Gegenspieler aufspüren und zur Erde zurückkehren, von der er nicht weiß, was sich in den letzten Jahrhunderten dort abgespielt hat. Die Lösung der meisten Rätsel wird Rhodan bis Band 1500 gelingen, einige offene Fragen werden erst später geklärt werden. Wenn man die Entwicklung der Serie verfolgt und gesehen hat, wie komplex sie geworden ist, dann kann man davon ausgehen, daß sie von dem früher vielstrapazierten Klischee von Gut und Böse — wie es z.B. im MEISTER DER INSEL-Zyklus besonders stark zum Tragen kam — Abschied genommen hat und nicht alles so sein wird, wie es den ersten oder auch zweiten Anschein hat. Mit Sicherheit ist die Rolle, die die Cantaro spielen, eine andere, als es sich vordergründig darstellt, auch die Barriere existiert nicht zu dem Zwecke, um die Milchstraße nach außen hin abzuriegeln, und ebenso gibt es für alle die Vorkommnisse eine logische, wenn auch vom menschlichen Standpunkt her nicht akzeptable Begründung. Der neue Zyklus, der mit Band 1400 eingeleitet wurde, ist von der Leserschaft mit Begeisterung aufgenommen worden, weil die Handlung so undurchschaubar wie zuvor ist und zur Spekulation einlädt, und das hat sich auch positiv auf die Verkaufszahlen ausgewirkt. Die Herausgabe einer 6. Auflage ist momentan nicht geplant.

VERSCHIEDENES

Der von Dan Shocker alias Jürgen Grasmück noch vor der Einstellung der Serie fertiggestellte RON KELLY-Band 23, »Bluttempel des Smaragdgottes«, wurde komplett in den Ausgaben 52 bis 56 des Clubletters von DAN SHOCKER'S PHANTASTIK-CLUB, Uwe Schnabel, Kurmainzer Straße 161, D-6230 Frankfurt 80, abgedruckt. In der Nummer 57 folgt der erste Teil des ursprünglich für die Weiterführung von LARRY BRENT bei der CITY-KURIER-VERLAGS-GmbH — das Projekt ist mittlerweile gestorben — geplante Pilotromans »X-Ray 1 kehrt zurück«, der komplette Roman soll später als Sonderausgabe des Clubs erscheinen. In der Nummer 58 beginnt dann der Abdruck des 6. Romans der ursprünglich geplanten MACABROS-Schwesterserie MIRAKEL (die ersten fünf liegen nur als Exposés vor), »Atombestien« von Peter Krassa, wieder in fünf Teilen. Als Sonderausgabe erschien die Sonderausgabe »Peter Krassa — Festschrift zum 50. Geburtstag« mit dem Pilotroman der nicht realisierten Serie um den PSI-Reporter RON CLARK, »Mit den UFOs kam der Tod«.

Im Wiener Verlag HEINZ POLLISCHANSKY, Dreyhausenstraße 20, A-1140 Wien, sind zwei weitere Bände der Serie BOB BARRINGS ABENTEUER in Sammlerauflage erschienen: »Das Geheimnis der Themse« (54) und »Mord im Studio« (55). Künftig sollen zwei Hefte im Jahr herauskommen. Daneben wurden die seltenen Bände 50 (»Das Elixier des Buddha«) und 51 (»Im Tempel der Lotosblüten«) neu aufgelegt.

Ebenfalls in Kleinauflage erschien der Horror-Roman »Die Marmor-Menschen von Hill-Rose« von James Gulliver beim »Club für Phantastische Literatur MINIMURKS«, Thomas Oelschläger, In den Rohwiesen 4, D-6072 Dreieich. Der Roman war für die Reihe GRUSELKRIMI geschrieben worden, ist aber wegen deren Einstellung nicht mehr herausgekommen. Hauptfiguren sind wieder das Parapsychologenpaar Ellen Brown und Sir Alvin Ganzer.

ZAUBERWALD ist der Titel einer Reihe, in der Horst von Allwörden Romane von Profi-Autoren veröffentlicht, die aus den verschiedensten Gründen nicht erschienen sind. 1988 erschien als Heft 1 der Horror-Roman »Schatten über Maiden Castle« von Rolf Michael, 1989 folgten zwei Romane von W. K. Giesa, die dieser für BASTEIs FANTASY-Heftreihe geschrieben hatte, wo sie aber wegen Einstellung der Serie nicht mehr erschienen sind — »Tempel der Schatten« und »Die Sturmrösser von Ker-She« — in einem Band.

Die Juli-Ausgabe der Monatsschrift SOWJETLITERATUR war 1988 ein Sonderheft über Michail Bulgakow, den Autor von »Der Meister und Margarita« und »Hundeherz«, das auch die phantastische Erzählung »Der Lebensstrahl« enthielt, und die Dezember-Nummer eines zur Science Fiction. Der neueste SF-Schwerpunktband enthielt Erzählungen von Vitali Babenko, Wjatscheslaw Bukur, Viktor Kulupajew, Alexander Kazura & Valeri Genkin, Wladimir Chlumow und Arkadij & Boris Strugazki, sowie Artikel, Berichte und Essays von Wladimir Gopman, Andrej Balabucha, Elga Lyndina,

Wladimir Gakow und Natalia Sakljakowa. Auch in den übrigen Heften des Monatsmagazins war zumeist eine SF-Story enthalten.

5. BERICHTE VON DER MAGAZINFRONT

Im März 1989 erschien die Pilotnummer des neuen SF-Profimagazins SPACE, herausgegeben von Walter Arweiler, Eckhard D. Marwitz und Thomas Recktenwald, im Verlag A&R GbR, Riegelsberger Straße 36, D-6600 Saarbrücken 2; mittlerweile ist termingerecht auch die zweite Ausgabe erfolgt. SPACE, das von der Aufmachung her stark SAGITTARIUS ähnlich sieht, bietet in den vorliegenden Heften eine bunte Mischung von Stories, Artikeln, Rezensionen und News, wie einen Auszug aus dem für Januar 1990 geplanten Roman »Der Stellvertreterkrieg« von Ernst Petz nebst einem Interview mit dem SFCD-Literaturpreisträger, Berichte vom WorldCon in New Orleans und vom britischen EasterCon, Artikel über Thomas M. Dischs »Angoulême«, schwimmende Städte, den Cyberpunk-Roman »Biochips« von William Gibson und Lucien Shepards »Leben im Krieg«, über die Veranstaltung der »Writers of the Future« bei den Vereinten Nationen, die SF-Filme von Jack Arnold und die SCHEIBENWELT-Serie von Terry Pratchett, Interviews mit DDR-Autor Michael Szameit und Bestsellerautor Terry Pratchett, und ein Auszug aus dem Roman »Ein Käfer im Ameisenhaufen« von den Strugazkis. Für die dritte Ausgabe, die im Oktober erscheinen wird, sind eine Story von Gene Wolfe als deutsche Erstveröffentlichung und Artikel über Giger und Computer in der SF vorgesehen.

Im Oktober 1989 erscheint die erste Ausgabe des neuen SF-Magazins PARSEK, herausgegeben von H. J. Alpers und Gerd Maximović, im DIN-A-4-Format mit einem Umfang von 32 Seiten. PARSEK wird vor allem Primärliteratur — Kurzgeschichten, Erzählungen, auch längere Texte — veröffentlichen. Unter anderem wird sich das Magazin der deutschsprachigen sowie der europäischen utopisch-phantastischen Literatur widmen. Für die ersten Ausgaben sind Beiträge von George R. R. Martin, Lewis Shiner, Ian Watson, David R. Bunch, Jack McDevitt und Gerd Maximović eingeplant. Zunächst ist ein vierteljährlicher Erscheinungsmodus vorgesehen.

Bereits im 4. Jahrgang erscheint das Magazin für phantastische Spiele und Bücher ZAUBERZEIT im CITADEL VERLAG, Mühlendamm 41—43, D-2000 Hamburg 76. Chefredakteur des Magazins, das sich in erster Linie an Spielbegeisterte wendet, ist seit Nummer 15 Jürgen Pirner, der die Nachfolge von Dieter Schmidt angetreten hat. Darüber hinaus bietet die ZAUBERZEIT aber auch Buchrezensionen, Autorenporträts (zuletzt von Alan Dean Foster, Orson Scott Card, Robert Silverberg, Jack Vance und Kim Stanley Robinson), Interviews (wie z.B. mit Wolfgang Hohlbein, Ulrich Kiesow und Michael de Larrabeiti) und seit Heft 13 auch in jeder Ausgabe eine Story, zumeist eine deutsche Erstveröffentlichung (die HEXENWELT-Story »Ully der Flötenspieler« von Andre Norton, »Des Königs Insel« von John Brunner, »Ein Fisch lernt fliegen« von Robert Asprin, »Die letzte Belohnung« von Terry Pratchett, »Fundstücke« von Michael Scott Rohan und ein Auszug aus dem Roman »Das Mitternachtsvolk« von John Masefield, was die Zeitschrift auch für diejenigen interessant macht, die sich nur für die Literatur und nicht für Spiele interessieren. Das hervorragend aufgemachte Magazin, von dem bereits 18 Nummern vorliegen und alle zwei Monate ein neues Heft herauskommt, ist auch im Abo zu beziehen.

Im April 1989 erschien mit WUNDERWELTEN ein neues »Magazin für Abenteuerspiele und Phantastik«, hrsg. von Werner Fuchs, Hans Joachim Alpers und Ulrich Kiesow, im Verlag FANTASY PRODUCTIONS, Konkordiastraße 61, Postfach 260 165, D-4000 Düsseldorf 1. Die bislang vorliegende Pilotnummer des Magazins, von dem vier Ausgaben pro Jahr geplant sind, enthält neben News und Rezensionen jede Menge Spielerinformationen, einen Traveller-Sonderteil und eine Fantasy-Story von Richard Lyon & Andrew J. Offutt.

Eingestellt wurde mit der sechsten Nummer (Ausgabe 5/88) das im TRIVIAL VERLAG Kurt Werth, Marienstraße 3, D-3000 Hannover 1 veröffentlichte Magazin PHANTASTISCHE ZEITEN. In der letzten Nummer erschienen neben ausführlichen Kino- und Video-Beiträgen Artikel über Philip José Farmer, James Herberts Roman »Die Ratten«, zu Supermans fünfzigjährigem Jubiläum und über Fantasy-Rollenspiele, News, Rezensionen und als Teil 5 der Reihe »Heftromanserien in Deutschland« eine Analyse der Serie TONY BALLARD und ein Interview mit dem Autor A. F. Morland. Einige für die nächste Nummer geplante und bereits gesetzte Beiträge — ein Artikel über STAR TREK — DIE NÄCHSTE GENERATION, Folge 6 der »Heftromanserien in Deutschland«: REN DHARK und ein Interview mit dessen geistigem Vater Kurt Brand — wurden in der Jubiläumsausgabe 50 von Kurt Werths Verkaufskatalog TRIVIAL-KURIER abgedruckt.

SAGITTARIUS, das als Profimagazin im Frühjahr 1988 mit der Ausgabe 18 eingestellt worden war, wurde als Fan-Magazin in professioneller Aufmachung weitergeführt. Die Zeitschrift soll vierteljährlich erscheinen.

Heft 19 präsentierte eine Erzählung von Achim Mehnert, einen Artikel über momentan am Markt befindliche Magazine und ein Interview mit John Shirley. Herausgegeben wird SAGITTARIUS von Klaus N. Frick und Günther Freunek (Niederhorbacher Straße 13, D-5206 Neunkirchen 1).

NACHTSCHATTEN (früher TALES), herausgegeben von Carsten Scheibe (Riemeier Straße 118, D-1000 Berlin 37), ist Deutschlands einziges Horror-Magazin. Von dem Magazin erscheinen zwei Ausgaben pro Jahr und mittlerweile liegen sieben Hefte vor. Neben Informationen über den Horrormarkt von Frank Duwald, Rezensionen und Kurzgeschichten enthielt das reich illustrierte Magazin in den letzten Ausgaben Artikel über Stephen King, Peter Straub, Dean R. Koontz und Rolf Michaels Erfahrungen mit Heftromanen und Lektoren, Interviews mit Martin Eisele und Dennis Etchinson, sowie einen Auszug aus dem Roman »Joey II — Die Rückkehr« von Martin Eisele.

Bereits im 31. Jahrgang erscheint die SCIENCE FICTION TIMES, das Magazin für Science Fiction und Fantasy, das sich in letzter Zeit aber verstärkt auch mit dem Horror-Genre beschäftigt. Die SFT — CORIAN VERLAG, Bernhard-Monath-Straße 34a, D-8901 Meitingen — bietet auf monatlicher Basis umfassende Informationen über SF, Fantasy und Weird Fiction in allen Medien. Leider fast auf Null reduziert wurden die Interviews, die bislang zu den interessantesten Beiträgen des News-Magazins gehört hatten. Überaus informativ war die Reihe »Die Science Fiction-Verlage der DDR« von Steffi H. Velberg. Zu den Höhepunkten des letzten Jahres gehörten die Artikel und Essays »Technopunks und Modernisten« von Detlef Hedderich & Rudyard Simmel, »Über die Zukunft in die Gegenwart« (zur Bedeutung der Sowjet-SF) von Karen Rosenberg, »Jules Verne — Träumer, Lehrer, Realist« von Jörg Kastner, »Auf der Suche nach dem verlorenen Leben« (zum Werk Italo Calvinos) von Klaus W. Pietrek und »Mythologie und Sprache — Zum Problem der Sprache in den Romanen Samuel R. Delanys von Florian F. Marzin.

Die umfassendsten Informationen über alles, was sich im Bereich Science Fiction, Fantasy und Horror im deutschen Sprachraum so tut, bietet das gleichfalls monatlich neu erscheinende News-Magazin SCIENCE FICTION MEDIA, das mittlerweile auch schon im sechsten Jahrgang erscheint. Neben ausführlichen Infos über Phantastisches in allen Medien, wobei auch die Entwicklungen im angloamerikanischen Sprachraum beleuchtet werden, boten die letzten Ausgaben Interviews mit Robert Jungk, Chad Oliver, Peter Straub, Michael de Larrabeiti, Erwin Wickert, Martin Eisele und Thomas LeBlanc sowie Artikel über die Rekonstruktion des Films »Metropolis« und über Rudy Rucker. Bezugsanschrift: PEGASUS science fiction, Bietigheimerstraße 15, D-7149 Freiburg.

Die ursprünglich für Frühjahr 1989 geplante Ausgabe 38 des Fantasy-Magazins MAGIRA — Erster Deutscher Fantasy Club, Postfach 1371, D-8390 Passau 1 — wird nun doch erst im Frühjahr 1990 herauskommen. In dieser Schwerpunktausgabe zur Horror-Serie DÄMONENKILLER erscheint der ursprünglich als Band 176 geplante und infolge der Einstellung der Serie mit Heft 175 nicht mehr erschienene DK-Roman »Der Gevatter ruft zum Totentanz« von George McMahon alias Hubert Haensel. Im zweiten Magazin des EDFC eV wurde die Herausgabe der für die erste Auflage des DÄMONENKILLERS bereits geschriebenen, aber nicht mehr erschienenen Romane 144 bis 149 mit »Die Insel des Schreckens« von Neal Davenport (145; in FANTASIA 40/41) und »Das Monster aus dem Nichts« von Earl Warren (146; in FANTASIA 44/45) fortgesetzt. FANTASIA 40/41 enthielt neben Stories, Gedichten und Rezensionen noch die Artikel »Glanz und Elend des laufenden Fantasy-Booms« von Carl Amery und »Psychoanalytische Interpretationsansätze in J. R. Tolkiens »The Hobbit« von Manfred Kallmeyer, FANTASIA 45/56 die über hundert Seiten starke Arbeit »Tolkiens Welt« (Tolkien's World) von Randel Helms. Die Ausgabe 42/43 war die Festschrift »Der Zweite Kongreß der Phantasie«, hrsg. von R. Gustav Gaisbauer, die alle Vorträge dieses 1988 stattgefundenen Fantasy-Ereignisses enthielt. Zwei weitere Festschriften waren den Autoren Hugh Walker und Clark Darlton gewidmet.

Mit der Ausgabe 6, die zur Buchmesse 1989 erschien, wollen Frank Bartholomai und Emanuel D. Bergmann ihr im Oktober 1988 gestartetes Magazin ANKH — Bezugsanschrift: ANKH-Projekt GbR, Grosse Rittergasse 10, D-6000 Frankfurt 70 — in erweiterter Auflage mit DTP, Laserdruck und verändertem Titelbild über einen Vertrieb herausbringen. Die bisherigen Ausgaben enthielten neben den üblichen News und Rezensionen Interviews mit u.a. Douglas Adams, Margaret Weis & Tracy Hickman und Wolfgang Jeschke sowie Artikel über Arthur C. Clarkes Odyssee-Trilogie, Krynn — die Welt der Dragonlance, Fritz Leibers Nehwon und H. P. Lovecrafts Werk.

Ebenfalls große Pläne, was Aufmachung und Auflage betrifft, hat Matthias Hoffmann mit seinem fannischen News-Magazin FANDOM NEWSLETTER (FNL, Im Winkel 17, D-7858

Weil/Märkt) für 1990. Die Ausgabe 18 enthielt ein Interview mit M. John Harrison.

6. HIGHLIGHTS AUS DEN BUCHVERLAGEN

Im Sommer 1989 präsentierte der von Gerald Jambor und Uschi Zietsch-Jambor gegründete »Verlag für das Fabelhafte« **FABYLON** »Einfälle eines alten Psychiaters« von Josef Nesvadba und »HADES — Die verborgene Welt« von Uschi Zietsch.

Im Kleinverlag **DIE MÜCKE** ist als bislang letzter Teil die Storysammlung »Der Störfaktor« erschienen, der bereits angekündigte und als Band 3 eingeplante Roman »Vineta« von Laswintha Merz wird voraussichtlich nicht erscheinen. Weitere Bände kommen laut Verlagsauskunft erst wieder 1990 heraus.

DIOGENES präsentierte 1988 die SF-Romane »Varna oder Imaginäre Freunde« von Allison Lurie und »Ein Kind zur Zeit« von Ian McEwan sowie die Storysammlung »Geschichten von natürlichen und unnatürlichen Katastrophen« von Patricia Highsmith, 1989 »Die Teufelsbraut« mit 25 dämonischen Geschichten von Shirley Jackson.

Bei **KRÜGER** bildete 1988 Rudy Rucker einen Schwerpunkt im Verlagsprogramm: Neben dem SF-Roman »Herr über Raum und Zeit« gab es das Sachbuch »Die Ufer der Unendlichkeit«. Daneben erschienen das Märchen »Der Fluch der achten Fee« von David Henry Wilson, dem Autor von »Ashmadi«, »Pembrokes Katze« von Philip J. Davis (über eine philosophierende Katze, ein altes mathematisches Problem und die Liebe) und »Kuckucksei« von Clifford Stoll, bei dem es um einen Computerkrieg zwischen den Geheimdiensten geht.

Bei **PIPER** ist zuletzt der futuristische Thriller »Der Unterhändler« des Bestseller-Autors Frederick Forsyth erschienen.

Der neueste Roman von Stephen King, »Stark — The Dark Half« ist wieder bei **HOFFMANN UND CAMPE** herausgekommen. Die deutsche Fassung von Clive Barkers Fantasy-Roman »Weaveworld« wird dort vermutlich 1990 erscheinen.

In der Verlagsgruppe **DIANA/HESTIA** kamen der Medizin-Thriller »Virus« von Robin Cook, der Fantasy-Roman »Priesterin der Nialia« von Lori Martin (eine Fortsetzung der in »Das Orakel von Lindahne« geschilderten Ereignisse), der Thriller »Auge um Auge« von Craig Thomas (Autor des Weltbestsellers »Firefox«) und der Roman zur ZDF-Serie »Mission Eureka« von Gordon McGill.

Die Sammlung »Das viereckige Ei« von Saki und die in den Bänden »Der Ästhet und andere Tragikomödien«, »Die Bluse und andere Grotesken« und »Reisen und andere Katastrophen« gesammelten Werke von Hermann Harry Schmidt erschienen im **HAFFMANS VERLAG.**

Wieder mit großem Werberummel publizierte **NEW ERA** den dritten Teil von L. Ron Hubbards SF-Wälzer »Battlefield Earth« unter dem Titel »Kampf um die Erde III — Die Vergeltung«. Zur Buchmesse 1989 folgte der erste Band des zehnbändigen SF-Zyklus »Mission Earth«, die weiteren sollen im 4-Monats-Rhythmus folgen.

Wieder sehr interessant war das Phantastik-Angebot des Verlags **KLETT-COTTA.** An einschlägigen Titeln wurden zuletzt »Morgantina, die Hexe der Königin« von Louis Gould, »Das Mitternachtsvolk« von John Masefield (ein Klassiker des Genres aus dem Jahre 1927), »Leben und Abenteuer des Peter Wilkins aus Cornwall« von Robert Patlock und »Das Modell« von Robert Aickman veröffentlicht.

Der Verlag **STENDEL** präsentierte als neuesten Titel seines Phantastikprogramms »Die Mondsteinmärchen« von Roland Kübler.

Elizabeth Lynns Kinderbuch »Das silberne Pferd« ist bei **SAUERLÄNDER** herausgekommen, ebenso die Gruselgeschichten-Sammlung »Aus heiterem Himmel« von Alison Prince und der SF-Roman »Ein Leben mit LAURA« von Robert Westall.

Bei **ROWOHLT** kam »Das Gottesprogramm — Rogers Version« von John Updike heraus, im angeschlossenen Verlag **WUNDERLICH** der in den USA in die Bestsellerlisten vorgestoßene SF-Horror-Roman »Die Gedanken des Bösen« von Michael Crichton (»Sphere«).

»Die Seuche« von Peter Zingler ist die jüngste einschlägige Veröffentlichung des **EICHBORN VERLAGS.** Der Autor schildert in diesem SF-Thriller, wie eine Infektionskrankheit sich in der Bundesrepublik ausbreitet und zum Entstehen eines Terror-Systems der Gesundheitsbehörden führt.

In der Verlagsgruppe **LANGEN MÜLLER/ULLSTEIN** erschienen 1988/89 folgende Titel: »Die Herrin von Hay« von Barbara Erskine (Roman einer Seelenwanderung), die Sonderedition mit den beiden Romanen »Das Tor zum All« & »Das silberne Schiff« von Marion Zimmer Bradley in einem Band und »Die Möwe Jonathan« von Richard Bach bei ULLSTEIN und die Katzen-Fantasy »Der Tag, an dem die Katzen verschwanden« von Gerd Schmitt-Hauser sowie »Zucker« von Rainer Erler (der den Alptraum jedes Bücherfreundes schildert: alles Papier wird durch Mikroben in besagten Süßstoff verwandelt) bei **HERDER.**

ECON präsentierte zuletzt den Thriller »Verrat im Vatikan« von Peter Watson, den historischen Roman »Der Leuchtturm von Alexandria« von Gillian Bradshaw, der Autorin der ARTUS-Trilogie, und den phantastischen Roman »Goyas Hand« von Cornelius Fischer.

Neben »Das fünfte Buch des Blutes« von Clive Barker erschien ein Thriller aus der Welt der Hochfinanz, »Das Milliarden-Dollar-Roulette« von Michael M. Thomas, und der Polit-

Thriller »Der Kandidat« von Steve Sohmer bei **DROEMER KNAUR.**

LÜBBE publizierte zuletzt zwei Thriller mit SF-Elementen: »Sixtinische Verschwörung« von Philipp Vandenberg und »Wall Street Samurai« von Thomas Hoover.

Bei **SCHNEEKLUTH** gab es den Grusel-Roman »Gad's Hall« von Norah Lofts, den phantastischen Roman »Die Ferien des Phantoms« von Didier van Cauwelaert und die Storysammlung »Die wirkliche Wirklichkeit« von Italo Alighiero Chiusano.

Zur Buchmesse 1988 präsentierte **FANTASY PRODUCTIONS** neben den ersten Bänden der BIBLIOTHEK FLIEGENDER HOLLÄNDER — »Eine böse kleine Nachtmusik« von John Flanders und »Die Gezeichnete« von Claude Seignolle — noch die von Hans Joachim Alpers & Werner Fuchs zusammengestellte Anthologie »13 phantastische Rock-Stories« mit Beiträgen von Bruce Taylor, Lewis Shiner, Michael Bishop, Howard Waldrop und Gardner Dozois & Jack Dann & Michael Swanwick. Zur Buchmesse 1989 erschien der neueste Roman von Wolfgang Jeschke: »MIDAS oder Die Auferstehung des Fleisches« in einer bibliophilen Ausgabe mit Originalgrafiken des in Amsterdam lebenden Malers Jörg Remé; gleichzeitig erscheint eine Paperback-Ausgabe (ohne Illustrationen) des Romans.

Zwei weitere Titel der LEO PERUTZ-Edition — »Nachts unter der steinernen Brücke« und »Der Marques des Bolibar« — sowie der SF-Roman »Die Fernstenliebe der Spione« kamen bei **ZSOLNAY** heraus.

Wieder sehr rührig waren die Herausgeber der **EDITION PHANTASIA.** Zuletzt sind Band 5 und 8 der »Gesammelten Werke« von Paul Scheerbart, das dritte und vierte »Buch des Blutes« von Clive Barker und der New Wave-Roman »Barfuß im Kopf« von Brian W. Aldiss in Liebhaberausgabe in Miniauflage herausgebracht worden.

Regelmäßig SF- und Fantasy-Titel hat der Jugendbuchverlag **ARENA** im Programm, zum Teil auch in der EDITION PESTUM oder der BENZIGER EDITION, zuletzt »Hexentochter« von Helen Griffiths, »Kein Keks für Kobolde« von Cornelia Funke, »Ein Sommer aus Beton« von Harald Braem, »Es wird erzählt in Erin ...« von Frederik Hetmann (Fortsetzung von »Dermot mit dem roten Haar«) und die Gruselsammlung »Nur bei Vollmond«, hrsg. von Aidan Chambers mit Stories von Vivien Alcock, Jan Mark, Helen Cresswell und George Mackay Brown.

Auch bei **LOEWES** sind phantastische Titel immer stark vertreten, so auch 1988/89, wo besonders Bücher zur TV-Serie ALF einen Schwerpunkt bildeten. Neben den ALF-Büchern »ALF — Ich will alles«, »ALF — Lieber ich als keiner« und »ALF — Total gut drauf« von Rainer Büttner, sowie »ALF — Wenn der Weihnachtsmann kommt« von Siegfried Rabe und »ALF — Alles Gute kommt von oben« von Inge Maass erschienen »Willow« von George Lucas (Roman zum Fantasy-Film, tatsächlich von Joan D. Vinge), »Die Prinzessin und der Drachenhamster« von Corley Byrne, »Der Drachentöter« von Martin Heidner (nach Motiven des Nibelungenliedes), »Schwester des Meeres« von Ruth Park und »E.T. der Außerirdische« von William Kotzwinkle.

THIENEMANNS veröffentlichte neben neuen FantasyAbenteuerSpielBüchern die Hexengeschichte »Lena ist anders« von Nina Rauprich, den Kinderspukroman »Gruselchen« von Lisa-Marie Blum, Madeleine L'Engles neuen phantastischen Roman »Die große Flut« (mit aus der ZEIT-Trilogie bekannten Charakteren), »Meister Joachims Geheimnis« von Sigrid Heuck und »Die Erscheinung in der Schlucht« von Katherine Allfrey. In der EDITION WEITBRECHT kamen zuletzt der phantastische Roman »Jaki« von A. A. Attanasio, »Die Spielverderber« von Michael Ende, »Das seltsame Volk des Rafael Mendes« von Moacyr Scliar und der SF-Thriller »Quarantäne« von Fred Breinersdorfer heraus. Im angeschlossenen HOCH VERLAG erschienen zuletzt »... und Winter war um Mitternacht« von Karin Kusterer und eine schöne Neuausgabe von Jules Vernes Klassiker »20000 Meilen unter dem Meer«.

Von Wolfgang Hohlbein ist bei **UEBERREUTER** zuletzt der gemeinsam mit seiner Gattin Heike verfaßte phantastische Roman »Der Greif« erschienen, außerdem veröffentlichte der Verlag den preisgekrönten Zeitreise-Roman »Chaja heißt Leben« von Jane Yolen, das phantastische Kinderbuch »Nacht der Zaubertiere« von Dean R. Koontz, »Der Sprung nach Wappalonien« von Gerhard Herm und die Anthologie »Das Haus im Schilf und andere Gespenstergeschichten«. Beim angeschlossenen Verlag **TOSA** erschienen drei Romane der Horror-Serie DER MAGIER — »Der Erbe der Nacht«, »Der Sand der Zeit« und »Das Tor ins Nichts« — von Wolfgang Hohlbein.

Der erste SF-Roman von Harald Kurt Frost, »Signal vom Mondlichtturm« wurde bei **AARE** veröffentlicht.

In der Verlagsgruppe **DRESSLER/OETINGER** kamen zuletzt »Burg Biberstein« und »Burg Biberstein im Hexenbann« von Nigel Hinton, »Gummitwist und Hexenbesen« von Angelika Mechtel und die Storysammlung »Ein Schaudern auf der Haut« von Joan Aiken heraus.

Clive Cusslers neuer Roman um seinen Protagonisten Dirk Pitt von der NUMA erschien unter dem Titel »Cyclop« bei **BLANVALET**. Dort erschien auch der Thriller »Unternehmen Felsendom« von William Bayer.

Geschichten aus der realen Unwirklichkeit von Bernhard Grimminger erschienen unter dem Titel »Wenn der Clown stirbt, hört der Spaß auf« als Band 2 der Edition **DIE PHANTASTISCHE NEKROTHEK.**

»Blaß sei mein Gesicht« ist eine Sammlung von Vampir-Geschichten, die, von Barbara Neuwirth herausgegeben, im

WIENER FRAUENVERLAG erschienen ist. Dort befindet sich auch eine SF-Anthologie in Vorbereitung.

Von Ernst Petz sind zwei Anthologien erschienen: »Mensch Monster« in der **EDITION S** und »Unerwartet & plötzlich« bei **DELLE KARTH.**

Bei **GRENO** verlegt wurde der SF-Roman »Die Nacht zum 21. Jahrhundert« von Raymond Federmann.

DIE GLOCKE BIBLIOTHEK im **BURG VERLAG** präsentierte Jörg Weigands neueste Kurzgeschichtensammlung »Schneevogel«.

Mit »Hotel ›Zum Verunglückten Bergsteiger‹« von Arkadij & Boris Strugazki und »Der Goldfisch« von Vitalij Babenko sind zwei weitere Bände in der **EDITION WUNSCHMASCHINE** veröffentlicht worden.

HANSER publizierte zuletzt folgende interessante Titel: »Das Phantom der Oper« von Gaston Leroux, »Die Schöpfung — Das Leben Gottes, von ihm selbst erzählt« von Franco Ferrucci, »Utz« von Bruce Chatwin, »Das Tanathos-Syndrom« von Walker Percy und »Cosmicomics« von Italo Calvino.

Im **ROTBUCH VERLAG** erschienen der exzellente SF-Roman »Kiezkoller« von Fritz Schmoll.

Weitergeführt wurden bei **SPHINX** die ILLUMINATEN-CHRONIKEN von Robert Anton Wilson mit Band 2, »Der Sohn der Witwe«, und Lynn Andrews Weg zur Schamanin mit »Die Sternenfrau« und »Die Kristallfrau«. Daneben kam noch der esoterische Roman »Illimani« von Beny Kiser heraus.

Bei **INSEL** gab es 1988/89 ein Lem-Festival. Vom wohl bekanntesten polnischen SF-Autor erschienen die Bände »Provokationen«, »Sterntagebücher«, »Irrläufer« (SF-Stories aus den Jahren 1946 und 1947) und »Der Mensch vom Mars« (ein Roman aus der frühesten Schaffensperiode des Autors).

S. FISCHER veröffentlichte 1989 »Kleinzeit« von Russell Hoban, »Die Reise nach Groß-Britannien« von Henri Michaux und »Wasser und Blut« von Patrick McGrath.

»So soll die Welt nicht werden«, sagten sich Kinder und schrieben über ihre Zukunft. Das, was dabei herauskam, wurde von Regina Rusch zusammengestellt und bei **ANRICH** veröffentlicht.

»Schneemann Golem«, nach »Europa den Afrikanern« der zweite Roman von Gottfried Distl, erschien beim Verlag **PETER SELINKA.**

Mit dem Erzählband »Siebzehn Sätze/Das Gedächtnis« und dem 1981/82 geschriebenen Roman »Der neue Duft«, die beide 1989 bei **CORIAN** erschienen, nahm Werner Zillig Abschied von der SF, um sich künftig der Belletristik zu widmen.

7. DIVERSES

TODESFÄLLE

HANS HELMUT KIRST: Am 24. Februar 1989 starb der bekannte Romanautor Hans Helmut Kirst im Alter von 74 Jahren in Bremen. Zu seinem umfangreichen Œvre gehörte auch der 1957 erstmals veröffentlichte SF-Roman »Keiner kommt davon«. In ihm schilderte der Bestseller-Autor minutiös und detailliert den militärischen und politischen Ablauf von Ereignissen, die niemand gewollt hat, nach Überschreiten eines bestimmten Punktes aber eine Eigendynamik erhalten und bewirken, daß Europa schließlich im atomaren Inferno des Dritten Weltkriegs untergeht.

REINMAR CUNIS: Am 16. April starb der SF-Autor, Dramaturg und Fernsehspieldirektor Dr. Reinmar Cunis im Alter von 55 Jahren an den Folgen eines Herzinfarkts. 1951 erschien seine erste Veröffentlichung, die Kurzgeschichte »Nachtfalterweg«, 1978 sein erster SF-Roman, »Lifesendung«. Es folgten die Romane »Zeitsturm« (1979), »Der Mols-Zwischenfall« (1981) und »Wenn der Krebsbaum blüht«, sein wohl bestes Werk, das beim KURD LASSWITZ PREIS 1988 Platz 2 erreichte. 1982 kam seine einzige Storysammlung, »Ende eines Alltags«, heraus, daneben erschienen Stories in diversen Anthologien. Seine in der Weigand-Anthologie »Deutschland Utopia« enthaltene Geschichte »Vryheit do ik ju openbar« gewann den SFCD-Literaturpreis 1986 in der Kategorie Erzählung. Cunis war einer der bedeutendsten Vertreter literarischer deutscher SF, sein Tod bedeutet für das Genre einen schweren Verlust.

SEKUNDÄRWERKE

L. Sprague de Camp: LOVECRAFT. EINE BIOGRAPHIE; Frankfurt am Main 1989, Ullstein-TB 36561

R. Gustav Gaisbauer (Hrsg.): 25 JAHRE HUGH WALKER — AUTOR DER FINSTERNIS; Passau 1988, EDFC-Reihe »Follow« 250

R. Gustav Gaisbauer (Hrsg.): DER ZWEITE KONGRESS DER PHANTASIE; Passau 1989, EDFC-Reihe »Fantasia« 42/43

R. Gustav Gaisbauer (Hrsg.): 33 JAHRE CLARK DARLTON — W.E. AGAINST THE FUTURE; Passau 1989, EDFC-Reihe »Fantasia« 46

Jörg Helbig: DER PARAHISTORISCHE ROMAN. EIN LITERARHISTORISCHER UND GATTUNGSTYPOLOGISCHER BEITRAG ZUR ALLOTOPIEFORSCHUNG; Frankfurt am Main/Bern/New York/Paris 1988, Verlag Peter Lang, Reihe »Berliner Beiträge zur Anglistik« 1

Randel Helms: TOLKIENS WELT; Passau 1989, in EDFC-Reihe »Fantasia« 44/45

Barbara Holland-Cunz: UTOPIEN DER NEUEN FRAUENBEWEGUNG. GESELLSCHAFTSENTWÜRFE IM KONTEXT FEMINISTISCHER THEORIE UND PRAXIS; Meitingen 1988, Corian-Reihe »Studien zur phantastischen Literatur« Band 6

Wolfgang Jeschke (Hrsg.): DAS SCIENCE FICTION JAHR. AUSGABE 1989; München 1989, Heyne TB 4550.

Stephen King: DANSE MACABRE. DIE WELT DES HORRORS IN LITERATUR UND FILM; München 1988, Heyne Sachbuch 2

Joachim Körber (Hrsg.): BIBLIOGRAPHISCHES LEXIKON DER UTOPISCH-PHANTASTISCHEN LITERATUR, Ergänzungslieferungen 15—18; Meitingen 1988/89, Corian Verlag

Willy Loderhose: SCIENCE FICTION. ANDROIDEN, GALAXIEN, UFOS UND APOKALYPSEN; Hamburg 1988, Kino Verlag, cinema-Buch 23

Reinhard Lüth: DROMMETENROT UND AZURBLAU. STUDIEN ZUR AFFINITÄT VON ERZÄHLTECHNIK UND PHANTASTIK IN ROMANEN VON LEO PERUTZ UND ALEXANDER LERNET-HOLENIA; Meitingen 1988, Corian-Reihe »Studien zur phantastischen Literatur« Band 7

Franz Rottensteiner und Michael Koseler (Hrsg.): WERKFÜHRER DURCH DIE UTOPISCH-PHANTASTISCHE LITERATUR, Grundwerk und 1. Ergänzungslieferung; Meitingen 1989, Corian Verlag

Uwe Schnabel & Reinhard Habeck (Hrsg.): PETER KRASSA. FESTSCHRIFT ZUM 50. GEBURTSTAG; Altenstadt 1988, Dan Shocker's Fantastik-Club (Eigenverlag)

Heinrich Wimmer (Hrsg.): BIBLIOGRAPHISCHES LEXIKON DER UTOPISCH-PHANTASTISCHEN LITERATUR. VERLAGS- UND REIHENBIBLIOGRAPHIEN, Ergänzungslieferungen 5—7; Meitingen 1988/89, Corian Verlag

Frank T. Zumbach: EDGAR ALLAN POE. EINE BIOGRAPHIE; München 1989, dtv 11100

INTERVIEWS

DOUGLAS ADAMS interviewt von Emanuel D. Bergmann; in ANKH 2 (1/89)

KURT BRAND interviewt von Winfried Czech; in TRIVIAL-KURIER 50

MICHAEL DE LARRABEITI interviewt von Michael Matzer; in sfm 53 (10/89)

MICHAEL DE LARRABEITI interviewt von Bernhard Hennen; in ZZ 14 (12/88)

MARTIN EISELE interviewt von Carsten Scheibe; in Nachtschatten 7 (12/88)

WILLIAM GIBSON interviewt von Rene Mahlow; in HSF 4550 (1989)

M. JOHN HARRISON interviewt von John Dallman und Peter Wareham; in Fandom-Newsletter 18 (4/89)

TRACY HICKMAN siehe MARGARET WEIS

WOLFGANG JESCHKE interviewt von ANKH; in ANKH 3 (3/89)

ROBERT JUNGK interviewt von Klaus Farin; in sfm 57 (2/89)

THOMAS LEBLANC interviewt von Ute Bauer; in sfm 62 (7/89)

A. F. MORLAND interviewt von Winfried Czech; in PZ 5/89

CHAD OLIVER interviewt von Jörg Neumann und Irene King; in sfm 59 (4/89)

ERNST PETZ interviewt von Walter Arweiler; in SPACE 1 (5/89)

TERRY PRATCHETT interviewt von Colin Fine; in SPACE 2 (8/89)

LUCIUS SHEPARD interviewt von Raphael Sa'adah; in HSF 4550

JOHN SHIRLEY interviewt von John Shirley; in SAG 19 (6/89)

PETER STRAUB interviewt von Stanley Wiater; in sfm 60 (5/89)

MICHAEL SHAMEIT interviewt von Thomas Recktenwald; in SCACE 2 (8/89)

MARGARET WEIS & TRACY HICKMAN interviewt von ANKH; in ANKH 2 (1/89)

JAMES WHITE interviewt von Darrell Schweitzer; in SFT 10/88

ERWIN WICKERT interviewt von Sascha Mamczak; in sfm 55 (12/88)

PREISE UND AUSZEICHNUNGEN

Den **KURD LASSWITZ PREIS,** der alljährlich von den deutschen SF-Profis vergeben wird, gewannen 1988 in der Kategorie ROMAN »Die Wolke« von Gudrun Pausewang (vor »Wenn der Krebsbaum blüht« von Reinmar Cunis und »Magister Dorn« von Christian Mähr) und bei der KURZGESCHICHTE/ERZÄHLUNG »Die Endlösung der Arbeitslosenfrage« von Karl Michael Armer (vor »Zu Fuß von Schilda nach Krummbach« von Georg Zauner und »Begegnung am Strand« von Carl Amery), bei der Kategorie ÜBERSETZER gewann Lore Straßl vor Joachim Körber und Horst Pukallus. Zum besten Grafiker wurde Klaus Holitzka gewählt, und den SONDERPREIS erhielt Wolfgang Jeschke für DAS SCIENCE FICTION JAHR.

Zum 2. Mal wurden 1988 von den Lesern des Spielemagazins ZAUBERZEIT die Gewinner der **ZAUBERZEIT-PREISE** bestimmt. Zum besten SF-Roman des Jahres 1987 wurde »Dead Zone — Das Attentat« von Stephen King gewählt, zum besten Fantasy-Roman 1987 »Die Welt des Meisters« von Joel Rosenberg.

Der **SFCD-LITERATURPREIS 1989** ging in der Kategorie ROMAN an »Kiezkoller« von Fritz Schmoll (vor »Aktion Erde« von Peter Lorenz und »Minimom« von Christoph Güsken) und in der Kategorie KURZGESCHICHTE an »Der Käse« von Rainer Erler (vor »Federkugel« von Irmtraud Kremp und den ex equo auf Platz 3 gelandeten Stories »Ich werde immer da sein, wenn du mich brauchst« von Joern J. Bambeck und »Labyrinth City« von Karl Michael Armer).

Den zum sechsten Mal vergebenen **PHANTASTIK-PREIS DER STADT WETZLAR** erhielt Herbert W. Franke für seinen Roman »Hiobs Stern«. Der Preis ist mit DM 2500,— dotiert.

Michael Ende erhielt den mit DM 30000 dotierten **RAIFFEISEN-KULTURPREIS.**

Für ihren Roman »Die Wolke« wurde Gudrun Pausewang nach dem SFCD-LITERATURPREIS und dem KURD LASSWITZ PREIS auch mit dem vom Bundesministerium für Jugend, Familie, Erziehung und Gesundheit verliehenen **DEUTSCHEN JUGENDLITERATURPREIS ausgezeichnet.**

SF-Neuerscheinungen in der DDR

Oktober 1988 bis August 1989

Bach, Hans: *Die Glastropfenmaschine,* Verlag Neues Leben, Preis: 8,70 M, Phantastischer Roman (Serie »Spannend erzählt«, Band 215), 1. Auflage, 448 Seiten, mit Illustrationen von Karl Fischer, Pappband

Bogdanow, A.: *Der rote Planet/Ingenieur Menni,* Verlag Volk und Welt, Zwei utopische Romane in einem Band, Preis: 6,80 M. Aus dem Russischen von Reinhard Fischer und Aljonna Möckel, mit einem Nachwort von Peter Rollberg, 1. Auflage, 298 Seiten, Paperback

Branstner, Gerhard: *Der falsche Mann im Mond,* VEB Hinstorff Verlag, Preis: 7,60 M, Utopischer Kriminalroman, 5. Auflage, 204 Seiten, Leinwand

Branstner, Gerhard: *Der Sternenkavalier,* Verlag Das Neue Berlin, Peis: 7,80 M, Utopie, 5. Auflage, 244 Seiten, mit Illustrationen von Renate Trotzke-Israel, Pappband

Braun, Johanna und Günter: *Conviva Ludibundus,* Verlag Das Neue Berlin, Preis: 5,90 M, Utopischer Roman, 4. Auflage, 196 Seiten, Pappband

Bulytschow, Kir: *Alissa jagt die Piraten.* (Fortsetzung der SF-Serie für Kinder; bisher *Das Mädchen von der Erde, Das Mädchen aus der Zukunft* und *Die lila Kugel,* dieser Band enthält die beiden Powest *Der Gast aus der Vergangenheit* und *Die drei Koljas*). Aus dem Russischen von Aljonna Mökkel, mit Illustrationen von Heinz Handschick, Der Kinderbuchverlag, 238 Seiten, Pappband, 6,70 M

Ehrhard, Paul: *Nachbarn im All,* Verlag Neues Leben, Preis: 2,90 M, Wissenschaftlich-phantastischer Roman (Kompaßbücherei Band 193), 2. Auflage, 288 Seiten, mit Illustrationen von Werner Ruhner, Broschur

Frühauf, Klaus: *Lautlos im Orbit,* Verlag Neues Leben, Preis: 7,30 M, Wissenschaftlich-phantastischer Roman (Serie »Spannend erzählt«, Band 211), 2. Auflage, 296 Seiten, mit Illustrationen von Werner Ruhner, Pappband

Frühauf, Klaus: *Die Bäume von Eden,* Mitteldeutscher Verlag, Preis: 6,— M, Utopischer Roman, 4. Auflage, 224 Seiten, Broschur

Fuhrmann, Rainer: *Medusa,* Verlag Das Neue Berlin, Preis 9,80 M, Phantastischer Roman, 1. Auflage, 304 Seiten, Pappband

Grabinski, Stefan: *Der Schatten des Satans,* Verlag Volk und Welt, Preis: 7,80 M, Phantastischer Roman. Aus dem Polnischen von Charlotte Eckert, 1. Auflage, 192 Seiten, Leinen mit Schutzumschlag

Grin, Alexander: *Der Mord im Fischladen,* Verlag Volk und Welt, Preis: 14,80 M, Rätselhafte Geschichten, herausgegeben von Lola Debüser. Aus dem Russischen von Renate Lander. 1. Auflage, 198 Seiten, mit Photografiken von Ulrich Lindner, Leinwand

Hahn, Richard O. und Loetzke, Klaus-Dieter: *Noah II,* Mitteldeutscher Verlag, Preis: 6,— M, Science-Fiction-Roman, 1. Auflage, 190 Seiten, Paperback

Horstmann, Hubert: *Die Stimme der Unendlichkeit,* Verlag Das Neue Berlin, Preis: 6,50 M, 1. Auflage, SF Utopia, 288 Seiten, Paperback

Hüfner, Heiner und Luthardt, Ernst-Otto: *Utopisch phantastische Geschichten,* VEB Greifenverlag, Preis: 13,— M, 3. Auflage, 432 Seiten, Pappband in neuer Einbandgestaltung

Kant, Uwe: *Panne auf Poseidon Sieben,* Der Kinderbuchverlag, Preis: 6,80 M, Utopisches Kinderbuch, 2. Auflage, 48 Seiten, mit Illustrationen von Lothar Otto, Pappband mit Folie

Karinthy, Frigyes: *Die neuen Reisen des Lemuel Gulliver,* Verlag Das Neue Berlin, Preis: 5,60 M, Zwei phantastische Kurzromane. Aus dem Ungarischen von Hans Skirecki (SF Utopia), 1. Auflage, 208 Seiten, Paperback

Küchler, Manfred: *Der Planet ohne Sonne,* Verlag Neues Leben, Preis: 5,30 M, Wissenschaftlich-phantastischer Roman (BASAR), 1. Auflage, 202 Seiten, mit Illustrationen von Rolf Xago Schröder, Paperback

Laabs, Jochen: *Der letzte Stern.* Erzählungen, Mitteldeutscher Verlag, Reihe KLEINE EDITION, 175 Seiten, 6,50 M, Leinen mit Schutzumschlag

Lem, Stanisław: *Das Fiasko,* Verlag Volk und Welt, Preis: 10,40 M, Roman. Aus dem Polnischen von Hubert Schumann, 2. Auflage, 448 Seiten, Leinwand

Leman, Alfred: *Schwarze Blumen auf Bernard 3,* Verlag Neues Leben, Preis: 8,30 M, Wissenschaftlich-phantastischer Roman. 2. Auflage, 280 Seiten, mit Illustrationen von Rolf Xago Schröder, Pappband

Lesage, Alain-Rene: *Der hinkende Teufel,* Verlag Neues Leben, Preis: 2,90 M (Kompaß-Bücherei, Band 380). Aus dem Französischen von Theodor Lücke, 1. Auflage, 272 Seiten, mit Illustrationen von Harry Jürgens, Broschur

Luthard, Ernst Otto: *Die Wiederkehr des Einhorns,* Verlag Neues Leben, Preis: 7,40 M, Phantastische Erzählungen, 1. Auflage, 238 Seiten, mit Illustrationen von W. Ruhner, Pappband mit Schutzumschlag

Möckel, Klaus: *Die gläserne Stadt,* Verlag Das Neue Berlin, Preis: 5,20 M, Phantastische Erzählungen (SF Utopia), 1. Auflage, 168 Seiten, Paperback

Neff, Ondrej: *Ei verkehrt,* Verlag Neues Leben, Preis: 1,80 M, Phantastische Erzählungen aus dem Tschechischen von Barbara Zulkarnain und Susanne Stengel (Kompaß-Bücherei, Band 386), 1. Auflage, 208 Seiten, mit Illustrationen von Hans Ticha, Broschur

Nowak, Claus: *Der Tod muß warten,* Mitteldeutscher Verlag, Preis: 8,50 M, Eine phantastische Geschichte, 2. Auflage, 240 Seiten, Leinwand

Nowak, Claus: *Peridorm.* Roman, Mitteldeutscher Verlag, 9,50 M, 265 Seiten, Leinen mit Schutzumschlag

Parnow, Jeremej: *Das Tal der sieben Glückseligkeiten.* Aus dem Russischen von Irene Strobel, mit Illustrationen von Werner Ruhner, Roman, Verlag Neues Leben, KOMPASS Nr. 378, 184 Seiten, 1,80 M, Taschenbuch

Poe, Edgar Allen: *Die Maske des roten Todes und andere Erzählungen,* Buchverlag Der Morgen, Preis: 8,90 M (FABULA), 2. Auflage, 150 Seiten, mit Illustrationen von Aubrey Beardsley, Leinwand

Schefner, Wadim: *Bescheidene Genies,* Verlag Das Neue Berlin, Preis: 7,50 M, Phantastische Erzählungen aus dem Russischen, herausgegeben von Hannelore Menke. Aus dem Russischen von Helga Gutsche, Renate Landa, Gisela Leiste, Erika Pietraß und Hella Rymarowicz, 1. Auflage, 248 Seiten, Pappband mit Schutzumschlag

Simon, Erik und Spittel, Olaf R. (Hrsg.): *Fahrt durch die Unendlichkeit,* Verlag Das Neue Berlin, Preis: 12,80 M, Geschichten von ungewöhnlichen Reisen und fremden Planeten. Klassische Science Fiction-Erzählungen, diverse Übersetzer, 1. Auflage, 373 Seiten, mit 16 Farbtafeln, Leinwand mit Schutzumschlag

Simon, Erik und Spittel, Olaf R. (Hrsg.): *Science-fiction der DDR. Autoren und Werke. Eine Bestandsaufnahme,* Verlag Das Neue Berlin, Preis: 12,— M, 1. Auflage, 350 Seiten mit Fotos, Paperback

Simon, Erik (Hrsg.): *Die Rekonstruktion des Menschen,* Verlag Das Neue Berlin, Preis: 7,50 M, Phantastische Geschichten (SF Utopia), 1. Auflage, 448 Seiten, Paperback

Slawtschew, Swetoslaw: *Astronavigator Färn,* Verlag Das Neue Berlin, Preis: 7,50 M, Science-fiction-Erzählungen. Aus dem Bulgarischen von Erik Simon, 1. Auflage, 247 Seiten, Pappband mit Schutzumschlag

Sologub, Fjodor: *Der vergiftete Garten,* Buchverlag Der Morgen, Preis: 13,50 M, Phantastisch-unheimliche Geschichten, Herausgegeben und aus dem Russischen von E. Thiele, Christa Ebert und Hans Loose, 1. Auflage, 350 Seiten, mit Illustrationen von G. Seidemann, Leinwand mit Schutzumschlag

Steinmüller, Angela und Karlheinz: *Andymon,* Verlag Neues Leben, Preis: 5,30 M, Weltraumutopie (BASAR), 4. Auflage, 288 Seiten, mit Illustrationen von Regine Schulz und Burckhard Labowski, Broschur

Strugazki, Arkadi und Boris: *Die bewohnte Insel,* Verlag Das Neue Berlin, Preis: 10,20 M, Phantastischer Roman. Aus dem Russischen von Erika Pietraß, 2. Auflage, 352 Seiten, Pappband

Szameit, Michael: *Das Geheimnis der Sonnensteine,* Verlag Neues Leben, Preis: 2,90 M, Phantastischer Roman (Kompaß-Bücherei, Band 383), 1. Auflage, 320 Seiten, mit Illustrationen von K. Fischer, Broschur

Tuschel, Karl-Heinz: *Kurs Minosmond,* Verlag Neues Leben, Preis: 8,10 M, Wissenschaftlich-phantastischer Roman (Reihe »Spannend erzählt«, Band 207), 2. Auflage, 350 Seiten, mit Illustrationen von Karl Fischer, Pappband

Tuschel, Karl-Heinz: *Das Rätsel Sigman,* Verlag Neues Leben, Preis: 5,40 M, SF-Roman (Serie »Spannend erzählt«, Band 121), 6. Auflage, 240 Seiten, mit Illustrationen von Karl Fischer, Pappband

Tuschel, Karl-Heinz: *Unternehmen Three Cheers,* Militärverlag der Deutschen Demokratischen Republik, Preis: 5,80 M, Utopischer Roman, 1. Auflage, 318 Seiten, Taschenbuch

Verne, Jules: *Reise um die Erde in 80 Tagen,* Verlag Neues Leben, Preis: 9,50 M, Utopischer Roman (Ausgewählte Werke in Einzelausgaben, Band 6), 1. Auflage, 264 Seiten, mit Illustrationen von Peter Nagengast, Glanzbroschur

Verne, Jules: *Fünf Wochen im Ballon,* Verlag Neues Leben, Preis: 11,80 M. Aus dem Französischen bearbeitet von Manfred Hoffmann (Ausgewählte Werke in Einzelausgaben, Band 1), 2. Auflage, 328 Seiten, mit Illustrationen von Klaus Ensikat, Leinwand

Weinbaum, Stanley G.: *Die Welten des Wenn,* Verlag Das Neue Berlin, Preis: 9,20 M, Klassische Science-fiction-Erzählungen mit einer Nachbemerkung von E. Simon. Aus dem Amerikanischen von Edda Fensch, 1. Auflage, 311 Seiten, Pappband mit Schutzumschlag

Weitbrecht, Wolf: *Disput mit einem Farnkraut. Geschichten von Übermorgen.* Erzählungen. Verlag Tribüne, 114 Seiten, 2,— M, Taschenbuch

Wells, Herbert George: *Die Insel des Dr. Moreau/Der Krieg der Welten,* Verlag Das Neue Berlin, Preis: 9,80 M. Zwei klassische Science-fiction-Romane in einem Band. Aus dem Englischen von Paul Felix Grewe *(Die Insel des Dr. Moreau)* und G. A. Crüwell und Claudia Schmöllers *(Der Krieg der Welten),* 1. Auflage, 350 Seiten, Pappband mit Schutzumschlag

Ziergiebel, Herbert: *Zeit der Sternschnuppen,* Verlag Das Neue Berlin, Preis: 7,30 M, Utopischer Roman, 6. Auflage, 312 Seiten, Pappband

AUTOREN

Ein Nachruf auf Reinmar Cunis

von Michael K. Iwoleit

Am 16. April verstarb völlig unerwartet der Schriftsteller und Fernsehredakteur Reinmar Cunis im Alter von fünfundfünfzig Jahren an den Folgen eines Herzanfalls. Mit ihm verliert die deutsche Science Fiction-Szene einen ihrer wichtigsten Autoren. Mit vier Romanen, einer Sammlung und einer Anzahl verstreuter Kurzgeschichten und Artikel erwarb sich Cunis den Ruf eines sozial und politisch engagierten Erzählers, der meist in naher Zukunft angesiedelte Szenarien benutzte, um heutige Trends und Entwicklungen zu durchleuchten. Seine Bücher zeichnen sich durch Sorgfalt in der Recherche, anschauliche Schilderungen der Schauplätze und Milieus, stimmige Charakterisierungen und eine thematische Öffnung der Science Fiction in Richtung einer »Social Fiction« aus, die Humanwissenschaften wie Soziologie, Politologie, Psychologie, selbst Parapsychologie gleichberechtigt neben den Naturwissenschaften behandelt und die SF mit ihren Verfremdungs- und Extrapolationstechniken als eine besondere Methode versteht, über die Gegenwart zu schreiben. Als Erzähler stand Cunis in der Tradition Theodore Sturgeons, für den in der SF der Mensch und nicht die Technik im Mittelpunkt steht, und so spielen in seinen Büchern die Atmosphäre von Landschaften und Lebensräumen, wobei er in Nordeuropa gelegene Schauplätze bevorzugte, und das Naturell von Volkgruppen und ihren Traditionen eine besondere Rolle. Trotz gewisser Beschränkungen seines vom Journalismus geprägten Stils schuf er mit seinem zweiten Roman ZEITSTURM (1979) einen der Meilensteine der deutschen

Science Fiction, der über die Auflösung der erzählerischen Komponente Zeit zu einer hochgradig komplexen neuen Erzählform fand, deren Verknüpfung verschiedener Perspektiven, Zeit- und Handlungsebenen zu einer alptraumhaften Realitätsdemontage bislang in der deutschen SF nicht wieder erreicht wurde.

Reinmar Cunis wurde 1933 in Bremen geboren, promovierte als Soziologe mit einer Arbeit über künftige demokratische Wehrverfassungen, arbeitete als Journalist und später als Projektgruppenleiter beim Fernsehen des Norddeutschen Rundfunks (kürzlich wurde sein erstes eigenes Fernsehspiel ausgestrahlt, das allerdings keinen Bezug zur SF hat). Sein Debüt in der SF gab er mit dem 1978 bei Heyne veröffentlichten Kurzroman LIVESENDUNG, einer noch verhältnismäßig konventionellen, aber handlungsreichen und dramaturgisch gut gearbeiteten Geschichte um einen auf der Erde gestrandeten Außerirdischen, der als Mensch getarnt an einem Transmittersystem arbeitet, um in seine Heimatwelt zurückzukehren. Die vordergründige SF-Handlung ist hier wie so oft bei Reinmar Cunis nur ein Aufhänger für die Darstellung seiner Charaktere und der politischen Hintergründe, in diesem Fall den wirtschaftlichen Verwicklungen hinter einem Raumfahrtprojekt. ZEITSTURM erschien ein Jahr später und ist ein Zeitreiseroman besonderer Art. Das Buch erzählt keine geradlinige Geschichte, sondern schildert mit Hilfe von Vor- und Rückblenden, ineinander verflochtenen und chronologisch verwirrten Handlungsfäden den Geisteszustand eines hochrangig tätigen Industrieangestellten, der sich mit Hilfe psychedelischer Drogen und elektronischer Hirnmanipulationen über die Ordnung von Raum und Zeit hinwegsetzen wollte und nach einem Flugzeugabsturz in einem kleinen Hospital an der französischen Atlantikküste auf einer anderen Realitätsebene erwacht. Trotz einiger pointierter politischer Anmerkungen ist Cunis' zeitkritischer Bezug hier wesentlich subtiler. Über die Zergliederung des Charakters der Hauptfigur gelangt er zur Darstellung einer Selbstentfremdung, die exemplarisch für die Selbstentfremdung des einzelnen in der modernen Industriegesellschaft steht. DER MOLS-ZWISCHENFALL (1981) erzählt in etwas konventionellerer, pseudo-dokumentarischer Form von einem unter rätselhaften Umständen ums Leben gekommenen Amateur-Parapsychologen, der bei Experimenten im dänischen Molsland einem sowjetischen Geheimprojekt zur militärischen Anwendung außersinnlicher Fähigkeiten auf die Spur kommt, und behandelt den Konflikt zwischen naturwissenschaftlicher und eher spekulativer, transzendentaler Deutung der menschlichen Psyche und ihrer Fähigkeiten, ein Schritt in die Nähe einer von esoterischen Vorstellungen geprägten Science Fiction, mit dem Cunis nicht restlos überzeugen konnte, obwohl ihm auch hier eine Anbindung an gesellschaftliche Realitäten gelingt. 1982 erschien seine Kurzgeschichtensammlung ENDE EINES ALLTAGS, die sein Projekt einer Science Fiction als »Social Fiction« in Form eines Aufsatzes und fünf programmatischer Erzählungen darstellt. Cunis' jüngster Roman WENN DER KREBSBAUM BLÜHT (1987) ist ein großes SF-Epos in klassischem Stil und verzichtet auf die Aktualität seiner früheren Romane zugunsten einer zeitlosen Thematik, um in Form einer weitgespannten Chronik die Bemühungen der nordeuropäischen Völker und Länder, die nach dem ökologischen und ökonomischen Niedergang der alten Industrienationen das europäische Erbe weiterführen, um die Wiedererlangung ihrer Identität zu schildern, die sich in der Identitätssuche der Hauptfigur spiegelt. Der Roman ist Cunis' wohl persönlichstes Buch, nicht nur was seine Vorliebe für die Länder und Völker Nordeuropas angeht, die er in den Mittelpunkt des Weltgeschehens rückt und deren Naturell, Sitten, Gebräuche und Weltbild er trotz bescheidener stilistischer Mittel eindrucksvoll darstellt, sondern auch im Hinblick auf die in der Gemeinde Torsby verkörperte Utopie, die über ihre politischen Inhalte hinaus als eine persönliche Vision des Verfassers von einem menschlichen Zusammenleben in Liebe, Achtung und Zwanglosigkeit verstanden werden darf.

Reinmar Cunis setzte in seinem Schaffen Akzente für die neuere deutschsprachige Science Fiction und veröffentlichte herausragende Werke schon zu einem Zeitpunkt, als die übrige Autorenszene noch mit den Geburtswehen rang. Sein allzu früher Tod reißt nicht nur eine literarische Lücke in die ohnehin dünn gewordene Basis deutscher SF, sondern bringt die Szene um eine interessante Persönlichkeit, einen verdienstvollen Kollegen und einsichtigen Beobachter des Weltgeschehens, der an seinen politischen Positionen nie einen Zweifel gelassen hat.

Winfried Petri zum 75. Geburtstag am 4. September 1989

von Jörg Pfleiderer

Winfried Wilhelm Eduard Emil Petri gehört zu den wenigen Menschen, denen es gelang, sich in der Literatur (engl. fiction), in der Wissenschaft (engl. science) und dann auch noch in der Kombination beider Begriffe, in der Science Fiction, einen Namen zu machen. Die ungewöhnliche Vielfalt seiner Lebenserfahrung reicht vom Hauer zum Flugzeugkonstrukteur, vom Funker zum Musiker, vom Bauingenieur zum Übersetzer, vom Segelflieger zum Astronomen, vom Expeditionsteilnehmer zum Enträtsler alter Schriften, vom Hilfsarbeiter zum Professor.

So liest sich also sein Lebenslauf entsprechend spannend. Schon in der Schule zeigte sich sein allseits bewundertes Sprachentalent: Er lernte Hebräisch. Das reichte ihm jedoch keineswegs aus: In so verschiedenen Fächern wie Musik, Stenographie, Astronomie und Physik war er zusätzlich aktiv. Das Studium mit dem Schwerpunkt orientalische Sprachen erstreckte sich ebenso auf Mathematik und Physik. Dann folgten die unterschiedlichsten Tätigkeiten: Wissenschaftlicher Mitarbeiter an der Preussischen Akademie der Wissenschaften (Ägyptisches Wörterbuch, Griechische Kirchenväter), Segelflugschulung im Deutschen Luftsportverband, Funkerausbildung bei der Luftnachrichtentruppe, Hilfsassistent an der Universität Berlin, Entwicklungsbauaufsichtsingenieur des Reichsluftfahrtministeriums im Zentrallaboratorium für Bildoptik der Physikalisch-Technischen Reichsanstalt, Sachbearbeiter für astronomische Flugnaviga-

tion und Flugzeugentwicklung im Technischen Amt des Reichsluftfahrtministeriums, Fliegerhauptingenieur im Jägerstab. Die Promotion zum Dr. phil., die für andere auch damals oft ein Full Time Job war, erledigte er 1943 so nebenbei. Das Kriegsende brachte ihn zunächst in amerikanische Gefangenschaft, danach als Grubenhilfsarbeiter unter Tage in ein Pechkohlenbergwerk. Er legte die Hauerprüfung ab, ging aber dann doch zurück in die Wissenschaft an die Universitätssternwarte München, zunächst am Sonnenobservatorium Wendelstein. Dreimal in diesen Jahren bot sich ihm

Gelegenheit, totale Sonnenfinsternisse messend zu verfolgen. 1954 in Schweden, 1955 in Ceylon und 1959 in der Sahara. Solche Finsternisexpeditionen müssen äußerst sorgfältig vorbereitet werden, denn das ganze Meßprogramm soll ja fehlerfrei zu vorgegebener Zeit innerhalb höchstens einiger Minuten ablaufen. Die zusätzlich benötigten idealen Sichtbedingungen (nicht nur klares Wetter, sondern auch kein Dunst, kein Staub, kein Wüstensandsturm) waren Petri nicht vergönnt, so daß die wissenschaftliche Ausbeute eher mäßig zu nennen wäre. Aber die verfinsterte Sonne war nicht hinter dichten Wolken versteckt. So war die Arbeit nicht umsonst, und er konnte dreimal den ungeheuren Eindruck, den eine totale Finsternis auf einen phantasievollen Menschen (nicht nur Adalbert Stifter war einer) machen kann, in sich aufnehmen. Man fühlt sich in eine fremde Welt versetzt, die etwas Unwirkliches an sich hat. Diese Erlebnisse mögen zu Petris Neigung, sich mit den fremden und unwirklichen Welten der Science Fiction zu beschäftigen, wohl ihren Teil beigetragen haben.

Als einer der ersten hat Petri sich auch aktiv in das moderne Computerzeitalter hineingestürzt. Schon 1957 führte er Berechnungen von Planetenbahnen mit dem ersten Münchner Elektronenrechner durch.

Immer mehr wurde Petri durch alte astronomische Texte gefesselt. Vor allem die indisch-tibetische Astronomie hatte es ihm angetan. Nach einem Gastaufenthalt an der Akademie der Wissenschaften der UdSSR ging er 1965 an das neugegründete, im Deutschen Museum angesiedelte Institut für Geschichte der Naturwissenschaften der Universität München. Dort hat er, für einen Menschen wie ihn fast unerwartet, doch noch eine normale und schnelle akademische Karriere gemacht. 1965 Konservator, 1966 Oberkonservator, 1967 Habilitation, 1969 Akademischer Oberrat, 1970 Akademischer Direktor, 1971 außerplanmäßiger Professor, 1972 Abteilungsvorsteher und Professor, 1977 bis 1979 interimistische Leitung des Instituts. Auch die Ehrungen blieben nicht aus. Er ist, um nur einiges zu nennen, wissenschaftliches Mitglied im Forschungsinstitut des Deutschen

Museums, Mitglied des Beirates für Luft- und Raumfahrt und der Deutschen Copernicus-Kommission, korrespondierendes Mitglied der Académie Internationale d'Histoire des Sciences.

Den Astronomen war er vor allem durch seine immer spannenden, wenn auch wegen der vielen fremdklingenden Namen mit noch fremder wirkender Schreibung nicht gerade leicht verständlichen historischen Beiträge bekannt. Jahrelang hat er auf Tagungen der Astronomischen Gesellschaft die manchmal etwas trockenen Mitteilungen über neue astrophysikalische Erkenntnisse mit Vorträgen über das, was insbesondere die orientalischen Astronomen früher dachten und schrieben, verstanden oder auch nicht verstanden, aufgelockert. Er stützte sich dabei ebenso auf sein astronomisches Wissen wie auf seine Kenntnisse vieler Sprachen, nicht nur Latein, Griechisch, Hebräisch, sondern auch Arabisch, Sanskrit, Armenisch, Tibetisch, Mongolisch, vor allem Russisch. Es wird aber auch berichtet, daß er sich im Institut häufig als unentbehrlich erwies — durch seine Qualifikation als Leistungsstenograph. Eine Zeitlang führte er das Vortragsbuch des Instituts. Dieser Teil kann heute von den meisten nicht mehr entziffert werden, denn er schrieb Deutsch mit Frakturschrift, russische Titel aber selbstverständlich kyrillisch, von anderen Schriften ganz zu schweigen.

Die Spannweite der Petrischen Denkweise erhellt auch daraus, daß er als Saxophonist modernen Klängen verbunden ist, als Fagottist aber in einem Amateur-Barockorchester mitwirkt.

Petris Interesse an der Weltraumfahrt geht noch auf eine Zeit zurück, als diese kaum mehr als Science Fiction war. 1969 gehörte er zu den Experten, die die erste Mondlandung im Fernsehen kommentierten. Noch heute schreibt er Artikel zur Raumfahrt.

Seine Bedeutung für die SF liegt wohl vor allem darin, daß er in der Kombination von Fachwissen und Sprachkenntnis den meisten Übersetzern überlegen ist. Damit kann er Nuancen des Textes erkennen, die die technischen Auffassungen der Autoren dokumentieren. Was zur etablierten Technik gerechnet wird, was zur Zukunftsentwicklung, die in der SF überraschende Wirklichkeit ist, was zur noch nicht recht vorstellbaren Möglichkeit, die auch in der SF eher als Besonderheit dargestellt wird, das entwirft ein Scenario des gesellschaftlichen Umfelds des Autors, das nicht nur einer einfühlsamen Übersetzung bedarf, sondern auch als solches das fremde Land und sein fremdes Denken durchleuchtet. Weil wir diese Beiträge unseres Wahnfrieds — der Spitzname spiegelt seinen Lebenslauf wider — zur SF nicht missen wollen, ist das Jahrbuch gerade der richtige Ort, ihm alles Gute und vor allem noch viele Jahre erfolgreicher Arbeit zu wünschen.

Nicht den Lesernachwuchs vergessen!

von Jörg Weigand

Nach Auskünften aus den Verlagshäusern, die der Science Fiction in ihrem Programm einen besonderen Platz einräumen, aus den Taschenbuchverlagen also, scheint der Negativtrend der SF auf dem deutschen Buchmarkt gestoppt und die Talsohle bereits durchschritten. Dennoch will sich niemand mit der augenblicklich zu verzeichnenden leichten Aufwärtsentwicklung zufrieden geben, vor allem nicht im Hinblick auf die Verkaufszahlen anderer Genres spannender Unterhaltung wie etwa des Thrillers. Und schon gleich gar nicht, wenn man den Boom in Vergleich setzt, den die SF zur Zeit im angloamerikanischen Bereich erlebt.

Es stellt sich also wieder einmal, zum soundsovielten Mal, die Frage nach dem »Warum«. Nun ist über diese Frage bei uns in den vergangenen Jahren schon viel spekuliert worden; Lektoren und Redakteure, Herausgeber und Übersetzer haben längst ihr Fett weg. Und die deutschen Autoren sind im Augenblick, so scheint es, sowieso vollkommen aus dem Rennen — von einigen wenigen Ausnahmen, die aber in der Masse der insbesondere aus dem Englischen und Amerikanischen übersetzten Werke kaum noch ins Gewicht fallen. Doch bei aller Kritik aus berufenem und oft auch eher unberufenem Mund scheint mir niemand zum eigentlichen Kern des Problems vorgedrungen zu sein.

Möglicherweise ist die ganze Angelegenheit ja so vielschichtig, daß die Suche nach einem einzigen Grund, *dem* Grund, zwangsläufig ins Leere stoßen muß. So sei versucht, hier eine weitere Überlegung in die Debatte einzubringen, immer in der Hoffnung, wenn schon nicht einen Weg aus der Misere zu weisen, so doch zumindest einen weiteren Hinweis auf die einzuschlagende Richtung aufzuzeigen.

Werfen wir einen Blick zurück! Erinnern wir uns an unsere ersten Anfänge als Science Fiction-Leser, an jenes köstliche Erleben planetarer Exotik und jenen Kitzel, den die Abenteuer unserer Helden bei uns erzeugten. Jener »sense of wonder« war es doch, der uns in seinen Bann zog — ganz gleich ob das die allerersten Utopia-Großbände waren, der Start Perry Rhodans zum Mond oder irgendwelche Storyveröffentlichungen, die uns durch Zufall in die Hände gerieten. Entscheidend war doch die auf ein jugendliches Publikum zugeschnittene Darstellung, die auch dem SF-Anfänger eine Chance bot, sich in solche fremden Atmosphären einzulesen. Und wer sich einmal hatte einfangen lassen, der blieb bei der SF, oft über viele Jahrzehnte lang!

Worauf ich hinaus will: ich glaube, was der SF im deutschen Sprachraum z. Zt. am meisten fehlt, ist der Lesernachwuchs. Der Leserstamm ist überaltert; diejenigen SF-Konsumenten, die den Aufschwung der Science Fiction nach dem Krieg miterlebt haben, bilden die Masse der Leser. Und damit hat es sich. Es gibt, soweit ich einen Überblick habe, speziell dazu kein empirisches Material, dennoch bin ich mir sicher, daß man auf solche Erkenntnis käme, könnte sich jemand zu einer Untersuchung aufraffen.

Es gibt da einige Indizien, die in diese Richtung weisen. Zum Beispiel stoße ich bei Lesungen vor Schulklassen etwa der Jahrgangsstufen zehn und elf immer wieder auf erstaunte Fragen, wenn ich vergleichsweise eingängige, präzise auf den Punkt gebrachte Stories vortrage: Was, das ist Science Fiction? Wo bleibt da die komplizierte Pseudowissenschaftlichkeit einer Perry Rhodan-Serie? Wo die technische Abgehobenheit der Cyberpunks? Diese Fragen werden nicht in Form einer Kritik gegenüber den gelesenen Geschichten, sondern eher als lobende Anmerkung vorgebracht, nach dem Motto: Endlich mal eine Science Fiction, die es mir erlaubt, mich als Anfänger, der noch nie mit SF zu tun hatte, hineinzufinden.

Betonen möchte ich ausdrücklich, daß es sich dabei keineswegs um Einzelphänomene handelt, sondern daß es mir auf diese Weise schon oft gelungen ist, der SF gegenüber bisher abstinente oder sogar ausgesprochen skeptische Jugendliche zu interessieren.

Damit möchte ich nachdrücklich auf eine Tatsache hinweisen, die noch keineswegs bis in die grauen Gehirnzellen der deutschen SF-Macher vorgedrungen zu sein scheint: Es fehlt eindeutig an Einsteigerliteratur, an gut lesbaren Texten für Anfänger.

Der Einwand, daß es in geradezu überwältigenden Mengen Science Fiction für deutsche Leser gibt, daß der Markt damit zeitweise geradezu überschwemmt wurde, trifft den Kern des Problems keineswegs. Denn, bitteschön, wer im Namen aller SF-Autoren, hilft denn dem Neuling, sich zwischen all jenen bunten Covers, den mehr oder weniger dikken Schwarten, zurechtzufinden? Schon gar nicht der Buchhändler, der oft noch nicht einmal ein Interesse daran hat, sich zu informieren, um solche Information an den möglichen Käufer weiterzugeben. Nein, in der Regel wird in der Buchhandlung heutzutage nur noch verkauft, nicht mehr beraten. Hier wird der Neugierige schnöde alleingelassen, es fehlen die Orientierungshilfen. Denn — wem helfen schon die Klappentexte weiter? Selbstverständlich ist immer gerade das vorliegende Werk das einzig gelungene und noch dazu sensationell gute. Einen Hinweis, etwa: gut für neugierige Leser, die sich schon immer mit SF beschäftigen wollten, aber keinen Zugang zu dieser Literatur fanden, wird man vergebens suchen.

Und so sieht sich der SF-Neuling allein gelassen zwischen all den bunten Titelbildern, kann nicht unterscheiden, welches Buch ihn überfordern würde bzw. welcher Roman seiner Neugier angemessen wäre. Prompt wählt er natürlich das falsche Buch — und ist der Science Fiction auf ewig als Leser verloren. Wie viele solcher Enttäuschungen mögen der SF eine stattliche Leserzahl gekostet haben?

Über lange Zeit hinweg haben gerade bei uns die Romanheftreihen wie »Utopia« oder »Terra« gerade beim jugendlichen Leser — auch vom Preis her — Pfadfinderdienste geleistet. Man sollte diese Hilfsfunktion für das Heranführen neuer Lesergruppen an die (auch gehobene) Science Fiction nicht unterschätzen. Ganz im Gegenteil: Da ist während der ganzen Jahre wichtige Basisarbeit geleistet worden, auch und gerade von deutschen Autoren, die heute oft genug ohne Absatzchancen sind.

Das Romanheft hat seine Rolle im Bereich der Science Fiction im großen und ganzen ausgespielt; »Perry Rhodan« und »Ren Dhark« können hier vernachlässigt werden, die sind für den Neuling bereits zu weit abgehoben. Was uns zur Zeit fehlt, sind eine oder gar zwei Reihen im Taschenbuch, wo gezielt für den Leseanfänger Titel erscheinen, die ihn in die Welt der Science Fiction einführen und ihn Schritt für Schritt tiefer eindringen lassen in die oft sehr komplexen Ideen, die den Phantasien der Autoren entsprungen sind und gar manchem Fortgeschrittenen noch Kopfzerbrechen bereiten können.

Wo also ist der in die Zukunft denkende Science Fiction-Verleger, der eine solche Reihe ins Leben ruft und damit aktive Leserwerbung betreiben würde? Ich bin der Meinung, da könnte sich ein mutiger Kopf eine umfangreiche neue Klientel schaffen, die in der Folge leicht an die anderen Reihen »für Fortgeschrittene« herangeführt werden könnte. Zukünftige Stammkundschaft gewissermaßen.

Ich will nicht verschweigen, daß ich mir von einem solchen Unterfangen eine gewisse Marktchance für deutschsprachige Autoren verspreche. Auch und gerade der Nachwuchs könnte hier zum Zuge kommen — gewissermaßen ein Silberstreif am Horizont der deutschen Science Fiction. Selbstverständlich dürften die großen Klassiker von Clarke bis Heinlein, von Clement bis Silverberg und Anderson nicht fehlen — aber immer speziell ausgewählte Titel für den besonderen Zweck. Und ebenso selbstverständlich sollten bereits etwas bekanntere deutsche Autoren die Möglichkeit erhalten, speziell Texte für eine solche Reihe zu schreiben.

Solange es keinen solchen Service für den Lesernachwuchs gibt, kommt der SF-Kritik eine besondere Verantwortung zu. Sofern die Damen und Herren der Kritikerzunft ihre Arbeit ernst nehmen und nicht nur im eigenen Kritikersaft schmoren wollen, wäre es eine wichtige Aufgabe, auf solche Einstiegslektüre ganz besonders hinzuweisen. Daß der reinen Jugend-SF da auch eine gewisse Rolle zukommt, ist klar, dennoch scheint mir ihre Rolle eher sekundär, da ab einem gewissen Alter der Jugendliche lieber und schneller zur Erwachsenenlektüre greift. Und hier muß man sein Interesse für die Science Fiction wecken.

Solange nicht solche oder ähnliche Maßnahmen ergriffen werden, scheint es mir um die Einbindung neuer Leserkreise in die SF-Schar schlecht bestellt zu sein.

Die Geburt der Tragödie aus dem Geiste der Nation

Einige Überlegungen zu Hans Dominik und der Tendenzliteratur im 19. und 20. Jahrhundert

von Klaus W. Pietrek

Der Beginn unseres Jahrhunderts ist gezeichnet durch ein Ausmaß an Grauen, für das die letzte Zeile aus Georg Trakls *Im Osten* als kataklysmische Grundmetapher dienen kann: »Wilde Wölfe brachen durchs Tor.« Zwei Weltkriege hinterließen ein zerstörtes und traumatisiertes Europa, deren Ursachen und Gründe zwar wohl erforscht sind, deren tatsächliche Ausbrüche aber in jenem irrationalen menschlichen Bereich siedeln, der nicht vollständig zu deuten ist. Ein Gewebe aus politischen Gegebenheiten, wirtschaftlichen und sozialen Spannungen, ideellen und ideologischen Implikationen bildete das Sprungnetz für die Vernichtung von Abermillionen Menschen, das sich — außer in vereinfachenden geschichtsphilosophischen Spekulationen — der vollen Erklärbarkeit entzieht. Unübersehbar ist dabei, daß auch die Literatur des 19. und 20. Jahrhunderts ihren traurigen Anteil an der Förderung von Krieg, Imperialismus und Faschismus hat. Einerseits trug sie verdeckt zu den ideologischen Grundlagen mit bei, andererseits scheuten sich zahllose Autoren ebenfalls nicht, ganz offen

> »den Krieg ins Studierzimmer (zu) tragen und am Schreibtisch blutige Schlachtgesänge (zu) verfassen oder Artikel,

in denen der Haß zwischen den Völkern genährt und ingrimmig geschürt wird.«[1]

Allerdings reduziert sich diese Propaganda-Literatur weder gänzlich auf die explizite Verbreitung politischer Weltbilder — obgleich sie politische Literatur war —, noch wurde sie erst im Gefolge der allgemeinen Mobilmachung geboren. Ihre Wurzeln gründen vielmehr schon in der zweiten Hälfte des 19. Jahrhunderts, in einem Zeitalter, in dem sich Imperialismus und technokratisches Utopiedenken zu herrschenden nationalen Phänomenen aufschwangen. Einer der Auto-

[1] Hesse, Hermann: *Politische Betrachtungen.* In: *Gesammelte Werke in zwölf Bänden.* Frankfurt/M. 1982, Suhrkamp. Bd. 10, S. 412.

ren, deren Entwicklung von diesem gesellschaftlichen Klima geprägt wurde, war Hans (Joachim) Dominik.

Er wurde am 15. November 1872 in Zwickau als Sohn eines Journalisten — Chefredakteur des *Neuen Kurs* in Berlin — geboren, besuchte zunächst ein humanistisches Gymnasium, mußte aufgrund mangelhafter Leistungen in den Fremdsprachen mehrfach die Schule wechseln, und kam schließlich an das Gymnasium in Gotha, wo Kurd Laßwitz in Mathematik und Physik unterrichtete. Nach dem Abitur 1893 begann Dominik an der Technischen Hochschule in Berlin ein Maschinenbaustudium mit Schwerpunkt Eisenbahntechnik, da es für die Elektrotechnik, die ihn besonders faszinierte, noch keinen eigenen Studiengang gab. Während der Studienzeit besuchte er 1895 und 1897 jeweils längere Zeit die USA, arbeitete dort bereits als Elektroningenieur und sammelte sprachliche und fachliche Kenntnisse. Durch diese Erfahrungen wurde er für die Industrie interessant, daher brach er schließlich sein Studium ab, um ein verlockendes Angebot anzunehmen. War er zunächst Projektleiter bei einer kleineren Firma, die Fabriken und Zechen elektrifizierte, so trat Dominik — als ihn 1899 ein starkes Augenleiden an einer weiteren Ingenieurtätigkeit hinderte — schließlich bei Siemens & Halske ein, dem damals führenden deutschen Elektrokonzern, wo er allerdings nicht direkt im technischen Bereich, sondern in der Presseabteilung tätig war. Die Erfahrung, die er hier in der popularisierenden Darstellung neuer Erfindungen sammelte, nutzte er auch nebenberuflich, um sein Einkommen mit populären Aufsätzen über technische Themen für Tageszeitungen wie das *Berliner Tageblatt* und den *Berliner Lokalanzeiger,* mit Werbeprospekten und Broschüren aufzubessern.

Im Jahr 1901 machte sich Hans Dominik dann als Fachjournalist und Fachpublizist selbständig, arbeitete zeitweilig aber auch als Lokalreporter. Seine *Technischen Märchen* erschienen neben Sachbüchern wie *Was muß man von der Dynamomaschine wissen?, Amüsante Wissenschaft* oder *Das Buch der Chemie* ab 1903, seit 1907 wurden auch einzelne Science Fiction-Erzählungen u.a. in der heute noch existierenden Jugendbuchreihe *Das Neue Universum* veröffentlicht. Seine Aktivität im Feld der Technik gab Dominik dennoch nicht zur Gänze auf. Gleichfalls 1903 gründete er zusammen mit Graf von Arco, dem Erfinder der drahtlosen Telegraphie, mit Edmund Rumpler, dem Konstrukteur eines der ersten Flugzeuge, sowie einigen anderen Gleichgesinnten die ›Automobiltechnische Gesellschaft‹. Dominik war nicht nur ein Förderer der Autotechnik, sondern wirkte an ihrer Entwicklung selbst mit und meldete einige Patente für eine Kugellagerkonstruktion an. Im Jahr 1910 heiratete er eine um fast sechzehn Jahre jüngere Frau und wurde 1911 Vater einer Tochter. Im Ersten Weltkrieg blieb Hans Dominik die Front aufgrund einer Rückgratverkrümmung erspart; er arbeitete wiederum bei Siemens & Halske an der Weiterentwicklung der Telegraphie mit. Nach Kriegsende 1918 bis 1920 folgte dann die für ihn etwas ungewöhnliche Beschäftigung als Dramaturg für technische Kurzfilme.

Den Einstieg in den Romansektor begann Dominik mit meist technikorientierten Kolportageromanen ohne utopische Elemente wie *Glück auf!* (1912), *Der Sieger* (1913) und *Die Madonna mit den Perlen* (1916) für den Carl Duncker Verlag. Mit *Die Macht der Drei* erschien dann 1922 sein erster Zukunftsroman, der in knapp sechs Monaten verfaßt wurde. Während sich die Lektoren eher skeptisch äußerten (»Für die deutsche Belletristik unmöglich«), waren die Verleger begeistert. Dennoch erschien der Roman — gleichsam zum Antesten — zunächst als Fortsetzung in der *Woche*, zudem gleichzeitig mit einem erprobten Heimatroman. Diese Vorsichtsmaßnahme erwies sich als unbegründet. Der Erfolg war überwältigend und übertraf alle Erwartungen. Umgehend wurde im Verlag E. Keil's Nachfolger, Leipzig, eine Buchfassung nachgeschoben, und noch zu Lebzeiten des Autors — er starb am 9. Dezember 1945 in Berlin — erreichte die verkaufte Auflage eine Höhe von 170000 Exemplaren.

Ermuntert durch dieses Ergebnis, schrieb Hans Dominik von nun an relativ regelmäßig weitere technisch-utopische Romane bis in den Zweiten Weltkrieg hinein, die alle kaum weniger erfolgreich wurden. Nichtsdestoweniger sah er sich durch die Inflation gezwungen, 1922 wieder eine feste Stellung als Elektroingenieur im Voxo Konzern anzutreten. 1923 erschien sein zweiter Roman *Die Spur des Dschingis-Khan,* auch diesmal zunächst als Vorabdruck in der *Woche,* dem bei E. Keil's Nachfolger die Buchausgabe folgte. 1924 machte sich der Autor dann erneut selbständig und widmete sich fortan ganz der Schriftstellerei. Neben den Zukunftsromanen — auch in den Verlagen Scherl bzw. Koehler & Amelang — verfaßte er ebenfalls noch Kriegs- und allgemeine Unterhaltungsromane wie *Klar zum Gefecht* (1915), *Das eiserne Kreuz* (1916) und *John Workmann, der Zeitungsboy* (1921, 3 Bde.), der ebenfalls sehr erfolgreich wurde; weiterhin populäre Sachbücher zur Technik wie *Technische Rekorde über und unter der Erde* (1930), *Geballte Kraft* (1942), sowie die Autobiographie *Vom Schraubstock zum Schreibtisch* (1942)[2].

Die deutsche Science Fiction-Literatur nach dem Ersten Weltkrieg — die Zukunftsromane, die utopisch-technischen Romane oder wie auch immer sie genannt wurden — ist untrennbar mit dem Namen Hans Dominik verbunden. Seine Wirkung strahlte bis weit in die sechziger Jahre hinein, zahlreiche zeitgenössische deutsche SF-Autoren bekennen, über Dominik zur Science Fiction gefunden zu haben, und der größte Teil dieser Bücher hat auch nach 1945 immer wieder Neuauflagen erlebt. Schwonke apostrophiert gar, daß Dominik

> »in Deutschland eine ähnlich beherrschende Rolle gespielt (hat) wie seinerzeit Jules Verne in der Welt, und (...) sie z. T. heute noch (spielt)«.[3]

---

[2] Hinsichtlich einer Gesamtbibliographie wird auf Franz Rottensteiners Lexikonbeitrag über Dominik im *Bibliographischen Lexikon der utopisch-phantastischen Literatur,* Meitingen 1984ff, Corian verwiesen.

[3] Schwonke, Martin: *Vom Staatsroman zur Science Fiction.* Stuttgart 1957, Ferdinand Enke. S. 53.

Nun war dieser Autor nicht der einzige, der im betreffenden Zeitraum deutsche Science Fiction schrieb. Es kam nach 1918 sogar zu einer regelrechten Flut völkisch-nationaler und ungehemmt fortschrittsgläubiger Zukunftsromane. Unter andem veröffentlichte Otto Willi Gail die viel gelesenen Bücher *Der Schuß ins All* (1925), *Der Stein vom Mond* (1926) und *Hans Hardts Mondfahrt* (1928), von Friedrich Wilhelm Mader erschien *Wunderwelten* (1911) und *Der letzte Atlantide* (1923), von Bruno Bürgel *Der Stern von Afrika* (1920); des weiteren wären Karl-August von Lafferts sämtlich in den zwanziger Jahren publizierte technisch orientierte Zukunftsromane ebenso zu nennen wie Robert Kraft, Axel Beste, Robert Heymann und zahlreiche andere Autoren, die für Heftromanserien mit futuristischem Einschlag schrieben. Indes lag der Schwerpunkt der meisten vorgenannten Werke und Schriftsteller tatsächlich in der mehr oder minder fundierten Darstellung technischer Zusammenhänge, technischer Novitäten oder auch einfach nur abenteuerlicher Geschehnisse. Ideologische Aspekte waren freilich vorhanden, bestimmten aber nicht unbedingt die eigentliche Intention. Gleichzeitig jedoch traten auch Schriften in Erscheinung, die sich an jene Bevölkerungsschichten wandten, welche durch die ›Schmach von Versailles‹ einen gefährlichen Identitätsbruch erlitten hatten — das dem wilhelminisch-monarchistischen Kaiserreich zugeneigte, restaurativ gesinnte Kleinbürgertum hauptsächlich.

In den Jahren zwischen 1918 und etwa 1923 manifestierten sich denn auch immer stärker solche Rückkehr-Utopien in der Öffentlichkeit, die alles andere als ›zukünftig‹ waren; vielmehr wurden hier unter dem Deckmantel der Erneuerung die alten Werte, die Rückkehr zum Kaiser- und Kanzlerregime des Zweiten Reiches literarisch ausgelebt. In diesen chauvinistischen Romanen erscheint Deutschland als das zwar gedemütigte, aber trotzdem letztlich unbesiegbare Land, das die ihm gebührende Führerrolle in der Welt schon noch einmal übernehmen wird, wobei auch die entsprechende Xenophobie nicht zu kurz kommt; dem ›Erbfeind‹ Frankreich gilt jeweils der ganze Haß, während an Großbritannien appelliert wird, sich auf seine ›nordischen Rasseninstinkte‹ zu besinnen und ins deutsche Lager zurückzukehren. Daß die politische Grundposition der Autoren je nach Couleur zwischen einer ludendorffisch-monarchistischen, nationalbolschewistischen und rechtssozialistischen Linie schwankte, hat angesichts des grundsätzlich ausgesprochenen Extremismus eher periphere Bedeutung. *1934. Deutschlands Auferstehung* (1921) von Ferdinand Eugen Solf, *Der Erlöserkaiser* (1923) von Adolf Reinecke, *Die Stadt unter dem Meere* (1925) von Joseph Delmont und *Kommen wird der Tag* (1921) von Dietrich Arndt gehören in diese Sparte, wobei gerade letzterer in seinem Roman eine rechtsextremistische ›MSPD‹ ans Ruder kommen läßt, die bereits viele Züge der späteren NSDAP vorwegnimmt. Die eher verzweifelte völkische Gesundbeterei dieser Autoren, die sich in der Weimarer Republik zunächst isoliert fanden, erhielt erst nach der Machtübernahme der Hitler-Faschisten einen optimistischeren Ton, während sich gleichzeitig die nur scheinbar zukünftige, bei näherer Betrachtung aber mystisch-okkultistische Schreibweise mit der ›arischen Blut-und-Boden-Literatur‹ zwanglos verband.

Solche zweifelhaften Ergüsse hatten natürlich Konjunktur, und in der Tat weisen insbesondere Dominiks Zukunftsromane inhaltliche und strukturelle Determinanten auf, die sie als Bestseller geradezu prädestinierten, ebenso wie auch bei ihm eine Zweiteilung im Werk hinsichtlich eines Technik-Schwerpunktes und eines Ideologie-Schwerpunktes festgestellt werden kann, deren Grenzlinie mit dem Erstarken des deutschen Faschismus zusammenfällt. Hans Dominik war ein Techniker aus Passion, beseelt von einer ungebremsten, immer wieder in seine Literatur integrierten Fortschrittsgläubigkeit, beseelt von der Vorstellung, daß der starke und edle — nämlich ›deutsch-nordische‹ — Mensch diesen Fortschritt durch die souveräne Beherrschung der Technik herbeizuführen in der Lage sei: ein Phänomen, dessen Ursprung sich bereits, wie erwähnt, im ausgehenden 19. Jahrhundert aufspüren läßt.

Hatte Friedrich Nietzsche durch seine neue Interpretation

der Antike, durch die Hervorhebung des Rauschhaften und des Dionysischen, und durch seine Bewunderung für den Menschen, der kein gewöhnlicher Sterblicher mehr sein möchte und sich gleich einem Titanen gegen die Götter erhebt, mit zu den philosophischen und ästhetischen Grundlagen des Expressionismus und — mißgedeutet — zu dem pervertierten Menschenbild der Nationalsozialisten beigetragen[4], so führte des weiteren Sigmund Freuds wirkungsreiche Theorie der Psychoanalyse zu einer stärkeren Beachtung des Traumhaften, des Unterschwelligen, Unausgesprochenen und Verborgenen in Literatur und Literaturwissenschaft. Ebenso sekundierte das rasante Fortschreiten der Wissenschaften allgemein im Verbund mit der industriellen Revolution der drängenden Vergegenwärtigung technischer Prozesse im Alltag:

> »So wird man auf dem Weg zum 19. Jahrhundert Zeuge eines sonderbaren Widerspruchs. Den technischen Entwicklungsmöglichkeiten und dem Erfinderreichtum des Menschen scheinen keine Grenzen gesetzt, was das Selbstbewußtsein des Wissenschaftlers und des Technikers zweifellos stärkt, aber trotz aller Erfolge fehlt eine Antwort auf die immer stärker spürbar werdende inhumane Komponente der Technokratie, die dem Menschen unweigerlich die Gesetze von Produktion und Verbrauch aufzwingt.«[5]

Und weiter:

> »Nun aber begann der Mensch des 19. Jahrhunderts Angst zu empfinden vor dieser Entwicklung der Technik;

---

[4] Vgl. Martens, Gunter: *Nietzsches Wirkung im Expressionismus.* In: *Nietzsche und die deutsche Literatur.* Herausgegeben von Bruno Hillebrand. München 1978, dtv. Bd. 2: Forschungsergebnisse, S. 35ff.

[5] Konstantinović, Zoran: *Wissenschaft und Utopie in der Literatur des 19. Jahrhunderts.* In: *Propyläen Geschichte der Literatur.* Berlin 1988, Propyläen/Ullstein Verlag. Bd. 5: *Das bürgerliche Zeitalter 1830—1914,* S. 442.

> er fühlte sich bedroht durch die Vorherrschaft der Maschine.«[6]

Bei Hans Dominik kann indes weder von einer Bedrohung, weder von Angst noch von Widersprüchen die Rede sein, geschweige denn, daß er sich der typischen psychologischen Muster eines deutsch-nationalen Geistes seiner Zeit bewußt geworden wäre. Was ungefähr fünfzig Jahre vor ihm als problematisch erkannt worden war und sich durchaus noch weiter fortgesetzt hatte, wird mit einem einfachen trivialen Kunstgriff gelöst; seine Übermenschen negieren jedes Problem eben durch ihr Übermenschentum, seine Führerfiguren werden der großen Zahl der weniger Begünstigten schon beistehen — Macht heißt die Devise:

> »Primär gilt Dominiks Interesse auch gar nicht den technischen Zukunftsaufgaben und Problemen, er ordnet diese vielmehr einem Wunschbild unter, dessen er sich offenbar nur in geringem Maße bewußt ist, und dessen Ziel in erster Linie Macht ist. Sie muß groß genug sein, um den Helden zum Retter der Welt zu machen, sie muß ihm Mittel in die Hand geben, die ihn souverän über die versagenden irdischen Gewalten stellen. Die Gefahr des Mißbrauchs solcher gewaltigen Kräfte taucht dabei zwar auf, sie wird aber nicht gelöst. Das ›Schicksal‹ greift im gegebenen Fall rettend ein.«[7]

Dabei betonte der Autor nachdrücklich, keine »Heroen einer kommenden Technik« geschaffen zu haben und behauptete:

> »Die Menschen müssen Menschen mit menschlichen Leiden und menschlichen Schwächen bleiben, wenn sie den Leser fesseln sollen. Es ist mir gelungen, den Helden des Romans trotz all ihrer politischen und technischen Macht

---

[6] Ebd.
[7] Schwonke, a.a.O. S. 54.

den Charakter kämpfender und bisweilen auch unterliegender Menschen zu wahren.«[8]

Ganz im Gegensatz zur engagierten Literatur des gleichen Zeitraums — beispielhaft seien Alfred Döblins *Wadzeks Kampf mit der Dampfturbine* (1918), *Berge, Meere und Giganten* (1924), Ernst Tollers Drama *Die Maschinenstürmer* (1922) und Georg Kaisers Drama *Gas* (1918/20, 2 Teile) genannt — tauchen soziale und sozialpsychologische Implikationen bei Dominik nicht auf; er ist in dieser Hinsicht apolitisch, keineswegs aber unpolitisch. Vielmehr scheint es evident, daß Dominik, wie eine ganze Generation von Schriftstellern in Europa, einseitig von den italienischen Futuristen unter der Führung von Filippo Tommaso Marinetti beeinflußt worden ist, der seine Überlegungen zur avantgardistischen Literatur erstmals 1909 im Pariser *Figaro* als Programm zu formulieren versuchte. Unmittelbarer auf die europäische und insbesondere deutsche Literatur dürfte aber das endgültige, recht umfangreiche und ergänzte *Technische Manifest der futuristischen Literatur* gewirkt haben, das im dritten Jahrgang der berühmten, von Herwarth Walden herausgegebenen Zeitschrift *Der Sturm* im Oktober und März 1913 in zwei Teilen auf deutsch veröffentlicht wurde. Marinetti, italienischer Schriftsteller, Gründer der Zeitschrift *Poesia* und späterer Anhänger des Mussolini-Regimes, berauschte sich vor allem an den Errungenschaften der Technik. Technik und Industrie seien der Inhalt des Lebens, so führte Marinetti aus, und müßten auch das Hauptthema der Literatur sein. Nach der Herrschaft der Lebenden beginne das Reich der Maschine und Aufgabe der Kunst sei die Wiedergabe von Kraft, Bewegung und Technik unter Revision der herkömmlichen Syntax.[9] Es verwundert kaum, daß Marinetti konsequenterweise auch die Kriegsmaschinerie verherrlichte:

[8] Dominik, Hans: *Vom Schraubstock zum Schreibtisch.* Berlin 1942, Scherl. S. 223.

[9] Vgl. Baumgarth, Christa: *Geschichte des Futurismus.* Reinbek bei Hamburg 1966, Rowohlt.

»Auf dem Gebiet der Literatur verfechten wir das Ideal einer großen (...) Literatur, die (...) die jüngsten Entdeckungen verherrlichen soll ... Wir preisen den Patriotismus und den Militarismus: wir besingen den Krieg, diese einzige Hygiene der Welt, diese stolze Flamme der Begeisterung und der Hochherzigkeit ...«[10]

Dieser inhumane Pathos, der sich auch explizit in der (Un)-Kultur der Nationalsozialisten findet, ist gar nicht weit von den deutschen Ingenieursträumen eines Hans Dominik entfernt. Wie bei Marinetti entwickelte sich vor allem in der zweiten schriftstellerischen Phase Dominiks zielsicher eine Ästhetisierung der Politik, und vor allem was der italienische Autor über die »lächerliche Leere der alten, von Homer ererbten Grammatik« und über ein »stürmisches Bedürfnis, die Worte aus dem Gefängnis der lateinischen Periode zu befreien« in seinem Manifest schrieb, ist im Zusammenhang mit Dominik interessant. Volker Klotz beschreibt die Sprache des Autors im Vergleich mit Alfred Döblin als »runtergekommener (...) Expressionismus«, als »Stammelsyntax«[11], die sich mit gespreizter Wortwahl um Verzückung bemüht, ohne dem Geschehen gewachsen zu sein. Hierzu sei angemerkt, daß Dominiks Stil tatsächlich auf den Expressionismus rekrutiert, die Sprachkritik von Volker Klotz (bezogen auf den Roman *Atlantis*) aber in dieser Weise danebengreift. Auf einer rein syntaktischen oder semantischen Ebene sind die von Klotz apostrophierten Unterschiede gar nicht so ohne weiteres festzustellen, da Dominik recht adäquat die stilistischen Vorgaben Marinettis erfüllt, Vorgaben, die eben den deutschen Expressionismus spürbar geprägt haben. Treffender wäre eine Kritik gewesen, die sich auf den ästhetischen und kulturellen Überbau des Expressionismus berufen würde, eines recht schillernden Oberbegriffs übrigens, der sich

---

[10] Aus einer Rede Marinettis auf einem Rezitationsabend im Theater Rossetti in Triest am 12. 1. 1910.

[11] Klotz, Volker: *Alfred Döblins ›Berge, Meere und Giganten‹* (Nachwort). In: Döblin, Alfred: *Berge, Meere und Giganten.* Olten und Freiburg i.Br. 1977, Walter. S. 530.

völlig eindeutigen Periodisierungs- und Definitionsversuchen entzieht. Immerhin läßt sich konstatieren, daß dieser literarischen Strömung ein Lebensgefühl zugrunde liegt, das die Abneigung gegen alles Bürgerliche enthält, einhergehend mit dem Anschneiden von Themen, die für die gesellschaftlich praktizierte Vernunft entweder absurd oder längst erledigt waren. Keineswegs zufällig lebten viele expressionistische Autoren am Rand der Gesellschaft, nahmen Drogen oder waren der Trunksucht verfallen. Hans Dominik hingegen hat weder literarisch noch biographisch etwas von dieser Konzeption aufzubieten, ganz im Gegenteil. Er suchte unbeirrt den materiell und ideologisch sicheren Hort des Kleinbürgers und fand in eben diesem Kreis auch die Masse seiner Leser. So offenbart sich sein Stil zwar nicht als »Stammelsyntax«, wohl aber als effektfördernde Imitation, die von den Erfolgen einer sicher im Griff des Lesepublikums verankerten literarischen Periode zehrte.

Wie bereits erwähnt, lassen sich zwei große Phasen im Werk Dominiks umreißen. Ausgehend von den populären Aufarbeitungen technischer Vorgänge und Neuheiten, flossen auch in seine fiktionale Prosa zunächst schwerpunktmäßig technische Antizipationen ein, die zumindest möglich schienen, wenngleich sich die Prognostik in den allermeisten Fällen als fehlgeschlagen entpuppte. Erfindungen und globale Konflikte geradezu gigantomanischer Ausmaße gehen in dieser ersten Phase eine nach heutigen Leseerfahrungen vielleicht ein wenig lächerliche, wenngleich äußerst spannend aufbereitete Allianz ein; meistens stehen in den Auseinandersetzungen mindestens Europa und auf jeden Fall die weiße Rasse auf dem Spiel. Zudem wimmeln die Romane von Spionen, Verrätern, Mördern und Agenten und erhellen auf diese Weise auch etwas von der Literaturgeschichtsmorphologie dieser vergleichsweise jungen Subgattung, die ihre noch unausgereifte Substanz kurzerhand mit Versatzstücken bereits etablierter Genres aufbesserte.

Dominik bediente sich dabei gewöhnlich eines bestimmten Handlungsgrundmusters, dessen Variablen er lediglich änderte. Im allgemeinen drehen sich die Verwicklungen um eine Erfindung oder technische Entwicklung, die dramatische, ja revolutionäre Möglichkeiten eröffnet, während die Zentralfiguren immer deutsche Ingenieure, Erfinder oder Wissenschaftler sind. In *Die Macht der Drei* geht es um eine Art Energiestrahler von ungeheurem Zerstörungspotential, den der Deutsche Silvester Bursfeld entwickelt hat, in *Die Spur des Dschingis Khan* findet ein Stoff namens »Dynotherm« Verwendung, der Energie in Form von Wärme abgibt, in *Atlantis* wird ein neuer Panamakanal auf Meeresniveau gesprengt, und *Der Brand der Cheopspyramide* behandelt die Atomzertrümmerung zur Energiegewinnung.

Auffällig ist, daß lediglich in zwei Romanen Hans Dominiks die Raumfahrt eine Rolle spielt, immerhin eine klassische Thematik der utopisch-phantastischen Literatur. Offensichtlich hatte der Autor gerade in diesem Bereich technischer Ausblicke ein gehöriges Informationsdefizit und wurde etwa von O. W. Gail oder Bruno H. Bürgel bei weitem übertrumpft. Weniger auffällig, weil ein Zeichen der Zeit, ist hingegen Dominiks ausgeprägter Sinn für rassistische und imperialistische Tendenzen, der sich solcherart unzweideutig und unverblümt als Kind der wilhelminischen Epoche erwies. Mit penetranter Regelmäßigkeit gehören die Gegenspieler der Dominik'schen Helden in jene Lager, die von Houston Stewart Chamberlain und Joseph Arthur Graf Gobineau theoretisch errichtet und von den Nationalsozialisten wenig später tatsächlich erbaut wurden; grundsätzlich erscheinen bei Dominik die »edelsten Elemente«, das heißt »die reine weiße Rasse« als positive Leitfiguren zur Identifikation, während die Gegner abwechslungsweise rassisch oder nationalistisch definiert auftreten: als Neger, Chinesen oder Japaner bzw. Amerikaner, Engländer oder Australier. Dabei wird noch innerhalb der Gegnerschaft eine Differenzierung dergestalt getroffen, daß Dominik Farbige durchweg verteufelt und sie so agieren läßt, daß diese Verteufelung auch ihre scheinbare Berechtigung erfährt.

Hier offenbart sich besonders deutlich das konkrete Erbe der Kolonialpolitik und des Imperialismus, verbunden mit dem ideologischen Überbau rassistischer und sozialdarwinistischer Theorien, eine üble Konstellation, die sich freilich nicht nur bei Hans Dominik manifestiert:

> »Wenn auch die deutsche Science Fiction die erste Phase der Popularisierung des faschistischen Sozialdarwinismus zwischen 1890 und 1918 noch weitgehend theoretischen Pamphleten überließ und erst nach dem Ersten Weltkrieg zu seiner Propagierung diente, so finden sich doch schon in der Wilhelminischen Ära einzelne Autoren, die sich an der antisozialistischen Front, zu der sich die Science Fiction mittlerweile formiert hatte, mit sozialdarwinistischen Mitteln schlugen.«[12]

Neben diesen chauvinistischen Merkmalen zeichnen sich die technischen Zukunftsromane Hans Dominiks vielfach auch durch eine starke Mythisierung aus, die noch gewann, als der Erfolgsschriftsteller sich mühelos den Erfordernissen nationalsozialistischer Kulturpolitik anpaßte. Mit der endgültigen Etablierung der Faschisten 1933 setzte denn auch die zweite Phase in Dominiks Werk ein.

Von nun an reduzieren sich die gigomanischen Erfindungen in seinen Romanen ebenso wie die globalen Konflikte zugunsten wirklichkeitsnäherer Schöpfungen, die für das Vaterland eingesetzt werden und Deutschland vor Katastrophen bewahren. Zudem fehlen nun die erotischen Anspielungen und Liebesszenen, die vorher von Dominiks Freund und Lektor, dem Berliner Juristen Hermann Hitzeroth, hinzugefügt wurden. Dem Erfolg seiner Bücher tat dies offensichtlich keinen Abbruch, denn die höchsten Auflagenziffern erreichte der Autor in dieser Zeit, und dies, obwohl er von den Nationalsozialisten nicht ausdrücklich gefördert wurde, wobei man über die Gründe für diese Distanzierung nur spekulieren kann.

Anzunehmen ist, daß der expressionistische Stil Do-

---

[12] Nagl, Manfred: *Science Fiction in Deutschland.* Tübingen 1972, Tübinger Vereinigung für Volkskunde e.V. S. 89f.

miniks im Hinblick auf die geforderte »volkhafte Dichtung« auf wenig Gegenliebe stieß, was doch sogar der bedeutendste und dem Nationalsozialismus zunächst wohlgesonnene Vertreter expressionistischer Lyrik, Gottfried Benn, in der offiziellen SS-Zeitschrift *Das schwarze Korps* als »Ferkel«, »widernatürliches Schwein«, »warmer Bruder« und »Judenjunge« diffamiert worden. Andererseits entsprach das persönliche und literarisierte Weltbild Dominiks ohne größere Abweichungen nahezu musterhaft der Nazi-Ideologie, so daß der Publikationserfolg wiederum nicht verwundert. Hans Dominik kann indes nicht expressis verbis als Nationalsozialist bezeichnet werden. Er gehörte vielmehr zu jener großen Gruppe konservativer deutsch-nationaler Schriftsteller, die bereits in der Weimarer Republik publiziert hatten und nach 1933 gleichgeschaltet wurden; ein Vorgang, der ohne Schwierigkeiten vonstatten ging, weil

> »die Kunst und Literatur der faschistischen Diktatur (...) durch Zuspitzung, Primitivierung, Brutalisierung eklektisch herausgegriffener Tendenzen, durch Selektion und Umwertung (entsteht). Der Faschismus verwendet, was an ästhetischem Material und künstlerischen Techniken vorhanden ist.«[13]

Das »ästhetische Material« Hans Dominiks entpuppt sich denn bei näherer Betrachtung als eben jene Mystifizierung und ›Blut-und-Boden-Verherrlichung‹, die auch einem Hans

---

[13] Stollmann, Rainer: *Faschistische Politik als Gesamtkunstwerk.* In: *Die Deutsche Literatur im Dritten Reich. Themen, Traditionen, Wirkungen.* Herausgegeben von Horst Denkler und Karl Prümm. Stuttgart 1976, Reclam. S. 83.
Vgl. auch Loewy, Ernst: *Literatur unterm Hakenkreuz. Das Dritte Reich und seine Dichtung.* Frankfurt/M. 1977, Europäische Verlagsanstalt, 3., überarbeitete Auflage,
sowie Ketelsen, Uwe: *Völkisch-nationale und nationalsozialistische Literatur in Deutschland 1890—1945.* Stuttgart 1976, Metzler,
und Hermand, Jost: *Völkische und faschistische Zukunftsromane.* In: *Deutsche Literatur. Eine Sozialgeschichte.* Herausgegeben von Horst Albert Glaser. Reinbek bei Hamburg 1983, Rowohlt. Bd. 9: Weimarer Republik — Drittes Reich, S. 212ff.

Friedrich Blunck, Edwin Erich Dwinger oder Hans Grimm zur fragwürdigen Ehre gereicht hätte. Gerade der Roman *Volk ohne Raum* (1926) von Grimm, dessen Titel zu einem geflügelten Wort im Dritten Reich wurde, erschien nur ein Jahr nach Dominiks *Atlantis,* und beide weisen bemerkenswerte Parallelen auf. Während der »Kampf um den Lebensraum« bei Grimm in den Ebenen von Südwest-Afrika in bester Kolonialmanier stattfindet, hebt sich bei Dominik das sagenhafte Atlantis aus dem Meer und schafft auf diese Weise Platz für die arische Rasse. Der lediglich als Vorwand für handfeste Eroberungszüge dienende Mythos vom eingekesselten Deutschland wird bei Dominik allerdings noch mit weiteren Topoi versehen. Ist Grimms Protagonist Cornelius Friebotts der proletarisierte Bauer aus einem sich selbst entfremdeten Industrievolk, der erst mit der Rückkehr zur Scholle wieder nationale Identität gewinnt, so teilt sich bei Dominik das literarische Personal auf in den bekannten draufgängerischen Ingenieur, der selbst einen Massenmord sondergleichen mit schicksalhafter Notwendigkeit entschuldigt, in den erzdeutschen Reederssohn Uhlenkort, und in einen alten Mann, der auf Spitzbergen in einem Leuchtturm lebt und magisch-übersinnliche Kräfte besitzt. In dieser Figur, die sich tendenziell ähnlich auch in anderen Romanen Dominiks findet, personifiziert sich ein weiterer Aspekt dieser speziellen Art von Utopie: die messianische Führergestalt.

Assoziationen mit dem offiziellen Bild von Adolf Hitler drängen sich hier keineswegs zufällig auf. Diese Aura von Allmacht, die ihn umgab, das Image als Erlöser aus den Schrecken einer Ära, die vom materiell und ideell unsicheren Kleinbürgertum als bedrohlich empfunden wurde, war mit Geschick und Aufwand installiert worden. Daß Hans Dominik mit treffsicherem Gespür für die Zeichen der Zeit seine Produktion diesen Umständen so leicht anpassen konnte, zeugt sowohl von einem gewissen Maß an Opportunismus als auch von nicht geringer Wesensverwandtschaft, die sich auszahlte. Sein Roman *Treibstoff SR* (1940), der die außenpolitischen Veränderungen im Rahmen des Antikominternpaktes schon soweit berücksichtigte, daß die Japaner beinahe Verbündete der tüchtigen Deutschen sind, wurde sogar in einem Sonderdruck als »Weihnachtsgabe an die Truppen im Norden« verschickt.

Hans Dominik hatte als Sensationsschriftsteller — das ist unbestritten — eine durchaus anerkennenswerte Begabung im Bereich der Darbietung; spannend lesen sich seine Romane auch heute noch. Seine Phantasien allerdings, die er ausschließlich in der Technik, nicht in der Wissenschaft schweifen ließ, verknüpfen sich untrennbar und daher kritikprovozierend mit jenen geistigen Strömungen, die nicht auf utopischen Fortschritt, sondern auf repressive Versklavung zielen — Phantasien, die aus jenem Schoß krochen, von dem Bertold Brecht sagte, daß er immer noch fruchtbar sei.

Die britische SF-Szene 1988/89

von Hermann Urbanek

Das Jahr 1988 war für den britischen Science Fiction-, Fantasy- und Horror-Markt ein überaus erfreuliches und erfolgreiches Jahr mit Zuwächsen sowohl bei der Anzahl der veröffentlichten Titel als auch bei den Auflagezahlen, und es sieht so aus, als wäre eine Marktsättigung noch nicht erreicht. Davon sind auch die Verlage überzeugt, denn es sind 1989 neue Reihen gestartet und bestehende sind erweitert worden, und einige haben angekündigt, daß sie eine Programmausweitung planen. 1989 dürfte ein neues Rekordjahr für die britische Szene werden. SF und Fantasy konnten ihre führende Position behaupten, aber der Horror hat wie in den USA auch hier stark zugelegt und ist zu einem wichtigen Marktfaktor geworden. Buch und Taschenbuch konnten ihre marktdominierende Stellung behaupten, aber der leichte Trend zum Paperback hielt auch 1988 an. Zu den wichtigsten Verlagen, die SF, Fantasy oder bzw. und Horror publizierten, gehörten **W. H. Allen** mit **Star** und **Target, Jonathan Cape, Century Hutchinson** mit **Century, Arrow** und **Legend, Collins** mit **Fontana, Victor Gollancz, Grafton Books, Hamish Hamilton, Headline Book Publishing, Hodder & Stoughton** mit **New English Library, Michael Joseph, Kerosina Publications** mit **Kerosina Books, Macdonald & Co.** mit **Futura** und **Orbit, Morrigan Publications, New Era Publications, Pan Books, Penguin** mit **Puffin, Severn House, Simon & Schuster, Sphere** mit **Abacus, Transworld Publishers** mit **Corgi** und **Bantam, Unwin Hyman, Viking, The Women's Press** und **Xa-**

nadu. Der Basispreis lag bei £ 3,99, bei manchen Verlagen bei £ 4,50.

Der amerikanischen Fachzeitschrift **LOCUS** zufolge wurden 1988 im phantastischen Genre unter Einbeziehung aller Grenzbereiche nicht weniger als 1129 Titel auf den Markt gebracht. Davon nahmen die Nachdrucke und Neuherausgaben mit 517 Bänden (45,8 %) einen nicht unbeträchtlichen Marktanteil ein. Die verbliebenen 612 Original- und Erstveröffentlichungen teilten sich auf wie folgt: 181 SF-Romane (29,6 %), 163 Fantasy-Romane (26,6 %), 53 Horror-Romane (8,7 %), 52 Anthologien (8,5 %), 51 Storysammlungen (8,3 %), 19 Sachbücher (3,1 %), 26 Romanadaptionen (4,2 %), 17 Sammelbände (2,8 %), 9 Kunstbücher (1,5 %) und 41 nicht eindeutig zuordenbare Titel (6,7 %). Damit lag der SF-Roman mit 3 % Vorsprung vor dem Fantasy-Roman an der Spitze des Angebots, der Horror-Roman rangierte doch weit abgeschlagen auf Platz drei. Fraglich ist, ob die SF auch 1989 ihre Führungsposition behaupten kann, die bisherigen Anzeichen sprechen jedenfalls dagegen.

In der **Verlagsszene** tat sich 1988/89 wieder einiges, vor allem veränderten Verlagszusammenschlüsse das Bild des britischen Verlagswesens. Der Verlag **Collins,** der Ende 1988 von Rupert Murdoch gekauft wurde, vereinnahmte seinerseits wieder den unabhängigen Verlag **Thorsons.** Zeitungszar Robert Maxwell hat **Sphere Books** von **Penguin** für 13,75 Millionen Pfund erworben. **Century Hutchinson,** der selbst dann von **Random House** geschluckt wurde, kaufte seinerseits **Ebury Press** von der **National Magazine Company;** der Kauf diente der Expansion von **Arrow Books,** der Taschenbuchgruppe von **Century.** Bei diesen Transaktionen wurden die Großen der Verlagslandschaft unter dem Strich noch größer.

Die Verlage **Pan, New English Library, Gollancz, Grafton, Unwin Hyman, Futura, Sphere, Headline** und **Corgi/Bantam** expandierten 1989 ihre SF-Reihen.

Im April 1989 wurde von **Octopus** die SF-Reihe **Mandarin** gestartet, die die Nachfolge von Methuen antrat und auf die dort bewährten Autoren — Cherryh, Sheckley, Bova u.a. zurückgreifen konnte und sie auch künftig forcieren wird. Zu den ersten Titeln der neuen Reihe gehörten »Exile's Gate«, »The Chronicles of Morgaine« und »Chanur's Homecoming« von C. J. Cherryh, »Millenium« und »Kinsman« von Ben Bova, »A Splendid Chaos« von John Shirley, »The Wine-Dark Sea« von Robert Aickman und »Ravenmoon« von Peter Tremayne.

Piatkus Books ist ein Spezialist für Horror-Romane. In Vorbereitung befindet sich »Toady« des neuen Autors Mark Morris. In diesem Verlag sind u.a. Romane von Leigh Nichols (alias Dean R. Koontz) veröffentlicht worden.

Robinson ist ein unabhängiger Verlag, der sich besonders in Horror und Fantasy engagiert. Zu den jüngsten Veröffentlichungen zählen »Robert E. Howard's World of Heroes«, hrsg. von Mike Ashley, »Earthbound« von Richard Matheson, »Songs of A Dead Dreamer« von Thomas Ligotti und zahlreiche Anthologien, die von Isaac Asimov zusammengestellt wurden. In diesem Haus erscheint auch das Taschenbuch-Magazin **FANTASY TALES.**

Auf gehaltvolle Romane von Spitzenautoren, die aus den verschiedensten Gründen nur schwer bei den üblichen Verlagen untergebracht werden können, hat sich der Kleinverlag **Kerosina** spezialisiert. Zuletzt sind Werke von Keith Roberts, Gene Wolfe und Lucius Shepard hier erschienen.

Mit **Heywood Books** hat ein neuer Verlag die Szene betreten, der in einer preisgünstigen Reihe Nachdrucke von SF, Fantasy und Horror auf den Markt bringen will.

Brian W. Aldiss ist Mitbesitzer des Kleinverlages **Avernus.** In diesem ist als erster Band ein Buch zu Aldiss' Bühnenstück »Science Fiction Blues« veröffentlicht worden.

Morrigan Publications ist ein Kleinverlag, der sich auf gebundene Ausgaben von Werken amerikanischer Autoren spezialisiert hat. Zuletzt sind »Homunculus« von James P. Blaylock und »In the Land of the Dead« von K. W. Jeter erschienen.

Auf niveauvolle Romane, Kurzgeschichtensammlungen und Anthologien, vornehmlich aus dem Fantasy-Bereich, hat sich **Unwin Hyman** spezialisiert. Zu den jüngsten Titeln aus diesem Verlag gehören »Hunter's Moon« von Gary Kilworth, »Nocturne« von Louise Cooper, »The Reindeer People« von Megan Lindholm und »Forest of the Night« von Tanith Lee.

Der britische Markt wurde auch 1988/89 von den Werken amerikanischer Autoren und britischen Schriftstellern, denen es gelungen ist, sich in den USA zu etablieren, beherrscht. Besonderer Beliebtheit erfreuen sich vor allem Poul Anderson, Piers Anthony, Isaac Asimov, Greg Bear, Gregory Benford, Ben Bova, Marion Zimmer Bradley, James P. Blaylock, Louis McMaster Bujold, Orson Scott Card, C. J. Cherryh, Jack L. Chalker, Arthur C. Clarke, Philip K. Dick, Gordon R. Dickson, Stephen R. Donaldson, Diane Duane, David Eddings, Alan Dean Foster, Craig Shaw Gardner, Charles L. Grant, Robert E. Howard, W. K. Jeter, Barry Hughart, Diana Wynne Jones, Stephen King, Dean R. Koontz, Michael Moorcock, Terry Pratchett, Robert Silverberg, Guy N. Smith, Norman Spinrad, Brian Stableford, Michael Swanwick, Sheri S. Tepper, Ian Watson, Gene Wolfe, Roger Zelazny und last, not least Brian W. Aldiss, deren Werke in größerer Zahl erschienen.

Ansonsten gibt es von den britischen und hier erstpublizierenden amerikanischen **Autoren,** ihren jüngsten **Aktivitäten** und ihren **Projekten** folgendes zu berichten:

Ian Watson veröffentlichte »Salvage Rites«, eine exzellente Sammlung von 15 jüngeren Kurzgeschichten, und den auf der Story »We Remember Babylon« basierenden Roman »The Whores of Babylon«.

Überaus fleißig war Garry Kilworth. Er veröffentlichte die SF-Romane »Cloudrock«, »Abandonati« und »The Voyage of the Vigilance« (Fortsetzung von »The Wizard of Woodworld«), die Tier-Fantasy um Füchse »Hunter's Moon« und zwei Mainstream-Bücher, die Storysammlung »In the Hollow of the Deep-Sea Wave« und den Liebesroman »The Rain Ghost«, der einige übernatürliche Elemente enthält.

Unter dem Pseudonym Anne Halam hat Gwyneth Jones den Fantasy-Roman »Transformations« herausgebracht, die

Fortsetzung von »The Daymaker«, und unter ihrem richtigen Namen nach »Kairos« den SF-Roman »The Hidden Ones«, in dem es um ein Lieblingsthema von ihr, das Erwachsenwerden, geht.

Für seine Verdienste um die britischen Kulturinteressen in Sri Lanka wurde Arthur C. Clarke zum »Commander of the British Empire« ernannt.

Nach dem großen Erfolg der beiden ersten Anthologien werden Christopher Evans und Robert Holdstock auch einen dritten »Other Edens«-Band zusammenstellen.

Unter dem Titel »Victims of the Nova« präsentierte John Brunner seinen aus den Romanen »Polymath« (auch: »Castaway's World«), »The Avengers of Carrig« (auch: »Secret Agent of Terra«) und »The Repairmen of Cyclops« bestehenden ZARATHUSTRA PLANET-Zyklus komplett in einem Band.

Tanith Lee, die ungekrönte britische Fantasy-Königin, veröffentlichte die Kurzgeschichtensammlungen »Women as Demons« und »Forests of the Night«, in denen alle Aspekte der phantastischen Literatur vertreten sind.

Mit »Pyramids« und »Guards! Guards!« legte Erfolgsautor Terry Pratchett die Bände 7 und 8 seiner humorvollen DISCWORLD-Serie und mit »Unadultered Cat« ein Katzenbuch vor. Die beiden letzteren wurden kapitalkräftig beworben. Darüber hinaus hat er »Touchers«, ein Juvenile, geschrieben.

Bob Shaw schließt seine ORBITSVILLE-Trilogie mit »Orbitsville Judgement« ab. Er hat mit »Dark Night in Toyland« eine Sammlung bemerkenswerter SF-Stories und mit »The Killer Planet« ein Jugendbuch veröffentlicht.

Auf Parodien spezialisiert hat sich David Langford in der letzten Zeit. Erschienen ist bereits die SF/Fantasy-Parodiensammlung »The Dragonhiker's Guide to Battlefield Covenant at Dune's Edge: Odyssey Two«, in Vorbereitung befindet sich die Horror-Parodie »Guts!«

In einer Parallelwelt des 17. Jahrhunderts, in der Vampire die Herrschaft ausüben, handelt »The Empire of Fear« von Brian Stableford.

Nochmals Arthur C. Clarke: Um einen Vorschuß von — richtig! — 1 Pfund Sterling verkaufte Clarke einen SF-Roman um die Titanic, »Ghost From the Grand Banks«, an **Gollancz;** zu dem Deal gehört auch der mit Gentry Lee gemeinsam geschriebene Roman »Rama II«.

Mit »Lavondyss« veröffentlichte Robert Holdstock die Fortsetzung seines preisgekrönten Fantasy-Romans »Mythago Wood«. Er arbeitete bereits an einem dritten MYTHAGO WOOD-Roman.

Vier Erzählungen aus den »Books of Blood« und die Titelstory enthält Clive Barkers Collection »Cabal«. Er hat noch vier ungeschriebene Horror-Romane mit den Arbeitstiteln »Cabal 2«, »Cabal 3«, »The Art 2« und »The Art 3« für 2 Millionen Pfund an **Collins** verkauft. Für die US-Rechte bekam er gerüchteweise weitere 6,2 Millionen Dollar.

Joan Aiken veröffentlichte »Voices«, einen Grusel-Roman für Jugendliche.

Mary Gentle verkaufte »Rats und Gargoyles«, »The Architecture of Desire« und »1610: A Sundial in a Grave« um 100 000 Pfund an **Bantam UK.** Es handelt sich dabei um drei nicht zusammengehörige Titel.

Bestsellerautor James Herbert veröffentlichte einen neuen Horror-Roman: »Haunted«. Seine früheren Titel erlebten Neuauflagen.

»Pioneers« ist der Titel des jüngsten und nach Meinung der Kritik auch bisher besten Romans von Phillip Mann, dem Autor von »The Eye of the Queen«, »Master of Paxwax« und »The Fall of the Families«.

Weltweites Aufsehen erregte Salman Rushdies neuester Roman »The Satanic Verses«, da ihn die islamische Welt als Gotteslästerung empfand und der Autor von Ayatollah Khomeini dafür zum Tode verurteilt und für vogelfrei erklärt wurde.

Vom mehrfach mit Jugendbuchpreisen ausgezeichneten Robert Westall erschienen der Gespenster-Roman »Ghost Abbey«, der SF-Roman »Old Man on A Horse«, und die Gruselsammlungen »Ghosts and Journeys« und »Antique Dust«.

Mit »The Long Dark Tea-Time of the Soul« legte Bestsellerautor Douglas Adams den zweiten Roman und Dirk Gently vor.

1980 veröffentlichte William Horwood seinen vielbeachteten Fantasy-Roman »Duncton Wood«. Jetzt, fast ein Jahrzehnt später, machte er ihn durch die Veröffentlichung von zwei Fortsetzungen — »Duncton Quest« und »Duncton Found« — zu einer Trilogie.

Grusel-Spezialist Ronald Chetwynd-Hayes veröffentlichte die Storysammlung »Tales of the Hidden World«; es handelt sich dabei um den 6. Band der Serie TALES OF CLAVERING GRANGE.

Um ein Supervirus geht es in dem Thriller »Jericho Falls« von Christopher Hyde.

»Unquenchable Fire« ist ein Fantasy-Roman der Autorin Rachel Pollack.

Dave Wingrove verkaufte seine siebenbändige SF-Familiensage CHUNG KUO, die in einer von Chinesen beherrschten zukünftigen Alternativwelt handelt, für 125 000 Pfund an die **New English Library.** Die amerikanischen Rechte gingen für 300 000 Dollar an **Delcorte/Dell.** Band 1, »The Middle Kingdom« ist bereits erschienen, Band 2, »The Broken Wheel«, wird 1990 folgen. Die deutsche Ausgabe wird bei Heyne erscheinen.

Michael Moorcock hat mit »The Fortress of the Pearl« einen neuen Roman um ELRIC veröffentlicht. Die Stadt London in Vergangenheit, Gegenwart und Zukunft steht im Zentrum des Geschehens in seinem Roman »Mother London«.

Zu den bekanntesten britischen Horror-Autoren gehört Ramsey Campbell. Campbell, der für 100 000 einen Horror-Roman an **Tor** verkauft hat, veröffentlichte zuletzt »Ancient Images«, in dem es um einen alten Genre-Film und das düstere Geheimnis, das er in sich birgt, handelt.

Um eine indirekte Fortsetzung von »Consider Phlebas« handelt es sich bei »The Player of Games« von Iain Banks. Ein weiterer Roman, »The State of the Art«, der im gleichen Universum spielt wie Banks' frühere SF-Romane, wurde zuerst in den USA veröffentlicht.

Adrian Cole hat seine Fantasy-Serie OMARA mit Band 4, »The Gods in Anger«, abgeschlossen und mit »Mother of Storms« seine neue STAR REQUIEM-Serie gestartet.

Horror-Autor Stephan Gallagher veröffentlichte den psychologischen Thriller »Down River«.

»Balyet« von Patricia Wrightson ist ein Fantasy-Roman, der auf einer Legende der australischen Ureinwohner basiert.

Von Fantasy-Autorin Louise Cooper sind der abgeschlossene Roman für Jugendliche »The Thorn Key« und die ersten vier auf ihrer acht Bände konzipierten INDIGO-Serie erschienen: »Nemesis«, »Inferno«, »Infanta« und »Nocturne«.

Mit »End Stage« hat Raymond Hawkey die mit »Wild Card« (mit Roger Bingham) und »Side Effect« begonnene Präsidentschafts-Trilogie, einen SF-Thriller-Zyklus, abgeschlossen.

Die Vermarktung des Nachlasses von J. R. R. Tolkien geht weiter. Es erschienen unterschiedliche Texte von »The Fellowship of the Ring«, zusammengestellt von Christopher Tolkien, im Band »The Return of the Shadow«, dem 6. Band der Serie HISTORY OF MIDDLEEARTH und zugleich Band 1 der Serie HISTORY OF THE LORD OF THE RINGS.

Nach einem Verkehrsunfall wird in »Eva« von Peter Dickinson die Persönlichkeit eines Mädchens auf einen Schimpansen übertragen, und es muß lernen, sich in beide Gesellschaften einzuordnen. Vom selben Autor erschien auch die Fantasy-Collection »Merlin's Dreams«.

Mit »Sleeping in Flame« und »A Child Across the Sky« führte Jonathan Carroll die Serie von lose zusammenhängenden Romanen weiter, die er mit »Bones of the Moon« begonnen hatte.

Um ein Anwesen, in dem alle Erwachsenen ermordet wurden und alle Kinder verschwunden sind, geht es in dem Mainstream-Roman »Running Wild« von J. G. Ballard.

In einer nicht näher bezeichneten Fantasy-Welt spielen die Romane von Colin Greenland, sowohl die früheren — »Daybreak on a Different Mountain« und »The Hour of the Thin Ox« —, als auch der neueste, »Other Voices«.

Von K. W. Jeter erschien zuletzt der phantastische Roman »In the Land of the Dead«.

»Busy About the Tree of Life« ist die neueste SF-Collection von Pamela Zoline.

In Großbritannien erschienen die Erstveröffentlichungen von zwei Titeln aus der Feder von SF-Literat Gene Wolfe: Der Gedichtband »For Rosemary« und die Collection »Storeys from the Old Hotel«.

Keith Roberts veröffentlichte eine neue Storysammlung: »Winterwood and Other Hauntings« ist ihr Titel.

Ein Romantic Thriller mit phantastischen Elementen ist »Thornyhold« von Mary Stewart.

Ein neuer Titel erschien von Geoff Ryman: »The Child Garden«.

Mit »Carmen Dog« veröffentlichte Carol Emshwiller ihren ersten Roman, den, wie auch alle ihre Kurzgeschichten, eine bizarre Handlung, verrückte Ideen, Witze und ein klarer Stil auszeichnete.

Sie läuft und läuft und läuft — die Taschenbuchreihe mit den Romanfassungen der britischen SF-Fernsehserie DOCTOR WHO. Inzwischen sind bereits an die 140 Episoden zu Romanen verarbeitet worden. Daneben wurde eine zweite Reihe, DOCTOR WHO CLASSICS, gestartet, in der jeweils zwei frühere Romane neu herausgebracht werden; in dieser Edition liegen bislang 7 Bände vor.

Auf dem **Magazinmarkt** gab es 1988/89 nur geringfügige Änderungen und keine neuen Publikationen. Neben **INTERZONE,** das zwar im Sonner 1988 von vierteljährlichem auf zweimonatlichen Erscheinungsrhythmus umgestellt wurde und von dem aber 1988 trotzdem wieder nur vier Ausgaben erschienen, und **FANTASY TALES,** von dem 1988 erneut nur eine Ausgabe auf den Markt kam, gibt es seit Sommer 1988 noch das Horror-Magazin **FEAR,** von dem drei Nummern im Jahr 1988 veröffentlicht wurden. **INTERZONE,** das die Auflage erhöhte und ein vierfarbiges Cover erhielt, wies inhaltlich wieder die gewohnte Klasse auf. Die Stories stammten von Autoren wie Ian Watson, Christopher Burns, David Langford, Bob Shaw, John Sladek, Barrington J. Bayley, Kim Stanley Robinson, Ramsey Campbell, Rudy Rucker & Marc Laidlaw, Phillip Mann, Garry Kilworth, Brian Stableford und J. G. Ballard, interviewt wurden u.a. Terry Pratchett, Ramsey Campbell, Michael Moorcock, Lisa Tuttle und John Sladek; daneben bot Großbritanniens einziges SF-Magazin auch Artikel aus der Feder bekannter SF-Größen wie Thomas M. Disch, Brian Stableford und Charles Platt, sowie News und Rezensionen.

FEAR ist eine sehr medienbezogene, aufwendig gemachte Horror-Zeitschrift auf Hochglanzpapier. Nachdem sie vom Markt her gut aufgenommen wurde, wurde das Magazin von zweimonatlichem Erscheinen auf monatlich umgestellt, der Storyanteil wurde von drei pro Ausgabe auf zwei reduziert. An Autoren waren mit Kurzgeschichten Ramsey Campbell, Brian Lumley, Stephen Laws, Ian Watson, John Brunner, Stephen Gallagher und Guy N. Smith vertreten, interviewt wurden u.a. Ray Bradbury, Raymond E. Feist, Anne McCaffrey, Robert Holdstock, Rachel Pollak, John Farris, Stephen Gallagher, Peter Straub, James Herbert, Christopher Fowler, Brian Lumley und Robert R. McCammon.

Die einzige Ausgabe des Jahres 1988 von **FANTASY TALES,** die erste Ausgabe im Taschenbuchformat, enthielt Stories von Charles L. Grant, Lin Carter, C. Bruce Hunter, J. N. Williamson und Darrell Schweitzer, die mittlerweile erschienene Nummer 2 des Magazins, das in diesem Format zweimal im Jahr erscheinen soll, präsentierte Erzählungen von Ken Bulmer, William F. Nolan, Brian Lumley u.a.

Und was schließlich die britischen **SF- und Fantasy-Preise** betrifft:

Die **BRITISH FANTASY AWARDS 1988,** vergeben von der British Fantasy Society, wurden auf dem Bankett, das anläßlich der Verleihung des WORLD FANTASY AWARD in London abgehalten wurde, bekanntgegeben. Gewinner in der Kategorie ROMAN und damit des **AUGUST DERLETH AWARD** war »The Hungry Moon« von Ramsey Campbell, bei der KURZGESCHICHTE gewann »Leeks« von Steve Rasnic Tem. Der **ICARUS AWARD** für den vielversprechendsten neuen Autor ging an Carl Ford.

Der **ARTHUR C. CLARKE AWARD,** der jährlich für den besten in England veröffentlichen SF-Roman verliehen wird, ging 1989 an »Unquenchable Fire« von Rachel Pollack. In die Finalrunde gingen neben dem späteren Gewinner noch »Philip K. Dick is Dead, Alas« von Michael Bishop (US-Titel: »The Secret Ascension«), »Rumours of Spring« von Richard Grant, »Kairos« von Gwyneth Jones, »Life During Wartime« von Lucius Shepard, »The Empire of Fear« von Brian Stableford und »Whores of Babylon« von Ian Watson gelangt. Der Preis ist mit 1000 Pfund dotiert.

Peter Carey gewann den **BOOKER PRIZE FOR FICTION,** Großbritanniens bedeutendsten Literaturpreis, mit seinem Roman »Oscar und Lucinda«.

Salman Rushdies phantastischer Roman »The Satanic Verses« gewann den **WHITBREAD PRIZE 1988.**

INTERVIEW

Ein Gespräch mit Terry Pratchett

von Paul Kincaid

Als der Gesprächseifer im Laufe dieses Interviews ein wenig nachließ, meinte Terry Pratchett, bei solchen Begegnungen ergebe sich immer wieder ein Problem. Irgendwann, so führte er aus, komme der Interviewer auf die Passagen in den Büchern zu sprechen, die ihm besonders gefielen. Das liege daran, »weil es keine Tiefe gibt, in die man vorstoßen kann. Ich bin ein ausgesprochen oberflächlicher Mensch.« Eine erstaunliche Bemerkung von jemandem, der seine erste Story als Jugendlicher in *New Worlds* veröffentlichte und mit seinen Scheibenwelt-Romanen zu einem der derzeit erfolgreichsten und beliebtesten Autoren wurde. Um so seltsamer erscheint sie, wenn man daran denkt, mit welcher Hingabe er sich der sehr ernsten Aufgabe des humoristischen Schreibens widmet.

F: Wenn ich einen witzigen Roman lese, frage ich mich immer: Lacht der Autor ständig, während er schreibt?
A: Ich glaube kaum, daß der Autor die ganze Zeit über lachen kann, denn er steckt viel zu sehr in seiner Arbeit, hat nicht den Abstand des Lesers. Manchmal aber geschieht es, daß ich beim Tippen schmunzle. Ich denke dann: Ja, so ist es richtig, so müßte der Gag ankommen.
F: Wie arbeiten Sie an einem Roman? Gehen Sie dabei von einer komischen Situation aus und entwickeln dann den Rest, oder haben Sie eine Idee und überlegen: Wie kann ich diese Sache möglichst lustig gestalten?

A: Eigentlich ist es jedesmal anders. Bei *Mort* wußte ich praktisch immer genau, was geschehen würde. Ich hatte die letzte Szene vor Augen, stellte mir eine Konfrontation zwischen Luke Skywalker und Darth Vader in einer Fantasy-Umgebung vor. Der Showdown mußte im Zimmer mit den Sanduhren stattfinden. Dieses Bild faszinierte mich. Das Geräusch des leise rieselnden Sands — man kann hören, wie das Leben aller Menschen verstreicht. Und natürlich gerieten Leute in Gefahr, denn einige Uhren zerbrachen. Nun gut, dachte ich mir. Jetzt kehr zum Anfang zurück und schreib einen Roman, der mit dieser Szene endet.

Außerdem wollte ich unbedingt den Tod personifizieren und auftreten lassen. Mir gefiel die metaphorische Bedeutung dieses Konzepts. Ich verglich es mit einem Volksmärchen. Der Lehrling, der den ganzen Tag über wartet, weil er zu stolz ist, um nach Hause zurückzukehren. Und um Mitternacht ist es der Tod, der ihm einen Job anbietet. Das erschien mir herrlich farbig und aussagekräftig.

Bei *Wyrd Sisters* hingegen sah ich Heidekraut, das sich unter Sturmböen duckt, einen dunklen Himmel, drei Gestalten an einem brodelnden Kessel, hörte ein geisterhaftes Krächzen: »Wann treffen wir uns wieder?« Und nach einer langen Pause erwidert jemand: »Nun, am nächsten Dienstag bin ich leider verhindert.«

Von dieser Grundidee ging ich aus und begann sofort damit, die Charaktere der drei Hexen zu entwickeln. Ich dachte mir: Parodier alles, was du über Shakespeare weißt, aber wähl als Schauplatz die Scheibenwelt, weil sie dir zusätzliche Darstellungsfreiheit verleiht. Die nächsten Ideen ergaben sich dann ganz von allein. Es ist fast so, als brauchte man zu Anfang nur den richtigen Gag oder das richtige Bild, um den kreativen Prozeß in Gang zu setzen.

F: Geht es darum, sich Witze einfallen zu lassen? Oder sind Situationen wichtiger?

A: Man erfindet keine Witze. Als Ausgangspunkt dienen einzelne Szenen. Es mag ernüchternd klingen, aber ich gehe folgendermaßen vor: Hier haben wir eine ganz bestimmte Situation, und dort sind die handelnden Personen. Ändert

sich die Situation, wenn einer der Protagonisten anders ist, als man zunächst glaubt? Im Augenblick arbeite ich an *Pyramids,* und in einem Abschnitt unterhalten sich König, Hohepriester und die Baumeister der Pyramiden. Nun, es sind natürlich viele Pyramidenwitze möglich, aber wie geht man am besten vor? Der Baumeister spricht und verhält sich wie ein kleinkarierter Bauunternehmer aus der Provinz, wie einer von den Typen, die man beauftragt, wenn man die Garage erweitern möchte. Auf seinem Hinterhof stehen Hunderte von Sphingen und Statuen, die er loswerden möchte. Er beschäftigt fünftausend Arbeiter, und seine Frau führt die Bücher. Als ich den Charakter des Baumeisters entwickelte, stellte ich fest, daß er zwei Söhne hat. Der eine ist Techniker, der andere Buchhalter, und sie haben recht sonderbare Vorstellungen davon, wie man Pyramiden errichtet und dafür bezahlt; sie machen sich schließlich selbständig. Nun, aus der ursprünglichen Idee ergaben sich weitere Dinge. Die meisten Gags gründen sich auf die Eigenheiten der Personen.

F: Lassen Sie sich manchmal von einer besonderen Ausdrucksweise inspirieren?

A: Oh, sicher. In dieser Hinsicht sind gerade ältere Leute recht interessant. Es war zum Beispiel mein Großvater, der das Wort »Gehmetrie« für technische Erklärungen benutzte, von denen er nichts verstand. »Gehmetrie« klingt irgendwie kompliziert, und das genügte ihm. Ein Bekannter von mir ist im Krankenhaus tätig, bekommt es dort häufig mit betagten Männern und Frauen zu tun und bestätigte meine Erfahrungen. Rätselhafte Vorgänge kommentieren sie mit »Ach, die moderne Wissenschaft.« Ebensogut könnten sie von »schwarzer Magie« sprechen. Oma Wetterwachs in *Das Erbe des Zauberers* (Heyne SF & Fantasy 06/4584) hat gewisse Ähnlichkeiten mit meiner Großmutter und weist zudem einige Eigenschaften der alten Damen auf, die ich während meiner Kindheit kennenlernte. Sie gehört zu einer ganz speziellen Kategorie von greisen Frauen: Mit siebzig begreift sie plötzlich, daß ihr die Welt zu Füßen liegt.

Es ist sehr wichtig zu beobachten, sich eingehend mit den

handelnden Personen zu beschäftigen und ihren Gesprächen zuzuhören, ihrem Tonfall zu lauschen. In meinen Büchern gibt es jede Menge Dialoge. Ich mag es, wenn sich die Protagonisten unterhalten. Die meiste Zeit über reden sie aneinander vorbei. Wenn Sie sich die entsprechenden Stellen genauer ansehen, fällt Ihnen bestimmt auf, daß kaum jemand richtig zuhört. Die Leute sind fleißig dabei, über irgend etwas nachzudenken, und eigentlich gibt es gar keine echte Kommunikation. So ist das Leben.

F: Ziehen Sie diese Art von Humor vor? Den Spaß, der sich aus den besonderen Verhaltensweisen der Protagonisten ergibt?

A: Die Komik folgt als eine Art unausweichlicher Konsequenz. Die Personen in den Scheibenwelt-Romanen wollen gar nicht lustig sein. Sie handeln völlig logisch, aber eben in Situationen, bei denen man nicht mit einem logischen Verhalten rechnet. Der Barbar und Held sollte sich eigentlich mit gezücktem Schwert in den Kampf stürzen; man erwartet nicht von ihm, daß er sich aus dem Staub macht. Deshalb wirkt es komisch. Obgleich es eigentlich sehr vernünftig ist, die Flucht zu ergreifen, anstatt in den sicheren Tod zu gehen.

F: In den bisher vier Scheibenwelt-Romanen treten Plot und Charakterisierung immer stärker hervor.

A: *The Colour of Magic* war ein Essay — um festzustellen, wie's läuft. Ähnlich verhielt es sich mit *Das Licht der Phantasie* (Heyne SF & Fantasy 06/4583). Es sind zwei Gag-Bücher. *Das Erbe des Zauberers* und *Mort* möchte ich als »komische Romane« bezeichnen. Ich glaube nicht, daß ich durch sie Leser verlor. Wahrscheinlich habe ich sogar einige hinzugewonnen. Aber vermutlich gibt es Leute, die enttäuscht waren, sich mehr in der Art von Rincewind, Zweiblum und der intelligenten Truhe erhofften, die es bedauerten, daß die Kalauer fehlten und es nicht mehr ganz so kunterbunt zuging. Deshalb schrieb ich *Sourcery.* Ich glaube, als Roman hat das Buch durchaus seine Stärken, aber es bringt Rincewind und Truhe zurück, und die ganze Sache ist ziemlich kapriolenhaft. Den Jungen und Mädchen, die an meinen ersten Werken Gefallen fanden, weil es Gag-Bücher waren, wollte ich auf diese Weise folgendes mitteilen: »Vielen Dank. Aber von jetzt an möchte ich Plot und Charaktere stärker herausarbeiten, um mit dem Ergebnis meiner Arbeit zufriedener zu sein.«

F: Die ersten Bücher enthielten viele Seitenhiebe auf traditionelle Fantasy-Romane. *Wyrd Systers* hingegen ist eine Parodie auf *Macbeth.* In Ihrem nächsten Roman gibt es eine Szene, die aus *Tom Brown's Schooldays* zu stammen scheint. Finden Sie keine geeignete Fantasy mehr, die Sie parodieren können, oder wollen Sie sich auch auf anderen Gebieten versuchen?

A: Zu Anfang dachte ich in diesem Zusammenhang an einige bestimmte Autoren. Um keine Mißverständnisse aufkommen zu lassen: Es wäre falsch zu behaupten, ich hätte es auf sie *abgesehen;* derartige Motive lagen mir fern. Ich möchte es anders ausdrücken. Ich ärgerte mich ein wenig, als ich *Der Magier der Erdsee* (Heyne SF & Fantasy 06/3675) las, denn die dort vorkommenden Frauen mit magischen Kräften sind entweder durch und durch böse oder aber einfache Dorfhebammen mit schlichtem Gemüt. Ich habe absolut keine feministischen Prinzipien, aber jene Darstellung erschien mir irgendwie falsch.

Von dieser Grundlage ging ich aus und überlegte: Nehmen wir eine junge Magierin, die von einer älteren ausgebildet wird. Ergibt sich daraus eine andere Situation? Das Instrumentarium besaß ich bereits, die Unsichtbare Universität und alles andere, und ich benutzte es, um die Idee auf ihre Verwendbarkeit zu prüfen. Ich glaube, später galten meine Parodien keinen speziellen Autoren oder bestimmten Plots, sondern allgemeinen dramaturgischen Voraussetzungen, gewissen Grundhaltungen, Einstellungen und Perspektiven. Um ein Beispiel zu nennen: In *Das Licht der Phantasie* gibt es eine kurze Szene, in der ich eine Sequenz aus einem Conan-Film parodiere. Sie erschien mir damals so unglaublich lächerlich, daß ich mir sagte: Stell die Sache so dar, wie sie wirklich sein sollte. Ich meine, in einigen Conan-Büchern ist der Held schon achtzig und schwingt noch immer sein

Schwert. Nun, wenn man auf die Achtzig zugeht und nach wie vor kämpfen muß, dann stimmt irgend etwas nicht.
F: Offenbar hat es Conan versäumt, fürs Alter vorzusorgen.
A: Genau. Was ist mit all den Schätzen und Kostbarkeiten passiert? Tja, wenn man dauernd mit Diamanten und Smaragden geschmückte Throne zertrümmert, sollte man daran denken, einige Edelsteine einzustecken, damit man später was auf der hohen Kante hat.
F: Sie sagten eben, Sie hätten keine feministischen Prinzipien. Aber es wird oft behauptet, *Das Erbe des Zauberers* sei ein ausgezeichnet feministischer Roman.
A: Ich bekam sogar Lobesbriefe von einigen Frauengruppen. Terry ist ein neutraler Name, und deshalb nahmen viele an, ich sei weiblichen Geschlechts. Ich fand das außerordentlich faszinierend, ließ die Briefschreiberinnen in ihrem Glauben, bis die Korrespondenz genauere Aufschlüsse über sie ermöglichte.

Ich frage mich, ob *Das Erbe des Zauberers* wirklich ein feministischer Roman ist — oder nur entsprechenden Vorstellungen genügt. Der Unterschied zu anderen Romanen besteht doch nur darin, daß einige der wichtigsten Protagonisten Frauen sind. Ich bezweifle, ob er der Frauenbewegung neue Horizonte erschließt.

Oma Wetterwachs hätte gar keine Zeit, feministische Ziele zu verfechten. Sie glaubt an die Menschen an sich, hält es für richtig, daß sie die eigenen Wertvorstellungen zum Maßstab ihres Verhaltens machen. Ich bin gerade mit *Wyrd Sisters* fertig geworden und sehr zufrieden damit. Handlungsträger sind die drei Hexen aus *Macbeth,* auf die Scheibenwelt versetzt. Eine von ihnen ist Oma Wetterwachs. In einem Abschnitt gibt es einen kleinen Witz, bei dem es um Besuche in Theatern und Kneipen geht. Damen in einem gewissen Alter vertreten den Standpunkt, ohne männliche Begleitung hätten Frauen in Theatern und Pubs nichts zu suchen. Oma Wetterwachs teilt diese Ansicht als einen wichtigen moralischen Grundsatz, ist allerdings davon überzeugt, daß er nur für andere gilt, nicht für sie selbst. Sie ist ganz versessen darauf, Eskarina zur Unsichtbaren Universität zu schicken, keineswegs aufgrund eines festen Glaubens an die Rechte der Frauen, sondern weil andere Leute sagen, so etwas käme überhaupt nicht in Frage. Die Zauberer halten ihre Absicht für absurd, und deshalb setzt sie Himmel und Hölle in Bewegung, um ihren Willen durchzusetzen. Sie möchte ihren männlichen Kollegen eins auswischen.

F: Glauben Sie, man kann solche Komödien benutzen, um dem Leser eine Botschaft zu übermitteln?

A: Es mag möglich sein, aber davon halte ich absolut nichts. Tief in mir glaube ich an die eine oder andere Sache, und vielleicht findet das auch einen Niederschlag in meinen Romanen, aber es wäre sicher falsch, damit zu deutlich zu werden. Die einzige Weisheit, mit der ich meine Leser konfrontiere, lautet folgendermaßen: Alles wäre weitaus besser, wenn die Leute endlich schwiegen und sich wenigstens einmal vernünftig verhielten. Seit einiger Zeit gelingt es mir, meine Leser zum Lachen zu bringen. Ich gebe ihnen einige nette Szenen. Ich versuche, ihren Ansprüchen gerecht zu werden, aber es geht mir nicht darum, sie über irgendwelche Dinge zu belehren.

F: Haben Sie manchmal das Gefühl, daß Ihnen die Scheibenwelt Grenzen setzt?

A: Ja und nein. Jetzt kommt die große Verkündigung: Die Scheibenwelt existiert überhaupt nicht. Ich habe keine in sich geschlossene Vorstellung von ihr. Nirgends gibt es eine genaue Karte. In den letzten Romanen wurden einige Dinge hinzugefügt, die sich nur mit geistiger Akrobatie integrieren lassen. Die Scheibenwelt ist eine Bühne, auf der ich komische Fantasy-Szenerien darstellen kann. Die Schildkröte und alles andere dienen in erster Linie als Kennzeichen, das den Leuten mitteilt: »Hier liegt ein neuer Roman vor, der ebenso lustig ist wie die anderen, die du bereits gelesen hast.« Aber ich beschränke mich nicht auf bestimmte Protagonisten. Die Scheibenwelt hat inzwischen eine Entwicklung hinter sich, die vom finsteren Mittelalter bis zum Florenz der Renaissance in Ankh-Morpork reicht. Anachronismen werden eingeschoben, um zusätzliche Komik zu ermöglichen. Wahrscheinlich kommen nicht alle Gags beim Leser an, doch ich bin sicher, achtzig oder neunzig Prozent erreichen ihr Ziel. Ich gebe mich mit einer Ausfallquote von rund zehn Prozent zufrieden.

Vermutlich stieße ich schon bald an die Grenzen der Scheibenwelt, wenn es ein klar ausgearbeitetes Konzept dafür gäbe, mit Ökosystem und allem Drum und Dran. Aber das ist nicht der Fall. Noch bietet sie mir genügend Freiraum. Vielleicht muß ich mich irgendwann einmal der Erkenntnis stellen, daß ich nicht mehr dieses oder jenes hinzufügen kann, weil so etwas den bisherigen Schilderungen widerspräche, aber derzeit brauche ich mich noch nicht mit einem solchen Problem auseinanderzusetzen.

Nehmen Sie nur *Wyrd Sisters, Mort, Das Erbe des Zauberers* und *Pyramids:* Für den Background dieser Romane ist die Scheibenwelt nicht unbedingt erforderlich. Ihre Handlung ist nur deshalb dort angesiedelt, weil mir die Scheibenwelt und ihre Möglichkeiten gefallen. Angenommen, eines Tages bekomme ich einen Brief vom Verleger, in dem es heißt: »Ihr neues Buch gefällt mir sehr, aber leider haben wir keine Verwendung für Scheibenwelt-Romane.« Wenn es ihm dann auch noch gelingt, mir seine Einwände begreiflich zu machen, könnte ich mich einfach hinsetzen und im Laufe eines Monats alle Scheibenwelt-Aspekte streichen, ohne daß sich irgend etwas an der Handlung ändert.

F: Lesen Sie viel Fantasy?

A: Im Augenblick wird ziemlich viel Fantasy publiziert, und vielleicht sind es die Klappentexte des Redakteurs und die Werke der Umschlaggestalter, die von einer Lektüre abraten. Ich verzichte darauf, mich mit solchen Romanen zu befassen, weil sie mich einfach nicht interessieren.

F: Lesen Sie sie nicht einmal, um neue Stoffe für Ihre Parodien zu finden?

A: Nein, eigentlich nicht. Und dafür gibt es einen ganz bestimmten Grund. In *Pyramids* verulke ich vieles von dem, was im alten Ägypten geschah. Ich blätterte in entsprechenden Nachschlagewerken, weil ich mehr herausfinden wollte. Aber man kann nicht einfach feststellen, wie's damals wirklich zuging und dann die historische Realität parodieren.

Man setzt sich hin und denkt: »Was glaube ich, als durchschnittlich gebildeter Mensch, übers alte Ägypten zu wissen?« Es spielt keine Rolle, daß bisher noch keine Mumie *in* einer Pyramide entdeckt wurde, wobei es eine mögliche Ausnahme gibt. Im Gegensatz zur landläufigen Meinung wurden die Pharaonen *darunter* begraben. Was man zu wissen meint und was tatsächlich der Fall war — das sind zwei völlig verschiedene Dinge. Ich schreibe nicht für Historiker, sondern für gewöhnliche Leute. Ich parodiere die *Vorstellungen* meiner Leser vom alten Ägypten, nicht die Ideen, die sich aus sorgfältigen Recherchen ergäben. Sie blieben ohne jede Bedeutung.

F: Halten Sie humoristisches Schreiben für schwieriger als ernste Prosa?

A: Meinen Sie mit »ernster Prosa« die detaillierte Ausarbeitung wissenschaftlicher Hintergründe? Lieber Himmel, das ist mir viel zu trocken. Ich hab's versucht, aber früher oder später entwickeln meine Protagonisten ein Eigenleben, und dann ist die Selbstdisziplin zum Teufel. Später sehe ich mir die Verkaufsabrechnungen an und denke mir: Meine Güte, warum solltest du dich mit solchen Dingen belasten? Mach einfach weiter wie bisher.

F: Sie sind doch nicht der Komiker im Tarngewand, der sich heimlich wünscht, einmal Hamlet spielen zu können?

A: Nein, ich bin ein Komiker, der gern lacht.

F: War Ihre erste Geschichte, die in *New Worlds* veröffentlicht wurde, ebenfalls komisch?

A: Ja. Glücklicherweise wurde gleich meine erste Story publiziert — ich gehe nicht einfach mit einem Achselzucken über Rückschläge hinweg, hätte wahrscheinlich aufgegeben, wenn die Erzählung abgelehnt worden wäre. Kurze Zeit später mußte ich mich auf die Abschlußprüfungen konzentrieren, und daran schloß sich ein Zeitungsjob an. Ich arbeitete nicht nur tagsüber, sondern auch abends, fand keine Zeit mehr fürs Verfassen von Geschichten und Romanen. Ich lernte eine entzückende junge Dame kennen und heiratete. Damals schrieb ich etwa alle fünf Jahre ein Buch — *Strata, Dark Side of the Sun, Carpet People.* Sie erschienen, wurden gekauft und gerieten irgendwie in Vergessenheit. Ich muß zugeben, daß ich nicht besonders viel schöpferische Energie auf sie verwendete; zu jener Zeit sah ich im Schreiben nur einen angenehmen Zeitvertreib. Dann kam *Colour of Magic* heraus, und der Roman wurde ein großer Erfolg. Ich besuchte den Eastercon von 1985 und sprach dort mit Leuten, die von dem Buch begeistert waren. Zum erstenmal bekam ich eine konkrete Vorstellung von meiner Leserschaft. Ich spielte bereits mit dem Gedanken einer Fortsetzung — *Das Licht der Phantasie —,* dachte mir, es sei durchaus einen Versuch wert.

Ich legte mir einen Computer zu, eine der alten Amstrad-Maschinen, die normalerweise für Videospiele bestimmt sind, sich aber auch zur Textverarbeitung einsetzen lassen. Heute weiß ich, daß es dadurch zu einer entscheidenden Wende in meinem Schriftstellerdasein kam. Mit Papier kam ich nie gut zurecht, und mit dem Computer konnte ich im Tempo meiner Gedanken schreiben. Ich brauchte kein neues Blatt mehr einzuspannen. Es war auch nicht mehr nötig, bestimmte Stellen auszuschneiden und sie auf andere Blätter zu kleben, um Schreibarbeit zu sparen. Das leichtere, bequemere Arbeiten gab mir solchen Auftrieb, daß ich über einen Zeitraum von drei Jahren einen täglichen Durchschnitt von 500 Worten schaffte. Nicht übel, wenn man bedenkt, daß dabei *alle* Tage berücksichtigt sind, nicht nur diejenigen, an denen ich wirklich geschrieben habe. Nun, natürlich wird eine Menge gestrichen oder gekürzt, doch das spielt keine Rolle. Es ist so, als grabe man nach Gold: Man muß viel Erde bewegen, um ein oder zwei Nuggets zu finden. Doch die Mühe lohnt sich. In meinem Fall heißt das: Ich arbeite mit großem Eifer, gehe die betreffenden Abschnitte und Kapitel später kritisch durch und finde dabei einen Haufen Mist, den ich von der Diskette lösche und durch geeignetere Zeilen ersetze. Ich kann erst dann eine inhaltliche und stilistische Analyse vornehmen, wenn ich etwas geschrieben habe. Nur dadurch wird mir klar, was verbessert werden muß.

F: Schreiben Sie viel um?

A: Ja. Ich erstelle nur einen Entwurf — obwohl das nichts weiter bedeutet, wenn man ein Textverarbeitungssystem benutzt. Der Roman kommt wie ein Gleiskettenfahrzeug voran: Vorn herrscht ständige Bewegung, doch auch an den Seiten und hinten rührt sich etwas. Ich arbeite an allen Kapiteln gleichzeitig. Inzwischen habe ich mir sogar einen größeren und wesentlich leistungsstärkeren Computer gekauft, als ihn ein Autor wirklich braucht — um den ganzen Roman im Speicher zu haben und nicht ständig nachladen zu müssen. Ich schiebe ein halbes Megabyte hin und her, füge hier etwas hinzu, streiche andere Stellen. Eine bessere Arbeitsweise kann ich mir nicht vorstellen.
F: Geschieht es bei der Überarbeitung, daß Sie Ihrer eigenen Gags überdrüssig werden?
A: Nein. Ich habe einen gewissen Abstand zu ihnen, sehe sie fast wie eine mathematische Gleichung. Es wäre sicher falsch, den Humor in eine Formel pressen zu wollen, aber man kann eine bestimmte Passage betrachten und sagen: He, diese Pointe hat genau den richtigen Schliff. Oder: Nein, so klappt es nicht; es fehlt die nötige Vorbereitung, um das ganze komische Potential der Szene zur Geltung zu bringen.

Einige Freunde von mir bekommen Manuskriptkopien mit der Bitte um Kritik, und ich habe es mir zur Angewohnheit gemacht, alle Anregungen sorgfältig zu prüfen. Bei solchen Gelegenheiten fühle ich mich nie auf den Schlips getreten: Wenn jemand einen Gag nicht für so witzig hält wie ich, so bin ich nicht etwa sauer, sondern überlege, wie ich ihn komischer gestalten kann. Ich sehe mir den entsprechenden Abschnitt an und frage mich: Liegt es vielleicht daran, daß ihn nicht *alle* Leute für witzig halten, nur ein paar? In Ordnung, macht nichts: Ein paar Zeilen weiter werden erneut die Lachmuskeln strapaziert. Es gleicht sich also aus. Manchmal denke ich auch: Habe ich vielleicht etwas geschrieben, das *nur mich* schmunzeln läßt und bei allen anderen Menschen Verwirrung stiftet? Nun, in dieser Hinsicht mache ich mir keine allzu großen Sorgen, aber es fällt mir schwer, allein zu arbeiten. Vermutlich aufgrund meiner journalistischen Erfahrungen. Dauernd rufe ich Bekannte an und stelle ihnen Fragen wie: »Was für Geräusche verursachen Pyramiden deiner Ansicht nach?« Wenn sie sich erkundigen, was der Blödsinn soll, erkläre ich meine Auffassungen und die Gründe dafür, beweise zum Beispiel, warum Kamele intelligenter sind als Menschen. Mit anderen Worten: Ich probiere die Gags aus, und viele von ihnen entstehen gewissermaßen in Zusammenarbeit.

Mir ging ein Licht auf, als ich erfuhr, daß die Gags der Marx Brothers in ihren Filmen zwar vollkommen spontan wirken, jedoch das Ergebnis harter Arbeit sind. Sie wurden immer wieder getestet und verfeinert. Vor den früheren Filmen gingen die Gebrüder Marx auf die Straße, setzten das Drehbuch in einzelne Sketche um. Irgend jemand saß in der Nähe, beobachtete die Reaktionen der Zuschauer und notierte, wann sie lachten. Es verging praktisch kein Tag, an dem sie nicht an ihren Witzen feilten, einige Szenen erweiterten, andere kürzten. Das Ergebnis in den Filmen war scheinbar völlige Spontaneität — obwohl einige Leute wochenlang Blut geschwitzt hatten, um einen solchen Effekt zu erzielen. Diese Vorstellung gefällt mir sehr. Ich finde es richtig, den eigenen Sinn für Humor mit dem anderer Menschen zu vergleichen.

Oft heißt es: Wenn man damit beginnt, eine Komödie zu analysieren, verliert sie ihre Komik. Ich bin anderer Ansicht. In Ordnung, man kann nie ganz sicher sein, wann man mit einem schallenden Gelächter belohnt wird. Aber man beherrscht sein Handwerk nur schlecht, wenn man nicht einigermaßen sicher sein kann, daß wenigstens einige der Gags gut sind. Man findet bald heraus, wie der durchschnittliche Leser auf ganz bestimmte Dinge reagiert, lernt es, sich darauf einzustellen. Meine Güte, wenn man so darüber redet, klingt das alles unglaublich kühl. Ich kann natürlich weder ein Patentrezept anbieten noch den Humor quantitativ und qualitativ messen. Doch nach einer Weile entwickelt man ein Gespür für Situationskomik, und hinzu kommen die Dialoge. Wenn man sie mit dem nötigen Geschick einsetzt, werden sie zu einem wichtigen Werkzeug. Das Ergebnis mag zunächst recht mittelmäßig sein, aber man kommt weiter, und die ganze Zeit über ist der unterbewußte Mechanismus am Werk, der die viel besseren Gags produziert.

Eigentlich gefällt es mir, den Eindruck zu erwecken, ich schriebe einfach alles auf und sei ebenso wie alle anderen davon überrascht, was meine Protagonisten treiben. In Wirklichkeit aber braucht man eine klare Vorstellung, was in dem Roman passieren soll. Andernfalls könnte ich überhaupt kein Wort zu Papier bringen. Man weiß nur nicht, welche Details sich ergeben und dem ganzen Werk Farbe verleihen.

F: Wie arbeiten Sie? Schreiben Sie zu bestimmten Tageszeiten?

A: Ich arbeite die ganze Zeit über. Genauer gesagt: Ich bringe meine Töchter zur Schule, und anschließend schalte ich den Computer ein. Meistens wird er erst spät abends wieder ausgeschaltet. Was nicht bedeutet, daß ich ständig auf der Tastatur herumklimpere. Oft gehe ich weg und beschäftige mich mit ganz anderen Dingen. Ich verbringe nie mehr als jeweils eine Stunde vor dem Bildschirm. Wenn ich mehrere Tage lang nicht zum Schreiben komme, werde ich nervös, fürchte dann, den Schwung zu verlieren. Wenn es darum geht, einen Gag nach dem anderen zu bringen, darf man nicht aus dem Rhythmus kommen. Schließlich legt man auch kein Buch beiseite, um sechs Monate lang über die bisher gelesenen Kapitel nachzudenken. Nach einem halben Jahr verliert man das Interesse daran, ist alles kalter Kaffee.

Wenn ich einen neuen Roman beginne, finde ich erst nach Abschluß der letzten Seite Ruhe. Ich lege eine Pause ein, wenn sich auf der Überholspur der kreativen Autobahn eine Kurzgeschichte nähert, aber anschließend muß ich sofort weiterschreiben, bin dann wie besessen davon. Ich brauche eine Art nervöse Energie, um ein Buch fertigzustellen.

Nach rund zwei Dritteln eines Romans beginne ich damit, über den nächsten nachzudenken. Irgendein schöpferisches Etwas in mir flüstert: Okay, mit diesem Buch ist soweit alles in Ordnung — nur noch ein bißchen handwerkliche Arbeit, und du kannst es in einen Umschlag stecken und dem Verlag schicken. Was ist mit dem nächsten? Du willst dich doch wohl nicht auf die faule Haut legen, oder? Nun, ich habe keineswegs das Gefühl, an einem schriftstellerischen Fließband zu sitzen und unbedingt Disketten füllen zu müssen. Aber durch die ständige Arbeit habe ich inzwischen ein Stadium erreicht, das es mir erlaubt, regelmäßig und schnell zu schreiben. Es ist sogar wie ein Zwang. Wenn ich nach der Beendigung eines Buches vierzehn Tage lang nicht vor dem Computer sitze, weil mir der Anfang für den nächsten Roman fehlt, droht mir meine Frau damit, zu ihrer Mutter zu fahren und meint, ich sei unerträglich.

F: Arbeiten Sie manchmal an zwei Büchern gleichzeitig?

A: Einmal sogar an drei. Als ich die Korrekturfahnen von *Sourcery* durchging, in *Wyrd Sisters* einige Änderungen vornahm und an *Pyramids* schrieb. Es ist nicht leicht, von einem Themengebiet aufs andere umzuschalten, und ich hatte erhebliche Mühe, meine Gedanken zu ordnen. Man muß darauf achten, nicht die Übersicht zu verlieren. Andererseits hat so etwas auch seine Vorteile: Ich konnte einige Einzelheiten in den drei Romanen aufeinander abstimmen.

Ab und zu frage ich mich verwirrt, wie ich meine Bücher einordnen soll. Sie sind wohl kaum dazu geeignet, irgendeinen Preis zu gewinnen, aber eins steht fest: Sie finden viele Käufer. Gelegentlich sehe ich übers literarische Meer und beobachtete die hehren Größen, die mit ihren Surfbrettern Kunststücke vollführen, während ich mit Eimerchen und Schaufel am Ufer bleibe und Seesterne und Muscheln sammle, weil ich es nicht mit den tollen Kerlen dort draußen aufnehmen kann. Ich plansche nur im seichten Wasser — und bin zufrieden und glücklich.

Das amüsiert mich in gewisser Weise. Ich werde gut bezahlt, brauche mich nicht übermäßig anzustrengen und denke immer wieder: Irgendwie ist das alles nicht richtig; bestimmt klopft bald jemand an die Tür und sagt: »Du hast doch wohl nicht geglaubt, auf die Dauer damit durchzukommen ...« Ich habe eine Menge Spaß. Man lädt mich ein, damit ich Vorträge halte. Man kommt sogar für meine Spesen auf und führt mich in teure Restaurants. Und meine Gastgeber glauben, sie unterhielten sich mit *mir.* Anderen Leuten in meiner Situation gelingt es vielleicht, Haltung zu wahren, aber ich sehe mich dazu außerstande. Ich finde das alles ebenso lustig wie erfreulich. Ich nehme jede Einladung an, spreche mit allen — und vergnüge mich prächtig dabei, bin mir darüber klar, welch enormes Glück mir die Schriftstellerei beschert.

Andererseits: Die ganze Sache beunruhigt mich zwar nicht, aber sie erscheint mir wie ein seltsamer Traum. Ich weiß, daß meine Werke keinen sonderlichen Tiefgang haben, aber viele Menschen lesen sie, und man bezahlt mir immer mehr Geld, um solche Bücher zu verfassen. Oft befürchte ich, daß man mich eines Tages durchschaut. Wenn ich einen neuen Roman beginne, denke ich häufig: Diesmal wird die ganze Welt merken, daß du so etwas eigentlich gar nicht schreiben kannst. Es ist wirklich eigenartig.

Aus dem Englischen übersetzt von Andreas Brandhorst

INTERVIEW

Ein Gespräch mit Doris Lessing

von Usch Kiausch

»Die Phantastik ist die eigentliche Tradtition der Menschheit«

Mit der Veröffentlichung von *Canopus im Argos: Archive* überraschte Doris Lessing seinerzeit viele, die sie schon fest in der Schublade »realistische Erzählerin« verstaut hatten. Dabei hat sie nur die Perspektive gewechselt, nicht ihre Themen. Der amerikanische Komponist Philipp Glass hat ihren distanzierten Blick auf den Planeten Erde und seine Bewohner in Töne übersetzt: Seine Oper *Die Entwicklung des Repräsentanten von Planet 8* nach dem gleichnamigen Roman von Doris Lessing wurde am 16. April 1989 erstmals in deutscher Sprache in Kiel aufgeführt. In Anwesenheit von Doris Lessing, die auch die Bühnenfassung geschrieben hat.

Eine weitere Gemeinschaftsproduktion mit Philipp Glass, so kündigte sie an, ist in Vorbereitung: eine Oper nach Motiven des Romans *Die Ehen zwischen den Zonen Drei, Vier und Fünf* aus dem Canopus-Zyklus.

Über neue Entwicklungen in der Phantastischen Literatur — und auf unserem Planeten — sprach sie während der 10. Jahreskonferenz der »International Association for the Fantastic in the Arts« (15.—19. März 1989) in Fort Lauderdale mit Usch Kiausch. Doris Lessing besuchte die Konferenz als »guest of honor«.

F: In vielen Feuilletons wird die Phantastik nach wie vor als ungeliebtes Kind der »Hochliteratur« behandelt. Das heißt: gar nicht. Sie selbst haben realistische wie phantastische Ro-

mane geschrieben. Wie sehen Sie deren Verhältnis zueinander?

A: Ich glaube nicht, daß die eine Form besser ist als die andere. Aber die Phantastische Literatur ist tatsächlich die eigentliche Tradition der Menschheit. Der »Realismus« ist ja erst rund 400 Jahre alt. Das vergessen wir scheinbar immer wieder. Interessant, wenn Leute sagen, sie können einfach keine Phantastik lesen. Das bedeutet doch, daß sie etwas verloren haben, was wir früher alle besaßen. Früher war »Literatur« ja das Erzählen von Geschichten, von Mythen und Märchen. Aber die realistische Tradition hat bei manchen Menschen die Vorstellungskraft begrenzt, so daß sie

Metaphern und Mythen einfach nicht mehr verstehen. Sie können damit nicht umgehen.

F: Ich habe den Eindruck, daß in den letzten Jahren bei vielen Lesern ein Wandel eingetreten ist, nicht zuletzt auch durch Ihre Romane. Glauben Sie nicht?

A: Zumindest schreiben mehr Schriftsteller als früher Phantastische Literatur. Man denke beispielsweise an die lateinamerikanische Literatur, an Borges, an Garciá Márquez. Deshalb glaube ich: Wenn Leser sagen, sie können keine Phantastik lesen, dann verzichten sie auf die besten zeitgenössischen Werke.

F: Gibt es Entwicklungen in der modernen Phantastischen Literatur, die Sie — als Leserin — ganz besonders interessieren?

A: Ich interessiere mich für alle Richtungen. Auf dieser Konferenz traf ich zum Beispiel einige Schriftsteller, die sich vor allem mit Space Fiction befassen, und ich bewundere sie. Ich schätze auch die ganze phantastische Tradition südamerikanischer Schriftsteller. Salman Rushdie ist ein sehr guter Schriftsteller der Phantastischen Literatur. Es gäbe noch viele. Man kann sie gar nicht alle aufzählen.

F: Ihr Roman-Zyklus *Canopus im Argos* steckt voller Mythen, Märchen und Motiven aus dem Alten Testament. Gleichzeitig entwerfen sie ein ziemlich pessimistisches Szenario für den Planeten Erde. Sehen Sie die Zukunft heute noch genauso wie damals, vor zehn Jahren?

A: Ich habe oft genug gesagt, daß wir uns immer weiter auf verschiedene Katastrophen zubewegen, und genau das passiert. Nur der Schwerpunkt hat sich verlagert. Er liegt heute stärker als früher auf ökologischen Problemen. Was mich an Tschernobyl so erstaunt: Anscheinend hat es inzwischen jeder vergessen. Aber so etwas könnte wieder passieren und wird sehr wahrscheinlich wieder passieren. Ich glaube, wir haben unbegrenzte Möglichkeiten, unangenehme Dinge zu verdrängen. Ich meine, ich war in Norditalien, als Tschernobyl passierte. Wir konnten kein Gemüse essen, keinen Käse, keine Milch trinken — alles vorbei. Und das ging wochenlang so. Vielleicht wissen Sie, daß man in Schottland immer noch kein Lamm essen kann? Aber die Menschen denken nicht darüber nach. Und ich glaube, das ist einfach deshalb so, weil wir hilflos sind. Überall sind wir schnell mit der Einrichtung nuklearer Anlagen. Aber wir können sie anscheinend nicht kontrollieren und wissen folglich nicht, was alles passieren kann. Eine ähnlich schlimme Katastrophe wie in Tschernobyl könnte tatsächlich ganz Europa verseuchen. Irgendwann haben wir gemerkt, daß die Nordsee vergiftet wird, oder — erst vor einem Jahr — der Rhein. Heute redet kein Mensch mehr darüber. Jetzt geht es um die Änderungen des Wetters und um das Ozonloch. Anscheinend können wir uns immer nur auf eine Sache gleichzeitig konzentrieren. Vielleicht stimmt etwas mit der menschlichen Wahrnehmung nicht. Aus irgendeinem Grund können wir die Dinge nie in ihrem Zusammenhang, als Ganzes erfassen.

F: Ihr jüngster Roman *Das fünfte Kind* handelt von einem Wesen mit sehr spezieller Wahrnehmung. Es lebt nur auf sich selbst bezogen, autistisch. Hatten Sie dabei tatsächlich das Phänomen des Autismus vor Augen, oder ist es eine Metapher für unsere menschliche Wahrnehmung überhaupt?

A: *Das fünfte Kind* handelt nicht von einer geistigen Behinderung. Es handelt von einem Lebewesen, das nach seinen eigenen Maßstäben voll entwickelt ist. Aber es lebt zur falschen Zeit am falschen Ort. Heute morgen sagte jemand in einem Seminar der Konferenz, es sei wohl ein Symbol irgendeiner Art. Das ist es nicht. Ich habe nur erzählt, was passiert, wenn ein Wesen in unsere hochzivilisierte Gesellschaft platzt, das von einer anderen Stufe unserer Entwicklungsgeschichte stammt, aus der vor-menschlichen Zeit. Eine andere Spezies. Das hat mich an der Geschichte interessiert. Ich habe dieses Wesen nicht als Frankenstein'sches Monster gesehen, und auch nicht als Symbol des Unbewußten oder was die Leute sonst noch hineininterpretieren mögen. Es war sehr viel einfacher.

INTERVIEW

Ein Gespräch mit Michaela Roessner

Preisträgerin des »William L. Crawford Fantasy Award« 1989

von Usch Kiausch

Jedes Jahr verleiht die »International Association for the Fantastic in the Arts« (IAFA) den William L. Crawford Fantasy Award für den besten phantastischen Erstlingsroman. Auf der 10. IAFA-Jahreskonferenz im März 1989 in Fort Lauderdale erhielt ihn Michaela Roessner für ihren Roman *The Walkabout Woman.* Die 39jährige Schriftstellerin ist gleichzeitig bildende Künstlerin und lebt in Oakland, Kalifornien.

F: In Ihrer Dankesrede sagten Sie, für eine literarische »Debütantin« seien Sie eigentlich ziemlich alt. Wann haben Sie mit dem Schreiben begonnen?
A: Ich begann damit vor etwa fünf Jahren. Für die Recherchen zu *The Walkabout Woman* brauchte ich ungefähr dreieinhalb Jahre. Vorher habe ich mich hauptsächlich auf die bildende Kunst konzentriert. Interesse am Schreiben von Phantastik bekam ich während meiner Abschlußarbeiten für das Kunststudium, als ich mich mit phantastischen Themen beschäftigte. Irgendwie gab es dann einen »natürlichen Übergang« von einem Medium ins andere.
F: Was ist das Thema Ihres Romans?
A: Die Handlung von *The Walkabout Woman* entwickelt sich über den Zeitraum von 1949 bis 1975. Die erste Hälfte des Buches spielt in der australischen Wildnis. Im Mittelpunkt steht eine junge Aborigines-Frau. Für ihr Volk ist sie eine messianische Figur. Sie wird mit der Kultur der Weißen,

mit der europäischen Tradition konfrontiert, und das führt bei ihr zu Konflikten. Das mythologische Thema, die Heilserwartung, die das Volk der Aborigines mit dieser Frau verbindet, zieht sich durch den ganzen Roman. Ich habe die Geschichte so realistisch wie möglich erzählt. Aber es ist natürlich ein phantastischer Roman, und er handelt von der australischen Traumzeit.

SZENE

Die französische Science Fiction geht in die Provinz

von Jörg Weigand

Zwar ist es in Frankreich noch nicht so, daß die Phantastik der Science Fiction den Rang abgelaufen hat, dennoch kann festgestellt werden, daß phantastische Romane in der Gunst des Publikums Platz gutgemacht haben; erfreulich dabei, daß ein deutschsprachiger Autor wie Leo Perutz in den lezten zwei/drei Jahren von den Franzosen geradezu wiederentdeckt worden ist. Besondere Verdienste um die Förderung der Phantastik in Frankreich, vor allem auch der französischsprachigen Autoren, hat sich dabei das kleine Verlagshaus »Nouvelles Editions Oswald« erworben, das z.B. einen solch wichtigen Autor wie Daniel Walther unter Vertrag hat.

Es bleibt nicht aus, daß beim (Wieder-)Erstarken eines Genres wie der Phantastik mit ihrem Untergenre Horror auch die literarischen Niederungen reichlich blühen. So ist ein besonderer Erfolgsträger zur Zeit auf dem französischen Markt die Sammlung »Gore« (nicht zu verwechseln mit der »Gor«-Serie eines John Norman, dessen Elaborate in Frankreich ebenfalls erschienen sind). In »Gore«, herausgebracht vom Massenverlag Fleuve Noir, sind neben recht ansehnlich angelsächsischen Autoren wie Gary Brandner oder Shaun Hutson auch Franzosen zu finden: neben wirrem Geschreibsel mit allerlei sadistischen und blutrünstigen Beigaben immerhin Namen wie Kurt Steiner alias André Ruellan, Christian Vila, André Caroff oder Daniel Walther.

Eines der wichtigsten Ereignisse in der französischen SF-

Szene der letzten Jahre war die Tatsache, daß der rührige Macher Patrick Siry sein Stammhaus Fleuve Noir verlassen und einen eigenen Verlag gegründet hat — vielleicht ein wenig angeregt durch das Vorbild eines Donald A. Wollheim in den USA, dessen DAW-Books sich seit langem gut durchgesetzt haben. Siry hat offenbar einen kleinen Teil der Stammautoren von Fleuve Noir mitgenommen bzw. veranlaßt, unter anderem Pseudonym auch für das neue Verlagshaus zu schreiben, und so zu all jenen Reihen bei FN Konkurrenzreihen gestartet, die unter seiner Ägide bei Fleuve Noir von besonderem Erfolg begleitet waren.

Freilich scheint es zur Zeit noch am Vertrieb zu hapern, die Auflagen der einzelnen Titel sind, wie zu hören ist, noch vergleichsweise niedrig. Immerhin, von der französischen Fachkritik wird das beherzte Unterfangen mit offenkundigem Wohlwollen begleitet. Was dabei herauskommt und ob sich Sirys Risikobereitschaft auszahlen wird, wird sich erst in zwei bis drei Jahren oder gar noch später eindeutig sagen lassen.

Fleuve Noir auf der anderen Seite hat Konsequenzen gezogen aus den in letzter Zeit von Monat zu Monat merkbar sinkenden Verkaufszahlen insbesondere seiner Reihe »Anticipation«. Die monatliche Titelflut wurde reduziert. Die Auflagenhöhe wurde in der Regel halbiert, d. h. bei Spitzentiteln besonders verkaufsträchtiger Autoren wie etwa G. J. Arnaud beträgt die Erstauflage nicht mehr schätzungsweise 30 oder 35 000 (im Taschenbuch), sondern nur noch 15 bis 20 000 Exemplare — nur in Anführungszeichen, denn auch das sind immer noch Zahlen, von denen deutschsprachige Autoren im allgemeinen nur träumen können. Da andererseits die Honorare ebenfalls halbiert wurden, sieht die finanzielle Lage der doch etlichen SF-Berufsautoren in Frankreich durch diese Maßnahme nun gar nicht mehr so rosig aus, denn wer bis dahin für Fleuve Noir arbeitete, konnte mit sechs bis neun Titeln im Jahr finanziell einigermaßen gut über die Runden kommen. Damit ist es nun vorbei.

Und noch einen wichtigen Wechsel der Herausgeberschaft hat es gegeben: Jacques Chambon hat Elisabeth Gille bei Denoël als Verantwortlicher für die überaus anspruchsvolle Reihe »présence du futur« abgelöst. Hatte Madame Gille schon immer einen kleinen Hang zur französischen SF, so ist diese Präferenz bei Chambon weitaus stärker ausgeprägt — Chambon hat offenbar vorrangig die Förderung der französischen Science Fiction als wesentlichen Programmpunkt auf seine Herausgeberfahne geschrieben. Allein in diesem Jahr 1989 wird die Hälfte aller bei »présence du futur« veröffentlichten Titel von französischen Autoren stammen, fürwahr ein Ergebnis, das nur von der populären SF-Edition bei Fleuve Noir übertroffen wird! Wobei Chambon neben altbewährten Namen wie Curval, Brussolo, Houssin oder Andrevon auch den Nachwuchs nicht vergißt; interessant etwa die beiden Neulinge im Geschäft Colette Fayard und Alain Dartevelle. Dabei steht der weibliche Autorenname keinesfalls für eine Ausnahme, wenn auch die Frauen in der französischen SF noch nicht so im Kommen sind, wie dies etwa in den USA seit Jahren zu beobachten ist.

Eine Besonderheit ist zu vermelden, die außer in Frankreich wohl nirgendwo in Europa Beachtung verdiente: Die Presse- und Verlagskonzentration in Paris hat lange Zeit einer großflächigen Verbreitung auch der SF in der Provinz entgegengestanden und auch für in der Provinz lebende Autoren Nachteile gebracht. Seit einigen Jahren tut sich auf diesem Gebiet etwas, die französischen SF-Macher gehen in die Provinz, immer mehr Verlage, vornehmlich kleine Neugründungen, die französische Science Fiction pflegen wollen, bringen Reihen und Einzeltitel heraus, die den Genreautoren neue Publikationsmöglichkeiten erschließen, vor allem aber auch SF fördern, die nicht so sehr der windschlüpfrigen Form nacheifert, wie sie Pariser Großverlage fordern.

Ein Beispiel: Die Editions de l'Aurore in Meylan starteten ihre Reihe »Futurs« mit vier Titeln, darunter immerhin ein Dominique Douay — neben Richard Canal und zwei Neuankömmlingen. Inzwischen sind Jean-Pierre Andrevon, Yves Frémion und Alain Paris dazugekommen. »Futurs« pflegt den leicht experimentellen Roman und die aus dem üblichen Rahmen fallende Erzählung, will damit offenkundig mehr bieten als nur gängige Kost. Über das Schicksal solcher Neugründungen kann freilich heute noch keine Aussage gemacht werden, bleibt abzuwarten, wie sie sich entwikkeln und wie das Publikum mitziehen wird.

Es ist bereits kurz angeklungen: Diese SF-Verlage in der Provinz sind eine große Chance für junge Autoren; denn in Frankreich wie überall hat es der Nachwuchs schwer, seine Texte unterzubringen. Dabei ist es für den reinen Romanautor noch nicht einmal so schwierig wie für den Verfasser kurzer Erzählungen und Kurzgeschichten. Phantastische und SF-Kurzprosa ist außer in Form einer ganzen Collection so gut wie gar nicht mehr unterzubringen. Und Collections erscheinen ausgesprochen selten. Zwar kommt das altgediente Magazin »Fiction« auch weiterhin monatlich heraus, doch scheint sein Ende absehbar — wie zu erfahren ist, hapert es erheblich mit der Zahlungsmoral; und auch der monatliche Erscheinungsrhythmus ist unregelmäßig geworden, manche Ausgaben haben mich erst gar nicht erreicht.

Und was Anthologien angeht, ist die Situation jenseits des Rheins um keinen Deut besser als bei uns: tote Hose, wohin man schaut. Die jährlich edierte Anthologie »Univers« ist wahrhaftig nicht mehr als ein einzelner Tropfen auf dem heißen Stein. Und sonst gibt es außer Fanpublikationen so gut wie kein Forum mehr für die kurze Erzählform.

Kein Wunder also, daß sich die Autoren umschauen nach neuen Möglichkeiten, ausweichen wollen auf andere Gebiete. Ein Phänomen, das sich bei uns erst in zarten Anklängen bemerkbar macht, ist in Frankreich deutlich zu vermerken: Der Versuch, man könnte fast sagen, der verzweifelte Versuch der SF-Autoren, aus dem Ghetto auszubrechen und sich einem anderen Lesepublikum zu stellen. An Risikofreudigkeit mangelt es nicht. Zwar wird schon seit langem auch in anderen Unterhaltungsgenres als der SF oder der Phantastik »gewildert«, etwa dem Kriminalroman (das gibt es auch bei uns), doch die französischen SF-Autoren drängt es jetzt in die allgemeine Literatur. Sie wollen sich endlich dem Vergleich mit den ungleich angeseheneren Kollegen der hohen Literatur stellen. So haben etwa Michel Jeury und Philippe Curval Ausflüge in die allgemeine Literatur unternommen, Jean-Pierre Andrevon konnte nicht von der SF loskommen — sein Buch ist von den dreien eindeutig der schwächste Titel. Und Daniel Walther versuchte sich in einer besonders literarischen Form phantastischer Darstellung — einen Verlag hat er dafür bisher nicht gefunden. Die Abstemplung als SF-Autor, fast schon ein Makel, wie es scheint, verhindert offenkundig das Engagement allgemeiner Publikumsverlage. Was ursprünglich von manchem Autor als Chance begriffen wurde, nämlich für einen fest umrissenen Leserkreis schreiben zu können, entpuppt sich bei solchen Ausbruchsversuchen als schweres Handicap. Und so mancher französische, auch international angesehene Autor, mit dem ich in den vergangenen Monaten sprach, verfluchte die Ghettoisierung in der Science Fiction als der Lebenssituation der Autoren eher abträglich.

Alles in allem aber ist die Situation der frankophonen SF durchaus positiv zu bewerten. Auf dem »Festival international de l'Imaginaire«, das im November 1988 in Clermont-Ferrand stattfand, waren zwar vereinzelt Klagen über schrumpfende Publikationsmöglichkeiten zu vernehmen, doch im großen Ganzen ist die Lage jenseits des Rheins vergleichsweise stabil.

Der »Grand Prix de la SF Française« für das Jahr 1988 wurde übrigens bei der gleichen Veranstaltung verliehen, und zwar an Joëlle Wintrebert für ihren Roman »Le créateur chimérique«; einige Monate zuvor hatte diese Autorin bereits einen anderen Preis eingeheimst, nämlich den »Prix Rosny Ainé« für »Les olympiades truquées«. Joëlle Wintrebert ist bei uns noch so gut wie unbekannt, ihre beiden genannten Bücher verdienen eine Prüfung in unseren Lektoraten. Wie wär's?

Als großer Publikumsliebling mit einer kaum glaublichen Produktivität hat sich in den vergangenen Jahren Serge Brussolo erwiesen. Nicht nur, daß er praktisch in allen relevanten Reihen mit seinen Romanen vertreten ist, er findet auch immer wieder mit geradezu traumwandlerischer Sicherheit Themen, die mehr als nur eine gewisse Anzahl Stammleser ansprechen. Das und eine (wenn auch qualitativ sehr stark schwankende) persönliche Sprache haben ihm ein treues Publikum beschert. Seine Romane verharren oft in einem Schwebezustand zwischen Science Fiction und Phantastik, eine Tatsache, die dem deutschen SF-Leser den Zugang nicht gerade erleichtert. Brussolo hat einmal seine Art, Science Fiction zu schreiben, so charakterisiert: »Ich schreibe eine SF, bei der sich alles durchdringt: Surrealismus, Phantastik, Kriminalroman. Und das genau finde ich gut, denn das gleicht in etwa der Welt, in der wir leben, denn darin vermengt sich auch alles und die Systematik muß weichen.«

Ein typisches Beispiel für Brussolos SF ist sein bei Denoël erschienener Roman »Le chateau d'encre« mit seiner schwarz getuschten Atmosphäre, angenehm zu lesen für denjenigen, der diese Mischung phantastischer SF mag. Im übrigen ein Parallelwelt-Roman, in dem die Erotik nicht zu kurz kommt.

Der bereits oben kurz erwähnte Alain Paris ist ein ebensolcher Hansdampf in allen Gassen wie Brussolo, wenngleich seine Romane kaum einmal über eine vergleichbare faszinierende Atmosphäre verfügen, die Brussolos Bücher in der Regel auszeichnet. Dennoch ist Alain Paris hier für uns von Interesse, hat er doch einen Zyklus geschrieben, »Le monde de la Terre Creuse« tituliert, der sich intensiv als Was-wäre-wenn-Literatur mit einem möglichen Weiterexistieren des Dritten Reichs befaßt. Wenn man so will: das Aufarbeiten eines Traumas, das noch weiten Teilen der französischen Bevölkerung innewohnt. Der erste Band »Svastika« startet auf dem Obersalzberg anläßlich der Feierlichkeiten zum 800. Geburtstag der Nazi-Herrschaft. Ein Eintauchen in eine postatomare Welt, in der Amerika vom verflossenen dritten großen Krieg am meisten ramponiert worden ist und dessen weite verwüstete Gebiete erst neu erforscht und erobert sein wollen. Das ist ein interessantes Unternehmen, das Alain Paris da gestartet hat. Vier Bände sind bis zur Abfassung dieses

Artikels bereits erschienen, wie viele es noch werden sollen, weiß vielleicht nicht einmal der Autor.

Altmeister Pierre Pelot hat in den vergangenen Monaten nicht gerade viel Überzeugendes veröffentlicht; er versucht sich in »Gore«-Romanen, und verfolgt im übrigen seinen bekannten Weg, kann allerdings qualitätsmäßig nicht an seine früheren großartigen Leistungen anknüpfen. Dagegen hat Jean-Pierre Hubert mit »Roulette mousse« eine überzeugende Story-Collection vorgelegt, nachdem auch er sich im blutrünstigen Primitiv-Horror der »Gore«-Romane versucht hatte.

Längere Zeit hatte Michel Jeury keinen Roman mehr bei Fleuve Noir, während er doch einige Jahre lang dort regelmäßig publiziert hatte, mehr populäre, dennoch gut geschriebene Bücher, die zur Verbreitung der SF und deren Anerkennung bei breiteren Leserschichten in Frankreich sicher nicht unerheblich beigetragen haben. Sein neuester Titel bei FN wird es da schwerer beim Leser haben, er liegt auf halbem Wege zwischen populärem Schreiben und anspruchsvoller Literatur, wechselt die Stilrichtungen und zeigt einen Autor, der nicht so recht weiß, welchen Weg er einschlagen soll.

Dennoch oder vielleicht gerade deswegen ist »Aux yeux la lune« von Michel Jeury ein für die augenblickliche französische SF sehr typischer, um nicht zu sagen *der* typische Roman.

Augenscheinlich versuchen sich die Autoren zur Zeit neu zu orientieren, für welches Lesepublikum sie schreiben wollen, versuchen sich auf allen Ebenen literarischen Niveaus, ohne daß ihnen dies überall überzeugend gelänge. Und selbst wer nachweislich auf der einen oder anderen Ebene gescheitert ist, ist offenkundig nicht bereit, zurückzustecken. Keiner will sich festlegen, sondern lieber auf allen Hochzeiten tanzen, denn der Brotkorb ist höher gehängt worden, und wer überleben will (besonders als Berufsautor), der muß strampeln. Und das genau ergibt dann ein gewisses Durcheinander, daß es schwerfällt, die Autoren eindeutig einzuordnen.

Auf einige Autoren, deren Werke in der letzten Zeit auf die eine oder andere Weise aufmerken ließen, sei noch kurz hingewiesen: Einer der Romane, der möglicherweise international ohne Beachtung bleibt, eben weil er von Fleuve Noir publiziert wurde, ist »Le jeu des sabliers« von Jean-Claude Dunyach, ein Roman von großer, fast episch zu nennender Schönheit, der ebensogut bei Denoël hätte herauskommen können. Bei FN wurde er in zwei Teile zerschnitten und als zwei Bände verkauft, auch noch zu verschiedenen Erscheinungsterminen. Das ist schade, denn an einem Stück gelesen erschließt sich einem erst die innere Kohärenz und die atmosphärische Dichte dieses Werks.

Selbst eingefleischten Spezialisten war der Jugendroman »Les trafiquants de memoire«, geschrieben von Sylviane Corgiat und erschienen bei »Editions de l'Amitié«, zunächst entgangen. Die Geschichte eines Knaben auf der Suche nach seinen Eltern, das Ganze garniert mit gelungenen Spekulationen zum Thema Gentechnik. Ein Titel, den nicht nur Jugendliche, sondern auch Erwachsene mit Genuß lesen und gewiß auch weiterempfehlen.

Jacques Barbéri hat sich nach einer Vielzahl von Kurzgeschichten und Novellen endlich an einen Roman gewagt, eine Wunschvorstellung, der er lange nachgehangen hat. Nun hat er seinen Wunsch Wirklichkeit werden lassen. Herausgekommen ist mit »Une soirée à la plage« ein durchaus bemerkenswertes Stück Prosa, montiert wie ein Fleckerlteppich: die Irrfahrt auf einem fernen Planeten, gewiß kein ausgefallenes Thema, doch wie es aufbereitet wurde, verdient zweifellos Bewunderung.

Ein ähnliches Schicksal wie Dunyachs oben erwähnter Roman erlitt auch Roland C. Wagner mit seinem umfänglichen Opus »Poupée aux yeux morts« bei Fleuve Noir. Das Werk erschien sogar in drei Teilen! Ein Roman mit ausgesprochen dichter Sprache und interessanten Szenarien. Wenn man unterstellt, daß das Buch außer bei FN sonst nirgends erschienen wäre, mag man sich mit der Zerstückelung zufrieden geben. Ansonsten wäre mit Gewißheit eine Publikation in einem, wenn auch voluminösen, Band vorzuziehen.

Zum Abschluß dieses kurzen Überblicks noch zwei Hinweise auf Neuerscheinungen recht unterschiedlicher Natur und Qualität der letzten Zeit. Zum einen hat Altmeister Jacques Sternberg nach langen Jahren der Abstinenz wieder einen Band SF herausgebracht, »188 contes à regler«, eine Sammlung von fast 190 Kurz- und Kürzestgeschichten unterschiedlicher Güte, die oft nicht mehr sind als nostalgische Skizzen eines ehemals erfolgreichen Autors. Das klingt hart, doch dieser Band bringt allenfalls dem Leser etwas, der die Nachkriegsentwicklung der französischen SF hautnah miterlebt hat. Für den heutigen jungen Leser ist diese Collection ohne Belang. Denoël hätte das Buch ebensogut nicht zu machen brauchen.

Und schließlich sei noch verwiesen auf »Le reveur de chats« von Emmanuel Jouanne, einem bei uns völlig unbekannten Autor, der vor einiger Zeit bereits mit »Nuage« auf sich aufmerksam machte. Der neue Roman ist eine Auseinandersetzung mit dem Leben eines Schriftstellers, der sich in den Gespinsten seiner eigenen Phantasie verstrickt.

Das soll genug sein, um hinzuweisen auf eine europäisch-kontinentale Form der Science Fiction, die bereits eine große Anzahl großartiger Werke hervorgebracht hat, deren Existenz aber immer noch viel zu wenigen präsent ist. Die Art und Weise, wie in Frankreich die eigene Science Fiction immer noch — trotz aller Abstriche, die Programmkürzungen nun einmal mit sich bringen — vehement gefördert wird, sollte uns in der Bundesrepublik Vorbild sein, gleichzuziehen.

Das wäre uns allen, Lesern, Verlagen und Autoren, zu wünschen.

SZENE

Die amerikanische SF-Szene 1988/89

von Hermann Urbanek

Für die deutsche SF-Szene, deren Situation sich nach jahrelangen schweren Einbußen und Markteinbrüchen im Jahre 1988 endlich wieder stabilisiert hat, klingen die Nachrichten von jenseits des Großen Teiches immer wieder kaum glaublich, aber dennoch stimmen sie, wie die Zahlen und Fakten eindeutig belegen: Seit 1983 weist die amerikanische Szene stete, bisweilen auch spektakuläre Zuwachsraten auf und konnte auch für 1988 wieder ein neues Rekordergebnis in Sachen SF, Fantasy und Horror verbuchen. Im Gegensatz zum Vorjahr gab es wieder einige Fusionierungen, die das Gesamtbild der führenden Verlage zwar nicht drastisch, aber doch merklich veränderten. So arbeiteten Tor und St. Martin's in allen Bereichen so eng zusammen, daß sie nicht mehr als getrennte Verlage sondern als Verlagskonglomerat wie andere auch angesehen werden mußten. Bantam bildet jetzt mit Doubleday und Dell eine Einheit, Morrow mit Arbor und Avon, NAL mit Dutton, und Zebra mit Pinnacle, um nur die wichtigsten zu nennen. Auch unter Berücksichtigung dieser Zusammenschlüsse war das Bild nicht einheitlich, war der Trend von Verlag zu Verlag verschieden. Während der bisherige Marktleader ACE/Berkley/Putnam infolge der Einstellung der Berkley-SF-Reihe 1988 sein Angebot im Vergleich zu 1987 um 15 % reduzierte — auch Morrow/Avon/Arbor, DAW und der Science Fiction Book Club verlegten 1988 weniger Titel als im Vorjahr —, so wiesen andere Verlage kräftige Steigerungsraten auf. Die höchste hatte zweifellos NAL/Dutton mit über 51 % bei den Marktführern zu vermelden, gefolgt von Tor/St. Martin's, der um 39 % mehr Bücher auf den Markt brachte. Ebenfalls positiv war der Trend bei den anderen wichtigen Verlagen wie Bantam/Doubleday/Dell, Ballantine/Del Rey/Fawcett, Baen und Warner/Popular Library. Der Markt hat ganz offensichtlich auch das wiederum erhöhte Angebot ohne Schwierigkeiten verkraftet. Allerdings sieht es so aus, als wäre die Marktsättigung jetzt erreicht, denn den bislang vorliegenden Informationen zufolge werden 1989 in etwa ebenso viele Titel erscheinen wie 1988. Interessant dabei ist, daß der Trend bei den Erstveröffentlichungen offenbar weiterhin positiv und der Trend bei den Neuveröffentlichungen und Reprints negativ verläuft. Was die Anzahl der veröffentlichten Romane betrifft, so haben diesmal sowohl die Science Fiction, als auch die Fantasy zugelegt; die SF diesmal mehr als ihr größter Konkurrent, so daß der Abstand zwischen den beiden wieder etwas angewachsen ist. Am deutlichsten aber fiel der Zuwachs wieder beim Horror-Genre aus, wo sich die Titelzahl der publizierten Romane fast verdoppelt hat, und es sieht so aus, als wäre hier der Plafond noch lange nicht erreicht, und die bislang vorliegenden Zahlen für 1989 bestärken diesen Eindruck noch: es sieht fast so aus, als könne der Horror, wenn der Trend weiter unvermittelt anhält, in den USA die Fantasy schon bald, vielleicht schon 1990, von Platz 2 in der Lesergunst verdrängen. Der Basispreis für Taschenbücher lag auch 1988 bei $ 3,50, bei manchen Verlagen aber schon bei $ 3,95. Die nächste Stufe, bisweilen auch schon verlangt, dürfte dann bei $ 4,50 liegen.

Der amerikanischen SF-Fachzeitschrift **LOCUS** zufolge wurden 1988 im phantastischen Genre unter Einbeziehung aller Grenzbereiche mehr Titel als je zuvor auf den Markt gebracht. In diesem neuen absoluten Rekordjahr, dem sechsten in ununterbrochener Reihenfolge, erschienen alles in allem 1936 Titel, was einer neuerlichen Steigerung um 16 % im Vergleich zum bisherigen Rekordjahr 1987 (1675 Titel) entspricht. Damit setzte sich der Trend der letzten Jahre (1985 und 1986 jeweils 13 % Steigerung, 1987 12 %) noch verstärkt fort und die Jahre der Rezession und Stagnation

(1980—1982) sind schon lange Vergangenheit. Wie auch schon in den Jahren davor nahmen auch 1988 die Neuauflagen und Nachdrucke einen recht beträchtlichen Marktanteil ein, und zwar sowohl beim gebundenen Buch, als auch beim Paperback und natürlich ebenso beim Taschenbuch, der auch in den USA am meisten verbreiteten Publikationsform. Die Nachdrucke wiesen diesmal beim Hardcover im Gegensatz zum letzten Vergleich eine gewaltige Steigerung auf: von den insgesamt 547 Buchtiteln waren immerhin 120 Neuauflagen; 1987 waren es nur 92 gewesen, was einer Steigerung um 30% entspricht. Bei Buch-Erstveröffentlichungen hingegen war die Steigerung von 380 Titeln im Jahre 1987 auf 427 Titel mit 12% vom Gesamtjahresergebnis her gesehen eigentlich unterdurchschnittlich, lag für diese Publikationsform allerdings im letztjährigen Trend. Auch bei den in den USA sehr beliebten Paperbacks und beim Taschenbuch dominierten 1988 wieder die Erst- und Originalveröffentlichungen. Einzig rückläufig waren 1988 die Paperback-Erstveröffentlichungen, die von 112 Titeln im Jahre 1987 auf 106 im Jahr 1986 sanken, also um rund 5%. Die Paperback-Reprints hingegen konnten etwa im Jahrestrend expandieren, von 60 im Jahre 1987 auf 69 im Jahre 1988. Bei den Taschenbüchern standen 653 Erstveröffentlichungen 561 Neuauflagen gegenüber (1987 hatte das Verhältnis 534 zu 497 gelautet). Mit rund 13% lag die Steigerung bei den Reprints noch durchaus im Rahmen, bei den Originalveröffentlichungen fiel sie mit einem Plus von etwas mehr als 22% wieder extrem hoch aus, wenn auch nicht so hoch wie 1987 (30%), aber auf etwa dem Niveau der Jahre 1985 und 1986. Insgesamt betrachtet teilten sich die 1936 Titel des Jahres 1988 in 1186 Erstveröffentlichungen und 750 Nachauflagen, wobei beide ein Plus von 16% aufwiesen. Im Gegensatz zum Vorjahr war die Gesamtsteigerung 1988 also nicht die Folgeerscheinung einer partiellen Steigerung — damals die der Erstveröffentlichungen —, sondern eine, die Originalveröffentlichungen und Reprints gleichermaßen betraf. Der Anteil der Originale lag daher mit 61% genauso hoch wie schon 1987.

Die 1186 Erstveröffentlichungen des Jahres 1988 setzten sich aus 317 SF-Romanen (26,7%), 264 Fantasy-Romanen (22,3%), 182 Horror-Romanen (15,3%), 98 Anthologien (8,3%), 95 Sekundärwerken (8,0%), 77 Storysammlungen (6,5%), 64 Romanadaptionen (5,4%), 39 Kunstbänden (3,3%), 19 Sammelbänden (1,6%) und 31 nicht eindeutig zuzuordnenden Titeln zusammen. Diese Zusammenstellung unterscheidet sich teilweise recht beträchtlich von der des Jahres 1987, in dem die 1026 Erstveröffentlichungen aus 298 SF-Romanen (29,0%), 256 Fantasy-Romanen (24,9%), 96 Horror-Romanen (9,4%), 96 Anthologien (9,4%), 74 Storysammlungen (7,2%), 74 Novellisierungen (7,0%), 69 Sekundärtiteln (6,7%), 31 Kunstbüchern (3,0%), 25 Sammelbänden (2,4%) und 7 nicht eindeutig zuordenbaren Titeln bestanden. SF- und Fantasy-Roman konnten dabei zwar die Titelzahl numerisch steigern, mußten aber doch ein Minus beim Marktanteil hinnehmen, der SF-Roman um 2,3% und der Fantasy-Roman um 2,6%. Großer Gewinner war der Horror-Roman, der seinen Marktanteil von 9,4% auf 15,3% steigern konnte (+ 5,9%). Ebenfalls Einbußen beim Marktanteil hinnehmen mußten die Kategorien Anthologie (—1,1%), Storysammlung (—0,7%), Romanadaption (—1,6%) und Sammelband (—0,8%), während Sekundärwerke (+1,3%) und Kunstbände (+0,3%) ihre Anteile verbessern konnten. Interessant in diesem Zusammenhang ist die Tatsache, daß die Zahl der Novellisierungen oder Adaptionen ebenfalls gesunken ist, gehören in diese Kategorie nicht nur Filmadaptionen, sondern auch Romane zu Comic-Serien, SF- und Fantasy-Spielen, neue Bände zu fortlaufenden Serien wie »Star Trek«, oder Romane zu bereits bestehenden Handlungsszenarios durch verschiedene Autoren, also alles, was unter dem Oberbegriff »Shared Worlds«-Konzept läuft. Die große Zeit dieser Adaptionen scheint, mit Ausnahme des Phänomens »Star Trek«, vorbei zu sein.

Die Verlagsgruppe **Putnam/Berkley/ACE** konnte 1988 ihre jahrelange Führungsposition nicht mehr halten und mußte diese an **Tor/St. Martin's** abtreten. **Tor/St. Martin's** hatte, wie eingangs schon erwähnt, eine Steigerung von mehr als 39 % aufzuweisen und lag mit 256 Titeln einsam und unangefochten an der Spitze. 1987 hatten die beiden damals noch getrennt agierenden Verlage zusammen 184 Titel veröffentlicht. Schon ziemlich abgeschlagen lag der bisherige Marktführer **ACE/Berkley/Putnam** mit 170 Titeln auf Platz 2; im Jahr zuvor hatte diese Verlagsgruppe noch 200 Bände auf den Markt gebracht. Noch dazu mußte sie sich diesen Platz mit dem vorherigen 4., der Verlagsgruppe **Bantam/Doubleday/Dell** teilen, die es im Vorjahr insgesamt auf 161 Titel gebracht hatte (**Bantam** 80, **Doubleday** 23 und **Dell** 58) und sich 1988 auf ebenfalls 170 Titel steigern konnte. Auf den vierten Platz zurückgefallen ist **Ballantine/Del Rey/Fawcett,** die die Titelzahl zwar von 132 auf 157 steigern konnte (ein Plus von 19 %), was aber nicht ausreichte, um den dritten Platz zu behaupten. Auf Platz 5 landete die neue Verlagsgruppe **NAL/Dutton** mit 109 Titeln. Im Vorjahr war **NAL** mit 65 Bänden auf Platz 7 gelegen, während **Dutton** mit 7 Publikationen weit zurück gereiht war. Platz 6 konnte ebenfalls eine neue Verlagsgruppierung, **Morrow/Arbor/Avon** mit 95 Titeln erreichen. Im Vorjahr war **Avon** mit 64 Veröffentlichungen noch auf Platz 9 gelegen, **Arbor** hatte 22 Bände publiziert und **Morrow** 12, die neue Gruppe hatte also mit 98 Titeln 1987 um drei mehr herausgebracht als 1988. **Baen** gelang es 1988 wieder, sich vor **DAW Books** zu reihen, die beiden belegten diesmal aber mit 71 (1987: 69) beziehungsweise 65 (1987: 71) Publikationen nur die Ränge 7 und 8. Platz 9 belegten gemeinsam der **Science Fiction Book Club** (1987: 64, Rang 8) und **Warner/Popular Library** (1987: 55, Rang 12) mit 59 Titeln, auf den nächsten Plätzen folgten **Zebra/Pinnacle** (55), **Simon & Schuster/Pocket** (49), **Leisure** (45), **Macmillan** (35), **Viking/Penguin/Puffin** (34), **Harper & Row** (24) und **Easton Press** (24). Alle übrigen Verlage brachten 1988 weniger als 20 Titel heraus. Die 1936 Publikationen wurden von insgesamt 177 Verlagen auf den Markt gebracht.

Crown Books, die mit **Waldenbooks,** der größten Buchhandelskette der USA, ein eigenes Taschenbuchprogramm,

Pageant Books, aus der Taufe gehoben haben, wurden 1988 von **Random House** um mehr als 100 Millionen Dollar gekauft. **Pageant Books** begannen im Herbst 1988 mit dem Start einer Horror-Reihe, in der zunächst »Blood Farm« von Sam Sicujano, »Wolffile« von Jack Woods, »Death Angel« von Robert Black, »Ancestors« von Robert Y. Klyne und »Panzer Spirit« von Tom Townsend veröffentlicht wurden. Doch der Verlag stand unter keinem guten Stern und war schließlich gezwungen, sich im Frühjahr 1989 komplett aus dem Markt zurückzuziehen, wobei etliche begonnene Serien nicht zu Ende geführt wurden.

Der britische Zeitungszar Robert Maxwell hat Ende November 1988 **Macmillan U.S.** für 2,5 Milliarden Dollar erworben.

Marktleader **Tor Books** war auch 1988/89 wieder sehr rührig. Im November 1988 erweckte er ein altes Konzept zu neuem Leben: Im Stile der alten ACE-Doubles präsentiert er monatlich ein »Tor-Double«, bei dem zwei kürzere Texte Rücken an Rücken zusammengebunden und mit zwei Titelbildern präsentiert werden. Die ersten dieser neuen und bislang erfolgreichen Titel waren »Green Mars« von Kim Stanley Robinson & »A Meeting With Medusa« von Arthur C. Clarke, »Hardfought« von Greg Bear & »Cascade Point« von Timothy Zahn, »The Saliva Tree« von Brian W. Aldiss & »Born With the Dead« von Robert Silverberg, »Tango Charlie and Foxtrott Romeo« von John Varley & »The Star Pit« von Samuel R. Delany, »Enemy Mine« von Barry B. Longyear & »Another Orphan« von John Kessel, »No Truce With Kings« von Poul Anderson & »Ship of Shadows« von Fritz Leiber, »Screwtop« von Vonda McIntyre & »The Girl Who Was Plugged In« von James Tiptree, Jr., »Battle of the Stars« von Edmond Hamilton & »The Nemesis From Terra« von Leigh Brackett, »The Ugly Little Boy« von Isaac Asimov & »The (Widget), The (Wadget) and Boff« von Theodore Sturgeon, »Sailing to Byzantium« von Robert Silverberg & »Seven American Nights« von Gene Wolfe und »Houston, Houston, Do You Read?« von James Tiptree, Jr. & »Souls« von Joanna Russ. Im Juni startete **Tor** auch einen eigenen

Fantasy-Imprint. Ein kleiner Wermutstropfen: **Tor** und **St. Martin's** haben ihren monatlichen Ausstoß reduziert, die Einschränkung geht in erster Linie zu Lasten von Neuherausgaben.

Zeitungszar Rupert Murdoch hat über den Erwerb von **Collins** (hier erschienen die Romane von Ken Follett, Jack Higgins und Robert Ludlum) auch die Kontrolle über den angesehenen Verlag **Harper & Row** erlangt. Bei **Collier** wird mit **Nucleus Books** im Oktober eine neue SF-Reihe starten. Eingeplant sind als erste Titel »The Com-Pleat Traveler in Black« von John Brunner und »Eye in the Sky« von Philip K. Dick im Oktober und »Star Bridge« von Jack Williamson & James Gunn und »Darker Than You Think« von Jack Williamson im November. Im April bzw. Mai 1990 sollen »Solar Lottery« von Philip K. Dick, »The Steps of the Sun« von Walter Tevis, »Deathbird Stories« von Harlan Ellison und »The Year of the Quiet Sun« von Wilson Tucker erscheinen.

Lynx Books, der im Sommer 1988 sein Programm mit Byron Preiss als SF-Packager startete und geplant hatte, im Jahr 1989 sein Angebot drastisch auszuweiten, ist offenbar infolge eines Ausfalls des von ihm verwendeten Vertriebsnetzes in Schwierigkeiten gekommen und soll letzten Meldungen zufolge alle Geschäftsbeziehungen gestoppt haben.

Avon plant eine Paperbackreihe, die mit einem neuen Logo und einem neuen Namen Ende 1989 oder Anfang 1990 auf den Markt kommen soll.

Kampf der Giganten im Fusionierungsrummel: Zunächst verlautbarten die Mediengiganten **Time Inc.** und **Warner Communications Inc.** ihre geplante Fusion zur neuen Gesellschaft **Time Warner Inc.,** wobei **Warner** von **Time** aufgekauft worden wäre. Es schien alles wie geplant glattzugehen, da entschloß sich **Paramount Communications,** dem Deal nicht zuzusehen, sondern selbst aktiv zu werden und ihrerseits **Time** zu kaufen, was für den Markt unübersehbare Folgen hätte. Die Entscheidung ist bei Redaktionsschluß noch nicht gefallen.

Ian Ballantine konnte 1989 ein Jubiläum feiern: Er ist fünfzig Jahre im Verlagsgeschäft tätig. 1939 baute er die amerikanische Zweigniederlassung von Penguin Books auf, war Mitbegründer von Bantam Books und später von Ballantine Books.

Im Frühjahr 1989 startete **Bantam Spectra** die neue gehobene SF-Edition **Spectra Special Editions.** Das erste Programm besteht aus den Romanen »Out on Blue Six« von Ian McDonald, »The Nexus« von Mike McQuay und »Phases of Gravity« von Dan Simmons. Die Bände weisen eine einheitliche und sehr ansprechende Covergestaltung auf.

Byron Preiss Visual Publications hat für **Atheneum** eine neue Fantasy-Reihe mit dem Titel **Dragonflight** aus der Taufe gehoben, in der zumindest acht Bände erscheinen werden. Als erstes kommen »Letters from Atlantis« von Robert Silverberg und ein noch unbetitelter Roman von Charles de Lint unter dem neuen Imprint heraus.

Citadel Twilight ist der Name eines neuen SF-Imprints der **Citadel Press,** die zusammen mit **Lyle Stuart** von der **Carol Publishing Group** gekauft wurde. Für diese neue Reihe, in der jeweils im Frühjahr und im Herbst nur einige Titel erscheinen sollen, wurden bereits die fünfbändige Edition »The Collected Stories of Philip K. Dick« und die dreibändige Sammlung »The Selected Stories of Robert Bloch« angekauft.

Wie auch schon in den Jahren davor waren SF- und Fantasy-Titel auch 1988/89 in beachtenswerter Anzahl auf den Bestsellerlisten vertreten. Nachdem es beim letzten Beobachtungszeitraum nur Stephen King und V. C. Andrews gelungen war, Platz 1 zu erobern und diesen auch einige Zeit lang zu halten, so war die Vielfalt der Autoren, die es schafften, sich an die Spitze der Buch- und Taschenbuchlisten zu setzen, diesmal größer: »Misery«, »The Dark Tower: The Gunslinger«, »Tommyknockers« und »The Dark Tower: The Drawing of the Three« von Stephen King, »Fallen Hearts« von V. C. Andrews, »Queen of the Damned« von Anne Rice, »Midnight« von Dean R. Koontz, »The Satanic Verses« von Salmam Rushdie. Recht gut positionieren konnten sich u. a. »Prelude to Foundation« von Isaac Asimov, »Darksword

1« von Margaret Weis & Tracy Hickman, »Star Trek 39: Time For Yesterday« von A. C. Crispin, »The Haunted Mesa« von Louis L'Amour, »Star Trek 40: Timetrap« von David Dvorkin, »Willow« von Wayland Drew, »The Invaders Plan« von L. Ron Hubbard, »The Unloved« von John Saul, »Flinx in Flux« von Alan Dean Foster, »The Damnation Game« von Clive Barker, »Star Trek-The Next Generation 1: Ghost Ship« von Diane Carey, »Sphere« von Michael Crichton, »Demon Lord of Karanda« von David Eddings, »Cradle« von Arthur C. Clarke & Gentry Lee, »Star Trek 41: The Three-Minute Universe« von Barbara Paul, »Darksword 3« von Margaret Weis & Tracy Hickman, »Star Trek: Spock's World« von Diane Duane, »The Black Unicorn« von Terry Brooks, »Koko« von Peter Straub, »Cabal« von Clive Barker, »Mona Lisa Overdrive« von William Gibson, »Dragonsdawn« von Anne McCaffrey, »Being A Green Mother« von Piers Anthony, »Heaven Cent« von Piers Anthony, »One« von Richard Bach, »Angry Candy« von Harlan Ellison, »A Man Rides Through« von Stephen R. Donaldson, »Star Trek 42: Memory Prime« von Gar & Judith Reeves-Stevens, »Interview With the Vampire« von Anne Rice, »The Mask« von Dean R. Koontz, »Star Trek 43: The Final Nexus« von Gene DeWeese, »Midnight« von Dean R. Koontz, »Star Trek 44: Vulcan's Glory« von D. C. Fontana, »Storming Intrepid« von Payne Harrison, »The Long Dark Tea-Time« von Douglas Adams, »King of the Murgos« von David Eddings, »The Wolf's Hour« von Robert R. McCammon, »Robot Adept« von Piers Anthony, »The Diamond Throne« von David Eddings, »Star Trek 45: Double, Double« von Michael Jan Friedman, »2061« von Arthur C. Clarke, »The Mummy« von Anne Rice und »Silence of the Lambs« von Thomas Harris.

Bei der Fantasy, die bei der Anzahl der publizierten Titel nach wie vor leichte Zuwächse verzeichnen kann, dominierten auch 1988 wieder Zyklen und Serien. Waren es 1987 rund 48 % der Titel, die solchen angehörten, waren es 1988 bereits etwa 55 %. Zu vielen bereits bekannten Reihen und Serien gab es Fortsetzungsbände, neue Serien wurden gestartet. Auch das Konzept der Gemeinschaftsserien, zu denen mehrere Autoren Ideen und Texte beisteuern, wurde nach wie vor oft angewandt. Zu richtigen Rennern haben sich auch die Romanadaptionen zum Fantasy-Spiel DRAGONLANCE entwickelt, die zunächst von Margaret Weis und Tracy Hickman geschrieben wurden: Die aus den Romanen »Dragons of Autumn Twilight«, »Dragons of Winter Night« und »Dragons of Spring Dawning« bestehende Trilogie »Dragonlance Chronicles« und der aus »Time of the Twins«, »War of the Twins« und »Test of the Twins« bestehende Zyklus »Dragonlance Legends« wurden jeweils zu einem Wälzer gesammelt nochmals auf den Markt gebracht, weitere Titel folgten: »Dragonlance Saga Heroes: The Legend of Huma« von Richard Knaak, »Dragonlance Saga Heroes 2: Stormblade« von Nancy Berberick, »Dragonlance Saga Heroes 3: Weasel's Luck« von Michael Williams, die »Dragonlance Preludes Trilogy« von Mary L. Kirchoff startet demnächst. Weis und Hickman hingegen haben sich mit weiteren Trilogien neuen Fantasy-Gefilden zugewandt, zuerst in der »Darksword«-Trilogie, in der Folge dann im Dreiteiler »Rose of the Prophet«. Die CONAN-Serie wurde mit »Conan the Hero« von Leonard Carpenter, »Conan the Bold« von John Maddox Roberts und »Conan the Indomitable« von Steve Perry weitergeführt, und Robert Asprins humorvolle MYTH-Serie mit »M.Y.T.H. Inc. in Action«. Robert Adams, Autor der HORSECLANS-Serie — in dieser erschien nur eine zweite Anthologie mit Stories anderer Autoren unter dem Titel »Friends of the Horseclans II« — startete mit »Stairways to Forever« und »Monsters and Magicians« den Zyklus STAIRWAYS TO FOREVER und setzte seine Zeitreise-Alternativwelt-Serie CASTAWAYS IN TIME mit den Bänden 4 (»Of Chiefs and Champions«), 5 (»Of Myths and Monsters«) und 6 (»Of Beginnings and Endings«) fort. Der neue DARKOVER-Roman von Marion Zimmer Bradley »The Heirs of Hammerfell«, erscheint nun Ende 1989, und die Autorin hat bereits einen Vertrag über einen weiteren Roman zu diesem Zyklus unterzeichnet. In der XANTH-Serie von Piers Anthony wurden »Heaven Cent« und »Man from Mundania« veröffentlicht. Daß Trilogien manchmal auch aus mehr als drei Bänden bestehen können, das zeigt nach Anthony auch Fred Saberhagen, der den ersten Bänden des Zyklus THE BOOK OF LOST SWORDS noch weitere folgen ließ: »The Fourth Book of Lost Swords: Farslayer's Story« und »The Fifth Book of Lost Swords: Coinspinner's Story«. In Piers Anthonys APRENTICE ADEPT-»Trilogie« sind mittlerweile schon die Bände 5 (»Robot Adept«) und 6 (»Unicorn Point«) erschienen. David Eddings setzte seine Pentalogie THE MALLEORAN mit »The Sorceress of Darshiva« (Band 4) fort und startete mit »The Diamond Throne« den ELENIUM-Zyklus. Im November 1989 kam der 9. AMBER-Roman, »Knight of Shadows«, in den Handel. In der THIEVES' WORLD, der allerersten Shared World-Reihe überhaupt, erschien Band 12, »Stealer's Sky«, hrsg. von Robert Lynn Asprin und Lynn Abbey; dazu gab es noch zwei Spin-Offs um Figuren aus der Serie: »City at the Edge of Time« und »Tempus Unbound«, beide von Janet und Chris Morris; Andrew Offutt hat bereits einen zweiten Roman um seinen Protagonisten »Shadowspawn« verfaßt.

In der auf dem Erfolgscomic ELFQUEST beruhenden Anthologienreihe erschien »The Blood of Ten Chiefs, Vol. 3: Winds of Change« mit Stories von u.a. Lynn Abbey, Mercedes Lackey, Diana L. Paxson, Nancy Springer, Allen L. Wold und Janny Wurtz, C. J. Cherryhs MEROVINGEN NIGHTS wurde mit der 5. Anthologie, »Divine Right«, weitergeführt, Janet Morris' HELL-Zyklus mit den Bänden »War in Hell«, »Prophets in Hell« und »Explorers in Hell«. Bei den Autoren, die an diesen Serien mitarbeiten, gibt es viele Überschneidungen. Neil Hancock, der Schöpfer der Fantasy-Welt ATLANTON, hat einen neuen Zyklus um diese Welt verfaßt, den WINDAMEIR-Zyklus, in dem nach »The Fires of Windameir« und »The Sea of Silence« jetzt mit »A Wanderer's Return« der 3. Band publiziert wurde. Im WARLOCK-Zyklus von Christopher Stasheff kamen »The Warlock's Companion« und »The Warlock Insane« heraus. Terry Brooks veröffentlichte mit »Wizard at Large« den 3. LANDOVER-Roman und setzt mit »Scions of Shannara« diese Fantasy-Bestsellerserie fort. Nach der EBENEZUM-Trilogie veröffentlichte Craig Shaw Gardner die nicht minder humorige und thematisch damit zusammenhängende Trilogie BALLAD OF WUNTVAR (»A Difficulty With Dwarves«, »An Excess of Enchantments« und »A Disagreement With Death«). Janny Wurtz schloß ihren mit den Romanen »Stormwarden« und »Keeper of the Keys« begonnenen CYCLE OF FIRE mit »Shadowfane« ab. Auf bereits vier Titel angewachsen ist die von Glen Cook verfaßte Serie um den Detektiv GARRETT: »Sweet Silver Blues«, »Bitter Gold Hearts«, »Cold Copper Tears« und »Old Tin Sorrows«. Zwei neue Romane sind in der DRAGONRIDER-Serie von Anne McCaffrey erschienen: »Dragonsdawn«, der chronologisch erste Band der Serie, und »The Renegades of Pern«. In Joel Rosenbergs Zyklus GUARDIANS OF THE FLAME ist Band 5, »The Warrior Lives«, erschienen; der Autor hat mittlerweile zwei weitere Romane der Serie an den Verlag NAL verkauft. Patricia Kennealy publizierte mit »The Silver Branch« den dritten, chronologisch aber ersten Roman ihrer Serie THE CELTIAD. Orson Scott Card führte seine in einem alternativen Amerika handelnde Fantasy-Serie THE TALES OF ALVIN MAKER mit Band 3, »Prentice Alvin«, fort. Nach jahrelanger Wartezeit war es nun so weit: Jack Vance schloß seine LYONESSE-Trilogie mit dem Roman »Madouc« ab.

Auch bei der Science-Fiction hat sich der Anteil von Romanen zu Serien und Zyklen vergrößert, und zwar von etwa 40 % im Jahre 1987 auf rund 48 %, ist aber nach wie vor nicht so hoch wie bei der Fantasy. Der Trend zum Weltraumabenteuer, zur Space Opera, hielt an, und auch Romane, die sich mit dem Überleben nach einer Katastrophe beschäftigen, erfreuten sich 1988 wieder größter Beliebtheit. Dauerrenner war zum wiederholten Male die bei **Pocket Books** erscheinende STAR TREK-Serie, von der es fast jeder der einzelnen Bände schaffte, auf den Bestsellerlisten zu landen. Mittlerweile sind über 50 Bände erschienen, zuletzt »Double, Double« von Michael Jan Friedman (45) und »Cry of the Onlies« von Judy Klass (46) in der eigentlichen Reihe, das Filmbuch »Star Trek V: The Final Frontier« von J. M. Dillard und »Star Trek: The Lost Years« als Hardcover. In der Geschwisterreihe »Star Trek — The Next Generation«, die alternierend mit »Star Trek« im Zwei-Monats-Rhythmus erscheint, kamen zuletzt »Survivors« von Jean Lorrah (4), »Strike Zone« von Peter David (5), »Power Hungry« von Howard Weinstein (6), »Masks« von John Vornholt (7), »The Captain's Honor« von Daniel und David Dvorkin (8) und »A Call to Darkness« von Jan Michael Friedman (9). In der Reihe »Giant Star Trek« erschien als Paperback der Reprint »Spock's World« von Diane Duane. Nicht weitergeführt hingegen wurden die Novellisierungen zu den Serien V — THE VISITORS und BATTLESTAR GALACTICA. In Simon Hawkes TIME WARS-Serie ist mit »The Lilliput Legion« der neunte Band erschienen. Hochkonjunktur herrschte auch bei den Post-Katastrophen-Serien: C.A.D.S. von John Sievert haben es auf bislang 7 Bände gebracht, THE SURVIVALIST von Jerry Ahern auf 19 Titel, auf vier Bände gebracht hat es PHÖNIX von David Alexander, auf 13 Romane angewachsen ist THE GUARDIANS von Richard Austin, von James Axlers DEATH LANDS sind bislang neun Romane erschienen und 18 von ENDWORLD von David Robbins. THE LAST RANGER von Craig Sargent wurde mit Band 10 abgeschlossen und Barry Sadlers Saga um den unsterblichen Söldner CASCA mit Band 20. Von BLADE, ebenfalls von David Robbins, sind bislang fünf Titel erschienen, in der Reihe DOOMSDAY WARRIOR von Ryder Stacy fünfzehn, während es EAGLEHEART von C. T. Westcott bislang nur auf drei Bände gebracht hat. Ebenso wie die Survivalisten-Romane erfreuen sich auch militaristische SF-Texte, die sich mit Kriegen in der näheren und ferneren Zukunft beschäftigen, in den USA größter Beliebtheit. Zu Serien dieser Art gehören HAMMER'S SLAMMERS von David Drake (Band 4: »Rolling Hot«), SAND WARS von Charles Ingrid (5 Titel bislang: »Solar Kill«, »Lasertown Blues«, »Celestial Hit List«, »Alien Salute« und »Return Fire«), die von Jerry Pournelle herausgegebene Anthologienreihe THERE WILL BE WAR (bislang 8 Bände, zuletzt »Day of the Tyrant«, »Call to Battle!« und »Armageddon!«, die von David Drake und Bill Fawcett editierte Shared World-Anthologienserie THE FLEET (Band 3: »Breakthrough«, mit Stories von Janet Morris, Larry Niven, Steve Perry, Robert Sheckley, Chelsea Quinn Yarbro u.a.) und die von David Drake konzipierte Shared World-Romanserie CRISIS OF EMPIRE (»An Honorable Defense«, »Cluster Command« und »The War Machine«). Nachdem sich das in Larry Nivens Ringwelt-Universum angesiedelte Shared World-Projekt »The Man-Kzin Wars« hervorragend verkaufte, werden zumindest zwei weitere Bände davon herauskommen. Unter dem Pseudonym Harry G. Stine verfaßt Lee Correy die Serie WARBOTS; in ihr sind bislang sieben Romane erschienen. Mit »Shadow of the Warmaster« startete Jo Clayton eine neue SF-Serie, die im gleichen Universum handelt wie ihr erfolgreicher DIADEM-Zyklus. Ein alter Bekannter ist Keith Laumers galaktischer Diplomat RETIEF; in dieser Serie ist mit »Reward for Retief« der jüngste Titel erschienen. Kenneth Robesons DOC SAVAGE scheint unverwüstlich: Jetzt wurde eine Omnibus-Edition gestartet, die mittlerweile auf zehn Bände angewachsen ist; jeder dieser Sammelbände enthält vier Originalromane um den Pulp-Helden. Um Zeitreisen größeren und kleineren Stils geht es in den Serien TIME POLICE von Warren Norwood (bislang fünf Romane) und THE CHRONOPLANE WARS von Crawford Kilian (drei Romane). In ARTHUR C. CLARKE'S VENUS PRIME kam jetzt Band 3 — »Hide and Seek« von Paul Preuss — heraus, in PHILIP JOSÉ FARMER'S THE DUNGEON erschienen die Bände 2 (»The Dark Abyss« von Bruce Coville), 3 (»The Valley of Thunder« von Charles de Lint) und 4 (»The Lake of Fire« von Robin W. Bailey), neu gestartet wurde DR. BONES mit »The Secret of the Lona« von Stephen Leigh (1), »The Cosmic Bomber« von William F. Wu (2), »Garukan Blood« von Thomas Wylde (3), »The Dragons of Komako« von John Gregory Betancourt (4) und »Nightmare World« von David Stern (5). Auf vier Bände konzipiert ist ISAAC ASIMOV'S ROBOT CITY: ROBOTS AND ALIENS; die beiden ersten, »The Changeling« von Stephen Leigh und »Renegade« von W. C. Scotten, liegen bereits vor. Weitere

Informationen über kürzere Zyklen und neue Serien-Projekte, sowohl SF als auch Fantasy, folgen im Abschnitt »Autoren und Projekte«.

Im Gegensatz zu SF und Fantasy war und ist das Horror-Genre eine Domäne der abgeschlossenen Einzeltitel. Fortsetzungen zu bereits erschienenen Titeln erscheinen nur sporadisch, und das trifft auch für ganze Serien und Zyklen zu. Zu ebendiesen Ausnahmen gehörten 1988/89 »Psycho« und »Psycho II« von Robert Bloch, die neu aufgelegt wurden, die Romane »Flame in Byzantium« und »Crusader's Torch« von Chelsea Quinn Yarbro, die die OLIVIA-Trilogie starteten, die wiederum ein Spin-Off ihrer ST. GERMAIN-Serie darstellt, Brian Lumleys aus den Romanen »Necroscope«, Vamphyri!« und »The Source« bestehende NECROSCOPE-Trilogie und die Serie CHRONICLES OF THE VAMPIRES von Anne Rice, in der bislang die Romane »Interview with the Vampire«, »The Vampire Lestat« und »Queen of the Damned« erschienen sind.

Bei den **Vorschüssen und Honorarzahlungen** gab es, nachdem 1987 keine spektakulären Abschlüsse getätigt wurden, 1988/89 wieder einen neuen Rekord. Er wurde — wie könnte es wohl anders sein — wieder von Stephen King aufgestellt: Um rund 35 Millionen Dollar — die genaue Summe war nicht zu eruieren, die Zahlen schwankten von 30—40 Millionen — verkaufte der Horror-Spezialist die amerikanischen Buch- und Taschenbuchrechte für vier neue Titel an **Viking** und **New American Library.** Für die Buchklub-Rechte erhielt er nochmals rund 5 Millionen Dollar. Wenn man dazu noch die Honorare für die Rechte außerhalb der USA hinzurechnet, dann kommt man auf rund 50 Millionen Dollar, die King für seine vier nächsten Bücher einheimst, die von Herbst 1989 an mit einem Band pro Jahr erscheinen werden: »The Dark Half« (1989), ein Band mit den zwei Kurzromanen »Secret Word, Secret Garden« und »Sun Dog« (1990), »Needful Things« (1991) und »Dolores Claiborne« (1992). Dieser Rekord wird sicher in den nächsten Jahren nicht überboten werden. Dagegen nehmen sich die

6,5 Millionen Dollar, die der Brite Clive Barker für vier neue Bücher mit den Arbeitstiteln »Cabal 2«, »Cabal 3«, »The Art 2« und »The Art 3« von **Harper & Row** erhalten haben soll, direkt bescheiden aus. Das gilt auch für die 5,7 Millionen Dollar, die Thomas Harris, der Autor der Bestseller »Red Dragon« und »The Silence of the Lambs« von **Dell** für die Nordamerika-Rechte an seinen beiden nächsten Romanen erhielt. Aber man muß sich die Größenordnungen mal richtig vorstellen, und da sind auch die bescheidensten amerikanischen Deals doch sehr profitabel. Vergleiche mit den Größenordnungen, die in Deutschland üblich sind, stellt man da besser nicht an! Das Autorenteam Margaret Weis und Tracy Hickman, die Verfasser der DRAGONLANCE-Saga für **TSR** und der DARKSWORD-Serie für **Bantam** erhielten für den siebenbändigen Zyklus DEATH GATE rund 3 Millionen Dollar. Für die Nachdruckrechte an sechs älteren Romanen (vier davon, »The Servants of Twilight«, »The Eyes of Darkness«, »The House of Thunder« und »The Key to Midnight« unter dem Pseudonym Leigh Nichols, »The Voice of the Night« als Brian Coffey veröffentlicht, und den SF-Roman »Demon Seed«, der leicht überarbeitet wurde) erhielt Dean R. Koontz von **Berkley** stolze 1,8 Millionen Dollar. Sein neuer Roman »Midnight« ging zusammen mit seinem nächsten für 225 000 Pfund an **Headline,** und für die Filmrechte an »Servants of Twilight« und »Phantoms« strich Koontz nochmals 175 000 Dollar ein. Überarbeitungen und Erweiterungen von sowie Fortsetzungen zu Klassikern des Genres erwiesen sich auch als sehr lukrativ für alle daran Beteiligten. Die Grundidee dazu stammte von Martin Greenberg, der **Tor** eine aus sechs Bänden bestehende Reihe anbot, deren Titel aus bekannten Novellen und neu dazu geschriebenen Fortsetzungen bestand. **Tor** kaufte das Paket, das aus »Vintage Season« von C. L. Moore (mit Fortsetzung von Robert Silverberg), »The Jewel of Bas« von Leigh Brackett (mit Fortsetzung von Karen Haber), »The Wheels of If« von L. Sprague de Camp (mit Fortsetzung von Harry Turtledove), »Clash by Night« von Henry Kuttner (Fortsetzung von David Drake) und »The Graveyard Heart« von Roger Zelazny (mit

Fortsetzung von Walter Jon Williams), sowie ein weiteres Sechserpack um verhältnismäßig geringe Novellenvorschüsse für die neuen und Honorare für die ursprünglichen Autoren bzw. deren Erben. Für eine Fortsetzung zu Arthur C. Clarkes »Against the Fall of Night« zahlte **ACE** Gregory Benford schon etliches mehr, nämlich 300000 Dollar Vorschuß. Noch eine Größenordnung höher lag dann der Deal, den Isaac Asimov und Robert Silverberg mit **Bantam** abschlossen: Für die Überarbeitung und Erweiterung der berühmten Asimov-Novellen »Nightfall«, »The Martian Way« und »The Ugly Little Boy« erhielten die beiden eine nicht näher genannte Summe über der 1-Million-Dollar-Grenze. Einen jeweils sechsstelligen Vorschuß erhielten Christopher Stasheff (für zwei weitere Bände seiner WARLOCK-Serie), Paul Preuss (für den sechsbändigen Zyklus ARTHUR C. CLARKE'S VENUS PRIME) und Joel Rosenberg (für zwei neue Bände der Serie GUARDIANS OF THE FLAME) und einen sechsstelligen Fixbetrag bekamen Arthur C. Clarke (für die Storysammlung »Tales from Planet Earth«), Isaac Asimov (für die Collection »Robot Visions«) und Mike Resnick (für die Trilogie »Soothsayer«, »Oracle« und »Prophet«). 300000 Dollar Vorschuß erhielten Marion Zimmer Bradley, Andre Norton und Julian May von **Doubleday Foundation/ Bantam Spectra** für einen vom deutschen Agenten Uwe Luserke initiierten gemeinsam zu schreibenden Fantasy-Roman. Eine von Chris van Allsburg und Mark Helprin geschaffene Neufassung von »Schwanensee« wurde für etwas mehr als 800000 Dollar an **Houghton Mifflin** verkauft — ein neuer Rekord für ein illustriertes Kinderbuch. Für sein Debüt als SF-Autor, die siebenbändige Serie CHUNGKUO, die in einer zukünftigen, von den Chinesen beherrschten Alternativwelt handelt, erhielt Dave Wingrove für die britischen Rechte 125000 Pfund, für die amerikanischen um die 300000 Dollar (von **Delacorte/Dell**), für die deutschen knapp DM 100000,— (von Heyne), und für die kanadischen 60000 Kanadische Dollar; die beiden ersten Bände, »The Middle Kingdom« und »The Broken Wheel«, erscheinen voraussichtlich noch 1989, mit dem Abschlußband ist nicht vor

1995 zu rechnen. Poul Anderson verkaufte den SF-Roman »The Boat of A Million Years« für 50000 Dollar Vorschuß an **Tor. Tor** hat auch für 100000 einen neuen Horror-Roman von Ramsey Campbell erworben. Für 260000 Pfund konnte Tad Williams, der Autor von »Tailchaser's Song«, seine Trilogie MEMORY, SORROW AND THORN an **Century/Arrow** verkaufen. Mehr als eine Million Dollar hat Piers Anthony für insgesamt sieben Romane erhalten; **Putnam/ACE** kaufte den abgeschlossenen Roman »Killobyte« und die Bände 2 und 3 einer neuen Serie, »Fractal Mode« und »Chaos Mode«, an **Avon** gingen die XANTH-Romane 13—15 (»Isle of View«, »Question Quest« und »The Color of Her Panties«), und **Morrow** erwarb den Mainstream-Roman »Firefly«, in dem es um das Thema Kindesmißbrauch geht. Zwei weitere Newcomer konnten große Erfolge erringen: Melanie Rawn konnte die britischen Rechte für ihre bei **DAW** erschienenen ersten beiden DRAGON PRINCE-Bände für 84000 Pfund an **Pan** verkaufen, und Payne Harrison erzielte für die Taschenbuchrechte an seinem Romanerstling »Storming Intrepid« auf einer Auktion rund 800000 Dollar. Sein Namensvetter Harry Harrison verkaufte den zusammen mit dem Wissenschaftler Marvin Minsky verfaßten Roman »When Tomorrow Comes« für mehr als 200000 an **Warner** und erhielt für die britischen Rechte an der neuen Serie um BILL, THE GALACTIC HERO 71500 Pfund. Für die japanischen Rechte an PHILIP JOSÉ FARMER'S THE DUNGEON wurden 48000 Dollar bezahlt. Die britischen Rechte an »Tekwar«, einem SF-Roman von STAR TREK-Darsteller William Shatner, gingen für einen Vorschuß von 50000 Dollar an **Bantam UK.** Fünfstellige Vorschüsse erhielten Guy Gavriel Kay (für den Fantasy-Roman »Tigana«) und Daniel Keys Moran (für die Romane »The Last Dancer« und »Lord November«). Für »Dream Park 3« erhielten Larry Niven und Co-Autor Steven Barnes von **Del Rey** 250000 Dollar. Terry Brooks lieferte den 4. SHANNARA-Roman, »Scions of Shannara«, an **Del Rey** ab und erhielt von **Orbit** für die britischen Rechte 100000 Dollar.

Im einzelnen ist von den **Autoren,** ihren zuletzt **veröffentlichten Werken** und ihren **geplanten Projekten** folgendes zu berichten:

Jugendbuchautor Lloyd Alexander hat mit »The Jedera Adventure« den vierten Roman der in einer Alternativwelt gegen Ende des 19. Jahrhunderts spielenden Serie um Vesper Holly veröffentlicht.

»Tourists«, ein moderner phantastischer Roman, der in einem imaginären Land in der Gegenwart handelt, in das eine amerikanische Familie als Touristen kommt, ist das neueste Werk der ABA-Preisträgerin Lisa Goldstein.

Avram Davidson hat einen Herzinfarkt erlitten, befindet sich aber bereits wieder auf dem Weg der Besserung. Er hat die Sammlung »The Adventures of Doctor Eszterhazy« an **Olswick Press** verkauft. 1975 war schon bei **Warner** eine Sammlung mit den Abenteuern Doctor Eszterhazys in einem imaginären Reich auf dem Balkan zur Jahrhundertwende erschienen, die im Gegensatz zu den jetzt 13 präsentierten Stories nur acht enthielt: »The Enquiries of Doctor Eszterhazy«.

Greg Bear veröffentlichte »Eternity«, eine Fortsetzung zu seinem vielbeachteten SF-Roman »Eon« und die Storysammlung »Tangents«, und hat sein neuestes Werk, den umfangreichen SF-Roman »Queen of Angels«, an **Warner** verkauft.

Herausgeberin und Agentin Virginia Kidd mußte sich im April 1989 einer Gallenblasenoperation unterziehen.

Wieder sehr fleißig war Altmeister Isaac Asimov, wobei das Schwergewicht bei der Herausgabe von Anthologien in Zusammenarbeit mit verschiedenen Mitarbeitern lag. Zuletzt erschienen »Isaac Asimov Presents the Great SF-Stories: 18 (1956)«, »Isaac Asimov's Wonderful World of Science Fiction 8: Monsters«, »Isaac Asimov Presents the Great SF-Stories: 19 (1957)«, »Isaac Asimov's Wonderful World of Science Fiction 9: Robots«, »Tales of the Occult« und »The Mammoth Book of Golden Age Science Fiction: Short Novels of the 1940s«. Er veröffentlichte darüber hinaus die Storysammlung »The Asimov Chronicles: Fifty Years of Isaac Asimov«, den Essayband »Asimov's Galaxy: Reflections on Science Fiction« und zusammen mit seiner Frau Janet den SF-Jugendroman »Norby Down to Earth«, den 7. Band der Serie um den Roboter NORBY. Asimov konnte im Sommer 1988 auf eine fünfzigjährige Autorentätigkeit und Mitarbeit an ASTOUNDING/ANALOG zurückblicken. Aus diesem Grund betrat er exakt ein halbes Jahrhundert nach Überreichung seiner ersten Story an John W. Campbell wieder die Büroräume des Magazins und händigte Herausgeber Stanley Schmidt seine neueste Kurzgeschichte, »The Mad Scientist«, aus, die dieser unbesehen akzeptierte. Zusammen mit seinem engsten Mitarbeiter bei den diversen Anthologien, Martin Greenberg, gab er auch die Shared World-Anthologie »Foundation's Friends« heraus, die in dem von ihm geschaffenen Roboter/Foundation-Universum handelt.

Michael Coney hat »No Place for A Sealion«, einen Mainstream-Roman mit Fantasy-Elementen, fertiggestellt, einen weiteren Roman, »A Tomcat Called Sabrina« fast vollendet, überarbeitet den zum Zyklus SONG OF EARTH gehörenden Roman »The Tigress and the Mole« und hat sein neuestes Projekt, »King of the Scepter'd Isle« an **NAL** verkauft.

Mit »Galaxy's End« legte Richard A. Lupoff die lange erwartete Fortsetzung von »Sun's End« vor.

John Morressy setzte seine humorvolle Fantasy-Serie um den Zauberer KEDRIGERN mit dem 3. Roman, »Kedrigern in Wanderland« fort.

Tad Williams startete seine High Fantasy-Trilogie MEMORY, SORROW AND THORN mit »The Dragonbone Chair«.

Zusammen mit Martin H. Greenberg gab Andre Norton die Themen-Anthologie »Catfantastic« bei **DAW** heraus.

»The Lives of Christopher Chance« ist das neueste Werk von Diana Wynne Jones in ihrer exzellenten CHRESTOMANCI-Fantasy-Serie und gehört thematisch zu »Charmed Life«.

Chelsea Quinn Yarbro hat sich verstärkt der Horror-Szene zugewandt. Neben neuen Romanen zu ihren ST. GERMAIN-

und OLIVIA-Serien, die immer wieder neu aufgelegt werden, erschienen von ihr zuletzt der Horror-Roman »Beastnights« um eine Werwolfs-Kreatur und — ganz außerhalb des Genres — der Western »The Law in Charity«.

Nancy Springer, die Autorin interessanter Fantasy-Werke wie »The Hex Witch of Seldom«, »Wings of Flame« und »Chains of Gold«, hat mit »Apocalypse« einen phantastischen Roman veröffentlicht, der in der näheren Zukunft und von vier besagten Reiterinnen handelt.

Dem im Mai 1988 verstorbenen SF-Altmeister Robert A. Heinlein wurde posthum die höchste Auszeichnung, die die NASA zu vergeben hat, die »Distinguished Public Service Medal«, verliehen. **Del Rey** hat »Grumbles From the Grave«, eine Sammlung von Briefen, die Heinlein für eine Veröffentlichung nach seinem Tode vorbereitet hat, gekauft und wird sie 1990 veröffentlichen.

Seine wissenschaftlichen Tätigkeiten ließen Gregory Benford zuletzt kaum mehr Zeit zum Schreiben. Benford, der an der University of California in Riverside Vorlesungen in Physik und Astrophysik hielt und nebenbei auch als Konsulent für die NASA arbeitete, wird eine wissenschaftliche Fernsehserie mit dem Titel »A Galactic Odyssey« gestalten. Um das überhaupt machen zu können, mußte er sich von der Universität beurlauben lassen und seine Tätigkeit für die NASA beenden. Die Fortsetzung von »The Great Sky River« ist mittlerweile unter dem Titel »Tides of Light« erschienen, ebenso die zwei mit Martin H. Greenberg zusammengestellten Alternativwelt-Anthologien WHAT MIGHT HAVE BEEN: »Alternate Empires« (Band 1) und »Alternate Heroes« (Band 2).

Wie immer sehr rührig war Robert Silverberg. Er veröffentlichte den Roman »The Mutant Season«, den er zusammen mit Karen Haber geschrieben hat, und die Shared World-Anthologie »Time Gate«, an der u.a. Gregory Benford und Poul Anderson mitgearbeitet haben. An **Bantam** verkauften er und Martin Greenberg eine weitere Shared World-Anthologie, die auf einer Welt handelt, die von Poul Anderson erdacht und in einer Kultur, die von Frederik Pohl konzipiert wurde, wobei die Stories ausschließlich von Nebula-Preisträgern geschrieben werden.

Fertiggestellt hat Silverberg »The Queen of Spring«, die Fortsetzung zu »At Winter's End« und Mittelband einer geplanten Trilogie.

Patricia McKillip, die Autorin der exzellenten RIDDLE-MASTER-Trilogie und der MOON-Duologie, hat mit »The Changeling Sea« einen weiteren hervorragenden Fantasy-Roman präsentiert und um eine hohe fünfstellige Summe einen weiteren, »The Tinker's War«, an **ACE** verkauft.

Von Katherine Kurtz erscheint das Sekundärwerk »Deryni Magic« bei **Del Rey.**

Susan Shwartz veröffentlichte den SF-Abenteuer-Roman »Heritage of Flight« bei **TOR** und bei **AVON** zwei Anthologien mit neuen Geschichten aus »1001 Nacht«, »Arabesques« und »Arabesques 2« mit Originalbeiträgen von Larry Niven, Tanith Lee, Gene Wolfe, Diana L. Paxson, Stephen R. Donaldson u. a.

Von K. W. Jeter erschienen in den USA zuletzt der SF-Roman »Farewell Horizontal« bei **St. Martin's** und der Horror-Roman »The Night Man« bei **NAL.**

Timothy Zahn, der Autor des BLACKCOLLAR-Zyklus, verkaufte den SF-Roman »Warhouse« und eine Storysammlung an **Baen.**

Mit »The Honorable Barbarian« hat L. Sprague de Camp einen neuen Fantasy-Roman veröffentlicht, der in der gleichen Welt spielt wie seine beliebte Trilogie THE RELUCTANT KING. Fertiggestellt hat de Camp mittlerweile ein weiteres Fantasy-Epos, »The Pixilated Peeress«.

Vier Novellen enthält die Sammlung »Other Americas« von Norman Spinrad, der zum Präsidenten von WORLD SF gewählt wurde.

Spider Robinson hat einen zweiten Roman um CALLAHAN'S LADY und die zusammen mit seiner Frau Jeanne geschriebene Fortsetzung von »Stardance« — »Starseed« — an **ACE** verkauft; »Stardance« hat in seiner Kategorie Hugo, Nebula und Locus Award gewonnen.

World Fantasy Award-Preisträger James P. Blaylock ist mit

seinem neuesten Roman »The Stone Giant« wieder zu der Fantasy-Welt zurückgekehrt, die er in seinen ersten Romanen, »The Elfin Ship« und »The Disappearing Dwarf«, erschaffen hat. Daneben ist mit »The Last Coin« ein weiteres Fantasy-Werk Blaylocks erschienen.

A. A. Attanasio, der Autor des Kultbuches »Radix«, hat »Wyvern«, einen ungewöhnlichen Fantasy-Roman, veröffentlicht und sein jüngstes Werk, »The Lost Legends of Earth«, an **Bantam** abgeliefert.

James P. Hogan hat den SF-Roman »The Mirror Maze« veröffentlicht und einen vierten GIANTS-Roman an Del Rey verkauft. Er plant auch, zu »Code of the Lifemaker« eine Fortsetzung zu schreiben.

Philip K. Dick is alive and well! Bei **Gollancz** erschien das SF-Jugendbuch »Nick and the Glimmung«, und bei **Ziesing** kam unter dem Titel »The Dark-Haired Girl« eine Sammlung von Essays, Gedichten, Briefen, einer Rede und einer erst kürzlich entdeckten Story heraus.

Orson Scott Card hat sein Frühwerk »A Planet Called Treason« überarbeitet und unter dem Titel »Treason« neu auf den Markt gebracht, er hat mit »The Folk of the Fringe« ein Amerika nach dem Dritten Weltkrieg geschildert und die Novellisierung des Films »The Abyss« verfaßt.

Marion Zimmer Bradley verkaufte den Horror-Roman »Witch Hill« an **Tor.**

Die von Ellen Datlow und Terri Windling herausgegebene Anthologienreihe »The Year's Best Fantasy«, die bei **St. Martin's** erscheint, hat sich auf dem Markt behaupten können und wird weitergeführt.

Gordon R. Dickson hat mit »The Chantry Guild« eine Fortsetzung zum DORSAI-Roman »The Final Ecyclopedia« geschrieben, den Fantasy-Roman »The Earth Lords« veröffentlicht und eine Zahl von Kurzgeschichten zu zwei Collections zusammengefaßt, die die beziehungsreichen Titel »Beginnings« und »Ends« haben.

Alan Dean Foster veröffentlichte zuletzt den Roman zum Film »Alien Nation«, den phantastischen SF-Roman »To the Vanishing Point« und den humorvollen SF-Band »Quozl«, in dem pelzige Außerirdische eine Invasion auf der Erde durchführen.

Ursula K. LeGuin, die am 21. Oktober 60 wurde, hat sich zuletzt fast ausschließlich Kinderbüchern gewidmet, von denen »Catwings«, »A Visit From Doctor Katz«, »Solomon Leviathan's Nine Hundred and Thirty-First Trip Around the World«, »Catwing Return« und »Fire and Stone« (zusammen mit Laura Marshall) erschienen sind. Außerdem veröffentlichte sie den Essayband »Dancing at the Edge of the World«.

Lois McMaster Bujold ist eine neue SF-Autorin, die den Durchbruch geschafft hat und für den Roman »Falling Free«, der zu ihrer eigenen Future History gehört, den Nebula Award erhielt. Weitere Romane dieser Serie sind »Shards of Honor«, »The Warrior's Appentice«, »Brothers in Arms« und »Borders of Infinity«, bei denen ihr Lieblingsprotagonist Miles Vorkosigan im Zentrum des spannenden Geschehens steht.

Fred Saberhagen publizierte mit »The White Bull« eine SF-Version der Sage um den Minotaurus.

Tor veröffentlichte die zusammengehörenden Fantasy-Romane »Sister Light, Sister Dark« und »White Jenna« von Jane Yolen. Mit ihrem phantastischen Jugendbuch »The Devil's Arithmetic«, in dem ein Mädchen unserer Zeit in die Tage des Holocausts zurückversetzt wird, gewann sie den National Jewish Book Award, den Association of Jewish Libraries Sydney J. Taylor Award und den Judy Lopez Honor Book Award.

Von Phyllis Eisenstein erschienen zuletzt zwei Romane, mit denen sie Handlungsfäden aus zwei früheren Titeln weiterführte: »The Crystal Palace« ist die Fortsetzung der in »Sorceror's Son« begonnenen Geschichte des jungen Zauberers Cray, und »In the Red Lord's Reach« erzählt die weiteren Abenteuer des mit Teleportergaben gesegneten Sängers Alaric, der schon aus dem Roman »Born to Exile« bekannt ist.

Gardner R. Dozois ist wohl einer der besten Anthalogisten der Szene. Von ihm erschienen, zum Teil in Zusammenarbeit mit anderen Co-Herausgebern, zuletzt folgende interessante Titel, zumeist Themenanthologien: »Dogtales!« (mit Jack Dann), »Ripper!« (mit Susan Caspar), »Time Travelers« und »The Year's Best Science Fiction: Sixth Annual Collection.«

Ein neuer Horror-Star ist der Brite Christopher Fowler, dem es wie anderen seiner SF-Kollegen gelungen ist, sich in den USA zu etablieren und seine Werke dort erstzuveröffentlichen. Von Fowler erschienen zuerst der phantastische Roman »Roofworld« und die Storysammlung »More City Jitters«.

Simon Hawke setzte seine mit »The Wizard of 4th Street« begonnene Fantasy-Serie mit »The Wizard of Whitechapel« und »The Wizard of Sunset Strip« fort.

Megan Lindholm schrieb mit »Wolf's Brother« eine Fortsetzung zu »The Reindeer People« und verkaufte zwei neue Fantasy-Romane an **Bantam.**

Baen veröffentlichte Poul Andersons neue Collection »Space Folk«, und bei **Tor** erschien sein neuester SF-Roman, »The Boat of a Million Years«.

Parke Godwin veröffentlichte mit »The Snake Oil Variations« eine Fortsetzung zu seinem SF-Roman »Waiting for the Galactic Bus« und verkaufte einen zweibändigen Fantasy-Roman um Robin Hood an **Morrow/Avon;** der erste Band, »Greyfeather«, wird 1990 erscheinen.

Von Kim Stanley Robinson erschien Ende 1989 die Collection »Escape from Kathmandu«.

David Gerrold veröffentlichte den SF-Roman »Chess with a Dragon« und die ersten drei Bände der WAR AGAINST THE CHTORR-Serie, »A Matter for Men«, »A Day for Damnation« und »A Rage for Revenge«, wobei die beiden ersten für die Neuherausgabe grundlegend bearbeitet und nicht unwesentlich erweitert wurden, so daß der 3. Band nicht eine Fortsetzung der ursprünglichen beiden Bände 1 und 2 (die auf deutsch bei Heyne erschienen) darstellt, sondern eine Weiterführung der umgeschriebenen ersten beiden Romane. Gerrold hat mittlerweile zwei weitere Bände der Serie an **Bantam Spectra** verkauft.

Von John Brunner kamen die Storysammlung »The Best of John Brunner« und sein neuester SF-Roman, »Children of the Thunder« heraus.

High-Tech-SF-Autor Charles Sheffield brachte »Trader's World«, der auf einer Erde handelt, die sich gerade von einem weltweiten Krieg erholt, und »Proteus Unbound«, die Fortsetzung von »Sight of Proteus«, heraus.

Roger Zelazny verfaßte zusammen mit Neil Randall einen »Visual Guide to Castle Amber« und brachte »Frost and Fire«, eine neue Storysammlung, auf den Markt. Er hat zusammen mit Robert Sheckley eine mehrbändige Fantasy-Serie an **Bantam** verkauft und wird gemeinsam mit Thomas M. Thomas eine Fortsetzung zum CHANGELING-Zyklus schreiben, die bei **Baen** erscheinen wird.

Mit »Prince of Mercenaries« hat Jerry Pournelle nach längerer Pause wieder einen Roman um seinen Söldnerführer John Christian Falkenberg veröffentlicht.

Harlan Ellison publizierte »Angry Candy«, eine Sammlung exzellenter Stories. Gerüchteweise soll die mehrmals schon verschobene Mammutanthologie »Last Dangerous Visions« doch noch erscheinen.

Von Robin McKinley, der Autorin von »Beauty«, »The Hero and the Sword« und »The Blue Sword«, erschien ein Fantasy-Roman um Robin Hood: »The Outlaws of Sherwood.«

Mit »Kamus of Kadizhar: The Black Hole of Carcosa« schrieb John Shirley einen SF-Detektivroman, dessen Protagonist von Michael Reaves für den Roman »Darkworld Detective« geschaffen wurde. Er veröffentlichte die neue Collection »Heatseeker«, den Roman »In Darkness Waiting« und beendete seine Trilogie A SONG CALLED YOUTH mit »Eclipse Corona«.

Kate Wilhelm veröffentlichte zuletzt den SF-Roman »The Dark Door« (in ihm sind die gleichen Haupthandlungsträger vertreten wie im Krimi »The Hamlet Trap«) und die Novellensammlung »Children of the Wind« bei **St. Martin's.** An diesen Verlag hat sie auch den SF-Roman »Cambio Bay« und einen Horror-Roman verkauft.

Posthum erschien eine Collection von Kurzgeschichten

aus der Feder von Clifford D. Simak, die noch nicht gesammelt vorgelegen sind: »Off-Planet«.

Julian May verkaufte ihre aus »Jack the Bodiless«, »Diamond Mask« und »Magnificat« bestehende GALACTIC MILIEU-Trilogie, den Vorläuferzyklus der PLEISTOZENE-Tetralogie, an **Del Rey.** Der erste Band wird nicht vor 1991 herauskommen.

Von Vonda McIntyre erschien der SF-Abenteuer-Roman »Starfarers«.

Anthony Has Done It Again! Er hat seinen fünfbändigen Zyklus um die INCARNATIONS OF IMMORTALITY nicht mit Band 5 abgeschlossen, sondern hat noch einen sechsten Roman nachgeschoben, in dessen Mittelpunkt Satan selbst steht: »For Love of Evil«. Ansonsten kamen von ihm noch der SF-Roman »But What of Earth?« und »Serpent's Silver« von ihm und Robert E. Margroff, eine Fortsetzung von »Dragon's Gold« aus der Feder des Autorengespanns.

Das neueste Werk von Pamela Sargent ist der ambitionierte SF-Roman »Venus of Shadows«, die Fortsetzung von »Venus of Dreams«.

William Jon Watkins publizierte den actionbetonten, militaristischen SF-Roman »The Last Deathship off Antares«.

Mercedes Lackey gehört zu den erfolgreichen neuen Fantasy-Autorinnen. Auf ihre HERALDS OF VADEMAR-Trilogie (»Arrows of the Queen«, »Arrow's Flight« und »Arrow's Fall«) folgte zunächst die Duologie VOWS AND HONOR mit »The Oathbound« und »Oathbreakers«. Dann begann sie mit »Burning Water« eine Horror-Serie um eine Hexe, bevor sie mit »Magic's Pawn« die LAST HERALD MAGE-Trilogie begann, die sie wieder in die Fantasy-Welt von Valdemar zurückführte.

Fleißig war im letzten Jahr auch Fredrik Pohl. Er veröffentlichte die SF-Romane »The Day the Martians Came« (ein Episodenroman, von dem etliche Teile schon zuvor erschienen sind) und »Homegoing«, sowie »Land's End«, den er gemeinsam mit Jack Williamson verfaßte. Die beiden haben auch einen weiteren in Zusammenarbeit entstandenen Roman, »The Turtles of Time« an **Bantam** verkauft. Pohl hat seinen neuesten Roman, »The World at the End of Time«, vollendet.

»Spell Singers« ist der Titel einer von Alan Bard Newcomer zusammengestellten Anthologie, die Stories von Marion Zimmer Bradley, Jennifer Roberson, Mercedes Lackey und Ru Emerson vereint.

»One« ist der Titel des neuesten Fantasy-Romans von Richard Bach, dem Autor des Klassikers »Jonathan Seagull«.

»Naked Came the Robot« ist ein humoristischer SF-Roman und »The God Box« eine leichte Fantasy mit Märchentouch — beide stammen von Barry B. Longyear, der eine Fortsetzung zu »Infinity Hold« an **Warner** verkauft hat und für **Walker** »The Homecoming« schreibt.

Joan D. Vinge hat sich verstärkt den Novellisierungen verschrieben. Auch die Romanadaption des Fantasy-Films »Willow« stammt von ihr.

Lewis Shiner verkaufte seinen dritten Roman, »Slam«, an **Doubleday.**

Um eine Satire auf das SF-Genre und alle darin verwendeten Klischees handelt es sich bei »Free Zone« von Charles Platt. Der Autor hat mit »Soma« eine Fortsetzung zu »Plasm« und damit einen weiteren Roman verfaßt, der auf Piers Anthonys Welt Chthon handelt.

Von Tanith Lee erschien in den USA als Erstveröffentlichung der zur Zeit der Französischen Revolution handelnde Fantasy-Kurzroman »Madame Two Swords«.

Eine Rasse von Gestaltwandlern, die sich gegen die Schwarze Magie ihrer Todfeinde behaupten müssen, steht im Zentrum der auf acht Bände konizipierten CHRONICLES OF THE CHEYSULI von Jennifer Roberson, von denen bereits die Romane »Shapechangers«, »The Song of Homana«, »The Legacy of the Sword«, »Track of the White Wolf«, »A Pride of Princes« und »Daughter of the Lion« erschienen sind.

Brad Strickland hat einen neuen in nächster Zukunft spielenden Thriller, »Silver Eyes«, an **NAL** verkauft.

Harry Harrison hat sich bereit erklärt, seine Figur, BILL, THE GALACTIC HERO zum Protagonisten einer sechsbändigen Serie werden zu lassen, an der auch andere Autoren mitschreiben. Der erste Roman des Zyklus, »The Planet of the Robot Slaves«, stammt von ihm, die weiteren werden von Robert Sheckley, David Bischoff, Arthur Byron Cover, Jack C. Haldeman und einem weiteren, noch nicht bestimmten Autor verfaßt.

Horror-Bestseller-Autor Whitley Strieber hat »Majestic«, einen Roman, der auf »Communion« beruht, an **Putnam** abgeliefert und einen weiteren Horror-Roman, »The Wild«, für einen sechsstelligen Dollar-Vorschuß an **Avon** verkauft.

Ricarda MacAvoy, die mit ihren Fantasy-Romanen — die BLACK DRAGON-Sequenz und die LUTE-Trilogie — Furore machte, wandte sich mit »The Third Eagle« erstmals der SF zu. Aber das war nur ein Abstecher, denn sie verkaufte bereits eine weitere Fantasy-Trilogie für einen sechsstelligen Vorschuß an **Morrow/Avon**.

»Midnight« ist der Titel des neuesten Horror-Romans von Dean R. Koontz.

Die zwei neuesten Fantasy-Romane von Judith Tarr spielen in der magischen Welt Ägyptens (»A Wind in Cairo«) und im finstersten Mittelalter (»Ars Magica«). Sie hat einen neuen Roman ihrer HOUND AND FALCON-Serie, »Alamut«, bei **Doubleday Foundation** und einen weiteren Fantasy-Roman, »The Horns of Hattin«, bei **Bantam** untergebracht.

Um ein Laser-Transportsystem geht es in Martin Caidins neuem SF-Roman »Beamriders!«.

»Rimrunners« ist ein interessanter SF-Roman, den C. J. Cherryh in ihrem COMPANY WARSH-Universum handeln läßt. Zusammen mit wechselnden Co-Autorinnen hat sie die Shared World-Romanreihe THE SWORD OF KNOWLEDGE gestartet, die bislang aus »A Dirge for Sabis« (mit Leslie Fish), »Wizard Spawn« (mit Nancy Asire) und »Reap the Whirlwind« (mit Mercedes Lackey) besteht. Sie hat den Fantasy-Roman »Rusalka« an **Del Rey** abgeliefert und **Warner** hat zwei neue Hard-SF-Romane von ihr angekauft.

F. Paul Wilson ist sowohl bei der SF als auch beim Horror gut bewandert. Zuletzt erschien von ihm der SF-Roman

»Dydeetown Worlds« und die Storysammlung »Soft and Others«. Er verkaufte »Hanley's Heir«, eine Fortsetzung zu »The Keep«, an **Berkley.**

Bantam erwarb die Rechte an drei neuen Romanen und einer Storysammlung von David Brin. Einer der Romane wird im UPLIFT-Universum spielen.

Robert R. MacCammons neuester Horror-Thriller trägt den Titel »The Wolf's Hour« und handelt u.a. von Werwölfen und Nazis.

Insgesamt 36 Stories enthält »Endangered Species«, die neueste Collection des SF-Literaten Gene Wolfe. Mit dem Fantasy-Roman »Soldier of the Mist« hat er 1986 den beeindruckenden Zyklus um den Soldaten Lantro gestartet, dem es bestimmt ist, durch die Zeiten zu wandern; diese Serie setzte Wolfe jetzt mit »Söldner von Arete« fort.

Unter dem Titel »Give Yourself a Fright« präsentierte Joan Aiken eine neue Sammlung mit übernatürlichen Geschichten.

In »Fantasma« ließ Thomas F. Monteleone eine Mafiafehde durch Dämonen austragen. Zusammen mit Co-Autor David F. Bischoff verfaßte er mit »Dragonstar Destiny« den Abschlußband der DRAGON-STAR-Trilogie, einer Space Opera mit Sauriern.

Charles L. Grant hat seine Original-Anthologienreihe »Shadows« eingestellt, um sich selbst mehr dem Schreiben widmen zu können. Zuletzt erschien von ihm der Horror-Roman »In A Dark Dream«, in dem ein Psychopath Rache sucht.

Mit »To the Seventh Power« veröffentlichte Felice Picano einen okkulten Thriller.

Bei einem längeren Krankenhausaufenthalt hat sich SF-Veteran Frank Belknap Long eine Lungenentzündung zugezogen, befindet sich aber wieder auf dem Weg der Besserung.

Barbara Hambly wird für **Avon** eine Novellisierung zur TV-Serie BEAUTY AND THE BEAST schreiben.

Philip José Farmer hat den dritten Roman seiner DAYWORLD-Serie, »Dayworld Breakup«, fertiggestellt. Er wird bei **Putnam** herauskommen.

Mit »Imago« hat Octavia Butler ihre mit »Dawn« und »Adulthood Rites« begonnene und vielgelobte XENOGESIS-Trilogie abgeschlossen.

In einem San Francisco, in dem eine Seuche gewütet hat, handelt Pat Murphys Roman »The City, Not Long After«.

»A Gathering of Stones« bildet nach »Drinker of Souls« und »Blue Magic« den Abschluß von Jo Claytons DRINKER OF SOUL-Trilogie.

Seinen 1976 bei **Laser** erschienenen und damals redaktionell stark bearbeiteten Roman »Epitaph in Rust« hat Tim Powers jetzt in seiner ursprünglichen Form unter dem leicht abgewandelten Titel »An Epitaph in Rust« neu herausgebracht. Erschienen ist auch sein neuer Roman, »The Stress of Her Regard«, in dem es Powers wieder gelang, das gleiche Flair und die gleiche Stimmung wie mit seinem meisterlichen »The Anubis Gate« zu erzeugen.

Sydney J. van Scyoc veröffentlichte den Fantasy-Roman »Featherstroke« und verkaufte »Dreamwater Dreams« an **Avon.**

»Cyberbook« von Ben Bova war eine Satire, in der ein elektronisches Buch das Verlagswesen revolutioniert. In seiner Edition »Ben Bova's Discoveries«, in der er bei **Tor** Erstlingswerke noch unbekannter Autoren vorstellt, erschienen zuletzt »The Thirteenth Majestral« von Hayford Pierce (ein Zeitreiseabenteuer) und »Being Alien« von Rebecca Ore (ein von Aliens aufgezogener Erdenmensch soll der Vermittler zwischen den Zivilisationen werden).

Juanita Coulson, die sich einer Gallenblasenoperation unterziehen mußte, hat ihre mit »Tomorrow's Heritage« und »Outward Bound« begonnene und mehrere Generationen umspannende SF-Familien-Saga mit Band 3, »Legacy of Earth«, fortgesetzt.

Anne McCaffrey wird mit Elizabeth Moon am dritten Band der DINOSAUR PLANET-Serie, »Generation Warriors«, zusammenarbeiten.

»Novelty« ist der Titel einer Sammlung mit vier herausragenden Geschichten von John Crowley.

»Light Raid«, ein High-Tech-SF-Roman, in dem sich Teile

von Nordamerika gegenseitig bekriegen, ist das neueste Gemeinschaftswerk von Connie Willis und Cynthia Felice.

Einen neuen Roman der CROYD-Serie legte Ian Wallace mit »Megalomania« vor.

Und noch eine Fortsetzung, diesmal von Phyllis Gotlieb: Sie setzte die Geschehnisse aus »O Master Caliban!« mit »Heart of Red Iron« fort.

Ein aus zwei Teilen bestehender historischer Roman von Robert Shea bildet den Hintergrund für seine ILLUMINATUS-Trilogie: »The Saracen: Land of the Infidel« und »The Saracen: The Holy War«.

»Casting Fortune« markierte die Rückkehr des World Fantasy-Preisträgers John M. Ford in dieses Genre.

Larry Niven, Jerry Pournelle und Rory Harper haben den SF-Roman »Fallen Angels«, in dem das Fandom eine Untergrundorganisation geworden ist, an **Baen** verkauft. Für **Tor** stellten Niven und Bob Gleason eine Retrospektive zum 25jährigen Berufsjubiläum des Autors unter dem Titel »Playgrounds of the Mind« zusammen. Bereits erschienen ist der 2. DREAM PARK-Roman von Niven und Steven Barnes, »The Barsoom Project«.

George Alec Effinger hat den SF-Roman »A Fire in the Sun« veröffentlicht, die Fortsetzung von »When Gravity Fails«, hat »Everything But Honor« an **NAL** verkauft und sich dazu verpflichtet, für Byron Preiss' INFOCOM-Serie den Roman »Zork« zu schreiben.

Arthur C. Clarke und Gentry Lee haben »Rama II« veröffentlicht, die Fortsetzung des Klassikers »Rendezvous with Rama«.

Lucius Shepard kehrte mit seinem Fantasy-Kurzroman »The Father of Stones« wieder in jene Welt zurück, die er mit »The Man Who Painted the Dragon Griaule« und »The Scalehunter's Beautiful Daugther« geschaffen hatte, und stellte den SF-Roman »The End of Life As We Know It« fertig.

Das Thema Unsterblichkeit, aus einem anderen Blickwinkel aus betrachtet, behandelt Joe Haldemans »Buying Time«. Der Autor hat »The Hemingway Hoax« vollendet und an **Morrow** auch die Romane »1968« und »Worlds Enough And Time« (Abschlußband der WORLDS-Trilogie) und eine Storycollection verkauft.

»A Dozen Tough Jobs« ist der neue Kurzroman von Howard Waldrop.

Mit »Dawn's Uncertain Light« setzte Neil Barrett jr. seine Story von einem Amerika nach dem Holocaust, die er mit »In Darkest America« begonnen hatte, fort.

Robert Don Hughes, der Autor der PELMEN-Trilogie, hat mit »The Forging of the Dragon« die neue WIZARD AND DRAGON-Serie begonnen.

»A Study in Sorcery« war nach »Ten Little Wizards« der zweite Roman um den von Randall Garrett erfundenen LORD DARCY, den Michael Kurland veröffentlichte.

In der Welt seiner RIFTWAR-Saga spielt der neueste Roman von Raymond Feist, »Prince of the Blood«.

Vierzehn ihrer wichtigsten Stories sammelte Pat Cadigan in ihrer ersten Collection »Patterns«.

Horror-Altmeister Robert Bloch ist nach wie vor sehr aktiv. Zuletzt veröffentlichte er den Roman »Lori«.

Terry Brooks hat mit »Scions of Shannara« seine Bestseller-Serie weitergeführt.

Walter Jon Williams, der Autor der aufsehenerregenden Cyberpunk-Romane »Hardwired« und »Voice of the Whirlwind«, legte mit »Angel Station« sein neuestes Werk vor, das ganz in der Tradition seiner Vorläufer steht.

Kirk Mitchell schrieb mit »Cry Republic« eine Fortsetzung zu den Alternativwelt-Romanen »Procurator« und »New Barbarians«.

Karl Edward Wagner verkaufte eine Erweiterung der Horror-Story »The Fourth Seal« an **Bantam,** wo sie als Mainstream-Roman erscheinen wird.

Horror-Autor John Paul Russo publizierte »Subterranean Gallery«, einen dystopischen SF-Roman.

Unter dem Titel »Crown of Stars« wurde posthum eine Storysammlung von James Tiptree jr. veröffentlicht.

Anne Rice, von der zuletzt der Horror-Roman »The Mummy or Ramses the Damned« erschienen ist, arbeitet bereits an »The Body Thief«, dem 4. Band ihrer CHRONICLES OF THE VAMPIRES.

Im Gegensatz zu den letzten Jahren sah es 1988 auf dem **Magazinmarkt** recht erfreulich und erfolgversprechend aus, und es scheint, als hätten die SF-Periodika, die das Genre jahrelang dominierten, die Talfahrt stoppen können und würden sich wieder fangen. Bei den Profimagazinen konnten, mit Ausnahme von **TWILIGHT ZONE,** das einen schweren Einbruch erlitt, alle ihre Verkaufszahlen steigern, die Zuwachsrate aber schwankte stark, zwischen einem und dreizehn Prozent. Zur Zahl der professionellen Story-Magazine gesellte sich auch das bisherige semiprofessionelle **ABORIGINAL SF,** das 1988 den Sprung in diese Kategorie schaffte. Dadurch erhöhte sich die Gesamtzahl der Profi-Publikationen von 53 auf 55. Newcomer **ABORIGINAL SF** schaffte es unter der Herausgeberschaft von Charles Ryan, die Zahl der verkauften Hefte auf über 12 000 Exemplare anzuheben. Die Stärke des Magazins liegt u.a. auch darin, daß fast 10 000 davon auf Abonnementsbasis vertrieben werden. Jede Ausgabe enthielt fünf Kurzgeschichten, Rezensionen und Artikel und wies Zeitschriftenformat auf. Von diesem recht aufwendig gemachten Magazin sind 5 Ausgaben erschienen.

AMAZING STORIES konnte 1988 seine Verkaufszahlen um knapp 9 % auf fast 15 000 Exemplare steigern. Nach wie vor lag die Zahl der Abonnenten extrem niedrig, es gab nur eine Steigerung um 300 auf 2900. Patrick Lucien Price, der **AMAZING** als Herausgeber betreut, übt diese Tätigkeit nur noch nebenberuflich aus. Aus diesem traditionsreichen Blatt ließe sich bestimmt etliches machen, aber da müßte der Eigentümer TSR die dazu notwendigen Schritte unternehmen. Von **AMAZING** sind 1988 wieder 6 Hefte erschienen.

ANALOG, von dem erneut 13 Ausgaben publiziert wurden, steigerte die Zahl der verkauften Hefte um rund 3 % und schaffte es zum erstenmal seit 1983 wieder, die 100 000er Grenze zu überschreiten. Unter der Herausgeberschaft von Stanley Schmidt erschien nur ein Serial — von Charles Sheffield —, dafür aber jede Menge Hard-SF von

Autoren wie W. T. Quick, Poul Anderson, Ben Bova und anderen Vertretern technisch orientierter SF. Mit seiner sechsstelligen Verkaufszahl war **ANALOG** auch 1988 wieder das erfolgreichste amerikanische SF-Magazin.

Am geringsten von allen steigern konnte **ISAAC ASIMOV'S SCIENCE FICTION MAGAZINE** die Zahl der verkauften Exemplare, und zwar um etwas mehr als 1 % auf über 82 000 Exemplare. Wie auch schon in den letzten Jahren bewies Gardner R. Dozois, daß er ein überaus kompetenter Herausgeber ist. Der Inhalt war vielschichtig und facettenreich, das Niveau wieder höher als das aller anderen Periodika. Beim Kioskverkauf mußte **ASIMOV'S** sogar einen leichten Rückgang hinnehmen, ebenso wie alle anderen, mit Ausnahme von **AMAZING** und **OMNI.** Von **ASIMOV'S** sind 1988 wieder 13 Ausgaben erschienen.

Das **MAGAZINE OF FANTASY & SCIENCE FICTION** konnte den drastischen Einbruch des Vorjahres nicht nur wieder wettmachen, mit einer Rekordzuwachsrate von annähernd 13 % konnte es auch das beste Ergebnis seit 1983 verbuchen. Insgesamt stieg die Zahl der verkauften Exemplare auf über 59 000 Stück. Das Niveau der Beiträge die von Edward L. Ferman ausgewählt wurden, lag wie gewohnt wieder hoch. Von **F&SF** sind 1988 insgesamt 12 Ausgaben herausgekommen. Im Oktober 1989 feierte **F&SF** sein 40jähriges Bestehen. Die Jubiläumsausgabe war deshalb dicker und enthielt neue Stories von Brian Aldiss, J. G. Ballard, Gene Wolfe, Lucius Shepard, Robert Silverberg, Thomas M. Disch, Frederik Pohl, Gregory Benford, Barry Malzberg und Algis Budrys.

Für **TWILIGHT ZONE,** herausgegeben von Tappan King, war 1988 ein katastrophales Jahr. Es mußte eine Einbuße um 25 % hinnehmen, die Verkaufszahlen sanken von rund 88 000 im Vorjahr auf etwas mehr als 66 000, wobei das Gros des Rückgangs bei den Abonnements lag. Und das trotz guter Aufmachung und interessantem Inhalt. Die Folge war, daß **TWILIGHT ZONE,** von dem 1988 noch 6 Ausgaben erschienen waren, 1989 mit der Juni-Nummer eingestellt wurde.

Das erfolgreichste Periodikum, das nur lose mit der SF Berührungspunkte besitzt — deshalb bleibt es auch bei der Aufstellung unberücksichtigt — war auch 1988 wieder **OMNI.** Die Zeitschrift konnte vor allem bei den Abonnements kräftig zulegen und überschritt mit einer Gesamtsteigerung um knapp 12 % die 1-Million-Marke. Es wurden 1988 insgesamt 12 Kurzgeschichten und 12 Vignetten veröffentlicht.

Ebenfalls in der Aufstellung nicht berücksichtigt wurden die britischen Magazine **INTERZONE** und **FEAR,** da es sich nicht um amerikanische Zeitschriften, sondern um Importe handelt. Beide entsprechen aber sonst den Richtlinien, wie sie für Profimagazine gelten. Nähere Informationen über diese beiden Publikationen finden sich beim britischen Marktbericht.

Bei den semiprofessionellen Magazinen — das sind solche, die nicht über den Zeitschriftengrosso vertrieben werden, eine Gesamtauflage unter 10000 Exemplare aufweisen oder nicht mindestens vierteljährlich erscheinen — gab es wieder einige Ausfälle, aber auch manchen neuen Titel. Von **WHISPERS** (hrsg. von Stuart David Schiff) erschien 1988 keine neue Ausgabe, und auch das für die zweite Jahreshälfte 1989 versprochene, revivierte **FANTASY BOOK** (Dennis Mallonnee) ließ bislang auf sich warten. Vom unter der Regie von George H. Scithers, Darrell Schweitzer und John Betancourt wiederbelebten **WEIRD TALES** erschienen 1988 drei Ausgaben. Das Konzept, in jeder Ausgabe einen Genre-Autor und einen Künstler schwerpunktmäßig hervorzuheben, hat sich voll bewährt. Es ist gut aufgemacht und zusammengestellt und benötigt nur mehr Käufer, um den Sprung zu den Profis zu schaffen. **ARGOS FANTASY & SCIENCE FICTION** wurde mit der 3. Ausgabe eingestellt (die Pilotnummer ist 1987 erschienen). Dieses exzellente Magazin im Digestformat sollte vierteljährlich erscheinen, mußte aber wegen Finanzierungsproblemen im Sommer 1988 das Handtuch werfen. Neu auf den Markt kam **MARION ZIMMER BRADLEY'S FANTASY MAGAZINE,** ein neues vierteljährliches Periodikum, von dem 1988 zwei Nummern veröffentlicht wurden und das in erster Linie Stories von Autorinnen und Autoren enthält, die im weitesten Sinne zum literarischen Umfeld der Herausgeberin gehören. Weiterhin gut behaupten konnten sich die SF-Fachblätter **LOCUS** und **SCIENCE FICTION CHRONICLE. LOCUS** konnte sowohl bei den Abonnements als auch beim Vertrieb über den Zeitschriftengrosso zulegen und die Verkaufszahlen um fast 7 % erhöhen. Aus Großbritannien importiert wurde **FANTASY TALES,** hrsg. von Stephen Jones, das zu einem Magazin im Paperback-Format geworden ist und künftig zweimal im Jahr erscheinen soll. 1988 ist eine Ausgabe herausgekommen.

1988/89 hatte die internationale SF-Szene wieder einige **Todesfälle** zu beklagen:

Am 6. Februar 1988 starb **John D. Clark** im Alter von 80 Jahren nach einer Serie von Schlaganfällen. Clark war ein begeisterter Leser von SF-Pulps und ein begeisterter Fan von Robert E. Howards CONAN-Stories. 1936 zeichnete er eine Landkarte des Hyborischen Zeitalters und schickte sie an Howard, die seine Zustimmung fand. Als Gnome Press in den 50er Jahren die CONAN-Stories aus **WEIRD TALES** in Buchform nachdruckte, war Clark als Herausgeber tätig. Er verfaßte auch das Vorwort zu »Conan the Conqueror« und schrieb einen Teil des Lebenslaufes von Howards Heroen, »An Informal Biography of Conan the Cimmerian«. 1937 wurden seine beiden einzigen SF-Stories, »Minus Planet« und »Space Blister« in **ASTOUNDING** veröffentlicht, 1952 gab Clark, der mit de Camp, Pratt, Hamilton, Binder, Kuttner, Campbell, Wellman, Williamson und anderen SF-Größen dieser Zeit befreundet war, anonym die Anthologie »The Petrified Planet« heraus, in der wohl zum ersten Mal in der Geschichte der SF verschiedene Autoren — unter ihnen Judith Merrill, Fletcher Pratt und H. Beam Piper — den von einem anderen Autoren konzipierten Hintergrund benutzten.

Am 10. Juni 1988 starb der für seine zahlreichen Western bekannte Autor **Louis L'Amour** im Alter von 80 Jahren. Nachdem er zunächst für die Pulps schrieb, gelang es ihm zu Beginn der 50er Jahre mit »Hondo«, seinen ersten Roman zu verkaufen. Zum Zeitpunkt seines Todes hatte er 86 Romane und 14 Storysammlungen veröffentlicht. In seinem letzten Roman, »The Hidden Mesa«, ließ er in seinen Wildwest-Roman phantastische Elemente einfließen.

Neil R. Jones, ein SF-Autor der Pulp-Ära, starb am 15. Februar 1988 mit 79 Jahren. Jones, der einer der ersten Autoren war, die eine »Future History« entwarfen, verkaufte seine erste Story, »The Death's Head Meteor«, 1931 an **AIR WONDER STORIES;** es war die erste Geschichte überhaupt, in der das Wort »Astronaut« verwendet wurde. Neben seinen im 24. und 26. Jahrhundert angesiedelten Geschichten, in denen oft der finstere »Duurna Range Cult« behandelt wird, ist sein Zyklus um »Professor Jameson« wohl sein bekanntestes Werk und zugleich auch eine der am längsten laufenden Serien in der Geschichte der SF. Die erste Story, »The Jameson Satellite«, erschien 1931, die letzte, »The Star Killers«, 1951 — wenn man außer acht läßt, daß zwei Stories aus den 30ern erst 1968 in »Doomsday on Ajiat« abgedruckt wurden, dem letzten Band einer fünfbändigen »Professor Jameson«-Edition, in der noch die Sammlungen »The Planet of the Double Sun«, »The Sunless World«, »Space War« und »Twin Worlds« (alle 1967) erschienen. Sein Werk übte einen nicht geringen Einfluß auf Autoren wie Heinlein und Asimov bei der Konzipierung ihrer Zukunftswelten aus.

Mit **E. Hoffman Price** starb am 18. Juni 1988 eine der Größen der Weird Fiction. Er war 90 Jahre alt. Seine erste phantastische Geschichte, »The Rajah's Gift«, erschien 1925 in **WEIRD TALES.** Von da an erschienen regelmäßig neue Stories von ihm in diesem legendären Magazin, wie auch in anderen Pulp-Publikationen der unterschiedlichsten Provenienz. Er kannte Robert E. Howard, Clark Asthon Smith und H. P. Lovecraft und mit letzterem schrieb er auch die Novelle »Through the Gates of the Silver Key« (1934). Zu Autoren, mit denen er bisweilen gemeinsame Geschichten verfaßte, zählten Ralph Milne Farley, Otis Adelbert Kline und Clark Ashton Smith. Nach dem Tod der Pulps in den 50ern wandte er sich anderen Tätigkeiten als dem Schreiben zu, kehrte aber nach fast zwei Jahrzehnten mit den Romanen »The

Devil-Wives of Li-Fong« (1979) und »The Jade Enchantress« (1982) ins Genre zurück. 1980 begann er die OPERATION-Serie, die bis zu seinem Tod auf fünf Space Operas angewachsen ist. Einige seiner frühen Kurzgeschichten wurden in den Collections »Strange Gateways« (1967) und »Far Lands, Other Days« (1975) gesammelt.

Der in erster Linie für seine Kriminalromane bekannte Autor **John Ball** starb am 15. Oktober 1988 im Alter von 77 Jahren an Krebs. Nachdem er zuvor als Pilot gearbeitet hatte, ergriff er 1958 den Beruf des Schriftstellers. Er veröffentlichte drei SF-Romane — »Operation Springboard« (1958; auch: »Operation Space«), »Spacemaster I« (1960) und »First Team« (1972). 1965 erschien sein erster und auch berühmtester Krimi, »In the Heat of the Night«, der den Edgar Award der Amerikanischen Kriminalschriftstellervereinigung gewann und 1967 verfilmt wurde. Damit begann auch Balls Krimi-Serie um Virgil Tibbs.

Am 29. Oktober 1988 starb der SF-Autor **Ross Rocklynne,** der unter bürgerlichem Namen Ross Louis Rocklin hieß. Er war 75 Jahre alt. Mit 15 Jahren hatte er die SF in Form von **AMAZING STORIES** entdeckt, und bald erwuchs der Wunsch, sich selbst einmal als Autor zu versuchen. Seine erste Veröffentlichung war die Story »Man of Iron« (1935), der im Laufe der Zeit rund hundert weitere folgten. Während in den 30ern noch wenige Geschichten von ihm erschienen, wuchs ihre Zahl in den 40ern sprunghaft an, und er war in nahezu jedem Magazin präsent. Die bedeutendste Geschichte dieser Zeit und vielleicht seine interessanteste Einzelstory überhaupt war »Time Wants A Skeleton« (1941). Aus gesundheitlichen Gründen erschienen in den frühen 50ern nur wenige Stories, und schließlich beendete »Winner Take All« (1954) seine erste Schaffensperiode. Nach einer Pause von anderthalb Jahrzehnten kehrte er wieder zur Szene zurück und verfaßte einige recht bemerkenswerte Stories für **GALAXY** und diverse Anthologien. 1973 veröffentlichte ACE zwei Bücher von ihm: »The Men and the Mirror«, eine Sammlung seiner »Colby & Deverel«-Geschichten, und »The Sun Destroyers«, ein aus vier Stories seiner

»Daughters of Darkness«-Serie bestehender Episodenroman. Zum Leidwesen seiner Leser verabschiedete sich Rocklynne 1975 mit der Story »Emptying the Plate« endgültig von der Science Fiction.

Am 30. Oktober 1988 starb **John Myers Myers,** der Autor des Fantasy-Klassikers »Silverlock«, nach langer schwerer Krankheit im Alter von 82 Jahren. Schon als Kind hatte er den Entschluß gefaßt, Schriftsteller zu werden, und machte seine ersten diesbezüglichen Gehversuche bereits während seiner Schul- und Studienzeit. Sein erster Roman, »The Harp and the Blade« erschien 1941 und war der erste von etlichen historischen Romanen wie »Out on Any Limb« (1942), »The Wild Yazoo« (1947) und »Dead Warrior« (1956). Seine Begeisterung für den Wilden Westen und dessen Helden und Schurken fand ihren Niederschlag in Büchern wie »The Alamo« (1948), »The Last Chance: Tombstone's Early Years« (1950), »Doc Holliday« (1955), »The Death of the Bravos« (1962) und »Print in a Wild Land« (1967), die ihm den Ruf einbrachten, ein Experte auf diesem Gebiet zu sein. 1949 erschien dann sein Meisterwerk »Silverlock«, ein Bildungsroman, in dem ein Schiffbrüchiger auf dem Commonwealth of Letters (dt. der Insel Literaria) landet und dort auf Figuren aus Geschichte, Märchen und Sage trifft. 1981 folgte ein weiteres literarisch ambitioniertes Fantasy-Abenteuer, »The Moon's Fire-Eating Daughter«, das aber bei weitem nicht die Popularität erreichte wie »Silverlock«, eines der raren Kleinodien der Fantasy-Literatur.

John W. Wall, der seine phantastischen Texte unter dem Pseudonym **Sarban** veröffentlichte, starb am 11. April 1989. Er war 78 Jahre alt. Der britische Diplomat veröffentlichte unter diesem Pseudonym drei Bücher: den Alternativwelt-Roman »The Sound of His Horn« (1952), in dem die Deutschen den 2. Weltkrieg gewonnen haben und Menschenjagden organisieren, sein wohl bekanntestes Werk; und die Storysammlungen »Ringstones and Other Curious Tales« (1951) und »The Doll Maker and Other Tales of the Uncanny«, die zu unrecht beinahe schon in Vergessenheit geraten sind.

Daphne du Maurier starb am 19. April 1989 nach kurzer Krankheit im Alter von 81 Jahren. Ihr erster Roman, »The Loving Spirit«, erschien 1931. Mit Romanen wie »Rebecca« (1938) und »My Cousin Rachel« war sie ein Pionier des Schauerromans, der modernen Gothic Novel. Sie schrieb eine Anzahl von phantastischen und Horror-Geschichten, von denen »The Birds« und »Don't Look Now« am bekanntesten sind; beide wurden auch verfilmt. Ihre Kurztexte sind in den Collections »The Apple Tree« (1952; auch: »Kiss Me Again, Stranger«), »Not After Midnight and Other Stories« (1971; auch: »Don't Look Now«) und »Echoes From the Macabre: Selected Stories« (1976) gesammelt. Unter ihren 29 Romanen befinden sich auch zwei SF-Romane: »The House on the Strand (1968), in dem mit Hilfe einer Droge eine Zeitreise gemacht wird, und »Rule Britannia« (1971), in dem die US-Truppen Cornwall besetzen und sich die Einheimischen gegen die Invasoren zur Wehr setzen.

Der britische SF-Autor **William F. Temple** starb am 15. Juli 1989 im Alter von 75 Jahren. In den 30er Jahren war er aktiver SF-Fan, Mitbegründer der Science Fiction Association und zusammen mit Ted Carnell der Herausgeber des Fanzines **NOVAE TERRAE,** aus dem nach dem Krieg das legendäre **NEW WORLDS** wurde. 1935 gelang es ihm, eine Story an die Horror-Anthologie »Thrills« zu verkaufen, weitere Geschichten erschienen 1938 und 1939 in **TALES OF WONDER** und 1939 auch in **AMAZING,** darunter auch die Kurzgeschichte »The Four-Sided Triangle«. Während des Krieges gelang es ihm nach mehreren vergeblichen Versuchen, diese Geschichte um ein Mädchen, das von zwei Männern geliebt wird und deshalb verdoppelt werden soll, zu einem Roman zu erweitern; er erschien 1949 und ist sein bekanntester und auch bester. Er wurde auch verfilmt. In den Folgejahren veröffentlichte Temple an die hundert Stories in den diversen britischen SF-Magazinen, die dreibändige Jugendbuchserie »Martin Magnus« und SF-Abenteuer wie »The Automated Goliath« (1962), »Three Suns of Amara« (1962) und »Battle on Venus« (1963). »Shoot at the Moon« (1966) wurde für eine Verfilmung optioniert, der Film wurde aber nie gedreht. »The Fleshpots of Sansato« (1968) war eine spannende und bemerkenswerte Space Opera. In den frühen 70ern beendete er seine Laufbahn als Schriftsteller.

Auch 1987/88 wurden wieder die begehrten **Science Fiction- und Fantasy-Preise** verliehen.

Der **JOHN W. CAMPBELL MEMORIAL AWARD** für den besten SF-Roman des Jahres 1987 ging diesmal an Connie Willis für ihren Roman »Lincoln's Dream«. Die Autorin nahm den Preis am 16. Juli 1988 auf der University of Kansas in Lawrence persönlich in Empfang. Auf dem zweiten Platz landete »The Sea and the Summer« von George Turner, den 3. Platz konnte »The Unconquered Country« von Geoff Ryman erringen. Der JOHN W. CAMPBELL MEMORIAL AWARD wurde 1988 zum 15. Mal vergeben. Erst zum zweiten Mal verliehen wurde, ebenfalls in Lawrence, der **THEODORE STURGEON AWARD** für die beste Kurzgeschichte des Jahres 1987. Das Rennen machte »Rachel in Love« von Pat Murphy, den zweiten Platz teilten sich »Buffalo Gals, Won't You Come Out Tonight?« von Ursula K. LeGuin und »The Evening and the Morning and the Night« von Octavia Butler. Lobend erwähnt wurden »Dinosaurs« von Walter Jon Williams, »The Gift« von Pat Forde und »Heroics« von James Patrick Kelly. Auch Pat Murphy war bei der Preisverleihung anwesend.

Die Leser des Fachblatts **SCIENCE FICTION CHRONICLE** vergaben für 1987 die **7th ANNUAL SFC READER AWARDS,** die in der Ausgabe 9/1988 präsentiert wurden. Beim ROMAN gewann »The Urth of the New Sun« von Gene Wolfe (vor »Swordspoint« von Ellen Kushner und »When Gravity Fails« von George Alec Effinger), bei der NOVELLE »The Secret Sharer« von Robert Silverberg (vor »The Blind Geometer« von Kim Stanley Robinson und »The Tale of Rumor and Desire« von Samuel R. Delany), bei der ERZÄHLUNG »The Evening and the Morning and the Night« von Octavia Butler (vor »Rachel in Love« von Pat Murphy und »Schwarzschild

Radius« von Susan Shwartz), und bei der KURZGESCHICHTE »The Circular Library of Stones« von Carol Emshwiller (vor »Forever Yours, Anna« von Kate Wilhelm und »Angel« von Pat Cadigan).

Die Gewinner der **HUGO GERNSBACK AWARDS 1988** wurden auf dem 46. SF-Weltcon ermittelt, der vom 1.—5. September 1988 in New Orleans abgehalten wurde und als **Nolacon II** in die SF-Geschichte eingehen wird. Zum besten Roman wurde »The Uplift War« von David Brin gewählt, bei der Novelle landete »Eye for Eye« von Orson Scott Card, bei der Erzählung »Buffalo Gals, Won't You Come Out Tonight« von Ursula K. LeGuin und bei der Kurzgeschichte »Why I Left Harry's All-Night Hamburgers« von Lawrence Watt-Evans jeweils auf Platz Eins. Zum besten Sachbuch wurde der Bildband »Michael Whelan's Works of Wonder« gekürt.

Den **JOHN W. CAMPBELL AWARD,** der dem besten Nachwuchsautor verliehen wird, konnte Judith Moffett erringen.

Die Preisträger der **WORLD FANTASY AWARDS 1988** wurden am 30. September 1988 auf dem traditionellen Bankett, das diesmal in der Ramada Inn West in London, England abgehalten wurde — es war das erste Mal, daß der Fantasy-WorldCon nicht in Nordamerika stattfand — bekanntgegeben. In der Kategorie ROMAN gewann »Replay« von Ken Grimwood, bei der ERZÄHLUNG war »Buffalo Gals, Won't You Come Out Tonight« von Ursula K. LeGuin und bei der KURZGESCHICHTE war »Friend's Best Man« von Jonathan Carroll erfolgreich. Den ersten Platz in der Kategorie STORY-SAMMLUNG belegte die Collection »The Jaguar Hunter« von Lucius Shepard, bei der ANTHOLOGIE gab es gar zwei Sieger: »The Architecture of Fear«, hrsg. von Kathryn Cramer & Peter D. Pautz und »The Dark Descent«, hrsg. von David G. Hartwell. Für sein LEBENSWERK wurde Everett F. Bleiler ausgezeichnet und einen SONDERPREIS erhielt David G. Hartwell. Die Preisträger wurden von einer Jury ermittelt, die sich diesmal aus Mike Ashley, Scott Baker, R. S.

Hadji, Maxim Jakubowsli und Donald A. Wollheim zusammensetzte. Der Jury für den **WFA 1989** gehören Ed Bryant, Susan Allison, Lisa Goldstein, Peter Dennis Pautz und Jon White an.

Auf dem Nolacon II, dem 46. SF-WorldCon, wurde auch der Gewinner des von der Libertarian Futurist Society verliehenen **PROMETHEUS AWARD 1988** bekanntgegeben. Den Preis errang »The Jehovah Contract« von Victor Koman. Zu den Finalisten für diese Auszeichnung hatten auch »The Way of the Pilgrim« von Gordon R. Dickson, »Circuit Braker« von Melinda Snodgrass, »First Citizen« von Thomas T. Thomas und »The Uplift War« von David Brin gehört.

Der Gewinner des **PROMETHEUS HALL OF FAME AWARD 1988** wurde ebenfalls dort bekanntgegeben. Es war dies »The Stars My Destination« von Alfred Bester.

Den **PHILIP K. DICK MEMORIAL AWARD 1989** für den besten SF-Roman als Originalveröffentlichung im Taschenbuch teilten sich »Wetware« von Rudy Rucker und »400 Billion Stars« von Paul J. McAuley. Die Gewinner wurden auf dem Norwescon 11 am 26. März 1989 bekanntgegeben. Für Rudy Rucker war es der zweite DICK AWARD seiner Karriere: 1983 hatte er ihn für »Software« erhalten, zu dem »Wetware« eine Fortsetzung darstellt. »400 Billion Stars« war der erste Roman des Briten McAuley; mittlerweile hat er eine Fortsetzung dazu verkauft. Nominiert waren für diesen Preis noch »Orphan of Creation« von Roger MacBride Allen, »Neon Lotus« von Marc Laidlaw, »Becoming Alien« von Rebecca Ore und »Rendezvous« von D. Alexander Smith.

Auf dem Balticon wurde am 23. März 1989 der Preisträger des **CROMPTON COOK AWARD 1988** für den besten Romanerstling bekanntgegeben. Diesmal erhielt den Preis — er besteht aus einer Urkunde und einem Scheck über 500 Dollar — Elizabeth Moon für »Sheepfarmer's Daughter«. Über sechzig Romanerstlinge standen zur Wahl.

Die Preisträger der **NEBULA AWARDS 1989** wurden auf dem 24. Nebula Award Bankett, das am 22. April 1989 in New York über die Bühne ging, präsentiert. Die Gewinner waren: In der Kategorie ROMAN »Falling Free« von Lois McMaster Bujold, bei der NOVELLE »The Last of the Winnebagos« von Connie Willis, in der Kategorie ERZÄHLUNG »Schroedinger's Kitten« von George Alec Effinger und bei der KURZGESCHICHTE »Bible Stories for Adults, No. 17: The Deluge« von James Morrow.

Der GRAND MASTER AWARD ging diesmal an Ray Bradburry.

»Walkabout Woman« von Michaela Roessner-Herman gewann den **WILLIAM CRAWFORD AWARD 1989,** der jährlich von der ›International Association for the Fantastic in the Arts‹ für den ersten Fantasy-Roman eines Autors verliehen wird. Auf den Plätzen 2 bis 5 landeten »Deserted Cities of the Heart« von Lewis Shiner, »Dragon Prince« von Melanie Rawn, »Sheepfarmer's Daughter« von Elizabeth Moon und »Second Sight« von Mary Tannen.

Zum zweiten Mal wurden die von der Amerikanischen Horror-Autorenvereinigung, den Horror Writers of America, die **BRAM STOKER AWARDS** vergeben. Die Preisträger des Jahres 1989 wurden auf dem Bankett, das am 17. Juni 1989 in New York abgehalten wurde, bekanntgegeben. Es waren »The Silence of the Lamb« von Thomas Harris beim ROMAN, »The Suiting« von Kelley Wilde beim ERSTLINGS-ROMAN, »Orange is for Anguish, Blue for Insanity« von David Morrell bei der ERZÄHLUNG, »Night They Missed the Horror Show« von Joe R. Lansdale bei der KURZGESCHICHTE, »Charles Beaumont: Selected Stories« von Charles Beaumont bei der STORYSAMMLUNG. Für ihr LEBENSWERK wurden Ray Bradbury und Ronald Chetwynd-Hayes ausgezeichnet.

In der Augustnummer von **LOCUS** wurden die Gewinner des **LOCUS AWARD 1989** bekanntgegeben. Als bester SF-

Roman wurde »Cyteen« von C. J. Cherryh ausgezeichnet, als bester Fantasy-Roman »Red Prophet« von Orson Scott Card, als bester Horror-Roman »Those Who Hunt the Night« von Barbara Hambly, während als bester Roman-Erstling »Desolation Road« von Ian McDonald gewählt wurde. Als bester Non-Fiction-Titel schnitt »First Maitz« von Don Maitz ab. In der Kategorie Novelle wurde »The Scalehunter's Beautiful Daughter« von Lucius Shepard erster, als beste Erzählung wurde »The Function of Dream Sleep« von Harlan Ellison und als beste Kurzgeschichte »Eidolons« von Harlan Ellison gewählt. »Angry Candy« von Harlan Ellison galt den meisten als beste Story-Collection eines Autors, und als beste Anthologie des Jahres »Full Spectrum«, die Lou Aronica & Shawna McCarthy herausgaben. Als bester Künstler wurde wieder einmal Michael Whelan, als bestes Magazin **ISAAC ASIMOV'S SCIENCE FICTION MAGAZINE,** als bester Herausgeber Gardner Dozois und als bester Verlag Tor/St. Martin's gewählt.

Große Probleme gab es bei der Endausscheidung zum **HUGO GERNSBACK AWARD 1989.** Da von einer Gruppierung mittels Blockwahl aus bisher noch unbekannten Gründen versucht wurde, die Zusammensetzung des Wahlzettels zur Finalrunde in ihrem Sinne zu beeinflussen, wurden die bereits bekanntgegebenen Finalisten nachträglich korrigiert. Wie die darauf folgende Auseinandersetzung ausgehen wird, und ob es noch weitergehende Änderungen geben wird, war zu Redaktionsschluß noch nicht bekannt. Laut letzten Informationen gelangten also folgende Titel in die Finalrunde: »Falling Free« von Lois McMaster Bujold, »Red Prophet« von Orson Scott Card, »Cyteen« von C. J. Cherryh, »Mona Lisa Overdrive« von William Gibson und »Islands in the Net« von Bruce Sterling beim ROMAN; »The Calvin Coolidge Home for Dead Comedians« von Bradley Denton, »The Scalehunter's Beautiful Daughter« von Lucius Shepard, »Journals of the Plague Years« von Norman Spinrad, »Surfacing« von Walter Jon Williams und »The Last of the Winnebagos« von Connie Willis bei der NOVELLE;

»Ginny Sweethip's Flying Circus« von Neil Barrett jr., »Schroedinger's Kitten« von George Alec Effinger, »The Function of Dream Sleep« von Harlan Ellison, »Peaches for Mad Molly« von Steven Gould und »Do Ya, Do Ya, Wanna Dance« von Howard Waldrop bei der ERZÄHLUNG; »The Giving Plague« von David Brin, »Stable Strategies for Middle Management« von Eileen Gunn, »Ripples in the Dirac Sea« von Geoffrey A. Landis, »Kirinyaga« von Mike Resnick und »Our Neural Chernobyl« von Bruce Sterling bei der KURZGESCHICHTE.

Für den **JOHN W. CAMPBELL AWARD** wurden P. J. Beese & Todd Cameron Hamilton, Christopher Hinz, Melanie Rawn, Michaela Roessner, Kristine Kathryn Rusch, William Sanders und Delia Sherman nominiert.

ÜBER SCIENCE FICTION

Wiedersehen mit dem Cyberpunk

von Norman Spinrad

In der Mai-Nummer von 1986 von »Isaac Asimov's Science Fiction Magazine« veröffentlichte ich eine Kolumne unter dem Titel »Die Neuromantiker«* über die damals im Werden begriffene Cyberpunk-Bewegung und versuchte nebenbei, das Ganze umzutaufen, was sich, wie wir alle wissen, als völlig fruchtlos erwies.

Seither heimste freilich William Gibsons *Neuromancer,* der Roman, mit dem alles begann, einen Haufen Preise ein, kauften Cabana Boys Productions die Filmrechte und machten viel Geld locker, um den Roman, seinen Autor und das Cyperpunk-Konzept zu promoten. Artikel erschienen in so unterschiedlichen Blättern wie dem *Rolling Stone* und dem *Wall Street Journal,* und Cyberpunk wurde zur ersten, ausgewachsenen literarischen Bewegung in der SF seit der New Wave der 1960er und zur allerersten überhaupt, die auch außerhalb der SF beim allgemeinen Publikum Beachtung fand.

Mittendrin wurde eine echte Bewegung daraus. Sie bekam ihren Cheftheoretiker in der Person von Bruce Sperling. Sie brachte eine kritische Zeitschrift namens *Cheap Truth* hervor. Sie verdichtete sich zu einem harten Kern von Autoren, die sich selbstbewußt für *die* Bewegung hielten und zeitweise schlicht als diese firmierten: Gibson, Sterling, John Shirley, Rudy Rucker, Lewis Shiner.

---

* Der Aufsatz erschien deutsch als Nachwort zu dem Roman *Neuromancer* von William Gibson (HEYNE SCIENCE FICTION & FANTASY, Band 06/4400), München 1987.

Dann versuchte zumindest Gibson, die Führerschaft über eine solche Bewegung von sich zu weisen. Rucker veröffentlichte ein, zwei tolle Manifeste und erklärte darin, er wolle eine Freeform-Bewegung gründen, *Cheap Truth* wurde eingestellt, Sterling verlegte sich darauf zu verkünden, er sei schlicht und ergreifend ein Science Fiction-Autor; Cyberpunk wurde von den einen für tot erklärt, während von anderen zu hören war, er habe nie existiert.

Und all das im Laufe von fünf Jahren! Puh!

Was war eigentlich geschehen?

Hat die Bewegung je existiert?

Wenn nicht, was hatte es dann mit dem ganzen Cyberpunk-Tohuwabohu auf sich?

Wenn schon, ist der Cyberpunk dann tot?

Wenn er tot ist, was ist dann gestorben, und hat der Wegfall einen dauerhaften Einfluß hinterlassen?

Der jetzige Zeitpunkt erscheint mir günstig, kurz innezuhalten für eine Rückschau und Vorschau, um zu ergründen, was es damit auf sich hatte, denn 1988 — vier Jahre seit dem Erscheinen von *Neuromancer,* mit dem alles begann — haben alle fünf eingeschworenen Movement-Autoren neue Romane veröffentlicht, die als Werk von Verfassern, die sich unlängst noch als eine Bewegung bezeichnet haben, erstaunlich, vielleicht sogar unglaublich unterschiedlich ausgefallen sind.

Von den fünfen sind nur William Gibsons *Mona Lisa Overdrive* und mit viel Phantasie vielleicht auch Rudy Ruckers *Wetware* als etwas Cyberpunkmäßiges wiederzuerkennen. John Shirleys *A Splendid House,* Bruce Sterlings *Islands in the Net* und Lewis Shiners *Deserted Cities of the Heart* sind nicht nur weit vom Cyberpunk entfernt, sondern unterscheiden sich nachhaltig vom bisherigen Werk der jeweiligen Autoren.

Wenn *Mona Lisa Overdrive* kein Cyberpunk-Roman ist, dann ist oder wäre kein anderes Werk Cyberpunk, ist es doch die Fortsetzung zu *Count Zero,* das wiederum die Fortsetzung zu *Neuromancer* war, dem Archetypus, mit dem alles anfing.

Gibson führt hier grandios seine sämtlichen Stärken als Autor und insbesondere als Science Fiction-Autor vor. Die Treffsicherheit, mit der er den Leser rasant durch wenige wohldosierte, multisensorische Eindrücke in eine Szenerie versetzt. Die Spitzfindigkeit, mit der er fremde Schauplätze an den Leser bringt, ob er sie nun persönlich besucht hat oder nicht, und die Detailfülle und Überzeugungskraft, mit der er deren soziale und kulturelle Zukunft aus bodenständiger Perspektive zeichnet. Die lebensechten, glaubwürdigen Dialoge. Die abgerundeten Charaktere aus verschiedensten sozialen Schichten. Und während der Anspruch einiger weniger, seine Beschwörung des »Cyberspace« sei kaum die eines kultivierten Hackers, hier nicht widerlegt wird, beweist Gibson wieder einmal, daß er in Neurochemie und Psychopharmalogie firm ist.

Aus dieser Sicht ist *Mona Lisa Overdrive* ein weiteres Bravourstück.

Aber das ist auch der Nachbau des Eiffelturms aus Zündhölzern, was sagen will, daß, mag die vorgeführte technische Beherrschung des Mediums auch beeindruckend sein, die Bedeutung der künstlerischen Leistung doch gravierend geschmälert wird durch den Gehalt.

Das Problem dabei ist natürlich, daß *Mona Lisa Overdrive* der dritte Band einer Trilogie ist. *Neuromancer* hatte größtenteils deshalb so eine Wirkung, weil das, was Gibson machte, so frisch und neu war: die Einstellung zur Technologie auf Straßenebene, die Verschmelzung von Unterklasse mit Hacker, das City-Hopping, der japanische Einfluß, die Straßenmentalität in Kombination mit Intellektualismus, das Aufeinanderprallen von Charakteren unterschiedlicher Klassen. Zwei Bücher später in der gleichen Welt kann das originellste Milieu nur vertraut wirken.

Schlicht darum kann die denkbar beste Welt-Erschaffung, verbunden mit der fähigsten, kraftvollsten Schreibe den zweiten und dritten Band einer Trilogie einfach nicht erfolgreich tragen. Nur zwei Elemente vermögen dies, falls es überhaupt machbar ist: Charaktere und Story.

Und das beschert dem besten Autor eine paradoxe Wahl

an Mitteln. Wenn er beschließt, eine powervolle, gut strukturierte Geschichte zu erzählen, die die ganze Trilogie überbrückt, so wird keiner der einzelnen Romane formal komplett sein und kann nur der letzte einen wirklich befriedigenden Schluß bringen. Wenn er sich entscheidet, drei überzeugende, in sich abgeschlossene Stories zu erzählen, so müßten diese wohl auf bleibende Charaktere aufgebaut sein, die die Trilogie tragen, und in der Richtung lauert die Gefahr, zur literarischen TV-Serie abzugleiten.

Man muß Gibson zugute halten, daß er dieses Risiko wohl erkannt hat, und was er in *Count Zero* und *Mona Lisa Overdrive* getan hat, fällt unter eine Form-Strategie, die höchst selten angewandt wird und die nur Cordwainer Smith mit Erfolg — zumindest innerhalb der SF — praktiziert hat.

Faktisch alles, was Cordwainer Smith schrieb, war in der gleichen komplexen, faszinierenden Zukunft angesiedelt. Er schrieb lediglich einen einzigen Roman, und der war eher Flickwerk. Seine Hauptform blieb der Kurzroman. Jeder Kurzroman aus seiner Feder erzählte eine völlig autarke Geschichte, und meist eine nicht ohne Kraft. Was sein Œuvre größer als die Summe seiner Teile machte, ist eben das, was es davor bewahrte, zur wiederholungsträchtigen Fortsetzung zu geraten, die einfach im selben Universum spielt. Jede Erzählung war in sich abgeschlossen, wies eigene Charaktere, eine in sich schlüssige Fabel und einen befriedigenden Schluß auf, aber viele Stories waren mannigfaltig und eigenartig miteinander verwoben. Die zentrale Fabel einer Erzählung tauchte etwa in einer anderen als alte Sage wieder auf. Die Hauptfigur einer Erzählung gab sich in einer anderen etwa als Kamee ein Stelldichein. Ein ehemaliger Speerträger wurde etwa zum Star und umgekehrt. Die gleichen Ereignisse wurden etwa durch geänderte moralische Couleurs konjugiert.

Was Smith mit einer ganzen Reihe von Erzählungen machte, versuchte Gibson mit einer Roman-Trilogie. In *Count Zero* behielt er das Milieu von *Neuromancer* bei, griff auf einige Charaktere zurück, aber stellte eine neue Personenkonstellation in den Vordergrund und wiederholte dies bei *Mona Lisa Overdrive.* So wird beispielsweise auf Case, Hauptperson in *Neuromancer,* nur mehr in einem flüchtigen Nebensatz hingewiesen in *Mona Lisa Overdrive.* Bobby, »Count Zero« und Held des gleichnamigen Buchs, liegt in *Mona Lisa Overdrive* hauptsächlich komatös darnieder. Molly, Cases Ladylove in *Neuromancer,* kommt als Sally zurück, während ganz neue Figuren zentrale Handlungsträger des dritten Romans sind.

Um das Ganze sowohl interessant als auch beträchtlich konfuser zu machen, haben die protoplasmatisch Verblichenen den Cyberspace, so daß wichtige Figuren wie 3Jane und der Finne aus den beiden ersten Büchern der Trilogie in *Mona Lisa Overdrive* tot sind — quasi tot zumindest.

Von der Form her hat dies recht große Ähnlichkeit mit Cordwainer Smith, von zwei wesentlichen Unterschieden abgesehen. Ganz klar versucht Gibson, mit drei Romanen zu bewerkstelligen, was Smith mit einer langen Reihe von Erzählungen erreicht hat. Und was Smiths lose Folge von Erzählungen zu einem meisterlichen Gesamtwerk geraten ließ war die fehlende Reihenfolge.

Was heißt, man könnte die drei Romane in jeder x-beliebigen Reihenfolge lesen. Man müßte keine zuerst gelesen haben, um mit einer anderen etwas anfangen zu können. Je mehr man liest, desto besser werden die nächsten wegen der zugrundeliegenden Resonanz, aber diese Wirkung tritt ganz unabhängig von der Reihenfolge ein, in der man beim Lesen vorgeht. Smith schaffte es, das Ganze eigenständig zu gestalten.

Anders bei Gibson.

Ich habe *Neuromancer, Count Zero* und *Mona Lisa Overdrive* in der richtigen Reihenfolge gelesen, und trotzdem bleibt die Fabel für mich dermaßen rätselhaft, daß es vergebliche Liebesmüh' wäre, wollte ich mich auch nur daran versuchen, sie zusammenzufassen. Weit weniger problematisch wäre das für *Neuromancer* und *Count Zero,* aber auch nicht ohne. Was jemand, der die beiden ersten Bände nicht gelesen hat, mit *Mona Lisa Overdrive* anfangen könnte, ist schwer zu sagen. Aber ich habe das unbehagliche Gefühl, ein solcher Leser würde das Buch schließlich in die Ecke feuern.

Wie in *Count Zero* baut Gibson geschickt eine komplexe eigene Handlung auf mit einer Mischung alter und neuer Charaktere, eine multi-perspektivische Handlung, die sich durch etwa zwei Drittel des Romans zu einer gemeinsamen Lösung verdichtet. Wie in *Count Zero* kann der Leser, der sonst nichts von Gibson kennt, *Mona Lisa Overdrive* als eigenständigem Roman viel abgewinnen, wie auch derjenige, der mit dem, was bisher geschehen ist, vertraut ist, nicht durch Wiederholung gelangweilt wird. Mehr kann man von einer Trilogie nicht verlangen.

Im Schlußteil von *Mona Lisa Overdrive* hingegen entwirrt Gibson allmählich den Knoten. 3Jane oder ihr kybernetischer Geist aus den beiden ersten Bänden entpuppt sich als Drahtzieher hinter den komplexen, skrupellosen Intrigen, und wenn man die ersten beiden Romane nicht gelesen hat, ist es praktisch unmöglich, zu erkennen, wer oder was sie ist und was da vor sich geht. Der Finne, noch so ein Software-Gespenst aus den ersten Bänden, spielt eine Schlüsselrolle. Bobby, der in *Mona Lisa Overdrive* nicht mehr wach wird, und Angie, seine Geliebte aus *Count Zero,* gehen gemeinsam in eine Art Software-Himmel ein, was beim Leser als großes Finale auf sehr wenig Resonanz stößt, kennt man *Count Zero* nicht; zudem bleibt die ganze Sache mit den Voodoo-Geistern hoffnungslos obskur.

Deus ex machina! In *Mona Lisa Overdrive* macht Gibson buchstäblich und mehrfach von solchen urplötzlichen Konfliktlösungen Gebrauch. So enden Roman und Trilogie mit drei kybernetischen Geistern auf dem Weg zum Cyberspace jenseits unseres Sonnensystems.

Was ging schief? Warum wurde ein so guter Autor wie Gibson nicht fertig mit der Form, die Smith so vortrefflich bewältigte?

Nun, zum einen arbeitete Smith mit viel kürzeren Texteinheiten und viel mehr davon — drei Romane sind nicht Dutzende von Erzählungen. Zum andern weist die Form, die

Smith und Gibson benutzten, einen entscheidenden Unterschied auf.

Smiths Serie hatte einen offenen Schluß, war eigenständig und nicht-linear. Er schuf ein widerspruchsfreies Universum, und viele der Geschichten, die er darin ansiedelte, erzielten durch die andern eine Resonanz; gleichwohl gab es keine Hintergrundgeschichte, die der Leser kennen mußte. Smiths Œuvre wirkt wie eine Fuge oder — wie einige Kritiker gesagt haben — wie eine gewaltige Wagneroper reich an Leitmotiven.

Gibson hingegen schrieb eindeutig eine lineare Trilogie oder wohl eher zwei Fortsetzungen auf einen ursprünglich als solchen betrachteten Einzelroman. Die Form-Strategie, die er einsetzte, um *Count Zero* auf eigene Beine zu stellen, aber *Neuromancer* mitschwingen zu lassen, funktionierte recht gut, aber als er zu *Mona Lisa Overdrive* kam, wurde das Vorgehen notgedrungen ein zweites Mal wiederholt, die Resonanz ließ nach und das Gewicht der Backstory lastete überschwer auf dem Buch. Wäre *Mona Lisa Overdrive* als eigenständiger Roman gelungen, hätte es keinen befriedigenden Schluß für die Serie liefern können, aber indem er der Serie einen befriedigenden Schluß geben wollte, rückte Gibson mit seiner Auflösung gefährlich nahe an die Grenze heran, wo für jeden, der die beiden ersten Bände nicht gelesen hat, die Erklärung in bloßes Geschwätz abgleitet.

Was folgt daraus bezüglich Cyberpunk? Nun, zumindest folgt daraus wohl, daß William Gibson gut daran getan hat, die Führerschaft über eine solche Bewegung bei diesem Stand der Dinge auszuschlagen. Es wäre tragisch, bliebe ein stilistisch so begabter, abgerundeter und intellektueller Autor wie Gibson an so etwas hängen, um ewig und drei Tage und immer dürftiger wiederzukäuen, womit er sich ursprünglich seinen Ruf erworben hat, was so viele Science Fiction-Autoren getan haben. Man muß ihm zugute halten, daß er, was vielleicht auch zu seiner literarischen Rettung beitragen mag, im Gegensatz zu vielen Kollegen in ähnlicher Position nach eigener Aussage darum weiß.

Ebenso abgewandt von der Bewegung hat sich Rudy Rucker und erklärt, er schreibe »Freeform«, nicht Cyberpunk. Nachdem ich einige seiner Verlautbarungen zu diesem Thema gelesen hatte, war mir immer noch recht unklar, was, zum Teufel, er darunter versteht, aber nach dem Lesen von *Wetware* war mein Hirn, Gott steh mir bei, vielleicht dermaßen ausgebrannt, daß ich allmählich durchstieg.

Wetware ist ebenso eine Fortsetzung, in dem Fall zu *Software,* aber in dem Fall scheint das überhaupt keine Rolle zu spielen, da so viel passiert, daß es wohl unwichtig ist, ob man die Vorgeschichte kennt.

Dabei fällt mir ein Satz aus Alexei Panshins kritischem Buch *Science Fiction in Dimension* ein. In Zukunft, sagte Panshin voraus, werden die Leute »Science Fiction schreiben, die *weiß,* daß sie Science Fiction ist«.

Und das trifft wohl haargenau auf Rudy Rucker zu.

Die Handlung von *Wetware* erinnert an Henry Kuttner alias Lewis Padgett oder den reifen Robert Sheckley oder den rasantesten Philip K. Dick.

In *Software* erreichten die »Bopper« (Roboter) Selbst-Bewußtsein, befreiten sich aus der Knechtschaft der Menschen und großen Bopper (Großrechner, die viele Roboter steuerten), lernten sich zu reproduzieren, errichteten ihre Stadt Disky auf dem Mond, verloren sie an die Menschen und zogen sich ins unterirdische Nest zurück.

In *Wetware* versuchten die Bopper, »meatbops« zu erschaffen, protoplasmatische Menschen mit Bopper-Software, um die Erde zu erobern und die beiden Spezies zu verschmelzen. Ein Bopper namens Berenice benutzt einen »meatie«, um Delia Taze einen »meatbop«-Embryo einzupflanzen, während sie im Merge-Sumpf steckt, was sie veranlaßt, vom Mond aus ins Elternhaus in Louisville zu fliehen, wo Manchile geboren wird und eine neue Religion gründet. Auf dem Mond wird mittlerweile der Privatdetektiv Stahn Mooney von Delia Tazes Boss Max Yukawa, der ein illegales Drogenlabor betreibt, beauftragt, sie zu finden, während Emul, ein anderer Bopper, der nach Berenice schmachtet, Darla mit einem weiteren »meatbop«-Embryo schwängert und ihr Freund Whitey …

Genug, man sieht jedenfalls, wie's läuft, und das ist die Handlung, die längst nicht das Wesentliche an *Wetware* ausmacht. Der Stoff ist unheimlich dicht, und mit »dicht« meine ich nicht doof. Rucker verkompliziert die Handlung reichlich mit Detailfreude und Erfindungsreichtum.

Die Bopper implantieren elektronische »Ratten« ins menschliche Gehirn, um ferngesteuerte »meaties« zu erzeugen. Sie reproduzieren den eigenen Körper alle zehn Monate. Sie nehmen eine psychedelische Bopper-Droge namens »dreak«. Die Menschen verbinden sich zu protoplasmatischen Pfützen mittels einer Droge namens »Merge«. Manche Bopper wählen eine Sprache wie Edgar Allan Poe, andere wie Kerouac. Delias Eltern in Louisville sind ausgesperrte Junkies. Manchiles einziger überlebender Nachkomme auf Erden vertilgt einen Nachtwächter und kriegt die Hoden abgeschossen. Die Bopper treiben einen blühenden Organhandel mit den Menschen. Zu diesem Zweck züchten sie Menschen in »pink tanks«. Ein Standard-Erbtypus ist Stahn Mooneys tote Frau Wendy. Die Flimmerbeschichtung, mit der die Bopper bedeckt sind und mit der sie teilweise kommunizieren, entwickelt sich schließlich zu einer eigenen künstlichen Spezies … und so weiter und so fort ohne Ende …

Wer das für Satire hält, irrt. Nicht, daß es nicht viel zu lachen gäbe in *Wetware,* aber Rucker zieht das alles nicht unbedingt wegen der Lacher auf, ganz gleich wie sich eine Inhaltsangabe anhört. Auf dem Backcover tönt es: »IRR. VERRÜCKT. WAHNSINN. PARANOID«, und all das stimmt, aber ist nur ein Aspekt.

Zum einen kennt sich Rucker in »science und technology« aus und macht Gebrauch davon. All dieses wirre Zeug wird plausibel dargelegt und mit einer gewissen schrägen Wahrscheinlichkeit. *Wetware* fehlt das realistische Empfinden, das konventionelle »hard science fiction« vermittelt, weil die Vorgänge und die geschilderte Welt dermaßen abwegig sind, aber »science« und »technology« sind gesund entwickelt, so daß die gesamte Welt glaubwürdig zusammenhängt. Die Charaktere sind echte Menschen mit komplexem Innenleben, keine Cartoons. Der Schluß ist recht ergreifend und romantisch.

Science Fiction, die weiß, daß sie Science Fiction ist.

Science Fiction, die auf alle Fälle nicht bestrebt ist, in die Mainstream-Leserschaft überzugreifen. Wer nicht mit Science Fiction vertraut ist, für den bleibt *Wetware* nahezu unverständlich, und sollte dies Rucker potentielle Leser kosten, so gewinnt er dafür die Freiheit, die ganze Palette an sf-eigenen Möglichkeiten einzusetzen.

Science Fiction, die aber auch in herkömmlichem Sinn weder satirisch noch realistisch oder recht surrealistisch ist. Science Fiction, die auf eine eigene Realitätsebene aufgebaut ist, nämlich der Übereinkunft mit dem Leser, die besagt, daß er, sollte ihn der Autor überzeugen, daß das Geschehen wissenschaftlich denkbar wäre, dem Autor zubilligt, das Unerhörteste zu liefern.

Ist es das, was Rudy Rucker unter »freeform« versteht?

Ist das der Grund, warum er dem Cyberpunk abschwört?

Wenn ja, so verrät dies etwas recht Merkwürdiges über die Bewegung, zu deren hartem Kern Rucker unlängst noch gehörte, schrieb er doch schon immer so und ist *Software,* das angeblich zum harten Cyberpunk gehörte, stilistisch nicht von *Wetware* zu unterscheiden und sind beide Romane ultra-kybernetisch und punkig wie sonst was, was das Sex- und Drogenleben der sympathischen Protagonisten angeht.

Hat das zu bedeuten, daß es den Cyberpunk lediglich als Bewegung, das heißt als kleinen Freundes- und Kollegenzirkel gab? Ja und nein. Rucker erfüllt beispielsweise den Cyberpunk-Maßstab in *Software* und *Wetware,* was die Inhalte angeht, aber zugleich trifft zu, daß er stilistisch und nach dem Realitätsbezug schon immer »freeform« geschrieben hat.

Stimmt schon, in gewisser Hinsicht ist diese »freeform«-Schreibe auch nichts Neues, sondern bloß die Wiederkehr einer wichtigen traditionellen SF-Richtung, der Science Fiction, die immer gewußt hat, daß sie Science Fiction ist — SF im Sinne so unterschiedlicher Autoren wie Kuttner und Kendall Foster Crossen, Sheckley und Fritz Leiber, Jack Vance und Barrington Bailey, William Burroughs und Edgar Rice Burroughs, Philip K. Dick und William Tenn — Science Fiction, die schlicht als Science Fiction daherkommt, ausschließlich nach eigenen inneren Regeln aufgebaut ist und alle herkömmlichen Mittel des Genres akzeptiert und nach der eigenen literarischen Zielsetzung nutzt und deshalb als nicht unumstrittener traditioneller Kern der eigentlichen SF gilt.

Kann es sein, daß Cyberpunk und »Bewegung« im Grunde nur eine Neuauflage dieses traditionellen Genre-Kerns waren, eine Rückkehr zu und Rückbesinnung auf die Wurzeln aus der Perspektive der 1980er?

Man könnte sicherlich so argumentieren, zumal Rudy Rucker nicht der einzige Fall ist, kann doch ausgerechnet John Shirley mit seinem *A Splendid Chaos* als unerwartetes Paradebeispiel für die restaurierte gute alte Zeit dienen.

Der Roman steht einzigartig da in seinem Gesamtwerk; Lichtjahre trennen ihn in mehrfacher Hinsicht von jeglichem Cyberpunk.

Zeitgenössische Menschen werden von Alien-Maschinen gekidnapped und auf einen Planeten verschleppt, den sie als Fool's Hope synchronisieren und der weiß Gott wo liegt. Fool's Hope ist eine künstliche Welt. Die im Hintergrund agierenden Maschinen, die die Menschen »Meta« nennen, haben sie aus vielen ungleichen Landschaften zusammengeschustert, mit einer bizarren, tödlichen, ungesunden, tückischen und zuweilen auch gutartigen Flora und Fauna aus der gesamten Galaxis bestückt und dann viele Sapiens-Spezies hineingesetzt, um irgendeine Wechselwirkung zu erzielen, vielleicht aus irgendeiner perversen Laune heraus, wie wir etwa ein Aquarium mit tropischen Raub- und Beutefischen aufstellen oder fünfzehn untereinander feindselige Insektenarten in einen Ameisenhaufen werfen.

Um das Ganze interessanter zu gestalten, haben die Meta Entwicklungsstationen auf dem Planeten verteilt, wo ihre Versuchskaninchen nützliche Technologie erwerben können, vorausgesetzt, sie überleben sowohl die sadistisch feindselige Landschaft und die Beutezüge konkurrierender Spezies.

Um das Ganze noch aufwühlender zu gestalten, gibt es den Strom, einen Energiestrudel, der willkürlich über den Planeten streicht und jedes Lebewesen, das er trifft, zu einem Twist mutiert.

Der Großteil des Romans schildert eine Expedition aus verschiedenen Spezies zu einer Entwicklungsstation, eine pikareske Odyssee und Gralsuche eines interstellaren Häufleins in der großen alten Tradition.

Auch das ist Science Fiction, die weiß, daß sie Science Fiction ist, aber keineswegs »freeform«. Wie Rudy Rucker macht sich John Shirley einen Spaß daraus, und wie Rucker ist er unendlich erfinderisch. Aber er operiert auf einer etwas anderen Realitätsebene.

Shirley erfindet in *A Splendid Chaos* Dutzende von intelligenten Alien-Spezies, von bizarren Pflanzen und Tieren und verzerrten Landschaften ganz zu schweigen. Manches wirkt erschreckend oder eklig, manches wunderlich oder, ja, auch komisch, dennoch wird die Ausführung von einem gewissen Ernst, einer gewissen Schärfe getragen. Einerseits fällt es dem Leser schwer, ein solches Sammelsurium von Aliens ernst zu nehmen, aber Shirley erzählt eine ernste, vielschichtige Story und nimmt seine Charaktere, so auch die wichtigsten Aliens, recht ernst, so daß der Leser durchaus willens ist, es auch ernst zu nehmen.

Was der nicht unumstrittene ästhetische Zentraleffekt von traditioneller »hard core«-SF ist, wenn sie so gut geschrieben ist wie in *A Splendid Chaos.*

Was hat das mit Cyberpunk oder »Bewegung« gemein?

Die spontane Antwort lautet: rein gar nichts.

Jedoch ...

Einer der Gründe, warum *A Splendid Chaos* so gut wirkt, warum Shirley die Gratwanderung zwischen bizarrem Erfindungsreichtum und ernster Gefühlsbeteiligung des Lesers gelingt, ist genau dort zu suchen, wo der Roman gute alte »hard core«-Manier verläßt: die Wahl der Handlungsträger.

Anstelle der traditionellen Raumfahrer, Forscher, Wissenschaftler und heroischen Abenteurer, aus deren Sicht wir solche Geschichten normalerweise erleben, setzt Shirley normale Zeitgenossen auf Fool's Hope. Seine Hauptfiguren sind Rocker, die aus einer zur Punk Disco dekorierten New Yorker Straße von der Meta-Falle aufgesogen werden. Zero, der junge männliche Handlungsträger, ist einer davon, war angehender Filmemacher, als er verschleppt wurde. Indem Shirley uns traditionelle »hard core«-SF wider die Tradition durch aus dem Leben gegriffene Charaktere liefert, krempelt er alte Modelle um und schafft etwas Neues, Persönliches.

Was letztendlich haargenau das sein mag, was der Cyberpunk für die Science Fiction leisten könnte. Was sich in mancher Hinsicht als neue literarische Bewegung anließ und auf neue Theorien und Inhalte begründet schien, könnte sich gewissermaßen als eine Rückbesinnung auf die Wurzeln der SF und traditionellen Stoffe aus der geänderten Sicht der 80er erweisen.

Wovon sich die wichtigsten Anhänger momentan weniger zurückziehen, sondern modifiziert davon Gebrauch machen und ihr Werk um das bereichern, was sie dabei dazugelernt haben.

Denn falls es eine Cyberpunk-Bewegung gab, so lag eine ihrer Stärken darin, daß ihre wichtigsten Verfechter allesamt erkannten, wann es Zeit zum Absprung wurde; keiner blieb an der Ideologie kleben.

Bruce Sterling ist oder war — wie jeder, der sich dafür interessiert, weiß — Chefideologe des Cyberpunk und durch ein Pseudonym getarnter Herausgeber von *Cheap Truth.* Aber wenn man vielleicht von *The Artificial Kid* absieht, das freilich längst vor der Ankunft einer Cyberpunk-Bewegung geschrieben wurde, so ist keiner seiner Romane die literarische Umsetzung der Theorien, die er in der Einführung seiner *Mirrorshades*-Anthologie veröffentlichte oder in früheren Interviews äußerte.

Sogar der Chefideologe des Cyberpunk blieb nicht an der Ideologie kleben, und das ist als gutes Zeichen zu werten. In *Islands in the Net* scheint Sterling gar eine reformistische Haltung zu bestimmten schon traditionellen Movement-Thesen einzunehmen.

Ein warnendes Wort zu *Islands in the Net.* Der Roman

kommt sehr langsam in Gang. Es gab auf den ersten 60 Seiten oder so Momente, wo mich nur mein Vertrauen zu Sterling als interessanten Autor zum Weiterlesen bewegte. Das Buch hätte ungemein gewonnen, wenn die ersten 70 Seiten gnadenlos zusammengestrichen oder eine spätere Handlung vorgezogen und der langwierige Aufbau in Rückblenden abgehandelt worden wäre. Aber nicht verzagen. Es dauert lange, bis die Sache in Schwung kommt, aber dafür wird der geduldige Leser entschädigt.

Das »Netz« oder die »Matrix« oder »Cyberspace« oder wie auch immer genannt ist natürlich das zentrale Movement-Attribut: der elektronische Verbund von Datenbanken, durch den Kommunikation, TV-Programme, Geldtransfer und so weiter abgewickelt werden und der jetzt schon unser globales Dorf verknüpft und das in Zukunft noch stärker und zentralistischer tun wird.

Und das bleibt nicht ohne wirtschaftliche und politische Folgen, wie wir in Gibsons Trilogie und den ersten beiden Bänden von John Shirleys *Eclipse*-Trilogie und vielleicht am schlüssigsten in *Island in the Net* sehen. Transnationale Multis beherrschen die geographisch umschriebenen Nationalregierungen. Daten werden zum Hauptwelthandelsgut und der Datenklau oder die -unterschlagung zum modernen Kapitalverbrechen. Die nationale Loyalität schwindet, die Weltkulturen enden im globalen, gleichmacherischen Schmelztiegel. Es kreist ein gewisser cyberpunkmäßiger Zukunftskonsens ums Netz — ein transnationales, »high tech«-geprägtes, wirtschaftlich auf Daten gestütztes, elektronisches Weltdorf, an das selbst die Punker der Straßen angekoppelt sind.

Aber ...

Es gibt eine Mini-Story von Ray Bradbury, wo die USA nuklear angegriffen werden und die Amis auf der Flucht sind. Zwei mexikanische Tankwarte ihre Gringo-Kundschaft fragen, was los sei.

»Haben Sie nicht gehört«, bekommen sie zur Antwort. »Die USA wird bombardiert. Die Welt geht unter!« Und los brausen die motorisierten Amis.

Der eine Mexikaner sieht den andern baff an.

»Was reden die, wieso die *Welt*?«

Und das ist gewissermaßen, worum's in *Island in the Net* geht. Die im Titel genannten Inseln liegen zum Teil als echte geographische Eilande isoliert da wie Grenada und Singapur oder als geopolitische Inseln wie das von Dürre und Hunger geplagte Zentralafrika, die alle miteinander gemeinsam haben, daß sie Inseln der Dritten Welt sind, die im Netz der Ersten Welt zappeln.

Sterling geht hier etwas sehr Wichtigem auf den Grund, was der Cyberpunk und auch die Science Fiction allgemein im großen Ganzen üblicherweise ausgeklammert haben, daß nämlich das elektronisch verbundene Weltdorf, das daraus hervorgehende transnationale Datennetz samt der entsprechenden Datenwirtschaft, die schöne neue postnationale Welt, wo jeder bei jedem und allem eingesteckt ist, höchstwahrscheinlich eine große Show allein der Ersten Welt sein wird.

Kultur und Wirtschaft des Netzes umschließen und *beherrschen* die Welt, aber eben nicht die *ganze* Welt. Bei Sterling ist damit Krieg hinfällig, sind Atomwaffen abgeschafft, besteht ein transnationales, auf Multis gestütztes Wirtschaftssystem, sind Lebensstandard und Lebensstil für alle Cyberyuppies des 21. Jahrhunderts verbessert, die mit ihren allgegenwärtigen tragbaren Terminals permanent dranhängen.

Aber es zappeln auch Inseln im Netz, die nicht dranhängen und es auch nicht wollen — kleine Inseln wie Singapur und Grenada, und riesige wie das hungernde Zentralafrika. Dritte-Welt-Inseln. Manche davon, wie Zentralafrika, läßt man einfach im eigenen Saft braten, da sie es nicht wert sind, daß das Netz sich mit ihnen beschäftigt, während andere wie Grenada und Singapur sich wehren, um sich außerhalb des Netzes eine gewisse Freiheit als Datenparadies und Datenpiraten zu bewahren.

Islands in the Net ist schlicht die Geschichte des Kampfes zwischen verschiedenen »Inseln« und dem Instrumentarium des Netzes, dargestellt vor allem anhand der Abenteuer und Fehlschläge und geopolitischen Herkunft von Laura Webster.

Laura und ihr Mann Webster arbeiten für die, vielmehr gehören zur Rizome Industries Group, einem der großen transnationalen Konzerne, die via Netz die Welt kollektiv beherrschen. Eine Stellung bei Rizome ist mehr als eine Karriere; es ist schon so etwas wie eine Konzern-Nationalität. Rizome, das weltweit operiert, hat eine eigene Konzern-Kultur, eine sogar recht idealistische, utopische, die recht sympathisch anmutet und der Laura durch den ganzen Roman mehr oder weniger loyal verbunden bleibt.

Es ist die Anlage dieser Pseudo-Utopie des Konzerns, die zu Beginn des Romans so lange aufhält, und es kommt erst Schwung in die Sache, wenn Laura und David, die ein Rizome-Häuschen in Galveston bewohnen, als Spione auf eine diplomatische Mission nach Grenada gesandt werden, nachdem eine wichtige Persönlichkeit Grenadas während eines heimlichen Besuchs in ihrem Heim von unbekannten Kräften ermordet worden ist.

Sind sie erst einmal in Grenada, wird die Sache interessant, nicht nur was das Plot angeht, denn dieses illegale Datenparadies stellt noch ein recht sympathisches Pseudo-Utopia, wenn auch einer ganz anderen und finanziell unversorgten Art. Laura, David und der Leser entwickeln ungewollt Sympathie für seine Bewohner und sind schockiert und entrüstet, als Grenada von Truppen angegriffen wird, die im Auftrag des Netzes anrücken oder von Mali geschickt werden, oder Singapur, ein weiteres Datenparadies und ein etwas böseres, aber nichtsdestoweniger sympathisches Utopia.

Nun, anschließend wird Laura nach Singapur geschickt, womit die Handlung komplizierter und dichter wird. Nach Marineangriff, Schiffsuntergang, terroristischem Atom-U-Boot, Krieg, Gefängnis und Revolution geht es mitten hinein ins tückische, hungernde Afrika, wo trotz der widrigen Umstände diesmal eine primitiv-utopische Stammesgesellschaft lebt, die so ein endzeitlicher Lawrence von Arabien führt.

Es wäre sinnlos, nahezu unmöglich und nutzlos, die verzwickte Handlung näher schildern zu wollen. Es gibt Action und Horror, es wird verloren und gewonnen, aber moralische Wertungen zu Schwarz und Weiß, und auch schlicht geopolitische, meidet Sterling. Die Kultur des Netzes ist nicht bösartig, was an sich auch die Datenparadiese nicht sind, obwohl ihre Lage sie in einen erbitterten Konkurrenzkampf treibt. Zentralafrika wäre ein Chaos mit und ohne die transnationalen Konzerne und das Netz, doch ist es nicht ohne Hoffnung auf menschliche Würde.

Island in the Net hat insofern etwas von einem Cyberspace-Roman an sich, weil der Autor die Cyberpunk-Zukunft wählt und sie aus einer völlig neuen Perspektive betrachtet. Wenn frühere Movement-Bücher die Welt aus der Sicht der Leute sah, die *am* Netz hängen, so wählt Sterling hier die Perspektive der Insulaner, die im, aber nicht am Netz hängen.

Und indem er dies vermittels der Odyssee eines Festlandbewohners der Ersten Welt zum Archipel an der Peripherie vollzieht, macht er Laura Websters Reise zu einem Musterbeispiel für eine literarische Richtung, die einzuschlagen, dem Cyberpunk und der Science Fiction an sich großen Nutzen brächte.

Es versteht sich von selbst, daß die Science Fiction immer eine hauptsächlich auf die Erste Welt beschränkte Literatur gewesen ist. Man könnte sagen, das komme schlicht daher, daß sie in der Sprache der Ersten Welt geschrieben wird, aber Englisch ist in vielen Drittweltländern von Afrika über Indien bis zur Karibik erste oder zweite Landessprache. Es gibt auch einige Drittweltautoren, die in Englisch schreiben, aber wohl kaum SF aus einer Drittwelt-Perspektive.

Warum das so ist, wäre Gegenstand eines eigenen, längeren und problematischeren Aufsatzes, aber woran Sterling uns mit seinem *Island in the Net* erinnert, ist, daß die SF die Dritte Welt ignoriert hat, wie auch die Dritte Welt die SF ignoriert hat.

Fast alle unsere Zukunftsgeschichten sind in einer Gesellschaft am Hebel dieser Zukunft angesiedelt. Es gibt wirklich wenig aus der Sicht der Leute, die im Netz zappeln, die in der wirtschaftlichen und politischen Peripherie stecken, die in der Zukunft der »City on the Hill« stecken, die gegen ihren Willen in einer Speerträger-Rolle stecken.

Was soll das heißen, Zukunft?

Wessen Zukunft?

Unsere, natürlich!

Aber was für eine Zukunft gestalten wir für die Völker der Dritten Welt? Und was würden die dazu sagen? Von politischem Gewissen und Moral einmal abgesehen, gibt es sicherlich eine Fülle guter Geschichten aus dem zukünftigen Interface zwischen Erster und Dritter Welt.

Mit Ausnahme vielleicht der weltraumgeprägten »hard« SF gibt es wohl keine Richtung innerhalb der Science Fiction, die so auf Spitzentechnik fixiert ist, modisch aufgemotzt, tierisch großstädtisch und typisch Erste Welt ist wie der Cyberpunk! Wie interessant, daß einer der raren SF-Romane, der in diesen archipelischen Wassern fischt, ausgerechnet vom ideologischen Guru der nämlichen Bewegung stammt, der deren Realitätskonsens aus neu überdachter Perspektive reformiert.

Noch interessanter ist vielleicht, daß Lewis Shiner, dessen erster Roman *Frontera* total erstwelt- und hight-tech-mäßig war, etwa zur selben Zeit *Deserted Cities of the Heart* geschrieben hat, der neue Roman eines eingeschworenen »Movement«-Autors, der direkt am Interface zwischen Dritter und Erster Welt spielt. Interessant ist noch, daß beide, Shiner und Sterling, in Austin leben. Es liegt wohl auf der Hand, daß sie über solche Themen diskutiert haben.

Aber wer glaubt, wenn zwei Kollegen der schreibenden Zunft, die etwa zur gleichen Zeit am selben Ort ein thematisch ähnlich gelagertes Buch schreiben, mit einem recht ähnlichen Roman aufwarten, der irrt gründlich.

Desserted Cities of the Heart ist nicht mal Science Fiction; höchstens in der überzogenen Phantasie eines verzweifelten Verpackungskünstlers.

Der geographische Schauplatz ist Mexiko, meist fern von größeren Städten. Zeitlich spielt die Handlung, wie wir sehen werden, hauptsächlich in der jüngsten Vergangenheit, wobei eine klare Zuordnung nicht möglich ist.

Die Iran-Contra-Affäre und das Erdbeben in Mexico City deuten auf 1986 hin, aber die Revolution, die in Shiners Mexiko ausbricht, ereignete sich so im richtigen 1986 nicht, zumindest nicht in dem Ausmaß. Vielleicht schrieb Shiner das schon früher und schätzte den Ausgang der politischen Entwicklung in Mexiko falsch ein. Oder aber die leicht verfälschte Lage ist Absicht, denn *Deserted Cities of the Heart* ist gewissermaßen ein Zeitreise-Roman, ein ganz subjektiver, und vielleicht mythologisiert Shiner in der realistisch-magischen lateinamerikanischen Art die jüngste Geschichte, um diesen inneren Zusammenhang aufzuzeigen.

Wir erleben die Ereignisse aus der Sicht von Carmichael, eines Reporters des *Rolling Stone,* Thomas, eines Anthropologen, der an einen »soft tech«-Ökotrop-Projekt arbeitet, das von den Einheimischen gestoppt wird; seines Bruders Eddie, Rockmusiker, der sich einem Maya-Stamm angeschlossen hat, und Lindsay, Eddies Frau, die nach Mexiko gekommen ist, um ihn zu retten und der Thomas seit langem in unerwiderter Liebe zugetan ist.

Klar, es spielt in Mexiko, es ist eine politisch engagierte Geschichte einer mexikanischen Revolution gegen die amerikanische Vorherrschaft, und es gehört eine mystische Suche mittels psychedelischer Pilze nach den Wurzeln der Maya dazu; trotzdem bleibt die Perspektive der einzelnen Figuren eine rein amerikanische. Alle haben sie den Kopf voller Amerika.

Aber bevor man Shiner als Feigling oder Chauvinisten abtut, sollte man nachdenken. Man sollte bedenken, als was für eine Anmaßung er andernorts empfunden würde, schriebe ein Autor der Ersten Welt eine Geschichte von einem sensiblen Drittwelt-Standpunkt. Man bedenke, wie geschickt man es anstellen müßte, um nicht als geltungsbedürftig hingestellt zu werden. Schon recht, wenn man sagt, ein Science Fiction-Autor, der durch die Brille eines Aliens von Antares sehen kann, sollte in der Lage sein, durch die Augen eines Aliens aus der Dritten Welt zu sehen, aber man muß sich schon gründlicher umschauen, wenn die fraglichen Aliens gleich daneben stehen und einem sagen, daß man alles falsch gemacht hat.

Aber wie dem auch sei, der Roman, den Shiner schrieb,

ist ein großer Erfolg, ganz unabhängig von all dem, und wenn er auch nicht aus der Sicht der wichtigen mexikanischen Charaktere geschrieben ist — die der Revoluzzer Carla und Faustino, des Offiziers Espinosa, des Hubschrauberpiloten Oscar, des Medizinmanns Chan Ma'ax —, so sind sie glaubhaft, abgerundet, ohne Klischees dargestellt, als richtige Menschen mit Innenleben und mit der Sympathie des Lesers.

Sympathie erweckt Shiner auch für Mexiko, und das gewaltig und nicht ungeschickt und mit, wie mir scheint, echter politischer Leidenschaft. Amerika spielt die Schurkenrolle in Gestalt des »Fighting 666th«, eines Söldnerhaufens nach dem kombinierten Vorbild der Contras, des CIA und der Singlaub-Operation, was bedeutet, daß Shiner, wenn er 1986 Spekulationen anstellte über den Ausgang kommender Ereignisse in Zentralamerika, nicht weit danebenlag. Falls Oliver North die 666. nicht erfunden hätte, würde er sich als Kommandant recht heimisch fühlen.

Dabei ist *Deserted Cities of the Heart* keineswegs ein didaktischen Politbuch. Es ist eine Dreiecksgeschichte mit inzestuösem Einschlag, obwohl Eddie, als Thomas und Lindsay schließlich zu ihm durchdringen in eine verlassene Mayastadt, längst mehr auf seine durch den Pilz ausgelöste visionäre Suche nach der eigenen und der Mayavergangenheit steht als auf sie und das Hier und Jetzt.

Science Fiction?

Nun, in extrem großzügiger Auslegung könnte man sagen, es sei so etwas wie ein Alternativweltroman.

Fantasy?

Gewissermaßen. Es sei denn, man glaubt, der psychedelische Pilz könnte das Bewußtsein in die eigene Vergangenheit oder in die tiefe Vergangenheit einer anderen Person zurückversetzen — nicht als Halluzination oder tagträumerischen Ausflug, sondern als Rückkehr in die echte historische Vergangenheit, wo man ins echte Geschehen eingreifen kann, während ein zukünftiges Selbst später auf der Zeitspur in einem lichten Augenblick davon träumt.

Magischer Realismus?

Vielleicht. In einer besonders nordamerikanischen Variante, trotz der lateinamerikanischen Schauplätze und Maya-Träume. Denn in gewisser Hinsicht zeigt sich Shiner nach wie vor als Science Fiction-Autor, selbst wenn *Deserted Cities of the Heart* nicht Science Fiction ist. Seine Erzählstrategie ist eine total realistische, auch wenn die Ereignisse das nicht sind, ein traditionelles Kriterium sowohl der Science Fiction als auch der nordamerikanischen Fantasy, das dem Surrealismus des magischen Realismus Lateinamerikas, der keine Formzwänge kennt, völlig fremd ist.

Cyberpunk?

Das soll wohl ein Scherz sein?

Lewis Shiner war gewissermaßen das jüngste Mitglied im Fünferclan der Bewegung. *Deserted Cities of the Heart* ist sein zweiter Roman, während Shirley, Rucker und Sterling schon ein bißchen länger schreiben und mehr veröffentlicht haben und Gibson natürlich ein wirklich bahnbrechendes Buch gelungen ist, das ihn mit einem Schlag berühmt gemacht hat.

Dennoch ist *Deserted Cities of the Heart* so gut wie jeder der Romane, die die Autoren, die der »Bewegung« nun wohl entwachsen sind, seit *Neuromancer* abgeliefert haben, vielleicht sogar das beste.

Natürlich ist eine solche Bestenlisten-Bewertung ein Ärgernis und wenig konstruktiv obendrein, aber das ist auf den ersten Blick auch die Vorstellung, daß ein paar schreibende Kollegen sich zusammentun und zur »Bewegung« erklären.

Oder etwa nicht?

Wenn man sich die schönen, interessanten und ganz unterschiedlich ausgefallenen Arbeiten ansieht, die zuletzt dabei herausgekommen sind, so muß man sich wundern. Wenn diese Burschen sich zu einem literarischen Klüngel oder auch nur einem Selbstvermarktungsverein zusammenschlossen, so haben sie zugegebenermaßen ihr Getön mit solider Arbeit unterlegt.

Mit der vielleicht nur vorläufigen Ausnahme von Gibson, von dem man kaum erwarten könnte, der ungemein verlokkenden finanziellen Versuchung zu widerstehen, haben sie sich außerdem nicht festgebissen in dem Glauben, weiterhin praktizieren zu müssen, was sie einst gepredigt haben.

Es sind fünf erstaunlich unterschiedliche Romane herausgekommen, wenn man bedenkt, daß die Autoren vor wenigen Jahren noch Kumpel waren, die sich zu einer literarischen Bewegung ausriefen.

Aber in vielerlei Hinsicht war auch die New Wave eine selbstbewußte literarische Bewegung, deren theoretischer Unterbau zwar weniger gemeinsame Inhalte aufwies, aber durchaus einen politischen Konsens pflegte. Und wir alle zogen da auch mit.

Die Literatur im allgemeinen scheint von Zeit zu Zeit »Bewegungen« zu brauchen. Das Schreiben ist schließlich ein ungemein einsamer, solipsistischer Beruf, so daß es vielleicht so schlimm nicht ist, wenn geistesverwandte Autoren sich gelegentlich zusammentun, um Kraft zu tanken, das harte Brot im literarischen Geschäft zu teilen, Kundgebungen zu veranstalten, den Baum der Freiheit mit dem Schweiß der Dumpfbacken zu begießen und voneinander zu lernen, um sich dann wieder den eigenen Visionen zuzuwenden.

Vielleicht hat besonders die Science Fiction solche Bewegungen ein bißchen nötiger, um uns, die wir damit unsere Brötchen verdienen, die wir zu Tagungen fahren und die wir fünfstellige Abschlüsse tätigen, vor Augen zu führen, daß mehr dahinter sein sollte, als den nächsten Vertrag auszuhandeln oder volle Seiten abzuliefern, um den letzten Vertrag zu erfüllen.

Bewegungen wie New Wave oder Cyberpunk sind zumindest ein leidenschaftliches Engagement abseits von Geld und Preisen und Filmgeschäft. Ob man sie liebt oder haßt, ihre Standpunkte gutheißt oder verabscheut, sie drehen sich in jedem Fall um das Werk als solches, seine Qualitäten und Perspektiven.

Darauf müssen wir uns gelegentlich rückbesinnen. Wir müssen neue Techniken und Formen lernen, um unerforschtes Land zu beschreiten, um, wenn man so will, wieder staunen zu lernen und nicht zu vergessen, warum wir überhaupt angefangen haben, so was zu schreiben.

Die New Wave kam und ging, und vielleicht ist auch der Cyberpunk gekommen und gegangen; zumindest hat sich die Bewegung selbst für tot erklärt. Was New Wave und Cyberpunk zurückließen, ist ähnlich und doch anders.

Die New Wave ließ eine Science Fiction zurück, deren Zwangsjacke aus Action und Abenteuer, Asexualität, Form-Konservatismus und gnadenlos transparenter Prosa als literarische Grenzen abgeschüttelt waren. Man konnte nach wie vor solches Zeug schreiben, und das tun die meisten jetzt noch, aber man war nicht mehr darauf beschränkt. Eine ganz neue Welt literarischer Möglichkeiten war in der Science Fiction aufgetan.

Die Cyberpunk-Bewegung hatte, wenn man nach diesen fünf Romanen geht, einen umgekehrten Effekt, zumindest was diese Autoren anging: sie eröffnete das weite Feld traditioneller SF-Stoffe, das nun durch literarisch engagierte Autoren eine Neubewertung erfuhr vermittels veränderter Perspektiven.

Zum Glück, scheint es, überlebten weder New Wave noch Cyberpunk lange genug, um sich zur neuen orthodoxen Doktrin zu verhärten; zum Glück schafften die, die geschickt auf diesen Wellen ritten, rechtzeitig den Absprung.

Wie alle guten »waves« und »movements« kamen sie daher, bauten sich auf und trugen ihre Wellenreiter in neue Höhen.

Aber wie alle guten Wellenreiter wußten sie, wann es auszusteigen galt. Nämlich unbedingt, bevor die Welle, auf der man reitet, sich am Strand bricht.

INTERVIEW

Ein Gespräch mit Tom Maddox

von Usch Kiausch

Cyberpunks: Yesterday's whizzkinds?

Tom Maddox wurde vor allem durch seine Erzählung »Schlangenaugen« (enthalten in der Cyberpunk-Anthologie *Spiegelschatten,* München 1988, HEYNE SCIENCE FICTION Band 06/4544) auch in der Bundesrepublik bekannt. Er gehört zum Freundeskreis um William Gibson und Bruce Sterling und tauscht seine Erfahrungen häufig mit anderen Autoren dieser »Gruppe« aus. Tom Maddox lehrt als »Writing Director« am Evergreen State College in Olympia/Washington. Während der 10. Jahreskonferenz der »International Association for the Fantastic in the Arts« (IAFA) in Fort Lauderdale/Florida, Mitte März 1989, nahm er als Referent an Podiumsdiskussionen teil und las aus seinem ersten Roman, der noch in Arbeit ist.

F: Während der IAFA-Konferenz sagte mir Marshall Tymne, der große Vorsitzende, er halte Cyberpunk für eine der interessantesten Entwicklungen in der neuen amerikanischen Science Fiction. Sehen Sie das auch (noch) so?
A: Sicher hat »Cyberpunk« — wie immer man das definieren will — in den letzten Jahren die meisten Kontroversen ausgelöst. Unglücklicherweise versteht ja jeder etwas anderes darunter. »Cyberpunk« ist nichts, was wirklich existiert. Mitte der achtziger Jahre hatten wir eine Zeitlang folgende Situation: Da nahm eine Gruppe von Leuten Anteil aneinander und an der Arbeit, die jeder von ihnen machte. Zum Teil

waren diese Leute miteinander befreundet, sie fuhren zusammen auf Cons, schrieben einander, tauschten Erfahrungen aus. Alle waren sie begeistert von William Gibsons Arbeiten. Zum Teil verfolgten sie selbst ähnliche Ansätze — wie zum Beispiel Bruce Sterling, Rudy Rucker, John Shirley, ich selbst, vielleicht auch Lew Shiner (obwohl er das vielleicht dementieren würde). Und so wurde daraus plötzlich eine »Bewegung«, der man das Etikett »Cyberpunk« aufdrückte. So schnell sie kam, so schnell verschwand sie auch wieder. Heute hat jeder Schriftsteller furchtbare Angst, als »Cyberpunk« kategorisiert zu werden. Denn ein so modischer Begriff wird sehr schnell unmodern, und dann kann man sehen, wo man bleibt. Aber was auch immer »Cyberpunk« beeinflußt hat: Alle haben zweifellos von Bill (Gibson) gelernt. Und der Impuls, der diese Strömung überhaupt hervorgebracht hat, lebt natürlich weiter. Es ist der Versuch, eine ganz exakte, sehr sinnliche und sehr komplexe Sicht der Zukunft zu erarbeiten.

Niemand gehört gern zur »Bewegung« vergangener Tage. Das war schon bei den Surrealisten so, es gibt da eine Parallele zum Cyberpunk. »Surreal« wurde zu einem Adjektiv, und auch »cyberpunk« ist inzwischen so ein Adjektiv. Als »cyberpunk« bezeichnen viele Leute einfach das, was so aussieht wie der Film *Blade Runner* (lacht). Gemeint ist damit eine irgendwie schmutzige, dichte Szenerie der Zukunft. Diese Zukunft wird nicht mehr von Nationalstaaten regiert, sondern von multi-nationalen Konzernen. Die »Straße« muß darin vorkommen, und natürlich Drogen und Underground-Kultur. Ich vermute, genau in dieser Bedeutung wird das Wort »cyberpunk« in der englischen Sprache überleben, wenn die Bewegung längst gestorben ist. Selbstverständlich benutzen die Verleger, Publizisten und manche Kritiker »Cyberpunk« auch als Markenzeichen, um mehr Bücher zu verkaufen. Mein erster Roman wird, glaube ich, jetzt auf mehr Interesse stoßen als üblich, weil ich eine Geschichte in der Cyberpunk-Anthologie *Mirror Shades (Spiegelschatten)* hatte. Obwohl ja viele Insider nicht alle Geschichten der Sammlung für »typisch Cyberpunk« halten, etwa die von Gibson.

Ich möchte noch etwas ergänzen: Wenn es einen Höhepunkt der Bewegung gab, dann war das 1985. Damals nahm ich zusammen mit Bruce Sterling, William Gibson und ein paar anderen an einer Podiumsdiskussion in Austin teil. Bill (Gibson) war der »guest of honor«. Ich sagte dort zu Bruce: Weißt du, es gibt gar keinen Cyberpunk. Es sei denn, du meinst ein Computer-Programm. Wenn du es als Genre definieren willst, mit eindeutigen literarischen Merkmalen, dann liegst du falsch. Aber wenn du damit eine Reihe von Denkmöglichkeiten meinst, von Rechenoperationen: Sicher, das ist Cyberpunk. Bruce hat das übrigens nie akzeptiert. Aber ich finde diese Idee immer noch ganz hübsch.

F: Sehen Sie sich selbst als Vertreter einer gemeinsamen SF-Richtung?

A: Sicher, ich war ja bis zu einem gewissen Punkt Teil der »Bewegung«. Heute bin ich es nicht mehr, weil die Bewegung nicht mehr existiert. Aber die Ideen leben natürlich weiter. Mit einiger Sorge muß ich wohl akzeptieren, daß alles, was ich in den nächsten Jahren schreibe, als »Cyberpunk« bezeichnet wird. Es sei denn, ich ändere meinen Stil auf ganzer Linie. Wenn ich über Feen, Drachen und Einhorne schreiben würde, könnte man es wohl schwerlich »Cyberpunk« nennen ...

F: ... möglicherweise wäre es dann »Cyber fantasy«?!

A: Du meine Güte, irgendwer kommt womöglich wirklich auf die Idee. Unvermeidlich. Ich habe immer noch ein Rieseninteresse an den Arbeiten von Gibson, Shiner, Sterling und anderen. Aber eine Bewegung ist das, glaube ich, nicht mehr. Die Leute haben es einfach satt, als »Cyberpunks« tituliert zu werden.

Vielleicht haben Bruce Sterling und William Gibson mit ihrem gemeinsamen Roman *The Difference Engine** den Schlußpunkt gesetzt. Er spielt ja in einer anderen Version des 19. Jahrhunderts und handelt von Charles Babbage, dem der erste Computer zugeschrieben wird. Auch das Roman-England ist nicht das 19. Jahrhundert-England, das wir kennen. Aber einige Schlaumeier haben auch für diesen Roman ein Etikett gefunden und nennen ihn »Steampunk« — nach der Dampfmaschine. Ich habe den Roman schon auszugsweise gelesen. Und ich glaube, er markiert wirklich das Ende von Cyberpunk.

F: Bleiben irgendwelche literarischen Gemeinsamkeiten?

A: Möglicherweise existiert das, was Wittgenstein die »Familien-Ähnlichkeiten« nennt. Aber das sind Ähnlichkeiten zwischen sehr entfernten Verwandten.

---

* Deutsche Ausgabe bei Heyne in Vorbereitung

F: Was ist inzwischen aus der Kontroverse zwischen den sogenannten »Humanisten« und den »Cyberpunks« geworden?
A: Diese spezielle »Kontroverse« war das Produkt eines Artikels von Michael Swanwick. Swanwick ist selbst Schriftsteller und hat auch eine Geschichte zusammen mit Gibson geschrieben. Swanwick schrieb einen Artikel in *Isaac Asimov's Science Fiction Magazine.** Darin vertrat er die These, es gäbe eine Spaltung zwischen Humanisten und Cyberpunks. Die Betroffenen sagten sofort: Nein, das stimmt ganz und gar nicht. Worauf Swanwick in Wirklichkeit hinwies, waren Unterschiede in ästhetischen und politischen Grundsätzen und Werten. Aber ich glaube, bei vielen, die Cyberpunk ablehnten, spielte einfach der Neid eine Rolle. Der Neid auf William Gibsons schnellen Erfolg. Erfolg löst so etwas immer aus. Und als er dann noch die Filmrechte für *Neuromancer*** verkaufen konnte, da erst recht ...
F: Wie steht es mit anderen »Cyberpunk«-Filmprojekten?
A: Gibson ist meines Wissens zur Zeit der einzige, der sich mit solchen Projekten beschäftigt. Er schreibt ja auch Drehbücher für zwei Filme, denen seine Erzählungen »Burning Chrome« und »The New Rose Hotel« zugrundeliegen.***
F: Hätten Sie selbst Lust, aus einer Ihrer Geschichten ein Drehbuch zu machen?
A: Ja, denn ich versuche immer, die Dinge »filmisch« zu sehen. Ich versuche in meinen Geschichten, die Bilder so intensiv zu gestalten, daß man danach einen Film drehen könnte. Und den würde ich dann natürlich auch gern auf der Leinwand sehen. Aber wie alle anderen Schriftsteller auch habe ich Angst vor dem, was die Filmproduzenten daraus machen. Weil sie oft etwas ganz Fürchterliches und Dummes daraus machen. Das zeigt, leider Gottes, die Erfahrung. Aber wenn ein Film das umsetzen könnte, was ich selbst für ehr-

---

* Deutsch in *Das Science Fiction Jahr 1988,* hrsg. von Wolfgang Jeschke, München 1988, S. 42 ff. (HEYNE SCIENCE FICTION & FANTASY, Band 06/4464
** Deutsch als *Neuromancer,* München 1987 (HEYNE SCIENCE FICTION & FANTASY, Band 06/4400)
*** Enthalten in *Cyperspace,* München 1988 (HEYNE SCIENCE FICTION & FANTASY, Band 06/4468)

lich und visionär an meinen Geschichten halte: Klar, das fände ich toll.

F: Gibt es denn einen lebenden Regisseur, dem Sie das zu- und anvertrauen würden?

A: (Tom Maddox lacht) Aber klar doch. Jede Menge. Bestimmt gibt es hunderte. Ich liebe das Kino doch. Und ich liebe meine Arbeit. Ich hoffe sehr, daß William Gibsons Filme ganz großartig und visionär werden. Aber die Erfahrungen haben uns alle ganz schön nervös gemacht. Denn in Hollywood treffen oft Verrückte, Dummköpfe oder Halunken die Entscheidungen …

F: Fällt Ihnen spontan ein Regisseur ein, mit dem Sie gern zusammenarbeiten würden?

A: Ja, warum nicht zum Beispiel Wim Wenders (lacht). Aber das ist jetzt wirklich ins Blaue hinein gedacht, es gibt überhaupt keine Spur von Plänen.

F: Was schreiben Sie im Moment?

A: Mein erster Roman nähert sich der Fertigstellung. Er wird — hoffentlich bis zum Frühjahr 1990 — in den USA, England und möglicherweise auch in Japan erscheinen. Ansonsten habe ich eine ganze Reihe von Kurzgeschichten veröffentlicht. Viele davon unter Pseudonym in *Isaac Asimov's Science Fiction Magazine.* Außer in der Bundesrepublik wurden auch in Japan und Frankreich drei, vier meiner Geschichten in Anthologien aufgenommen. Bis jetzt habe ich nur Stories geschrieben, keine Romane.

F: Um was geht es in Ihrem ersten Roman?

A: Ganz allgemein gesprochen fasziniert mich die Entwicklung der Künstlichen Intelligenz. Die Art und Weise, wie sie unsere »Menschlichkeit« verändern wird. Ihre Auswirkungen auf die menschliche Sexualität. Ich frage nicht, ob sich Künstliche Intelligenz entwickeln wird. Ich gehe davon aus, daß sie in der nahen Zukunft entwickelt ist und ziehe daraus entsprechende Schlüsse. Übrigens knüpft der Roman an Charaktere und Themen von »Schlangenaugen« an und führt sie weiter.

F: Welche Autoren der »phantastischen Literatur«, im weitesten Sinne, schätzen Sie besonders?

A: Zum Beispiel Jorge Louis Borges. William Burroughs. Thomas Pynchon. Im engeren Bereich der Science Fiction: William Gibson. Wenn ich Einflüsse auf mein Schreiben über die Jahre hinweg zurückverfolgen sollte, würde ich noch Alfred Bester nennen. Seine Bücher *The Stars My Destination* und *The Demolished Man** haben zweifellos großen Einfluß auf die Entwicklung des Cyberpunk gehabt. Wie die meisten von uns habe ich schon als Jugendlicher Science Fiction gelesen. Aber dann für lange Zeit gar nicht mehr. Als ich zur Science Fiction zurückkehrte, gab es so beachtliche jüngere Autoren wie Samuel Delany und Thomas Disch.

F: Dem Cyberpunk wird ja immer eine besonders enge Beziehung zur Pop-Kultur nachgesagt. Und ganz besonders zur Pop-Musik. Welche Musikrichtungen stehen Ihnen besonders nahe?

A: Das ist eine schwierige Frage. Ich bin selbst Blues-Musiker. Ich mag den alten amerikanischen Blues und Jazz, den modernen Jazz schätze ich nicht so. Über Pop-Musik denke ich so wie Baudrillard über Amerika: Ich glaube, da ist viel Simulation. Viel Referenz auf Rock 'n' Roll, wie er früher einmal war. Und der enorme Erfolg mancher Leute in dieser Branche gründet darin, daß sie zitieren. Sie beziehen sich auf etwas, das einmal ein sehr ausdrucksvoller und schöner Teil der amerikanischen Kultur war. Aber jetzt ist es nur noch ein Leichnam.

---

* *Tiger! Tiger!,* München 1983 (HEYNE BIBLIOTHEK DER SCIENCE FICTION LITERATUR Band 24) und *Demolition,* München 1979 (HEYNE SCIENCE FICTION & FANTASY Band 06/3670)

INTERVIEW

Ein Gespräch mit David Brin

interviewt von Wendy Graham

Es läßt sich wohl mit einiger Berechtigung sagen, daß es zwei Arten von SF gibt: die der Weltraumabenteuer und die spekulative, auf Extrapolation gegenwärtiger Erkenntnisse und Strömungen beruhende Art.

Der erfolgreiche neue Autor David Brin ist fest im letzteren Lager verankert, denn nahezu alle seiner Arbeiten gehen von Voraussetzungen aus, an deren Zustandekommen in nicht zu ferner Zeit er glaubt.

Da er seit einiger Zeit in England lebt und es auch noch einige Zeit tun wird, und da mir die Lektüre seiner Bücher Freude gemacht hat, nutzte ich die Gelegenheit seines Besuches in Lancashire zu einem Gespräch mit ihm.

Während des Interviews hatte ich mehrmals das Gefühl, daß David Brin der Klischeevorstellung vom typischen Amerikaner gefährlich nahe kam. Er kann sicherlich nichts dafür, denn schließlich ist er Amerikaner, und mit Tausenden von Jahren Zivilisation hinter mir (gegenüber ein paar kärglichen hundert hinter ihm) kann ich nur hoffen, daß sein in England verbrachtes Jahr seine Gelehrsamkeit in Wort und Schrift glätten und beruhigen wird.

Er ist ein gescheiter junger Autor (von so guten Büchern wie THE PRACTICE EFFECT und THE POSTMAN, das mir gefiel), doch mitunter ertappte ich mich bei dem Wunsch, daß er aufhören möchte, immer weiter über Mythen und Metaphern zu sprechen, und anfangen, ein wenig menschlicher zu sein. Ich sehnte mich geradezu danach, daß er einen Schluckauf bekommen oder sich in der Nase bohren oder irgendeiner anderen allzumenschlichen Regung nachgeben würde, statt den Quell seiner Meinungen zu allen

möglichen Angelegenheiten weitersprudeln zu lassen — vom Schreiben von Science Fiction über die Vereinigten Staaten bis zur Weltpolitik.

Brin ist Jahrgang 1950, ein in Los Angeles aufgewachsener Amerikaner, der die Schreibmaschine eingepackt hat und für einige Zeit nach London gezogen ist. Er hat an der Universität San Diego Physik und Astronomie gelehrt und Unterricht in kreativem Schreiben und Wissenschaftstheorie erteilt.

Er hat für Hughes Aircraft gearbeitet, zählt zum Beraterstab der NASA und ist Vorsitzender mehrerer Studiengruppen für das Californian Space Institute in San Diego.

Artikel aus seiner Feder sind in Zeitschriften wie dem *New Scientist* veröffentlicht worden, er hat mehrere SF-Romane herausgebracht, und seine Dissertation behandelte die Entstehung und den Aufbau von Kometen. Die Kenntnis dieser Materie hat er in seinem gemeinsam mit Gregory Benford verfaßten Roman IN THE HEART OF THE COMET (dt. IM HERZEN DES KOMETEN, HSF 06/4236) nutzbar gemacht.

Sein erster Roman, SUNDIVER, behandelte die Erforschung der Sonne und die Fähigkeit der Menschheit, sich am eigenen Schopf herauszuziehen und hinauszuschleudern, statt Hilfe von außen zu benötigen. Darauf folgte STARTIDE RISING (dt. STERNENFLUT), das ihn zum Hugo- und zum Nebula-Preisträger machte und gentechnisch veränderte Delphine zum Gegenstand hatte, deren Intelligenz durch die Manipulation zwar erhöht, doch auch mit (guten und schlechten) menschlichen Eigenschaften versetzt worden war.

Danach kam für Brin eine Richtungsänderung von der SF seriöser Zukunftsextrapolation zu einer bezaubernden Welt, wo die Dinge besser und nie schlechter werden, je länger man sie gebraucht (ein großer Trost beim Staubsaugen in dieser von Entrophie geplagten Welt). Schließlich folgte THE POSTMAN (dt. GORDONS BERUFUNG, HSF 06/4594), eine glaubhafte Geschichte der Erde nach dem atomaren Holocaust.

Wenn David Brins schriftstellerische Arbeit zu wünschen übrig läßt, dann liegt es nicht im kreativen Bereich. Vielmehr neigt er dazu, in Handlungsverwicklungen steckenzubleiben, auf die zum Gewinn des Ganzen leicht verzichtet werden könnte. Alles gerät bisweilen ein wenig kompliziert — und ein wenig zu lang.*

---

* Mit THE UPLIFT WAR (dt. DER ENTWICKLUNGSKRIEG, HSF 06/4634) gewann er 1988 den Locus- und den Hugo Gernsback Award und wurde bei einer Umfrage der Zeitschrift »Locus« zum wichtigsten SF-Autor der achtziger Jahre gewählt.

F: Weshalb sind Sie nach England übergesiedelt?
A: Ich lebe erst seit vier Monaten in England, aber wenn es etwas gibt, worauf die Schriftstellerei, besonders in der SF, einen vorbereitet, dann ist es der egoistische Glaube, daß man seine Metaphern jedermann hersagen könne, und daß die eigenen Äußerungen absolut gültig seien.

Um zu lernen, wie andere Leute sind, muß man ins Leben eintauchen. Das tue ich dieses Jahr, und es gefällt mir sehr gut. Die Leute sind sehr freundlich, und ich habe viel gelernt.

Einer der Vorzüge dieses Berufes ist die Bewegungsfreiheit; ich hörte, daß ihr hierzulande Elektrizität habt, und das ist alles, was ich zur Ausübung meines Handwerks brauche. Also arbeite ich mich durch das British Museum, und ich besuchte zum ersten Mal Paris. Ich lerne wirklich viel, und in den nächsten Monaten will ich mich auf die Lektüre britischer Autoren konzentrieren.

Ich bin für ein Jahr hier, weil ich Kalifornien satt hatte. Es ist wahr, daß dies mein erster Winter mit Schnee gewesen ist, doch war ich in meiner Jugend ein Rucksackwanderer und viel in den Bergen unterwegs, also brachte ich meine Ausrüstung mit — vielleicht unter dem Einfluß übertriebener Vorstellungen, wie die Winter hier sein würden.

Ich wurde der kalifornischen Frauen überdrüssig; sie sind schön, haben aber allesamt masochistische Neigungen und wollen im Grunde geschlagen sein. Sie behaupten, modern und feministisch zu sein, wollen Diskussionen und alles das, aber wenn du sie dann nicht furchtbar verdrischst, sind sie einfach nicht interessiert. Ich bin nicht der Typ dazu. Es macht mir keinen Spaß, Leute zu verprügeln. Ich sage nicht, daß sie alle physische Masochistinnen seien, aber für sie ist es keine gute Beziehung, wenn du sie nicht immer wieder in Stücke reißt, wenn du nicht gemein bist, wenn du nicht in irgendeiner Weise grausam bist. Dies ist eine der schlechten Auswirkungen Hollywoods.

Spock ist ein Beispiel der seit Jahren laufenden Hollywood-Propaganda, die sich bemüht, drei Generationen von Westküstenfrauen davon zu überzeugen, daß Logik und

Emotionen Feinde seien. Ich finde das einfach erbärmlich, wirklich furchtbar, und es ist wahrscheinlich verantwortlich für die Tatsache, daß fünfundzwanzig Millionen US-amerikanischer Frauen mit kleinen Kindern verlassen worden sind.

Das ist eine Cocktailparty-Erklärung meiner Übersiedlung nach England. Der wahre Grund ist, daß ich mich zur gleichen Zeit einer Anzahl von Verantwortlichkeiten entledigt habe. Ich schloß meine Dissertation ab, beendete eine Zusammenarbeit mit Benford, meine Arbeitsstipendien für verschiedene, mit der Raumfähre zusammenhängende Dinge liefen aus, und die Menschen, die mir nahestehen, schienen in ordentlicher Verfassung zu sein. Sie konnten ohne mich überleben — das konnten sie sonst auch —, also sagte ich mir, was soll's? Du bist Junggeselle, du hast ein bißchen Bargeld und einen nicht ortsgebundenen Beruf, warum nicht reisen? Es sollte New York sein. Ich wollte in eine kosmopolitische Stadt, weil ich nie eine kennengelernt hatte; aufgewachsen bin ich in Los Angeles, das nur ein Geisteszustand ist. Dann aber hörte ich, daß London zwar nicht billiger als viele andere Städte ist, aber billiger als New York; daß es nicht sicherer als viele andere Städte ist, aber sicherer als New York; und daß es nicht sauberer als viele andere Städte ist, aber... Außerdem ist es nahe bei Europa — ihr mögt der EG beigetreten sein, aber wir alle wissen die Wahrheit...

F: War die Auszeichnung als Hugo- und Nebula-Preisträger eine große Überraschung für einen unerfahrenen jungen Autor?

A: Sie sprechen von STARTIDE RISING, was vor einigen Jahren geschrieben wurde. Was heißt überrascht? Ob ich erwartete, Preisträger zu werden? Um ganz ehrlich mit Ihnen zu sein, ja. Eitelkeit und Arroganz sind Eigenschaften, zu denen man sehr leicht kommt. Sie haben nichts zu bedeuten, stehen in keiner Wechselbeziehung zur Fähigkeit. Ich wuchs in Hollywood auf und sah, was das Ego aus den Menschen macht, und während das meinige so entwickelt ist wie jedes andere, das Sie draußen finden (Ich habe kein Haar verloren, es ist bloß, daß meine Kopfweite zunimmt), ist mir aus eigener Anschauung bewußt, wie destruktiv es sein kann.

Ein stark entwickeltes Ego zu haben, ist nur ein Teil des Spektrums. Von uns Männern sind besonders viele damit geschlagen. Das macht das Testosteron; wir alle glauben, daß wir Häuptlinge sein und fünf Frauen haben werden. Es spielt keine Rolle, wie die Gesetze heutzutage sind, wir tragen es als ein Erbe ferner Vorzeit in uns. Es ist ein Geschlechtsunterschied. Man hat festgestellt, daß Frauen, die geistige Fehlfunktionen haben, zu Depressionen neigen, was ihnen jedoch nicht die Fähigkeit nimmt, Kinder zu bekommen; sie ist notwendig für den Fortbestand des Stammes — du bist geisteskrank, aber du wirst uns trotzdem mit Kindern versorgen. Wenn Männer den Verstand verlieren, werden sie exzentrisch. ›Mich Häuptling‹. Wenn er damit durchkommt, macht man ihn zum Häuptling und gibt ihm vier Frauen. Wenn nicht, stürzt man ihn vom nächsten Felsen. Er ist entbehrlich. Das Problem ist, daß die Frauen allmählich dahinterkommen.

Im Laufe der Geschichte sind, glaube ich, die meisten Verbrechen von Männern mit starken verräterischen Egos verübt worden, die etwas zu beweisen haben …

Auf der anderen Seite gibt es Gregory Benford, der nicht nur glaubt, Gottes Geschenk an die Schöpfung zu sein: nein, er *weiß* es. Er ist völlig entspannt in seiner Selbstgewißheit, daß dies der Fall ist. Darum kann er sich entspannen; er hat nichts zu beweisen.

Als ich mit ihm an IN THE HEART OF THE COMET arbeitete, war er nicht unleidlich oder schwierig. Zwei der fünfundzwanzig Kapitel, die er schrieb, waren absolut schauerlich. Ich schrieb ihm auf den Rand: ›Greg, dies ist nicht der Grund, warum ich mitgemacht habe‹, schickte die Blätter zurück und dachte, Gott, was habe ich getan?

Darauf rief er mich an. ›Nun, Dave, du hast deinen Standpunkt klargemacht — sehr pointiert —, aber ich glaube, ich sehe, was du meinst.‹ Er nimmt Kritik sehr gut auf, weil die stillschweigende Folgerung daraus ist, daß er noch besser werden kann: also stimmt sie ihn liebenswürdig. Er gibt der Selbstgerechtigkeit einen guten Namen.

Ist dein Ego einmal so stark, daß du glaubst, daß andere Leute dich für dein Geschwafel bezahlen und bewundern werden, so ist es mehr als genug. Was darüber hinausgeht, ist schiere Zerstörung.

F: Was möchten Sie zu Ihren eigenen Veröffentlichungen sagen?

A: Ich gebe all meine Manuskripte wenigstens zwanzig Leuten zu lesen, bevor ich sie einem Verlag schicke, und ich versuche mich gegen die Art von Bequemlichkeit zu isolieren, die mit dem Erfolg kommt; damit will ich nicht sagen, daß ich erfolgreich sei.

Ich hatte nicht erwartet, daß ich mein erstes Buch an den ersten Verleger verkaufen würde, dem ich es anbieten wollte. Ich rechnete damit, daß es wenigstens zwei bis drei Jahre dauern würde. Ich war verblüfft und wußte wirklich nicht, wie ich mich darauf einstellen sollte. Die Leute, denen ich meine Manuskripte zu lesen gebe, während ich noch daran arbeite, sind etwa zu einer Hälfte SF-Autoren und SF-Begeisterte, von denen ich weiß, daß sie sehr belesen sind, und zur anderen Hälfte Leute, die ich im Laufe meines Lebens kennengelernt habe.

Ich erbitte Kritik, aber nicht Ratschläge. Es kommt vor, daß eine Anregung überzeugt, doch gilt auch hier, was ich meinen Kursteilnehmern im Unterricht für kreatives Schreiben sage: ›Hören Sie nicht darauf, wenn Leute Ihnen sagen, wie Sie Ihre Arbeit machen sollten. Es ist allein Ihre Aufgabe, sich das zu überlegen. Wenn aber jemand zu Ihnen kommt und sagt, er habe diese oder jene Szene nicht verstanden, dann erklären Sie ihm nichts ... denn dann haben Sie versagt, und es ist Ihr Fehler.‹

Mein Bruder war in dieser Hinsicht sehr gemein zu mir. Er kritisierte meinen ersten Roman ziemlich unbarmherzig. Ich gab ihm die ersten vier Kapitel zu lesen, und er gab sie zurück, bedeckt mit Blaustiftkorrekturen. Ich sah alles durch, las seine Bemerkungen. Schneiden, kleben, schneiden, kleben, Gott sei gedankt für Wortprozessoren und Speichereinheiten, daß ich das nicht mehr machen muß! Bei Bantam-Books hatte man noch nie ein Manuskript wie meins gesehen — manche Blätter bestanden aus sieben Schichten! Ich überarbeitete diese vier Kapitel, schrieb, noch im Schwung, drei weitere dazu, fotokopierte sie und übergab alle sieben Kapitel meinem Bruder. Er gab sie mir zurück, alle sieben bedeckt mit Blaustiftkorrekturen. Ich sagte: ›Aber die ersten vier...‹ Er sagte: ›Sind besser‹. Schneiden, kleben, schneiden, kleben, zuschneiden. So ging es weiter. Diese ersten vier Kapitel von SUNDIVER sind noch immer die schlechtesten des Buches. Ich habe Schwierigkeiten mit Eröffnungen. Glücklicherweise hat sich meine Methode nie geändert. Ich komme in Schwung und arbeite mich ungefähr ein Fünftel in einen Roman hinein. Zu diesem Zeitpunkt haben meine Gestalten angefangen, zu mir zu sprechen, und alle möglichen Ideen haben sich eingestellt, also ist es Zeit, Kopien zu machen und in Umlauf zu bringen. Bis sie zurückkommen, bin ich soweit, daß ich die Vorahnungen davon in meine Arbeit einfließen lasse, und der Schwung trägt mich durch ein weiteres Fünftel, also ist die erste Hälfte meines Romans größtenteils in eine Form gebracht. Und ich brauche das. Ich schätze mich sehr glücklich, diese Technik zu haben, die meinem Bedürfnis entgegenkommt.

Die schlimmste Randnotiz meines Bruders, das Ding, das ich am meisten fürchtete, war s-c-h-n-a-r-c-h, oder, noch schlimmer, cccccccchhh. Das erzeugte in mir eine geradezu paranoide Furcht davor, den Leser zu langweilen. Das Ergebnis ist, daß sich in Zuschriften, die ich auf THE POSTMAN erhalte, am häufigsten die Klage findet, daß es viel zu kurz sei, daß es einen skizzenhaften Eindruck mache!

F: Wie gestaltet sich Ihre Zusammenarbeit mit anderen Autoren?

A: In der SF gibt es viel mehr Zusammenarbeit unter Schriftstellerkollegen als auf jedem anderen literarischen Gebiet, weil wir einander alle kennen, uns gern zusammensetzen und Ideen ausbrüten und manchmal vergessen, wer welche Idee zuerst hatte.

Ich schrieb meine Dissertation über Kometen, trug mich

mit der Absicht, etwas Neues anzufangen, und Benford dachte daran, etwas über den Halleyschen Kometen zu schreiben. Wir betranken uns zusammen und kamen auf eine Idee.

Im Falle von Niven und Pournelle ist es so, daß sie nur ein paar Blocks voneinander entfernt wohnen und jeder beim anderen zu Hause ist. Sie haben identische Wortprozessoren, tauschen Disketten, und keiner von ihnen weiß hinterher, wer was geschrieben hat, obwohl viele Leser den Unterschied merken. In unserem Fall war es anders. Benford und ich wohnten hundertfünfzig Meilen auseinander, hatten inkompatible Wortprozessoren und konnten einander nicht ausstehen. Das Ergebnis war zwangsläufig ein völlig unterschiedlicher Stil. Wir entwarfen die Handlung und schrieben sie aus den Perspektiven dreier Hauptfiguren. Jeder übernahm eine, und die dritte teilten wir uns. Das Ergebnis sind drei sehr verschiedene Stimmen, und bis zur Endfassung war ich überzeugt, daß es eine Katastrophe geworden sei, weil ich glaubte, er verstünde nicht, worauf ich hinauswollte, und umgekehrt. Ich schrie ihn die ganze Zeit an. ›Das kommt von deiner Selbstgefälligkeit!‹ — Er überließ mir die Mühe des Schreiens und war überhaupt nicht beleidigt, angeschrien zu werden. In der Endfassung fügte sich dann alles zusammen, es war einfach wunderbar. Ich war hocherfreut.

Meine Doktorarbeit behandelte den Halleyschen und andere periodische Kometen; es freut mich sagen zu können, daß ich die staubige Oberfläche, die sie dort vorfanden, voraussagte, und von allen Dokumenten, die vor der Ankunft des Halleyschen Kometen veröffentlicht wurden, kam IN THE HEART OF THE COMET mit seiner Voraussage von Größe und Form der Wirklichkeit am nächsten.

F: Und wie ist es mit dem Schreiben allgemein?

A: Ich arbeite in Jahreszeiten, verbringe drei Monate mit Nichtstun und stürze mich dann in eine dreimonatige Arbeitsorgie. Ich kann zehntausend Worte am Tag schreiben, weil ich anders als Frederik Pohl, der sich jeden Tag drei Stunden an die Schreibmaschine setzt, schubweise arbeite.

Wenn ich anfange, weiß ich ungefähr, in welche Richtung sich die Handlung meines Buches bewegt. IN THE HEART OF THE COMET ist das erste Buch, das ich je nach einem Entwurf geschrieben habe, und ich mußte es tun, weil Benford und ich zusammen daran arbeiteten.

Zum besten, was ein Autor erhoffen kann, gehört die Fähigkeit, ein im guten Sinne unterhaltender Schriftsteller zu sein; aus diesem Grund ist Mark Twain mein Vorbild. So viele von diesen Leuten neigen zu der Annahme, man müsse wolkig schreiben, um ernstgenommen zu werden. Genauso ist es mit einigen Ihrer besseren britischen Autoren. Ich habe einige von ihnen deshalb getadelt, und ich weiß nicht, ob ich klüger bin als sie, aber es erschwert ihnen unzweifelhaft den Zugang zum amerikanischen Markt, der ihnen ein auskömmliches Leben sichern könnte.

Mark Twain schrieb Bücher, die man jedenfalls zur Hochliteratur zählen muß, aber ein Zwölfjähriger braucht die beißende soziale Satire oder die herrlich bildhafte Sprache oder die treffenden Charakterzeichnungen darin nicht zu verstehen, um sich gut zu unterhalten.

Im Falle von THE POSTMAN kam die Handlung zuerst. Wie IN THE HEART OF THE COMET ist es ein harter SF-Roman mit viel Wissenschaft, Astronomie, Biologie und Spekulation darüber, wohin wir in den nächsten hundert oder hundertfünfzig Jahren gehen mögen.

Alle meine Bücher unterscheiden sich voneinander. Ich habe gerade die erste Arbeit beendet, die einem anderen meiner Bücher ähnelt — THE UPLIFT WAR ist wie STARTIDE RISING, bloß handelt es von Schimpansen statt von Delphinen. Es macht mehr Spaß, mit ihnen zu spielen, weil sie erdhafter sind und man sie besser in den Griff bekommt. Die Delphine sind so ätherisch und poetisch und philosophisch.

Am Tag unseres Gespräches sollte Brin vor einer Versammlung der SF-Gruppe Preston sprechen, und Gruppenmitglieder hatten mit dem örtlichen Buchladen vereinbart, daß er kommen und Exemplare seines Buches signieren würde. Leider war die eigens georderte größere Bestellung nicht eingetroffen. Hastig wurden einige wenige Exemplare aufgetrieben, und das Personal bestaunte dieses seltsame Phänomen eines Schriftstellers — es war kein spezialisiertes Buchgeschäft, und man war Autoren nicht gewohnt.

Brin hatte sich während seines Aufenthalts in England auf die Lektüre britischer Autoren konzentriert und wurde überredet, ein Exemplar von THE COLOUR OF MAGIC von Terry Pratchett zu kaufen (Ich dachte, der Buchladen hätte es ihm für seine Mühe kostenlos geben können).

»Nachdem ich selbst Eigensüchtiges geschrieben habe (THE PRACTICE EFFECT), muß ich in solchen Dingen nachsichtig sein«, meinte Brin. »Ich entschuldige mich für THE PRACTICE EFFECT, aber ich schäme mich nicht. Es ist offen für eine Fortsetzung; sollte ich jemals wieder das verzweifelte Bedürfnis verspüren, mich von solch schrecklichen Wortspielen und Selbstsucht zu befreien, damit sie meine anderen Arbeiten nicht verseuchen, werde ich eine schreiben. Es ist ein gutes Mittel, derlei Zeug auszuschwitzen.«

Zu seinen bevorzugten SF-Büchern bemerkte Brin: »EARTH ABIDES (dt. LEBEN OHNE ENDE, Heyne Bibliothek der Science Fiction Literatur Bd. 10) von George R. Stewart ist wirklich hübsch, aber es gefällt mir nicht, nur ein einziges Lieblingsbuch zu haben. Ich habe Favoriten in verschiedenen Subgenres. Soweit es die Grenzen betrifft, bis zu denen man eine Idee erforschen kann, hat David Gerrold in THE MAN WHO FOLDED HIMSELF (dt. ZEITMASCHINEN GEHEN ANDERS, HSF 06/3478) durch seine erschöpfende Behandlung der tragenden Idee ein Beispiel gegeben.«

Geht man davon aus, daß Brin ein für sein Genre hochqualifizierter SF-Schriftsteller ist (so übertrifft er im Umfang seiner wissenschaftlichen Tätigkeit einen Mann wie Isaac Asimov bei weitem), stellt sich natürlich die Frage …

F: Wie kommt ein Wissenschaftler wie Sie zum Schreiben von SF?

A: Ich wünschte, ich wäre ein so guter Wissenschaftler, wie es auf dem Papier aussieht. Ich betrachte mich wirklich nicht als erstrangig. Tatsächlich habe ich mir bisher mit meiner schriftstellerischen Arbeit mehr als mit meiner wissenschaftlichen einen Namen machen können, und indem er mir Schecks schickt, besteht mein Verleger darauf, daß ich meine berufliche Laufbahn mehr und mehr dem Schreiben widme.

Ich arbeite am Projekt SETI mit, das der Suche nach extraterrestrischem Leben gilt, und habe einiges darüber geschrieben. Die meisten Astronomen haben von ihrer ursprünglichen Begeisterung inzwischen Abstand genommen, aus einem einfachen Grund: alle geologischen Anzeichen deuten darauf hin, daß die Erde in der Vergangenheit niemals besucht worden ist. All das UFO-Zeug — das können keine intelligenten Wesen sein. Sehen Sie sich nur an, wie ihr Verhalten beschrieben wird: Farmer auf Weizenfeldern umschwirren und ihnen LSD geben. Das ist kein intelligentes Verhalten! Es sieht mehr und mehr danach aus, daß Leben in der Galaxis ziemlich spärlich vorkommt, wenn ich auch glaube, daß es dort draußen irgendwo existiert. Vielleicht werden unsere fernen Nachfahren einmal damit in Berührung kommen.

Es scheint, daß Gott nicht beabsichtigt, mich zu einem Physiker werden zu lassen, obwohl ich sehr angestrengt daran arbeitete und meine Promotion schaffte. Aber imstande zu sein, mir den Lebensunterhalt in meinem zweitbesten Beruf zu verdienen, und den besten als Steckenpferd zu reiten, nein danke, lieber Gott, ich beklage mich nicht!

Schon als Kind fühlte ich mich vom Beruf des Wissenschaftlers angezogen, weil die Wissenschaftler von allen Berufen, die ich kannte, am häufigsten Leute mit Sinn für Humor zu sein schienen.

Wäre ich nicht Schriftsteller und Wissenschaftler, ich würde gern Lehrer sein; sie sind die Helden unserer Zeit, sie sind die Leute, die auf den Titelseiten der Zeitschriften sein sollten. Ich halte es für eine gesellschaftliche Sünde, daß Joan Collins, um nur ein Beispiel zu nennen, mehr verdient als fünfhundert Schullehrer zusammengenommen.

Ängstliche Kinder verehren den Mann auf dem weißen

Pferd; jetzt sind wir (die Zivilisation) Halbwüchsige, und ich würde sagen, daß wir in dreißig Jahren eine gute Chance haben, eine wirklich erwachsene Gesellschaft zu bekommen. Dann wird man Lehrer wieder respektieren. Es ist ein Zeichen, daß wir die erste Zivilisation sind, deren Helden Unterhaltungskünstler sind. Nach zwanzigtausend Jahren der Kriegerverehrung ist das, glaube ich, ein Schritt aufwärts.

Die Leute in dieser Gesellschaft, die *Intelligentsia* mit dem größten Selbstvertrauen, die Leute, die zu Gott in der Sprache reden, die er gebrauchte, um das Universum zu machen, sind heutzutage die Physiker.

Ein guter Physiker muß in unserer Zeit Sinn für Humor haben, oder er kann nicht arbeiten! Es bereitet ihm Freude, Physik zu erklären, und er kann es, kann einem Achtjährigen Quantenmechanik erklären. Wenn du deine Idee einem Achtjährigen nicht in einfachen Metaphern erklären kannst, weißt du nicht, wovon du redest.

Einer der Zwecke, denen die Literatur im allgemeinen und die bessere SF-Literatur im besonderen dient, ist zu warnen und geistige Experimente unserer möglichen künftigen Entwicklung durchzuspielen. FRANKENSTEIN warnt uns vor den Konsequenzen unserer Schöpfungen. Dann gibt es DR. STRANGELOVE und FAILSAFE. Die Luftwaffe hatte früher stets behauptet, dergleichen könne nicht geschehen, aber fünfzehn bis zwanzig Jahre später, unmittelbar nachdem FAILSAFE herauskam, konnten wir erleben, daß die Luftwaffe ihre gesamten Verfahrensvorschriften vollständig umänderte, um die Gefahr eines zufälligen Kriegsausbruches zu verringern! Nach DR. STRANGELOVE feuerten sie fünfzehn Generäle!

Warnungen sind lebensnotwendig, und in dem Maße, wie wir aufs Geratewohl immer schneller in die Zukunft hineinstürzen, wird es noch wichtiger, mit dem Stock den Boden vor uns zu sondieren, um rechtzeitig den Treibsand zu erkennen.

Was die Frage angeht, ob Wissenschaftler eine größere Rolle spielen sollten, so ist zu sagen, daß der durchschnittliche Intelligenzquotient jener, die mit Nuklearwaffen umgehen, seit 1945 um einen Punkt pro Jahr gesunken ist, was ein Grund ist, sich zu fürchten. Unter anderem bewog mich dies, THE POSTMAN zu schreiben, einen Nach-Holocaust-Roman.

Ich glaube, wir leben in einer Renaissance, und es ist mir gleich, ob Sie meinen, wir werden so oder so alle zum Teufel gehen, oder nicht; ich bin anderer Meinung.

Ich bin ein Proselyt des Optimismus. Überall in der englisch sprechenden Welt trifft man die Einstellung an: ›Mein Gott, wir werden alle zur Hölle fahren, wir sind alle zum Untergang verurteilt, seht bloß, was für furchtbare Menschen wir sind.‹ Mir hat es immer Spaß gemacht, dagegenzuhalten, weil ich einen Widerspruchsgeist habe:

Wann immer ich auf eine starre Linie, auf einen Satz vorgefaßter Meinungen stoße, stichele ich gern dagegen. Ich will die Leute nicht ärgern, ich will sie glücklich machen, aber ich stichele gern und bringe die Leute zum Nachdenken. Es ist einer der Gründe, daß ich meine Arbeit habe. Sie macht mir viel Freude, aber sie ist nicht meine erste Wahl; ich würde einen Millionen-Bestseller für einen Beitrag zur mathematischen Physik geben, den nur zwölf Menschen verstehen und der Stephen Hawking dazu bringen würde, aus seinem Rollstuhl zu springen!

Aus dem Englischen übersetzt von Walter Brumm

ÜBER SCIENCE FICTION

Philip K. Dick und die Science Fiction der Neunzigerjahre

von Michael K. Iwoleit

Die Welt ist voller Idioten.
Man könnte daran verzweifeln.
Philip K. Dick
CONFESSIONS OF A CRAP ARTIST

Ratlosigkeit allenthalben. Oder gibt es eine andere Erklärung dafür, daß Michael Nagula in seinem resignativen Artikel »Keine Zukunft für Science Fiction?«[1] einen recht simplen Prophetieanspruch an die SF bemüht, um dem Genre ein völliges Abgleiten aufs Niveau anspruchsloser Fluchtlektüre vorherzusagen? Den Leser müßte stutzig machen, wenn er liest: »Im Laufe der letzten zwanzig Jahre hat sich die Science Fiction immer mehr und aus wohlverstandenem kritischem Interesse heraus der Beschreibung einer Wirklichkeit angenähert, die sie nun eingeholt hat. Ernstzunehmende Science Fiction, die sich mit den Zuständen auf der Welt befaßt, hat damit *als Genre* ihre Daseinsberechtigung verloren. (...) Wo kann, wo soll die jedem Definitionsbegriff der Science Fiction innewohnende Extrapolation ansetzen, wenn nicht mehr an einer Technologie, die in Distanz zu uns steht? — Genmanipulation, Verspeicherung, Verstrahlung — welche Beschreibung der Wirklichkeit will sich eine Literatur jetzt noch vornehmen, die von sich behauptet, in eine Zukunft zu blicken, die bereits eingetreten ist? Die

[1] Abgedruckt auf Seite 37 ff. in der Ausgabe 1988 dieses Jahrbuchs.

Funktion einer engagierten und nachdenklichen Science Fiction, die sich der Vielzahl von Umweltproblematiken annimmt, ist auf die Funktion der Literatur schlechthin reduziert.«[2] Das ignoriert nicht nur die vielen Stimmen von Bradbury über Dick bis Ballard, die darauf bestanden, daß die SF für sie am allerwenigsten dem Zweck diene, in die Zukunft zu schauen, sondern beruht auch auf einem ziemlich flachen Verständnis für die subtilen Mittel, derer sich gute Science Fiction zumindest bedient hat. Oder wird man Stories wie Sladeks »The Communicants«, Ballards »The Subliminal Man« oder Bayleys »Man in Transit«, um einige in verschiedene Richtungen zielende Beispiele zu nennen, mit Nagulas Worten gerecht? Schildern Romane wie Brunners THE SHOCKWAVERIDER oder Aldiss' EARTHWORKS bloße Verlängerungen gegenwärtiger Trends? Ist Ursula Le Guins THE LEFT HAND OF DARKNESS irgendeinem extrapolativen Verständnis der SF verpflichtet? Die SF hat doch, und mag es in noch so dünn gesäten Hervorbringungen geschehen sein, ein vielfältigeres Instrumentarium zur Reaktion auf den Zeitgeist und die Zeitsituation und auf allgemein menschliche, stets aktuelle Fragen entwickelt, als Nagula es hier darstellt. Den begabten Autoren war die SF nie ein umrissener Themenkreis, sondern eine bestimmte Methode zu schreiben. Die Extrapolation, das Weiterdenken gegebener Trends diente der Analyse dessen, was *heute* geschieht und nicht der Vorhersage von Morgen. Was Darko Suvin »erkenntnisbezogene Verfremdung« nennt, die Möglichkeiten des alternativen Denkmodells, sowie die surrealen und symbolischen Widerspiegelungen unserer Wirklichkeit etwa in einigen Erzählungen von David I. Masson oder Barry N. Malzberg haben sich doch meilenweit von der antiquierten Vorstellung entfernt, gute Science Fiction müsse ein glaubhaftes Modell der Zukunft liefern. Offenbar ohne daß es jeder Beobachter gemerkt hätte, hat sich zum Gradmesser für gute Science Fiction entwickelt, daß es nicht darauf ankommt, ob das in ihr Geschilderte als reale Möglichkeit

[2] Ebd. S. 40 f.

denkbar ist, sondern ausschließlich darauf, was diese Schilderungen als literarische Schöpfungen über das Hier und Heute zum Ausdruck bringen. Wenn man an der Funktion der SF als Warnliteratur festhält, was ja nicht falsch ist, so muß man ihren besten Autoren zugestehen, über psychologisch ausgefeiltere Taktiken zu verfügen, als Nagula glauben machen will. Und diese Taktiken sind nach wie vor nutzbar und nutzbringend. In der SF der achtziger Jahre allerdings, so sieht es leider aus, haben sich auch die begabten jungen Autoren viel zu wenig auf diese Errungenschaften besonnen. Ich vermute, daß Michael Nagulas Ratlosigkeit, wie seine Bemerkungen zur Cyberpunk-Bewegung ja andeutet, auf dem Zustand der heutigen Szene, auf der gegenwärtigen SF-Praxis beruht. Nicht zu Unrecht.

Ein Vergleich der Produktion der letzten sieben Jahre mit den Jahren zwischen 1967 und 1974, der rückblickend wohl bisher glanzvollsten Zeit der Science Fiction, fällt ernüchternd aus. 1967, 1968 und 1969 erschienen mit Brian Aldiss AN AGE, REPORT ON PROBABILITY A und vor allem BAREFOOT IN THE HEAD einige der bleibenden Meisterwerke der englischen New Wave. Mit David I. Massons THE CALTRAPS OF TIME und J. G. Ballards THE DISASTER AREA erschienen 1968 bzw. 1967 zwei der besten SF-Collections überhaupt. Ursula Le Guin veröffentlichte 1969 THE LEFT HAND OF DARKNESS und 1974 THE DISPOSESSED. Philip K. Dicks UBIK erschien 1969, Stanisław Lems SOLARIS ein Jahr früher, ebenso wie Brunners STAND ON ZANZIBAR. 1972 folgte Gene Wolfes THE FIFTH HEAD OF CERBERUS, 1974 Dicks FLOW MY TEARS, THE POLICEMAN SAID. Diese unsystematische Aufzählung zeigt, wie dünn in den achtziger Jahren ähnlich herausragende Werke gesät sind. Was nicht heißen soll, daß die Autoren schlecht seien. Im Gegenteil. Die großen Namen zwischen '67 und '74 sind heute aktuell nicht mehr die wichtigsten. In den USA ist eine ganze Generation neuer junger Autoren aufgerückt, und wenn man berücksichtigt, in welchem Maß sie ihren SF-Vätern, den Asimovs, Clarkes, Andersons und wie sie alle heißen, an literarischer Qualität überlegen sind, hat Wolfgang Jeschke wahrscheinlich recht, wenn er im Editorial zu DAS SCIENCE FICTION JAHR 1987 schreibt, daß »es noch nie so viele gute Erzählungen wie derzeit (gäbe), noch nie so viele talentierte, ja hervorragende junge Autoren auf den Plan getreten (seien), das Niveau der Magazine noch nie so hoch war«. Michael Swanwick hat diese neue Szene in seinem Aufsatz »A User's Guide to the Postmoderns«[3] in einem neckischen, amüsierten Tonfall geschildert, der zugleich eine gewisse Unverbindlichkeit der ganzen Entwicklung einfängt. Die Autoren, die er auf der Seite der »Humanisten« einordnet, ob John Kessel, Connie Willis, Kim Stanley Robinson oder James Patrick Kelly sind ausnahmslos geschickte, versierte Geschichtenerzähler, die sich zu Recht an die Front der aktuellen Strömungen haben setzen können. Die Cyberpunks oder Neuromantics, wie immer man sie nennen möchte, allen voran der vielfach preisgekrönte William Gibson, beherrschen ebenso sicher ihr Jargon und ihr Milieu und haben mit ihrer Verbindung der »Hacker«-Mentalität mit dem Lebensgefühl, oder besser der Lebensunlust, der New Wave- bzw. Post-Punk-Generation wohl tatsächlich einen Ausdruck dafür gefunden, wie kommende Generationen auf das immer selbstverständlichere Einsickern hochentwickelter Technik reagieren könnten. Aber es ist eine Science Fiction, die sich dem technischen Fortschritt zugleich ziemlich resignativ und deprimiert ergibt und die Auseinandersetzung mit ihrem Thema mit einem modischen Aufputz verkleistert, während die »Humanisten« ihr Talent als auffällig glatte Unterhalter verwerten. Die ganze neue Generation erregt erstaunlich wenig Anstoß, ihre Auseinandersetzungen, wie Swanwick sie schildert, wecken den Eindruck eines unterhaltsamen Gesellschaftsspiels, daneben sind sie, gemessen an den Autoren der New Wave, doch sehr brav und haben wohl nicht zuletzt deshalb verhältnismäßig problemlos auf dem Markt (zumindest in den USA) Fuß fassen kön-

[3] Unter dem Titel »Postmoderne: Neue Strömungen in der Science Fiction« übersetzt und mit Anmerkungen versehen von Michael Nagula ebenfalls in DAS SCIENCE FICTION JAHR 1988 erschienen, S. 42 ff.

nen. Erfreulich ist gewiß, daß das Niveau der SF sich insgesamt gehoben hat und die jungen Autoren keinen Pulp-Schund mehr produzieren, aber so ganz ist Franz Rottensteiners Behauptung, daß »eine gewisse Tendenz zu stilistischer Verbesserung in der SF« sich auf die »konsumgerechte Aufarbeitung als Unterhaltungsliteratur beschränke«[4], nicht von der Hand zu weisen. Es mangelt an starken Autorenpersönlichkeiten, die ein bestimmtes kritisches, meinetwegen auch subversives Element in der SF wachhalten. In dieser Hinsicht scheinen die Jüngeren von einem ihrer Meister, der unübersehbar in diese Szene hineinwirkt hat und auch noch weiterwirken wird, wenig gelernt zu haben — nämlich von Philip K. Dick.

In Dicks Einflußbereich stehen sowohl Gibson und Rudy Rucker als auch Kim Stanley Robinson, der mit seiner Dissertation THE NOVELS OF PHILIP K. DICK[5] eine hervorragende Studie über Dicks Werk schrieb. Die sogenannte Bay-Area-Gruppe unter den jungen Autoren, der Tim Powers, James P. Blaylock und vor allem K. W. Jeter angehören, ging unmittelbar aus Dicks Freundeskreis in seinen letzten Lebensjahren hervor.[6] Es ist auffällig, wie sich parallel zur Etablierung einer neuen Autorengeneration eine eigene, von der Science Fiction abgenabelte Szene konstituiert hat, die sich Dicks Leben und Werk widmet. Seit einigen Jahren steht die von Dicks literarischem Nachlaßverwalter Paul Williams gegründete Philip K. Dick-Society, die weltweit von Brasilien bis nach Japan inzwischen über Tausend Mitglieder zählt, im Mittelpunkt internationaler Bemühungen um das Werk eines Autors, dem erst in begrenztem Maße die Anerkennung als eines weit über die Grenzen der SF hinaus bedeutsamen Schriftstellers zukommt, die er verdient hat. Wie Jazzmusiker, die verstorbenen Kollegen mit einer neuen Komposition

[4] Franz Rottensteiner (Hrsg.): PHANTASTISCHE TRÄUME, Frankfurt am Main 1983, Suhrkamp TB 954, Phantastische Bibliothek Band 100, Nachwort S. 414.

[5] Erschienen in der UMI Research Press.

[6] Einige Gestalten in dem Roman VALIS sind diesen Autoren nachempfunden. K. W. Jeter erscheint als Kevin, Tim Powers als David.

ihre Achtung erweisen, haben zahlreiche SF-Autoren Erzählungen, sogar schon Romane[7] veröffentlicht, die auf Dicks Werk anspielen, seinen starken Einfluß verraten oder gar Dick selbst als Charakter auftreten lassen (Uwe Anton stellte davon eine ganze Anthologie für den Heyne-Verlag zusammen[8]). FLOW MY TEARS, THE POLICEMAN SAID ist für die Bühne bearbeitet worden, neue Verfilmungen sind im Gespräch, der Regisseur Gary Wolkow versteht seinen Film THE TROUBLE WITH DICK, der auf den Festivals in Cannes und Paris 1987 einiges Aufsehen erregte, als »indirekte Hommage« an Philip K. Dick, amerikanische Rock- und Popgruppen haben dem Andenken Dicks Schallplatten gewidmet, der Roman VALIS bildete die Grundlage für eine 1988 in Paris uraufgeführte experimentelle Oper, und die Fülle an Übersetzungen und Veröffentlichungen über Dick weltweit ist kaum zu überschauen. Die vielfältigen Aktivitäten um diesen Autor[9] deuten an, daß hier jemand in den Köpfen seiner Zeitgenossen etwas in Bewegung gebracht hat, was über den vertrauten Wirkungsradius der Science Fiction hinausgeht. Möglicherweise wird die Aufarbeitung seines Werks die Science Fiction der neunziger Jahre stärker prägen als jeder andere literarische Einfluß, wenn auch bislang noch niemand der jungen Autoren zum Meister aufgeschlossen hat (vielleicht wird sich K. W. Jeter, der mit seinem DR. ADDER einen kontroversen Markstein in der neueren SF gesetzt hat, einmal als der durchdringendste Autor dieser Generation herausstellen). Bis dahin wird sich die Autorenschaft jedoch noch einmal grundsätzlich darüber klar werden müssen, welches Verdienst Dicks Schaffen zukommt und wie im kommenden Jahrzehnt, insbesondere unter Be-

[7] Herausragendes Beispiel ist der 1987 erschienene Roman THE SECRET ASCENSION von Michael Bishop.

[8] Das Buch erscheint 1990 unter dem Titel WILLKOMMEN IN DER WIRKLICHKEIT — DIE ALPTRÄUME DES PHILIP K. DICK.

[9] Zuweilen ist bereits von einem Philip K. Dick-»Kult« in den USA die Rede. Wenn man, wie es Ronald M. Hahn und Volker Jansen in ihrem gleichnamigen Buch am Beispiel der Kultfilme taten, einen Kultautor einfach als einen Autor definiert, der seine Leser und Bewunderer zu eigenen Aktivitäten anregt, ist das sicher richtig.

rücksichtigung der Zeitsituation, an ihm anzuknüpfen wäre. Dabei sind zwei Gesichtspunkte besonders hervorzuheben: der eine ist im weitesten Sinne literaturtheoretischer Art, der andere von inhaltlicher Bedeutung. Zum einen ist Dick ein typischer Vertreter jener Gruppe von Autoren — die es natürlich nicht nur in der SF gibt —, die irgendwo in einem Bereich zwischen der »gehobenen« und der Massenkultur agieren, und gehört damit eher in die Nähe von jüngeren amerikanischen Schriftstellern wie Thomas Pynchon und John Barth als in den typischen Rahmen der SF, zum anderen hat er sich in seinen besten Werken einer Wirklichkeit zu stellen versucht, deretwegen nicht nur die Cyberpunks zu resignieren begonnen haben. Es gab und gibt politisch konsequentere SF-Autoren als Dick[10], seine begrenzten stilistischen Fähigkeiten, über die er freilich in seinem Spätwerk hinausgewachsen ist, können für die SF der Weisheit letzter Schluß nicht sein und insgesamt ist er nicht frei von jenen typischen Verengungen beim Blick auf den Rest der Welt, der für viele US-amerikanische Intellektuellen typisch ist. Seine Anhängerschaft in Europa hat ihm diese Schwächen wohl deshalb bereitwilliger als anderen Autoren seiner Generation nachgesehen, weil seine widersprüchliche, ständig an der Klippe zwischen Tragik und Komik, Verstand und Wahnsinn operierende Persönlichkeit, der Selbstironie nie fremd gewesen ist, eine Faszinationskraft ausstrahlt, die manchen Blindgänger in seinem Schaffen aufwiegt. Sein Werk wird eine Herausforderung bleiben, die ganz zu begreifen einige sehr allgemeine Überlegungen bedarf. Sie führen zu einer Grundsatzdiskussion über die SF zurück, die bis heute zu keinem befriedigenden Ergebnis geführt hat. Jemand, der es wissen müßte, weil er als Mitredakteur von *Kindlers Literatur Lexikon* und als Herausgeber einer SF-Reihe beide Kulturen kennt, Wolfgang Jeschke nämlich, hat im Editorial des SCIENCE FICTION JAHRs 1988 erneut die Ignoranz der Lite-

[10] Wie Dick in einem Interview mit Uwe Anton und Werner Fuchs in dem Reader KOSMISCHE PUPPEN (Heyne SF 06/4328) anmerkt, ist er erst auf Grund seiner Konflikte mit dem Nixon-Regime politisch aktiv geworden.

raturwissenschaft der SF gegenüber beklagt, und jeder, der als SF-Schaffender irgendwie in Berührung mit offiziellen Kulturorganen kommt, wird Beispiele für die stillschweigende Erwartung vieler Angehöriger der »hohen Kultur« ergänzen können, daß ein Autor sich zu schämen habe, wenn er Science Fiction schreibt. Was dahinter steht und wie dem zu begegnen ist, enthüllt der Charakter von Dicks Werk auf augenfällige Weise.

Ratlosigkeit allenthalben. Noch immer gilt die Science Fiction pauschal als ein Segment der Massenkultur. Das literarische Establishment weiß mit ihr nichts anzufangen und übergeht ihre wichtigsten Vertreter mit derselben Selbstverständlichkeit wie ihre hinterletzten Zeilenreißer. Was aus dieser Sphäre an akademischen und literaturkritischen Äußerungen in die Szene dringt, ist in der Regel vernachlässigenswert. Schon 1972 veröffentlichte Stanisław Lem im *Quarber Merkur* unter dem Titel »Science-fiction: ein hoffnungsloser Fall — mit Ausnahmen«[11] — einer umgearbeiteten Fassung des Kapitels »Soziologie der SF« aus seiner großen SF-Studie PHANTASTIK UND FUTUROLOGIE, die zur Veranschaulichung, wie es einem begabten Autor im SF-Milieu ergehe, eine Besprechung von Philip K. Dicks Werk einbezieht — einen Essay, der heute noch die Lektüre des Löwenanteils dieser Äußerungen erübrigt. Er scheidet zu Anfang das Gesamtgebiet der Literatur in ein »unteres Reich« der Trivialliteratur und ein »oberes Reich« der Mainstream-Literatur[12] und merkt dazu an: »Der Unterschied zwischen einem Autor als einem Bürger des ›oberen‹ und des ›unteren‹ Reiches, darf man (...) nicht darin sehen, daß der erste

[11] Nachgedruckt in dem Band 3 der gesammelten Essays von Stanisław Lem, Frankfurt am Main 1987, Suhrkampf TB 1439, S. 44 ff.

[12] Auch wenn ich in folgendem den Begriff ›Mainstream‹ im Sinne Lems verwende, um keine weitere Verwirrung zu stiften, sei an dieser Stelle angemerkt, daß der englischen/amerikanischen Vokabel ›Mainstream‹ keineswegs der deutsche Begriff ›Hochliteratur‹ entspricht. ›Mainstream‹ ist vielmehr eine wertungsfreie Bezeichnung für allgemeine, also keinem bestimmten Genre zugeordnete Literatur.

keine Phantastik (oder mit der SF verwandte) Literatur schreibt und der zweite es tut: der Unterschied ist weder an der *genologischen Immanenz* noch an der *künstlerischen Qualität* der *isolierten* Werke überprüfbar. Das Bürgerrecht — d. h. die Zugehörigkeit zum ›oberen‹ oder zum ›unteren‹ Reich — wird nicht nur und nicht so vom Produkt bestimmt, das ein Literat liefert. Es handelt sich um verwickeltere Beziehungen von soziokulturellem Charakter.« (S. 45 f.) Was Lem daraufhin in gelegentlich entsprechend snobistischem Jargon unternimmt, ist eine Gegenüberstellung der paradiesischen Zustände, wie sie im Mainstream herrschen, und der sklavischen, nur den Gesetzen von Angebot und Nachfrage verschriebenen Verhältnissen in der Trivialliteratur. Er präsentiert uns in seiner Lobeshymne das »obere« Reich als eine Gesellschaft kultivierter, geistvoller Gemüter, zu der Neulinge nur aufgrund ausgeklügelter Ausleseverfahren Zutritt erlangen, und die sich um das Schicksal derer in den unteren Stockwerken in der Regel einen Dreck schert. Nur, kann Lem das wirklich so ernst gemeint haben? Spricht sein ganzes Schaffen nicht dafür, daß er nicht nur ein Ungenügen an der SF, sondern an der Literatur allgemein, also auch am Mainstream feststellte? Ist er wirklich so fest davon überzeugt, daß die Ausleseprozesse im »oberen Reich« der Herauskristallisierung des literarisch Bedeutsamen diene, denn ursprünglich erschienen auch seine eigenen Werke in der Bundesrepublik unabhängig von ihrer Qualität in Heftchenform, weil »seriöse« Verleger zunächst auf ihn nicht angesprungen sind? Lems Analyse der Marktmechanismen, denen die SF unterworfen ist, ist nicht völlig falsch, aber unvollständig und damit verzerrend, weil er übersieht, daß die SF erstens zum Sammelbecken für Autoren geworden ist, deren unkonventionelles Talent ihnen keine andere Veröffentlichungsmöglichkeit läßt, und daß es zweitens Herausgeber und Autoren gibt, die inmitten der kommerziellen Bewegungen des Genres sei es noch so kleine Enklaven geschaffen haben, in denen sich abspielt, was sich in der Literatur außerhalb davon kaum irgendwo abspielt. Nicht immer muß ein »tieferer Sinn« in ein SF-Werk »hineingeschmuggelt« werden, wie Lem behauptet. In Einzelfällen ist von Herausgebern und Autoren immer wieder das kommerzielle Risiko bewußt eingegangen worden. Ein Großteil der wichtigsten SF-Bücher wäre andernfalls nie erschienen. Aber auf diese Zusammenhänge komme ich noch zurück.

Zuvor ist der Blick ins »obere Reich« ein wenig zu vertiefen. Die Wirklichkeit etwa in der Literaturszene der Bundesrepublik, wo ja traditionsgemäß eine strengere Trennung zwischen »hoher« und »niedriger« Kultur stattfindet als in anderen Ländern, belehrt Lems Leser eines Besseren. In seinem Aufsatz »So kritisieren sie hin« hat der Literaturkritiker Jörg Drews einmal in einem »stehenden Sturmlauf gegen die westdeutsche Literaturkritik 1984/1985« die Misere des literarischen Establishments präzise beleuchtet.[13] Einen passionierten Schöngeist, der von den vornehmen, kulturellen Werten verpflichteten Strukturen des »oberen Reiches« überzeugt ist, muß schon Drews Bemerkung nüchtern stimmen, daß das »Wundersame an der Literaturkritik sei, daß es sie überhaupt noch gäbe« (S. 177 f.) und daß sie nur »auf Grund eines noch nicht ganz gestorbenen bildungsbürgerlichen Respekts vor der Sphäre von Geist und speziell Literatur, einfach, weil es doch irgendwie peinlich auffiele, wenn Zeitungen und Rundfunk diese Reservate auch noch strichen« (S. 177) noch existiere. Er konstatiert ein politisch-kulturelles Vakuum in den Köpfen derer, die trägen Herzens jeden Herbst und Frühjahr die heranrollende Buchproduktion beschwafeln, und man kann davon ausgehen, daß die Autoren hier nicht weniger enerviert sind als die Kritiker. »Wie sollte es auch anders sein«, schreibt Drews, »wenn wir träge sehenden Auges alle die technische Revolution, die fortschreitende Umweltzerstörung und zugleich die Beharrungskraft der Machtstrukturen wahrnehmen müssen? Mit der gegenwärtig stärker spürbaren Machtlosigkeit des reflektierenden Intellekts verstärkt sich die Wahrnehmung der grundlegenden Tatsache, daß die Sphäre von Kritik überhaupt, das öf-

[13] Hier zitiert nach: *Der Rabe. Magazin für jede Art von Literatur — Nummer 11,* hrsg. von Gerd Haffmans, Zürich 1985, Haffmans Verlag, S. 171 ff.

fentliche Räsonnement über gesellschaftliche Gegenstände, immer weniger Chancen hat, überhaupt in die Entscheidung des gesamtgesellschaftlichen Systems relevant einzugreifen. (...) Wir müssen uns damit abfinden, daß unsere Tätigkeit das soziale System gar nicht affiziert (...), daß wir in einem sich selbst überlassenen Subsystem leben. Wir haben wieder einmal zu schlucken, daß Kultur eben doch nur Ornament ist.« (S. 176) Solche Gedanken, nehme ich an, kämen Stanisław Lem gewiß nie in den Sinn, und er hat es nie für nötig gehalten, seine Äußerungen von 1972 inzwischen dahingehend zu ergänzen. Wenn Drews mit seinen Befunden recht hat und sie wirklich die verbreitete Stimmung unter den Hochliteraten widerspiegeln, dann kann das »obere Reich« als Vorbild für die Science Fiction abgehakt werden. Dann wird dort oben, mit etwas schöneren Worten vielleicht, dieselbe Ratlosigkeit gewälzt, mit der die Cyberpunks innerhalb der SF auf die übermächtig scheinende Woge des technischen Fortschritts reagiert haben.

Die Ratlosigkeit der zeitgenössischen Hochliteratur zumindest in Deutschland ist nicht verwunderlich. Sie entspricht einem Versagen des traditionellen Bildungssystems auf breiter Front. Es ist oft argumentiert worden, daß der Widerspruch zwischen SF und Mainstream auf einem Schisma beruhe, das die ganze moderne Gesellschaft durchlaufe, so wie Wolfgang Jeschke es exemplarisch in seinem Artikel »Science Fiction und Buchmarkt«[14] tat: »(Die Science Fiction) hat vor allem ein Verdienst, das ihr niemand je wird absprechen können: sie ist dort eingesprungen, wo die herkömmliche Literatur in ihrem elitär bürgerlich-humanistichen Ansatz, der im Sinne Jacob Burkhardts alle technisch-naturwissenschaftliche Intelligenz als zweitrangig abqualifiziert, versagte, weil sie einer immer breiter werdenden Schicht von denkenden, vielleicht notgedrungen und in Sachzwängen anders denkenden Menschen, als das humanistisch-bürgerliche Bildungssystem sie reproduzierte und

[14] Enthalten in: Bernt Engelmann (Hrsg.): VS VERTRAULICH, Band 3, München 1979, Goldmann TB 3885, S. 161 ff.

noch immer reproduziert, nichts oder kaum mehr etwas zu sagen hat. Die SF entstand aus einer Notlage heraus. Sie belieferte und beliefert noch heute vor allem jene ›andere‹ Kultur, die Charles Percy Snow skizziert hat, die technisch-naturwissenschaftliche.« (S. 170) Das ist, wenn man berücksichtigt, daß die Masse der Science Fiction allenfalls einen trivialen Abklatsch der realen komplexen Zusammenhänge des Geschehens in dieser »anderen« Kultur darstellt, etwas vereinfacht gesprochen, aber damit mag auf einen psychologisch tieferliegenden Grund dafür hingewiesen sein, daß die Science Fiction anderen Genres im Hinblick auf den Publikumserfolg den Rang ablaufen konnte und gewiß auch in der Bundesrepublik wieder ablaufen wird, wenn sie sich vom Schaden durch den Fantasy-Boom erholt hat und die Horror-Welle im Sog Stephen Kings abgeschwappt ist. Die Masse der SF versorgt wie jede andere Komponente der Massenkultur bzw. Kulturindustrie eine »Silent Majority« mit leichtverdaulichem, schnellvergessenem Unterhaltungsfutter, eine Schweigende Mehrheit, die die Umwälzungen in der Welt zwar erleidet, erträgt, konsumiert und bezahlt, aber weit davon entfernt ist, sie zu durchschauen und jeden Hinweis darauf in ihrem Lesefutter mit Unverständnis oder Hilflosigkeit quittiert. Diese Schweigende Mehrheit ist es, die durch ihre Arbeitsleistung die Prozesse in Gang hält, aber sie ist kritischen Äußerungen nicht zugänglich, weil das traditionelle Bildungssystem mit seiner sich selbst erstickenden snobistischen Kulturaura, die jegliche Spontaneität, Emotion und Leidenschaft für eine Sache abwürgt und vor der jeder normale Mensch, wenn er nicht besonders hartnäckig ist, in die Trivialität fliehen muß, sich gerade eine solche Schweigende Mehrheit herangezogen hat — auffälligerweise ganz zum Nutzen derer, die in der modernen Industriegesellschaft die Macht und den Einfluß haben. Diese Schweigende Mehrheit, für deren Leben die Erträge der Kritik eigentlich von besonderer Bedeutung sein müßten, ist weder von der Hochliteratur, noch, gestehen wir es uns ein, von der gehobenen Science Fiction zu begeistern. Die Massen-SF wird einfach deshalb gelesen, weil sie bunter ist, aber sie spricht damit auf ähnliche Weise wie Videoclips und High Tech-Kino ein Sensorium in den Köpfen dieser Menschen an, das unbewußt eine Reaktion auf die Tatsache ist, daß ihre Welt eine andere als die ihrer Vorväter ist, daß Veränderungen eingetreten sind, die sich noch in den trivialsten, oberflächlichsten Konsumbedürfnissen niedergeschlagen haben.

Die Science Fiction-Autoren indessen, die an der Notwendigkeit festhalten, die künstlerischen Möglichkeiten der SF zu nutzen, werden möglicherweise der Tatsache vertraut sein, daß sie letztendlich über *diese* Schweigende Mehrheit, aber nicht *für* sie schreiben. Sie fallen damit in einen Zwischenbereich, der vom heutigen Kulturbetrieb weitgehend ignoriert wird. Es sind jene »Grenzgänger«, von denen Wolfgang Jeschke im Editorial zu DAS SCIENCE FICTION JAHR 1988 schreibt, Autoren wie Thomas M. Disch in den USA, Christopher Hodder-Williams in England oder Gero Reimann in der Bundesrepublik, von deren wichtigsten Werken man kaum annehmen kann, daß es außerhalb der SF Veröffentlichungsmöglichkeiten für sie gäbe. Die Science Fiction gewinnt damit eine nicht zu unterschätzende kulturelle Bedeutung als *eines* der Hauptsammelbecken für solche Talente, die zumindest dort ein kleines Publikum für sich gewinnen können. Ihre schwachen Verkaufszahlen in den SF-Reihen sind zu bedauern, aber noch fataler wäre ihr völliges Verschwinden vom Markt, denn in konventionellen Buchreihen ist für sie kein Platz. Ihre Bedeutung ergibt sich daraus, daß sie sich, gewollt oder ungewollt, durch einen subversiven Faktor in ihrem Werk auszeichnen, der sich, man möge davon träumen, einmal zum Sturm in den verstaubten Kontors der Hochkultur entwickeln könnte.

Diese Grenzgänger, die Angehörigen eines »mittleren Reiches« zwischen Trivial- und Hochliteratur, wo sie einerseits den Kontakt zur Wirklichkeit der Kulturindustrie nicht verloren haben, andererseits aber auch aus dem Reservoir der Weltliteratur schöpfen, mit dem die zeitgenössische Hochliteratur in der Regel eh nichts mehr an Bedeutsamkeit gemein hat — sie haben die Aufmerksamkeit eines kleinen

Kreises von Lesern, Kritikern und Theoretikern verdient, der ihre Bedeutung begreift und würdigt. Die Feuilletons der bildungsbürgerlichen Presse und ihre Entsprechungen in Fernsehen und Rundfunk werden dazu nie in der Lage sein. Es bleibt auf den Durchblick der (ich nenne sie einmal so) »alternativen« Literaturszene zu hoffen, im deutschen Sprachraum auf Bemühungen wie denen des Haffmans-Verlages in Zürich, dessen für »jede Art von Literatur« offenes Magazin *Der Rabe,* in dem neben Namen wie Hans Wollschläger und Arno Schmidt auch mal Philip. K. Dick oder James Tiptree jr. auftauchen, seine Konzeption der weisen Einsicht verdankt, daß alles, was sich schreiben läßt, auch gut gemacht werden kann und keine der reichhaltigen Möglichkeiten des geschriebenen Wortes verschenkt werden sollte. Die Betreuung des besagten Zwischenbereiches wäre natürlich auch eine vordringliche Aufgabe für alle Science Fiction-Medien und der Niveauverfall der *Science Fiction Times* nimmt sich unter diesem Aspekt besonders bedauerlich aus. Was einst von einer Truppe auch politisch heller Köpfe angeregt wurde, die zwischen den Stühlen, d.h. zwischen den Kulturen munter auf den Putz gehauen haben, ist zu einem an Informationen raren und allenfalls für kindische Auseinandersetzungen offenen Blättchen verkommen, dessen Redakteure ihre Ratlosigkeit und wohl auch ihr Desinteresse mit Lückenbüßereien übertünchen. Oder wie anders soll eine Fachzeitschrift zu bewerten sein, die an ihre Mitarbeiter offensichtlich keine anderen Anforderungen als die Beherrschung einer Schreibmaschine stellt, die ihren Rezensenten noch die gröbsten Falschbehauptungen, Verdrehungen und Unterstellungen durchgehen läßt, deren Auswahl rezensierter Titel undurchschaubaren Kriterien folgt, die nach Bild-Zeitungs-Manier mit Riesenüberschriften Seiten schindet, die Platz für Video- und Filmtips verschwendet, die sich jeder Freak ohnehin aus den entsprechenden Zeitschriften zusammensucht, und die für ihre Beurteilungen offensichtlich keine verbindlichen Maßstäbe mehr kennt? Auch der *Quarber Merkur,* der im Gegensatz zur *SFT* zwar sein Niveau hat halten können, aber der bildungsbürgerlichen Perspektive fraglos zu nahe steht, wird diese Lücke in der Analyse der SF unter den angeführten Gesichtspunkten im deutschsprachigen Raum nicht ausfüllen können. Eine vom SF-Markt und Bildungsbürgertum gleichermaßen unabhängige, für Entwicklungen außerhalb der SF-Szene freilich nicht blinde Fachzeitschrift hätte längst erkennen müssen, was innerhalb des Genres geschieht, wie dort von einzelnen Autoren auf den vielleicht wichtigsten zeitgenössischen Mainstream-Schreibern entsprechende Weise ein überkommenes Literatur- und Kulturverständnis ausgehöhlt und gesprengt wird.

Unter allen Autoren der Nachkriegs-SF war Philip K. Dick vielleicht der profilierteste. Er hat instinktiv gespürt, wo er steht, über wen und wogegen er schreibt. Indem er die abgegriffensten SF-Schablonen mit Bedeutung füllte, an die Stelle der Pappkameraden der alten SF reale Charaktere aus den Milieus, die er kannte, vor dem Hintergrund futuristischer Szenarien plazierte, hat er die Klischees der Massenliteratur entautomatisiert und damit ebenso zur Zersetzung einer kulturellen, der Realität längst nicht mehr angemessenen Trennung zwischen dem sogenannten Trivialen und dem sogenannten Seriösen beigetragen, wie es viele der »postmodernen«[15] Romanautoren der USA von einer anderen Seite aus betreiben. Leute wie John Barth, William Gaddis, Robert Coover, Don De Lillo oder der große Thomas Pynchon haben die Sterilität der modernen Literatur durchbrochen und brüskieren das literarische Establishment, versetzen es zumindest in Ratlosigkeit, weil in ihr Schaffen auf oft parodistische Weise mit derselben Selbstverständlichkeit Motive aus der modernen Prosa, den Naturwissenschaften, der Psychoanalyse usw. wie aus den vorgeblichen Trivialgenres SF, Thriller etc. einfließen. Mit dieser Form der Vielschichtigkeit sind sie der heutigen Wirklichkeit näher als etwa die bundesdeutsche Weltschmerzprosa einer »Neuen Weinerlichkeit«, wie sie PEN-Präsident Carl Amery so treffend nannte,

[15] ›Postmodern‹ wird hier nicht in dem Sinne verstanden, wie es unsere Feuilletons gemeinhin tun, sondern in dem Sinne, den die postmoderne amerikanische Prosa eben geprägt hat.

und forcieren damit zugleich eine Entkrampfung der Literatur, an der sich auch Dick Verdienste erwarb. Dick fand einmal die putzige Bezeichnung »crap artist« dafür, die nicht nur auf den in den Trivialmythen seiner Zeit schwelgenden liebenswerten Verrückten Jack Isidore aus seinem Roman CONFESSIONS OF A CRAP ARTIST sondern mit ironischen Untertönen auf jeden Schriftsteller seines Schlages zutrifft. Dick war das Musterbeispiel eines crap artist.[16] Er ging dem Image eines »Künstlers« oder »Literaten« tunlichst aus dem Weg. Sein Interesse galt immer den alltäglichen Menschen, den Anhörigen der »Silent Majority«, den Leidenden und in ihre kleinen Sorgen Verstrickten, die verzweifelt gegen ein Schicksal anrennen, das ihnen die Zwänge ihrer Zeit beschert. Er begann damit, ihr Leben in seinen Mainstream-Romanen, neben CONFESSIONS OF A CRAP ARTIST vor allem in THE MAN WHOOSE TEETH WERE ALL EXACTLY ALIKE und PUTTERING ABOUT IN A SMALL LAND, in präzisen Schilderungen des amerikanischen Kleinstadtlebens in den fünfziger Jahren festzuhalten, und es sind die gleichen Menschen, die in seinen späteren Science Fiction-Romanen auftauchen. Jack Bohlen, Joe Chip oder Eric Sweetscent haben gemeinsam, daß es verletzlich wirkende Gestalten sind, die in Machenschaften hineingezogen werden, denen sie sich nicht gewachsen fühlen, aber sie behaupten sich gerade in diesen Situationen mit einer menschlichen Größe und gewinnen Einsichten, die den alten Helden der SF fremd sind.

Stanisław Lem hat von der »Transsubstantion des Kitsches«[17], der Umwandlung sinnentleerter SF-Schablonen wie Robotern, Telepathen, Zeitreisen etc. in neue Bedeutungsträger, als einer Hauptentdeckung Dicks gesprochen, aber für ihn ist diese Umwandlung nur eine mögliche *literarische* Taktik gegen den Kitsch. Ihm liegt die Einsicht fern, daß ein Autor auf diese Weise die Möglichkeit gewinnt, präziser die

---

[16] ›crap artist‹ = eine Wortschöpfung Dicks. Gero Reimann schlug als Übersetzung ›Schmutz-und-Schund-Künstler‹ vor, aus dem in der deutschen Ausgabe des Romans einfallslos ein ›Schund-Künstler‹ wurde.

[17] Lem 1987, a.a.O., besonders Anmerkung S. 84 f.

Wirklichkeit widerzuspiegeln. Auf dem Wege der Massenkultur, deren Einfluß sich in allen Medien, in der Werbung, der Industrie, ja der Politik niederschlägt, sind die Klischees der Science Fiction auf ähnliche Weise wie einige Jahrzehnte zuvor die Trivialmythen Hollywoods zu Facetten des zeitgenössischen Alltags geworden. Der Kitsch, wenn man denn an diesem Wort festhalten will, ist in übertragenem Sinne *Wirklichkeit geworden.* Er spielt bei der Formulierung der Zeitgeschichte, der politischen Entscheidungen, im Jargon der zahlreichen Subkulturen eine entscheidende Rolle. Der Raum, in dem sich heutige Menschen, meist ohne daß sie sich dessen bewußt sind, selbstverständlich bewegen, umfaßt das ganze Spektrum von den Natur- und Sozialwissenschaften, der Technologie, den Medien, der Wegwerfindustrie bis hin zu den Trivialmythen einerseits und dem, was sich andererseits noch mit der Feiertagsstimmung einer zunehmend Einfluß verlierenden altväterlichen Kultur schmeichelt. J. G. Ballard hat davon gesprochen, daß die Wirklichkeit in unserer Zeit zu einer Fiktion geworden sei: »Mit Fiktion meine ich alles, was zu imaginativen Zwecken erfunden worden ist. Sie kaufen beispielsweise kein Flugticket, Sie kaufen nicht etwa eine Beförderung nach Südfrankreich oder Spanien, was Sie kaufen, ist das Image einer bestimmten Fluglinie, die Art des Minirocks, den die Stewardessen dieser Fluglinie tragen. Fluglinien in Amerika verkaufen sich ja ausnahmslos so … dasselbe gilt für Häuser, die die Menschen bauen, die Art, wie sie diese Häuser möblieren, selbst für ihre Art zu sprechen, die Freude, die sie haben; alles wird fiktionalisiert. — Deshalb: geht man davon aus, daß die Realität nur Fiktion ist, hat es der Schriftsteller nicht nötig, Fiktion zu erfinden, das Verhältnis des Schriftstellers zur Realität ist genau umgekehrt. Es ist die Aufgabe des Schriftstellers, die Realität zu erfinden, nicht Fiktion zu erfinden. Die Fiktion existiert schon.«[18] Dafür freilich wird sich die Li-

[18] Zitiert nach: Ronald M. Hahn: Wissenschaft & Technik = Zukunft. Geschichte und Ideologie der SF-Hefte, in: Eike Barmeyer (Hrsg.): SCIENCE FICTION. THEORIE UND GESCHICHTE, München 1972, Wilhelm Fink Verlag, S. 237 f.

teratur viel intensiver in den oben beschriebenen Raum hineinbegeben müssen, was der Mainstream in der Regel nicht tut, also auch den Kitsch, die Trivialitäten, die Borniertheit und die Phrasendrescherei mit einbeziehen, die uns alltäglich aus den Medien entgegenschlagen. Marshall Mac Luhan hat ähnliche Theorien wie Ballard formuliert und Georg Reimann zog einmal einen Vergleich zwischen dem Simultanraum, als welchen Mac Luhan die Medienlandschaft als entäußertes menschliches Zentralnervensystem beschreibt, und dem Raum, in dem sich Dicks Romane abspielen.[19] Dick begab sich mit Hilfe des ramschigen Instrumentariums, das ihm die SF zur Verfügung stellt, in das zersplitterte, vielschichtige Wirklichkeitsgefüge, in dem wir heute leben, und sein archetypisches Thema, der Frage nach der Natur der Realität, entspricht dem, was Ballard als die Aufgabe des Schriftstellers formulierte. So wie seine typischen Charaktere war auch Dick in seinem Lebenswerk auf der Suche nach einer gültigen Orientierung und seine weiseste Einsicht lag wohl darin, diese in seinen Charakteren, in den Menschen selbst und nicht in ihren Schöpfungen zu suchen. Eine bestimmte Lebenseinstellung, die dabei zu Tage tritt, ein Dem-Leben-die-Stirn-hinhalten, das keine Resignation kennt, ist der menschlich größte Gewinn, den Dick seinen Lesern zu geben hat. Er wird, auch wenn die Entwicklung der Science Fiction über Dicks Hauptwerke hoffentlich noch hinausgeht, ihm bleibende Bedeutung sichern.

Wir leben in einer Welt, deren komplexe Zusammenhänge das menschliche Wahrnehmungsvermögen überfordern, zumindest hat dessen Entwicklung mit der Rasanz des technischen Fortschritts nicht Schritt halten können. Computer-Experten und Futurologen prophezeien bereits eine unvorstellbare Datenflut als eine neue Form der Umweltverschmutzung. Selbst den wohlinformiertesten Beobachter des Weltgeschehens werden zuweilen Zweifel daran beschleichen, ob er überhaupt genügend Informationen auf-

---

[19] Gero Reimann: DICK. EINE OPERNERZÄHLUNG, Hannover 1984, id-verlag-momentaufnahme, S. 59.

nehmen kann, um einen weltpolitischen oder auch nur lokalen Sachverhalt zu beurteilen. Ein aktuelles Beispiel aus der Bundesrepublik, der Hanauer Atommüllskandal, wo die Presse geradezu schwindelerregende Beziehungsverwicklungen aufzudecken versuchte, hat dies wieder deutlich gemacht. Unsere Teilhabe an der Realität ist mittelbar. Nur ein Bruchteil der Kenntnisse, die wir über die Welt besitzen, entstammt noch eigenen Erfahrungen und das Verhältnis verschiebt sich weiter zugunsten gefilterter, zurechtgerückter, entstellter Informationen aus zweiter, dritter, vierter, n-ter Hand. Damit wachsen die Möglichkeiten der Manipulation, das Individuum droht durch den Einfluß der Medien aus seiner Intimsphäre, die der Umwelt gegenüber nur noch eierschalenhaft dünn ist, in künstliche, gestylte, einlullende Wirklichkeitsebenen, Abziehbildern ohne authentischen Wahrheitsgehalt, hinübergezogen zu werden. Eine Vision, die Philip K. Dick in MARTIAN TIME SLIP, einem seiner Meisterwerke, solipsistisch gestaltete, erhält reale Entsprechungen. »(Dieser) Roman beschäftigt sich mit der für mich so wichtigen Prämisse, daß wir nicht nur in der nur einmal vorhandenen Welt unserer eigenen psychologischen Inhalte leben, sondern daß die subjektive Welt einer ziemlich starken Persönlichkeit auf die Welt eines anderen Menschen einwirken kann. Wenn ich Sie die Welt sehen lassen kann, wie ich sie sehe, dann werden Sie automatisch zu den gleichen Gedanken kommen wie ich. Sie werden zu den gleichen Schlüssen kommen. Und die größte Macht, die ein Mensch auf andere ausüben kann, liegt in der Beherrschung ihrer Wahrnehmung der Realität und in der Einwirkung auf die Integrität und die Individualität ihrer Welt.«[20] Verallgemeinert gesprochen, entspricht dieser starken Persönlichkeit der Sender am anderen Ende des Informationskanals, dem sein Empfänger zunächst ausgeliefert ist, weil er für die in seinem Leben zu treffenden Entscheidungen auf Informationen, Erfahrungen, Eindrücke angewiesen ist, die er in der heutigen

[20] Zitiert nach: Charles Platt: GESTALTER DER ZUKUNFT, Köln 1982, Hohenheim-Verlag, S. 230.

Welt nur noch teilweise selbst gewinnen kann. Das Verhältnis zwischen Jack Bohlen und dem autistischen Knaben Manfred Steiner, das diese Beziehung in MARTIAN TIME SLIP dramatisiert, ist ähnlich wie zwischen Barney Mayerson und Palmer Eldritch in THE THREE STIGMATA OF PALMER ELDRITCH, nur vertieft erstgenannter Roman dieses Thema dadurch, weil er mit Blick auf das Phänomen Schizophrenie ein Vakuum bloßlegt, das im Kopf und Herzen des Manipulierten entsteht. Dicks Persönlichkeit ist in seinen Werken präsent wie Palmer Eldritch der Gott in den Chew-Z-Welten ist. So verlor er sich in seinen schwächeren Büchern mitunter selbst in den von ihm gezimmerten Realitätslabyrinthen, konnte mit der Gestalt des Jack Bohlen, vielleicht neben Joe Chip aus UBIK der typischste, Dick'sche Protagonist, aber auch Ängste ausdrücken, die seine eigenen sind. »Hinter der Fassade des fiktiven Jack Bohlen schimmert so deutlich wie in kaum einem anderen seiner Werke Philip K. Dick selbst hervor«, schreibt Uwe Anton in einer Rezension, »sowohl mit seiner Einstellung, den Kampf und das Hoffen niemals aufgeben zu dürfen, als auch mit der durch seine Romane und Kurzgeschichten sublimierten Angst, sich auf den Irrpfaden der Wirklichkeit längst schon verlaufen zu haben. Doch erst durch das Eingestehen dieser Angst läßt sie sich auch überwinden.«[21] Es ist die Angst, von einer Leere und Handlungsunfähigkeit erfaßt zu werden, die sich nach Dicks Befunden an immer mehr Menschen durch das Symptom der Schizophrenie äußert. Sie ist die Folge der unbewußten Gewißheit eines Manipulierten oder Manipulierbaren, daß ihm die Kontrolle über das eigene Leben entglitten ist oder entrissen wurde. In Kapitel 5 in MARTIAN TIME SLIP wird Jacks Krankheit in einer Rückblende, die noch vor seiner Auswanderung zum Mars auf der Erde spielt, als eine Lähmung beschrieben, die in alltäglichen Situationen in seine Psyche dringt. Dick hat damit, wie mit all seinen Überlegungen zur Schizophrenie, einen Ausdruck für die ans Dahinvegetieren grenzende Teilnahmslosigkeit und Inaktivität gefun-

[21] *Science Fiction Times* 6/82, S. 12.

den, die das Leben einer unüberschaubaren Zahl von Menschen in der modernen Welt in Beziehung zu ihren vitalen Angelegenheiten prägt.

Philip K. Dick suchte eine Grundfeste und fand sie, wenn schon nicht in der Integrität und Unverletzlichkeit, so doch im Durchhaltewillen seiner Helden. Jack Bohlen, dessen Kernaussage »Ich bin nur wenig, aber ich bin alles, was ich habe« als Motto über Dicks Gesamtwerk stehen könnte, betreibt als der »repair man«, als Mechaniker ein Handwerk, das nur eine Metapher für die viel größere ontologische Verstrickung ist, der er unterliegt, für sein Bemühen, die Dinge im Kleinen am Laufen zu halten, den Verfall seiner Wirklichkeit abzuwenden. Doch als Schöpfer seiner Romanwelten hält Dick auch eine schützende Hand über die Beziehungen zwischen seinen Figuren, ihm ist die Liebe zwischen den Männern und Frauen seiner Bücher ein weiterer Halt. Nichts darin verläuft reibungslos. Zwischen Kathy und Eric Sweetscent aus NOW WAIT FOR LAST YEAR, Ted Benteley und Eleanor Stevens in SOLAR LOTTERY und allen anderen ergeben sich nur kurze, intime Momente, in denen Verständnis eine Brücke zwischen ihnen zu schlagen scheint, dicht daneben stehen Szenen, wo buchstäblich Welten zwischen ihnen liegen. Am Ende von NOW WAIT FOR LAST YEAR, nachdem Eric Sweetscent durch seine Reisen in die Zukunft erfahren hat, daß seine Frau den Rest ihres Lebens an einem unheilbaren Gehirnschaden leiden wird, fragt er das Roboterhirn eines Automatentaxis, ob er sie verlassen solle. Dies zu tun, bekommt er zur Antwort, käme dem Eingeständnis gleich, daß er die Wirklichkeit als solche nicht ertragen könne, daß er nur für sich besondere, einfachere Bedingungen brauche. Für Dick gehören solche Situationen zur Beschaffenheit des Lebens und der Wirklichkeit schlechthin.

Es ist dies eine sehr persönliche Lösung der Dilemmata, die Dick entwirft. Im übertragenen Sinne wird jeder Autor seine eigene Antwort finden müssen. Denn es müßten die selben Probleme sein, die sich jedem der Wirklichkeit zugewandten Schriftsteller stellen.

Die Frage, welche Taktiken es gegen die Ratlosigkeit gäbe, von der an einigen Stellen dieses Essays die Rede war, legt ein wenig von den Ängsten bloß, die Philip K. Dick aufgezeigt hat. Niemand kann am Rande eines bodenlosen Abgrunds stehen, ohne dabei Schwindel zu empfinden. Dicks Eignung als ein Vorbild für die Science Fiction der neunziger Jahre ist mehr moralischer denn, sagen wir, »literaturhandwerklicher« Art. Schriftsteller wie Aldiss, Ballard, Wolfe und ein Teil der kontinentaleuropäischen SF-Autoren sind ihm an Sprach- und Gestaltungsvermögen überlegen. Brunner oder die Strugazkis haben jeweils auf ihre Weise sozialkritische und politische Konsequenzen weiter getrieben. Dicks Stärke lag handwerklich im kreativen Umgang mit dem Medium Roman, in den Charakterisierungen, damit auch in den Dialogen, und Milieuschilderungen. Von dem wenig-ironischen Ton in RADIO FREE ALBEMUTH und Teilen der Valis-Trilogie abgesehen war er, einem waschechten »crap artist« entsprechend, nie ein Sprachkünstler, wenn er auch in seinen Hauptwerken immer genau wußte, wo es darauf ankam, und an entscheidenden Stellen präzise zu formulieren verstand. Dick war ein Existentialist und Moralist unter den SF-Autoren, er suchte Lösungen für die Zwickmühlen des modernen Daseins in Werten wie Liebe und — Humor. In FLOW MY TEARS, THE POLICEMAN SAID stellt er sie einem totalitären Polizeiapparat entgegen und sagt darüber: »Die Wirklichkeit, die ich in meinem Leben und im menschlichen Leben allgemein gefunden habe, ist die Fähigkeit zu lieben, und die Macht, die diese Liebe über jenen ausübt, der sie gibt, und jenen, der sie empfängt. Die Art von Liebe, die ich meine, ist eine Art der Liebe, von der ich mir nie hätte träumen lassen, daß es sie gibt. Es ist nicht die sexuelle Liebe per se; es ist nicht die platonische Liebe, oder die Liebe zu Tieren oder Kindern oder Frauen oder Männern — es ist eine mystische Liebe und ich habe sie schwarz auf weiß festgehalten.«[22] Diese Liebe schafft Berührungspunkte zwi-

[22] Zitiert nach: Philip K. Dick: EINE ANDERE WELT, München 1984, Heyne Bibliothek der SF-Literatur 06/30, Nachwort von Uwe Anton, S. 237.

schen jenen, die Feinde sein müßten, einem Weißen und einem Farbigen in einem rassistischen Staat, zwischen einem Polizeiobersten und dem von ihm Gejagten. Nicht jeder Leser wird darin ein auf die Realität übertragbares Mittel gegen Unterdrückung, Manipulation und Überwachung sehen, wie Dick sie detailgetreu schildert, aber was er meinte, betraf vielleicht die Frage des Antriebs, die das Aufbäumen gegen diese Unterdrückung motiviert. Selbstbeweihräuchernder Weltschmerz und Resignation sind dem Aufbäumen feindlich, weil ihnen die letzte unaustilgbare Zuneigung zur Welt und den Menschen in ihr fehlt. Und ohne diese wäre ein Interesse an Veränderung kaum erklärlich. Mit dieser subtil vermittelten Einsicht hat sich Dick eine menschliche — weniger sachliche oder politische — Autorität im Chor der warnenden Stimmen der Science Fiction erworben, an der alle Nachfolger sich messen lassen müssen.

Für die kommende Science Fiction lehrt Dicks Werk zweierlei: sie muß für jede Form der Literatur und Ausdrucksmöglichkeit offen sein. Begriffe wie Trivial- oder Hochliteratur sind sinnlos geworden oder nie sinnvoll gewesen. Maßstab für den literarischen Wert einer Story oder eines Romans kann nur sein, wie ein Autor jene besondere Variante handwerklich und inhaltlich bewältigt, die er sich im Einzelfall aus dem reichhaltigen Spektrum der Möglichkeiten herausgegriffen hat, die die Literatur zwischen dem Abenteuer- und Action-Roman über die ›Inner Space Fiction‹ bis hin zu komplizierten, sprachlich selbstverliebt gedrechselten ›avantgardistischen Dichtung‹ zu bieten hat. In einer Epoche, in der das menschliche Wahrnehmungsvermögen wie nie zuvor gefordert ist, darf die Literatur auf keinerlei Eingleisigkeit beharren, sondern sollte die Wahrnehmungsfähigkeiten ihrer Leser in jeder Weise schulen helfen. Dem Leser, wenn ihm auch freilich nie *alles* zugänglich sein oder gefallen kann, hält diese Perspektive ein Abenteuer offen, das die zeitgenössische Hochliteratur nur in den seltensten Fällen noch bieten kann. Jede Tendenz wird zu begrüßen sein, die zum Einsturz der leer und sinnlos gewordenen Kulturkathedralen des Bildungsbürgertums beiträgt. Getreu der Devise, daß »die menschliche Situation in letzter Analyse weder grimmig noch verzweifelt, sondern einfach nur lustig ist«[23], wird nur eine Haltung, die weder die Literatur noch ihre Produzenten ganz ernst nimmt — so wie Dick sich selbst nie ganz ernst genommen hat —, in der Lage sein, den Popanz aus hohlem Pathos und verkrampfter Seriösität, wie ihn der Kulturbetrieb nicht müde wird hochzuhalten, anzukratzen und der Lächerlichkeit preiszugeben, die er sich längst erworben hat.

Die bundesdeutsche SF-Szene, in der von etwas polemischer Kritik betroffene Herrschaften sich häufig gleich persönlich beleidigt fühlen und wo das Fandom in vereinsmeiernder Biertischlaunigkeit erstarrt ist, die jedem zünftigen SF-Freak doch schlecht zu Gesichte steht, ist in dieser Hinsicht gewiß keine Vorhut. Aber doch ist von ihr eher als vom literarischen Establishment jene Offenheit, Spontaneität und Begeisterung für die Sache zu erwarten, die die Hochliteraten wohl fürchten müssen. Selbstverständlich werden immer nur wenige »Macher« und Leser einer neuerlichen »New Wave« folgen können, die die Möglichkeiten der SF voll ausschöpft. Alle Schaffens- und Rezeptionsfreudigkeit auf künstlerischem Gebiet kann dem Desinteresse und den vom Bildungssystem zurechtgestutzten Auffassungsgaben der »Schweigenden Mehrheit« unmittelbar nicht entgegenwirken. Die beschriebene Öffnung der Science Fiction, die auf eine Öffnung der gesamten Literatur hofft, wird nur dann einen Sinn haben, wenn sie neben der ersten auch die zweite Konsequenz aus Dicks Schaffen annimmt. Ein Großteil der heute überhaupt gedruckten erzählerischen Literatur ist so beschaffen, daß auf sie derselbe Vorwurf zutrifft, den Eric Sweetscent am Ende von NOW WAIT FOR LAST YEAR zu hören bekommt. Ihre Autoren wünschen sich, mal nach den Marktzwängen der Massenliteratur, mal nach den Konventionen des hochgeistigen, intellektuellen Schunds, besondere leichtere Bedingungen. Sie können die Wirklichkeit als

[23] Philip K. Dick: DER GOLDENE MANN, Rastatt 1981, Moewig Verlag, Einführung S. 13.

solche nicht ertragen. Wenn die Literatur sich nicht als Denkmalpflegeverein verstanden wissen will, sondern einen, und sei es noch so kleinen, Beitrag gegen die weitere Entmenschlichung unserer Welt und gegen die Verschärfung weltweiten Elends leisten will, kann sie so nicht weitermachen, zumindest sollten die klügsten, verantwortungsbewußtesten Köpfe auf diesem Weg nicht weitergehen wollen. Sie werden sich einer Wirklichkeit stellen müssen, die schwindelerregend kompliziert geworden ist und hinter deren Anschein zu blicken ein Einzelner nicht leisten kann.

Die Cyberpunk-Bewegung hat bei allem handwerklichen Geschick in eine entgegengesetzte Richtung gewirkt, weil sie ein thematisches Potential besetzt, dem viele SF-Autoren nun ausweichen werden, um sich dem neuen Trend nicht einzugliedern. Die Punk-Attitüde der Neuromantiker, die mit dem Lebensgefühl der echten, ursprünglichen Punks, die es heute freilich kaum noch gibt, wenig zu tun hat, ist nur eine Pose, kein Ausdruck einer Erneuerungsbewegung, wie es die New Wave war, sondern nur eine modische Verzweigung der SF. Was unter dem Glimmerputz liegt, harrt noch seiner Bergung. Die Realitätssimulation, die Schaffung von Interfaces zwischen menschlichem Hirn und Computerwelten rücken real in greifbare Nähe und werden die Welt in ein kaleidoskopisches Realitätenkontinuum aufsplittern, das den multiplen Realitäten in Dicks Werk verblüffend ähneln dürfte. Neue Computergenerationen, Parallelrechnerarchitekturen wie die Connection Machine von W. Daniel Hillis oder der von IBM projektierte GF 11, stellen Kapazitäten zur Verfügung, von denen die Vorstellungskraft der kühnsten Futurologen und Futuristen versagt. Die Gentechnologie könnte in Verbindung mit neuen Hardwarekonzeptionen jene »Relativitätstheorie der Persönlichkeit«, die Stanisław Lem in seinem theoretischen Hauptwerk SUMMA TECHNOLOGIAE darstellt[24], jene Auflösung der menschlichen Psyche als letzte, in ihrer individuellen Struktur nicht angreifbare Größe, zur erschreckend nahen Möglich-

[24] Dort vor allem in Kapitel VI »Die Phantomologie«.

keit werden zu lassen. Die Befürchtung einer »Androidisierung« des Menschen, wie sie Dick in seiner berühmten Vancouver-Rede und in einem Teil seines Werks aussprach, wird mehr denn je ihre Berechtigung haben. Menschliche Unberechenbarkeit und menschliche Unvollkommenheit freilich werden eines der Mittel gegen die drohenden Entwicklungen sein, und sie zu bestärken kann Literatur, Science Fiction auf ihre besondere Weise, einen Beitrag leisten.

Die SF könnte auf den genannten Gebieten die ganze Breite ihrer Mittel von den sublimsten bis zu den dramatischsten Konfliktdarstellungen und -fabulierungen einsetzen, aber das tut sie gegenwärtig gewiß nicht, jedenfalls in nicht so angemessener Weise, wie es die SF der 60er Jahre für ihre Zeit leistete. Dafür wird ihr ein gewisser radikaler Impuls zuwachsen müssen, den Dick ebenfalls in seiner Vancouver-Rede ausdrückte und der auf die elementaren politischen Fragen hinausläuft, wem eine bestimmte technische oder wie immer geartete Entwicklung nützt, wer sie zu welchen Zwecken einsetzt, wer zu welchen Informationsquellen und Ressourcen Zugriff hat und sie auf welche Weise nutzt. Blieben solche Fragen unbeachtet, würde die SF *in ihrer Gesamtheit* nichts als Augenwischerei betreiben.

Einen Gedanken werden sich alle Angehörigen des »mittleren Reiches« zwischen Massen- und Hochliteratur, also auch jeder bemühte SF-Autor, abschminken können, die Vorstellung nämlich, daß man zugleich unbequem *und* erfolgreich sein kann. Das mag John Brunner mit Büchern wie STAND ON ZANZIBAR und THE SHEEP LOOK UP im Einzelfall gelungen sein, in der Regel aber wird es ihnen ergehen, wie es Philip K. Dick ergangen ist. So lang sie ihrem Weg konsequent folgen, also als professionelle Schriftsteller ihren Lebensunterhalt bestreiten, werden sie sich immer an der Grenze des Existenzminimums entlangschleppen, denn die Gesellschaft hat — scheinbar — keinen ›Bedarf‹ für sie. Ihnen wird keine Anerkennung von Seiten des ›Kulturbetriebs‹ zuteil werden; sie werden allenfalls von einem kleinen Kreis weitsichtiger Beobachter wahrgenommen, und ihre einzige Befriedigung wird das Gefühl sein, ihr Möglichstes getan zu haben, einen vielleicht winzigen Schritt in die andere Richtung gegangen zu sein, wobei die Aussicht, wie Philip Dick und viele andere erst nach dem Tod den Durchbruch zu schaffen, ja doch kein Trostpflaster sein kann. So schwer die Entscheidung, einen solchen Weg zu beschreiten, für einen insbesondere neuen Autor am Anfang seiner Karriere sein dürfte — das Schicksal der Literatur und Kunst schlechthin ist langfristig besiegelt, wenn sich in diesem Zwischenbereich nichts mehr abspielen sollte. Dort wird gleichermaßen den selbstgefälligen Artigkeiten der schöngeistigen Literatur wie den Plattitüden seitens der SF der Kampf angesagt. Bemerkungen wie folgende aus einer von Karl Ermet herausgegebenen Essay-Sammlung zur Science Fiction[25] können nicht mehr stehengelassen werden. So konstatiert Jörg Weigand in seinem Aufsatz »Die Sehnsucht nach Höherem — SF-Autoren aus eigener Sicht« nach einem Rückblick auf die schwärmerische, weltfremde Periode der amerikanischen Pulp-SF: »Geblieben ist ein gewisses Sendungsbewußtsein der Autoren, die der SF manchmal Aufgaben zuweisen und an sie künstlerische wie ästhetische Ansprüche stellen, wie sie diese Trivialliteratur m. E. schon von der Anlage her kaum erfüllen kann. Wieviel unbeschwerter läßt sich mit SF umgehen, wenn man sie als das akzeptiert, was sie ist und was sie leisten kann: ein Lesevergnügen.« (S. 61) Und ein Stück weiter: »Wenig geeignet (zur Qualitätsanhebung) scheint eine Ideologisierung der SF. (...) Eine kritische Durchsicht der verstärkt ideologisierten SF zeigt denn auch, daß eine Politisierung der SF ihrer Qualität eher abträglich ist — in Richtung auf den erhobenen Zeigefinger.« (S. 66) Ist das anders zu verstehen, als daß die SF gefälligst ein braver, sich jeglicher Wertung enthaltender Zeitvertreib zu sein habe? Oder man bedenke Ety Schäfer-Sybens Bemerkung in ihrem Beitrag »Science Fiction aus der Sicht des Lesers — Wirkungsforschung an einem Beispiel«,

[25] Karl Ermet (Hrsg.): NEUGIER ODER FLUCHT? ZUR POETIK, IDEOLOGIE UND WIRKUNG DER SCIENCE FICTION, Stuttgart 1980, Ernst Klett Verlag.

wo sie am Schluß in schulmeisterhaftem Ton ihre »Wünsche eines SF-Lesers an die Verfasser« vorträgt und unter Punkt 7 anführt: »Verpacke keine Ideologien in Deine Erzählungen! Sei kritisch Dir selbst und Deinen Idealen gegenüber.« (S. 145) Nun denn, ist die Forderung nach Menschenwürde und Selbstbestimmung selbst im High Tech-Zeitalter ein Ideal, dem ein Autor kritisch gegenüberstehen müßte? Vermitteln Bücher wie Brunners THE JAGGED ORBIT oder Le Guins THE DISPOSSESSED eine Ideologie, derer sich ihre Verfasser zu schämen hätten? So jedenfalls scheint es auf die Zaghaftigkeit mancher Kritiker zu wirken. Ein nur halbwegs wacher SF-Autor wird sich davon nicht beeinflussen lassen.

Stanisław Lem verglich das Verhältnis zwischen SF- und Mainstream-Autor einmal mit dem Verhältnis zwischen Handwerker und Künstler. »Der Künstler wächst in seiner Umwelt auf und schöpft aus ihr die Elemente, die ihm als *Ausdrucksmittel* dienen — der Spannungsunterschiede, denen seine Persönlichkeit unterliegt. Der Handwerker dagegen ist ein Produzent von Gegenständen, für die es Nachfrage gibt, und die anzufertigen er gelernt hat — nach den Mustern die sich der größten Popularität erfreuen.«[26] Das zeugt nicht nur insofern von einem sonnigen Gemüt, als doch auch der hehreste Künstler aufgeschmissen ist, wenn nach seinen Produkten keinerlei Nachfrage besteht, sondern reiht sich nahtlos in die Wertungskriterien einer Gesellschaft ein, die die eine menschliche Tätigkeit oder das eine Talent als wertvoll, das andere als minderwertig einstuft und ihren zu Tagelöhnern und Stiefelputzern degradierten Angehörigen entsprechend unmenschliche Arbeitsbedingungen zumutet, die man nach Lems Ideen doch als ganz gerecht empfinden würde. Dem »crap artist« sind solche Behauptungen suspekt. Er beliefert, wie sehr er einer »inneren Stimme« folgen mag, durchaus eine Nachfrage, nur eben auf eine Weise, wie sie Horst Pukallus zum Beispiel beschrieb, als er während einer Diskussion anmerkte, er schreibe genau für

[26] Lem 1987, a.a.O. S. 73 f.

die Leser, denen das gefällt, was er schreibt.[27] Es werden selten diejenigen seine Leser sein, die von den Sachverhalten, mit denen er sich auseinandersetzt, in der Wirklichkeit betroffen sind, aber wer als SF-Autor oder Schriftsteller allgemein unter Philip K. Dicks Einfluß steht, wird nie vergessen können, daß seine Sympathie immer den einfachen Menschen galt, auf die man von Lems literarischer Warte wie auf einen Pöbel herabblickt. Darin liegen die Unterschiede zwischen dem von einer in Sachen SF ignoranten Literaturkritik hochgejubelten Polen und dem weitgehend ignorierten Amerikaner begründet. Patricia S. Warrick und Martin H. Greenberg schrieben in ihrer Sammlung ROBOTS, ANDROIDS AND MECHANICAL ODDITIES: THE SCIENCE FICTION OF PHILIP K. DICK: »In Dicks Büchern halten Mechaniker die Dinge am Laufen. Sie mögen schreckenerregend sein, wie Hoppy in DR. BLOODMONEY, oder anziehend wie Jack Bohlen in MARTIAN TIME SLIP, aber sie alle haben Sachverstand. Wie bei vielen seiner Charaktere zeichnet Dick reale, lebendige Personen nach, wenn er den Mann schildert, der alles reparieren kann. Während er die High School besuchte, arbeitete er für einige Jahre in einem Radio- und Fernsehgeschäft in der Innenstadt Berkeleys. Herb Hollies, der Inhaber des Ladens, behandelte seine Beschäftigten wie eine große Familie und Dick mochte ihn ebenso sehr wie die Techniker, die Radios und Fernsehapparate reparierten. Gegen Ende seines Lebens bemerkte er dazu einmal, seine Bücher zu lesen sei dasselbe, als würde man all die Menschen kennenlernen, die er selbst je gekannt hatte. Der ›repairman‹ ist eines der besten Beispiele dafür.«[28]

[27] Bei einer Lesung Herbert Somplatzkis im Rahmen des Literaturcafés der Stadtwerke Düsseldorf im Herbst 1987.

[28] Hier zitiert nach: *Philip K. Dick Society Newsletter #4,* September 1984, S. 6, übersetzt vom Verfasser.

INTERVIEW

Ein Gespräch mit Darko Suvin

interviewt von Horst Pukallus

Der jugoslawische Literaturwissenschaftler Dr. Darko R. Suvin, geb. 1930 in Zagreb, der an der McGill-Universität in Montreal (Kanada) lehrt, von 1973 bis 1981 Mitherausgeber der auch von ihm mitgegründeten, international beachteten Fachzeitschrift Science Fiction-Studies *war und u. a. diverse sekundärliterarische Bücher und andere Arbeiten über Science Fiction veröffentlichte, nahm 1989 eine dreimonatige Gastprofessur an der Ruhr-Universität in Bochum wahr, wo er Vorlesungen über Bertolt Brecht, Peter Weiss und Samuel Beckett sowie über slawische Dramatik veranstaltete. Horst Pukallus nutzte die Gelegenheit zu einem Interview mit Darko Suvin.*

F: Herr Dr. Suvin, Sie sind Literaturwissenschaftler und waren bis vor acht Jahren Mitherausgeber der Zeitschrift *Science Fiction-Studies.* Manche Leute würden darin einen Widerspruch sehen. Was erklärt Ihren besonderen Hang zur SF?

A: Erstens bin ich philosophisch Materialist, und ein Materialist muß mit allem beim vorhandenen Material anfangen. Ich habe zudem ein Ingenieursdiplom und Chemie studiert, und ein Chemiker zum Beispiel kann nicht sagen: Mit dieser Verbindung gebe ich mich nicht ab, weil sie übel riecht. Und was wäre das für ein Literaturwissenschaftler, der sagt: Ich mag mich nicht mit dem befassen, was Menschen wirklich lesen. SF, Krimis und Liebesromane sind es ja, die von den Menschen de facto gelesen werden. Ich vertrete also nicht

den Standpunkt: Gut ist nur, was Kritiker schon vor hundert Jahren als gut befunden haben. Andererseits drehe ich die Sache nicht um, ich bin nicht dafür, nur SF zu lesen und Shakespeare zu vergessen, zumal Shakespeare seinerzeit, in der elisabethanischen Epoche, eine ähnliche Anziehungskraft wie heute SF auf die Schichten ausübte, die man als »breite Masse« bezeichnet. Im wesentlichen ist folgendes meine Aussage: Im hiesigen Literatursystem, das ich nicht sehr schätze, weil es ein System von Elite- kontra Massenliteratur ist — meines Erachtens ein schädliches Mißverhältnis —, ist es ebenso nachteilig, sich ausschließlich für Hochliteratur zu interessieren, wie es ungünstig ist, bloß *Perry Rhodan* und sonst nichts zu lesen. Deshalb verstehe ich es schon aus professioneller Sicht nicht, wenn jemand sich nur mit allgemein anerkannter Literatur beschäftigen mag, aber nicht mit Massenliteratur. Erstere Beschäftigung ist sicher bedeutsam, dagegen läßt sich nichts einwenden, aber sicherlich ist auch der Rest wichtig. Ich glaube, daß SF, Krimis und Heimatromane durchaus ihre Bedeutung haben, sie können schlecht sein, aber dann müssen wir analysieren, warum sie es sind. Nebenbei gesagt, ich habe sehr viel gelesen, und ich bin der Meinung, sie sind im Durchschnitt nicht schlechter als alles andere. Gut, sollen doch fünfundneunzig Prozent der SF schlecht sein, deshalb ist sie aber nicht schlechter als andere Literatur. Fünfundneunzig Prozent aller Lyrik sind mies, trotzdem wird es nicht abgelehnt, sie zu untersuchen.

Zweitens: Die grundlegendsten Ereignisse in meinem Leben waren der Zweite Weltkrieg und die jugoslawische Revolution. Sie haben mich früh geprägt, von meinem elften Lebensjahr an. Sie hatten Konsequenzen für mein Denken, weil sie es erleichterten, quasi in alternativen Zeitsträngen zu denken, denn wir erlebten sie ja praktisch mit. Als ich ein kleiner Junge war, existierte noch das monarchistische Jugoslawien, dann hatten wir die faschistische Okkupation, es gab die Partisanen, die Revolution kam, nach dem Krieg der Titoismus, und sie alle repräsentierten natürlich alternative historische Entwicklungen. Es ist klar, was geschehen wäre, hätte Hitler den Krieg gewonnen, dafür braucht man nicht erst Philip K. Dick zu lesen. Dadurch entstand einmal überhaupt die Möglichkeit, sich andere historische Abläufe, alternative Zeitströme und denkbare alternative Welten vorzustellen — eine Konzeption, die letztendlich nicht nur auf Leibniz zurückgeht, sondern auch auf vorangegangene utopische Literatur und Reiseliteratur und dergleichen —, und ferner ein Interesse an entsprechender Literatur. Nach dem Krieg las ich Verne, Wells und Thomas Morus, und so fand ich zur SF. Mein erster Artikel über SF, wenn ich mich recht entsinne, war ein Überblick des Genres, den ich 1957 in Jugoslawien veröffentlichte und in den sechziger Jahren zu einem Buch erweiterte. Diese Gelegenheit, eine große Zahl geistiger Wellenlängen zu empfangen, sprach mich stark an, und mein Interesse war das Ergebnis des historischen Abschnitts, den ich in den Vierzigern durchlebte. Von einem gewissen Zeitpunkt an begann ich das, was ich las, auch zu übersetzen, zum Beispiel habe ich John Wyndhams *The Day of the Triffids** und James Blishs *The Seedling Stars*** ins Serbokroatische übersetzt. Das fing ich als Hobby an, mein eigentliches Spezialgebiet ist das moderne Theater. Anfang der Sechziger veröffentlichte ich dann eine Anthologie, die Theoretisches und eine historisch geordnete Auswahl von Texten enthielt, sozusagen eine Einführung ins Genre, von Lukian und Samosata bis Gérard Klein, Heinlein und den Strugazkis. Als ich 1967, zur Zeit der Studentenrevolte, in die USA ging, sah ich, daß die Studenten vielerlei wollten, von der Macht an den Unis bis zu SF-Seminaren. Die Macht an den Unis kriegten sie nicht, aber wenigstens die SF-Seminare. Plötzlich war ich sehr begehrt, 1968 stellte man mich in Kanada an der McGill-Universität in Montreal ein, um modernes Theater und SF zu lehren. 1973/74 ließ das Interesse der Studenten an der SF nach, es schwand gleichzeitig — nach meiner Meinung — mit der guten SF, das letzte gute SF-Buch dieser Welle war meines Erachtens Ursula K. Le Guins *The Disposessed.**** Zwischendurch war die Lage ziemlich öde, und ich habe nur noch unregelmäßig SF unterrichtet. Jetzt nimmt das Interesse wieder zu, letztes Jahr habe ich ein neues SF-Seminar veranstaltet. Aber meine Existenz ist auch ohne die Beschäftigung mit der SF gesichert, deshalb kann ich zu ihr eine objektive Haltung einnehmen.

Den meisten Akademikern — Germanisten, Anglisten, Literaturwissenschaftlern überhaupt — ist die SF völlig schnuppe. Allerdings gibt es so etwas wie ein nacktes Auge nicht, hinter dem Auge sitzt immer ein Gehirn, selbst hinter der Ka-

---

* dt. 1955 als »Die Triffids«
** dt. 1960 als »Auch sie sind Menschen«
*** dt. 1976 als »Planet der Habenichtse«

mera eines Fotografen steckt ein Hirn. Darum redet jeder, der über SF spricht, theoretisch über sie, nur ist sich nicht jeder dessen bewußt, eine Theorie über SF zu vertreten, und in diesem Fall hat er keine Kontrollinstanz, er kann keine Selbstkritik üben, hat keine Rückkopplung, kein Mittel zur Selbsteinschätzung. Darum ist es vorteilhafter, man hat statt einer impliziten eine explizite Theorie: Die Aussichten, halbwegs vernünftig urteilen zu können, sind dann besser. Aber natürlich sind auch neunzig Prozent aller Kritik an der SF Quatsch.

F: Ich würde gerne mit Ihnen über Cyberpunk sprechen. Cyberbunk wird als »Hard-SF von heute«, als »Integration von High-Tech und Subkultur« bejubelt, und es wird behauptet — und dabei ist es nicht das erste Mal, daß man so etwas von SF-Autoren hört —, er übernähme die Rolle der sogenannten Mainstream-Literatur. Ich halte jedoch dagegen, daß es seine Berechtigung hat, wenn Gabriel García Márquez den Nobelpreis bekommt und Bruce Sterling nicht. Wie denken Sie über die literarischen Qualitäten des Cyberpunk?

A: Ich habe meine Zweifel daran, daß das Etikett »Cyberpunk« mehr ist als eine Verkaufshilfe. Ich weiß nicht, was der gemeinsame Nenner zwischen Greg Bear, Lucius Shepard, Norman Spinrad, William Gibson und Bruce Sterling sein könnte. Shepard halte ich für einen kritischen Autor, ich glaube, daß Gibson sehr gut anfing, aber nach meiner Ansicht wird er jetzt immer schlechter. *Mona Lisa Overdrive** hat mich stark enttäuscht. *Neuromancer*** hingegen ist ein hervorragendes Buch, und eine Hälfte der Stories in *Burning Chrome**** war auch großartig. *Count Zero***** ist dagegen so viel schlechter, daß es von da an nur noch bergab gehen kann. Jetzt habe ich Bruce Sterlings neues Buch gelesen, *Is-*

* dt. »Mona Lisa Overdrive«, HSF 4681
** dt. »Neuromancer«, HSF 4400
*** dt. »Cyberspace«, HSF 4468
**** dt. »Biochips«, HSF 4529

*lands in the Net**, es ist sein bestes Buch, wenn auch nicht großartig, alles andere von ihm fand ich ziemlich schlecht, *Schismatrix*** ebenso wie das besonders gräßliche *Involution Ocean*.*** Ich hätte große Bedenken, Cyberpunk als echte literarische Bewegung oder literarische Schule zu bewerten. Es handelt sich eher um einen Bekanntenkreis, dessen Mitglieder sich gegenseitig hochloben. Die besten dieser Autoren, zum Beispiel Gibson, hatten allerdings tatsächlich etwas Neues zu sagen, und seit dem Erscheinen von *The Dispossessed* ist es das erste Neue in der SF — mit Ausnahme einiger von Frauen verfaßter, mehr oder weniger feministischer Texte —, das bei mir wieder Interesse weckt. In den letzten fünfzehn Jahren sind fast nur unlesbare Sachen erschienen. Es hat eine Kontamination der SF mit Fantasy stattgefunden, wie sie schauderhafter nicht sein könnte. Wenn jemand Fantasy mag, geht das in Ordnung, aber das ist etwas anderes, und dieses Halb-und-halb, dies Zeug, das Blish einmal »Science Fantasy« genannt hat, ist wirklich schrecklich. Fantasy sollte nicht veröffentlicht werden, als wäre sie das gleiche wie SF. Was mich am Cyberpunk interessiert, ist das Einreißen der Grenzen zwischen Hard- und Soft-SF, daß das Gehirn die Software einer neuen Hardware wird, will man einmal diese wissenschaftliche Ausdrucksweise benutzen — für allzu wichtig halte ich sie nicht, weil ich die Auffassung vertrete, daß SF mit Wissenschaft nicht sonderlich viel zu tun hat. Aber wenn man tiefschürfender zu diskutieren wünscht, wie es für Autoren und Kritiker wichtig ist, bin ich der Ansicht, daß Gibson und vielleicht auch die Werke einiger anderer Autoren die Sprache der SF erneuert, sie um den Computer- und Hackerjargon bereichert haben. Natürlich ist so eine Erscheinung nicht repräsentativ für die ganze Welt, sie ist es nicht einmal fürs westliche Europa oder für Nordamerika, nicht für deren ganz junge Generation. Aber sie ist repräsentativ für eine sehr wichtige Gruppe, die Medienleute, die

---

* dt. »Inseln im Netz«, HSF (in Vorb.)
** dt. »Schismatrix«, HSF 4556
*** dt. 1980 als »Der Staubplanet«

Bearbeiter am Mischpult, diese Personen liefern Cyberpunk die gesellschaftlichen Horizonte der zugrundeliegenden Weltanschauung. Sie machen etwas Neues, sie benutzen eine grundsätzlich neue Technik und nehmen als Gruppe, die dazu Zugang hat, eine neue soziale Stellung ein. Deshalb mein Interesse. Besonders bemerkenswert finde ich beispielsweise die Tatsache, daß bei Gibson die extrapolierte Zukunft — angeblich extrapoliert, denn ich bezweifle, daß SF überhaupt Extrapolation ist —, die als Simulation extrapolierte Zukunft, keine nordamerikanisch, sondern eine japanisch geprägte Zukunft ist. Das ist nicht wegen der Nation bemerkenswert, sondern weil der japanische Kapitalismus ein neokorporativer, wenn man will, ein neofeudalistischer Kapitalismus ist, eine ganz andere Variante als der amerikanische Kapitalismus, der dieser Hypothese zufolge immer stärker japanisch geprägt werden wird. Ich hoffe, daß sich Gibson und Sterling in dieser Hinsicht irren, aber ich glaube, die Tatsache, daß sie so eine Hypothese aufstellen, bedeutet etwas: Es besagt, sie haben begriffen, daß sie in den achtziger Jahren leben.

F: Beim Lesen etlicher Cyberpunk-Bücher haben mich die Charakterisierung, teils auch der Stil enttäuscht, aber hauptsächlich hat mich diese implizite Aussage betroffen gemacht, die Welt sei zu kompliziert geworden, um sie noch verstehen zu können, und jeder sei sich selbst der Nächste. Wieso sehen Leute, die sich für Spitzenautoren halten, keine Möglichkeit, die Vielfältigkeit des Denkens und Lebens, der Prozesse überall auf der Welt zu deuten?

A: Wenn man glaubt, so wie ich, daß jeder Text stillschweigend dementiert wird durch den erwarteten Leser, den Adressaten, der nach moderner Literaturtheologie »zwischen den Zeilen« vorausgesetzten Idealleser, ist es leicht, den idealen Cyberpunk-Leser zu erkennen: Medienmacher, Computerfreaks und Hacker, Techniker bei Fernsehsendern, mobile Yuppies, Selbständige, Freiberufler, JetSet, all die Leute, denen es gleich ist, ob sie in London, Düsseldorf, Tokio oder Los Angeles tätig sind, sie wollen nur ihre Apparate vor sich haben, einem globalen Netzwerk angeschlossen sein. Der ideale Cyberpunk-Leser dürfte Bob Geldof* oder jemand derartiges sein, so eine Art von globalem Medienexperten. Diese Menschen nehmen eine sonderbare Haltung ein: Einerseits verabscheuen sie die Bürokratie, sie möchten keine Beamten oder Angestellten sein, sondern ihren Spaß haben, um die Welt reisen, sich sexuell ausleben, und trotzdem lassen sich sich von der Bürokratie ernähren. Sie leben auf der Grundlage des multinationalen kapitalistischen Wohlstands. Sie sind gegen das System und doch ein Teil davon, und das System erlaubt nicht, daß sie seine Funktionsweise durchschauen. Auf gewisse Weise betrachte ich Cyberpunk als vielleicht den Beginn der Postmoderne in der SF. Ich mag das Postmoderne nicht, jedoch läßt sich nicht leugnen, daß das Vorangegangene — die Leninistische Ära, die Picasso-Ära, die Brecht-Ära, ganz wie man es nennen will, alles was die Vereinigung der politischen und ästhetischen Avantgarde propagierte —, zusammengebrochen ist. Es gab mehrmals kleinere Zusammenbrüche, in den Dreißigern, den Vierzigern und Fünfzigern, aber heute, glaube ich, ist der endgültige Zusammenbruch da: Es gibt keine expliziten weltumspannenden Theorien mehr. Folglich ist Cyberpunk eine direkte Widerspiegelung der Einstellung jener zuvor erwähnten, sehr interessanten und wichtigen Personengruppe, die aber auch ihre Grenzen hat, es ist keineswegs der Standpunkt der ganzen Welt.

F: Aber hat ein Schriftsteller nicht die Aufgabe, für jene Menschen zu sprechen, die keine Stimme haben, ihnen die Verhältnisse zu erklären, die von sich aus zu verstehen ihnen verwehrt bleibt?

A: In der Tat haben alle bedeutenden Schriftsteller stets für breitere gesellschaftliche Schichten gesprochen. Shakespeare, Balzac, Tolstoi, ich würde sagen, sogar Joyce. Diese Schichten sind nicht zwangsläufig plebejische Schichten. Ar-

---

* Der 1954 in Dublin geborene Bob Geldof, ehedem Lead-Sänger der Popgruppe *Boomtown Rats* und Hauptdarsteller im *Pink Floyd*-Musikfilm *The Wall*, inzwischen auch Solo-Sänger, organisierte 1984/85 für Benefiz-Zwecke (zugunsten Hungernder in Afrika) das Projekt *Band Aid* und das weltweit ausgestrahlte Wohltätigkeitskonzert *Live Aid*.

beiter, Bauern — die werden im allgemeinen durch die Hochliteratur gar nicht repräsentiert. SF ist nach meiner Meinung seit jeher für die Mittelschichten geschrieben worden. Wir verfügen nur über wenige Statistiken, die vorhandenen Statistiken besagen jedoch, daß SF zumeist in der Altersstufe zwischen 13 und 25 Jahren gelesen wird. Sie ist die Lektüre einer spezifischen Gruppe von Lesern, die noch nicht ganz in Ober- und Unterschicht differenziert ist, ein Student zählt weder ganz zur einen, noch zur anderen. Bis heute sehe ich in H. G. Wells den größten SF-Autor — eine Ansicht, über die sich streiten läßt, aber nach dem Grad der internationalen Anerkennung durch die Kritik ist er es allemal —, und es gibt inzwischen jede Menge Literatur über ihn, Biografien, Dokumentationen, kritische Würdigungen, so daß wir wissen, über und für welche gesellschaftlichen Schichten er schrieb. Er betätigte sich nicht als Stimme der Arbeiter, sie waren die Morlocken, die Oberklasse waren die Eloi*, vielmehr nahm er den Standpunkt des Beobachters dazwischen ein, des Zeitreisenden. Deshalb glaube ich, für einen SF-Autor ist es sehr schwierig, vom »Volk« zu schreiben, wenn man damit die große Mehrheit der arbeitenden Klassen meint, und ich spreche nicht nur von den Industriearbeitern, sondern von allen, die der Kapitalist so putzig »Arbeitnehmer« nennt. So etwas ist in der SF nie präsent gewesen, und ich bin mir nicht sicher, ob es überhaupt möglich ist. Ich glaube, SF ist eine Literatur der Zwischenschichten, die aber sehr wichtig sind, denn die Richtung, in die sie sich wenden, entscheidet darüber, wer gesellschaftliche Auseinandersetzungen gewinnt: Stehen sie zur Oberschicht, siegt sie, halten sie zu den Arbeitern, gewinnen die Arbeiter.

Es ist außerordentlich schwierig, Ihre Frage zu beantworten. Man müßte zum Beispiel analysieren, wem Dick seine

* Die Rede ist von den zwei in H. G. Wells' Roman *The Time Machine* (1895, dt. »Die Zeitmaschine«, 1904) in ferner Zukunft existierende Klassen; die Morlocken schuften unter der Erde, während die dekadenten Eloi auf der Oberfläche ein scheinbar paradiesisches Dasein führen, aber letztlich von den Morlocken als Schlachtvieh gehalten werden.

Stimme leiht, wem Le Guin. Die beiden waren, meine ich, in den sechziger Jahren die bedeutsamsten SF-Autoren, jedenfalls in den Vereinigten Staaten. Wem leihen die Strugazkis ihre Stimme? Eindeutig der Intelligenz, nicht den Arbeitern und Bauern. Meines Erachtens geht das auch völlig in Ordnung. Man sollte nicht zuviel erwarten. Ihre Frage ist eine populistische Frage. Ich würde sie gern aus ganzem Herzen mit Ja beantworten. Aber dazu wäre es erstens Voraussetzung, daß die SF Autoren hätte, die die Erfahrungswelt der Unterschichten überhaupt begreifen, und zweitens, daß es in diesen Schichten oder Klassen auch SF-Leser gibt, wenigstens einen Leserstamm. Zur Zeit der Weimarer Republik gingen Arbeiter in ihre Gesangsvereine, Clubs, Gewerkschaften und ins Theater, es gab Arbeitertheater. So eine Zeit bringt einen Brecht hervor. Heute wäre kein Brecht möglich, heute gucken die Arbeiter Fernsehen. Wenn wir wirkliche Materialisten sind, müssen wir davon ausgehen, daß die materiellen Verhältnisse eben gewisse Möglichkeiten bieten und bestimmte Schranken ziehen, und es hat keinen Sinn, einen Autor zu fragen: Warum schreibst du nicht für das Volk? Welches Volk? Die Fernsehgucker? Aber man kann sich als Autor sagen: Ich schreibe gute, intelligente Texte für kritische, intelligente Leser — vielleicht Leser der Mittelschicht. Mehr können wir nach meiner Überzeugung realistischerweise einfach nicht erwarten. So sehe ich die gegenwärtige ideologische Situation.

F: Von einem Schriftsteller habe ich die Vorstellung, daß er ein Mensch ist, der sich sein Leben lang Zeit nimmt, um das zu entfalten, was er sagen zu müssen glaubt, und um seine Schreibweise zu verbessern. Ich habe den Eindruck, bei der sogenannten Cyberpunk-Bewegung handelt es sich um eine Gruppe zwar talentierter Autoren, die sich jedoch ihrer selbst zu unsicher fühlen, zu ungeduldig sind, um Aussagen zu machen, sich die Zeit zu lassen, einen eigenen Stil und literarische Einmaligkeit zu entwickeln. Würden Sie das für ein zu hartes Urteil halten?

A: Nehmen wir zum Beispiel einmal Gibson. Seine Laufbahn ist sehr interessant. Er ging zur Zeit des Vietnamkriegs nach Kanada, man kann nicht unbedingt sagen, er hat sich dem Militär entzogen, er war sowieso noch zu jung, aber es war wohl für ihn ausschlaggebend, daß er erst in Toronto, dann in Vancouver lebte. Jedenfalls befand er sich außerhalb der USA. Und die in *Neuromancer* feststellbare Art, die USA zu sehen, ist eine Sichtweise von ihrem unmittelbaren Rand aus, eine verfremdete, »japanisierte« Sichtweise. Jetzt lebt er in Hollywood, schreibt Drehbücher für neue *Alien*-Fortsetzungen. Das hat allerdings seinen Preis. Er ist berühmt geworden, wird gut bezahlt, aber seine Romane werden ständig schlechter. Jetzt fängt er über Voodoo und derartigen Humbug zu schreiben an.

Trotzdem möchte ich etwas zur Verteidigung des Cyberpunk sagen. Sie erwarten von Autoren, daß sie besser sind als die Historie, sich über sie erheben, mit einem Wort, daß sie Helden sind. Sehr wenige Menschen sind Helden. Joyce war ein Held, er ging in die Fremde und schrieb, was er schreiben wollte, kümmerte sich um sonst gar nichts. Das ist eine Einstellung, die nur sehr wenige Menschen durchhalten können, und es ist vielleicht unfair, es von jemandem zu verlangen. Man kann von niemandem verlangen, ein Proust, Joyce oder Brecht zu werden. Die Marktzirkulation beschleunigt sich heutzutage immer mehr, die Moden wechseln stets häufiger. Was Sie sagen, ist völlig richtig, diese Autoren sind ungeduldig, sie lassen sich keine Zeit, aber das ist so, weil sie ihrer Gegenwart genau angepaßt sind. Dabei will ich nicht einmal unterstellen, daß sie sich fragen: Was will der Markt gerade von uns haben? Viele arbeiten so, aber von den Besten glaube ich es nicht. Vielmehr richten sie sich — ganz indirekt — nach dem Zeitgeist. Sie arbeiten schnell, weil auf dem Markt alles immer schneller zirkuliert. Ich verteidige sie, weil ich der Überzeugung bin, daß wir die SF geschrieben bekommen, die wir verdienen — naja, das stimmt nicht ganz, ich glaube, die SF ist schlechter, als wir sie verdient haben. Aber auf alle Fälle sind Autoren, wie Balzac es einmal ausdrückte, lediglich so etwas wie Sekretäre der Gesellschaft, sie schreiben gewissermaßen nieder, was die Gesellschaft diktiert. Nur einer von tausend kann ein Held sein,

sich wie Balzac sagen: Mein Leben ist unwichtig, ich höre nur auf die Muse. Balzac schrieb soviel, daß er früh starb, er hat sich praktisch zu Tode geschrieben. Man muß von irgend etwas leben. Darum würde ich die Cyberpunk-Autoren ein Stück weit verteidigen, obwohl ich Ihre Argumente als stichhaltig erachte, Ihre Analyse ist sicherlich richtig.
F: William Gibson behauptet, Cyberpunk stünde in der Tradition William S. Burroughs'. Ich kenne Burroughs' Werk ziemlich gut und kann das kaum glauben. Burroughs ist zumindest eine Art von Rebell, er ruft dazu auf, einen Durchbruch in die Realität zu erringen — ihr wahres Gesicht zu erkennen und zu verstehen —, während ich im Cyberpunk eher eine Form von Kapitulation sehe, eine Flucht in eine neue, elektronische Inner-Space-Welt. Sehen Sie Zusammenhänge zwischen Burroughs und Cyberpunk?
A: Untersucht man in den Hauptwerken Gibsons den Plot, sieht man, daß es sich, wie ich in einem Essay* geschrieben habe, um etwas wie »Romeo und Julia in Chiba-City«** handelt. Es gibt eine Liebesgeschichte zwischen zwei »kleinen Leuten«, nicht zwischen Besitzenden, die Mächtigen werden im Gegenteil als abscheulich hingestellt, die Personen droben im Orbit sind Ungeheuer. Die »kleinen Leute« — »Computer-Cowboy« und »Street Samurai« — versuchen eine Liebesbeziehung zu pflegen, aber es gelingt ihnen nicht, ähnlich wie Romeos und Julias Liebesbeziehung vereitelt wurde. Deshalb bin ich der Meinung, in Gibsons besten Werken steckt eine echte Rebellion, sie enthalten Sympathie für die »kleinen Leute«, eine sehr klare, zynische Betrachtung der Machtkämpfe, und in diesem Sinne, glaube ich, haben die Cyberpunk-Autoren etwa ein halbes Dutzend Vorgänger, darunter Bester, Delany, Varley, Spinrad, Pynchon und sicherlich auch Burroughs. Sie befinden sich an der Schnittstelle zwischen der SF und der sogenannten Mainstream-Litera-

---

* In dem Aufsatz *On Gibson and Cyberpunk Science Fiction* für das britische SF-Magazin *Foundation.*

** Nach einer in W. Gibsons Roman »Neuromancer« vorkommenden Ortschaft.

tur, obwohl sie im SF-Genre bleiben. Und Burroughs war es, der uns zeigte, daß die »hallucinatory operators«* Wirklichkeit sind, anders gesagt, die Welt, in der Drogen und Mord als alltägliche Normalität gelten — die Welt des Großkapitalismus, wenn man so will —, Wirklichkeit ist. Man kann also — freilich mit etlichen Einschränkungen — aus den besten Cyberpunk-Texten eine Art von rousseauistischer Rebellion** herauslesen. Darum würde ich zum Beispiel *Neuromancer* stark in Schutz nehmen. Es beweist eine viel bessere politische Informiertheit, als man sie der *New York Times* oder neunundneunzig Prozent der nordamerikanischen Bevölkerung nachsagen kann. Nun muß ich einräumen, daß Gibson überdurchschnittlich gut ist. Andererseits findet in einem nicht schlechten Buch Shepards*** ein jahrelanger, weltweiter Krieg statt, weil zwei panamesische Familien sich hinter den Kulissen bekämpfen! Solche Einfälle sind nur ein Beweis für politische Ungebildetheit. Ähnlich verhält es sich mit Sterlings *Island in the Net,* es ist an sich recht gut, aber es zeugt von politischer Unbildung. So leid es mir tut, aber das sind eben die Ergebnisse der Bildung in Nordamerika.

F: Gibt es inzwischen völlig neue Trends in der amerikanischen SF?

A: Nicht daß ich wüßte.

F: Dann werfen wir einen Blick auf die andere Seite der Erde. Glauben Sie, daß die Perestroika-Politik Konsequenzen für die sowjetische SF hat?

A: Es dürfte noch zu früh sein, um dazu eine endgültige Stellungnahme abzugeben. Nach dem, was ich beobachte,

---

* Eine der Metaphern Burroughs' im Zusammenhang mit der von ihm konstatierten Verschleierung der Wirklichkeit durch »Aufsichtsräte, Syndikate und Regierungen der Erde« (vgl. z. B. *Nova Express,* 1964, dt. 1970 als »Nova Express«).

** Nach dem frz. Moralphilosophen, Schriftsteller, Komponisten und Musiktheoretiker Jean-Jacques Rousseau (1712—1778), der als Theoretiker der Aufklärung aus der sozialen Ungleichheit erstmals das Erfordernis eines »Gesellschaftsvertrags« ableitete und als Wegbereiter der frz. Revolution gilt.

*** Gemeint ist *Life During Wartime,* dt. als »Das Leben im Krieg«, HSF 4555.

eigentlich nicht. Aber die Situation ist irgendwie paradox. Es ist so, daß das, was man früher in der Sowjetunion nur in der SF lesen konnte, heute in der *Prawda* und im Parlament sichtbar wird. Was die Strugazkis schrieben, konnte nur in so einer äsopischen Sprache* veröffentlicht werden. Deshalb nehme ich an, daß die Perestroika, wenn man sie fortsetzt, sich *auf lange Sicht* günstig für die SF auswirken wird, sie wird ein normales Genre werden, nicht mehr die Verantwortung für das Schicksal der sowjetischen Intelligenz tragen müssen — eine allzu schwere Bürde für ein literarisches Genre. Das ist nämlich traditionell, schon im Zarismus, immer die Rolle der russischen Literatur gewesen, früher stand auf der einen Seite die Regierung, auf der anderen Seite Tolstoi, die Stimme des Volkes. Damals war Tolstoi in der Tat die Stimme der Bauernschaft. Immerhin erwarte ich, daß die SF in der Sowjetunion künftig weniger Probleme mit der Zensur haben wird, sie hat große Probleme damit gehabt, das gilt auch für die Strugazkis. Wir müssen davon ausgehen, daß nicht bloß einige der besten Texte der sowjetischen SF nicht veröffentlicht, sondern erst gar nicht geschrieben worden sind, weil man wußte, welche Schwierigkeiten man haben würde. Das wird nun wohl aufhören. Es kommt auf die Umstände an. Viele Verlagshäuser unterstehen de facto nicht der Regierung, sondern befinden sich in der Hand von Nationalisten, und SF zählt eher zu einer Geistesrichtung, die man mit Namen wie Sacharow oder Medwedew verbindet, einer Richtung, die man im Westen »liberal« nennt — was ich in diesem Zusammenhang jedoch für ein unsinniges Adjektiv halte. Daher wird die SF vielleicht Ärger mit Vorwürfen haben, nicht »russisch« genug, nicht patriotisch genug zu sein, anstatt mit der Zensur, aber es wird allemal ein geringeres Problem sein.

Mein Eindruck von der sowjetischen SF seit dem Sturz Chruschtschows, oder sagen wir mal, ab 1968, ist so, daß sie

* Nach dem griechischen Fabeldichter Äsop (ca. 550 v. Chr.); betrifft sinngemäß die Verfremdung in die Verhältnisse des Fabelhaften (bei Äsop der Tierfabel).

in eine recht unglückliche Symbiose hineingezwungen wurde, vergleichbar mit der in den USA beobachtbaren Symbiose von SF und Fantasy, nur hat die russische literarische Tradition nicht Horror und Fantasy zur Symbiose beigesteuert, sondern Volksmärchen. Schon in »Montag beginnt am Samstag« von den Strugazkis* zum Beispiel kann man diese Symbiose erkennen. Eine ganze Anzahl von Autoren, unter ihnen die Besten, sind zu dieser Symbiose sozusagen gezwungen gewesen. Auch in diesem Fall hat es sich selbstverständlich nicht so abgespielt, daß die Polizei ihnen befohlen hätte: ›Ihr müßt Märchen schreiben!‹, aber diese Möglichkeit bot sich am leichtesten an, um etwas in ästhetischer Form zu verfassen. Und natürlich sind die nationalen Traditionen in der Sowjetunion sehr stark, sie ist noch nicht so alt, vor ein, zwei Generationen hat man sich in den Dörfern wirklich noch Märchen erzählt. Ich bin der Meinung, daß so ein Verfahren, obwohl es Vorteile hat — vor allem, wenn man es so ironisch anwendet wie die Strugazkis —, ziemlich riskant ist, weil Märchen ein älteres Genre verkörpern, und schreibt man Märchen, schreibt man eben keine SF. Deswegen gefiel mir diese Methode nicht, ich fand, daß sie die Texte entschärfte, harmloser machte. Jedoch war sie seit 1968 der Haupttrend in der guten SF. Aus ideologischen Gründen ist ja auch eine Menge Mist veröffentlicht worden. Die Tendenz in der guten sowjetischen SF — bei Bilenkin, den Strugazkis, bei Warschawski, Schefner Bulytschow und anderen — bestand darin, die Texte sozusagen erkenntnisfrei zu halten. Damit könnte jetzt, glaube ich, Schluß sein. Ich weiß es nicht, aber ich hoffe es.

F: In der Zeitschrift »Sowjetliteratur heute«** erwähnt Wladimir Gakow eine neue Generation von SF-Autoren, nennt Namen wie Jewgeni Lubin, Vitali Babenkow, Leonid Passanenko, und sagt, die Zielscheibe ihres Schreibens seien Konformisten und Konsumdenken. Ist das ein vielversprechender Trend?

---

* Im Original erschienen 1966, dt. 1974

** Ausgabe 6/85

A: Ja, aber es ist nichts völlig Neues. So haben sich schon in den sechziger Jahren Kritiker über die Strugazkis geäußert, »Das Märchen von der Troika«* zum Beispiel hat man als Anprangerung von bürokratischem und konsumorientiertem Denken interpretiert. Nun ist Kritik am Konsumverhalten freilich eine zweischneidige Sache. Was bedeutet sie, benutzt man sie als Slogan? Rückkehr zum Hungern? Gegen welche Art von Konsum und welchen Typ von Konsumenten richtet sie sich? Ehe ich in solchen Parolen eine große, neue, interessante Entwicklung zu sehen bereit bin, müßten die zugrundeliegenden Überlegungen doch erheblich präziser dargestellt werden.

Andererseits hat Gakow sicher recht, es gibt zahlreiche neue Autoren, sie haben von Anfang an bessere Veröffentlichungsmöglichkeiten, und sie werden von einem doppelten Druck befreit sein, vom Druck der Zensur und dem Druck, in einem der wenigen Bereiche — manchmal war es der einzige Bereich — tätig zu sein, in dem man öffentliche Alternativen zur offiziellen Politik beschreiben darf.

Auf kurze Sicht freilich wird die sowjetische SF vielleicht weniger populär sein — und vielleicht auch weniger brisant sein —, weil sie jetzt nicht nur ideologisch-politische Opposition und Kitsch als die zwei einzigen möglichen Alternativen vor sich haben wird. Aber es würde mich nicht wundern — weil das russische Volk ja ein sehr talentiertes ist —, wenn sich dann die russische SF — die man vielleicht nicht mehr sowjetisch nennen dürfte — qualitativ sehr gut mit jeder anderen SF, einschließlich der britischen und amerikanischen SF, messen könnte.

F: Herr Dr. Suvin, vielen Dank für das Gespräch.

---

* Im Original 1968 erschienen, dt. 1974

STANISŁAW LEM

Philosoph und Kriminalromanschriftsteller

von Dieter Hasselblatt

»Die Welt ist alles, was der Fall ist.«

(Ludwig Wittgenstein: Tractatus logico-philosophicus *1.1)*

»Der Fall hat es in sich ... es ist gut, auch fabelnd zu denken ... deutlicher werden, das ist: an Fälle erinnern.«

(Ernst Bloch: Spuren, *1930)*

Mit dem Namen Stanisław Lem verbinden die meisten Science Fiction-Leser nicht jene im Titel meines Essays genannten Prädikate des Philosophen und des Kriminalromanschriftstellers. Denn aus welchen Gründen auch immer — haben die meisten Science Fiction-Leser, die meisten Stanisław Lem-Kenner, die eindeutig philosophischen Werke von Stanisław Lem wie die *Summa technologiae* und seine Kriminalromane *Der Schnupfen* und *Die Untersuchung* nicht gelesen. Daß ich Ludwig Wittgenstein und Ernst Bloch oben als Motti zitiert habe, entspringt der für mich verblüffenden Leseerfahrung, daß dies die beiden deutschen Philosophen aus der ersten Hälfte dieses Jahrhunderts sind, die, Bloch noch mehr, sich mit dem, was der Fall ist, beschäftigt haben, und so ist der Band mit Minierzählungen von Ernst Bloch, *Spuren,* im Grunde genommen eine einzige Sammlung von Fallstudien, zum Teil krimineller, zum Teil katastrophaler Geschehnisse im privat-gesellschaftlichen Bereich aus diesem Jahrhundert. Den großen Essay *Philosophische Ansichten des Detektivromans* beginnt Ernst Bloch so: »Etwas ist nicht geheuer, damit fängt das an. Aber zugleich muß nach dem Weiteren, das hier das Nähere ist, gesucht werden. Nach einem versteckten Wer ist gefragt, wird dergleichen freilich erzählt, so ist es nicht hoch angesehen. Ist wenig gelobt und viel gelesen, auch von denen, die es verachten; was liegt da vor?« Bloch schließt seinen Essay: »Der Fall selber muß etwas in sich haben, so ganz nebenbei. Das Problem des ausgesparten Anfangs wirkt durchs ganze Detektorische hindurch, macht seine Form. Die Form eines Vexierbilds, dessen Verstecktes früher als das Bild ist und erst allmählich dahin eintritt.«

Ach ja, man kann sich schon wünschen, daß diese Reflexionen eines großen Philosophen über den Detektivroman unter den heutigen Autoren, allen Autoren, nicht nur den Kriminalromanschriftstellern, bekannter wären. Aber wenig bekannt ist zum Beispiel auch, daß Nietzsche, selber Nebenbei-Komponist, nach seinem Zerwürfnis mit Wagner Bizets »Carmen«, diese Crime- und Sex-Oper par excellence aufs Höchste schätzte. Gemäß dem von Nietzsche damals nicht so formulierten Satz: »Kunst muß frech, fröhlich, elegant und intensiv sein.«

Aber zu Lem und seiner Doppelexistenz als Schriftsteller. In einem Essay von ihm aus dem Jahr 1978, *Information und Utopie,* reflektiert er über die Anlage seiner *Summa technologiae,* sowie über die Aufnahme, die schmale Aufnahme, durch die polnische Kritik. Leszek Kolakowski, ein Philosoph, war der einzige in Polen, der sich einer eingehenden und kundigen Kritik von Lems *Summa* gewidmet hat: »Das Buch sei zwar eine Perle der Literatur, die sich mit der Philosophie der Technik befaßt, fügte jedoch im weiteren Verlauf hinzu, die *Summa* verdiene um so mehr kritische Aufmerksamkeit, und sparte nicht an tadelnden Worten, weil sie ›Information und Utopie‹ vermischt hätte.«

Die *Summa technologiae* erschien 1964, und Lem selber nannte diesen denkerischen Diskurs eine »Allgemeine Theorie von Allem«. In dieser »Ars Magna« über die Entwicklungsperspektiven heutiger Wissenschaft wird die Ähnlichkeit zwischen den beiden großen Evolutionsstammbäumen diskursiv dargelegt. Dabei wird die Biogenese vom

Standpunkt eines Konstrukteurs verstanden, wobei die Technologie der chromosomalwirkenden belebten Materie, der Bio-Evolution, die ein nicht-moralischer Prozeß ist, als der zerebral wirkenden Evolution des Menschen, der Ingenieurstechnologie, haushoch überlegen ausgewiesen wird. Dieser Diskurs beruft sich in der Darlegung der Ähnlichkeit beider Evolutionen ständig auf die Natur. Denn der Kosmos wurde nicht für uns Menschen erschaffen, und wir Menschen nicht für den Kosmos. Wir sind ein Nebenprodukt. So wird die Zukunft der Zivilisation von Lem unter dem Gesichtspunkt der Entwicklungsmöglichkeit der Wissenschaft betrachtet. Die Wissenschaft verfolgt eine probabilistische Strategie. Es geht also nicht darum, was in 20 oder 100 Jahren sein kann, so Lem, sondern es geht um das, was noch denkbar ist. Gegenüber der Bio-Evolution besitzt die Gesellschaft mit den Zivilisationen eine größere innere Handlungsfreiheit. Dabei gelten Gebote und Verbote für jede Gemeinschaft als die Regelungsoptima. Information ist zwar ein materielles Phänomen, führt Lem aus, aber weder Materie noch Energie. Darum lohnt es sich, eine Sprache, wie die der Nukleotiden der Aminosäure zu lernen, die Organismen, die Philosophen hervorbringt, während unsere Sprache nur Philosophien erzeugt. So ist die Natur mit ihrer Bio-Evolution nicht in der Lage, eigene Erfahrungen zu sammeln oder sie anzuwenden. Sie sammelte z. B. keine Erfahrungen aus dem von ihr ermöglichten Riesenwuchs der Saurier, der später zum Werkzeug von deren Vernichtung wurde. Der Mensch ist also in der Lage, mit Hilfe immer raffinierterer Technologien und immer komplizierterer Regelsysteme sich von der Natur und deren Bio-Evolution zu emanzipieren. Nur so könnte er als Schöpfer mit der Natur konkurrieren und deren »Technologie des Lebens« übertrumpfen. Was aber wäre »menschlich« über Gesellschaften, Zeiten und Völker hinweg, fragt Lem und beantwortet seine Frage: »Der Sinn des menschlichen Daseins ist für ihn das erreichbare Glück und sei es auch vorerst nur als Abwesenheit von Hunger, Not, Krankheit, Furcht und Ungewißheit definierbar.« Die Evolution als unvergleichlich kreativer, erfindungsreicher Jongleur, vollbringt ihre schwierigsten Kunststücke in einer technologisch beschränkten Lage, ohne aus ihren eigenen verblüffenden Kunststücken jemals lernen zu können. Demgegenüber läßt sich eine Invasion der vom Menschen geschaffenen Technologie in seinen eigenen Körper (also die gesamte Prothetik) als unvermeidlich beobachten. Mit Hilfe der »Phantomatik«, einer Schöpfungstechnik, die auch als Unterhaltungstechnik anwendbar ist, ließe sich ein gigantisches Disneyland zustandebringen, mit Hilfe immer perfekterer Phantomatik. Lem wendet sich gegen jede »Seelentechnologie« und erörtert jedoch die Gentechnologie und Informationszüchtung als denkbar und sinnvoll.

Mich hat am meisten verblüfft, wie Lem ausführt, daß die Natur, ohne in der Lage zu sein, von den eigenen evolutionären Kunststücken zu lernen, mittels der Bio-Evolution vermocht hat z. B. die Dämmerung als ökologische Nische mit dem verblüffenden Konstrukt der Fledermäuse, also von Nicht-Vögeln zu beschicken. Fledermäuse sind Insektenfresser zwischen tagaktiven und nachtaktiven Vögeln. Die Natur mit der Bio-Evolution dient dem Menschen also als Beleg für die Konstruierbarkeit ungewöhnlichster Dinge. Wir Menschen müssen die Natur einholen und überholen und den von der Natur erfundenen Mechanismus der a-mathematischen, genetischen Informationsverarbeitung imitieren. Dem individuellen Glück kann sehr wohl per Computer nachgeholfen werden, aber Lem lehnt eine von der Elektronik beherrschte Gesellschaft ab, denn die Menschen werden immer »gern selbst entscheiden«, in welchem System sie leben, welches Wirtschaftsmodell sie verwirklichen und welche Ziele der Gesellschaft sie verfolgen wollen. So ist die Regelung gesellschaftlicher Systeme mit Hilfe von intellektronischen Maschinen zwar möglich, aber nicht ratsam.

Vergleicht man die *Summa technologiae* mit Kants *Kritik der reinen Vernunft,* dem Hauptwerk des deutschen philosophischen Idealismus im 18. Jahrhundert, kann man die *Summa* als kritisch-systematisches Basiswerk heutigen technologischen Denkens und scientifisch reflektierenden Bewußtseins ansehen.

In dem erwähnten Essay von Stanisław Lem notiert er: »Da ich ein ›Doppelleben‹ als Schriftsteller und als dilettierender Philosoph führe, beachte ich streng die Ordnungskriterien derjenigen Gattung, der ich mich jeweils widme. Ich muß ja unterscheiden zwischen den Freiheiten, die dem Literaten zur Verfügung stehen, und den Regeln, die den Philosophen verpflichten. Der Literat in mir darf kühner sein als der Erkenntnistheoretiker. Im übrigen hatte das oft überraschende Konsequenzen. Hypothesen, die ich im Zuge der ›erlaubten Lüge‹ artikuliert hatte, wurden von den realen Geschehnissen in der Welt häufiger bestätigt, als mit vorsichtiger Überlegung formulierte diskursive Urteile. Es sieht so aus, als ob ›Ausschweifungen der unverantwortlichen Phantasie‹ den Lauf der Welt besser voraussähen als das untadelige logische Denken von den letzten Gründen her.« Am Schluß seines Essays kann Lem es sich nicht verbieten, einiges über die derzeitige Science Fiction zu sagen: »Sie nutzt die Risikofreiheit, die sie zusammen mit dem Fortlassen des Zeichens logischer Assertion gewonnen hat, zur Produktion von Dummheiten. Sie tauscht die erkenntnistheoretische Antizipation gegen den gedanklichen Rückschritt ein, indem sie sich Märchen, Mythen und Magien zuwendet und Vorurteile, Xenophobien und Hintertreppenversionen irrationaler Doktrinen ›verwissenschaftlicht‹. Der intellektuelle Verrat der Science Fiction ist eines der Verfallssymptome der Massenkultur. Dieser Verrat hat kein Fatum verursacht. Die Science Fiction mußte nicht zum Grab vertaner Chancen werden. Die Antwort auf die Frage, warum sie zu diesem Grab wurde, ist nicht nur für sie und nicht nur für die Literatur wichtig.«

Was Stanisław Lem über seine eigene Doppelexistenz als Philosoph und als Schriftsteller sagt, gibt zu denken. Zu denken gibt vor allem, daß er genau weiß, wie er sich den Erfordernissen des Einen und des Anderen, der Philosophie und der Schriftstellerei fügen muß, und deswegen ist es um so verblüffender, wie Lem es versteht, sich den Erfordernissen, einen Kriminalroman zu schreiben, zu fügen.

In diesem Zusammenhang fällt mir die denkerische Striktheit ein, mit der Georg Kaiser sein eigenes Handwerk, das Dramaschreiben, verstand: »Das Drama schreiben heißt, einen Gedanken zu Ende denken.« Wem fiele in diesem Zusammenhang nicht Friedrich Dürrenmatts Satz zu seinen *Physikern* ein: »Eine Geschichte ist erst dann zu Ende gedacht, wenn sie ihre schlimmstmögliche Wendung genommen hat.« Friedrich Dürrenmatt hat es schriftstellerisch in seinen Kriminalromanen erwiesen: *Der Richter und sein Henker* und *Das Versprechen.* Genau bedacht, hätte ich den Satz von Georg Kaiser und den von Friedrich Dürrenmatt zu den Sätzen von Wittgenstein und Bloch oben ins Motto setzen können. Weisen sie doch aus, wie stark schriftstellerisches Handwerk im Schreiben eines Dramas und einer Geschichte mit dem Denken verschwistert ist. Das wird dem Leser der beiden Kriminalromane von Stanisław Lem besonders deutlich, zumal es beides Kriminalromane sind, die eine Serie von ungewöhnlichsten Verbrechen zum detektorischen Ausgangspunkt haben. Lauter »Fälle«, an denen entlangzudenken ist, um herauszufinden, und dies ist die Aufgabe der in den beiden Kriminalromanen handelnden Detektive, was am Werk ist und wie die phänomenale Unwahrscheinlichkeitskonstellation zu denken sein muß. »Meine Aufgabe bestand darin, den Ort dieser Serie seltener, ungewöhnlicher und dadurch aufsehenerregender Phänomene zu bestimmen im Kontext anderer Phänomene, die bereits seit langer Zeit beobachtet, bekannt und vorhanden sind.« *(Die Untersuchung)*

Eine Serie von elf Todesfällen stellt die neapolitanische Polizei ebenso wie Interpol vor ein Rätsel. Der Ich-Erzähler, ein Reserveastronaut a. D. (»Wir Astronauten sind auf Selbstbeobachtung gedrillt, der letzte Indikator ist der Mensch selbst.«), dieser Reserveastronaut schlüpft in die Rolle des letzten Opfers und macht den Detektiv, der mehr induktiv als detektorisch dem aufzudeckenden Crime-Rätsel auf der Spur ist.

Der Reiseweg der mittfünfzigjährigen älteren Herren, die Zuckermandeln knabbern, an Heuschnupfen leiden, vermögend sind und der italienischen Sprache nicht mächtig, ist Neapel, Rom, Paris-Orly, Autostrada, Hilton, Badestrand. Schwefelbäder und Friseur...

Der Ich-Erzähler jedenfalls, der diesen flugzeugbenutzenden, mandelknabbernden, fünfzigjährigen älteren Herren ähnlich sieht, wird das Spießrutenlaufopfer seiner eigenen Recherchen, und zwar bei der Analysis des Rätsels der zu klärenden Todesfälle. Ein »Spurenlesen kreuz und quer« (Ernst Bloch) mit Zufallsärgerlichkeiten, offensichtlichen Fallenstellungen und nach und nach offengelegten Fallstudien.

»Es handelt sich weniger um ein kriminelles, als um ein erkenntnismäßiges Rätsel.« Dem von einigen Jahrzehnten lediglich beschreibender und gesellschaftskritischer Literatur ermüdeten Leser bereitet es hohes Vergnügen, diesen Krimi muß er nicht verärgert und gelangweilt zur Seite legen, wie so viele andere, die nichts taten, als den Facts hechelnd literarisch auf den Fersen zu sein. Lems Krimi ist eine literarische Schachpartie, eine leserisch erschnupperbare Denksportaufgabe, ein äquilibristisches Zauberkunststück, bei dem der Trick gleichzeitig von Lem vorgezeigt und versteckt wird. Vexierspiel und Enthüllung des Vexierspiel-Musters: Experimentalkonstruktion und Ausbreitung des Experimental-Ansatzes. Stanisław Lem läßt es seinen Helden selbst sagen — Anwendung jener »Kombinationsgabe, die in der Kunst der Inspiration entspricht.« Lem gibt dem Leser also nichts geringeres als einen Krimi, bei dem »man den Schuldigen nicht unter den Menschen, sondern unter den Atomen zu suchen hatte«.

Es handelt sich um die erzählerische Ausbreitung des klassischen Dilemmas bei der Untersuchung unbekannter Phänomene, also des Dilemmas der Induktion, der Erschließung von Gesetzmäßigkeiten aus zunächst zufällig erscheinenden Phänomenen, die systematisch in einen Zusammenhang zu gehören scheinen. Der Zusammenhang ist hier gegeben durch die Serie von Todesfällen gleichlautender Verursachung. Das aufzudeckende Crime-Rätsel ist die extreme, zufällig abseitige Konstellation von Situationskomponenten, die die Betroffenen in LSD-artige, selbstzerstörerische Halluzinationszustände versetzen, die zum suizidalen

Tod führen. Dingfest gemacht wird nicht so sehr ein Täter (Schema des »Whodunit«), als eine wissenschaftlich-diagnostisch beschreibbare Realitätskonstellation von extremer Unwahrscheinlichkeit. Besonders lesbar wird Stanisław Lems Buch durch die vielen Fallbiographien; wer wäre nicht neugierig auf Fälle von heute, gemäß Ernst Blochs Satz: »An Fällen entlangdenken.« Fälle, die durch die Perspektive der Recherchierung gleichzeitig als Köder für gesetzmäßige Zufälligkeiten ins Spiel kommen. Und: die Serie von Fällen macht es möglich, dahinterzukommen, was und wie die Wirklichkeit denn nun mit uns »spielt«.

»Ein klassisches Beispiel für das Verbrechen unserer Zeit, das zugleich beabsichtigt und schicksalhaft ist.« So daß »der gesunde Menschenverstand hier nichts nützt«. In einer mehr und mehr unübersichtlichen, kompliziert gewordenen Welt muß auf den Anspruch des fragwürdigen »gesunden Menschenverstands« auf die Einfachheit der Welt verzichtet werden.

Das von Stanisław Lem eingebrachte Fazit gehört für mich zum Ausweis des Meisterhaften in Sachen Literatur, in Sachen Geschichtenerzählen: »Solche Dinge passieren eben auf unserer Welt, seit sie wissenschaftlich vervollkommnet wurde.«

Ein melancholischer Gedanke zu diesen beiden Kriminalromanen von Stanisław Lem: Wenn also eine Serie von Fällen, die Gesetzmäßigkeit zeigen, uns den Blick für zufällige Übereinstimmung für Unwahrscheinlichstes ermöglicht, wie oft wird dann eine solche Realitätskonstellation auf einen jeden von uns einwirken, so daß wir nicht anders können, als das — unkenntlich für uns — als Schicksal zu bezeichnen?

Die beiden Kriminalromane von Stanisław Lem sind Musterbeispiele für seine schriftstellerische Fertigkeit, sogenannte triviale Erzählmuster souverän einzulösen und auszufüllen. Die Science Fiction-Autor Lem erweist sich in seinen Kriminalromanen als kundiger Anwender von verblüffend genau kalkulierten scientifischen Fiktionen möglicher Unwahrscheinlichkeiten (der Umkehrung also von Science Fiction!)

Wenn im »Schnupfen« der Detektiv-»Held« durch die Perspektive der Recherchierung gleichzeitig Köder fürs Zufällige ist, das ihn trifft und betrifft, dann liegt nur ein denkerischer Schluß nahe: Er entkommt nur knapp dem Anschlag des »Schicksals«, also der Zufälle, die System bekommen haben, dann stellt sich nicht die Frage nach dem »Whodunit«, »Wer ist der Täter«, sondern: Was für ein Gesetz hat hier und so der Zufall?

Stanisław Lem legt hier ein Musterbeispiel dafür vor, wie das Geschichten-Erzählen eine höchst spannende Demonstration von Geschehens-Möglichkeiten nach Erkenntnis-Prozessen sein kann. Ich konnte nicht anders, ich mußte, während ich diesen Essay schrieb, Friedrich Dürrenmatts Erzählung *Der Rebell* immer wieder zur Hand nehmen — in der ein junger Mann auf der Suche nach seinem Vater zunächst auf dessen Bibliothek stößt, dort die Grammatik einer unwahrscheinlichen Sprache aufstöbert und die Sprache, so gut es geht, lernt. Er verläßt die Mutter, eine elegante und schöne Frau, wird bei seinen Weltreisen überfallen und seiner Habe beraubt, und kommt schließlich an die Grenzen eines Landes, in dem man zu seiner Überraschung die seltsame Sprache spricht, die er als junger Mann aus den Büchern seines Vaters gelernt hat. Deswegen sieht man in ihm den verheißenen und längst erwarteten Rebellen. In diesem Land stößt er auf die Herrschaftsstruktur eines nie sichtbaren Herrschers, dessen Nicht-Sichtbarkeit der Religion entspricht, die einem sechsfaltigen Gott huldigt: Gott Vater, Gott Sohn, Gott Heiliger Geist, Gott Heilige Materie, Gott Heilige Energie und Gott Heiliges Nichts. Gemäß Dürrenmatts Satz, eine Geschichte sei erst zu Ende gedacht, wenn sie ihre schlimmstmögliche Wendung genommen hat, wird der Fremde, der Rebell, zum Schluß als der seit langem erwartete Herrschernachfolger angesehen und findet sich schließlich im Palast in einem vielfältig mit Spiegeln ausgestatteten Spiegelsaal wieder, in dem er schließlich, die Tür nicht mehr findend, verendet.

Geschichtenerzählen hat mit Denken und Folgerichtigkeit zu tun, Stanisław Lem hat es in seinen beiden Krimis und insbesondere im *Schnupfen* erzählerisch belegt und erwiesen. Nehmen wir ihn als Kriminalromanautor endlich so ernst, wie man ihn allenthalben als Science Fiction-Autor ernstzunehmen versucht. Ich bin neugierig auf seinen nächsten Kriminalroman, der sicher nach dem Prinzip konstruiert und erzählt sein wird, wie er es in der *Untersuchung* formuliert: »Was ist das Gegenteil von menschlichem Handeln? —: Naturgesetze!«

Die Nummern des Jahres

von Norbert Stresau

Das interessanteste Phänomen des Jahres 1989 ereignete sich Ende Juni. Zu diesem Zeitpunkt hatte sich ein kleiner Filmverleih aus Berlin gerade die Rechte an einer 23 Jahre alten Fernsehserie beschafft und versuchte nun, sie in Form eines siebenstündigen Monsterfilms in die Kinos zu bringen. Der Erfolg übertraf alle Erwartungen: Binnen kürzester Zeit war jede verfügbare Kopie für drei Monate ausgebucht.

Zum Teil geht dieser späte Erfolg von *Raumpatrouille* natürlich auf das Trash-Syndrom zurück; in einem Zeitalter, wo jedermann ganz fürchterlich *sophisticated* ist, kann nur ein schlichtes Bügeleisen noch Triumphe feiern. Doch auch in anderer Hinsicht lagen Cliff und die Orion voll im Trend: Mehr als je zuvor aß der Bauer im letzten Jahr am liebsten das, was er schon kannte.

Ernsthaft um das Wohl des Mediums besorgte Zeitgenossen betrachten diese Entwicklung mit gebührlichem Mißtrauen, und das nicht mal zu Unrecht. Natürlich artikuliert sich in den zahlreichen Fortsetzungen und Remakes, die 1989 auf uns niederprasselten, kaum mehr als schnödes Kommerzdenken, und natürlich ist ein Film wie *Dead Ringers* bedeutender als *Halloween 4,* was immer das auch heißen mag. Auf einer anderen Ebene illustrieren gerade diese Nummernfilme eines aber auch sehr deutlich: Sie zeigen, wie heutzutage neue Mythen entstehen, wie sie sich durch die verschiedenen Medien fortpflanzen, wie sie sich dabei verändern und anpassen, bis aus dem Kult Kultur geworden ist und selbst der erzkonservative *film-dienst* ein Lob auf Lucio Fulcis *Zombie 3* ausspricht.

RUNDE 1: ENTWERFEN

In seinem lesenswerten Buch ›American Film Now‹ vergleicht James Monaco die Mythogenese mit der Entstehung eines Korallenriffs: allmählich, aber unaufhaltsam wachsend durch die Anlagerung zahlreicher mythogener Teilchen. Für den potentiellen Nummernspieler bedeutet diese Theorie unter anderem, daß er niemals einen Mythos von Grund auf neu erschaffen wird können: Außer Anbauprojekten gibt es keine Alternative mehr, das Problem ist allenfalls der Anbauort.

Das Mythenriff an sich ist groß genug, neben Film umfaßt es Radio, Fernsehen, Comics und vieles andere mehr. Um so erstaunlicher der allseits herrschende Tunnelblick: Wie Lemminge stürzen sich die meisten Spieler ins Meer, sobald die Nachricht durchkommt, daß sich James Cameron mit seinem nächsten Film *The Abyss* unter Wasser begeben wird. Kurzlebige Trends und Banalitäten à la *Deepstar Six* und *Leviathan* sind das unvermeidliche Ergebnis.

Eine Variante dieses Tunnelblicks findet sich in *Die Abenteuer des Baron Münchhausen.* Statt die bekannte Story eigenständig auszubauen, besteht Terry Gilliam darauf, seinen Lustgreis in Richtung Indiana Jones zu steuern, bei den Effekten auf abstrakte Monty Python-Graphiken zurückzugreifen und das Ganze mit dem bewährten Spielbergkind zu garnieren. Anders ausgedrückt: Münchhausens mythogene Teilchen sind nicht neu genug, um das Riff um eine Koralle zu ergänzen.

Als Gegenbeispiel sei *Batman* aufgeführt. Der Film mag seine eigenen Probleme haben, im Sinne von Monacos Theorie funktioniert er freilich. Michael Keaton als dunkler Ritter und Jack Nicholson als Joker sind zweifellos exotische Besetzungen, doch sie wirken, weil sie *neue* mythogene Teilchen repräsentieren. Die Ankopplung an das große Batman-Riff geschieht einzig und allein über den visuellen Stil Tim Burtons, dessen Gotham City wie gefangen scheint zwischen Bob Kane und Frank Miller: eine Stadt in einem Zeitwarp zwischen Vierzigern und Achtzigern, ohne Licht.

Die Abenteuer des Baron Münchhausen — *Indiana Jones im Rokoko*

Batman — *Neue mythogene Teilchen*

RUNDE 2: VERSTEHEN

Im zweiten Spielabschnitt scheiden sich im Regelfall die Geister. Stürzen sich die Amateure Hals über Kopf in den Brachialausbau des neuen Mythos, gehen die Profis umsichtiger zu Werke. Sie wissen, daß zahlreiche Fallgruben auf sie lauern; in Form jener Geschichten etwa, die unwiderruflich zu Ende gegangen sind, nachdem man sie erzählt hat. *Cocoon 2* zum Beispiel bringt die von Außerirdischen verjüngten Senioren noch einmal auf die Erde zurück und leugnet gerade damit eine elementare Tatsache unseres (Film-)Daseins: In einem amerikanischen Leben gibt es keine zweiten Akte, wie F. Scott Fitzgerald einst so treffend bemerkte.

Wieder andere Geschichten haben ihren Helden bereits zu sehr verändert, als daß es noch so etwas wie eine Kontinuität geben könnte: Die Kirsty in *Hellraiser 2* ist ein hoffnungslos traumatisiertes Mädchen, passiv eher denn aktiv, und auch die bizarrsten Bilder Tony Randels täuschen nicht darüber hinweg, daß sich der Film in einer Fülle sekundärer Charaktere und Nebenhandlungen verstrickt und dabei die Präzision des Märchens verliert.

Die gefährlichste Fallgrube von allen zeigt sich exemplarisch an *The Fly 2*. Der Film ist besser als sein Ruf, und dennoch basiert auch er auf einer falschen Prämisse. In Cronenbergs Original ging es eben nicht um die Mutation eines Manns zur Fliege, sondern um die Tragik der Liebe im Zeitalter des AIDS. Im Gegensatz dazu postuliert Chris Walas am Ende seines Films ein AIDS-Serum und wird damit utopischer, als es die Anlage der Geschichte erträgt.

Gelingt es dem Spieler jedoch, all diesen Fallgruben aus dem Weg zu gehen, das wahre Ich des ersten Teils zu verstehen, ist er seinem Ziel einen gewaltigen Schritt nähergekommen. »I've got all new cheap moves«, feixt Bill Murray, der in *Ghostbusters 2* weiter hinter Sigourney Weaver herlüstet. Zum Glück für die marode Columbia war das nicht gelogen.

Ghostbusters 2 — *Einsicht in den Reiz des Vorläufers*

The Fly 2 — *Grotesk mutierte Originalgeschichte*

RUNDE 3: ERKLÄREN

In dieser Phase hat der Spieler die gröbsten Hindernisse überwunden. Der Träger seines neuen Mythos, der Held, ist mittlerweile etabliert; erst nun kann er daran gehen, ihn auszubauen und näher zu erklären. Der Kniff dabei liegt darin, sich nicht in den oberflächlichen Markenzeichen festzufahren.

Natürlich möchten alle gerne wissen, weshalb Indiana Jones Angst vor Schlangen hat, und wie er zu seiner Peitsche und dem speckigen Schlapphut gekommen ist. Doch all das ist im Grunde nebensächlich, und es spricht sehr für *Indiana Jones and the Last Crusade,* daß er diese Erklärung in eine fünfminütige Tour-de-force packt, sie anschließend geflissentlich vergißt und anhand einer neuen Figur versucht, das eigentliche Wesen seines Helden, seine menschliche Seite, wenn man so will, zu beleuchten.

Gefährlich wird es nur, wenn sich der Spieler zu diesem Zeitpunkt über seine Schöpfung bereits erhaben fühlt und das Spiel nur noch Routine ist. Auch *The Last Crusade* ist dagegen nicht vollkommen gefeit: Das Plot gleicht *Raiders of the Lost Ark* mehr als unbedingt nötig, die Spezialeffekte verraten ein erstaunliches Maß an Sorglosigkeit, die Panzerjagden durch die Wüste sind — obwohl mit allen Raffinessen des kinetischen Kinos ausgestattet — eine kaum wahrnehmbare Spur zu mechanisch. Was dem Film letztendlich fehlt, ist Spielbergs Seele: Man sieht zu deutlich, wie hart den Regisseur das Scheitern seiner künstlerischen Emanzipationsversuche *The Color Purple* und *Empire of the Sun* getroffen hat.

Andererseits demonstriert *The Last Crusade* auch, wie brillant ein Schauspieler diesen Seelenmangel übertünchen kann. Harrison Ford, der mit *Witness* und *Working Girl* seinem künstlerischen Affen Zucker gegeben hat, spielt so entspannt wie nie zuvor. Und da ist natürlich der grandiose Sean Connery, der diese Beweise seiner selbst längst nicht mehr nötig hat.

Indiana Jones and the Last Crusade — *Sind die äußeren Details des Helden erst mal erklärt, kann man sich seinem Innenleben zuwenden*

RUNDE 4: VERWÄSSERN

Inzwischen geht der Held in die vierte Runde, die Ausbaumöglichkeiten des Mythos sind weitgehend ausgereizt, die Erklärungen erschöpft. *Halloween 4* zum Beispiel spielt die Mär von Michael Myers haarklein nochmal durch, relativ ordentlich für das Slasher-Genre zwar, aber dennoch ohne die geringste Innovation. Selbst jetzt steht dem geneigten Nummernspieler jedoch immer noch ein Weg offen: Wo der Weg in die Tiefe nicht mehr gangbar ist, kann er immer noch die Breite wählen, und in dieser Hinsicht steht der größte Mythen-Multiplikator von allen nach wie vor im heimischen Wohnzimmer.

Zugleich fordern solche Verlängerungen in Form von TV-Serien aber einen hohen Preis. Einerseits können sie einen Kult über Nacht zum unverzichtbaren Bestandteil der populären Kultur machen. Andererseits geht das nicht ohne Einbußen ab: Es fällt außerordentlich schwer, in *A Nightmare on Elm Street 4: The Dream Master* nicht schon die Schatten der zeitgleich gedrehten TV-Serie *Freddy's Nightmares* zu erkennen, in der die ungeschriebenen Gesetze der Zensur den lustvoll-perversen Kindermörder auf einen tödlich netten Onkel mit Hang zum nachtschwarzen Sarkasmus reduzieren.

Auch *Superboy* kränkelt weniger an seiner infantilen Plots denn an der natürlichen Kleinheit seines Habitats. Kein Bösewicht kann auf einer 61 cm-Diagonale in knapp 25 Minuten böse genug erscheinen, daß es eines kryptonischen Halbgotts bedarf, um die Situation zu retten. *War of the Worlds* ist dabei im Prinzip kein Gegenargument. Die Serie mag einen epischen Rahmen vorgaukeln, und ihr Name mag Erinnerungen an H. G. Wells, Orson Welles, George Pal und Jeff Wayne heraufbeschwören. Sieht man einmal genauer hin, entlarvt sich das Ganze formal wie inhaltlich jedoch sehr rasch als verkappte Rambo-Fortsetzung mit ideologisch weniger suspekten Marsianern. Und *Friday the 13th — The Series* hat gleich überhaupt nichts mehr mit Jason Vorhees zu tun.

Halloween 4 — *Die Gefahr des erschöpften Mythos*

A Nightmare on Elm Street 4 — *Die Kastration des Kults durch eine bevorstehende TV-Serie*

An diesem Punkt des großen Nummernspiels hat der geneigte Spieler das Ziel endlich erreicht. Hunderttausende von Fans warten sehnsüchtig auf die nächste Folge seiner Serie, eine weltweite Vermarktungsindustrie bringt ihm mannigfaltige Nebenerlöse, der ehemalige Kult ist längst zum festen Bestandteil unserer (Pop-)Kultur geworden. In diesem Stadium spielt die Frage nach der Qualität keine sonderliche Rolle mehr: Was immer sich der Spieler einfallen läßt, seine Schäflein werden es dankbar schlucken.

Diesen Eindruck hinterläßt zumindest *Star Trek V: The Final Frontier.* Seine Verlängerungen des Mythos (Spocks Halbbruder, McCoys Euthanasie seines Vaters, Uhuras Bauchtanz) wirken so absurd wie konstruiert, die Spezialeffekte sind für ein Projekt dieser Größenordnung schlichtweg lächerlich, und auch das Plot entpuppt sich rasch als dreißigste Variante der klassischen Roddenberry-Geschichte (Enterprise sucht Gott und findet bösen Alien), wobei die gnadenlose Kamera nicht müde wird zu betonen, wie alt die Schauspieler inzwischen geworden sind. Der Film ist, kurz gesagt, eine komplette Katastrophe, was die Trekkies indes nicht daran hinderte, bis heute an die 50 Millionen Dollar hinzublättern.

Und dennoch erlebt man selbst in diesen Sphären, wo das Spiel schon längst gewonnen ist, mitunter noch die eine oder andere Überraschung. Noch immer sieht man zwar die Vorbilder, und nach wie vor kränkeln die meisten Episoden von *Star Trek — The Next Generation* an einem schwachen Höhepunkt, der in keinem Verhältnis zum elaboraten Aufbau steht. Dennoch hat sich die Serie mittlerweile auf eine Art gefangen, die man kaum für möglich gehalten hätte. Die gelegentlichen Bemühungen um Humor *(The Outrageous Okona, Elementary, Dear Data)* wirken wie ein frischer Wind, die Computerviren-Story *Contagion* gar zählt zweifellos zum Besten, was 1989 auf dem Bildschirm zu sehen war.

Star Trek V: The Final Frontier — *Wieder einmal auf der Suche nach dem lieben Gott*

Star Trek — The Next Generation — *Das häßliche Entlein auf halbem Weg zum Schwan*

DIE SPIELER DES JAHRES

Die nachfolgende Filmographie enthält alle im Zeitraum vom 1. August 1988 bis 31. Juli 1989 in Deutschland verliehenen oder ausgestrahlten Spielfilme, Fernsehfilme und Fernsehserien mit phantastischen Elementen. Die Abkürzungen bedeuten: R = Regie. B = Drehbuch. LV = Literarische Vorlage. K = Kamera. M = Musik. Sch = Schnitt. PD = Production Design/Ausstattung. M-up = Maske. SFX = Spezialeffekte. D = Darsteller. F = Farbe. SW = Schwarzweiß. V = Filmverleih/Videovertrieb. St = Start. Die Länge in Klammern gibt die Laufzeit der gekürzten oder umgeschnittenen deutschen Fassung an, die Anzahl der Sterne hinter dem Titel soll, um im gewählten Bild zu bleiben, den Erfolg des jeweiligen Spielers bewerten.

1. Spielfilme

Die Abenteuer des Baron Münchhausen (The Adventures of Baron Munchausen). GB/BRD 1988. ** R: Terry Gilliam. B: Charles McKeown, T. Gilliam. K: Giuseppe Rotunno. M: Michael Kamen. Sch: Peter Hollywood. PD: Dante Ferretti. M-up: Maggie Westeon. SFX: Richard Conway. D: John Neville (Baron Münchhausen), Sarah Polley (Sally), Eric Idle (Berthold), Charles McKeown (Adolphus), Winston Dennis (Albrecht), Jack Purvis (Gustavus), Valentina Cortese (Ariadne), Uma Thurman (Venus), Oliver Reed (Vulkan), Jonathan Pryce (Horatio Jackson). F. 126 Min. V: Neue Constantin. St: 8. 12. 88. Um eine Stadt vor der türkischen Belagerung zu retten, macht sich der Lügenbaron zusammen mit einem kleinen Mädchen auf die phantastische Suche nach den ehemaligen Kampfgefährten.

Die Abenteuer des Buratino (Priklutschenija Buratino). UdSSR 1953. ** R: Dimitri Babitschenko, Iwan Iwanow-Wano. B: N. Erdmann, T. Tolstaja. LV: Alexej Tolstoj. K: M. Drujan. M: A. Lepin. F-Anim. 68 Min. V: Warner Home Video. St: 9. 12. 88. Eine Holzpuppe macht sich zusammen mit drei Freunden auf die Suche nach einem magischen Schlüssel.

Der Affe im Menschen (Monkey Shines). USA 1988. *** RB: George A. Romero. LV: Michael Stewart. K: James A. Contner. M: David Shire. Sch: Pasquale Buba. PD: Cletus

Der Affe im Menschen *von George A. Romero*

Anderson. D: Jason Beghe (Allan Mann), John Pankow (Geoffrey Fisher), Melanie Parker (Kate McNeil), Joyce van Patten (Dorothy Mann), Christine Forrest (Maryanne Hodges), Stephen Root (Dean Burbage), Stanley Tucci (Dr. Wiseman), Janine Turner (Linda), William Newman (Doc Williams). F. 115 Min. V: Fox. St: 23. 2. 89. Ein biochemisch manipuliertes Kapuzineräffchen wird zum ausführenden Organ der unterbewußten Racheimpulse eines Querschnittsgelähmten.

After Rabbit (In the Aftermath). USA/Japan 1987. * R: Carl Colpaert. B: C. Colpaert, Mamoru Oshii. K: Geza Sinkovics. M: Anthony Moore. D: Tony Marks (Frank), Rainbow Dolan (Engel), Filiz Tully (Dr. Sarah), Kenneth McCabe (Goose), Kurtiss J. Tews (Psycho-Soldat), Edward Holm, Brian Ellenburg, Mike Hickam. F-Anim (teilw). 69 Min. V: Highlight. St: 20. 2. 89. Ein Mädchen von den Sternen soll die postapokalyptische Menschheit von ihrem Schicksal erlösen.

Alien Transformations (Transformations). USA 1988. * R: Jay Kamen. B: Mitch Brian. K: Sergio Salvati. M: Jonathan Scott Bogner. Sch: Victoria Martin. PD: Giovanni Natalucci. M-up: John Buechler. SFX: Dino Galiano. D: Rex Smith (Wolf Shadduck), Lisa Langlois (Miranda), Christopher Neame (Calihan), Michael Hennessy (Stephens), Cec Verrell (Antonia), Patrick Macnee (Pater Christopher), Benito Stefanelli (Vapes), Donald Hodson (Kane), Pamela Prati (Sukkubus). F. 77 Min. V: Empire. St: 30. 9. 88. Nach seiner Notlandung auf einer Gefängniskolonie erweist sich ein Raumschiffcaptain als von einem Sukkubus besessener Krankheitsherd.

Amazonen auf dem Mond oder Warum die Amis den Kanal voll haben (Amazon Women on the Moon). USA 1987. ** R: Joe Dante, Carl Gottlieb, Peter Horton, John Landis, Robert K. Weiss. B: Michael Barrie, Jim Mulholland. K: Daniel Pearl. Sch: Bert Lovitt, Marshall Harvey, Malcolm Campbell. PD: Alex Hajdu. D: Rosanna Arquette, Ralph Bellamy, Carrie Fisher, Griffin Dunne, Steve Guttenberg, Sybil Danning, Kelly Preston, Russ Meyer, Steve Forrest, Paul Bartel, Arsenio Hall. F. 85 Min. V: Filmwelt/CIC Video. St: 17. 11. 88. Zwanzigteiliger Sketch mit Parodien auf die *Invisible Man*-Filme und die C-Pictures im Zsa-Zsa-Gabor-Stil.

Angel of Death (Angel of Death). Frankreich 1987. * R: Frank Drew White. B: Gregory Freed, A. L. Mariaux. K: Roy Fellous. M: N. Verrone. D: Christopher Mitchum, Fernando Rey, Jack Taylor, Suzanne Andrews, Howard Vernon. F. 89 Min. V: New Vision. St: 18. 10. 88. Im Dschungel von Uruguay macht sich ein verwegener Abenteurer auf die Suche nach Dr. Mengele.

Arena (Arena). USA 1988. * R: Peter Manoogian. B: Danny Bilson, Paul DeMeo. K: Mac Ahlberg. M: Richard Band. D: Paul Satterfield, Hamilton Camp, Claudia Christian, Marc Alaimo, Armin Shimerman. F. 94 Min. V: Empire. St: 29. 3. 89. Im vierten Jahrtausend muß sich ein erfolgreicher Boxer, der in der Arena gegen außerirdische Monster antritt, der Machenschaften eines Gangsterbosses erwehren.

As Time Goes By (As Time Goes By). Australien 1987. ** RB: Barry Peak. K: John Ogden. M: Peter Sullivan. Sch: Ralph Strasser. PD: Paddy Reardon. D: Bruno Lawrence (Ryder), Nique Needles (Mike), Max Gillies (Joe Bogart), Ray Barrett (J. L. Weston), Marcelle Schmitz (Connie Stanton), Mitchell Faircloth (James McCauley), Deborah Force (Cheryl), Christine Keogh (Margie), Don Bridges (Ern), Ian Shrives (Greaser). F. 97 Min. V: Summit. St: 27. 2. 89. Ein zeitreisender Außerdischer mit Film-noir-Vorliebe steht einem Surfer gegen die Machenschaften eines schafevergiftenden Grundstücksspekulanten bei.

Atomic Thrill (I Was a Teenage Zombie). USA 1987. * RSch: John Elias Michalakias. B: James Martin. K: Peter Lownes. M: Jonathan Roberts, Craig Seaman. M-up: Carl Sorenson. D: Michael Ruben (Dan Wake), George Seminara (Gordy), Steve McCoy (Mussolini), Peter Bush (Rosencrantz), Cassie Madden (Cindy Faithful), Gwyn Drischell (Margo), Allen L. Rickman (Lieberman), Lynnea Benson (Hilda), Ray Stough (Lenny). F. 92 Min. V: IHE. St: 1. 8. 88. Betrügerischer Dealer endet tot in einem radioaktiv verseuchten Fluß, steht als grüngesichtiger Zombie wieder auf und meuchelt den Helden, worauf dessen Freunde auch selbigen zwecks Wiederbelebung zum guten Zombierächer in besagten Fluß werfen.

Axolution — Tödliche Begegnung (Edge of the Axe). USA 1988. * R: Joseph Braunstein. B: Joaquin Amichatis, Javier Elorrieta, José Frade. D: Barton Faulks, Christina Marie Lane, Page Mosley. F. 85 Min. V: UFA. St: 27. 2. 89. Eine Computerhackerin entpuppt sich als schizophrener Gipsmaskenkiller mit Vorliebe für blutige Äxte.

Beatie Bow — Das Spiel mit der Zeit (Playing Beatie Bow). Australien 1986. ** R: Donald Crombie. B: Peter Gawler. LV: Ruth Park. K: Geoffrey Simpson. M: Garry McDonald, Laurie Stone. Sch: A. J. Prowse. PD: George Liddle. D: Imogen Annesley (Abigail), Peter Phelps (Judah/Robert), Mouche Phillips (Beatie Bow), Nikki Coghill (Dovey), Moya O'Sullivan (Granny), Don Barker (Samuel), Lyndel Rowe (Kathy), Barbara Stephens (Justine), Damian Janko (Gibbie), Phoebe Salter (Natalie). F. 89 Min. V: Esplanade/Skyline. St: 8. 12. 88. Durch eine Zeitreise gelangt ein junges Mädchen ins Sydney des ausgehenden 19. Jahrhunderts.

Beetlejuice (Beetlejuice). USA 1988. *** R: Tim Burton. B: Michael McDowell, Warren Skaaren. K: Thomas Ackerman. M: Danny Elfman. Sch: Jane Kurson. PD: Bo Welch. M-up: Robert Short. SFX: Alan Munro, Ted Rae, Doug Beswick, Tim Lawrence. D: Alec Baldwin (Adam Maitland), Geena Davis (Barbara Maitland), Michael Keaton (Beteigeuze), Catherine O'Hara (Deelia Deetz), Jeffrey Jones (Charles Deetz), Winona Ryder (Lydia Deetz), Glenn Shadix (Otho), Robert Goulet (Maxie Dean), Annie McEnroe (Jane Butterfield), Sylvia Sidney (Juno). F. 92 Min. V: Warner/Warner Home Video. St: 10. 11. 88. Um die aufdringliche Yuppie-Familie in ihrem Haus endgültig loszuwerden, wendet sich ein biederes Geister-Ehepaar an den berüchtigten Bioexorzisten Beteigeuze.

Bei uns liegen Sie richtig (Mortuary Academy). USA 1988. ** R: Michael Schroeder. B: William Kelman. K: Roy H. Wagner. M: David Spear. Sch: Ellen Keneshea. PD: Jon Rothschild. D: Paul Bartel (Dr. Paul Truscott), Mary Woronov (Mary Purcell), Perry Lang (Sam Grimm), Tracey Walter (Dickson), Christopher Atkins (Max Grimm), Lynn Danielson (Valerie), Stoney Jackson (James Dandridge), Anthony James (Abbott Smith), Wolfman Jack (Bernie Berkowitz), Cesar Romero (Captain). F. 85 (82) Min. V: Starlight. Um die ruinösen Taktiken des nekrophilen Leiters auszugleichen, erwecken die Studenten eines Balsamierungsinstituts eine tote Heavy Metal-Band für ein letztes Konzert.

Bibos abenteuerliche Flucht (Follow that Bird). USA 1985. ** R: Ken Kwapis. B: Tony Geiss, Judy Freudberg. K: Curtis Clark. M: Van Dyke Parks, Lennie Niehaus. Sch: Evan Landis. PD: Carol Spier. SFX: Colin Chilvers. D: Carroll Spinney (Bibo), Jim Henson (Kermit/Ernie), Frank Oz (Krümelmonster/Bert/Grover), Paul Bartel (Koch), Sandra Bernhard (Kellnerin), John Candy (Highway-Cop), Chevy Chase (Nachrichtensprecher), Joe Flaherty (Sid Sleaze), Waylon Jennings (Trucker), Dave Thomas (Sam Sleaze). F. 88 Min. V: Warner Home Video. St: 14. 10. 88. Von einer Tierliebhaberin ins Heim einer gutsituierten Dodo-Familie verfrachtet, macht sich der heimwehkranke Bibo schon bald auf einen beschwerlichen Rückweg voll skurriler Begegnungen.

Big (Big). USA 1988. ** R: Penny Marshall. B: Gary Ross, Ann Spielberg. K: Barry Sonnenfeld. M: Howard Shore. Sch: Barry Malkin. PD: Santo Loquasto. D: Tom Hanks (Josh Baskin), Elizabeth Perkins (Susan Lawrence), Robert Loggia (MacMillan), John Heard (Paul Davenport), Jared Rushton (Billy), David Moscow (Josh als Kind), Jon Lovitz (Scotty Brennen), Mercedes Ruehl (Mrs. Baskin), Josh Clark (Mr. Baskin), Kimberlee M. Davis (Cynthia Benson). F. 104 Min. V: Fox/CBS-Fox. St: 29. 9. 88. Durch einen magischen Wahrsagekasten über Nacht erwachsen geworden, macht ein Zehnjähriger unverhoffte Karriere in der Spielzeugindustrie.

Bill + Teds verrückte Reise durch die Zeit (Bill & Ted's Excellent Adventure). USA 1989. * R: Stephen Herek. B: Chris Matheson, Ed Solomon. K: Timothy Suhrsedt. M: David Newman. Sch: Larry Bock, Patrick Rand. PD: Ray Forge Smith. SFX: Barry Nolan. D: Keanu Reeves (Ted Logan), Alex Winter (Bill S. Preston), George Carlin (Rufus), Terry Camilleri (Napoleon), Dan Shor (Billy the Kid), Tony Steedman (Sokrates), Rod Loomis (Freud), Al Leong (Dschingis Khan), Jane

Big *von Penny Marshall*

Wiedlin (Johanna von Orleans), Robert V. Barron (Abraham Lincoln). F. 90 Min. V: Tivoli. St: 15. 6. 89. Aus Angst vor dem Durchfallen in Geschichte reisen zwei Schüler in einer Telefonzelle durch die Zeit, um einige berühmte Gastsprecher für ihre Abschlußpräsentation einzusammeln.

A Blade in the Dark (La casa con la scala nel buio). Italien 1983. * R: Lamberto Bava. B: Dardano Sacchetti, Elisa Briganti. K: Gianlorenzo Battaglia. M: Guido & Maurizio de Angelis. Sch: L. Bava. PD: Stefano Paltrinieri. SFX: Giovanni Corridori. D: Andrea Occhipinti (Bruno), Anny Papa, Fabiola Toledo, Michele Soavi, Valeria Cavalli, Stanko Molnar, Lara Naszinski. F. 96 Min. V: USA. St: 29. 8. 88. Während ein Komponist in seiner einsamen Villa an der Vertonung eines Horrorfilms arbeitet, treibt in der Nachbarschaft ein mörderischer Transvestit sein Unwesen.

Der Blob (The Blob). USA 1988. **** R: Chuck Russell. B: C. Russell, Frank Darabont. K: Mark Irwin. M: Michael Hoenig. Sch: Terry Stokes, Tod Feuerman. PD: Craig Stearns. M-up: Tony Gardner. SFX: Hoyt Yeatman, Lyle Conway, Stuart Ziff. D: Shawnee Smith (Meg Penny), Donovan Leitch (Paul Taylor), Ricky Paull Goldin (Steve Jeskey), Kevin Dillon (Brian Flagg), Billy Beck (Müllsammler), Jeffrey Demunn (Sheriff Geller), Candy Clark (Fran Hewitt), Beau Billingslea (Moss Woolsey), Art La Fleur (Apotheker), Del Close (Reverend Meeker). F. 95 Min. V: Columbia/RCA-Columbia. St: 20. 10. 88. Remake des Steve McQueen-Films: Ein rebellischer Teenager erweist sich als letzte Rettung einer kleinen Stadt, als er mit Hilfe einer Schneemaschine das gefräßige Protoplasma aus dem Weltraum — in Wirklichkeit ein Nebenprodukt militärischer B-Waffen-Forschung — ausschaltet.

Blood Beat (Bloodbeat). USA/Kanada 1982. * RB: Fabrice-Ange Zaphiratos. K: Wladimir Maule. D: Helen Benton (Cathy), Terry Brown (Gary), Claudia Peyton (Sarah), James Fitzgibbons (Ted), Dana Day (Dolly), Peter Spelson (Pete), Frank Miley (Paul), Carol Wagner (Christa), Andrea Cauchon (kleines Mädchen), Charlie White (Sheriff), Bill Madlener, Duane Albrecht. F. 82 Min. V: Starlight. St: 1. 2. 89. Nahe des Hauses einer Malerin treibt ein Samurai-Geist zu Heiligabend sein mörderisches Unwesen.

Blood Diner (Blood Diner). USA 1987. ** R: Jackie Kong. B: Michael Sonye. K: Jurg Walther. M: Don Preston. Sch: Thomas Meshelski. PD: Ron Petersen. M-up: Loraina Drucker. SFX: Bruce Zahlava. D: Rick Burks (Michael Tutman), Carl Crew (George Tutman), Roger Dauer (Mark Shepard), Sheba Jackson (LaNette LaFrance), Lisa Guggenheim (Connie Stanton). F. 90 Min. V: Lightning. St: 30. 1. 89. Auf Befehl des toten Onkels, der als Hirn im Einmachglas sein Leben nach dem Tode fristet, sammeln seine beiden Neffen die Körperteile diverser Mädchen und machen sich an die Wiedererweckung einer ägyptischen Göttin.

Blutkult (The Mysterious Death of Nina Chereau). USA 1987. * R: Dennis Berry. D: Maud Adams, Alexandra Stewart, Scott Renderer. F. 90 Min. V: Taurus. St: 20. 3. 89. Ein Psychologe findet heraus, daß seine des Mordes verdächtigte Patientin in Wahrheit eine uralte Gräfin ist, die sich durch das Blut junger Mädchen die Unsterblichkeit sichert.

Born Again (Renacer). Spanien 1981. * R: Bigas Luna. B: B. Luna, R. Dunn. M: John Tartaglia. D: Dennis Hopper (Reverend Tom Harley), Michael Moriarty (Mark), Antonella Murgia (Maria), Francisco Rabal (Giacomo), Kit Massengill (Reed), Jo Perkins (Maskenbildnerin), Charles Bacarisse (Charles), Javier Elorriaga (Ansager), Leslie Cox (Sekretärin), Consul Tura (Lucille), Robert Dunn (Shilo). F. 86 Min. V: UFA. St: 3. 7. 89. Der Kollege eines betrügerischen Fernsehpredigers verliebt sich in eine wundertätige Frau, an deren Körper die Wundmale Jesu erschienen sind.

Das Böse 2 (Phantasm 2). USA 1988. ** RB: Don Coscarelli. K: Daryn Okada. M: Fred Myrow, Christopher L. Stone. Sch: Peter Teschner. PD: Philip J. C. Duffin. M-up: Mark Shostrom. SFX: Justin Klarenbeck. D: James Le Gros (Mike Pearson), Reggie Bannister (Reggie), Angus Scrimm (Tall Man), Paula Irvine (Liz), Samantha Phillips (Alchemy), Kenneth Tigar (Pater Meyers), Ruth C. Engel (Oma), Mark Anthony Major (Leichenbeschauer), Rubin Kushner (Opa), Stacey Travis (Jeri). F. 97 (95) Min. V: Filmwelt. St: 23. 2. 89. Mit schwerem Kaliber erwehren sich die Überlebenden des ersten Teils den Nachstellungen des Tall Man, der seine Opfer in einer zerfallenen Leichenhalle zu heimtückischen Homunkuli umwandelt.

Die Braut des Prinzen (The Princess Bride). USA 1987. **** R: Rob Reiner. BLV: William Goldman. K: Adrian Biddle. M: Mark Knopfler. Sch: Robert Leighton. PD: Norman Garwood. M-up: Lois Burwell. D: Cary Elwes (Westley), Mandy Patinkin (Inigo Montoya), Chris Sarandon (Prinz Humperdinck), Christopher Guest (Graf Rugen), Wallace Shawn (Vizzini), Andre the Giant (Fezzik), Robin Wright (Buttercup), Peter Falk (Opa), Fred Savage (Enkel), Billy Crystal (Miracle Max). F. 98 Min. V: Jugendfilm/Vestron. St: 13. 10. 88. Um seinen kranken Enkel aufzuheitern, erzählt ihm sein Großvater das Märchen vom tapferen Helden, der hübschen Prinzessin und dem intriganten Prinzen.

Die Braut mit den schönsten Augen (Godenizata s nai-krassiwite). Bulgarien/CSSR 1976. ** R: Jan Schmidt. D: Milan Knjazko, Elena Dimitrova, Bohumil Vavra, Zuzana Kocurikova. St: 6. 1. 89 (ARD). Ein junger Mann stellt sich zahlreichen Prüfungen, um die Geliebte zu erlangen, die an jedem Tag nur eine Stunde Menschengestalt annehmen darf.

Brigade des Schreckens (Zombie Brigade). Australien 1988. ** RB: Carmelo Musca, Barrie Pattison. K: Alex McPhee. M: John Charles,

Todd Hunter. Sch: Tan Thien Tai. PD: Julieanne Mills. D: John Moore (Jimmy), Khym Lam (Yoshie), Geoff Gibbs (Bürgermeister), Adam A. Wong (Kinoshita), Maggie Wilde West (Madam Rita), Bob Faggetter (Wild), Leslie Wright (Constable Jackson), Michael Fuller (Onkel Charlie). F. 95 Min. V: New Vision. St: 8. 5. 89. Als ein Bürgermeister ein Vietnamdenkmal niederreißen läßt, um Platz für einen neuen Vergnügungspark zu schaffen, obliegt es einem Aborigine, die Stadt vor den Zombiesoldaten zu retten, die daraufhin aus dem Boden krabbeln.

Cameron (Cameron's Closet). USA 1987. * R: Armand Mastroianni. BLV: Garry Brandner. K: Russell Carpenter. M: Harry Manfredini. Sch: Frank de Palma. PD: Michael Bingham. SFX: Carlo Rambaldi. D: Cotter Smith (Sam Talliaferro), Mel Harris (Nora Haley), Scott Curtis (Cameron Lansing), Chuck McCann (Ben Majors), Leigh McCloskey (Pete Groom), Kim Lankford (Dory Lansing), Gary Hudson (Bob Froelich), Tab Hunter (Owen Lansing), Dort Donald Clark (Alan Wilson), David Estruardo (Captain Navarro). F. 87 Min. V: New Vision. St: 10. 3. 89. Für PSI-Experimente mißbrauchter Junge stellt sich mit Hilfe eines Polizisten und einer Psychologin dem Maya-Dämon, der bei den Versuchen versehentlich freigesetzt wurde.

Cave Girl (Cave Girl). USA 1985. * RK: David Oliver. B: Phil Groves, D. Oliver. M: Jon St. James. Sch: Robert Field. D: Daniel Roebuck (Rex), Cindy Ann Thompson (Cave Girl), Bill Adams (alter Schatzgräber), Larry Gabriel (Lehrer), Jeff Chayette (Argh), Valerie Greybe (Attila), Darrey Young (Dar), Saba Moor (Saba), Charles Mitchell (Char), Cynthia Rullo (Aka), Tom Hamil (Casey), Chris Noble (Hank). F. 87 Min. V: CBS-Fox. St: 12. 12. 88. College-Trottel landet in der Steinzeit und verliebt sich in ein Höhlenmädel.

The Chair (The Chair). USA 1988. * R: Waldemar Korzeniowsky. BSch: Carolyn Swartz. K: Steven Ross. M: Eddie Reyes. PD: Robert Pusilo. M-up: Tom Lauten. D: James Coco (Dr. Harold Langer), Trini Alvarado (Lisa Titus), Paul Benedict (Eddie Dwyer), Gary McCleery (Rick), Stephen Geoffreys (Roach), Ron Taylor, Calvin Levels, Brad Greenquist, Jihmi Kennedy, John Bentley. F. 90 Min. V: IHE. St: 24. 10. 88. Der Geist eines hingerichteten Wärters spukt durch ein wiedereröffnetes Gefängnis.

City of Blood (City of Blood). Südafrika 1987. ** R: Darrell Roodt. K: Paul White. Sch: Dave Heitner. D: Joe Stewardson (Joseph), Ian Yule (Inspektor), Liz Dick (Abigail), Susan Coetzer, Ken Gampu. F. 96 Min. V: New Vision. St: 13. 3. 89. Ein Gerichtsmediziner begibt sich auf die Spur geisterhafter Krieger in afrikanischen Stammesmasken, die es vornehmlich auf weiße Prostituierte abgesehen haben.

Critters 2 (Critters 2: The Main Course). USA 1988. **. R: Mick Garris. B: D. J. Twohy, M. Garris. K:

Critters 2 *von Mick Garris*

Russell Carpenter. M: Nicholas Pike. Sch: Charles Bornstein. PD: Philip Dean Foreman. M-up: Chiodo Bros. SFX: Marty Bresin. D: Scott Grimes (Brad Brown), Liane Curtis (Megan Morgan), Don Opper (Charlie McFadden), Barry Corbin (Harv), Tom Hodges (Wesley), Sam Anderson (Mr. Morgan), Lindsay Parker (Cindy Morgan), Herta Ware (Nana), Lin Shaye (Sal Roos), Terrence Mann (Ug). F. 87 Min. V: Delta/RCA-Columbia. St: 29. 12. 88. Mit Hilfe seiner außerirdischen Bekannten kann ein Teenager die erneut aufgetauchten Pelzknubbel ein zweites Mal vernichten.

The Curse (The Farm). USA 1987. ** R: David Keith. B: David Chaskin. K: Robert D. Forges. M: Franco Micalizzi. Sch: Claudio M. Curry. PD: Frank Vanorio. M-up: Frank Russell. SFX: Kevin Erham. D: Wil Wheaton (Zachary), Claude Akins (Nathan), Malcolm Danare (Cyrus), Cooper Huckabee (Dr. Forbes), John Schneider (Carl Willis), Amy Wheaton (Alice), Steve Carlisle (Charley Davidson), Kathleen Jordan Gregory (Frances), Hope North (Esther), Steve Davis (Mike). F. 90 Min. V: Empire. St: 26. 1. 89. Freie Neuverfilmung des Lovecraft-Romans *The Color Out of Space:* Nur ein Geschwisterpaar entgeht dem Einfluß eines Meteoriten, der alle Bewohner eines Farmhauses zu Wahnsinnigen macht.

Cyborg (Cyborg). USA 1988. * R: Albert Pyun. B: Kitty Chalmers. K: Philip Alan Waters. M: Kevin Bassinson. Sch: Rozanne Zingale, Scott Stevenson. PD: Douglas Leonard. M-up: Greg Cannom, Thom Floutz. SFX: Fantasy Film II Effects. D: Jean-Claude van Damme (Gibson Rickenbacker), Deborah Richter (Nady Simmons), Vincent Klyn (Fender Tremolo), Alex Daniels (Marshall Strat), Dayle Haddon (Pearl Prophet), Blaise Long (Furman Vox), Rolf Muller (Brick Bardo), Haley Peterson (Haley), Terri Batson (Mary). V: Scotia. St: 22. 6.

89. Ein harter Einzelkämpfer erweist sich als letzte Hoffnung eines weiblichen Cyborgs, der die Computersysteme der zerstörten USA reaktivieren, mit ihrer Hilfe ein Mittel gegen die tödliche Strahlenseuche finden und die Schreckensherrschaft eines brutalen Bandenchefs beenden soll.

Cyclone (Cyclone). USA 1987. * R: Fred Olen Ray. B: Paul Garson. K: Paul Elliot. M: David A. Jackson. Sch: Robert A. Ferretti. PD: Maxine Shepard. SFX: Kevin McCarthy. D: Heather Thomas (Teri Marshall), Jeffrey Combs (Rick Davenport), Ashley Ferrare (Carla Hastings), Dar Robinson (Rolf), Martine Beswicke (Waters), Robert Quarry (Knowles), Martin Landau (Bosarian), Huntz Hall (Long John), Troy Donahue (Bob Jenkins), Dawn Wildsmith (Henna). F. 83 Min. V: VPS. St: 18. 8. 88. Die Geliebte eines genialen Erfinders macht sich auf die Suche nach dem gestohlenen Wasserstoff-Motorrad.

Dämon des Todes (The Dead of Night). USA 1987. * R: Deryn Warren. B: Gerry Daly. K: Ronn Schmidt. M: David Frank. D: Julie Merrill, Kuri Browne, John Reno, J. K. Dumont, Bob Kip. F. 84 Min. V: Medusa. St: 27. 2. 89. Nach einem Beschwörungsritual wird ein mißhandeltes Mädchen vom mordlustigen Geist einer uralten Königin besessen.

Darkroom (Darkroom). USA 1989. * R: Terrence O'Hara. B: B. Herkowitz. D: Aarin Teich, Jill Pierce, Jeffrey Alan Arbaugh. F. 81 Min. V: Empire. St: 8. 6. 89. Ein Killer mit kindheitsbegründetem Fototick mordet sich durch die nähere Umgebung eines Landhauses.

Dead Heat (Dead Heat). USA 1988. ** R: Mark Goldblatt. B: Terry Black. K: Robert D. Yeoman. M: Ernest Troost. Sch: Harvey Rosenctock. PD: Craig Stearns. SFX: Patrick Read Johnson. D: Treat Williams (Roger Mortis), Joe Piscopo (Doug Bigelow), Lindsay Frost (Randi James), Darren McGavin (Dr. Ernest McNab), Vincent Price (Arthur P. Loudermilk), Clare Kirkconnell (Rebecca Smythers), Keye Luke (Mr. Thule), Ben Mittleman (Bob), Peter Kent (Smitty). F. 86 Min. V: Highlight. St: 20. 3. 89. Bei der Verfolgung untoter Juwelenräuber selbst zum Zombie geworden, macht sich ein Polizist auf die hektische Suche nach den Verantwortlichen.

Deepstar Six (Deepstar Six). USA 1989. * R: Sean Cunningham. B: Lewis Abernathy, Geof Miller. K: Mac Ahlberg. M: Harry Manfredini. Sch: David Handman. PD: John Reinhart. M-up: Mark Shostrom. D: Taurean Blacque (Laidlaw), Nancy Eberhard (Joyce Collins), Greg Evigan (McBride), Miguel Ferrer (Snyder), Nia Peeples (Scarpelli), Matt McCoy (Richardson), Cindy Pickett (Diane Norris), Marius Weyers (Van Gelder), Elya Baskin, Thom Bray, Ronn Carroll. F. 100 Min. V: Scotia. St: 13. 4. 89. Ein freigesprengtes Krakenmonster massakriert die Aquanauten in einem Atombombensilo auf dem Meeresgrund.

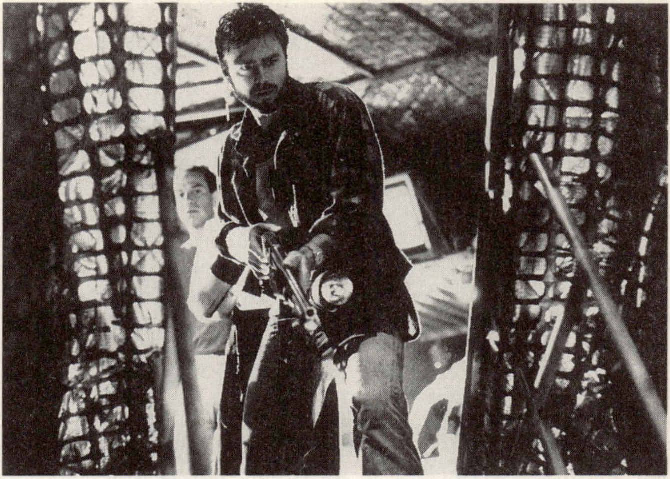

Deepstar Six *von Sean Cunningham*

Desert Warrior (Desert Warrior). Philippinen 1987. * R: Jim Goldman. B: Bob Davies, Carl Kuntze. K: Fred Conrad. M: Marita A. Manuel. Sch: Rene Tucker. PD: Vic Davies. D: Lou Ferrigno (Zerak), Shari Shattuck (Racela), Kenneth Peer (Baktar), Anthony East (Cortaz), Mike Monty (Dr. Creo). F. 88 (86) Min. V: IHE. St: 1. 8. 88. Nach dem großen Knall treiben mädchenraubende Barbaren einmal mehr ihr Unwesen.

Dinner with the Vampire (Dinner with the Vampire). Italien 1988. * R: Lamberto Bava. B: Dardano Sachhetti, L. Bava. K: Gianfranco Transunto. M: Simon Boswell, Mario Tagliaferri. D: George Hilton, Patrizia Pellegrino, Riccardo Rossi, Valerio Milillo, Yvonne Scio. F. 87 Min. V: Starlight. St: 1. 2. 89. Vier Schauspieleleven sollen einen todessüchtigen Vampir erlösen.

Distant Lights (Distant Lights). Italien 1987. ** R: Aurelio Chiesa. B: A. Chiesa, Roberto Lerici, Roberto Leoni. K: Renato Tafuri. M: Angelo Branduardi. Sch: Anna Napoli. D: Tomas Milian (Bernardo), Laura Morante (Renata), William Berger, Giacomo Piperno. F. 89 Min. V: Hit Film. St: 8. 5. 89. Ein Inspektor verliebt sich in den außerirdischen Geist, der in den Körper seiner toten Frau geschlüpft ist.

Dr. Alien (Dr. Alien). USA 1989. * R: David DeCoteau. B: Kenneth J. Hall. K: Nicholas von Sternberg. M: Reg Purcell, Sam Winans. Sch: Tony Malanowski. PD: Royce Mathew. M-up: John Vulich. D: Billy Jacoby (Wesley Littlejohn), Judy Landers (Ms. Xenobia), Olivia Barash (Leanne), Stuart Fratkin (Marvin), Raymond O'Connor (Drax), Arlene Golonka (Ma), Jim Hackett (Pa), Bobby Jacoby (Bradford Littlejohn), Julie Gray (Karla), Scott Morris (Dirk). F. 87 Min. V: CIC Video. St: 3. 4. 89. Eine geheimnisvolle Injektion seiner außerirdischen Biologielehrerin verwandelt einen biederen Schüler in einen hippen Rocker.

Die dunkle Seite des Bösen — Poltergeist 3 (Poltergeist III). USA 1988. ** R: Gary Sherman. B: G. Sherman, Brian Taggert. K: Alex Nepomniaschy. M: Joe Renzetti. Sch: Ross Albert. PD: Paul Eads. M-up: John Caglione jr., Doug Drexler. SFX: G. Sherman. D: Tom Skerritt (Bruce Gardner), Nancy Allen (Patricia Gardner), Heather O'Rourke (Carol Anne Freeling), Zelda Rubinstein (Tangina Barrons), Lara Flynn Boyle (Donna Gardner), Kip Wentz (Scott), Richard Fire (Dr. Seaton), Nathan Davis (Reverend Kane), Roger May (Burt), Paul Graham (Martin). F. 98 Min. V: UIP/IMV. St: 15. 9. 88. In einem hochmodernen Wolkenkratzer untergekommen, gerät Carol Anne erneut in den Bann des bösen Predigers aus der Welt jenseits der Spiegel.

Elmer (Brain Damage). USA 1988. * RB: Frank Henenlotter. K: Bruce Torbet. M: Gus Russo, Clutch Reiser. Sch: James Y. Kwei, F. Henenlotter. PD: Ivy Rosovsky. M-up: Gabe Bartalos, David Kindlon. D: Rick Herbst (Brian), Gordon MacDonald (Mike), Jennifer Lowry (Barbara), Theo Barnes (Morris Akkerman), Lucille Saint-Peter (Martha Ackerman), Vicki Darnell (Blondine), Joe Gonzales (Mann im Duschraum), Bradlee Rhodes (Nachtwächter), Michael Bishop (Toilettenopfer), Beverly Bonner (Nachbar). F. 86 (85) Min. V: Scotia. St: 15. 12. 88. Mit Hilfe seiner halluzinogenen Körpersäfte zwingt ein tausend Jahre alter Wurmparasit seinen jugendlichen Wirt, ihm die nötige Hirnnahrung zu beschaffen.

Elvira (Elvira — Mistress of the Dark). USA 1988. * R: James Signorelli. B: Sam Egan, John Paragon, Cassandra Peterson. K: Hanania Baer. M: James Campbell. Sch: Battle Davis. PD: John de Cuir jr. M-up: Steve Laporte. SFX: Peter Donen. D: Cassandra Peterson (Elvira), W. Morgan Sheppard (Vincent Talbot), Daniel Greene (Bob Redding), Susan Kellermann (Patty), Jeff Conaway (Travis), Edie McClurg (Chastity Pariah), Kurt Fuller (Mr. Glotter), Pat Crawford Brown (Mrs. Meeker), Lee McLaughlin (Earl Hooter), Frank Collison (Billy). F. 96 Min. V: Esplanade. St: 8. 6. 89. Im geerbten Spukhaus ihrer Tante stößt eine entlassene Horrormoderatorin auf ein magisches Rezeptbuch.

Entenzauber (Szegeny dszoni es arnika). Ungarn 1984. ** R: Andras Solyom. B: Ervin Lazar. K: Lorand Mertz. M: Istvan Martha. D: Tamas Puskas (Johann), Zsuzsa Nyertes (Arnika), Mari Torocsik (Zauberin), Istvan Bujtor (König Ostor), Laszlo

Banhidy. F. 81 Min. St: 5. 1. 89 (ZDF). Ein Wandersmann und eine Prinzessin überlisten gemeinsam eine Hexe, die schon zahlreiche Menschen in Enten verwandelt hat.

Eternal Evil (The Blue Man). Kanada 1985. * R: George Mihalka. B: Robert Geoffrion. K: Paul van der Linden. M: Marvin Dolgay. Sch: Yves Langlois. PD: John Meighen. D: Winston Rekert (Paul Sharpe), Karen Black (Janus), John Novak (Det. Kaufman), Andrew Bednarsky (Matthew), Patty Talbot (Jennifer Sharpe), Lois Maxwell (Monica), Vlasta Varna (Scott), Walter Massey (John Westmore), Bronwen Booth (Iris), Joanne Côté (Helen). F. 85 Min. V: Lightning. St: 31. 10. 88. Ein Werberegisseur mit Interesse an Astralprojektion wird zum Hauptverdächtigen in einer Mordserie, die in Wahrheit von einem mystischen Uraltpärchen verübt wird.

Evil Altar (Evil Altar). USA 1987. * R: Jim Winburn. B: Brent Friedman, Scott Rose, John Geilfuss. K: Peter Wolf. M: Bruce Lowe, George L. Briggs. Sch: Rick Mitchell. D: William Smith, Robert Zdar, Pepper Martin, Teresa Cooney, John Powers, Tal Armstrong, David Campbell. F. 90 Min. V: Gloria. St: 7. 11. 88. Ein junges Mädchen legt einem Satansbeschwörer und dessen Seelen-»Collector« das Handwerk.

Evil Nightmare (Death by Dialogue). USA 1988. * R: Tom Dewier. D: Ken Sagoes, Lenny Delduca, Kelly Sullivan. V: Carrera Topline. St: 30. 11. 88. Eine Handvoll Teenager, ein altes Buch und ein Dämon aus der Hölle.

Falsches Spiel mit Roger Rabbit (Who Framed Roger Rabbit). USA 1988. ****. R: Robert Zemeckis. B: Jeffrey Price, Peter S. Seaman. LV: *Who Censored Roger Rabbit?* von Gary K. Wolf. K: Dean Cundey. M: Alan Silvestri. Sch: Arthur Schmidt. PD: Elliot Scott, Roger Cain. SFX: Ken Ralston. Animation: Richard Williams. D: Bob Hoskins (Eddie Valiant), Christopher Lloyd (Richter Doom), Joanna Cassidy (Dolores), Wolfgang Ziffer (Stimme von Roger Rabbit), Stubby Kaye (Marvin Acme), Alan Tilvern (R. K. Maroon), Richard Le Parmentier (Lt. Santino). F. 104 Min. V: Warner. St: 27. 10. 88. Als ein Detektiv einem fälschlich des Mordes angeklagten Hasen widerwillig Unterschlupf gewährt, stößt er bei seinen weiteren Nachforschungen auf ein Komplott, das Straßenbahnnetz von Los Angeles durch ein gigantisches Freeway-System zu ersetzen.

Felix — Der Kater. BRD/USA 1988. * R: Tibor Hernadi. K: Laszlo Radocsay. F-Anim. 82 Min. V: Highlight. St: 11. 5. 89. In eine andere Dimension versetzt, rettet ein Kater dort die Prinzessin vor den Nachstellungen ihres machtlüsternen Onkels.

Die Fliege 2 — Die Geburt einer neuen Generation (The Fly 2). USA 1989. ** R: Chris Walas. B: Mick Garris, Jim Wheat, Ken Wheat, Frank Darabont. K: Robin Vidgeon. M: Christopher Young. Sch:

Sean Barton. P.D: Michael S. Botton. M-up: Jon Berg, Stephen Dupuis. D: Eric Stoltz (Martin Brundle), Daphne Zuniga (Beth Logan), Lee Richardson (Anton Bartok), John Getz (Stathis Borans), Frank Turner (Dr. Shepard), Ann Marie Lee (Dr. Jainway), Gary Chalk (Scorby), Saffron Henderson (Ronnie), Harley Cross (Martin als Zehnjähriger), Matthew Moore (Martin als Vierjähriger). F. 105 Min. V: Fox. St: 25. 5. 89. Nach einem rapiden Alterungsprozeß ebenfalls zur Monsterfliege mutiert, kann der Sohn des Telebox-Erfinders seinem Schicksal durch die Transmission seiner kranken Gene in den Körper des verhaßten Ersatzvaters jedoch entrinnen.

Der fliegende Teppich (Hodja fra pjort). Dänemark 1985. ** RB: Brita Wielopolska. LV: Ole Lund Kirkegard. K: Peter Klitgaard. M: Sebastian. Sch: Ghita Beckendorff. PDSFX: Peter Höimark. D: David Bertelsen (Hodja), Zuhal Özdemir (Smaragd), Lars Junggren (Ratte), Holger Boland (El Faza), Astrid Henning-Jensen (alte Frau), Stig Hoffmeyer, Leif Sylvester Petersen, Debbie Cameron, Michele Björn Andersen, Bent Börgesen. F. 82 Min. St: 24. 12. 88 (ZDF). Zusammen mit einem Waisenmädchen kämpft ein gelangweilter Stadtjunge gegen den bösen Sultan, der seinen fliegenden Teppich begehrt.

Der Fluch. BRD 1988. *** R: Ralf Huettner. B: Andy T. Hoetzel, R. Huettner. K: Diethard Prengel. M: Andreas Köbner. Sch: Ulla Möllinger. PD: Esther Walz. SFX: Theo Nischwitz. D: Dominic Raacke (Vater), Barbara May (Mutter), Romina Nowack (Melanie), Ortrud Beginnen (ältere Frau), Gerd Lohmeyer (Heimatpfleger), Eva Ordonez (Eva), Barbara Valentin (Frau an der Bar), Vanessa Toth (Michaela), Eva Schmidt-Klingenberg (Saskia). F. 92 Min. V: Jugendfilm. St: 24. 11. 88. Ein Bergausflug entwickelt sich für eine Münchner Familie zum Alptraum, als die Tochter scheinbar Kontakt mit vier toten Kindern aufnimmt, die vor 100 Jahren im Gletscher ums Leben kamen.

Freakshow (Black Roses). USA 1988. * R: John Fasano. B: Cindy Sorrell. K: Paul Mitchnick. M: Elliot Solomon. Sch: J. Fasano, Ray van Doorn, James K. Ruxin. M-up: Richard Alonzo. D: John Martin (Matthew Moorhouse), Ken Swofford (Bürgermeister), Sal Viviano (Damian), Frank Dietz (Johnny), Carla Ferrigno (Priscilla Farnsworth), Carmine Appice (Vinny Apache), Anthony C. Bua (Tony Ames), Karen Planden (Julie), David Crichton, Jesse D'Angelo. F. 83 Min. V: Empire. St: 28. 2. 89. Die satanischen Klänge einer Heavy Metal-Band treiben die Kinder eines Provinznests zum Mord an ihren Eltern.

Freitag, der 13. — Jason im Blutrausch (Friday the 13th Part 7 — The New Blood). USA 1988. * R: John Carl Buechler. B: Daryl Haney, Manuel Fidello. K: Paul Elliott. M: Harry Manfredini, Fred Mollin. Sch: Barry Zetlin, Maureen O'Connell, Martin Jay Sadoff. PD: Richard

Lawrence. M-up: MMI. D: Lar Park Lincoln (Tina), Kane Hodder (Jason), Jennifer Banko (Tina als Kind), John Otrin (Mr. Shepard), Susan Blu (Mrs. Shepard), Terry Kiser (Dr. Crews), Kevin Blair (Nick), Susan Jennifer Sullivan (Melissa), Heidi Kozak (Sandra), William Butler. F. 91 (85) Min. V: CIC Video. St: 2. 11. 88. Von einer Telekinetin zufällig aus dem nassen Grab geholt, mordet sich Jason erneut durch eine Gruppe Teenager.

Friedhof des Satans (Cementerio del terror). Mexiko 1984. * RB: Ruben Galindo jr. K: Rosalio Solano. M: Chucho Sarsoza. Sch: Carlos Savage. M-up: Ken Diaz. D: Hugo Stiglitz (Dr. Cardan), Usi Velasco, Erika Buenfil, Edna Bolkan, Maria Rebeca, Eduardo Capetillo, Cesar Velasco, Servando Manzetti, Andres Garcia jr., Rene Cardona 3d. F. 88 Min. V: Video-Live. St: 13. 5. 89. Sechs Teenager erwecken per Schwarzer Messe einen Leichnam zum Leben, worauf ein Mad Scientist diverse andere Teenager dadurch vor den in der Folge auferstehenden Zombies rettet, daß er den Untoten eins auf die Nase semmelt.

Galaxy der Zeitlosen (Beyond the Rising Moon). USA 1988. * RBK-SchSFX: Philip Cook. M: David Bartley. PD: John Ellis. D: Tracy Davis, Hans Bachmann, Michael Mack, Ron Ikejiri, Rick Foucheaux, James Hild, Reggi Vaughn, Judith Miller. F. 97 Min. V: Starlight. St: 24. 4. 89. Im 21. Jahrhundert macht sich ein genetisch konstruiertes, auf Töten programmiertes Superwesen zusammen mit einem raumfahrenden Händler auf die Suche nach einem außerirdischen Raumschiff.

Der Geächtete von Gor (Outlaw). USA 1988. * R: John »Bud« Cardos. B: Peter Welbeck, Rick Marx. LV: *Outlaw of Gor* von John Norman. K: Johan van de Vyfer. M: Paula Erickson. Sch: Mac Errington, Ken Bornstein. PD: Geffrey Hill. SFX: Noel Henry, Cavin Wilson. D: Urbano Barberini (Tarl Cabot), Rebecca Ferrati (Talena), Donna Denton (Lara), Jack Palance (Xenos), Russel Savadier (Watney Smith), Nigel Chipps (Hup), Alex Heyns (Ältester), Tulio Monetta (Ost), Larry Taylor (Marlenus), Michael Brunner (Targus). F. 86 Min. V: Cannon-VMP. St: 12. 12. 88. Fälschlich des Mords am König angeklagt, muß Tarl Cabot zunächst in die Wüste flüchten, bevor er mit Unterstützung des Volkes die wahre Täterin entlarven kann.

Das Geheimnis der fliegenden Teufel (Without Warning). USA 1980. R: Greydon Clark. Neuer Fernsehtitel für *Alien — Without Warning*.

Das Gehirn (The Brain). Kanada 1988. * R: Edward Hunt. B: Barry Pearson. K: Gilles Corbeil. M: Paul Zara. Sch: David Nicholson. SFX: Mark Williams. D: Tom Breznahan (Jim), Cyndy Preston (Janet), David Gale (Dr. Blake), George Buza, Brett Pearson. F. 85 Min. V: RCA-Columbia. St: 7. 3. 89. Ein aufsässiger Schüler entdeckt, daß der Moderator einer erfolgreichen Fernsehshow in Wahrheit von einem

Die Geister, die ich rief *von Richard Donner*

außerirdischen Gehirn kontrolliert wird, das die Menschheit mittels hypnotischer TV-Signale versklaven will.

Die Geister, die ich rief (Scrooged). USA 1988. ** R: Richard Donner. B: Mitch Glazer, Michael O'Donoghue. LV: *A Christmas Carol* von Charles Dickens. K: Michael Chapman. M: Danny Elfman. Sch: Fredric Steinkampf, William Steinkamp. PD: J. Michael Riva. M-up: Thomas R. Burman, Bari Dreiband-Burman. SFX: Eric Brevig. D: Bill Murray (Francis Xavier Cross), Karen Allen (Claire Phillips), John Forsythe (Lew Hayward), John Glover (Brice Cummings), Bobcat Goldthwait (Eliot Loudermilk), David Johansen (Geist vergangener Heiligabende), Carol Kane (Geist des diesjährigen Heiligabends), Robert Mitchum (Preston Rhinelander), Nicholas Phillips (Calvin Cooley), Michael J. Pollard (Herman). F. 101 Min. V: UIP. St: 8. 12. 88. Am Heiligabend sieht sich ein hartherziger TV-Chef von drei Geistern heimgesucht, die ihm Vergangenheit, Gegenwart und Zukunft zeigen und ihn so zum Besseren bekehren wollen.

Ghost House (Ghosthouse). Italien 1987. * R: Umberto Lenzi. B: Cinthia McGavin. K: Franco delli Colli. M: Piero Montanari. Sch: Kathleen Stratton. PD: Alexander Colby. D: Lara Wendel (Martha), Greg Scott (Paul), Mary Sellers (Susan), Ron Houck (Mark), Martin Jay (Jim), Kate Silver (Tina), Donald O'Brian (Valkos), Kristen Fougerousse

(Henrietta), William M. Moon (Pepe), Susan Muller (Henriettas Mutter). F. 97 (91) Min. V: Splendid. St: 19. 12. 88. Seltsame Signale locken einen Hobbyfunker in ein einsames Landhaus, wo er auf den Geist eines toten Kindes und vier weitere potentielle Opfer trifft.

Gor (Gor). USA 1987. * R: Fritz Kiersch. B: Rick Marx, Peter Welbeck. LV: *Tarnsman of Gor* von John Norman. K: Hans Khule. M: Paula Erickson. Sch: Max Lemon, Ken Bornstein. PD: Hans Hol. SFX: Rick Kerigan. D: Urbano Barberini (Tarl Cabot), Rebecca Ferrati (Talena), Jack Palance (Xenos), Paul L. Smith (Surbus), Oliver Reed (Sarm), Larry Taylor (Marlenus), Graham Clarke (Drusus), Janine Denison (Brandy), Donna Denton (Lara), Jennifer Oltmann (Tafa). F. 94 (91) Min. V: Cannon-VMP. St: 28. 11. 88. Ein Autounfall schleudert einen Universitätsprofessor auf eine Gegenerde, wo er im Kampf gegen einen bösen Hohepriester zum stahlharten Schwertkämpfer avancieren darf.

Grandmother's House (Grandmother's House). USA 1989. ** R: Peter Rader. BK: Peter Jensen. M: Nigel Holton, Clive Wright. Sch: Barry Zetlin. PD: Steven Michael Casey. D: Eric Foster (David), Kim Valentine (Lynn), Brinke Stevens (Frau), Ida Lee (Oma), Len Lesser (Opa), David Donham, Michael Robinson, Craig Yerman, Joan-Carol Bensen, Angela O'Neill. F. 89 Min. V: Empire. St: 12. 5. 89. Seltsame Ereignisse bestärken ein nach dem Tode ihres Vaters bei den Großeltern wohnendes Geschwisterpaar in der Vermutung, daß Oma und Opa in Wahrheit psychopathische Mörder sind.

Halloween 4 (Halloween 4: The Return of Michael Myers). USA 1988. * R: Dwight H. Little. B: Alan B. McElroy. K: Peter Lyons Collister. M: Alan Howarth. Sch: Curtiss Clayton. PD: Roger S. Crandall. M-up: John Buechler. SFX: Larry Fioritto. D: Donald Pleasence (Dr. Loomis), Ellie Cornell (Rachel), Danielle Harris (Jamie), George P. Wilbur (Michael Myers), Michael Pataki (Dr. Hoffman), Beau Starr (Sheriff Meeker), Kathleen Kinmont (Kelly), Sasha Jenson (Brady), Gene Ross (Earl), Carmen Filpi (Jack Sayer). F. 88 (85) Min. V: Metropol. St: 18. 5. 89. Durch ein neues Gesetz einem lebenslangen Aufenthalt im Irrenhaus entronnen, sucht ein Massenmörder erneut die Stadt seiner Kindheit heim.

Das Halloween-Monster (Pumpkinhead). USA 1987. ** R: Stan Winston. B: Mark Patrick Carducci, Gary Gerani. K: Bojan Bazelli. M: Richard Stone. Sch: Marcus Manton. PD: Cynthia Kay Charette. M-up: Stan Winston Studios. D: Lance Henriksen (Ed Harley), Jeff East (Chris), John DiAquino (Joel), Kimberly Ross (Kim), Joel Hoffman (Steve), Cynthia Bain (Tracy), Kerry Remsen (Maggie), Florence Schauffler (Haggie), Brian Bremer (Bunt), Buck Flower (Mr. Wallace). F. 86 Min. V: Fox/VCL-Virgin. St: 1. 9. 88. Aus Rache für den Unfalltod seines Sohnes beschwört ein Mann vom Lande ein uraltes Monster herauf; als ihm Bedenken kommen, muß er jedoch einsehen, daß er das brutale Vorgehen des Geschöpfs nur durch seinen Selbstmord beenden kann.

Hell Hunters — Die Jäger der Hölle (Treasure Hunter). Hongkong 1988. * R: Bruce Lambert. D: Eddie Leo, Derry Bishop, Ted Evans. F. 87 Min. V: VPS. St: 22. 6. 89. In einer kleinen Bananenrepublik machen sich Regierungstruppen und Rebellen auf die Jagd nach einer außerirdischen Smaragdstatue.

Hellbound — Hellraiser 2 (Hellbound: Hellraiser 2). GB 1988. ** R: Tony Randel. B: Peter Atkins. K: Robin Vidgeon. M: Christopher Young. PD: Mike Buchanan. D: Clare Higgins (Julia), Ashley Laurence (Kirsty), Kenneth Cranham (Channard), Imogen Boorman (Tiffany), Sean Chapman (Frank), William Hope (Kyle), Doug Bradley (Pinhead), Barbie Wilde (Zenobitin), Simon Bamford (Butterball), Nicholas Vince (Zähneklapperer). F. 97 (95) Min. V: Highlight. St: 29. 6. 89. Um den Geist der Stiefmutter zu bannen, die durch die Machenschaften eines wahnsinnigen Professors erneut blutrünstige Gestalt angenommen hat, macht sich ihre Tochter mit Hilfe einer Autistin und des Zauberwürfels auf den Weg ins Zentrum der Hölle.

Hello Again — Zurück aus dem Jenseits (Hello Again). USA 1987. ** R: Frank Perry. B: Susan Isaacs. K: Jan Weincke. M: William Goldstein. Sch: Peter C. Frank, Trudy Ship. PD: Edward Pisoni. D: Shelley Long (Lucy), Judith Ivey (Zelda), Gabriel Byrne (Kevin Scanlon), Corbin Bernsen (Jason), Sela Ward (Kim), Austin Pendleton (Lacey jr.), Carrie Nye (Regina Holt), Robert Lewis (Phineas Devereux), Madeleine Potter (Felicity), Thor Fields (Danny). F. 96 Min. V: EuroVideo. Ein Jahr nach ihrem Erstickungstod ins Leben zurückgezaubert, muß eine junge Frau einsehen, daß sie in ihrer Beziehung zu einem Schönheitschirurgen nicht dort weitermachen kann, wo sie aufgehört hat.

The Hidden — Das unsagbar Böse (The Hidden). USA 1988. **** R: Jack Sholder. B: Bob Hunt. K: Jacques Haitkin. M: Michael Convertino. Sch: Michael N. Knue. PD: C. J. Strawn, Mick Strawn. M-up: Kevin Yagher. SFX: Justin Klarenbeck. D: Kyle MacLachlan (Lloyd Gallagher), Michael Nouri (Tom Beck), Claudia Christian (Brenda Lee), Clarence Felder (Lt. Masterson), Clu Gulager (Lt. Flynn), Ed O'Ross (Cliff Willis), William Boyett (Jonathan Miller), Richard Brooks (Sanchez), Larry Cedar (Brem), Katherine Cannon (Barbara Beck). F. 97 Min. V: Fox. St: 8. 6. 89. Bei der Aufklärung einer geheimnisvollen Amoklauf-Serie muß ein biederer Cop einsehen, daß der Täter ein außerirdischer Wurm ist und sein neuer Partner gleichfalls aus dem Weltraum stammt.

High Spirits (High Spirits). USA 1988. *** RB: Neil Jordan. K: Alex Thomson. M: George Fenton. Sch: Michael Bradsell. PD: Anton Furst. M-up: Christopher Tucker. SFX:

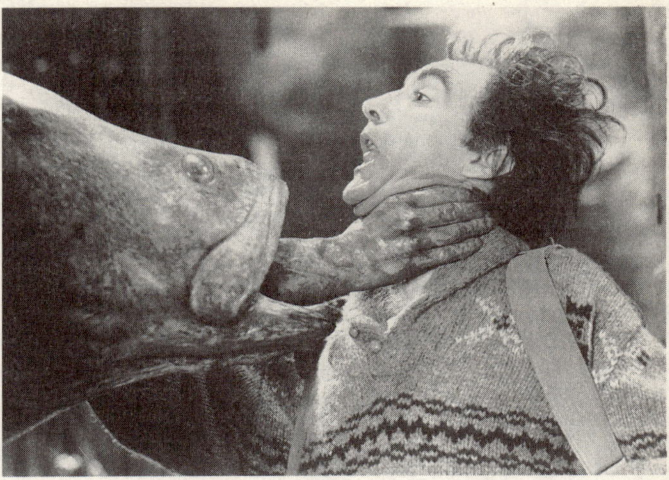

High Spirits *von Neil Jordan*

Mark Meddings. D: Peter O'Toole (Peter Plunkett), Steve Guttenberg (Jack), Daryl Hannah (Mary Plunkett), Beverly D'Angelo (Sharon), Liam Neeson (Martin Brogan), Donal McCann (Eamon), Mary Coughlan (Katie), Liz Smith (Mrs. Plunkett), Jennifer Tilly (Miranda), Peter Gallagher (Bruder Tony). F. 96 Min. V: Senator. St: 6. 4. 89. In einem irischen Spukschloß verliebt sich ein junger Amerikaner in den Geist einer vor 200 Jahre ermordeten Jungfrau.

Ein himmlischer Teufel (Il piccolo diavolo). Italien 1988. ** R: Roberto Benigni. B: Vincenzo Cerami, R. Benigni. K: Robby Müller. M: Evan Lurie. Sch: Nino Baragli. PD: Antonio Annichiarico. D: Roberto Benigni (Giuditta), Walter Matthau (Maurice), Nicoletta Braschi (Nina), John Lurie (Cusatelli), Stefania Sandrelli (Patrizia), Paolo Baroni, Franco Fabrizi, Giacomo Piperno, Flavio Bonacci, Annabella Schiavone. F. 110 Min. V: Tobis. St: 20. 4. 89. Mit seiner weltfremden Naivität macht ein ausgetriebener Kleinteufel seinem priesterlichen Exorzisten das Leben schwer.

House of the Cat and the Canary (The Cat and the Canary). GB 1979. ** RB: Radley Metzger. K: Alex Thompson. M: Steven Cagan. Sch: Roger Harrison. D: Carol Lynley (Annabelle West), Michael Callan (Paul Jones), Honor Blackman (Susan Sillsby), Wilfrid Hyde-White (Cyrus West), Peter McEnery (Charlie Wilder), Daniel Massey (Harry Blythe), Olivia Hussey (Cicily Young), Wendy Hiller (Allison Crosby), Edward Fox (Hendricks), Beatrix Lehmann (Mrs. Pleasant). F. 98 Min. V: IMC. St: 17. 10. 88. Britisches Remake der alten Gruselmär von der Testamentseröffnung und dem entsprungenen Geisteskranken, der sich durch die Erben meuchelt.

Iced — Der Tod auf Skiern (Iced). USA 1987. * R: Jeff Kwitny. B: Joseph Alan Johnson. K: Eugene Shlugleit. M: Dan Milner. Sch: Carol Oblath. PD: Tim Boxell. M-up: Mike Klint. D: Debra DeLiso (Tina), Doug Stevenson (Cory), Ron Kologie (Carl), Elizabeth Gorcey (Diane), John C. Cooke (John), Joseph Alan Johnson (Alex), Dan Smith (Jeff), Michael Picardi (Eddie), Lisa Loring (Jeanette), Sharon Bingham (Suzanne). F. 85 Min. V: USA. St: 20. 2. 89. Eine Schülergruppe auf Skiurlaub sieht sich von einem mysteriösen Killer bedroht.

Ich bin du (Vice Versa). USA 1988. ** R: Brian Gilbert. B: Dick Clement, Ian La Frenais. K: King Baggot. M: David Shire. Sch: David Garfield. PD: Jim Schoppe. D: Judge Reinhold (Marshall Seymour), Fred Savage (Charlie Seymour), Corinne Bohrer (Sam), Swoosie Kurtz (Tina), Jane Kaczmarek (Robyn), David Proval (Türke), William Prince (Avery), Gloria Gifford (Marcie), Beverly Archer (Mrs. Luttrell), Harry Murphy (Larry). F. 98 Min. V: Columbia/RCA-Columbia. St: 3. 11. 88. Ein magischer Schädel vertauscht die Körper eines Jungmanagers und seines elfjährigen Sohns.

Ich und Er. BRD 1988. * R: Doris Dörrie. B: Warren D. Leight, Michael Juncker. LV: Alberto Moravia. K: Helge Weindler. M: Klaus Doldinger. Sch: Raimund Barthelmes. PD: Suzanne Cavedon. D: Griffin Dunne (Bert Uttanzi), Heiner Lauterbach (Stimme von „Ihm»), Ellen Greene (Annette Uttanzi), Craig T. Nelson (Peter Aramis), Kelly Bishop (Eleanor Aramis), Carey Lowell (Janet Anderson), Kara Glover (Juliette), Kim Flowers (Corazon), Robert LaSardo (Tony), Nancy Giles (Martella). F. 93 Min. V: Neue Constantin/Taurus. St: 15. 9. 88. Ein Architekt muß sich mit den wilden Ideen auseinandersetzen, die ihm sein plötzlich sprechender Schniedelwutz in den Kopf setzt.

Im Herzen der Nacht (Heart of Midnight). USA 1988. *** RB: Matthew Chapman. K: Ray Rivas. M: Yanni. Sch: Penelope Shaw. PD: Gene Rudolf. SFX: Guy H. Tuttle. D: Jennifer Jason Leigh (Carol Rivers), Denise Dummont (Mariana), Gale Mayron (Sonny), James Rebhorn (Richard), Sam Schacht (Onkel Fletcher), Frank Stallone (Ledray), Brenda Vaccaro (Betty Rivers), Peter Coyote (Larry), Jack Hallett (Anwalt), Nick Love (Tom). F. 105 Min. V: Jugendfilm/Taurus. St: 10. 11. 88. Der vermeintliche Geisterspuk in einem leerstehenden Nachtclub erweist sich als das Werk eines Wahnsinnigen, der die hochneurotische Besitzerin zu abartigen Sexspielen mißbrauchen möchte.

In einem Land vor unserer Zeit (The Land Before Time). USA 1988. ***

In einem Land vor unserer Zeit *von Don Bluth*

R: Don Bluth. B: Stu Krieger. M: James Horner. Sch: Dan Molina, John K. Carr. Animation: John Pomeroy, Linda Miller, Ralph Zondag, Dan Kuenster, Lorna Pomeroy, Dick Zondag. F-Anim. 66 Min. V: UIP. St: 22. 6. 89. Nach dem Tode seiner Mutter macht sich ein kleiner Brontosaurier auf den Weg ins Grüne Tal und freundet sich dabei mit zahlreichen anderen Urweltgeschöpfen an.

Insect (Blue Monkey). USA 1987. * R: William Fruet. B: George Goldsmith. K: Brenton Spencer. M: Patrick Coleman. Sch: Michael Fruet. PD: Reuben Freed. D: Steve Railsback (Detective Bishop), Gwynyth Walsh (Dr. Carson), Susan Anspach (Dr. Glass), John Vernon (Roger), Joe Flaherty (George Baker), Robin Duke (Sandra Baker), Don Lake (Elliot Jacobs), Sandy Webster (Fred Adams), Helen Hughes (Marwella), Joy Coghill (Dede Wilkens). F. 98 Min. V: Cine-Plus. St: Mai 89. Ein monströses Insekt verwüstet ein Krankenhaus.

Jane und die verlorene Stadt (Jane and the Lost City). GB 1987. * R: Terry Marcel. B: Mervyn Haisman. K: Paul Beeson. M: Harry Robertson. Sch: Alan Jones. PD: Michael Pickwoad. SFX: Ray Caple. D: Sam Jones (Jack Buck), Maud Adams (Lola Pagola), Jasper Carrott (Heinrich), Kirsten Hughes (Jane), Graham Stark (Tombs), Robin Bailey (Colonel), Ian Roberts (Carl Donner), Elsa O'Toole (Sheba), John Rapley (Professor Schell), Charles Comyn (Paddy). F. 92 Min. V: New

Vision. St: 1. 8. 88. In Churchills Auftrag machen sich ein britischer Colonel und seine attraktive Assistentin in Afrika auf die Suche nach einer geheimnisvollen Stadt voll sagenhafter Diamantenschätze.

Killing Birds (Killing Birds). USA 1988. * R: Claude Milliken. D: Lara Wendell, Robert Vaughn, Timothy R. Watt. F. 90 Min. V: Pacific. St: 6. 3. 89. Bei der Erforschung eines Spukhauses stößt ein Wisserschaftlerteam auf mörderische Falken und verschiedene Untote.

King Kong lebt (King Kong Lives). USA 1986. * R: John Guillermin. B: Ronald Shusett, Steven Pressfield. K: Alec Mills. M: John Scott. Sch: Malcolm Cook. PD: Peter Murton. M-up: Carlo Rambaldi. SFX: Barry Nolan. D: Peter Elliot (King Kong), George Yiasomi (Lady Kong), Brian Kerwin (Hank Mitchell), Linda Hamilton (Amy Franklin), John Ashton (Colonel Nevitt), Peter Michael Goetz (Dr. Ingersoll), Frank Maraden (Dr. Benson Hughes). F. 105 Min. V: Vestron. St: 20. 3. 89. Fortsetzung des De Laurentiis-Films: Per künstlichem Herz wiederbelebt, verliebt sich King Kong in ein zufällig entdecktes Gorillaweibchen gleicher Größe und zeugt auf der Flucht vor dem Militär einen Nachfolger.

Der Kuß (The Kiss). USA 1988. * R: Pen Densham. B: Stephen Volk, Tom Ropelewski. K: François Protat. M: J. Peter Robinson. Sch: Stan Cole. PD: Roy Forge Smith. M-up: Louis Craig. D: Nicholas Kilbertus (Jack), Joanna Pacula (Felice), Meredith Salenger (Amy), Mimi Kuzyk (Brenda), Jan Rubes (Gordin Tobin), Priscilla Mouzakiotis (jüngere Felice). F. 101 Min. V: Columbia. St: 18. 5. 89. Als Kind von einem afrikanischen Dämon besessene Frau will sich nach 25 Jahren des Körpers ihrer Nichte bemächtigen.

Leonard 6 (Leonard Part 6). USA 1987. * R: Paul Weiland. B: Jonathan Reynolds. K: Jan DeBont. M: Elmer Bernstein. Sch: Gerry Hambling. PD: Geoffrey Kirkland. SFX: Richard Edlund. D: Bill Cosby (Leonard), Tom Courtenay (Frayn), Joe Don Baker (Snyderburn), Moses Gunn (Giorgio), Pat Colbert (Allison), Gloria Foster (Medusa), Victoria Powell (Joan), Anna Levine (Schwester Carvalho), David Maier (Man Ray), Grace Zabriskie (Jefferson). F. 85 Min. V: RCA-Columbia. St: 18. 10. 88. Ein Geheimagent mit Eheproblemen kehrt ein letztes Mal aus dem Ruhestand zurück, um die Bedrohung der Menschheit durch ferngelenkte Frosch-Armeen zu beenden.

Die letzte Versuchung Christi (The Last Temptation of Christ). USA 1988. **** R: Martin Scorsese. B: Paul Schrader. LV: Nikos Kazantzakis. K: Michael Ballhaus. M: Peter Gabriel. Sch: Thelma Schoonmaker. PD: John Beard. SFX: Dino Galliano. D: Willem Dafoe (Jesus), Harvey Keitel (Judas), Paul Greco (Zelot), Steven Shill (Zenturio), Verna Bloom (Maria), Barbara Hershey (Maria Magdalena), Roberts Blossom (alter Meister), Barry Miller (Jeroboam), David Bowie (Pontius Pilatus), Irvin Kershner

(Zebedäus). F. 163 Min. V: UIP/CIC Video. St: 10. 11. 88. Das Neue Testament aus psychoanalytischem Blickwinkel: Nach einem Leben voller Zweifel an seiner göttlichen Berufung phantasiert Jesus am Kreuz von einer Zukunft, in der er sich nicht für die Sünden der Menschheit geopfert hat.

Lone Wolf (Lone Wolf). USA 1988. * R: John Callas. B: Michael Krueger. M: John Kull. D: Dyann Brown, Jamie Newcomb, Kevin Hart, Ann Douglas. F. 97 Min. V: Splendid. St: 21. 11. 88. Computerspezialist nebst Freundin entlarvt Dozenten als mörderischen Werwolf.

The Lords of Magick (The Lords of Magick). USA 1988. * R: David Marsh. D: Brendan Dillon, Ruth Zakarian, John Clark. F. 99 Min. V: Empire. St: 6. 7. 89. Zwei weiße Magier aus dem 10. Jahrhundert folgen der von einem bösen Zauberer entführten Königstochter in die Gegenwart.

Magic Crystal (Magic Crystal). Hongkong 1987. * RB: Wong Ching. D: Richard Norton, Cynthia Rothrock, Ricky Chan. F. 91 Min. V: Splendid. St: 3. 8. 88. Als dem Sohn eines Bekannten durch Zufall ein sprechender Stein in die Hände fällt, muß ein Kung-Fu-Fighter gegen den KGB antreten, der gleichfalls Interesse an dem scheinbar außerirdischen Objekt hat.

Magic Movie (The Wizard of Speed and Time). USA 1988. ** RB: Mike Jittlov. K: Russell Carpenter. M: John Massari. Sch: M. Jittlov. SFX: Gene Lescher, Ray Mercer. D: Mike Jittlov (Mike), Richard Kaye (Harvey Bookman), Paige Moore (Cindy Lite), David Conrad (Brian Lucas), Steve Brodie (Lucky Straeker), John Massari (Steve Shostakovich), Gary Schwartz (Geoff), Frank LaLoggia (Mutton), Philip Michael Thomas (Mick Polanko), Lynda Aldon (Minnie Smith). F. 98 Min. V: Medusa. St: 12. 12. 88. Ein Tricktechniker soll für eine TV-Produktion eine Probe seines Könnens abliefern, muß dann jedoch herausfinden, daß der Produzent es nicht sehr ehrlich mit ihm meint.

Das Märchen vom Däumling (Pohadka o malickovi). CSSR/UdSSR 1986. ** R: Gunar N. Piesis. D: Miroslav Marovec, Miroslava Souckova, Zdenek Rehor, Vlasta Zehrova, Miroslav Hornicek. St: 26. 12. 88 (ARD). Nach der Errettung der Prinzessin vom Teufel sieht sich der Däumling diversen Hofintrigen ausgesetzt.

Maya (Maya). Italien 1989. * R: Marcello Avallone. B: M. Avallone, Andrea Purgatori, Maurizio Tedesco. D: Peter Phelps, Mariella Valentini, William Berger, Cyrus Elias, Mariangela Ayala, Mirella D'Angelo, Antonello Fasari. F. 96 Min. V: VPS. St: 20. 7. 89. Bei der Suche nach dem Mörder ihres Vaters stößt eine Frau in Yucatan auf einen blutrünstigen Maya-Kult.

Mein Nachbar, der Vampir (Fright Night Part 2). USA 1988. ** R: Tommy Lee Wallace. B: Tim Metcalfe, Miguel Tejada-Flores, T. L. Wallace. K: Mark Irwin. M: Brad Fiedel.

Sch: Jay Lash Cassidy. PD: Dean Tschetter. M-up: Bart J. Mixon. SFX: Gene Warren jr. D: Roddy McDowall (Peter Vincent), William Ragsdale (Charley Brewster), Traci Lin (Alex), Julie Carmen (Regine), Jonathan Gries (Louie), Russell Clark (Belle), Brian Thompson (Bozworth), Merritt Butrick (Richie), Ernie Sabella (Dr. Harrison), Matt Landers (Mel). F. 104 Min. V: Columbia. St: 23. 2. 89. Ein verstörter Teenager bemerkt zu seinem Schrecken, daß ihn die Schwester des seinerzeit gepfählten Vampirs aus Rache selbst zum Blutsauger machen will; die Liebe seiner Freundin und die moralische Unterstützung eines Horror-Moderators verhindern jedoch das Schlimmste.

Mein teuflischer Liebhaber (My Demon Lover). USA 1988. ** R: Charles Loventhal. B: Leslie Ray. K: Jacques Haitkin. M: David Newman. Sch: Ronald Roose. PD: Brent Swift. M-up: Carl Fullerton, John Caglione jr., Neal Martz, Doug Drexler. SFX: Craig Newman. D: Scott Valentine (Kaz), Michelle Little (Denny), Robert Trebor (Charlie), Gina Gallego (Sonia Valdez), Alan Fudge (Phil Janus), Calvert de Forest (Mann im Gesundheitsladen), Arnold Johnson (Fixer), Donovan Baker (dicker Cop), Teresa Bowman (gutgekleidete Frau in U-Bahn), Dan Patrick Brady (Chip). F. 88 Min. V: Jugendfilm/RCA-Columbia. St: 18. 8. 88. Als sich herausstellt, daß ihr neuer Freund unter einem Fluch steht und sich bei jedem Liebesakt in ein Monster verwandelt, vermutet ein Mädchen Zusammenhänge mit der Mordserie, die seit kurzem die Stadt heimsucht.

Meine Mutter ist ein Werwolf (My Mom's a Werewolf). USA 1989. * R: Michael Fischa. B: Mark Pirro. K: Bryan England. M: Barry Fasman. Sch: Claudia Finkle. D: Susan Blakely, John Saxon, Katrina Caspary, John Schuck, Ruth Buzzi, Marcia Wallace, Marilyn McCoo. F. 84 Min. V: VPS. St: 22. 6. 89. Ein Seitensprung mit einem Werwolf zeitigt unangenehme Folgen für eine Ehefrau und Mutter.

Meine Stiefmutter ist ein Alien (My Stepmother is an Alien). USA 1988. ** R: Richard Benjamin. B: Jerico Weingrod, Herschel Weingrod, Timothy Harris, Jonathan Reynolds. K: Richard H. Kline. M: Alan Silvestri. Sch: Jacqueline Cambas. PD: Charles Rosen. M-up: Dan Striepeke, Brad Wilder. SFX: John Dykstra. D: Dan Aykroyd (Steven Mills), Kim Basinger (Celeste Martin), Jon Lovitz (Ron Mills), Alyson Hannigan (Jessie Mills), Joseph Maher (Lucas Budlong), Seth Green (Fred Glass), Wesley Mann (Grady), Tony Jay (Chef des Konzils), Peter Bromilow (sein Vize), Nina Henderson (Verkäuferin). F. 108 Min. V: Columbia. St: 9. 3. 89. Die Tochter eines Radioastronomen findet heraus, daß ihre neue Stiefmutter in Wahrheit aus dem Weltraum kommt, einen sprechenden Roboter in der Handtasche aufbewahrt und ihren Vater nur zur neuerlichen Abstrahlung eines planetenrettenden Radarsignals motivieren möchte.

Mick, mein Freund vom andern Stern (Mac and Me). USA 1988. * RB: Stewart Raffill. K: Nick McLean. M: Alan Silvestri. Sch: Tom Walls. PD: W. Stewart Campbell. M-up: Martin J. Becker. D: Christine Ebersole (Janet), Jonathan Ward (Michael), Katrina Caspary (Courtney), Lauren Stanley (Debbie), Jale Calegory (Eric). F. 93 Min. V: Jugendfilm. St: 27. 7. 89. Durch Zufall freundet sich ein an den Rollstuhl gefesselter Junge mit einem Außerirdischen an und kann schließlich dessen Familie im Wüstenversteck mit einigen Dosen Cola vor dem Verdursten retten.

Mit Motorsägen spaßt man nicht (Hollywood Chainsaw Hookers). USA 1987. * R: Fred Olen Ray. B: F. O. Ray, T. L. Lankford. K: Scott Ressler. M: Michael Perilstein. Sch: William Shaffer. PD: Corey Kaplan. D: Gunnar Hansen (Kultführer), Linnea Quigley (Samantha Kelso), Jay Richardson (Jack Chandler), Michelle Bauer (Mercedes), Dawn Wildsmith (Laurie), Dennis Mooney, Jerry Fox, Esther Alyse, Tricia Burns, Michael D. Sonye. F. 74 Min. V: IMC. St: 24. 10. 88. Auf der steten Suche nach neuen Menschenopfern schlachten die Tempeldienerinnen einer altägyptischen Göttin eine Reihe gutaussehender Callgirls ab.

Monster Busters (The Monster Squad). USA 1987. *** R: Fred Dekker. B: Shane Black, Fred Dekker. K: Bradford May. M: Bruce Broughton. Sch: James Mitchell. PD: Albert Brenner. M-up: Stan Winston. SFX: Richard Edlund. D: André Gower (Sean Crenshaw), Robby Kiger (Patrick), Stephen Macht (Del Crenshaw), Duncan Regehr (Dracula), Tom Noonan (Frankensteins Ungeheuer), Brent Chalem (Horace), Ryan Lambert (Rudy), Ashley Bank (Phoebe), Michael Faustino (Eugene), Mary Ellen Trainor (Emily). F. 82 Min. V: VPS. St: 5. 12. 88. Die jugendlichen Mitglieder eines Horror-Clubs sehen sich den Nachstellungen diverser Monster ausgesetzt, die Van Helsings Tagebuch und damit den Schlüssel zu ihrer endgültigen Vernichtung in ihre Gewalt bringen wollen.

Moontrap (Moontrap). USA 1989. * R: Robert Dyke. B: Tex Ragsdale. M: Joseph LoDuca. PD: B. K. Taylor. D: Walter Koenig (Jason Grant), Bruce Campbell (Ray Tanner), Leigh Lombardi (Mera). F. 88 Min. V: Metropol. St: 8. 6. 89. Eine außerirdische Metallkugel, die jedes technische Instrument in einen mörderischen Roboter verwandelt, bringt zwei Astronauten auf die Spur einer geplanten Invasion.

Moonwalker (Moonwalker). USA 1988. * R: Colin Chilvers, Jerry Kramer. B: David Newman. K: John Hora, Tom Ackerman, Bob Collins, Fred Elmes, Crescenzo Notarile. M: Bruce Broughton, Michael Jackson. Sch: David E. Blewitt, Mitchell Sinoway, Dale Beldin, Thomas C. Dugan, Paul Justman. PD: Michael Ploog. M-up: Rick Baker, Matt Rose. SFX: Hoyt Yeatman, Eric Allard, Will Vinton. D: Michael Jackson (Michael), Joe Pesci (Mr. Big), Sean Lennon, Kellie Parker,

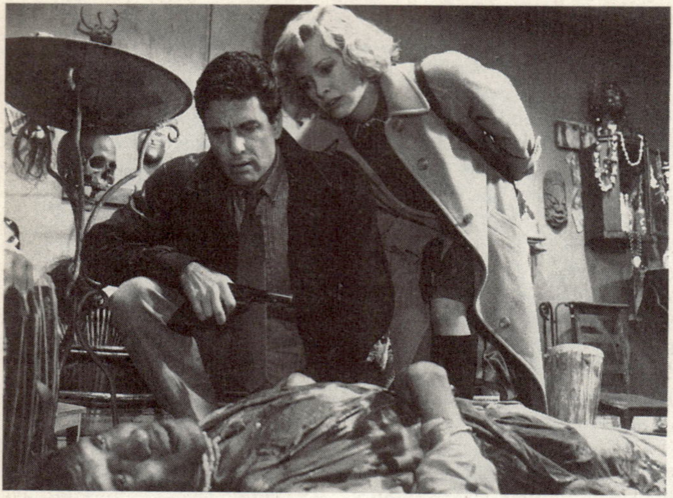

Die Mörderpuppe *von Tom Holland*

Brandon Adams. F. 93 Min. V: Metropol/VPS. St: 12. 1. 89. Michael Jackson als mannigfaltiger Verwandlungskünstler.

Die Mörderpuppe (Child's Play). USA 1988. ** R: Tom Holland. B: Don Mancini, John Lafia, T. Holland. K: Bill Butler. M: Joe Renzetti. Sch: Edward Warschilka, Roy E. Peterson. PD: Daniel A. Lomino. M-up: Michael A. Hancock. SFX: Peter Donen. D: Catherine Hicks (Karen Barclay), Chris Sarandon (Mike Norris), Alex Vincent (Andy Barclay), Brad Dourif (Charles Lee Ray), Dinah Manoff (Maggie Peterson), Tommy Swerdlow (Jack Santos), Jack Colvin (Dr. Ardmore), Neil Giuntoli (Eddie Caputo), Juan Ramirez (Verkäufer), Alan Wilder (Mr. Criswell). F. 87 Min. V: UIP. St: 15. 6. 89. Der Geist eines Massenmörders ergreift Besitz von einer Spielzeugpuppe und meuchelt sich auf der Suche nach einem neuen Körper durch Freunde und Familie seines neuen sechsjährigen Besitzers.

Mr. North — Liebling der Götter (Mr. North). USA 1988. *** R: Danny Huston. B: Janet Roach, John Huston, James Costigan. LV: *Theophilus North* von Thornton Wilder. K: Robin Vidgeon. M: David McHugh. Sch: Roberto Silvi. PD: Eugene Lee. D: Anthony Edwards (T. Theophilus North), Robert Mitchum (James McHenry Bosworth), Lauren Bacall (Amelia Cranston), Harry Dean Stanton (Henry Simmons), Anjelica Huston (Persis Bosworth-Tennyson), Mary Stuart

Masterson (Elspeth Skeel), Virginia Madsen (Sally Boffin), Tammy Grimes (Sarah Baily-Lewis), David Warner (Dr. Angus McPherson), Hunter Carson (Galloper Skeel). F. 93 Min. V: Concorde. St: 1. 12. 88. Ein Jüngling radelt durch die Sommerhäuser der oberen Klassen und beeindruckt die reichen Damen mit seinen Lebensweisheiten und elektrischen Heilgaben.

Munchies (Munchies). USA 1988. ** R: Bettina Hirsch. B: Lance Smith. K: Larry Blanford. M: Ernest V. Troost. Sch: James A. Stewart. PD: Robert Schulenberg. SFX: Robert Short Productions. D: Harvey Korman (Cecil/Simon Waterman), Charles Stratton (Paul), Nadine van der Velde (Cindy), Alix Elias (Melvis), Charlie Phillips (Eddie), Hardy Rawls (Big Ed), Jon Stafford (Dude), Robert Picardo (Bob Marvelle), Wendy Schaal (Marge Marvelle), Scott Sherk (Buddy Holly). F. 78 Min. V: MGM-UA. St: 20. 9. 88. Nach seinem verfrühten Hinscheiden von der Hand eines Hippies verwandelt sich ein seltsames Knuddeltier in eine Bande mordlustiger Monster.

Der Navigator (The Navigator). Australien 1988. **** R: Vincent Ward. B: V. Ward, Kely Lyons, Geoff Chapple. K: Geoffrey Simpson. M: Davood A. Tabrizi. Sch: John Scott. PD: Sally Campbell. SFX: Andrew Mason, John Pope, Chris Swinbanks. D: Bruce Lyons (Connor), Chris Haywood (Arno), Hamish McFarlane (Griffin), Marshall Napier (Searle), Noel Appleby (Ulf), Paul Livingston (Martin), Sarah Pierse (Linnet), Mark Wheatley (Tog 1), Tony Herbert (Tog 2), Jessica Cardiff-Smith (Esmé). F. 91 Min. V: Highlight. St: 13. 4. 89. Um die Pest von ihrem Dorf fernzuhalten, macht sich eine Gruppe von Männern aus dem 12. Jahrhundert auf eine parabelhafte Reise in die Gegenwart, wo sie — einer Prophezeiung gemäß — auf einer alten abbruchreifen Kathedrale ein Kreuz errichten sollen.

Necromancer — Das Tor zur Hölle (Necromancer). USA 1987. * R: Dusty Nelson. B: Bill Naud. K: Richard Clabaugh, Eric Cayla. M: Gary Stockdale, Kevin Klingler, Bob Mamet. Sch: Carole A. Kenneally. PD: Scott Harrison. M-up: William J. Males. D: Elizabeth Kaitan (Julie), Russ Tamblyn (Professor DeLonge), John Tyler (Eric), Rhonda Durton (Freda), Stan Hurwitz (Paul), Edward Wright (Carl), Shawn Eisner (Allan), Waide A. Riddle (Ernest), Lois Masten (Lisa). F. 88 (84) Min. V: RCA-Columbia. St: 8. 11. 88. Als sich eine Studentin mittels schwarzer Magie an ihren Vergewaltigern rächen will, muß sie bemerken, daß sie die gerufenen Geister nach erfülltem Mordauftrag nicht mehr los wird.

976-Evil (976-Evil). USA 1989. * R: Robert Englund. B: Rhet Topham, Brian Helgeland. K: Paul Elliot. M: Thomas Chase, Steven Rucker. Sch: Stephen Myers. PD: David Brian Miller. M-up: Robert Kurtzman. D: Stephen Geoffreys (Hoax), Patrick O'Bryan (Spike), Sandy Dennis (Tante Lucy), Jim Metzler (Marty Palmer), Maria Rubell (Angella Martinez), Robert Picardo (Mark Dark), Lezlie Deane (Suzie), J. J. Cohen (Marcus), Paul Wilson (Mr. Michaels), Greg Collins (Mr. Selby). F. 100 Min. V: Virgin. St: 26. 1. 89. Der satanische Einfluß eines telefonischen Wahrsagedienstes verwandelt einen jungen Mann in eine reißende Bestie, die sich nach und nach an ihren ehemaligen Peinigern rächt.

Night of the Demons (Night of the Demons). USA 1988. ** R: Kevin S. Tenney. B: Joe Augustyn. K: David Lewis. M: Dennis Michael Tenney. Sch: Daniel Duncan. PD: Ken Aichele. M-up: Steve Johnson. D: Lance Fenton (Jay), Cathy Podewell (Judy), Alvin Alexis (Roger), Hal Havins (Stooge), Mimi Kinkade (Angela), Linnea Quigley (Suzanne), Phillip Tanzini (Max), Jill Terashita (Fran), Allison Barron (Helen), William Gallo (Sal). F. 89 Min. V: Sony. St: 26. 9. 88. Bei einer Halloween-Feier in einem Krematorium beschwört eine Gruppe von Teenagern eine Horde von Dämonen mit recht makabrem Sinn für Humor herauf.

Nightflyer (Nightflyers). USA 1987. * R: Robert Collector. B: Robert Jaffe. LV: George R. R. Martin. K: Shelly Johnson. M: Doug Timm. Sch: Tom Siiter. PD: John Muto. M-up: Robert Short. SFX: Gene Warren jr. D: Catherine Mary Stewart (Miranda), Michael Praed (Royd), John Standing (D'Branin), Lisa Blount (Audrey), Glenn Withrow (Keelor), James Avery (Darryl), Hélène Udy (Lilly), Annabel Brooks (Eliza), Michael des Barres (Jon Winderman). F. 89 Min. V: Ascot. St: 27. 12. 88. Auf der Suche nach einem geheimnisvollen Energiewesen sieht sich eine Raumschiffbesatzung vom Bordcomputer bedroht, der immer mehr die Züge der Mutter des Captains anzunehmen scheint.

Nightmare on Elm Street 4 (A Nightmare on Elm Street 4: Dream Warriors). USA 1988. ** R: Renny Harlin. B: Brian Helgeland, Scott Pierce. K: Steven Fierberg. M: Craig Safan. Sch: Michael N. Knue, Chuck Weiss, Jack Tucker, Charley Coleman. PD: Mick Strawn, C. J. Strawn. M-up: Howard Berger. SFX: Justin Klarenbeck, Mike Bigelow, Peter M. Chesney, Screaming Mad George, John Buechler. D: Robert Englund (Freddy Krueger), Rodney Eastman (Joey), Tuesday Knight (Kristen), Ken Sagoes (Kincaid), Lisa Wilcox (Alice), Danny Hassel (Danny), Andras Jones (Rick), Brooke Theiss (Debbie), Toy Newkirk (Sheila), Brooke Bundy (Elaine). F. 93 (92) Min. V: Tobis. St: 2. 2. 89. Als der von einem Hund ins Leben zurückgepinkelte Freddy Krueger erneut sein Unwesen treibt, saugt ein Mädchen die Charakterzüge seiner Opfer auf und entwickelt sich dadurch zum positiven Gegenpol des Traumgeists.

Nightmare on the Street (Stage Fright). Australien 1980. * R: John Lamond. B: Colin Eggleston. K: Gary Wapshott. D: Jenny Neumann (Helen Selleck), Gary Sweet (Terry Besanko), Nina Landis (Judy), Max Phipps (George D'Alberg), John-Michael Howson

(Bennett Collingswood), Edmund Pegge (Bruce), Sue Jones (Fay), Adele Lewin (Sue), Briony Behets (Angela), Maureen Edwards (Mutter), Bryon Williams (Vater). F. 90 Min. V: New Vision. St: 16. 1. 89. Eine junge Schauspielerin, die als Kind ihre Mutter in den Tod getrieben hat, entwickelt ein recht persönliches Verhältnis zu spitzen Glasscherben.

Nomads — Tod aus dem Nichts (Nomads). USA 1985. ** RB: John McTiernan. K: Stephen Ramsey. M: Bill Conti. Sch: Michael John Bateman. PD: Marcia Hinds. D: Pierce Brosnan (Pommier), Lesley-Anne Down (Dr. Flax), Anna-Maria Montecelli (Niki), Adam Ant (Nummer Eins), Hector Mercado (Ponyschwanz), Josie Cotton (Silberring), Mary Woronov (Blondine), Frank Doubleday (Rasiermesser), Jeannie Elias (Cassie). F. 100 Min. V: CBS-Fox. St: 25. 10. 88. Ein Anthropologe wird von geisterhaften Großstadt-Nomaden ermordet; auf dem Sterbebett wechselt seine Seele in eine Ärztin über, die fortan in Traumvision sein Schicksal und seine Entdeckungen nacherlebt.

Nosferatu in Venedig (Nosferatu a Venezia). Italien 1988. * RB: Augusto Caminito. K: Tonino Nardi. M: Luigi Ceccarelli. Sch: Claudio Cutry. PD: Joseph Teichner, Luca Antonucci. D: Klaus Kinski (Nosferatu), Barbara de Rossi (Helietta Canins), Yorgo Voyagis (Giuseppe Barnabo), Donald Pleasence (Don Alvise), Christopher Plummer (Paris Catalano), Anne Knecht (Maria), Elvire Audray, Giuseppe Mannajuolo, Maria Cumani Quaismodo. F. 96 (93) Min. V: Metropol/VPS. St: 1. 9. 88. Um endlich sterben zu können, sucht der König aller Vampire in Venedig nach einer Jungfrau, die ihre Unschuld für ihn aufgibt und ihn damit zu einem Sterblichen macht.

Nr. 5 gibt nicht auf (Short Circuit 2). USA 1988. ** R: Kenneth Johnson. B: S. S. Wilson, Brent Maddock. K: John McPherson. M: Charles Fox. Sch: Conrad Buff. PD: Bill Brodie. SFX: Mike Edmonson, Eric Allard. D: Fisher Stevens (Ben Jahrvi), Michael McKean (Fred Ritter), Cynthia Gibb (Sandy Banatoni), Jack Weston (Oscar Baldwin), Dee McCafferty (Saunders), David Hemblen (Jones), Don Lake (Manic Mike), Damon D'Oliveira (Bones), Tito Nunez (Zorro), Jason Kuriloff (Lil Man). F. 110 Min. V: Columbia/RCA-Columbia. St: 15. 12. 88. Dank der Hilfe seines Roboters gewinnt ein indischer Erfinder nicht nur die Frau seines Herzens und einen hochdotierten Spielzeugvertrag, sondern kann zugleich auch eine Diebesbande unschädlich machen.

Oglu, das freche Drachenmonster (Ollie B. Bommel). Niederlande 1983. * RB: Bert Kroon, Harrie Geelen, Frank Jensen. M: Herman Schoonderwalt. F-Anim. 75 Min. V: VPS. St: 22. 3. 89. Ein kleiner grüner Drache mit Wachstumsstörungen steht einem fälschlich des Bankraubs angeklagten Bären bei.

Open House — Trautes Heim kann tödlich sein (Open House). USA

Nr. 5 gibt nicht auf *von Kenneth Johnson*

1987. * R: Jag Mundhra. B: David Mickey Evans. K: Robert Hayes. M: Jim Studer. Sch: Dan Selakovich. PD: Naomi Shohan. M-up: John A. Naulin. D: Joseph Bottoms (Dr. Kelley), Adrienne Barbeau (Lisa Grant), Rudy Ramos (Rudy Estevez), Mary Stavin (Katie Thatcher), Scott Thompson Baker (Joe Pearcy), Darwyn Swalve (Harry), Robert Miano (Lt. Shapiro), Page Moseley, Johnny Haymer, Leonard Lightfoot. F. 97 Min. V: Filmagentur Werner/Focus. St: 16. 12. 88. Ein psychopathischer Killer sucht seine Opfer unter Immobilienmaklern und deren Kunden, die er in zum Verkauf anstehenden Luxusvillas ermordet.

Pan Tau — Der Film (Pan Tau). CSSR 1988. ** R: Jindrich Polak. B: Ota Hofman, J. Polak. K: Emil Sirotek. M: Manfred Schoof. Sch: Dalibor Lipsky. D: Otto Simanek (Pan Tau), Dana Vavrova, Ute Christensen, Jan Vlasak, Jakub Drocar, Viktor Preiss, Jiri Kodet, Vladimir Kratina. F. 93 Min. V: Cine-Plus/USA. St: 3. 11. 88. Als der Produzent eines Kinderfilms wegen der Alkoholprobleme seines Pan-Tau-Darstellers auf ein Double zurückgreifen muß, entpuppt sich dieser als der echte.

Patrick lebt (Patrick vive ancora). Italien 1980. * R: Mario Landi. M: Berto Pisano. D: Gianni Dei (Patrick), Sacha Pitoeff, Maria Angela Giordan, Carmen Russo, Paolo Giusti, Franco Silva, John Benedy, Anna Veneziano. F. 90 Min. V: Carrera Topline. St: 20. 12. 88. In einem Krankenhaus treibt ein komatöser Telekinet einmal mehr sein Unwesen.

Phantastic Adventure (Andy Colby's Incredibly Awesome Adventure). USA 1988. * R: Deborah Brock. B: Jed Hoovitz, D. Brock. D: Randy Josselyn, Jessica Puscas, Dianne Kayjohn Franklin. F. 90 Min. V: Virgin. St: 28. 4. 89. Unterstützt vom guten Geist der Sendestörung und mit einer Fernbedienung bewaffnet, dringt ein junger Mann ins Reich hinter dem Fernsehschirm vor, um seine entführte Schwester aus den Fängen des Herrschers aller TV-Kanäle zu befreien.

Die phantastische Reise ins Jenseits (Lady in White). USA 1988. ** RBM: Frank LaLoggia. K: Russell Carpenter. Sch: Steve Mann. PD: Richard K. Hummel. M-up: Cheri Montesano. SFX: Ernest D. Farino, Gene Warren jr. D: Lukas Haas (Frankie Scarlatti), Len Cariou (Phil), Alex Rocco (Angelo), Katherine Helmond (Amanda Harper), Jason Presson (Gino Scarlatti), Renata Vanni (Mama Assunta), Angelo Bertolini (Papa Charlie), Joelle Jacobi (Melissa), Jared Rushton (Donald), Gregory Levinson (Louie). F. 113 Min. V: Highlight/ Highlight Video. St: 6. 4. 89. Mit Hilfe geisterhafter Visionen kommt ein Neunjähriger auf die Spur eines lange gesuchten Mörders.

Phönix — The Warrior (Phoenix — The Warrior). USA 1988. * R: Robert Hayes. B: R. Hayes, Dan Rotblatt. K: Paul Maibaum. Sch: Brian Evans. PD: D. Rotblatt. D: Persis Khambatta (Cobalt), Kathleen Kinmont (Phönix), Peggy Sands, James Emery, Sheila Howard. F. 86 Min. V: Highlight. St: 28. 11. 88. Eine Wüstennomadin rettet eine leicht beschürzte Amazone nebst männlichem Sproß vor den Nachstellungen der bösen Hohepriesterin.

Pin (Pin). Kanada 1988. ** RB: Sandor Stern. K: Guy Dufaux. M: Peter Manning Robinson. Sch: Patrick Dodd. PD: Françoise Seguin. D: David Hewlett (Leon), Cyndy Preston (Ursula), John Ferguson (Sam Fraker), Terrance O'Quinn (Dr. Linden), Bronwen Nantel (Mrs. Linden), Jacob Tirney, Michelle Anderson, Steve Bernarski, Katie Shengler. F. 102 Min. V: New Vision. St: 5. 6. 89. Nach dem Tode seines Vaters steigert sich ein Junge in die Schizophrenie und kürt ein Anatomiemodell zum Ersatzvater; in der Folge scheitern alle Versuche seiner Schwester, ihn auf den Boden der Tatsachen zurückzuholen.

Priester der Dunkelheit (Enter the Devil). USA 1971. * R: Frank Q. Dobbs. B: F. Q. Dobbs, David S. Cass. K: Michael Cusack. M: Sam Douglas, Buddy Mize. D: Josh Bryant (Glenn), Irene Kelly (Dr. Leslie Culver), Dave Cass (Jason Brooks), John Martin (Sheriff), Carla Bensen (Doc), Robert John Allen (Ellis), Linda Rascoe (Maria), Happy Shahan (Ozzie Perkins), Wanda Wilson (Juanita), Ed Geldart (Sam). F. 86 Min. V: UFA. St: 22. 8. 88. Bei der Suche nach den Verursachern mysteriöser Autounfälle stößt ein Ehepaar auf eine Gruppe okkulter Fanatiker, die in einem unterirdischen Tunnelsystem schwarze Messen zelebrieren.

Prime Evil (Prime Evil). USA 1988. * RK: Roberta Findlay. B: Ed Kellceher, Harriette Vidal. M: Walter E. Sear. SFX: Ed French. D: William Beckwith (Thomas Seaton), Christine Moore (Alexandra Parkman), Tim Gail (Bill King), Max Jacobs (George Parkman), Mavis Harris (Schwester Angela), Gary Warner (Detective Carr). F. 85 Min. V: Ascot. St: 29. 5. 89. Eine Ordensschwester durchkreuzt den Plan eines teufelsanbetenden Seniors, durch die Opferung seiner Enkelin ein paar zusätzliche Lebensjahre zu gewinnen.

Project X (Project X). USA 1987. *** R: Jonathan Kaplan. B: Stanley Weiser. K: Dean Cundey. M: James Horner. Sch: O. Nicholas Brown, Brent Schoenfeld. PD: Lawrence G. Paull. M-up: Michael G. Westmore. SFX: Michael Fink. D: Matthew Broderick (Jimmy Garrett), Helen Hunt (Teresa McDonald), Bill Sadler (Dr. Carroll), Johnny Ray McGhee (Isaac Robertson), Jonathan Stark (Sgt. Krieger), Robin Gammell (Colonel Niles), Stephen Lang (Watts), Jean Smart (Dr. Criswell), Chuck Bennett (General Claybourne), Daniel Roebuck (Hadfield). F. 91 Min. V: CBS-Fox. St: 26. 9. 88. Zum Schimpansenpfleger degradierter Flieger findet heraus, daß seine gelehrigen Schützlinge in einem radioaktiven Flugsimulator als Testobjekte für Weltkrieg III mißbraucht werden.

Pulse (Pulse). USA 1988. ** RB: Paul Golding. K: Peter Lyons Collister. M: Jay Ferguson. Sch: Gib Jaffe. PD: Holger Gross. D: Cliff de

Young (Bill), Roxanne Hart (Ellen), Joey Lawrence (David), Matthew Lawrence (Stevie), Charles Tyner (alter Mann), Dennis Redfield (Pete), Robert Romanus (Paul), Myron D. Healey (Howard). F. 91 (87) Min. V: RCA-Columbia. St: 6. 9. 88. Als der Sohn aus erster Ehe für ein Wochenende bei seinem Vater zu Besuch ist, entwickelt der Strom aus der Steckdose ein bedenkliches Eigenleben.

Die Rache der Schwertkämpferin (Red Sonja). USA 1985. R: Richard Fleischer. Neuer Fernsehtitel für *Red Sonja*.

Rawhead Rex (Rawhead Rex). GB 1987. ** R: George Pavlou. BLV: Clive Barker. K: John Metcalfe. Sch: Andy Horvitch. PD: Len Huntingford. M-up: Peter Litten. D: David Dukes (Howard Hallenbeck), Kelly Piper (Elaine Hallenbeck), Ronan Wilmot (Declan O'Brien), Niall Toibin (Reverend Coot), Heinrich von Schellendorf (Rawhead Rex), Niall O'Brian (Detective Gissing). F. 89 Min. V: Lightning. St: 6. 3. 89. Ein amerikanischer Wissenschaftler bezwingt einen wiederauferstandenen keltischen Dämon.

Re-Animator (Re-Animator). USA 1985. ***** R: Stuart Gordon. B: Dennis Paoli, William Norris, S. Gordon. LV: H. P. Lovecraft. K: Mac Ahlberg. M: Richard Band. Sch: Lee Percy, Nancy Greenfield. PD: Robert A. Burns. M-up: Anthony Doublin, John Naulin. D: Jeffrey Combs (Herbert West), Bruce Abbott (Dan Cain), Barbara Crampton (Megan Halsey), David Gale (Dr.

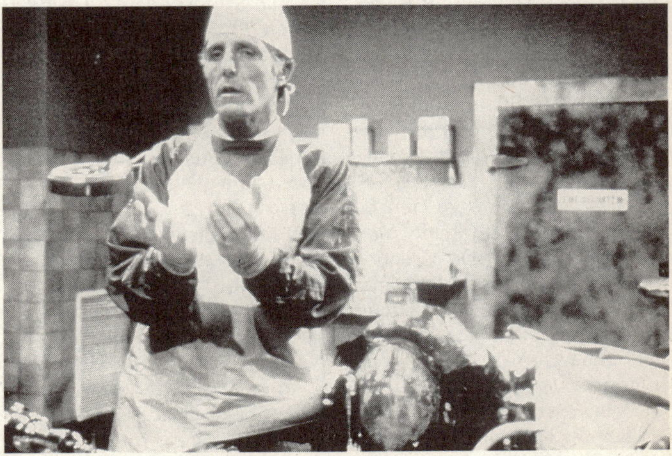

Re-Animator *von Stuart Gordon*

Carl Hill), Robert Sampson (Dean Halsey), Gerry Black (Mace), Carolyn-Purdy Gordon (Dr. Harrod), Peter Kent (Melvin), Barbara Pieters (Krankenschwester), Jan Patrick Williams (schweizer Professor). F. 84 (93) Min. V: Lightning. St: 31. 10. 88. Kurz nach dem ersten erfolgreichen Test gerät das neue Wiederbelebungsserum eines Arztes in die Hände eines Größenwahnsinnigen, der sich zum Herrscher über die Untoten aufspielen möchte.

Die Reisen des Professor Klecks (?). Polen 19??. *** R: Krzysztof Gradowski. D: Piotr Fronczweski, Lena Morozowa, Henryk Bista, Zbigniew Buczkowski, Gierorgij Witcyn. St: 21. 8. 88—11. 9. 88 (ZDF). Nach der Zerstörung aller Tintenvorräte macht sich ein Professor mit einer Handvoll tapferer Seeleute auf die phantastische Suche nach neuen Tintenvorkommen.

Rejuvenator (The Rejuvenator). USA 1988. ** R: Brian Thomas Jones. B: Simon Nuchtern, B. T. Jones. K: James McCalmont. M: Larry Juris. Sch: Brian O'Hara. PD: Susan Bolles. M-up: Edward French. D: Vivian Lanko (Elizabeth Warren), John MacKay (Dr. Gregory Ashton), James Hogue (Wilhelm), Katell Pleven (Dr. Stone), Marcus Powell (Dr. Germaine), Jessica Dublin (Ruth Warren), Roy MacArthur (Hunter), Louis F. Homyak (Tony). F. 86 Min. V: Focus. St: 29. 5. 89. Ein alternder Filmstar entdeckt einen Jungbrunnen in Form eines neuen Serums, benötigt in der Folge jedoch immer größere Dosen, um sich nicht in ein Monster zu verwandeln.

RoboForce (RoboForce). Hongkong 1988. * R: David Chung. D: Tsui Hark, John Sham, Tony Leung. F. 90 Min. V: Splendid. St: 20. 2. 89. Von Luzifer konstruierte Flugroboter greifen nach der Weltherrschaft.

Rubicon (Etter Rubicon). Norwegen 1987. ** R: Leidulv Risan. B: Arthur Johansen, Harald Paalgard, L. Risan. K: Harald Paalgaard. M: Geir Böhren, Bent Aserud. Sch: Russell Lloyd, Yngve Refseth. PD: Frode Krogh. SFX: Peter Borgli. D: Sverre Anker Ousdal (Jon Hoff), Ewa Carlsson (Mona Axen), Ellen Horn (Maria Hamaröy), Toralv Maurstad (Carl Berntsen), Jack Fjeldstad (Thorvald Hoff), Alf Malland, Jan Harstad, Björn Sundquist, Christin Sampson, Stein Erik Skattum. F. 92 Min. V: Atlas. St: 15. 12. 88. Als ein Arzt herausfindet, daß es auf einem Schiff vor der norwegischen Küste zu einem Atomunfall gekommen ist, sieht er sich von NATO-Soldaten mit sehr eindeutigem Auftrag verfolgt.

Die Rückkehr der Killertomaten (Return of the Killer Tomatoes). USA 1988. ** R: John DeBello. B: J. DeBello, J. Stephen Peace, Constantine Dillon. M: Rick Patterson, Neal Fox. Sch: J. DeBello, Stephen F. Andrich, PD: C. Dillon. D: Anthony Starke (Chad), George Clooney (Matt), Karen Mistal (Tara), Steve Lundquist (Igor), John Astin (Professor Gangrene), Charlie Jones, Rock Peace, Frank Davis, C. J.

Dillon, Teri Weigel. F. 98 Min. V: Highlight. St: 17. 4. 89. Als ein Pizzabäcker die genetisch zum Menschen umgewandelte Lieblingstomate eines verrückten Professors befreit, zieht er dessen Zorn in Form einer mutierten Killertomaten-Armee in Rambo-Gestalt auf sich.

Sabba — Die Hexe (La visione di Sabba). Frankreich/Italien 1987. * R: Marco Bellocchio. B: M. Bellocchio, Francesca Pirani. K: Beppe Lanci. M: Carlo Crivelli. Sch: Mirko Garrone. PD: Gianni Burchiello. D: Beatrice Dalle (Maddalena), Daniel Ezralow (Davide), Corinne Tauzet (Cristina), Omero Antonutti (Professor Crado), Roberta Palladini (Hysterikerin), Jacques Weber. F. 100 Min. V: Jugendfilm. St: 6. 4. 89. Ein junger Psychiater verstrickt sich in die Visionen einer Frau, die sich für eine Hexe aus dem 17. Jahrhundert hält.

Satanas — Nacht der Teufel (The Third Hand). USA 1987. * R: Ferde Grofe jr. D: Kenneth McLeod, David Anthony Smith. F. 88 Min. V: IVE. St: 24. 10. 88. Nachdem ihr Reisebus den Geist aufgegeben hat, stoßen zwei Männer im südamerikanischen Dschungel auf eine Kleinstadt mit nächtlicher Satanserscheinung.

Satanic — Ausgeburt des Wahnsinns (Sonny Boy). USA 1987. * R: Robert Martin Carroll. B: Graeme Whifler. K: Roberto D'Ettorre Piazzolo. M: Carlo Maria Cordio. D: Michael Griffin, David Carradine, Paul L. Smith, Brad Dourif, Conrad Janis, Sydney Lassick. F. 93 Min. V: VPS. St: 22. 3. 89. Ein Waise wird von seinen sadistisch-perversen Pflegeeltern systematisch zum monströsen Killer erzogen.

Satan's Bed (Satan's Bed). Hongkong 1986. * R: Bam Bang Subana. D: Mariane Wolf, Didier Hamel, Richie Ricardo. F. V: All Video. St: 15. 11. 88. Satanische Ereignisse in einer auf Gräbern Ermordeter errichteten Luxusvilla.

Satan's Blade (Satan's Blade). USA 1984. * RB: L. Scott Castillo. K: Terry Kempf. D: Tom Bongiorno (Tony), Stephanie Leigh-Steel (Stephanie), Thomas Cue (Al), Elisa R. Malinovitz (Lisa), Janeen Lowe (Lil), Ski Mark Ford (Ski), Ramona Andrada (Sue), Diane Taylor (Rita), Marti Neal (Marlene), Susan Bennett (Mary), Fred Armond (Sheriff Don). F. 84 Min. V: IMC. St: 29. 8. 88. Der Geist eines Ureinwohners ergreift Besitz von einem Polizisten und spielt mit neun Teenagern »Freitag, der 13.«.

Schatten um Dominique (Dominique). GB 1977. * R: Michael Anderson. B: Edward Abraham, Valerie Abraham. LV: *What Beckoning Ghost* von Harold Lawlor. K: Ted Moore. M: David Whitaker. Sch: Richard Best. PD: David Minty. D: Cliff Robertson (David Ballard), Jean Simmos (Dominique Ballard), Simon Ward (Tony), Jenny Agutter (Ann Ballard), Ron Moody, Judy Geeson, Michael Jayston, Flora Robson, David Tomlinson, Jack Warner. F. 95 Min. St: 28. 1. 89 (ZDF). Nachdem er seine Frau mit falschem Geisterspuk in den Selbstmord getrieben hat, sieht sich ein Mann plötzlich von deren Geist verfolgt.

Die Schneekönigin (Lumikuningatar). Finnland 1986. ** RB: Päivi Hartzell. LV: Hans Christian Andersen. K: Henrik Paersch. M: Jukka Linkola. Sch: Anne Lakanen, Olli Soinio. PD: Reija Hirvikoski. SFX: Jukka Ruohomäki, Antti Kari, Lauri Pitkänen. D: Outi Vainionkulma (Greta), Sebastian Kaatrasalo (Kaj), Satu Silvo (Schneekönigin), Tuula Nyman, Esko Hukkanen, Pirjo Bergström, Saara Pakkasvirta, Ismo Alanko, Markko Huhtamo, Antti Litja. F. 90 Min. V: Atlas/Atlas Video. St: 2. 11. 88. Verfilmung des Märchens von Hans Christian Andersen.

Shocking Heavy Metal (Blood Tracks). Schweden 1985. * RB: Mats Olsson. K: Hans von Dittmer. M: Dag Unenge. Sch: David Gilbert. M-up: Dick Ljunggren. D: Jeff Harding (John), Naomi Kaneda (Suzie), Michael Fitzpatrick (Bob), Brad Powell (Toningenieur), Peter Merrill (Nick), Harriet Robinson (Carrie), Tina Shaw (Sahra), Frances Kelly (Louise), Karina Lee (Mary), Helena Jacks (Linda). F. 86 Min. V: Highlight. St: 1. 8. 88. In den Bergen von Colorado trifft eine Rockband auf eine Familie aus grunzenden Halbmutanten.

Shopping (Chopping Mall). USA 1986. * R: Jim Wynorski. B: J. Wynorski, Steve Mitchell. K: Tom Richmond. M: Chuck Cirino. Sch: Leslie Rosenthal. PD: Carol Clements. SFX: Robert Short. D: Kelli Maroney (Allison), Tony O'Dell (Ferdy), John Terlesky (Michael), Russell Todd (Freund), Paul Bartel (Paul Bland), Mary Woronov (Mary Bland), Dick Miller (Walter Paisley), Karrie Emerson (Linda), Barbara Crampton (Suzy), Suzee Slater (Leslie). F. 76 Min. V: Lightning. St: 19. 12. 88. Durch einen Blitzeinschlag beschädigte Robotwächter machen brutale Jagd auf acht Teenager, die sich für eine nächtliche Feier in einem Einkaufszentrum haben einschließen lassen.

Sie leben (They Live). USA 1988. ** R: John Carpenter. B: Frank Armitage. LV: *Eight O'Clock in the Morning* von Ray Nelson. K: Gary B. Kibbe. M: J. Carpenter, Alan Howarth. Sch: Gib Jaffe, Frank E. Jimenez. PD: William J. Durrell jr. M-up: Frank Carrisosa. SFX: Roy Arbogast, Jim Danforth. D: Roddy Piper (Nada), Keith David (Frank), Meg Foster (Holly Thompson), George »Buck« Flower (Penner), Peter Jason (Gilbert), Raymond St. Jacques (Straßenprediger), Jason Robards III (Mann mit Familie), John Lawrence (Bärtiger), Susan Barnes (Braunhaarige), Sy Richardson (schwarzer Revoluzzer). F. 94 Min. V: Senator. St: 4. 5. 89. Durch Zufall kommt ein Bauarbeiter hinter eine Verschwörung Außerirdischer, die die Menschen mit hypnotischen TV-Signalen zum totalen Konsumdenken zwingen.

Das siebte Zeichen (The Seventh Sign). USA 1988. *** R: Carl Schultz. B: W. W. Wicket, George Kaplan. K: Juan Ruiz Anchia. M:

Sie leben *von John Carpenter*

Jack Nitzsche. Sch: Caroline Biggerstaff. PD: Stephen Marsh. M-up: Craig Reardon. SFX: Michael L. Fink, Eric Brevig. D: Demi Moore (Abby Quinn), Michael Biehn (Russell Quinn), Jürgen Prochnow (David), Peter Friedman (Pater Lucci), Manny Jacobs (Avi), John Taylor (Jimmy Zaragoza), Lee Garlington (Dr. Inness), Akosua Busia (Penny), Harry W. Basil (Verkäufer), Arnold Johnson (Putzmann). F. 97 Min. V: Columbia/RCA-Columbia. St: 1. 9. 88. Allerlei biblische Zeichen bestärken eine junge Frau in dem Glauben, daß ihr neuer Untermieter der Sohn Gottes ist und daß mit der Geburt ihres Kindes zugleich der Tag des Jüngsten Gerichts heraufziehen wird.

Siesta (Siesta). USA 1987. * R: Mary Lambert. B: Patricia Louisiana Knop. LV: Patrice Chaplin. K: Bryan Loftus, Michael Lund. M: Marcus Miller. Sch: Glenn A. Morgan. PD: John Beard. D: Ellen Barkin (Claire), Jodie Foster (Nancy), Gabriel Byrne (Augustine), Julian Sands (Kit), Isabella Rossellini (Maria), Alexei Sayle (Cabbie), Martin Sheen (Del), Grace Jones (Conchita), Anastassia Stakis (Desdra), Gary Cady (Roger). F. 97 Min. V: Concorde/VCL-Virgin. St: 4. 8. 88. In der Sekunde ihres Todes phantasiert eine Skydiverin von Mord und einem sie verfolgenden Taxifahrer.

Slaughterhouse — Ein Horror-Trip ins Jenseits (Slaughterhouse Rock). USA 1988. * R: Dimitri Logothetis. B: Ted Landon. K: Nicholas von Sternberg. M: Mark Mothersbaugh, Gerald V. Casale. Sch: Daniel Gross. PD: Peter Paul Raubertas. D: Nicholas Celozzi (Alex Gardner), Tom Reilly (Richard Gardner), Donna Denton (Carolyn Harding), Toni Basil (Sammy Mitchell), Hope Marie Carlton (Krista Halpern), Steven Brian Smith (Jack), Ty Miller (Marty), Al Fleming (Kommandant). F. 90 Min. V: Gloria. St: 17. 4. 89. Um die gefangenen Seelen einer Rockband zu befreien, macht sich eine Handvoll Teenager auf den Weg in das stillgelegte Gefängnis von Alcatraz.

Slugs (Slugs). Spanien 1988. * R: Juan Piquer Simon. B: Ron Gantman. LV: Shaun Hutson. K: Julio Bragado. Sch: Richard Rabjohn. M-up: Carlo de Marchis. SFX: Emilio Ruiz. D: Michael Garfield (Mike Brady), Santiago Alvarez (John Foley), Philip Machale (Don Palmer), Alicia Moro (Maureen Watson), Kim Terry (Kim Brady), Concha Cuetos (Maria Palmer), Emilio Linder (David Watson). F. 92 Min. V: New Vision. St: 14. 12. 88. Durch Giftmüll mutierte Nacktschnecken bedrohen eine amerikanische Kleinstadt.

Der Sohn der Hölle (Bloodspell). USA 1988. * R: Deryn Warren. B: Gerry Daly. K: Ronn Schmidt. M: Randy Miller. Sch: Tony Miller. PD: Tony Kanter. M-up: Wade Daily. D: Anthony Jenkins (Daniel), Aaron Teich (Charlie), Alexandra Kennedy (Debbie), John Reno (Luther), Edward Dloughy, Jacque J. Coon, Kimble Jemison, Heather Green, Christopher G. Venuti, Susan Buchanan. F. 88 Min. V: RCA-Columbia. St: 6. 9. 88. Telekinetisch begabter Sproß sorgt für einige diabolische Unfälle in einem Privatinternat, stellt sich dann jedoch seinem satanischen Papa, als dieser ihn für eine Verjüngungsaktion benötigt.

Space Invaders (Killer Klowns from Outer Space). USA 1988. *** R: Stephen Chiodo. B: Charles Chiodo, S. Chiodo. K: Alfred Taylor. M: John Massari. Sch: Chris Roth. PD: C. Chiodo. SFX: Fantasy II Film Effects. D: Grant Cramer (Mike), Suzanne Snyder (Debbie), John Allen Nelson (Officer Hanson), Royal Dano (Green), John Vernon (Officer Mooney), Michael Siegel (Rich), Peter Licassi (Paul). F. 88 Min. V: Empire. St: 30. 11. 88. Eine kleine Stadt muß sich der Invasion außerirdischer Clowns erwehren, die ihre Opfer erst mit Popcorn-Kanonen lähmen und hinterher in Zuckerwatte einspinnen.

Spacecop — L. A. 1991 (Alien Nation). USA 1988. ** R: Graham Baker. B: Rockne S. O'Bannon. K: Adam Greenberg. M: Curt Sobel. Sch: Ken Beyda. PD: Jack T. Collis. M-up: Zoltan, John Elliott, Stan Winston Studios. D: James Caan (Matthew Sykes), Mandy Patinkin (Sam Francisco), Terence Stamp (William Harcourt), Kevyn Major Howard (Rudyard Kipling), Leslie Bevis (Cassandra), Peter Jason (Fedorchuk), George Jenesky (Quint), Jeff Kober (Josh Strader), Roger Aaron Brown (Bill Tuggle), Tony Simotes (Wiltey). F. 90 Min. V: Fox. St: 12. 1. 89. Nach dem Mord an seinem Partner schließt sich ein zynischer Cop notgedrungen mit einem Detective der vor kurzem gelandeten Außerirdischen zusammen und klärt mit dessen Hilfe ein Rauschgiftkomplott.

Spider Labyrinth (Il nido del ragno). Italien 1988. * R: Gianfranco Gagni. B: Tonino Cervi. K: Nino Celeste. M: Franco Piersanti. D: Roland Wybenga, Paolo Rinaldi, Stephane Audran, Margaretha von Krauss, William Berger. F. 93 Min. V: Empire. St: 31. 10. 88. Amerikanischer Wissenschaftler gerät mit einem Spinnenkult aneinander, der sich für ein geheimnisvolles Buch interessiert.

Stormquest (Stormquest). Argentinien 1988. * R: Alex Sessa. B: Charles Saunders. K: Leonard Solis. M: Cardozo Ocampo. Sch: Ed Lowe. PD: Albert T. Naxi. D: Brent Huff (Zar), Kai Baker (Ara), Monica Gonzaga (Tani), Rocky Giordani (Sulan), Linda Lutz (Sturmkönigin), Dudizile Mkhize (Kinya), Christina Whitaker (Asha), Anne Marie Ricci (Girda), Nilda Raggi, Pia Uribel. F. 89 Min. V: Focus. St: 7. 11. 88. Drei Amazonen kämpfen um die Gleichberechtigung und gegen eine böse Sturmkönigin.

Sumpf des Grauens (Terror in the Swamp). USA 1983. * R: Joseph J. Catalanotto. B: Billy Holliday. K: Wade Hanks. M: Jaime Mendoza-Nava. Sch: Irina Gregory. SFX: Ed Flynn. D: Billy Holliday (Frank), Chuck Long, Chuck Bush, Michael Tedesco, Mike Thomas, Ray Saadie, Gerald Daigal, Mark Peterson, Claudia Wood, Albert Dykes, Ken Barker. F. 85 Min. V: CBS-Fox. St: 9. 1. 89. Eine genetisch mutierte Biberratte macht die Sümpfe Louisianas unsicher.

Survivor (The Survivor). Australien 1981. *** R: David Hemmings. B: David Ambrose. LV: James Herbert. K: John Seale. M: Brian May. Sch: Tony Patterson. PD: Bernard Hides. D: Robert Powell (Keller), Jenny Agutter (Hobbs), Joseph Cotten (Priester), Angela Punch McGregor (Beth Rogan), Ralph Cotterill (Slater), Peter Sumner (Tewson), Adrian Wright (Goodwin). F. 84 Min. V: Virgin. St: 25. 8. 88. Nach dem Bombenanschlag auf ein Flugzeug macht sich der Geist des Piloten auf die Suche nach dem Täter.

Terminal Entry — Das Spiel mit dem Terror (Terminal Entry). USA 1988. ** R: John Kincade. B: Mark Sobel, David Mickey Evans. K: James L. Carter. M: Gene Hobson. Sch: Dean Goodhill. PD: Alexandra Kicenik. D: Eddie Albert (Captain Jackson), Yaphet Kotto (Colonel Styles), Paul Smith (Stewart), Heidi Helmer (Chris), Patrick Labyorteaux (Bob), Tracy Brooks Swope (Dominique), Yvette Nipar, Rob Stone, Sam Temeles, Kabir Bedi. V: Highlight. St: 12. 12. 88. Eine Gruppe jugendlicher Hacker übernimmt unwissentlich das Computernetz und damit das Kommando über ein arabisches Terrorkommando.

Terminus (Terminus). Frankreich/BRD 1986. * R: Pierre-William Glenn. B: P. W. Glenn, Patrice Duvic. K: Jean-Claude Vicquery. M: David Cunningham. Sch: Thierry

Derocles. SFX: Films Michel François. D: Johnny Halliday (Manchot), Karen Allen (Gus), Jürgen Prochnow (Arzt), Gabriel Damon (Mati), Julie Glenn (Prinzessin), Dieter Schidor (Assistent des Arztes), Janos Kulka (Mann mit dunkler Brille), Dominique Valera (Commander), Jean-Luc Montama (Söldner). F. 115 (81) Min. V: Taurus. St: 10. 9. 88. Die Fahrerin eines computerisierten Wohnwagens und ein Einzelgänger mit einer Metallhand retten eine Prinzessin vor den Regierungstruppen und einer Bande mutierter Kinder.

Time Guardian — Zeitsprung (The Time Guardian). Australien 1987. * R: Brian Hannant. B: B. Hannant, John Baxter. K: Geoff Burton. M: Allan Zavod. Sch: Andrew Prowse. PD: George Liddle. SFX: Andrew Mason, Ted Price. D: Tom Burlinson (Ballard), Nikki Coghill (Annie), Carrie Fisher (Petra), Dean Stockwell (Boß), Henry Salter (Prenzler), Jo Flemming (Tanel), Tim Robertson (Sgt. McCarthy), Jim Holt (Rafferty). F. 85 Min. V: Scotia. St: 22. 6. 89. Die merkwürdigen Neuankömmlinge in einer kleinen Minenstadt erweisen sich als Vorkommando aus dem 24. Jahrhundert, das unsere Gegenwart auf ihre Eignung als Zufluchtsort für ihre von Ungeheuern bedrohte Stadt testen soll.

Timesweep — Reise ins Grauen (Timesweep). GB 1986. * R: Dan Diefenderfer. D: Michael Fountain, Pamela de Bord. F. 85 Min. V: Carrera Topline. St: 15. 9. 88. In einem alten Gebäude wird eine Gruppe Menschen in eine andere Zeit geschleudert, wo sie sich in labyrinthischen Gängen den Angriffen verschiedener Monster erwehren müssen.

Tödliche Lippen (To Die For). USA 1988. * R: Deran Sarafian. D: Steve Bond, Sydney Walsh, Brendan Hughes. F. 90 Min. V: Starlight. St: 20. 3. 89. Ein uralter Vampirprinz verliebt sich in eine junge Amerikanerin, ermordet seinen Konkurrenten und wählt schließlich aus Liebesleid den Freitod.

Toll treiben es die wilden Zombies (Return of the Living Dead 2). USA 1988. * RB: Ken Wiederhorn. K: Robert Elswit. M: J. Peter Robinson, Vladimir Horunzhy. Sch: Charles Bornstein. PD: Dale Allan Pelton. M-up: Kenny Myers. D: James Karen (Ed), Thom Mathews (Joey), Dana Ashbrook (Tom Essex), Marsha Dietlein (Lucy Wilson), Suzanne Snyder (Brenda), Philip Bruns (Doc Mandel), Michael Kenworthy (Jesse Wilson), Thor van Lingen (Billy), Jason Hogan (Johnny), Suzan Stadner (Aerobics-Lehrerin). F. 89 (81) Min. V: Columbia/VCL-Virgin. St: 18. 8. 88. Als zwei Jungen beim Spielen aus Neugier einen der Army-Tanks öffnen, erweckt das ausströmende Gas die Toten des nahegelegenen Friedhofs erneut zum Leben.

Tote Engel lügen nicht (The Dead Can't Lie). USA 1988. ** RB: Lloyd Fonvielle. K: Michael Chapman. M: George Clinton. Sch: Evan Lottman. PD: Carol Spier. M-up: Suzanne Benoit. SFX: Michael Kava-

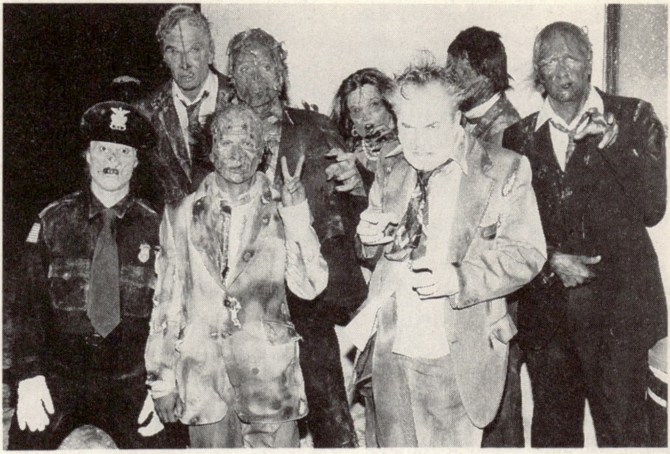

Toll treiben es die wilden Zombies *von Ken Wiederhorn*

nagh. D: Tommy Lee Jones (Eddie Martel Mallard), Virginia Madsen (Rachel Carlyle), Colin Bruce (Charlie Rand), Kevin Jarre (Tim), Denise Stephenson (Debbie), Frederic Forrest (Pater George), J. B. White (Jimbo), Michael Chapman (Hausbesitzer), Alec Willows (Bartender), Jack Creley (Großvater). F. 98 Min. V: Cannon-VMP. St: 17. 4. 89. Bei der Erfüllung eines neuen Auftrags verliebt sich ein Privatdetektiv in den Geist der Ex-Frau eines Millionärs.

Traumdämon (Dream Demon). GB 1988. ** R: Harley Cokliss. B: Christopher Wicking, Patrick Kinney. K: Ian Wilson. M: Bill Nelson. Sch: Ian Crafford, David Martin. PD: Hugo Luczyc-Wyhowski. SFX: Daniel Parker, Nik Williams. D: Jemma Redgrave (Diana Markham), Kathleen Wilhoite (Jenny Hoffman), Timothy Spall (Peck), Jimmy Nail (Paul), Mark Greenstreet (Oliver), Susan Fleetwood (Deborah), Annabelle Lanyon (Jenny), Nickolas Grace (Jennys Vater), Patrick O'Connell (Detektiv), Andrew Jones (Designer). F. 92 Min. V: Delta/ Warner Home Video. St: 6. 10. 88. In ihrer tristen Mietwohnung sieht sich ein sexuell frustriertes Mädchen von bizarren Alpträumen und greulichen Manifestationen verfolgt, die scheinbar einem Kindheitstrauma ihrer neuen Freundin entstammen.

Träume des Wahnsinns (Deadly Dreams). USA 1988. * R: Kristine Peterson. B: Thom Babbes. K: Zoran Hochstatter. M: Todd Boekelheide. Sch: Bernard Caputo. PD: Stephen Greenberg. M-up: Deborah Zoeller. D: Mitchell Anderson (Alex), Juliette Cummins (Maggie), Xander Berkeley (Jack), Thom Babbes (Danny), Timothy Austin (junger Alex), Beach Dickerson. F. 79 Min. V: RCA-Columbia. St: 13. 12. 88. Junger Erbe träumt vom toten Mörder seiner Eltern alp, am Ende entpuppt sich alles als gemeine Intrige.

Der treue Johannes. BRD/CSSR/Österreich 1988. ** R: Slavo Luther. D: Vladimir Hajdu, Remi Martin, Maru Valdivielso, Heinz Moog, Lara Naszinski. F. 90 Min. St: 25. 12. 88 (ZDF). Ein treuer Diener steht einem Prinzen bei der Aufgabe bei, die Goldene Jungfrau aus den Fängen des bösen Herrn des Goldes zu befreien.

TV-Tod — Kamikaze Live (Kamikaze). Frankreich 1986. ** R: Didier Grousset. B: Luc Besson, D. Grousset. K: Jean-François Robin. M: Eric Serra. Sch: Olivier Mauffroy. PD: Dan Weil. D: Richard Bohringer (Detective Romain), Michel Galabru (Albert), Dominique Lavanant (Laure Frontenac), Riton Leibman (Olive), Kim Massee (Léa), Harry Cleven (Patrick), Romane Bohringer (Julie), Etienne Chicot (Samrat), Philippe Girard (Pelletier), Geoffroy Carey (Stone). F. 89 (87) Min. V: Warner Home Video. St: 25. 11. 88. Sich unverstanden fühlender Erfinder entwickelt eine Fernmordwaffe, mit der er über das TV-Gerät Menschen bei Live-Sendungen töten kann.

Twice Dead (Twice Dead). USA 1988. * R: Bert Dragin. B: B. Dragin, Robert McDonnell. K: Zoran Hochstatter. M: David Bergeaud. Sch: Patrick Rand. M-up: Michael Burnett. D: Tom Breznahan (Scott), Jill Whitlow (Robin/Myrna), Jonathan Chapin (Crip/Tyler), Christopher Burgard (Silk), Sam Melville (Harry), Brooke Bundy (Sylvia), Joleen Lutz (Candy), Todd Bridges (Petie), Ray Garcia, Travis McKenna. F. 85 Min. V: Virgin. St: 28. 4. 89. Der Trick einer friedlichen Familie, eine Rockerbande mit Horrormasken aus ihrem geerbten Haus zu treiben, zeitigt blutige Folgen, als der verstorbene Onkel tatsächlich auftaucht.

Unholy — Dämonen der Finsternis (The Unholy). USA 1987. ** R: Camilo Vila. B: Philip Yordan, Fernando Fonseca. K: Henry Vargas. M: Roger Bellon. Sch: Mark Melnick. PD: F. Fonseca, Jim Darfus, Cathy Carlisle. SFX: Bob Keen, Michael Novotny. D: Ben Cross (Pater Michael), Ned Beatty (Lt. Stern), William Russ (Luke), Jill Carroll (Millie), Hal Holbrook (Erzbischof Mosely), Trevor Howard (Pater Silva), Peter Frechette (Claude), Claudia Robinson (Teresa), Norma Donaldson (Abby), Ruben Rabasa (Pater Dennis). F. 102 Min. V: Vestron. St: 30. 3. 89. In einer heruntergekommenen Kirche muß sich ein Priester den Versuchungen eines bösen Dämons und der Liebe einer verwirrten Nachtclubkellnerin erwehren.

Uninvited (The Uninvited). USA 1988. * RB: Greydon Clark. K: Nicholas von Sternberg. M: Dan Slider. Sch: Travis Clark. PD: Peter

Paul Raubertas. D: George Kennedy (Mike Harvey), Alex Cord (Walter Graham), Clu Gulager (Albert), Toni Hudson (Rachel), Eric Larson (Martin), Clare Carey (Bobbie), Rob Estes (Corey), Shari Shattuck (Suzanne), Beau Dremann, Austin Stoker. F. 89 Min. V: Splendid. St: 24. 10. 88. Während eines Segeltörns darf die durch Tierversuche zur Bestie gewordene Katze eines Teenagers am verbrecherischen Besitzer der Luxusjacht ihre Krallen wetzen.

Until Death (Until Death). Italien 1987. * R: Lamberto Bava. B: Dardano Sacchetti, L. Bava. K: Gianlorenzo Battaglia. M: Simon Boswell. D: Gioia Scola, David Brandon, Urbano Barberini, Marco Vivio, Roberto Pedicini, Giuseppe de Sando. F. 93 Min. V: Skyline. St: 22. 11. 88. Ein ermordeter Ehemann kehrt aus dem Grab zurück, um mit seiner Witwe und ihrem Geliebten abzurechnen.

Die Unzertrennlichen (Dead Ringers). Kanada 1988. *** R: David Cronenberg. B: D. Cronenberg, Norman Snider. LV: Twins von Bari Wood, Jack Geasland. K: Peter Suschitzky. M: Howard Shore. Sch: Ronald Sanders. PD: Carol Spier. M-up: Shonagh Jabour. SFX: Lee Wilson. D: Jeremy Irons (Beverly Mantle/Elliot Mantle), Genevieve Bujold (Claire Niveau), Heidi von Palleske (Dr. Cary Weiler), Barbara Gordon (Danuta), Shirley Douglas (Laura), Stephen Lack (Anders Wolleck), Nick Nichols (Leo), Lynne Cormack (Arlene), Damir Andrei (Birchall), Miriam Newhouse (Mrs. Bookman). F. 115 Min. V: Senator. St: 9. 2. 89. Das seelische Band zwischen zwei eineiigen Zwillingen, ihres Zeichens Gynäkologen, droht zu zerbrechen, als eine Schauspielerin in ihr Leben tritt.

Der Vampir aus dem All (Not of this Earth). USA 1988. ** R: Jim Wynorski. B: R. J. Robertson, J. Wynorski. K: Zoran Hochstatter. Sch: Kevin Tent. PD: Hayden Yates. D: Traci Lords (Nadine Story), Arthur Roberts (der Alien), Lenny Juliano (Jeremy), Ace Mask (Dr. Rochelle), Roger Lodge (Harry), Michael Delano (Staubsaugerverkäufer). F. 80 Min. V: MGM-UA. St: 18. 4. 89. Eine dralle Krankenpflegerin muß bemerken, daß ihr neuer Pflegefall in Wahrheit ein Außerirdischer auf der Suche nach menschlichem Blut ist.

Vampir Party (Vampire Knights). USA 1987. * RB: Daniel M. Peterson. D: Ken Abraham, Billy Frank, Robin Rochelle, Thomas Kingsley, Ann Michaels. F. 87 Min. V: UFA. St: 27. 2. 89. Die Mitglieder eines Horrorclubs sehen sich von drei Vampirinnen verfolgt.

Verabredung mit einem Engel (Date with an Angel). USA 1987. ** RB: Tom McLoughlin. K: Alex Thomson. M: Randy Kerber. Sch: Marshall Harvey. PD: Craig Stearns. SFX: Richard Edlund. D: Michael E. Knight (Jim Sanders), Phoebe Cates (Patty Winston), Emmanuelle Beart (Engel), David Dukes (Ed Winston), Phil Brock (George), Albert Macklin (Don), Pete Kowanko

(Rex), Vinny Argiro (Ben Sanders), Bibi Besch (Grace Sanders). F. 105 Min. V: Vestron. St: 1. 6. 89. Das Leben eines kurz vor der Heirat stehenden Mannes gerät außer Kontrolle, als der Engel, der den an einem Gehirntumor Leidenden in den Himmel bringen soll, im Pool des Appartements notlanden muß und er sich in das himmlische Geschöpf verliebt.

Verschwörung der Frauen (Drowning by Numbers). GB 1988. **** RB: Peter Greenaway. K: Sacha Vierny. M: Michael Nyman. Sch: John Wilson. PD: Ben van Os, Jan Roelfs. M-up: Sara Meerman. D: Bernard Hill (Henry Madgett), Joan Plowright (Cissie 1), Juliet Stevenson (Cissie 2), Joely Richardson (Cissie 3), Jason Edwards (Smut), Bryan Pringle (Jake), Trevor Cooper (Hardy), David Morrissey (Bellamy), John Rogan (Gregory), Paul Mooney (Teigan). F. 118 Min. V: Pandora. St: 17. 11. 88. Streng den selbstgefertigten Spielregeln gehorchend, ertränken drei numerologisch interessierte Frauen nacheinander ihre Ehemänner.

Vibes — Die übersinnliche Jagd nach der glühenden Pyramide (Vibes). USA 1988. **. R: Ken Kwapis. B: Lowell Ganz, Babaloo Mandel. K: John Bailey. M: James Horner. Sch: Carol Littleton. PD: Richard Sawyer. SFX: Richard Edlund. D: Cyndi Lauper (Sylvia Pickel), Jeff Goldblum (Nick Deezy), Julian Sands (Dr. Harrison Steele), Googy Gress (Ingo Swedlin), Peter Falk (Harry Buscafusco), Michael Lerner (Burt Wilder), Ramon Bieri (Eli Diamond), Elizabeth Peña (Consuela), Ronald G. Joseph (Carl). F. 99 Min. V: Columbia/RCA-Columbia. St: 13. 10. 88. Auf Betreiben eines Schatzsuchers machen sich zwei PSI-Talente in Ecuador auf die Suche nach einer außerirdischen PSI-Batterie.

Vision der Dunkelheit (Bad Dreams). USA 1988. ** R: Andrew Fleming. B: A. Fleming, Steven E. de Souza. K: Alexander Gruszynski. M: Jay Ferguson. Sch: Jeff Freeman. PD: Ivo Cristante. M-up: Michele Burke. D: Jennifer Rubin (Cynthia), Bruce Abbott (Dr. Alex Carmen), Richard Lynch (Harris), Dean Cameron (Ralph), Harris Yulin (Dr. Beresford), Susan Barnes (Connie), Elizabeth Daily (Lana), Sy Richardson (Detective), Missy Francis (Cynthia als Jugendliche), John Scott Clough. F. 84 Min. V: Fox/CBS-Fox. St: 25. 8. 88. Fünfzehn Jahre nach einer Guayana-Tragödie wähnt sich die einzige Überlebende vom Geist des Sektenführers verfolgt, der sie und die anderen Insassen der Heilanstalt zum Selbstmord zwingen möchte.

Wahre Männer (Real Men). USA 1987. ** RB: Dennis Feldman. K: John A. Alonzo. PD: William J. Cassidy. D: James Belushi (Nick Pirandello), John Ritter (Bob Wilson), Barbara Barrie (Mom), Bill Morey (Cunard), Iva Andersen (Dolly), Gail Berle (Sherry), Mark Herrier (Bradshaw), Matthew Brooks (Bob jr.). F. 96 (82) Min. V: FiFiGe/Warner Home Video. St: 20. 10. 88. Ein biederer Familienvater verstrickt sich in die Bemühungen eines kno-

Vision der Dunkelheit *von Andrew Fleming*

chenharten Geheimagenten, Kontakt mit Außerirdischen aufzunehmen.

Das Wasser des Lebens. BRD/CSSR 1987. ** R: Ivan Balada. D: Michael König, Nicolas Vogel. F. 90 Min. St: 3. 1. 89 (ZDF). Drei Königssöhne ziehen in die Welt hinaus, um für ihren kranken Vater das Wasser des Lebens zu erringen.

Watchers (Watchers). USA 1988. ** R: Jon Hess. B: Bill Freed, Damian Lee. LV: Dean R. Koontz. K: Richard Leiterman. M: Joel Goldsmith. Sch: Bill Freda, Carrolle Alain. PD: Richard Wilcox. D: Corey Haim (Travis), Barbara Williams (Nora), Michael Ironside (Lem), Lala (Tracey), Duncan Fraser (Sheriff Gaines), Blu Mankuma (Cliff), Colleen Winton (Deputy Winton), Norman Browning (Hockney). F. 92 Min. V: Scotia. St: 4. 5. 89. Als ein College-Schüler einen herrenlosen Hund aufnimmt, bekommt er es sehr bald mit dessen genetisch zur Killermaschine umgewandelten Bruder zu tun.

Der Wauzi-Film (Pound Puppies and the Legend of Big Paw). USA 1988. * R: Pierre DeCelles. B: Jim Carlson, Terrence McDonnell. M: Steve Tyrell. Sch: John Blizek. F-Anim. 77 Min. V: Senator. St: 15. 12. 88. Eine Hundebande macht sich auf die Suche nach einem mythischen Wunderknochen.

The White Monster (The Unnamable). USA 1988. * RB: Jean-Paul Ouellette. LV: H. P. Lovecraft. K:

Tom Fraser. M: David Bergeaud. Sch: Wendy J. Plump. PD: Gene Abel. M-up: R. Christopher Biggs. D: Charles King (Howard Damon), Mark Kinsey Stephenson (Randolph Carter), Alexandra Durrell (Tanya), Laura Albert (Wendy), Katrin Alexandre (Alyda Winthrop), Eben Ham (Bruce), Blane Wheatley (John Babcock), Mark Parra (Joel Manton). F. 87 Min. V: New Vision. St: 13. 2. 89. In einem Spukhaus muß eine Gruppe von Teenagern gegen eine weißhäutige Harpye antreten.

Die Wiege des Schreckens (It's Alive 3 — Island of the Alive). USA 1987. *** RB: Larry Cohen. K: Daniel Pearl. M: Laurie Johnson. Sch: David Kern. M-up: Steve Neill. D: Michael Moriarty (Steve Jarvis), Karen Black (Ellen Jarvis), Laurene Landon (Sally), Gerrit Graham (Ralston), James Dixon (Dr. Perkins), Neal Israel (Dr. Brewster), Art Lund (Swenson), Ann Dane (Miß Morrell), Macdonald Carey (Richter Watson). F. 91 Min. V: Warner Home Video. St: 11. 11. 88. Fünf Jahre nach ihrer Verbannung auf eine einsame Insel ziehen die Monsterkinder aus, um die Mutter ihres Anführers kennenzulernen.

Willow (Willow). USA 1988. ** R: Ron Howard. B: Bob Dolman. K: Adrian Biddle. M: James Horner. Sch: Daniel Hanley, Michael Hill, Richard Hiscott. PD: Allan Cameron. M-up: Nick Dudman. SFX: Dennis Muren, Michael McAlister, Phil Tippett. D: Val Kilmer (Madmartigan), Joanne Whalley (Sorsha), Warwick Davis (Willow Ufgood), Jean Marsh (Königin Bavmorda), Patricia Hayes (Fin Raziel), Billy Barty (Aldwin), Pat Roach (General Kael), Gavan O'Herlihy (Airk), David Steinberg (Meegosh), Phil Fondacaro (Vohnkar). F. 126 Min. V: UIP. St: 15. 12. 88. Um die Macht einer bösen Königin zu brechen, erklären sich ein Zwerg und ein Schwertkämpfer bereit, ein auserwähltes Baby zu deren Schloß zu bringen.

Willy/Milly (Willy/Milly). USA 1986. ** R: Paul Schneider. B: Walter Carbone, Carla Reuben. K: Dominique Chapuis. M: David McHugh. Sch: Michael Miller. PD: Nora Chavooshian. SFX: Lenna Kaleva. D: Pamela Segall (Milly/Willy), Eric Gurry (Alfie), Mary Tanner (Stephanie), Patty Duke (Mrs. Niceman), John Glover (Mr. Niceman), Seth Green (Malcolm), John David Cullum (Tom), Jeb Ellis-Brown (Harry). F. 93 Min. V: UFA. St: 5. 10. 88. Ein vierzehnjähriges Mädchen erhält ihren Wunsch erfüllt, endlich ein Junge zu werden.

The Witch (Superstition). USA 1981. * R: James W. Roberson. B: Michael Sajbel, Bret Plate, Brad White, Donald G. Thompson. K: Lee Madden. M: David Gibney. Sch: Al Rabinowitz. PD: Penny Hadfield. M-up: Bill Munns. D: James Houghton (Reverend Thompson), Albert Salmi (Inspektor Sturgess), Lynn Carlin (Melinda Leahy), Larry Pennell (George Leahy), Maylo McCaslin, Heidi Bohay, Billy Jacoby, Jacquelyn Hyde, Kim Marie, Stacy Keach. F. 84 Min. V: Unistar. St: 11. 10. 88. In einem alten, der Kirche gehörenden Haus treibt der Geist einer vor 300 Jahren ertränkten Hexe sein mörderisches Unwesen.

Witchcraft — Vom Teufel besessen (Malefiche presenze). Italien 1988. * R: Martin Newlin. B: Daniel Davis. K: Lorenzo Battaglia. M: Carlo Maria Cordio. D: Linda Blair, David Hasselhoff, Cathrin Hickland, Annie Ross, Leslie Cumming, Hildegard Knef. F. 95 Min. V: Esplanade/Skyline. St: 8. 12. 88. Vom Teufel besessene Frau mordet sich durch die Interessenten an einem verfallenen Hotel in New England.

Wolfmen (The Marsupials: Howling 3). Australien 1987. *** RB: Philippe Mora. K: Louis Irving. M: Allan Zavod. Sch: Lee Smith. PD: Ross Major. SFX: Bob McCarron. D: Barry Otto (Professor Beckmeyer), Imogen Annesley (Jerboa), Dasha Blahova (Olga Gorki), Max Fairchild (Thylo), Ralph Cotterill (Professor Sharp), Leigh Biolos (Donny Martin), Frank Thring (Jack Citron), Michael Pate (Präsident), Barry Humphries (Dame Edna), Carole Skinner (Yara). F. 94 Min. V: CBS-Fox. St: 21. 11. 88. Stark dokumentarisch angehauchter Film über die Entdeckung und langsame Assimilation einer Rasse von Werwölfen.

Zeder — Denn Tote kehren wieder (Zeder). Italien 1982. * R: Pupi Avati. B: P. Avati, Maurizio Costanzo, Antonio Avati. K: Franco delli Colli. M: Riz Ortolani. Sch: Amedeo Salfa. PD: Giancarlo Basili, Leonardo Scarpa. D: Gabriele Lavia (Stefano), Anne Canovas, Paolo Tanziani, Cesare Barbetti, Bob Tonelli, Ferdinando Orlandi, Enea Ferrario, John Stacy, Marcello Tusco, Alessandro Partexano. F. 99 Min. V: Taurus. St: 23. 1. 89. Die Botschaft eines toten Priesters erschließt einem Studenten das Geheimnis der K-Zonen, in denen Zeit und Raum, Leben und Tod jede Bedeutung verlieren.

Zombie 3 (Zombi 3). Italien 1988. ** R: Lucio Fulci. B: Claudio Fragasso. K: Riccardo Grasetti. M: Stefano Mainetti. D: Deran Sarafian, Beatrice Ring, Richard Raymond, Alex McBride, Ulli Reinthaler. F. 88 Min. V: IMV. St: 18. 4. 89. Als die Toten durch ein entwichenes Virus zu kannibalistischem Leben erwachen, beginnt für drei Studentinnen und eine Gruppe von Soldaten ein tödlicher Spießrutenlauf über eine einsame Insel.

2. Fernsehfilme und Miniserien

The Aliens Are Coming (The Aliens Are Coming). USA 1980 * R: Harvey Hart. B: Robert W. Lenski. K: Jacques Marquette. M: William Goldstein. PD: G. Chan, N. Newberry. D: Tom Mason (Scott Gryden), Max Gail (Russ Garner), Caroline McWilliams (Sue Garner), Melinda Fee (Irish O'Brien), Fawne Harriman (Joyce Cummings), Eric Braeden (Leonard Nero), Matthew Laborteaux (Timmy Garner), Ron Masak (Harve Nelson), John Milford (Eldon Gates). F. 94 Min. V: Pacific. St: 6. 3. 89. Zur Vorbereitung der Invasion übernehmen elektrizitätsbedürftige Außerirdische die Körper einer E-Werk-Mannschaft.

Devil's House — Wenn Mauern töten (This House Possessed). USA 1981. * R: William Wiard. B: David Levinson. K: Thomas del Ruth. M: Billy Goldberg. D: Parker Stevenson (Gary), Lisa Eilbacher (Sheila), Shelley Smith (Tanya), Slim Pickens (Keene), K. Callan (Lucille), David Paymer (Pasternak), Joan Bennett (Pennerin), Bill Morey (Robbins). F. 92 Min. V: MGM-UA. St: 19. 10. 88. Eine Krankenschwester und ein Rockmusiker bemerken zu ihrem Grausen, daß ihr solarbetriebenes Haus scheinbar einen eigenen Willen hat.

Engel auf Abwegen (It Came Upon the Midnight Clear). USA 1984. ** R: Peter Hunt. B: George Schenck, Frank Cardea. K: Dean Cundey. M: Arthur B. Rubinstein. Sch: Jerrold L. Ludwig. D: Mickey Rooney (Mike Halligan), Scott Grimes (Robbie Westin), Barrie Youngfellow (Kate Westin), George Gaynes (Erzengel), Gary Bayer (Rick Westin), William Griffis (Wiley Boggs), Christina Pickles (Chris). F. 100 Min. V: RCA-Columbia. St: 13. 12. 88. Gestorbener Großvater sucht in Gabriels Auftrag den alkoholumnebelten Weihnachtsengel.

Flugfieber. BRD 1988. ** R: Jens Carl Ehlers. LV: Dimitri Bilenkin. D: Robin Hummer (Arnold), Henryk Bista (der Alte), Peter Roggisch (XP 803). F. 55 Min. St: 2. 9. 88 (ARD). Beim Spiel mit einer Raketenbasis stößt ein Zwölfjähriger im Sperrgebiet auf eine echte Rakete, die laut Bordcomputer noch immer funktioniert.

Gate of Darkness (Don't Be Afraid of the Dark). USA 1973. * R: John Newland. B: Nigel McKeand. K: Andrew Jackson. M: Billy Goldenberg. Sch: Michael McCroskey. D: Kim Darby (Sally Farnham), Jim Hutton (Alex Farnham), Barbara Anderson (Joan), William Demarest (Harris), Pedro Armendariz jr. (Francisco Perez), Lesley Woods (Ethel), Robert Cleaves (Arzt), Sterling Swanson (Polizist). F. 74 Min. V: VCL. St: 14. 10. 88. Junges Paar erbt ein altes Haus, dessen Dämonen fest entschlossen sind, die Ehefrau zu einer der ihren zu machen.

Das Geheimnis der unsichtbaren Stadt (The Night Train to Kathmandu). USA 1988. * R: Robert Wiemer. B: R. Wiemer, Ian Robert. K: Glenn Kershaw. M: Paul

Baillargeon. D: Eddie Castrodad (Prinz Johar), Milla Jovovich (Lily McCloud), Pernell Roberts, Kavi Raz, Tim Eyster, Robert Stoeckle, Jan Pressano. F. 100 Min. V: CIC Video. St: 6. 2. 89. Verfolgt von einem in ihn verliebten Mädchen und vier Professoren, macht sich der Prinz einer legendären Stadt an die überstürzte Rückreise.

Die Glücksritter von Manhattan (A Billion for Boris). USA 1984. ** R: Alex Grashoff. D: Scott Tiler, Mary Tanner, Seth Green. F. 94 Min. V: IHV. St: 27. 9. 88. Ein Fernseher, der die Zukunft zeigt, sorgt für allerlei Turbulenzen.

Das Haus der tausend Augen (This House Possessed). USA 1981. R: William Wiard. Neuer Fernsehtitel für Devil's House — Wenn Mauern töten.

Highway Man (The Highwayman). USA 1987. * R: Douglas Heyes. B: Glen A. Larson, D. Heyes. K: John G. Stephens. D: Sam Jones (Highway Man), Claudia Christian (Dawn), Stanford Egi (Toto), Jimmy Smits (Bo Ziker), Kenny Morrison (Travis Ziker), G. Gordon Liddy (Ed Merrick), Wings Hauser, Jennifer Runyon, Lyle Alzado. F. 92 Min. V: CBS-Fox. St: 25. 10. 88. Im Auftrag des amerikanischen Geheimdienstes sorgt ein Trucker mit seinem High-Tech-Vehikel für Ruhe und Ordnung auf dem Highway.

Ein himmlischer Schnüffler (Justin Case). USA 1988. ** RB: Blake Edwards. K: Isidore Mankofsky. M: Henry Mancini. D: George Carlin (Justin Case), Molly Hagan (Jenny Spalding), Gordon Jump, Timothy Stack, Kevin McClarnon, Douglas Sills, Paul Sand. F. 90 Min. V: Walt Disney Home Video. St: 10. 5. 89. Mit Hilfe seiner neuen Sekretärin klärt der Geist eines erschossenen Detektivs das Geheimnis um seine Ermordung.

Der Hund von Baskerville (The Hound of the Baskervilles). USA 1972. ** R: Barry Crane. B: Robert E. Thompson. K: Harry Wolf. M: Hal Mooney. PD: H. E. Johnson. D: Stewart Granger (Sherlock Holmes), William Shatner (George Stapleton), Bernard Fox (Dr. Watson), Jane Merrow (Beryl Stapleton), John Williams (Arthur Frankland), Sally Ann Howes (Laura Frankland), Anthony Zerbe (Dr. John Mortimer), Ian Ireland (Sir Henry Baskerville), Brendan Dillon (John Barrymore). F. 71 Min. St: 15. 10. 88 (ARD). Neuverfilmung der Geschichte um Sherlock Holmes und den monströsen Hund.

Jack the Ripper (Jack the Ripper). USA 1988. ** R: David Wickes. B: Derek Marlowe, D. Wickes. K: Alan Hume. M: John Cameron. D: Michael Caine (Inspektor Abberline), Lewis Collins (George), Armand Assante, Ray McAnally, Ken Bones, Susan George, Jane Seymour, Michael Gothard, Harry Andrews, Lysette Anthony. F. 190 Min. V: RCA-Columbia. St: 4. 4. 89. In mühsamer Kleinarbeit löst ein Inspektor von Scotland Yard das Geheimnis um fünf brutale Frauenmorde.

Das Mädchen aus der Feenwelt oder Der Bauer als Millionär. BRD 1988. ** R: Jürgen Flimm. B: Ferdinand Raimund. D: Otto Schenk (Wurzel), Lena Stolze (Lottchen), Wolfgang Böck, Robert Grass, Gertraud Jesserer, Karl Paryla, Karl Merkatz, J. Stemberger. F. 160 Min. St: 2. 10. 88 (ZDF). Als ihm der personifizierte Neid einen großen Schatz zukommen läßt, verändert sich der Charakter eines Bauern und seine Einstellung betreffs der Liebe zwischen der bei ihm wohnenden Feentochter und einem armen Fischer radikal.

Mit fremden Augen. BRD 1988. * R: Monika Funke-Stern. D: Teresa Harder (Delphine), Veruschka (Teilhaber), Claus Fuchs (Gentechnologe), Mark Bellinghaus (Milan). F. 60 Min. St: 25. 10. 88 (ZDF). In Verruf gekommener Gentechnologe gedenkt die den Fall untersuchende Expertin als Testobjekt für seine künstlichen Augen zu verwenden.

Das Phantom von Hollywood (The Phantom of Hollywood). USA 1974. ** R: Gene Levitt. B: Robert Thom, George Shenk. K: Gene Polito. M: Leonard Rosenman. Sch: Henry Batista. PD: Edward Carfagno. M-up: William Tuttle. D: Skye Aubrey (Randy Cross), Jack Cassidy (Otto Vonner/Karl Vonner), Jackie Coogan (Jonathan), Broderick Crawford (Captain O'Neal), Peter Haskell (Ray Burns), John Ireland (Lt. Gifford), Peter Lawford (Roger Cross), Kent Taylor (Wickes), Bill Williams (Fogel), Corinne Calvet (Mrs. Wickes), Regis Toomey (Joe). F. 71 Min. St: 27. 5. 89 (ARD). Ein maskiertes Ungeheuer rächt sich an jenen, die sein Heim — die legendären MGM-Studios — verkaufen wollen.

Roboto, die Menschmaschine (Not Quite Human). USA 1987. * R: Steven H. Stern. B: Alan Ormsby. K: Ken Lamkin. Sch: Tom Scott. D: Alan Thicke, Robyn Lively, Robert Harper, Joseph Bologna, Jay Underwood, Brian Cole, Brandon Douglas. F. 87 Min. V: Walt Disney Home Video. St: 14. 12. 88. Android mit Teenagergesicht entwikkelt sich zum Mädchenschwarm und rettet zu guter Letzt seinen entführten Erfinder.

Die Saat des Alien (The Stranger Within). USA 1974. * R: Lee Philips. BLV: Richard Matheson. K: Michael Margulies. M: Charles Fox. Sch: Samuel E. Beetley. D: Barbara Eden (Ann Collins), George Grizzard (David Collins), Joyce van Patten (Phyllis), David Doyle (Bob), Nehemiah Persoff (Dr. Edward Klein). F. 78 Min. V: Virgin. St: 2. 12. 88. Ihr ungeborenes Alien-Kind treibt eine schwangere Ehefrau dazu, das Essen kräftig zu versalzen und die Klimaanlage auf Frost zu stellen; am Ende teleportiert sie der Sproß auf einen anderen Planeten.

Satan in Weiß (The Cradle Will Fall). USA 1983. ** R: John Llewellyn Moxey. B: Jerome Coopersmith. LV: Mary Higgins Clark. K: Steven Poster. M: Elliot Lawrence. Sch: Dennis O'Connor. D: Lauren Hutton (Kathy DeMaio), Ben Murphy (Dr. Richard Carroll), James Farentino (Dr. Edgar Highley), Charita Bauer (Bert Bauer), Carolyn Ann Clark (Lesley Ann Monroe), Joe Ponazecki (Detective Wyatt), Elvera Roussel (Hope Spaulding). F. 102 Min. V: Taurus. St: 1. 9. 88. Ein Paar auf den Spuren eines Arztes, dessen Experimente mit einem Verjüngungselixier bereits zahlreiche Todesopfer gefordert haben.

Der Satan kommt um Mitternacht (Occult). GB 1987. * R: John Eyres. B: Ed Ancoats. D: Frank Rozelaar Green, Emma Sutton, Niki Rainsford, Jared Morgan, Jane Price. F. 90 Min. V: Carrera Topline. St: 14. 11. 88. Ein irrer Mörder in Priesterkleidung, vermutlich der Teufel in Person, stellt einem kleinen Mädchen und ihrer verwitweten Mutter nach.

Space Pirates (L'isola del tesoro). Italien 1987. * R: Antonio Margheriti. B: Renato Castellani, Lucio de Caro. LV: Robert Stevenson. K: Sandro Messina. M: Gianfranco Plenizio. D: Itaco Nardulli (Jimmy), Anthony Quinn (Silver), Ernest Borgnine (Billy Bones), Klaus Löwitsch (Captain), Philippe Leroy, David Warbeck, Ida di Benedetto, Renato de Carmine. F. 450 (120) Min. V: EuroVideo. St: 19. 10. 88. Robert Louis Stevensons Die Schatzinsel ins Jahr 2300 verlegt.

Splash, Too (Splash, Too). USA 1988. * R: Greg Antonacci. B: Bruce Franklin Singer. K: Fred J. Koenekamp. M: Joel McNeely. D: Todd Waring (Allen), Amy Yasbeck (Madison), Noble Willingham (Karl), Donovan Scott, Rita Taggart, Dody Goodman, Mark Blankfield. F. 87 Min. V: Walt Disney Home Video. St: 10. 5. 89. Nach vierjährigen Flitterwochen kehren Allen und Madison nach New York zurück, wo die Meerjungfrau bald den Argwohn einer Nachbarin weckt.

Tödliche Botschaft (Deadly Messages). USA 1985. * R: Jack Bender. B: Bill Bleich. K: Rexford Metz. M: Brad Fiedel. D: Kathleen Beller, Michael Brandon, Dennis Franz, Scott Paulin, Elizabeth Huddle. F. 94 Min. V: RCA-Columbia. St: 21. 2. 89. Eine junge Frau mit Interesse an Ouidscha-Brettern sieht sich von einem messerschwingenden Killer verfolgt; als sie die Polizei einschalten will, schenkt man ihr jedoch keinen Glauben.

Eine verhängnisvolle Erfindung (14 Going on 30). USA 1988. ** R: Paul Schneider. B: Richard Jeffries. K: Fred J. Koenekamp. M: Lee Holdridge. D: Steve Eckholdt, Daphne Ashbrook, Adam Carl, Gabey Olds, Irene Tedrow, Patrick Duffy, Harry Morgan, Loretta Swit, Dick van Patten. F. 81 Min. V: Walt Disney Home Video. St: 21. 11. 88. Ein verliebter Schüler entwickelt sich per »Schnellem Brüter« zum Erwachsenen und bezirzt in seiner neuen Rolle als High-School-Leiter seine ehemalige Lehrerin derart, daß sie ihm am Ende in die Kindheit zurückfolgt.

Der Werwolf kehrt zurück (Werewolf). USA 1987. ** R: David Hemmings. B: Frank Lupo. K: Jon Kranhouse. M: Sylvester Levay. M-up: Rick Baker. D: John J. York, Lance

LeGault, Chuck Connors, Raphael Sbarge, Michelle Johnson. F. 83 Min. V: EuroVideo. St: 17. 1. 89. Ein Student wird von seinem Zimmergenossen mit einem »Werwolfvirus« infiziert.

Zottis tolle Abenteuer (The Return of the Shaggy Dog). USA 1987. * R: Stuart Gillard. B: Diane Wilk, Paul Haggis. K: Fred J. Koenekamp. M: David Bell. D: Gary Kroeger (Wilby Daniel), Todd Waring (Moochie Daniel), Michelle Little, Cindy Morgan, Jane Carr, Gavin Reed, K. Callan. F. 100 Min. V: Walt Disney Home Video. St: 14. 12. 88. Ein Zauberring, durch den sich ein Rechtsanwalt unfreiwillig in einen zottigen Hund verwandelt, wird für ein Gangsterpaar zum Mittel einer großangelegten Erpressung.

3. Fernsehserien (ausgenommen Zeichentrick)

ALF (ALF). USA 1986—1989. ***** D: Mihaly Meszaros (ALF), Max Wright (Willie Tanner), Anne Schedeen (Kate), Andrea Elson (Lynn), Benji Gregory (Brian). F. 25 Min. ZDF — 27 Folgen (13. 12. 88—7. 4. 89). Ein abgestürzter Nasenbär vom Planeten Melmac stellt das beschauliche Leben einer kalifornischen Familie auf den Kopf.

Alfred Hitchcock zeigt (Alfred Hitchcock Presents). USA 1985—1986. *** D: diverse. F. 25 Min. RTL Plus — 23 Folgen (5. 11. 88—22. 4. 89). Neuverfilmungen der klassischen Serie, mit den kolorierten Originaleinführungen des Maestros.

Buck Rogers (Buck Rogers in the 25th Century). USA 1979—1981. * D: Gil Gerard (Buck Rogers), Erin Gray (Wilma Deering), Tim O'Connor (Dr. Huer), Felix Silla (Twiki), Pamela Hensley (Ardala), Michael Ansara (Kane). F. 45 Min. RTL Plus — 9 Folgen (3. 6. 89—30. 7. 89). Nach 500 Jahren Kälteschlaf wieder aufgetauter NASA-Astronaut kämpft gegen Draconier und andere Bedrohungen des interstellaren Friedens.

Captain Power (Captain Power and the Soldiers of the Future). USA 1987—1989. * D: Tim Dunigan (Captain Power), Peter MacNeil (Hawk), Maurice Dean Wint (Scout), Jessica Steen (Pilotin), Sven-Ole Thorsen (Tank). F. 30 Min. RTL Plus — 8 Folgen (12. 6. 89—31. 7. 89). Ein tie-in mit der gleichnamigen Mattel-Puppenserie: Zukünftige Freiheitskämpfer in grandiosen Rüstungen bekämpfen allerlei computeranimierte Robot-Bösewichte.

Computer-Kids (Whiz Kids). USA 1983—1984. ** D: Matthew Laborteaux (Richie Adler), Todd Porter (Hamilton Parker), Jeffrey Jacquet (Jeremy Saldino), Max Gail (Llewellen Farley jr.), Andrea Elson (Alice Tyler), Melanie Gaffin (Cheryl Adler). F. 45 Min. RTL Plus — 17 Folgen (7. 1. 89—29. 4. 89) Zwei jugendliche Hacker aus dem Silicon Valley betätigen sich mit Hilfe ihres sprechenden Computers Ralf als Amateurdetektive.

Der Engel kehrt zurück (Highway to Heaven). USA 1984—1988. ** D: Michael Landon (Jonathan Smith), Victor French (Mark Gordon). F. 45 Min. RTL Plus — 38 Folgen (6. 10. 88—16. 6. 89). Ein Engel und sein bärbeißiger Sidekick wandern über das Erdenrund und vollbringen dabei — mit sporadischer Hilfe von oben — allerlei gute Taten.

Fantasy Island (Fantasy Island). USA 1978—1984. ** D: Ricardo Montalban (Mr. Roarke), Herve Villechaize (Tattoo), Wendy Schaal (Julie), Christopher Hewett (Lawrence). F. 45 Min. SAT 1 — 4 Folgen (7. 7. 89—28. 7. 89). Der Herrscher einer abgelegenen Insel läßt die Träume seiner Gäste wahr werden.

Freddy's Nightmares (Freddy's Nightmares). USA 1988—1989. ** D: Robert Englund (Freddy Krueger). F. 45 Min. VCL/Virgin — Pilotfilm und 14 Folgen (8 Kassetten). Der zynische Kultheros als Gastgeber einer Horror-Anthologie zwischen Traum und Wirklichkeit.

Gefrier-Schocker (Hammer House of Horror). GB 1980. *** D: diverse. SAT 1 — 14 Folgen (5. 4. 89—5. 7. 89). Gruselanthologie aus den Hammer-Studios.

Hitchhiker (The Hitchhiker). USA 1983—1986. * D: Page Fletcher (der Hitchhiker). F. 25 Min. Taurus Video — 12 Folgen (4 Kassetten). Ein geheimnisvoller Tramper als Gastgeber einer Softgrusel-Anthologie.

Horrornächte (Friday the 13th — The Series). USA 1987—1989. ** D: John D. Le May (Ryan Dallion), Robey (Micki Foster), Chris Wiggins (Jack Marshak). F. 45 Min. CIC Video — 10 Folgen (5 Kassetten). Die Erben eines Antiquitätenladens sehen sich vor die Aufgabe gestellt, alle verkauften Stücke zurückschaffen zu müssen, da ein böser Fluch auf ihnen liegt.

Kampfstern Galactica (Battlestar Galactica). USA 1978—1980. * D: Lorne Greene (Cmdr. Adama), Richard Hatch (Captain Apollo), Dirk Benedict (Lt. Starbuck), Herb Jefferson jr. (Lt. Boomer), Maren Jensen (Athena), Tony Swartz (Sgt. Jolly), Noah Hathaway (Boxey). F. 45 Min. RTL Plus — 19 Folgen (22. 3. 89—26. 7. 89). Dicht verfolgt von den bösen Zylonen, macht sich die Mannschaft des Kampfsterns Galactica auf die Suche nach der legendären Erde.

Krieg der Welten (War of the Worlds). USA 1988—1989. ** D: Jared Martin (Dr. Harrison Blackwood), Lynda Mason Green (Suzanne McCullough), Richard Chaves (Col. Ironhorse), Philip Akin (Norton Drake). F. 45 Min. CIC Video — Pilotfilm und 4 Folgen (3 Kassetten). Ein Biochemiker, eine Journalistin, ein Soldat und ein Computer-Genie auf der Spur der wiederaufgetauten Marsianer.

MacGyver (MacGyver). USA 1985—1987. ** D: Richard Dean Anderson (MacGyver), Dana Elcar (Peter Thornton). F. 45 Min. SAT 1 — 26 Folgen (4. 2. 89—29. 7. 89). Abenteuerserie im 007-Stil.

Max Headroom (Max Headroom). USA 1987—1988. ** D: Matt Frewer (Edison Carter), Amanda Pays (Theora Jones), George Coe (Ben Cheviot), Chris Young (Bryce Lynch), Jeffrey Tambor (Murray). F. 45 Min. SAT 1 — 14 Folgen (24. 4. 89—24. 7. 89). Seriennachzieher zu der populären Musikshow mit dem computergraphisch verfremdeten Ansager, hier als *alter ego* eines zukünftigen Fernsehreporters zu sehen.

Mission Terra. BRD 1988—1989. ** D: Dieter Eppler, Nina Danzeisen. F. 30 Min. ARD — 20 Folgen (24. 11. 88—6. 4. 89). Das Raumschiff Metamor auf Forschungsreise zum blauen Planeten.

Planet der Affen (Planet of the Apes). USA 1974. ** D: Roddy McDowall (Galen), Ron Harper (Alan Virdon), James Naughton (Pete Burke), Mark Lenard (Urko), Booth Colman (Zaius). F. 45 Min. SAT 1 — 13 Folgen (1. 3. 89—24. 5. 89). Zwei durch einen Zeitsprung auf eine zukünftige Erde geschleuderte Astronauten müssen sich mit den Vorurteilen der dort herrschenden Affengesellschaft auseinandersetzen.

Die Schöne und das Biest (Beauty and the Beast). USA 1987—1989. *** D: Linda Hamilton (Catherine Chandler), Ron Perlman (Vincent), Roy Dotrice (Vater), Jay Acavone (Deputy Maxwell), Ren Woods (Edie), Cory Danziger (Kipper). F. 45 Min. SAT 1 — 22 Folgen (25. 9. 88—19. 2. 89). Eine Rechtsanwältin verliebt sich in einen Löwenmenschen aus der New Yorker Kanalisation.

Der Sechs-Millionen-Dollar-Mann (The Six Million Dollar Man). USA 1974—1978. ** D: Lee Majors (Col. Steve Austin), Richard Anderson (Oscar Goldman), Alan Oppenheimer/Martin E. Brooks (Dr. Rudy Wells). RTL Plus — 66 Folgen (1. 8. 88—23. 3. 89). Nach einem Unfall zum Cyborg umfunktionierter Astronaut bekämpft im Auftrag des OSI das internationale Verbrechen, verrückte Wissenschaftler und sonstige SF-Klischees.

Die Sieben-Millionen-Dollar-Frau (The Bionic Woman). USA 1976—1978. ** D: Lindsay Wagner (Jaime Sommers), Richard Anderson (Oscar Goldman), Martin E. Brooks (Dr. Rudy Wells). F. 45 Min. RTL Plus — 16 Folgen (26. 3. 89—27. 7. 89). Nachzieher mit der nach einem Fallschirmunfall bionisch aufgerüsteten Freundin des Sechs-Millionen-Dollar-Manns.

Die Spezialisten unterwegs (Misfits of Science). USA 1985—1986. ** D: Dean Paul Martin (Billy Hayes), Kevin Peter Hall (El Lincoln), Mark Thomas Miller (Johnny B.), Courteney Cox (Gloria Dinallo), Jennifer Holmes (Jane Miller), Max Wright (Dick Stetmeyer), Diane Civita (Miß Nance). F. 45 Min. RTL Plus — 15 Folgen (26. 8. 88—5. 12. 88). Vier junge PSI-Talente ziehen aus, das Verbrechen zu bekämpfen, wo immer es sich zeigt.

Star Trek — The Next Generation (Star Trek — The Next Generation).

Star Trek — The Next Generation

USA 1987—1989. *** D: Patrick Stewart (Captain Jean-Luc Picard), Jonathan Frakes (Commander William Riker), LeVar Burton (Geordi LaForge), Denise Crosby (Lt. Tasha Yar), Michael Dorn (Worf), Gates McFadden (Dr. Beverly Crusher), Marina Sirtis (Counselor Deanna Troi), Brent Spiner (Lt. Cmdr. Data), Wil Wheaton (Wesley Crusher). F. 45 Min. CIC Video — 8 Folgen (4 Kassetten). Enterprise-Nachzieher aus dem 24. Jahrhundert.

Tales from the Darkside (Tales from the Darkside). USA 1984—1987. ** D: diverse. F. 25 Min. Taurus-Video — 12 Folgen (4 Kassetten). Grusel-Anthologie aus Romeros ehemaliger Produktionsgesellschaft Laurel.

Unglaubliche Geschichten (Amazing Stories). USA 1985—1987. *** D: diverse. F. 25 Min. CIC Video — 16 Folgen (5 Kassetten). Anthologie aus dem Hause Spielberg.

Die Zeitreisenden (Voyagers). USA 1982—1983. * D: Jon-Erik Hexum (Phineas Bogg), Meeno Peluce (Jeffrey Jones). F. 45 Min. RTL Plus — 19 Folgen (21. 1. 89—27. 5. 89). Nach dem Verlust seines Geschichtsbuchs muß ein Zeitreisender auf die Kenntnisse eines kleinen Jungen bauen.

FILM

Perspektiven des Science Fiction-Films – am Beispiel von Ridley Scotts »Blade Runner« und Terry Gilliams »Brazil«

von Michael K. Iwoleit

»Wir stecken alle tief drin.«
Robert De Niro in BRAZIL

Insider sind sich darüber einig, daß der Science Fiction-Film dem Genre mehr geschadet als genützt hat. Das Brachialeffektkino führte ein Publikum an die SF heran, das sich von der Literatur Star Wars im Taschenbuchformat erwartete. Die einstige Expansion des bundesdeutschen SF-Marktes und sein Zusammenschrumpfen in den letzten Jahren mag damit zusammenhängen, daß diese Erwartungen nicht uneingeschränkt erfüllt wurden. Wie üblich, wenn große finanzielle Aufwendungen im Spiel sind, ist das SF-Kino den Weg des geringsten Widerstandes gegangen. Die künstlerischen Möglichkeiten des SF-Films wurden verschenkt, das Genre erhielt in der Öffentlichkeit, nachdem sich in den siebziger Jahren durch die Erfolge seiner besten Autoren eine Wende zum Besseren andeutete, sein altes Image zurück: nicht mehr zu sein als ein eskapistisches triviales Abenteuer für die Jugend, ein mit utopischen Kinkerlitzchen versehenes läppisches Multi-Media-Spektakel. Dabei blieb der Film weit hinter dem gegenwärtigen Stand der SF-Literatur zurück. Die meisten Großproduktionen der achtziger Jahre können nicht einmal den kommerziellen SF-Handwerkern (wie Alan

Dean Foster) etwas Adäquates entgegensetzen. Den literarisch bedeutsamen Autoren um so weniger. Die großen Ausnahmen im SF-Kino der Siebziger, die heutigen Regisseuren als Vorbild dienen könnten, sind Geschichte. Auf Höhe der Zeit stehen sie nicht mehr. Bei Stanley Kubricks 2001 — ODYSSEE IM WELTRAUM war das schon zum Zeitpunkt der Produktion nicht der Fall, denn dieser Film aktualisierte im Geist der psychedelischen Kultur der Endsechziger und mit dahin noch nicht gesehener technischer Perfektion im Grunde Motive, die der SF-Literatur der vierziger Jahre entlehnt sein könnten: den Eingriff außerirdischer Mächte ins Geschick der Menschheit (nicht zufällig lieferte mit Arthur C. Clarke ein Vertreter der konservativen SF alter Schule die literarische Vorlage). Andrej Tarkowskjs SOLARIS transponierte eine SF-Handlung in eine höchst persönliche, innerseelische Filmsprache, weshalb dieses Werk als ausgesprochener Genrefilm sicherlich mißverstanden wäre, zumal Tarkowskij aus verständlichen Gründen auf die Glaubwürdigkeit des Interieurs und der technischen Gestaltung weniger Wert legte. Lediglich Douglas Trumbull lieferte mit LAUTLOS IM WELTRAUM einen Stoff, den man sich 1972 auch als Science Fiction-Roman hätte vorstellen können: ein Stück Öko-SF, das durchaus in den Trend von Büchern wie Aldiss' TOD IM STAUB, Le Guins DAS WORT FÜR WELT IST WALD oder John Brunners Hauptwerken paßt.

Die Situation des SF-Kinos heute ist um so deprimierender, als schier unerschöpfliche kreative Gestaltungsmittel zur Verfügung stehen. Die moderne Tricktechnik ist inzwischen in der Lage, nahezu jede Illusion glaubhaft ins Bild zu setzen. Das elektronische Arsenal der Tontechnik vermag Räume zu schaffen, die die Visualisierung um eine wesentliche Dimension bereichern. Wirkungsvoller als in früheren Jahrzehnten könnten Design, Fotografie, Musik und Dramaturgie im modernen Film — und insbesondere im SF-Film — zu einer ganzheitlichen Kunstform zusammenfließen. Ambitionierte Regisseure weichen diesem Instrumentarium häufig aus, verfügen zumindest nicht über die handwerkliche Meisterschaft, die einen Mann wie Steven Spielberg auszeichnet, während kommerzielle Regisseure es unter Verzicht auf die Qualitäten des traditionellen Films nutzen. In den Spezialeffektorgien sind Schauspieler nur schematische Handlungsträger. Weder Drehbuchautoren noch Regisseure verlangen ihnen eine Identifikation mit ihrer Rolle ab. Der Charakter im SF-Kino ist tot. Die Handlung bietet nur einen Vorwand, bisweilen eine Rechtfertigung für immer neue Geisterbahneffekte, was bis zum völligen Fehlen von Handlung und Ideen reicht (wie in dem computeranimierten Film TRON). Das visuelle Bombardement stumpft dabei nicht nur das Publikum, sondern auch die Kritiker ab. Sie können oft nicht mehr zwischen technischem Brimborium und glaubhaftem Design unterscheiden. Eine sinnvoll inszenierte, lebhafte Handlung ist ihnen dasselbe wie eine unmotivierte Aneinanderreihung von Action-Szenen. Sinn für Humor und Ironie haben sie ohnehin nicht bewahrt. In vielen SF-Filmkritiken spürt man eine sehnsuchtsvolle Erinnerung an Kino-Zeiten, in denen alles noch viel einfacher war. Solche Kritiker wünschen sich vom SF-Film die Rückkehr zu einer schlichten Ästhetik, vielleicht auch sein völliges Verschwinden zugunsten einer »echten« Filmkunst. Aber sie übersehen, daß die technischen Möglichkeiten nicht eine Krankheit, sondern eine große Herausforderung sind. Man kann einem Regisseur allenfalls die mangelnde Qualität des Resultats vorwerfen, nicht aber, daß er technisch auf der Höhe seiner Zeit arbeitet (das haben Chaplin oder Eisenstein schließlich auch schon getan). Der SF-Film *muß* stark visuell orientiert sein, wenn er überzeugen will. Kein visuell glaubhaft gestalteter Film wird inhaltlich völlig hohl sein, denn es gibt eine Bedeutungsebene der Bilder. Das Niveau der ernstzunehmenden SF-Literatur läßt sich nicht durch Dialoglastigkeit oder verquatschte Intellektualität in den Film hineintragen. Vom Regisseur ist vielmehr verlangt, Handlung und Motive auf allen Ebenen umzusetzen, in der Inszenierung und der Führung der Schauspieler vor allem, nicht weniger in der Bild- und Tongestaltung, der Musik, dem Design und Environment. Mit der heutigen Technik erzeugte Bilder müssen Inhalt nicht ausschließen. Es kommt auf die Atmosphäre an, die sie im Verein mit Ton und Schnitt schaffen, und ob sie in sinnvollem Zusammenhang mit dem Inhalt und der Handlung des Films steht. Die moderne Filmtechnik schlicht zu verdammen hieße, das Feld unbedarften Reißern zu überlassen. Dann bliebe es beim gegenwärtigen Stand des SF-Kinos.

Daß der SF-Film bislang wenig von der SF-Literatur befruchtet wurde, mag daran liegen, daß nur selten literarische SF-Stoffe verfilmt werden. Es ließen sich auf Anhieb Dutzende von Stories und Romanen nennen, die eine hervorragende Grundlage für SF-Filmprojekte abgeben könnten. Aufgegriffen wurde davon fast nichts. Wenn es doch einmal geschieht, beeinträchtigen gleich Mißverständnisse die Liaison. Drehbuchautoren scheinen wenig an den Intentionen der Vorlage interessiert zu sein, Regisseure von Science Fiction nichts zu verstehen und Kritiker von einer Verfilmung zu erwarten, daß sie Szene für Szene, Charakter für Charakter den Text abkupfere. Philip K. Dick, von dem im folgenden noch die Rede sein wird, hat bei der Verfilmung seines Buches TRÄUMEN ROBOTER VON ELEKTRISCHEN SCHAFEN? mehr Verständnis als andere dafür gezeigt, daß eine Verfilmung einen Wechsel von einem sprachlichen in ein visuelles Medium bedeutet und daß beide ihre eigenen Gesetze haben. Er stellt sich Buch und Verfilmung als zwei eigene, nebeneinanderstehende Kunstwerke vor, die sich gegenseitig bereichern. Wer das Buch zuerst liest, sieht neue Aspekte im Film; wer den Film zuerst sieht, entdeckt neue Aspekte im Buch.[1] Mit einer anderen Einstellung wird man den Möglichkeiten und dem Sinn einer Verfilmung vermutlich auch nicht gerecht. Wer dem Regisseur vorzählt, was er an Motiven des Romans fortgelassen habe, verstellt sich den Blick darauf, was der Film als Film ausdrückt. Ein solch schiefer Blickwinkel mag viele Kritiker daran gehindert ha-

---

[1] Über seine Gedanken zur Verfilmung seines Buches und seine Kontakte zu den Produzenten äußerte sich Philip K. Dick in einem Interview mit James van Hise, auf deutsch erschienen in: Wolfgang Jeschke (Hrsg.): *Heyne Science Fiction Magazin 4,* München 1982, Heyne Science Fiction 3908, S. 39 ff.

ben, in Ridley Scotts BLADE RUNNER[2] eine mustergültige Verwirklichung von Dicks Gedanken zu sehen. Dicks Roman und Scotts Film unterscheiden sich in Aufbau, Stimmung und Charakterisierung beträchtlich. Dennoch finden sich die Grundzüge des einen im anderen wieder, behandeln sie auf jeweils eigene Art dieselben Themen. Warum BLADE RUNNER mehr ist als ein stilistisch brillanter, stimmungsvoll inszenierter Science Fiction-Krimi, wie subtil darin vorgegangen wurde und welche Gemeinsamkeiten mit dem Buch bestehen, läßt sich nur anhand einer genaueren Analyse ersehen, als sie bislang vorgenommen wurde.

Für einen Film dieser Größenordnung ist BLADE RUNNER zumindest in der Bundesrepublik einen ungewöhnlichen Weg gegangen. Als er 1982 in die Kinos kam, war ihm, wiewohl von der Werbung auf übliche Weise promotet, nicht annähernd der Erfolg vergleichbarer Produktionen beschieden. Dafür ging er bald ins Dauerrepertoire der Programmkinos ein. Inzwischen hat sich eine feste, weiter vergrößernde Zuschauergemeinde um den Film gebildet. Die verfügbaren Kopien dürften zu denen gehören, die am häufigsten im Umlauf sind. In den sechs Jahren seit der Erstaufführung hat er wohl ein Vielfaches an Zuschauern erreicht als zur selben Zeit entstandene, scheinbar besser auf den Publikumsgeschmack zugeschnittene Filme wie John Carpenters DAS DING AUS EINER ANDEREN WELT, die schnell vergessen waren. In welchem Maße BLADE RUNNER von bis dahin obligatorischen Ingredienzen für High-Budget-Filme Abstand nahm, ist bis heute erstaunlich, weil alle Voraussetzungen für das Gegenteil sprachen. »Ridley Scott ist mit BLADE RUNNER ein großer Wurf gelungen, der auf seinem Gebiet so schnell nicht zu überbieten sein wird«, prophezeite Peter C. Wiesmeier. »Er hat es geschafft, Erwartungen einzulösen und Erwartungen positiv zu enttäuschen — (...) Ein 20-Millionen-Dollar-Produkt aus Hollywood, ein immenser Aufwand an Bauten, Tricks, Design, Statisten, der Erfolgsregis-

[2] dt. DER BLADE RUNNER

seur des SF-Horror-Thrillers ALIEN, der Star aus KRIEG DER STERNE und JÄGER DES VERLORENEN SCHATZES, das alles sah nach einem bunten Sommerspektakel für die amerikanische Jugend aus: ein weiterer SF-Comicstrip auf der Leinwand, schnell, spannend, aufwendig, actiongeladen — und seicht. Eben letzteres ist BLADE RUNNER mit Sicherheit nicht. (...) Ridley Scott ist (...) etwas gelungen, was selten geworden ist: einen großen Film zu drehen, der vielleicht in seinen kleinen Szenen am besten ist, eine alte Geschichte neu, originell und stilsicher zu erzählen und ihren Figuren Menschlichkeit zu geben, spannend zu unterhalten, ohne gleich einen billigen Comicstrip abzuliefern, eine Welt aufzubauen, die in sich logisch und geschlossen ist, Bilder zu zeigen, die noch keine Leinwand gesehen hat.«[3] Es dauerte einige Zeit, bis sich bei Insidern trotz manch negativer Beurteilung die Einsicht durchsetzte, daß BLADE RUNNER der einzige Film neueren Datums ist, der etwa dem nahekommt, was man sich vom SF-Film erwartete. Nur wenige Kritiker charakterisierten Ridley Scotts Streifen so treffend wie Peter Wiesmeier. Künstlerisch wurde BLADE RUNNER zunächst unterschätzt. Teilweise wird er das noch heute. Stellvertretend sei Brian W. Aldiss' Verriß in DER MILLIARDEN-JAHRE-TRAUM genannt, der sich allenfalls damit erklären läßt, daß Aldiss entweder einen anderen Film oder BLADE RUNNER mit geschlossenen Augen gesehen hat, denn weder kommen darin strahlende Helden oder knallharte Burschen vor, noch belaufen sich ausgesprochene Actionszenen auf mehr als zehn von den 117 Spielminuten. Andere sahen in BLADE RUNNER eine Beschäftigung mit den Gefahren der Gentechnik, Harald Pusch in der *Science Fiction Times* lediglich eine glaubhafte Darstellung eines zukünftigen Los Angeles. Einigkeit bestand über die hohe Qualität der Machart, die über dem Durchschnitt heutiger SF-Filme läge. Ansätze zu einer Interpretation lieferten die Kritiker aber kaum, am ehesten Helmut W. Banz in der *Zeit,* der

---

[3] In seiner Besprechung in: Wolfgang Jeschke (Hrsg.): *Heyne Science Fiction Magazin 5,* München 1982, Hyne SF 3935, S. 194 ff.

BLADE RUNNER als »Parabel von der Suche des Menschen nach seiner Identität« bezeichnete.

Nun macht BLADE RUNNER es seinen Kritikern insofern nicht einfach, als bei einmaligem Anschauen nur ein Bruchteil seines Inhalts zu erfassen ist. Seit Orson Welles' CITIZEN KANE ist in den USA wohl kein Film mehr entstanden, der eine ähnliche Detailfülle aufweist. BLADE RUNNER ist ein Glücksfall im Zusammenwirken von Regie, Kamera, Drehbuchautoren, Schauspielern, Musiker, Tricktechnikern und Designern, bei dem mehr herausgekommen ist, als Ridley Scott selbst beabsichtigte, der lediglich das Thema Gentechnik »zur Grundlage eines Films nehmen wollte, der mehr in Richtung Comic Strip tendiert. (...) Denn auch mich haben in der letzten Zeit die Filme am meisten fasziniert, die vom Comic Strip ausgehen.«[4] Dem schlichten Anspruch, »die Zuschauer ganz einfach spannend zu unterhalten«[5], widerspricht die ruhige, gelassene Inszenierung eines Stoffes, der sich ebensogut für ein rasantes Spektakel angeboten hätte. BLADE RUNNER setzt sich für einen Film dieser Länge aus verhältnismäßig wenigen, ausgedehnten Szenen zusammen. Die überschaubare Handlung läuft ohne Verwicklungen ab, spart nähere Erklärungen aus, wo immer es geht (was von Kritikern als »Vernachlässigung der Handlungsführung und Charakterisierung«[6] gerügt wurde). Ob Pris zufällig oder planmäßig mit J. F. Sebastian in Kontakt kommt, was Deckards Anspielungen auf Kindheitserinnerungen während der ersten Szene mit Rachel in seiner Wohnung bedeuten, bleibt wie vieles andere dem Zuschauer überlassen. BLADE RUNNER lebt von seiner Atmosphäre und Ausstrahlung, die sie zunächst einer visuellen Gestaltung verdankt, wie sie im SF-Film nie vorher und nie mehr danach erreicht wurde. »Der Film spielt in einer amerikanischen Stadt des Jahres 2019, das ist eine Zeit, die sehr viele der Kinobesucher von

---

[4] Zitiert nach: *»Der Blade Runner«,* Sonderheft zum Film der Zeitschrift *Deutsches Science Fiction-Magazin,* ID Druck & Verlag Uwe Draber, Hannover 1982, S. 16.

[5] Scott, a.a.O. S. 16.

[6] *Filmdienst,* Oktober 1982.

heute noch erleben werden. Wir wollten deshalb einen möglichst glaubwürdigen und realistischen Eindruck der nahen Zukunft vermitteln.«[7] Dafür verzichtete Ridley Scott auf die spektakuläre Darstellungsart üblicher SF-Filme. Die Kamera fängt futuristische Alltagsszenen mit derselben Selbstverständlichkeit ein, wie andere Regisseure authentische Schauplätze abbilden. Zukunftsvehikel kommen so nebensächlich ins Bild wie Autos in einem heute spielenden Film. In keiner Szene wird das aufwendige Inventar unmotiviert zur Schau gestellt. Dennoch oder gerade deswegen besticht BLADE RUNNER durch seine Glaubwürdigkeit, ist jede einzelne Darstellung voller Details. Der Aufmerksamkeit der Designer und Ausstatter ist nichts entgangen. Die Straßen belebt ein buntes Völkergemisch; Deckards Wohnung ist voller Gerätschaften, Nippes, Kitsch und unaufgeräumt wie die eines typischen schlampigen Junggesellen; J. F. Sebastian umgibt sich mit einer Puppensammlung, »die den Tableaus eines Hieronimus Bosch oder Grandville entsprungen sein könnten«[8]. In der ewigen Nacht des BLADE RUNNER-Los Angeles wirken alle Schauplätze zerlebt, verbraucht, beansprucht. Ein Kameraschwenk auf das Dach von Bryants Büro fällt auf Dreck und zerdrückte Zigarettenschachteln. Der unablässige Regen bringt Plastikabfälle im Licht von Neonreklamen zum Glänzen. Lichtblitze und Scheinwerferleuchten fangen sich in Rauch und Nebel. Nichts daran wirkt gestellt oder wie eine in ihrer Künstlichkeit durchschaubare Filmkulisse. Ridley Scott und seinen Mitarbeitern ist es gelungen, eine höchst stilisierte Geschichte vor einem Hintergrund abspielen zu lassen, der ihr einen Anstrich von Authentizität und ihren typenhaft angelegten Figuren Tiefe verleiht. Dazu trägt nicht unwesentlich eine Tongestaltung bei, wie sie so diffizil seit Kubricks 2001 — ODYSSEE IM WELTRAUM im SF-Film nicht mehr zu erleben war. Die Synthesizermusik des Griechen Vangelis und das leitmotivisch ertönende Saxophonthema verschmelzen nahtlos mit Straßengeräuschen,

---

[7] Scott, a.a.O. S. 15.
[8] Wiesmeier, a.a.O. S. 204.

Stimmengewirr, eingestreuten Dialogfetzen, dem Heulen von Polizeifahrzeugen, dem Lärm der Werbung, dem Zischen und Ächzen technischer Anlagen. Der Ton in BLADE RUNNER schafft einen zusätzlichen Handlungsraum, ohne den die Bilder halb so beeindruckend wären. Leider übersteigen die Qualitäten der »Hardware« dieses Films heutige Sehgewohnheiten so sehr, daß einem Zuschauer leicht die eigentlichen Höhepunkte der Geschichte entgehen.

Sicherlich waren diese Qualitäten von BLADE RUNNER aber noch am ehesten zu erwarten. Ridley Scott, früher selbst Art Director und Designer, gehört einer Gruppe von Regisseuren an (deren größter Steven Spielberg ist), die es verstehen, den Apparat filmischer Großproduktionen virtuos zu dirigieren und immer die besten Leute der Branche für ihre Projekte zu gewinnen (bei BLADE RUNNER sind vor allem Trickspezialist Douglas Trumbull und der »Visual Futurist« Syd Mead, ein genialer, schon für Industrie und Raumfahrt tätig gewesener Designer hervorzuheben). Es sind Vollprofis und Organisationstalente, die nicht unbedingt mit einem Kunstanspruch auftreten, aber einen handwerklichen Standard bieten, ohne den der internationale Film wesentlich ärmer wäre, moderne Traumfabrikanten, wie sie Hollywood immer besessen hat. Vielen Regisseuren, die sich ihrer künstlerischen Ambitionen rühmen, stünde diese Professionalität gut zu Gesichte. Ridley Scott ist kein Trickser, der seine Karten offen auf den Tisch legt. Einen Rohrkrepierer wie Steve Lisberger und die Walt-Disney-Studios, die damit protzten, mit TRON den ersten computeranimierten Spielfilm zu produzieren, aber letztlich außer bunten Bildchen nichts vorweisen konnten, hat er seinen Zuschauern nicht zugemutet (breitet man über den mißlungenen Fantasy-Film LEGENDE den gnädigen Mantel des Schweigens aus). Von anderen kommerziellen Regisseuren unterscheidet er sich auch dadurch, daß er ein Gespür für passende Darsteller hat. Schon ALIEN war unterm Strich zwar nicht mehr als ein spannender Horrortrip, die Schauspieler verkörperten ihre Rollen aber immerhin gut genug, daß glaubhaftere Charaktere als in vergleichbaren Actionfilmen zustandekamen — was James Camerons Fortsetzung hinlänglich unterstrich. BLADE RUNNER weist für den SF-Film seltenen Vorzug auf, hervorragend besetzt zu sein. Das heißt nicht, daß es sich durchgängig um erstklassige Schauspieler handele (überdurchschnittlich talentiert sind in der BLADE RUNNER-Crew vielleicht nur Rutger Hauer und M. Emmet Walsh — oder auch Daryl Hannah). Vielmehr wurden Darsteller, die sich mehr durch Typisierung als durch Wandlungsfähigkeit auszeichnen, an passender Stelle eingesetzt. Sean Young verkörperte in keinem anderen Film eine überzeugendere Figur als die Replikantin Rachel. Ihre besondere Ausstrahlung in dieser Rolle erreichte sie danach nicht mehr. Harrison Ford, der sich später in Filmen von Peter Weir und Roman Polanskis FRANTIC profilierte, unterlief in BLADE RUNNER erstmals sein Image als eines gesichtslosen Spezialeffektstatisten. Sein Rick Deckard ist eine persönliche Variante des klassischen Privat-Eye-Typus aus der Schwarzen Serie Hollywoods. Er vertauscht das Draufgängertum Han Solos aus STAR WARS oder Indiana Jones' aus Steven Spielbergs Filmen gegen einen melancholischen Anti-Helden, der sich am Anfang noch mit Lakonie und Coolnes umgibt, am Ende sein Überleben aber nur der Menschlichkeit seines Gegners verdankt. Von der Kritik ist wenig anerkannt worden, daß es für Harrison Ford einen mutigen Bruch mit früheren Rollen bedeutete, als Rick Deckard gegen einen übermächtigen Gegner Prügel einzustecken. Kaum gewürdigt wurden auch die vielen Szenen in BLADE RUNNER, in denen sich eine subtile Spannung zwischen den Personen aufbaut. Leons und Holdens Dialog am Anfang, in dem fast unmerkliche Reaktionen beider der Entlarvung des Replikanten vorausgehen; Deckards Unterredung mit Bryant, der auf die Frage schweigt, was wäre, wenn der Voigt-Kampff-Test versagt, oder die Szene zwischen Rachel und Deckard, nachdem sie ihn verletzt in seine Wohnung gebracht hat und deutlich wird, daß sich Replikantin und Replikantenjäger ineinander verliebt haben, enthalten über die kargen Dialoge hinaus in Blicken und Gesten Andeutungen, die für ein Verständnis des Films nicht unwesentlich sind.

Ridley Scott ist eine sehr eigenwillige, aber würdige Umsetzung von Philip K. Dicks Roman gelungen. Dafür bediente er sich eines Verfahrens, das Dicks eigenem sehr ähnlich ist. So wie Dick in seinen Romanen und Erzählungen Klischees der konventionellen SF aufgriff, um sie zu Chiffren seines persönlichen Existentialismus zu entautomatisieren, modernisierte Scott die klassische Ausgangssituation der Schwarzen Serie Hollywoods — »der einsame Detektiv in der Großstadt, einen Fall in Händen, den er nicht will; eine geheimnisvolle Frau, die darin verwickelt ist und in die er sich verliebt; Gegner, die ihm eigentlich eine Nummer zu groß sind«[9] — zum filmischen Vehikel für einen Dick-typischen Science Fiction-Stoff. Was von den Kerngedanken des Romans im Film auftaucht, mag allerdings mehr ein Verdienst des zweiten Drehbuchautors David Peoples als Ridley Scotts zu sein, wie Äußerungen Philip K. Dicks zu entnehmen ist.[10] Jedenfalls enthält dieser Film Szenen, die unmittelbar aus einem Roman Dicks stammen könnten. In seinen Büchern versteht es Dick, Menschen für Momente aufeinander zuzuführen, die in anderen Szenen hoffnungslos aneinander vorbeireden, oft buchstäblich durch Welten getrennt sind. Seinen Charakteren gelingt eine menschliche Annäherung unter Umständen, die menschenwürdigem Verhalten eigentlich entgegenstehen. Dasselbe geschieht im Film, vor allem im Verhältnis Deckards zu den Replikanten, unterschwellig auch zwischen Deckard und seinem zwielichtigen Kollegen Gaff, der nur am Rande auftaucht. Dicks TRÄUMEN ROBOTER VON ELEKTRISCHEN SCHAFEN? thematisiert die Entmenschlichung des Menschen und die Menschwerdung des Maschinellen, zumindest dessen Bemühen darum. Unter gewisser Akzentverlagerung gelingt dies auch dem Film.

In der Zukunftswelt des BLADE RUNNER verschwimmen wie in Dicks Romanwelten die Grenzen zwischen Menschen und Kunstgeschöpfen, die nur Menschen zu sein vor-

---

[9] Wiesmeier, a.a.O. S. 200.

[10] Dick, a.a.O. S. 44 ff.

geben. Eine gentechnische Industrie, die dem Menschen identische, sogar überlegene Wesen hervorbringen kann, hat aus dem Begriff Mensch eine ethische statt einer biologischen Bestimmung werden lassen. Replikanten beginnen sich ihrem Dasein als Retortensklaven für die Kolonisierung fremder Planeten zu verweigern. Wie der Zuschauer im Vorspann erfährt, ist ihnen seit der blutigen Meuterei einer Replikanten-Gefechtstruppe unter Androhung der Todesstrafe die Rückkehr zur Erde untersagt. Bryant erklärt Deckard, daß die Replikanten der neuesten Generation Nexus-6 eigene emotionale Reaktionen zu entwickeln beginnen und ihre Konstrukteure deshalb ihre Lebenszeit auf vier Jahre begrenzt haben. Tyrell hofft, ihre emotionale Unsicherheit und Unerfahrenheit, die sie schwerer zu kontrollieren macht, auffangen zu können, indem er ihnen in Form falscher Erinnerungen (ein Lieblingsmotiv Dicks) eine fiktive Vergangenheit mitgibt. Rachel, die zunächst nicht weiß, daß sie eine Replikantin ist, ist ein Experiment in dieser Richtung. Die Gruppe entflohener Replikanten, auf die Deckard angesetzt wird, ist indessen dabei, sich ihre eigene Vergangenheit, ihre eigene Identität zu schaffen. Die Fotos, die sie voneinander besitzen, sind ein wertvoller Ersatz für etwas, das ihnen authentische Menschen noch voraus haben. Aber der Unterschied ist nur noch ein quantitativer. In ihrer vierjährigen Lebensspanne, die sie mit allen Mitteln zu verlängern versuchen, konzentriert sich eine Identitätssuche, eine Fahndung nach den eigenen Ursprüngen und das Bemühen um eine Zukunft, die sie sehr menschlich macht. »Alles, was er wollte, waren die Antworten, die wir alle wollen«, erkennt Rick Deckard am Schluß, als er dem sterbenden Anführer der Replikanten Roy Batty gegenübersitzt. »Woher komme ich? Wohin gehe ich? Wieviel Zeit bleibt mir?« Die Tragik der Kunstmenschen, insbesondere der hoffnungslosen Liebe zwischen Roy und Pris, gewinnt in dem Moment quasi-mythische Züge, als Batty seinem Schöpfer Tyrell begegnet und von ihm vergeblich eine Verlängerung seines Lebens fordert. Ein Kritiker des *Spiegel* sprach von einer »Inszenierung religiöser Mythen innerhalb der üblichen Detektivgeschichte«, die wie »eine technologisch-profane Version barocker Mysterienspiele wirke. (...) Scott gelingt eine sarkastische Umkehr der Werte, wie man sie ja bereits in den alten Frankenstein-Filmen vorfand: Die künstlichen Geschöpfe ziehen in ihrer tragischen Begrenztheit Mitleid auf sich, wirken menschlicher als die Menschen. — In einer Schlüsselszene wird dies am deutlichsten: Deckard hat den Replikanten Batty, dessen Geliebte er eben ›eliminiert‹ hatte, auf dem verrotteten Dach eines Hochhauses gestellt, wird aber von ihm überwältigt. Doch statt ihn zu töten, bittet Batty ihn, bei seinem eigenen Tod Zeuge zu sein. Mit Tränen in den Augen, die sich mit dem Regen vermischen, stirbt Batty mit anrührender Würde im Angesicht seines Verfolgers.«[11]

Die Annäherung zwischen Menschen und Kunstwesen erfolgt aber nicht nur von Seiten der letzteren. Identitätsfindung ist auch ein Problem der »echten« Menschen. In Dicks Roman kann das Voigt-Kampff-Testgerät keine unzweifelhaften Ergebnisse mehr liefern, weil die Reaktionsmuster von Schizophrenen denen der Androiden stark ähneln. Im Film taucht dieser Aspekt nur kurz auf, als Rachel Deckard bei ihrer ersten Begegnung fragt, ob er schon einmal aus Versehen einen Menschen »in den Ruhestand« versetzt habe und darauf besteht, daß dies in seiner Position passieren könne. Deutlicher wird ein Schwebezustand in der Figur des Rick Deckard selbst herbeigeführt. Der Kopfgeldjäger, der Blade Runner, der auf des Messers Schneide läuft (das ist die Bedeutung dieser Wortschöpfung), der sich in seinem Job eigentlich keine Gefühle leisten darf, selbst wie eine Maschine agieren muß, beginnt nicht nur Verständnis für seine Opfer zu entwickeln (vor Beginn der Handlung hat er seinen Posten quittiert), sondern verliebt sich sogar in eine Replikantin und akzeptiert sie damit als Mensch. Deckard verabscheut seine Arbeit vielleicht deshalb besonders, weil sie ihn zwingt, seinesgleichen zu töten. Wie Dicks Roman ist BLADE RUNNER voller Hinweise darauf, daß Deckard möglicherweise selber ein Replikant ist. Das klingt schon am An-

[11] Wolfgang Limmer in: *Der Spiegel,* Nr. 43/1982, S. 286.

fang, als Deckard sich daran erinnert, daß seine Exfrau ihn immer Sushi, »kalter Fisch« genannt habe. Es wird deutlicher, als Bryant ihn dazu zwingt, die Verfolgung der Replikanten aufzunehmen: »Du weißt doch, wie die Sache läuft. Wenn du nicht unser Spiel spielst, spielst du keins.« Bis zum Schluß bleibt unausgesprochen, wie diese Drohung zu verstehen ist. »Ich hatte den Job quittiert, weil ich die Schnauze voll hatte vom Töten«, meint Deckard. »Aber andererseits bin ich lieber ein Killer als ein Opfer.« Deckard säuft unentwegt. Er blickt künstlichen Tieren, die in einigen Szenen auftauchen, immer mit gewissem Unbehagen nach. Seine Frage, ob es sich bei der Eule in Tyrells Empfangszimmer um eine künstliche handele, ist naiv. In derselben Szene scheint ihn irgend etwas an Tyrells Bemerkung, daß man die Replikanten mit künstlichen Erinnerungen präparieren wolle, sehr zu erschrecken. Das Klavier in seiner Wohnung, auf dem er gedankenverloren herumklimpert, steht voller Erinnerungsfotos, die Rachel in einer Szene so nachdenklich in die Hand nimmt, als begreife sie, welche Bedeutung sie für ihn haben. Auf ihre Frage, ob er sich selbst je dem Voigt-Kampff-Test unterzogen habe, schweigt er. Als er, vor Erschöpfung eingenickt, wieder aufwacht und sie am Klavier sitzen sieht, vollführt er eine reflexhafte Bewegung, als würden seine Hände ohne sein Dazutun zur Waffe greifen. Beim Showdown mit Roy Batty zieht sich Deckard an drei Fingern über den Rand der Häuserfassade, ein Kraftakt eines Verwundeten, der eher zu einem Replikanten paßt. Seine letzten Sätze, als er mit Rachel aus der Großstadt flieht (»Wir wußten nicht, wieviel Zeit uns zusammen bleiben würde. Aber wer weiß das schon.«), könnten ebensogut eine Anspielung auf seine eigene limitierte Lebenszeit sein.

In der Relativierung sowohl der Menschen wie der Replikanten geht es BLADE RUNNER und Dicks Roman um Menschlichkeit, die gegen (stellenweise drastisch ins Bild gesetzte) Gewalt besteht. Philip K. Dick, der David Peoples' Neufassung von Hampton Fanchers erstem Drehbuchentwurf noch vor seinem Tode im März 1982 zu lesen bekam, hob diesen Aspekt besonders hervor. »Es gibt ein Zitat in (meinem) Roman, das wirklich sein grundlegendes Thema zum Ausdruck bringt. Dieser Absatz erscheint nicht im Film, weil er von Wilbur Mercer gesprochen wird, einem Charakter im Buch, der nicht in den Film übernommen wurde: *›Du wirst das Falsche tun müssen, wo immer du auch bist. Das ist die Grundbedingung des Lebens: daß man stets wider die eigene Natur handeln muß. Jedes lebende Geschöpf sieht sich zu irgendeinem Zeitpunkt dazu gezwungen. Es ist der schwärzeste Schatten über unserem Leben, die letztliche Niederlage der Schöpfung. Hier wirkt sich der Fluch aus, der über allem Leben liegt. Überall im ganzen Universum.‹* — Dies ist wirklich das intellektuelle Thema des Romans: daß Deckard brutalisiert und entmenschlicht wird, damit er die Replikanten oder die Androiden oder wie immer man sie nennen will, tötet. Was Peoples nun im Drehbuch geschrieben hat, und wofür Fancher im Vorspann auftaucht, weil es auf etwas von ihm beruht, das ist ein Wechsel der Sichtweise vom Standpunkt der Replikanten und Rachels aus, der darin begründet ist, daß Rachel immer menschlicher wird. Nun hat Peoples beschrieben, wie Roy Batty immer menschlicher wird; gleichzeitig entmenschlicht er Deckard immer mehr und macht die Replikanten immer menschlicher, bis sie sich am Ende in der Mitte treffen und der Unterschied verschwindet. Es ist kein Sieg, daß die Replikanten vermenschlicht werden, doch es gibt einen kleinen Sieg der Menschlichkeit über die Unmenschlichkeit. Das ist erschreckend, weil Deckard nun so ist wie die Androiden, und so bleibt das Thema des Romans im Kern erhalten.«[12] Die Momente, in denen sich der Unterschied zwischen Replikanten und Blade Runner aufhebt, auch der Abstand zwischen denen, die einander mißtrauen, fängt der Film in einigen gewollt symbolträchtigen Bildern ein. Bevor Batty Deckard das Leben rettet, steht er auf dem Dach des Hauses, in dem ihr Showdown stattfand, und hält eine weiße Taube in der Hand. Als Deckard in seine Wohnung zurückkommt, die offenbar von Gaff betreten worden ist, zieht

---

[12] Dick, a.a.O. S. 48 f.

er mit einer Hand, die noch seine Waffe hält, der schlafenden Rachel das Laken vom Gesicht. An den Schlußszenen mag dem Zuschauer einiges kitschig erscheinen, aber ähnlich wie in Dicks Romanen kommt es zu keinem billigen Happy-End. Vielmehr läuft die Handlung in eine Situation aus, in der sich bei aller Tragik eine Hoffnung auf Menschlichkeit erhält, wie sie Dick selbst immer wieder zum Ausdruck gebracht hat. In den letzten Augenblicken seines Lebens verschwindet alle Feindschaft zwischen Batty und seinem Jäger. »Ich weiß nicht, warum er mein Leben gerettet hat«, überlegt Deckard. »Vielleicht hat er in seinen letzten Augenblicken das Leben mehr geliebt als je zuvor. Nicht nur sein Leben. Das eines jeden. Mein Leben.« Selbst Gaff, der Deckard ständig zu beobachten schien und zynisch kommentiert: »Sie haben einen Männerjob getan, Sir. Ich schätze, Sie haben's geschafft, häh?« zeigt auf seine Weise Respekt vor dem Überlebenskampf der Kunstwesen. »Ein Jammer, daß sie nicht leben wird. Aber egal, wer tut das schon?« Erst bei seiner Heimkehr begreift Deckard, was damit gemeint ist. Gaff hat die geflohene Replikantin Rachel, die er hätte töten müssen, am Leben gelassen. Offenbar hielt er auch ihre Zeit für fast abgelaufen und wollte ihr die letzten Tage mit Deckard nicht nehmen. Daß sie kein Vier-Jahres-Modell ist, noch eine unbestimmte Spanne Leben vor sich hat, läßt das Ende des Films offen. Die geschönte Schlußszene, die stilistisch völlig mit dem Rest des Films bricht, hängt der Geschichte deshalb trotzdem keinen überflüssigen Schnörkel an. »Wir wußten nicht, wieviel Zeit uns zusammen bleiben würde. Aber wer weiß das schon.« Mit diesen Sätzen klingt der Film in einer ähnlich ungewissen, aber nicht deprimierten Stimmung aus wie viele von Philip K. Dicks Romane.

Ein weiteres Indiz dafür, daß der Film Dicks Gedankenwelt viel verdankt, ist die Übernahme eines typisch Dickschen Jack-Isidore-Typs. Der »crap artist«, der naive, aber freundliche und hilfsbereite Mensch, der erstmals in Dicks Mainstream-Roman CONFESSIONS OF A CRAP ARTIST auftaucht und bislang noch kaum als ebenso originäre Schöpfung Dicks wie die »repairmen« vom Schlage Jack Bohlens aus MOZART FÜR MARSIANER gewürdigt wurde, wird in TRÄUMEN ROBOTER VON ELEKTRISCHEN SCHAFEN? in der Gestalt des J. F. Isidore variiert, der nicht imstande ist, künstliche von echten Lebewesen zu unterscheiden und beide gleichermaßen liebt. J. F. Sebastian, seine Entsprechung im Film, verbindet dieselbe Zuneigung mit den mechanischen und genetischen Geschöpfen, die ihm seine Einsamkeit erleichtern. Der Fünfundzwanzigjährige, der aufgrund einer Drüsenkrankheit wie ein Greis aussieht und deshalb die Möglichkeit, in außerirdische Kolonien zu emigrieren, nicht wahrnehmen kann, steht dem Drama zwischen Replikanten und Blade Runner als eine tragische Gestalt gegenüber, die das besitzt, was sich andere erst erkämpfen müssen. Bei ihm finden die Replikanten Unterschlupf. Er ist der einzige Mensch, der ihnen hilft. Batty bemerkt an einer Stelle, daß er und die Replikanten dasselbe Problem hätten: beschleunigte Alterung. Ebenso wie sie ist er am Ende nicht mit dem Leben davongekommen. Der Film besitzt einen Schwachpunkt in der Hinsicht, daß Sebastian durch Battys Mord aus der Handlung einfach verschwindet. In das offene Ende wird er, als seien Drehbuchautor und Regisseur ratlos gewesen, was sie mit dieser Figur anfangen sollten, nicht einbezogen.

BLADE RUNNER ist eine große Ausnahme im Science Fiction-Kino der achtziger Jahre geblieben. Keine weitere Großproduktion, die danach in die Kinos kam, hat den Maßstäben genügt, die dieser Film gesetzt hat, weder David Lynchs DER WÜSTENPLANET, der in beispielloser Weise Millionenbeträge für kindische Effekte verpulverte, noch Petersens ENEMY MINE, der in seiner plumpen Machart den Eindruck erweckt, als habe eine Horde von Schuljungen das Drehbuch geschrieben und die Kulissen gebastelt. Es ist zu befürchten, daß es bei der heutigen Mentalität der Produzenten noch viele Jahre dauern kann, ehe Scotts Film etwas Vergleichbares zur Seite gestellt wird. Das ist um so bedauerlicher, als auch BLADE RUNNER keineswegs das denkbare Nonplusultra des SF-Films darstellt. Der Film weist immer dort leichte Durchhänger auf, wo er seine intensive Atmosphäre durch oberflächliche Spannungsmomente trübt (etwa kurz vor dem Showdown, als Deckard durch das Treppenhaus des Bradbury-Buildings schleicht und doch eine Lücke zu den vorausgegangenen Szenen klafft). Aber er könnte wegweisend im Hinblick darauf sein, wie sich ein SF-Stoff filmisch umsetzen und der technische Aufwand ganz in den Dienst einer Thematik stellen läßt. Immerhin scheinen auch solche Filme, wenn auch auf anderen Wegen, ihr Publikum zu finden. Ein Publikum allerdings, an das die Produzenten gewöhnlich nicht denken. Sie werden weiterhin auf den schnellen, unproblematischen Erfolg aus sein. Das verleiht BLADE RUNNER eine Sonderstellung, die nicht ausschließlich seinen künstlerischen Qualitäten zu verdanken ist.

Dem Verfasser, der für diesen Essay nur auf seine Kenntnis der synchronisierten Fassung zurückgreifen konnte, scheinen noch einige Bemerkungen zur deutschen Übersetzung des Films angebracht. Ihre Macher haben offensichtlich mit der Sprache etwas auf dem Kriegsfuß gestanden. Grammatische Merkwürdigkeiten, wie sie schon auf dem Filmplakat auftauchten (»Die Menschen *schufen* sich ihr Ebenbild, ohne zu ahnen, was sie damit heraufbe*schwören* ...«), finden sich im Vorspann wieder (»Sie *waren* stärker, beweglicher und mindestens ebenso intelligent wie die Genetik-Ingenieure, die sie geschaffen *haben.*« — wobei es übrigens »Gentechniker« statt »Genetik-Ingenieure« hätte heißen müssen; aber für jemanden, der zu faul ist, um in ein Wörterbuch zu schauen, sind »engineers« schon immer »Ingenieure« gewesen). An selber Stelle wird die Exekution der Replikanten als »aus dem Verkehr ziehen« bezeichnet. Niemandem im Synchronstudio scheint aufgefallen zu sein, daß im ganzen gesprochenen Text des Films die entsprechende Redewendung »in den Ruhestand versetzen« lautet. Darüber hinaus schimmern in vielen Dialogen unverdaute englische Sätze durch (etwa als Rachel sagt: »Ich weiß nicht, warum er ihnen gesagt hat, was er getan hat.«, was im Original vermutlich folgendermaßen lautete: »I don't why he has told you what he did.« — damit würde zwar kein Schüler der sechsten Klasse durchkommen, aber in solchen Fällen schaffen die Lippenbewegungen der Schauspieler Sachzwänge. Leider geht dadurch manchmal der Sinn eines Dialogs verloren, wie in folgendem Fall: »Ich denke, also bin ich«, erklärt Pris Sebastian. Und Batty fordert sie auf: »Und nun zeig' ihm auch wieso.« Im Original hieß dieses »wieso« wahrscheinlich »how so«. Pris soll ihm also zeigen, *wie*, auf welche Weise sie ist, nicht *wieso*. Und das tut sie dann auch. Schließlich gibt es Hinweise darauf, daß die deutsche Fassung gegenüber dem Original gekürzt ist. Bryant berichtete Deckard, daß sechs Replikanten, drei männliche, drei weibliche, von einer Kolonie geflohen seien. Neben Zhora, Leon, Pris und Batty wird im Film jedoch nur ein weiterer erwähnt, der nach Bryants Worten »durch ein Stromfeld gelaufen sei« (was immer der Synchrontexter damit meinen mag). Wohin es den sechsten auf dem Wege in die deutsche Fassung verschlagen hat, kann der Zuschauer nur ahnen. Die erste Szene, in der Batty auftritt, beginnt mit dem Bild einer sich verkrampfenden Hand und den kryptischen Worten »Zeit genug«, von denen nicht deutlich wird, wer sie warum ausspricht. Batty liegt, wie im linken oberen Bildwinkel gerade noch zu erkennen ist, eine Hand auf der Schulter. Im Showdown erfährt der Zuschauer nachträglich, daß Krämpfe in der Hand den Tod eines Replikanten ankündigen. Offenbar segnet in der besagten Szene also gerade ein Replikant das Zeitliche. Bleibt die Frage, warum er zur Erhellung der Situation nicht ins Bild kommt. Hielt dies der Regisseur des Originals nicht für nötig oder ist die deutsche Fassung um einige Einstellungen amputiert worden? In Anbetracht der verbreiteten Praktiken scheint die letztere Möglichkeit einstweilen wahrscheinlicher. Aus dem selben Grund muß es der Verfasser offen lassen, ob seine Behauptung, BLADE RUNNER spare nähere Erklärungen aus, so ganz zutrifft. Die offenkundig geringe Sorgfalt der Synchronisation gibt im Detail zu Mißtrauen Anlaß. Es spricht nicht für die Kritiker dieses Films, daß solche Mängel nicht erwähnt (und vielleicht nicht einmal bemerkt) wurden.

Wenn von einer großen Ausnahme im SF-Kino der achziger Jahre die Rede ist, müßte Terry Gilliams BRAZIL im gleichen Atemzug genannt werden, täte man diesem Werk mit einer Einordnung als Science Fiction-Film nicht schon Gewalt an. BRAZIL entzieht sich jeder Kategorisierung. Er ist ein grandioser Schlag ins Gesicht aller feingeistigen Filmästheten und des guten Geschmacks, wie ihn wohl nur das begabteste Mitglied der englischen Komikertruppe »Monty Pyhtons« zustandebringen konnte, eine satirische Antiutopie und Satire auf die Antiutopien, die Orwells 1984 karikiert, indem sie darüber hinausgeht. Terry Gilliam, den nicht überrascht haben dürfte, daß man Parallelen zwischen 1984 und BRAZIL zog, betonte das Kafkaeske in seinem Film. Ihm ging es mehr um die Mechanismen einer menschenverschlingenden Bürokratie. Und dabei entfaltete er seinen ganzen Ideenreichtum.

Die Pressereaktionen auf BRAZIL sind ein Musterbeispiel dafür, wie sich politische Bedenken an einer Sache ästhetisch tarnen. Zwar möchte man durchaus glauben, daß der anarchische Stil »Monty Pythons« (vor allem in DER SINN DES LEBENS), der auch Gilliams Solowerke prägte und am ehesten als »konstruktive Geschmacklosigkeit« zu umschreiben wäre, dem sensiblen Geschmack der Kulturrichter nicht unbedingt behagte, aber Behauptungen, daß dieser Film »allzu sehr auf Überwältigung der Sinne setze«[13], das »Bombardement immer neuer visueller Einfälle und spektakulärer Spezialeffekte (...) auch für den Zuschauer zunehmend zur atemberaubenden Geisterbahnfahrt werde«[14] oder »mit seinen furiosen Szenen, den schnellen Bildwechseln an allzu üppige Menüs erinnere, bei denen, rasch serviert, keine Zeit bleibt, die einzelnen Gänge zu genießen, und bei denen man schließlich, obschon übersättigt, immer noch auf ein abschließendes Dessert hofft«[15], sagen doch mehr über die Verfasser als über Gilliams Film aus. Es muß die Kritiker irri-

---

[13] *Filmdienst,* Mai 1985.
[14] Krischan Koch in: *Die Zeit,* 10. 5. 1985.
[15] Manfred Krechel in: *Frankfurter Allgemeine,* 2. 5. 1985.

tiert haben, daß es sich für einen Regisseur, dem offensichtlich alle filmischen Konventionen und alle Kunstansprüche gleichgültig sind, durchaus als möglich erwies, eine schlüssig aufgebaute Handlung mit einer Sturzflut höheren Blödsinns zu vereinen. Entscheidender dürfte aber ein Unbehagen gewesen sein, das die meisten Feuilletonisten überkommt, wenn sich ein Kunstwerk allzu weit dem alltäglichen Leben annähert. BRAZIL verläßt den politisch neutralen Raum dessen, was gemeinhin für Kunst gehalten wird, und mußte schon deshalb ernsthafterer Anerkennung ausgenommen bleiben. Gilliam verzichtet auf jede Intellektualisierung oder Ästhetisierung. Wo der Putz der Kultur abblättert, beschreibt BRAZIL nicht die Überwachungsvisionen der klassischen Antiutopien, die längst unverbindlich geworden sind, sondern die Trostlosigkeit des Lebens unter der Fuchtel eines überkomplizierten Machtapparats, dessen Zynismus und Menschenfeindlichkeit mehr systemeigener Natur als Ausdruck der Gesinnung einzelner Beamter oder Verantwortlicher ist, die dem Ganzen so hilflos gegenüberstehen wie ihre Opfer. Es gibt keine lichten Momente in BRAZIL außer in Sam Lowrys Träumen. Die düsteren Fassaden, die verwahrlosten Landschaften und der Schmutz auf den Straßen zwischen desolaten Wohnblöcken finden ihre Entsprechung in den Torheiten des Informationsministers, dem Small-Talk auf den Parties von Sam Lowrys Mutter oder der flachen Lebensphilosophie des Beamten Jack Lint. Gilliam macht sich mit einem Feuerwerk verrückter, oft kalauerhafter Witze über diese denkamputierte Gesellschaft lustig, aber für die Protagonisten wird daraus bald Ernst, denn die bürokratische Maschinerie funktioniert mit tödlicher Präzision, so komisch sie auch anmutet. Norbert Stresau schrieb, daß das Lachen über diesen Film »ein fades Lachen sei, weil nicht rüpelige Komik-Absicht, sondern abgrundtiefe Depressionen hinter den Bildern stehen (...)«[16] Letztendlich gibt es

[16] Zitiert nach: Ronald M. Hahn/Volker Jansen: LEXIKON DES SCIENCE FICTION-FILMS. Aktualisierte, ergänzte und erweiterte Neuauflage, München 1987, Heyne-Sachbuch 7295, S. 113.

keinen Ausweg aus der grauen, häßlichen Welt »irgendwo im 20. Jahrhundert«, die der Film schildert. BRAZIL gestaltet das Leben als einen Alptraum, aus dem man nur fliehen kann, indem man etwas anderes träumt. Daraus ergeben sich seine Spannung und seine ebenso enttäuschende wie konsequente Lösung.

Für den Science Fiction-Film im engeren Sinne könnte sich BRAZIL als ein Meilenstein herausstellen, weil den Film eine Eigenschaft auszeichnet, den gute Science Fiction-Stoffe oft haben: sich scheinbar weit von der Wirklichkeit zu entfernen und ihr gerade deswegen ganz nah zu kommen. Vordergründig karikiert das Inventar Orwells 1984. In BRAZIL sind Computertechnik und geradezu archaischer Bürokratismus eine unselige Verbindung eingegangen. Die Tastaturen der Computer sehen wie Uralt-Schreibmaschinen aus; die winzigen, gehäuselosen Monitorbildröhren werden durch Fernsehlupen vergrößert. Im Informationsministerium verständigen sich die Abteilungen durch Rohrpostleitungen untereinander. Das Archiv, in dem Sam zu Anfang arbeitet, weist neben einer ganzen Batterie von Computerterminals in altväterlichem Design gewaltige Karteischränke auf. Eine Hälfte der Beamten karrt ständig Unmengen von Papierkram umher, die andere füttert die Computer mit Daten. Nach seiner Beförderung findet Sam sich dann in einem von unzähligen winzigen Büros wieder, in denen unzählige kleine Beamte lautlos vor sich hinarbeiten. Im ganzen Film wimmelt es von obskuren Automaten wie den Küchengeräten in Sams Wohnung, den Innereien aus Heizungsrohren hinter den Zimmerwänden oder den Robotern in der Empfangshalle des Informationsministeriums, die nicht so funktionieren, wie sie sollen. So ist es schließlich auch ein Computerdefekt, den eine Fliege verursacht, als sie in einen Drukker fällt, der die Handlung des Films und die Bürokratie gegen unbescholtene Bürger in Gang bringt. Aber diese Welt ist weniger weit von der unseren entfernt, als es die bizarre Kulisse glauben macht. Wenn der Informationsminister in einem Fernsehinterview hinter den zunehmenden terroristischen Anschlägen »Unsportlichkeit« vermutet, wenn Sam mit seinem Büronachbarn Lime um einen Arbeitstisch kämpft, Lime entsetzt auf Sams Bitte reagiert, einmal seine Computerkonsole benutzen zu dürfen, oder wenn ein Beamter Jills Beschwerde nicht bearbeiten will, weil auf irgendeinem Formular ein Stempel fehlt, dann sind politische und bürokratische Kleingeistigkeit von den Drehbuchautoren Terry Gilliam und Tom Stoppard so gut beobachtet worden, daß sie dem Zuschauer nur deshalb komisch vorkommen, weil er sie hier einmal in anderem Zusammenhang erlebt. Gleichgültigkeit gegenüber allem und jedem ist eine Geisteshaltung, die in der Welt von BRAZIL so verbreitet ist wie in der realen. In einer Bombenexplosion in einem Restaurant, die Leuten am nächsten Tisch das Leben kostet, sieht niemand einen Anlaß, sein Mittagessen zu unterbrechen. Die Kapelle für die Hintergrundmusik spielt nach einigen Takten Pause weiter. Der Kellner entschuldigt sich eifrig, weil »uns sowas sonst nie passiert«. Szenen wie diese sind ein bitterer Spaß, der immer dann in eine düstere Stimmung umschlägt, wenn es Sam in soziale Randbezirke führt. Verwahrloste Kinder auf den Straßen, die dem Bürokraten in buchstäblichem Sinne einheizen, schmutzige Treppenhäuser, kahle Wohnräume und eine apathische Frau, deren Mann ohne Vorwarnung von einer brutalen Polizeitruppe verhaftet wurde und beim Verhör starb, zeigen die Kehrseite einer Gesellschaft, deren Oberschicht es, personifiziert in Sams Mutter und ihrer Freundin, die miteinander um Schönheitsoperationen wetteifern, lediglich auf vordergründige Repräsentation ankommt. Das Ganze wird von einer Riege hervorragender Schauspieler glaubhaft in Szene gesetzt. Der Engländer Jonathan Pryce, von der Shakespeare-Truppe, der in einem Interview angab, von Computern nichts verstehen zu wollen, verkörpert ideal den Jedermann Sam, der versiert und ohne Ehrgeiz einem System dient, das sich mit gnadenloser Konsequenz gegen ihn wendet, als er nicht mehr reibungslos funktioniert. Robert De Niro als subversiver Heizungsmonteur Harry Tuttle beherrscht den ganzen Film, obwohl er nur wenige Minuten ins Bild kommt. Ian Holm als trotteliger Abteilungsleiter Kurtzman und Peter

Vaughan als väterlicher Informationsminister Helfman überzeugen gleichermaßen. Und schließlich ist Kim Greist in ihrer Rolle als resolute Lastwagenfahrerin Jill die einzige Person, die sich unter den steifen, förmlichen Beamten couragiert menschlich benimmt und Sams Umlenken erst ermöglicht.

BRAZIL ist unerschöpflich in seinen visuellen Einfällen, abenteuerlichen Kameraeinstellungen und optischen Verfremdungen, z.B. dem Einsatz eines Froschaugenobjektivs, das den schlacksigen Sam vor dem Pförtnertisch des Informationsministeriums zu einer gedrungenen Gestalt schrumpfen läßt. In vielen Szenen läuft soviel gleichzeitig ab, daß der Zuschauer bei einmaligem Ansehen gar nicht alles erfassen kann, was sich ihm in Dialogen, Bildern und Situationskomik darbietet. Als Sam mit seiner Mutter, Mrs. Terrain und deren Tochter zu Mittag ißt, überschneiden sich die Diskussionen der beiden alten Damen um ihre Schönheits-Chirurgen mit dem Höflichkeitsritual zwischen ihnen und dem Kellner, Sams hilflosen Versuchen, mit seiner Mutter zu reden, der Schilderung von Mrs. Terrains dümmlicher Tochter und den Reaktionen der feinen Kundschaft des Restaurants auf ein Attentat. Ähnlich sind ein Großteil der Szenen dieses Films beschaffen. Dennoch ist BRAZIL kein bloßes Spektakel, denn zugrunde liegt eine hervorragend inszenierte Geschichte, in die ruhige Sequenzen ebenso eingepaßt sind wie grober Klamauk und die bei aller Kompliziertheit in sich logisch steht. Szenen wie die genannte sind im Kleinen ein Modell für den ganzen Film, in dem zwei anfangs einigermaßen getrennte Handlungsebenen sich zusehens verzahnen. BRAZIL lebt von seiner Spannung zwischen Traum und Realität. Im wirklichen Leben ist der kleine Archivbeamte Sam Lowry ein idealer Bürger seines Staates. Er ist alleinstehend, unauffällig, legt auf Karriere keinen Wert, hilft seinem tolpatschigen Chef, wann immer Schwierigkeiten eintreten, und alle subversiven Gedanken liegen ihm fern. So sehr er seiner einflußreichen Mutter, die unbedingt mehr aus ihm machen möchte, auch versichert, daß er nicht einmal Träume habe: in seinen Traumwelten ist er ein unerschrockener Held, der auf Silberschwingen durch den Luftraum eilt und einer blonden Fee den Hof macht. Durch einige verblüffende Übergänge (als Sam seiner Traumfrau einen Kuß gibt und vor Verzückung einen Looping dreht, stößt er einen krächzenden Laut aus, der sich in der nächsten Einstellung als Signalton seines Telefons herausstellt) gelingt es dem Film, beide Ebenen von Anfang an nicht vollständig zu trennen, und je weiter die Handlung voranschreitet, um so mehr dringt aus der Wirklichkeit in die Traumsequenzen ein: Sam muß seine Traumfrau aus den Händen gespenstischer Wesen mit Kindergesichtern befreien, wird von Kurtzman in Gestalt eines Steinmonstrums bedrängt und duelliert sich mit einem glitzernden Samurai-Ungetüm, in dem ein Kritiker wohl nicht zu Unrecht eine Inkarnation der Technik sah[17] (oder eine Inkarnation Sams als Diener der Technik: als er dem bezwungenen Ungeheuer die Maske abnimmt, erblickt er darunter sein eigenes Gesicht). Sams Wandlung vom naiven Beamten zum vermeintlichen Rebellen, der in blindem Eifer die ganze Brutalität des Staates gegen sich aufbringt, hat eine objektive und eine subjektive Ursache. Objektiv ist es ein Computerfehler, der aus dem gesuchten Heizungsmonteur Tuttle den harmlosen Bürger Buttle und Sam zum Opfer eines Vollzugsapparats macht, der zwar bestechend folgerichtig arbeitet, aber nicht im Entferntesten darauf eingerichtet ist, Fehler als solche zu erkennen. Subjektiv zerreibt er sich an der Diskrepanz zwischen seiner Traum- und seiner Wachidentität, die in dem Moment seine übliche Zurückhaltung außer Kraft setzt, als er seiner Traumfrau tatsächlich begegnet. Aber Jill ist keine langhaarige, grazile Fee, sondern eine unerschrockene Frau, die seine Liebesbeteuerungen nicht ernst nimmt und nicht zimperlich bei dem Versuch ist, sich ihn vom Hals zu schaffen. Sie und Tuttle bringen ihn der Wirklichkeit des Staates allmählich näher. Schließlich ist er tatsächlich der Rebell, für den er längst gehalten wird, manipuliert den Computer, um seine Geliebte

---

[17] Peter Gaschler in: Wolfgang Jeschke (Hrsg.): DAS SCIENCE FICTION JAHR, Ausgabe 1986, München 1986, Heyne SF 4260, S. 425.

vor dem Zugriff der Polizei zu retten, und versteckt sie in der Wohnung seiner Mutter. Die wenigen glücklichen Momente, die er mit Jill genießen kann, sind jedoch nur ein Trugschluß. In der Welt von BRAZIL gibt es keine Happy-Ends. Der Staat arbeitet perfekter, als Sam ahnen konnte. In dem furiosen Finale zwischen Sams Verhaftung, bei der Jill getötet wird, wie sich später herausstellt, und dem Verhör in der Koppel wirbeln Realität, Bruchstücke vorangegangener Traumsequenzen und Sams Wunschträume unentwirrbar durcheinander. Der Höhepunkt in diesem zehnminütigen Bilderfeuerwerk ist vielleicht nicht einmal der Schluß, der beide Ebenen plötzlich wieder säuberlich trennt, sondern die Verlesung der Anklageschrift zwischen den milchigen Wänden irgendeiner Zelle des Informationsministeriums. Die lange Hand des Staates erscheint hier in Gestalt der typischen nüchternen Beamten als letzte Konstante der Wirklichkeit. Ein hagerer Mann in grauem Anzug listet Sam seine Vergehen auf: der Bürokratie ist nichts von dem entgangen, was er angestellt hat. Andere Beamte erläutern ihm Möglichkeiten, durch den Erwerb einer Lebensversicherung das Dilemma in Grenzen zu halten, in das er geraten ist. Derselben Geisteshaltung begegnet Sam später noch einmal auf dem Folterstuhl in der Koppel, als ein Wachmann ihm rät, nicht zu lange durchzuhalten, weil er sonst seine Kreditfähigkeit aufs Spiel setze. Neben dieser Unerbittlichkeit und Gefühllosigkeit des Systems verliert alles andere seine Bedeutung. Jill erscheint Sam in Gestalt seiner dominanten Mutter. Was er für Liebe hielt, entlarvt sich als Ödipuskomplex. Die ganze Welt hat sich gegen ihn verschworen. Eine Flucht von diesem Trümmerfeld gelingt ihm nur auf einer höheren Ebene seiner Traumwelt: dort rettet ihn Jill in ihrem Lastwagen vor seinen Verfolgern und fängt in einer ländlichen Idylle ein neues Leben mit ihm an. Als Helfman in die Koppel gebracht wird, sitzt Sam mit verklärtem Gesichtsausdruck im Folterstuhl und nimmt von der Außenwelt nichts mehr wahr. »Ich glaube, er ist entwischt«, meint Jack Lint. Sam hat seine letzte und einzige Chance wahrgenommen. Dieser winzige menschliche Triumph bleibt ihm immerhin.

BRAZIL ist bei allem Witz ein extrem pessimistischer und düsterer Film, weil er seinem Protagonisten, den im Grunde ganz normale menschliche Sehnsüchte antreiben, keinen anderen Ausweg als die Illusion läßt. Über 142 Minuten hinweg schildert Gilliam mit allen sich anbietenden Mitteln eine so bedrückende, von Komik lediglich sarkastisch aufgelokkerte Szenerie, daß jeder hoffnungsvolle Ausgang der Handlung einem Betrug am Zuschauer gleichgekommen wäre. In der Welt von BRAZIL kann man nur als wandelnder Toter oder als menschliches Wrack überleben, das sein Schicksal kommentarlos hinnimmt. Die Flucht in Traumwelten erscheint in der Tat als einzig plausible Lösung, sofern von einer Lösung die Rede sein kann. Terry Gilliam erweckt nicht den Anschein, als wollte er es dem Publikum einfach machen, und so ist sein Film auch weit mehr als das Specialeffektspektakel, als das er hingestellt wird, denn Filme solcher Art tendieren zumeist dahin, auf die Erwartungshaltung des Publikums zuzugehen. BRAZIL tut nichts dergleichen. Gilliam operiert ständig an der Grenze des Erträglichen, womit keine »Überwältigungsdramaturgie« (Norbert Stresau) gemeint ist, sondern die Bilder von der Auflösung jeglicher sozialer Geborgenheit, die im Film immer wieder vorkommen und über die letztlich nur ein zum Selbstzweck gewordener Verwaltungsapparat triumphiert. Man könnte dahinter einen radikalen politischen Pessimismus des Regisseurs vermuten, würde der Film nicht gleichzeitig eine unbändige Vitalität ausstrahlen. Wenn es etwas gibt, was BRAZIL seinen Zuschauern an Positivem mitgibt, dann ist es sein anarchischer Spaß am Überschreiten von Grenzen. Sam Lowry mag seinem Schicksal nicht entgehen können, Harry Tuttle letztlich vielleicht auch nicht, aber wann immer sie irgendeinem Handlanger stellvertretend für das System eins auswischen, zwei Heizungsmonteuren etwa die Schutzanzüge voller Fäkalien laufen lassen, wird dessen Übermächtigkeit kurzfristig außer Kraft gesetzt. Mehr an Rebellion scheint nicht möglich. Die Gewaltaktionen der Terroristen verpuffen wirkungslos. Nach den Opfern sieht sich schon niemand mehr um.

Es ist auffällig, daß BRAZIL einen ähnlichen Weg wie DER BLADE RUNNER gegangen ist. Auch Gilliams Film verschwand relativ schnell aus den Repertoirefilmtheatern und fand erst in den Programmkinos sein Stammpublikum. Beide Filme wurden von der Kritik unterschätzt. Es scheint ein Dilemma des anspruchsvollen Science Fiction-Films zu sein, daß er sich in einen Zwischenbereich begibt, weil er das ausgesprochene Filmkunstpublikum ebenso überfordert, wie die Liebhaber des trivialen Action-Kinos, und erst auf Umwegen seine Zuschauer erreicht (ein Beispiel dafür ist auch Trumbulls Film LAUTLOS IM WELTRAUM, der in der Bundesrepublik zuerst im Fernsehen gezeigt wurde, ehe er später auch einmal im Kino zu sehen war). Nun ließen sich auch Umwege in Kauf nehmen, wären sie eine Voraussetzung dafür, daß BLADE RUNNER und BRAZIL nicht langfristig Ausnahmeleistungen blieben, zwei völlig unterschiedliche Beispiele, die das Spektrum von Möglichkeiten andeuten, die dem Science Fiction-Film offenstehen, ein stilistisch hochentwickelter Genrefilm der eine, der andere ein Geniestreich, der mit den Verfremdungstechniken des Genres alle Genregrenzen sprengt. Ob sich bei den Produzenten, die die gewaltigen Aufwendungen für derartige Projekte irgendwie erwirtschaften müssen, diese Perspektive je durchsetzen wird, scheint fraglich. So sind die Zukunftsaussichten für den SF-Film eher düster. Es bleibt auf Glücksfälle wie BRAZIL und BLADE RUNNER zu hoffen, auf eigenwillige Regisseure wie Gilliam oder Scott, die einmal etwas jenseits der üblichen Klischees riskieren, sofern die Verheerungen durch oberflächlichen Spezialeffekt-Pomp nicht bald alle kreativen Tendenzen aus dem Genre tilgen. Nicht zu rechnen braucht man allerdings mit Kritikern, die solche Glücksfälle auch zu würdigen wissen. Bei einer Kulturberichterstattung, die den besten Leistungen der SF-Literatur mit Unverständnis begegnet oder sie schlicht ignoriert, wird es dem SF-Film kaum besser ergehen.

Kybernetische Dörfer

Die *Ars Electronica* wird zehn Jahre alt — als Mediendorf

von Günther Luxbacher

Zuerst die Fakten: Im September feiert die *Ars Electronica,* das Festival für Kunst, Technologie und Gesellschaft, an dessen Entstehen Herbert W. Franke beteiligt gewesen war, seinen zehnten Geburtstag. Es ist damit das älteste Festival seiner Art.

Mit dem Generalthema »Im Netz der Systeme«, also mit Systemtheorien, befaßt sich ein gleichlautendes Symposion und bildet somit die theoretische Basis des Festivals.

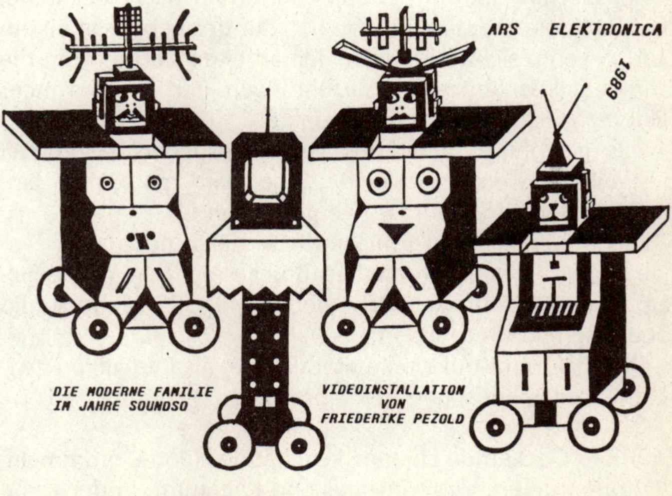

Die moderne Familie im Jahre soundso

Die Klammer zum *Ars Electronica*-Generalthema »Im Netz der Systeme« schließt der Ost-West-Dialog im ORF. Weltweit arbeiten derzeit Künstler, Wissenschaftler und Experten aus Ost und West an der Entwicklung von Kommunikationssystemen. Im Ost-West-Dialog stellen sie ihre Konzepte vor und zur Diskussion.

Die Ergänzung dazu bietet eine Ausstellung zur Computerkunst aus Ungarn, Jugoslawien und Polen, in der erstmals in dieser Form Arbeiten von Computerkünstlern aus dem Osten vorgestellt werden.

Die Veranstaltung wird telematisch nach Graz zum Kulturfestival *Steirischer Herbst* übertragen.

Mit dem Generalthema will das Festival Möglichkeiten ausleuchten, welche Funktionen die Kunst als Erreger im Netzwerk gesellschaftlicher Systeme erfüllen kann. Auf traditionelle Präsentationsformen soll weitgehend verzichtet werden. War das Festival bisher ein Forum, das Ergebnisse aus den Labors der Künstler und Wissenschaftler vorstellte, erklärte sich *Ars Electronica* in diesem Jahr selbst zum Experiment.

Künstler arbeiten im »Mediendorf« (frei nach McLuhan), das durch die charakteristische Struktur des Lebens in einem Dorf gekennzeichnet ist. Zum Teil arbeiten sie rund um die Uhr, lediglich Konzerte, Ausführungen und Performances bilden zeitliche Orientierungspunkte.

Das gewohnte Ritual des Festivalbesuchers soll damit destabilisiert werden, jeder Besucher wird mit seinem Eintritt zum Bewohner der Dorfgemeinschaft.

Das Mediendorf im Brucknerhaus gleich neben der Donau ist mit einer elektronischen Brücke mit dem Medienalltag eines Kommunikationsbetriebes im ORF-Landesstudio Oberösterreich verbunden.

Quasi als infrastrukturelle Maßnahme, als Interaktion zwischen Medienkunst und Medienrealität.

DORF — Gackernde Hühner, keuchende Hunde, brummelnde Kühe. Bauernhof, Wirtshaus und Kirchturm. In der Ferne die stämmig-freudigen Töne eines Musikantenstadels? Im

Die Medienkünstler Elisa Rose *und* Gary Danner *im Kairo-Outfit*

ozonumwehten Kopf vielleicht Aldiss Öko-Thriller *Tod im Staub* oder *Dr. Moreaus neue Insel?*

Falsch assoziiert. Denn es wird weiter ausgegriffen. Ein *Ars Electronica*-Projekt der multimedial arbeitenden Gruppe *Station Rose* bildet einen Angelpunkt für dörflichen Charakter.

Ich wähle diese Station als Ausgangspunkt, d.h. hier ist der Bauernhof, von dem der (bioelektrische) Landwirt seinen Ausgang nimmt, hin zur Kirche, hinüber ins Wirtshaus. Folgen wir ihm also durchs Szenendorf.

KAIRO — Kein Dorf, aber auch keine Stadt im alteuropäischen Sinne. Elisa Rose und Garry Danner arbeiten seit über einem Jahr in ihrer transportablen multimedialen

Ankündigungspostkarte der Station Rose *für ihren Ars Electronica Beitrag*

Kunststation Rose, die letzten acht Monate davon in der ägyptischen Hauptstadt, im »Außendienst«. Kairo ist für sie das »Global Village« der Post-New York Aera. In Kairo meinen sie dasselbe Szenario wie in *Bladerunner* und der *Klapperschlange* zu finden: »Ein Slum grenzt unmittelbar an eine Mittelschule, ein Hospital an eine Gruppe modernster Wolkenkratzer — ganze Großfamilien leben in den Straßen oder in den Rohbauten zukünftiger Hochhäuser — neben einem Lagerfeuer und blinkenden Neonreklamen hocken zwei Ägypter bei ahwa masbut (Kaffee) am Straßenrand und sehen sich ›Busstop‹ im Fernsehen an, der Apparat steht auf einer Kiste am Trottoir, Spezialeffekte am Flimmerbild liegen am prinzipiell nicht getunten Empfang — daneben weidet eine kleine Ziegenherde — ein Kassettenhändler wirbt für die Muezzin-Hitparade, sein Konkurrent nebenan für den neuesten Araberelektropop. Beide mit voll aufgedrehten Soundmachines.«

KAIRO/LINZ — Die Ergebnisse des Kairo-Aufenthalts werden als musikalisch/visuelle Zwischenergebnisse als »Aktive Mixed-Media-Zelle« und im »Gunafa Pavillon« gezeigt, der Pavillon ist Teil des Linzer Mediendorfes (Gunafa, ägypt. bedeutet das Entstehen einer neuen Qualität aus unterschiedlichen Elementen, hier: aus ägyptischen und europäischen).

Danner und Rose schlagen ihre Zelte im Brucknerhaus auf und werden dort rund um die Uhr weiterarbeiten, wie in ihrer Kunststation in Wien. Das Kairo-Klangszenario wird remixt, digitalisierte Grafik bearbeitet. Die Linzer Station wird mit Mailbox, Tonstudio-, Computer-Videoeinheit, Printer, Telefax und Sampling Keyboard bestückt sein. Der Körper kann live dabei sein.

KAIRO — Wie es die beiden Künstler sehen: »Bei der Feldforschung in Kairo kam die Station Rose zu verblüffenden Ergebnissen. Die auf der 5000 Jahre alten pharaonischen Kultur basierende Großstadt in der dritten Welt kann als Science Fiction-Modell für zukünftige urbane Lebensformen gesehen werden. Cyberpunk, die neueste Richtung der Science Fiction-Literatur, hat hierfür den Begriff SPRAWL geprägt. Anstelle der Großstadt mit kommerziellem und kulturellem Zentrum tritt das ›weit auseinandergezogene, unregelmäßig ausgebreitete Ballungsgebiet‹ (William Gibson), das ganz andere, von Ort und Entfernung unabhängige Kommunikationssysteme erfordert und zwangsläufig neue Kulturformen hervorbringen wird.«

Science Fiction in der Kunst. Über die Schreibweise der Gattungsbezeichnung kann (wieder) gestritten werden.

Übrigens: Auffallend ist die starke Präsenz von Tierischem überhaupt. Neben Ziegenherden läßt Friederike Pezold in ihrer Videoinstallation »Die moderne Familie im Jahre Soundso« einen Hund fernsehen und auch der Amerikaner Alan Rath konstruierte einen elektrischen Vogel mit Monitorkopf. Vielleicht weil es demnächst ein neues Motto zu entdecken gilt: Besuchen Sie den Stall, solange es dessen gewohnten Inhalt noch gibt? Denn eine Schiege (bereits patentierte, genetisch hervorgebrachte Kreuzung aus Schaf und Ziege) ist nicht im Programm des Festivals für Kunst, Technologie und Gesellschaft. Kein Wunder, so lange dessen (deren?) Verhalten noch nicht hinreichend erforscht werden konnte.

Doch nun zum Kirchturm.

LINZ — Der Medienkirchturm sei ein Fernsehsender. *Ponton Medias* (eine internationale vazierende Gruppe von unabhängigen TV-Produzenten), eine der beiden Fernseh- und Radiostationen, die ihre Sendungen im Rahmen der *Ars* produzieren und senden wollen (!), versuchen eine Vernetzung kultureller »Parallelitäten« in Europa im Rahmen von *Van Gogh TV.* Künstlerische Produktionen, Impressionen und Kommentare, vor allem aus den Oststaaten DDR, Polen, Jugoslawien, Ungarn und der ČSSR werden in das Programm mit aufgenommen.

Van Gogh TV versuchte bereits 1988 in Niedersachsen im Rahmen des Osnabrücker *European Media Art Festivals* eine Sendebewilligung zu erlangen, die ihm allerdings verwehrt blieb (siehe meinen Beitrag im Jahrbuch 1989).

Ähnliche Probleme könnte es für die österreichischen Monopol-Hüter auch mit *Rabotnik TV,* einem niederländischen Underground-Sender, dem österreichisch-schweizerischen *Radio Subcom,* sowie dem Linzer *Stadtwerkstatt TV* geben. Sie sprechen in ihren Ankündigungen von lokalem Radio/Fernsehen.

Interessanten Informationsfluß verspricht auch die Erstellung einer täglichen Festivalzeitschrift, die die bundesdeutsche Gruppe *Pool Processing* in Linz gemeinsam mit dem oben erwähnten, zur selben Zeit ablaufenden *European Media Art Festival Osnabrück* herausbringt. Gleichzeitig speichert *Pool Processing* (als datenwütiger Dorfgendarm?) in einer Datenbank alle Festival-Aktivitäten.

Non Stop Bar-Schild
von Raoul Marek

BUDAPEST — Die ungarischen Musiker um Tibor Szemzö, die Guppe *Futterbasis,* spielt simultan an verschiedenen Orten, das komplette musikalische Erlebnis kommt im Konzertsaal zusammen. Eine »Interaktion« mit dem ungarischen Fernsehen ist geplant.

LINZ — Nach den Medienkirchtürmen hinüber ins Wirtshaus. »Das Dorfgasthaus ist Tag und Nacht geöffnet«, wird vernommen. Der Schweizer Raoul Marek wird 24 Stunden am Tag für Gastlichkeit und angenehmes Gesprächsklima sorgen. Wie heißt es so treffend in der Ankündigung: »Das Projekt ›BAR No. ∞‹ von Raoul Marek beinhaltet die Ebene der unmittelbaren Kommunikation im Sinne des persönlichen Dialoges. Im Netz des Systems Mensch.«

Sicherlich ein Kommunikationszentrum ersten Ranges wird auch Carl Loefflers *Art Com Television* werden. Eine Ausstellung, Präsentation und der Austausch von Software für Personal Computer von Künstlern sind angekündigt. Weiters ein elektronisches Netzwerk mit Online-Kunstprojekten und Online-Interaktivitäten, z. B. Romane auf Database, Computerbilder von John Cage und Data-Netz-Kunstwerke. Frei nach dem Motto: Bring Your Disks?

Doch etwas fehlt noch. Ein Dorf muß einen Fluß haben.

LINZ/SYDNEY — Durch das MEDIENDORF fließt der MEDIENFLUSS der Interaktionen: Installationen (z. B. Ruth Schnells »Tür für Huxley«), Performances (z. B. Marianne Amachers »2021 The Life People«), Konzerte (z. B. Szemzö), der Klangpark mit Maurice Agis »Colourspace« — einer begehbaren Klang- und Farbskulptur — und der Videoschwerpunkt »Australien« sind Schwerpunkte des MEDIENFLUSSES.

Begehbare Licht- und Klangskulptur Colourspace *von Maurice Agis*

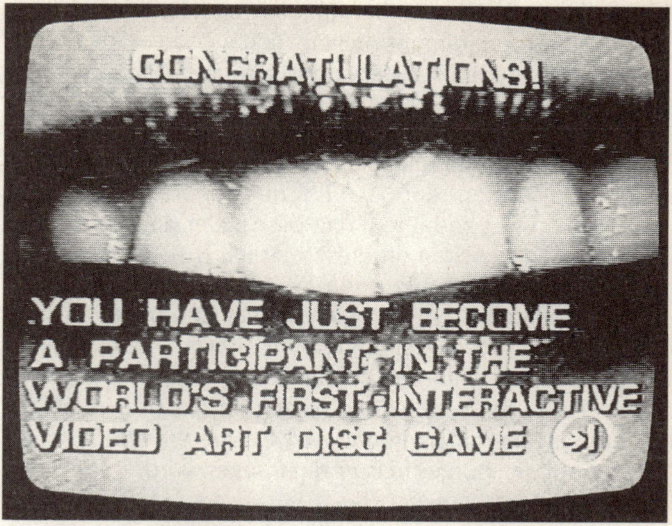

Lynn Hershmans *interaktives Spiel*

Neben dem genannten Videoschwerpunkt sind auch andere Australier vertreten. Allan Lamb ist da mit einer Idee, die er aus James Graham Ballards früher Phase übernommen haben könnte: *Wire Music* ist eine Musikstück, in dem australische Telefonleitungen als Windharfen verwendet werden.

Sein Landsmann Jon Rose entwickelte ebenfalls etwas fürs Ohr, er konstruierte ein Violinkonzert über Violinkonzerte, wofür er ein neues, interaktives Ultra-Sound-System entwikkelte, mit einem elektronischen Bogen, der natürlich weit mehr kann als ein gewöhnlicher Geigenbogen. (Dabei fällt mir die amerikanische Dorfbewohnerin Laurie Anderson ein.)

Jeffrey Shaw (Australien) und Dirk Goeneveld (Niederlande) haben sich auf Sportliches verlegt. Ihre Installation »Die lesbare Stadt« ist eine interaktive Computergrafik-Installation. Der Besucher fährt auf einem im Brucknerhaus aufgestellten Fahrrad per Monitor in eine simulierte städtische Landschaft aus dreidimensionalem Text.

Der Dorfbewohner unternimmt also per Fahrrad einen Ausflug in die Stadt.

Die erste »Interactive Sexual Fantasy Disk« produzierte Lynn Hershman 1984 und stellt sie, wie letztes Jahr in Osnabrück, im Rahmen der *Ars Electronica* vor. Dazu Lynn Hershman: »Es ist zu hoffen, daß die Spieler die verschiedenen Wahlmöglichkeiten (in diesem Spiel, d.A.) als eine metaphorische Assoziation zu dem Möglichen in ihrem Leben erkennen werden ... Anstatt ein passiver Zuschauer zu sein, nimmt ein Publikum der neuen Medien an dem, was es sieht, teil, es wird darin einbezogen und kann es aktivieren. Dieses Phänomen verleiht den einzelnen Macht und läßt ihnen ihren eigenen Platz in der Welt bewußter werden.«

Was wohl der Bürgermeister dazu sagen wird?

Science Fiction-Hörspiel 1988/89

Eine Gemeinschaftsproduktion von Ute Bauer, Sascha Mamczak, Thomas Tilsner und Horst Tröster

Alte Bekannte tauchen auf — Dieter Hasselblatt, Werner Zillig, Hermann Ebeling, Eva Maria Mudrich, Michael Koser mit neuen Folgen vom »Letzten Detektiv«, Dirk Josczok, der sich zum Kurzhörspiel-Spezialisten entwickelt hat — und neue Namen im SF-Medienverbund: Michael Batz, Michael Gaida, Abdel Moneim Laban und andere mehr.

Michael Batz bringt in »Deutschland Atlantik« nicht nur das Kunststück fertig, Helmut Kohl, Ronald Reagan, Margaret Thatcher und Erich Honecker samt Anrufbeantwortern gemeinsam in einem SF-Hörspiel auftauchen zu lassen, sondern sogar die Wiedervereinigung der beiden deutschen Staaten zustande — natürlich in den Grenzen von 1937.

Autor des 6. Teil von AGENTUR LUZIFER, in der die Intellektuellen in der Gosse leben und alle Worte markenrechtlich geschützt sind, ist deshalb aber nicht die Stahlhelm-Fraktion der CDU/CSU-Fraktion, sondern Michael Gaida, der den Cyberpunk in diesem Jahr im SF-Hörspiel vertritt.

Im Anschluß an eine Reihe von Einzelbesprechungen, mit denen wir die nach unserer subjektiven Sicht besten (oder zumindest erwähnenswertesten) SF-Hörspiele im Berichtszeitraum (August 1988 bis Juli 1989) vorstellen, findet sich wie üblich ein Index aller Ursendungen von SF-Hörspielen in diesem Zeitraum. Die kurzen Inhaltsangaben sollen bei Wiederholungen im Radioprogramm eine Orientierungshilfe darstellen (denn wer versucht, nach dem Titel SF-Hörspiele ausfindig zu machen, geht oft fehl), ohne die Spannung aufzuheben.

Deutschland Atlantik

von Michael Batz
Regie: Hans Rosenhauer
NDR 1988

»Hello allerseits, ja Sie sind vollkommen richtig, hier ist das Weiße Haus, und hier spricht der Präsident der Vereinigten Staaten von Amerika. Sorry, but ich bin nicht ganz da — ich meine ich bin irgendwo anders.« Bundeskanzler Kohl hat kein Glück, denn Ronald Reagan ist nicht zu Hause. Gerade diesmal, wo er ihn nicht wegen der deutschen Kurzstreckenraketen erreichen wollte, sondern wegen eines Projektes, das »unsere amerikanischen Freunde« in helle Aufregung versetzt. Aufgrund der Umweltzerstörung und einer drohenden Atomkatastrophe in Mitteleuropa will man die Deutschen umsiedeln — auf eine schwimmende Insel in den Südatlantik. Und ihre Heimat soll natürlich gleich mit, zwar mit importierter Heimaterde aus China, dafür aber in den Grenzen von 1937. »Neudeutschland« soll es heißen, die lang ersehnte Wiedervereinigung, das »gelobte Land« und die »Summe des Deutschseins« wie es der Initiator des Projekts ausdrückt. Die ehemalige Heimat wird Altland und kommt zum Verkauf an die Börse, wo die Palästinenser und andere schon warten.

»Deutschland Atlantik« ist eine Science Fiction-Satire reinsten Wassers — und ganz nebenbei eines der besten und unterhaltsamsten Hörspiele der letzten Jahre. In »Deutschland Atlantik« wird der Hörer sowohl mit berühmten Staatsmännern als auch mit repräsentativen Personen der viel strapazierten »bundesrepublikanischen Wirklichkeit« konfrontiert: Zwei »Freaks« und ihr Hund Bismarck (auf den dann das ganze Unternehmen kommt) finden die geheime Projektakte am Strand, diskutieren sich aus und versuchen sie an die Zeitschrift SPIEGELEI zu verkaufen, dessen Starreporter sich als ehemaliger Alternativer erweist. Die Chefsekretärin des Bundeskanzlers versorgt ihren Chef mit Nougat, geht mit dem Kanzlerreferenten ins Bett und spioniert für die DDR.

Die Parteileute aus der zweiten Riege prügeln sich, kaufen kräftig Altland und wollen ins Drogengeschäft einsteigen. Bundeskanzler Kohl sieht wie immer keinen Handlungsbedarf, weiß nicht, was ein GAU ist und richtet sein Büro im Südseestil ein. Die Amerikaner marschieren, nachdem sie von dem Projekt erfahren haben, auf Bonn zu — als Römer verkleidet, was allgemein als verspäteter Karnevalsscherz aufgefaßt wird. Und Ronald Reagan zieht ein zweites Frühstück dem Libanon-Problem vor und erzählt den europäischen Regierungschefs aus seiner Witzesammlung.

Fast schon genialer Höhepunkt des Hörspiels: ein Telefon-Intermezzo, in dem sich Kohl, Thatcher, Reagan, Honecker usw. mit dem jeweiligen Anrufbeantworter des anderen streiten.

»Deutschland Atlantik« soll, so der Vorspann, dem Hörer einen ironischen Einblick hinter den Stacheldrahtzaun des Bundeskanzleramtes geben, einen Einblick in die zum Teil verworrenen Gedankengänge sogenannter Entscheidungsträger. Es ist mehr dabei herausgekommen: Eine scharfsinnige, intelligente Satire, die nichts ausläßt, was den Deutschen heilig ist, und dabei die Machtgeklüngel auf sämtlichen politischen Ebenen überzeugend aufs Korn nimmt. Unterhaltung mit Anspruch: Nichts wird ernstgenommen, die Satire selbst dagegen sehr. Und tatsächlich sind die Einfälle so gut, daß man ob des mäßigen Schlußes gnädig gestimmt ist.

Die Idee zu »Deutschland Atlantik« ist für das Medium Rundfunk geradezu maßgeschneidert. Da es nur auf Stimmen und Geräusche ankommt, können sich natürlich die Imitatoren der Politiker austoben. (Und das tun sie auch: allen voran Ron Williams als Mr. [Ex-]President.) Aber auch darüber hinaus werden die Möglichkeiten des Hörspiels voll ausgeschöpft. Abwechslungsreiche Musik erzeugt treffende Stimmungen. Die vielen, für die Handlung notwendigen Szenenwechsel, die gerade bei einem Hörspiel den Handlungsfluß beeinträchtigen könnten, sind optimal miteinander verbunden, und fallen daher nicht zu sehr auf. Die Dialoge wirken an keiner Stelle hölzern, die ungewöhnlichsten Einfälle nie an den Haaren herbeigezogen. Und ein großes Lob darüber hinaus: »Deutschland Atlantik« verfügt über ein Element, das man bei Hörspielen leider zu oft vermißt — Spannung.

»Deutschland Atlantik« ist ein bissiger SF-Hörspaß, der vielleicht auch dazu beiträgt, daß man die Augen künftig ein wenig weiter öffnet — besonders in der Karnevalszeit, wenn die Römer marschieren ...

Sascha Mamczak

Einsame sind erpreßbar

von Abdel Moneim Laban
Regie: Hartmut Kirste
HR 1988

Wer denkt beim Stichwort Ägypten in Zusammenhang mit literarischer Fiktion nicht auch an Pyramiden, Grabkammern und den Fluch der Pharaonen? Und tatsächlich ist es ein zutiefst unheimliches Spiel, das sich der gebürtige Ägypter Abdel Moneim Laban, heute als Studienrat in Deutschland tätig, ausgedacht hat. Es ist so eine Art von stillem Horror, der in eine scheinbar ganz alltägliche Situation einbricht, langsam anflutet, immer bedrohlicher wird, keinen Ausweg mehr offen läßt. Bengtson jr. ahnt noch nichts von dem Unheil, das ihn umgarnt. Er lebt mit Leib und Seele für sein Unternehmen. Umsatz und Expansion sind alles, der Terminplan bestimmt sein Leben. Daß dabei seine Frau zu kurz kommt und er seine Kinder nur noch schlafend sieht, nimmt er bedauernd hin, aber die Kunden gehen vor. Bengtson ist erfolgreich, aber einsam. Das wird ihm bewußt, als ein unheimlicher Fremder in seiner Firma auftaucht, der weder am Geschäft noch an den neuen Abfüllmaschinen das geringste Interesse zeigt. Als Bengtson ihn verärgert vor die Tür setzen will, weil er nicht einmal seinen Namen nennt, weist ihn der Fremde zurecht und betont, daß er seinen Auftrag in jedem Fall zu erfüllen gedenke. Immer wieder findet er einen Weg, um an Pförtner und Sekretärin vorbei in Bengtsons Büro zu finden. Er kommt von nun an regelmäßig, ohne jedoch auch weiterhin Fragen nach seinen Absichten zu beantworten. Was bezweckt er? Will er ihn erpressen? Aber womit und warum? Bengtson fühlt sich zutiefst verunsichert und engagiert einen Privatdetektiv, weil die Polizei mit seinen vagen Anschuldigungen nichts anfangen kann. Aber der Fremde läßt sich nicht überlisten. Er behauptet, Bengtson seit Jahren zu kennen. Seine Auftraggeber beobachteten alle Menschen, die ihnen interessant erschienen, darunter viele, die ebenfalls Schlüsselpositionen innehätten. Und er zeigt sich über jede Äußerung von Bengtson unterrichtet. Wörtlich. Denn auf einem mitgeführten Tonbandgerät ist jedes Gespräch, das Bengtson in der letzten Zeit geführt hat, aufgezeichnet. Allmählich verliert Bengtson den Boden unter den Füßen. Von dem Detektiv gemachte Aufnahmen sind an der Stelle, an der der Unbekannte hätte zu sehen sein sollen, geschwärzt. Die Durchsuchung seines Büros mit einem Gerät zum Aufspüren von Wanzen verläuft ergebnislos. Dagegen offenbart das gleiche Gerät Geheimnisvolles: es reagiert mit einem heftigen Ausschlag, als es auf ihn selbst gerichtet ist. Bengtson verändert sich, wird depressiv. Eine gründliche ärztliche Untersuchung ergibt keinen Befund. Erst als ein Spezialist ein neuentwickeltes computergestütztes holografisches Enzephalogramm anfertigt, tritt ein rätselhaftes Phänomen zutage. An einer bestimmten Stelle der Aufzeichnung erscheint für einen Augenblick, einem Vexierbild gleich, eine rätselhafte Anomalie, einem elektronischen Schaltbild nicht unähnlich. Alles deutet darauf hin, daß in seinem Gehirn ein Fremdprogramm eingespeichert sein muß, das nach Meinung des Arztes die perfekte Holografie eines funktionierenden Senders enthält. Tatsächlich ist dem Arzt ein ähnlicher Fall bekannt geworden, eine bekannte Persönlichkeit der Stadt. Und dann erscheint der Fremde ein weiteres Mal und kündigt an, es sei nun an der Zeit, die Grundlagen eines gemeinsamen Arbeitsvertrages zu erörtern.

Bei nur oberflächlichem Hören scheint das Hörspiel abrupt zu enden, dem Hörer eine zum Greifen naheliegende Pointe vorzuenthalten. Aber die Pointe findet sich schon ganz zu Anfang. Es ist die Lebensgeschichte eines Mannes, der ganz seiner Karriere lebt. Zugegeben, nichts Ungewöhnliches. Wieso also Pointe? Es ist wohl die Art der Darstellung, die dem Hörer eine andere Sichtweise von vermeintlich Alltäglichem, leider allzu selbstverständlich Gewordenem vermittelt. In der Science Fiction ist dieses Thema bisher noch nicht abgehandelt worden, und allein schon daher unbedingt hörenswert, denn welcher Autor hätte in den letzten Jahren tatsächlich eine Thematik entwickelt, von der sich sagen ließe, sie sei neu im Genre? Interpretatorisch läßt das Hörspiel Deutungen auf einer ganzen Reihe von Ebenen zu, die einander aber nicht widersprechen. Natürlich ist es die Geschichte einer zunehmenden Vereinsamung, der Isolation vom Mitmenschen, von der menschlichen Gemeinschaft, von Werten, die sich nicht in harter Währung ausdrücken lassen. Und es ist eine Geschichte um die zunehmende Mechanisierung des Menschen, wobei diese Entmenschlichung hier als intracerebrale Inkarnation gruselig-phantastisch verdeutlicht wird. Darüber hinaus spielt aber auch eine Verschwörung der Besitzenden eine wichtige Rolle, derer, die die Macht haben, in deren Händen sich alle Mittel befinden, die Schlüsselpositionen in der Gesellschaft innehaben. Und auf einer vierten Ebene ist da noch das Unheimliche, das Fremde, das aus diesem Entmenschlichungsprozeß irgendwie einen Profit zieht, sich daran bereichert. Beelzebub, der auszieht, seine Saat zu ernten? Vielleicht nicht so direkt. Nicht so konkret. Aber wenn eine Reihe von Theologen wie Dorothee Sölle einen Pantheismus vertreten, der Gott in allen Menschen sucht, so darf es hier erlaubt sein, das Negative in Form einer Personifizierung als reale Bedrohung vor Augen zu führen.

Science Fiction einmal nicht als Warnung oder Denksport. Schon eher als literarisch — gelungener! — Trick, uns vor etwas in uns schaudern zu machen, das heute so selbstverständlich geworden ist, daß es uns nur zu vertraut und gar nicht schaudernswert erscheint. Vielleicht nicht mehr, wenn wir dieses Hörspiel gehört haben.

Horst G. Tröster

Der letzte Detektiv 13–16: Megastar Supernova Schneewittchen Störfalle

von Michael Koser
Regie: Alexander Malachovsky
BR 1989

Jonas, der letzte Detektiv, und sein Schöpfer Michael Koser gönnen sich nach Folge 16 dieser SF-Krimi-Serie erst mal eine Denkpause, und Sam, der ewig quasselnde sogenannte Computer, wird stillgelegt — vorläufig, versteht sich. Denn als letzter Detektiv in den Vereinigten Staaten von Europa des Jahres 2011/12 ist man der gespannt lauschenden Hörerschaft schließlich was schuldig. Einfach von der Bildfläche — Verzeihung: aus dem Äther — verschwinden, das ist nicht die Art von Jonas; und Sam würde vermutlich alle Seuchen des Erdballs und sämtlicher Kolonien auf den armen Michael Koser herabregnen lassen — verbal, natürlich, aber das reichte ... Also werden wir vermutlich auch in Zukunft das Vergnügen an den Abenteuern dieser zwei liebenswerten Chaoten nicht missen müssen.

Obwohl, und damit kommen wir endlich zu den oben genannten Folgen, dieses Vergnügen durchaus nicht ganz ungetrübt ist. Das liegt sicher nicht an der Spannung, die bleibt meist gewahrt bis zum Schluß. Aber dieser Schluß bringt nicht immer das (unrealistischerweise?) erwartete Happy End, und es geht doch oft recht zynisch-brutal zu. So in »Megastar«, als Jonas dem desaktivierten Robotkiller den Laser abnimmt, mit dem der gerade jenen lebensmüden Megastar getötet hat, und den obskuren Producer der Holo-Firma damit zur Hölle schickt. Nicht, daß der Hörer dem Fiesling dieses Ende nicht gönnen würde, aber Jonas tötet ohne Not, und das hinterläßt einen faden Nachgeschmack.

In »Supernova« entkommen er und seine Freundin mit

zwei Fallschirmen, während der dritte ohne Fallschirm auf dem Dach zurückbleiben muß und im Lasergewitter der Verfolger stirbt. Auch dieses Ende ist nicht unverdient, wenn man so will, weil dieser Lobo zuließ, daß drei Astronautenkollegen an Bord eines beim Start explodierenden Shuttles umkamen, obwohl er von der Explosion wußte. Aber wenn man bedenkt, daß die eigentlichen Verbrecher ungeschoren davonkommen, weil Jonas die Beweise, die er gerettet hat, nicht an die Öffentlichkeit bringen kann, ohne sein Leben akut zu gefährden, dann ist das vielleicht ein sehr realistisches Ende, aber kein besonders zufriedenstellendes.

In »Schneewittchen« geht es um Rauschgifthandel, den Jonas unterbinden soll, indem er dem Händler Senor Hugo, der Diplomatenstatus genießt, solche Angst einjagt, daß er die Finger davon läßt. Nur leider ist Sicherheitsdirektor Mustermann, der Jonas diesen Auftrag erteilt, überhaupt nicht gewillt, Jonas die Ausführung zu erlauben, denn der Tausch Rauschgifthandel gegen Organhandel ist viel zu einträglich und eine politische Notwendigkeit. Zu schlechter Letzt tötet Mustermann Senor Hugo und erleidet dann zu seiner Überraschung einen tragischen Unfall, der Jonas' Ex-Freundin Judith zur heißen Anwärterin auf den Posten eines Sicherheitsdirektors macht. Tja, so spielt das Leben — oder?

In »Störfalle« hat Jonas es wieder mal mit den verrückten Killerkids im Reservat zu tun. Nachdem er seine Nase zu tief in die Angelegenheiten des Gentech-Unternehmens BIO gesteckt hat, landet Jonas als Gefangener bei den »Rambos«, bis diese von den »Witches« niedergemacht werden. Deren Anführerin überredet er zu einer Hilfsaktion, die es ihm erlaubt, den vorgeschobenen Störfall bei BIO als Falle zu enttarnen. Die sollte verschleiern, daß BIO an kranken Werksangehörigen ein heimtückisches Nervengift testete — zur vollen Zufriedenheit des Abnehmerlandes im Nahen Osten. Da stimmt es dann schon eher gnädig, daß die beiden Vorstandsvorsitzenden von BIO bei den »Witches« ausgelöst werden müssen, und die Anführer der »Rambos« einem vermutlich recht schmerzhaften Ende beim Hexensabbat entgegensehen.

Es bleibt festzuhalten, daß der Hörer um jeden Kalauer des unverdrossenen Sam froh ist, weil er die Atmosphäre auflockert und über die blutigen Sequenzen leichter hinweghören läßt. Und ein Computer, der hartnäckig darauf besteht, erkältet zu sein und dies mit gewaltigen Niesanfällen unterstreicht, ist ein hervorragender Ausgleich zu dem doch recht skrupellos gewordenen Jonas. »Der letzte Detektiv« bietet noch immer spannende und witzige Unterhaltung, aber es wird doch mit erheblich härteren Bandagen gekämpft als zu Beginn der Serie.

Ute Bauer

Das Insel-Dilemma: Berenice

von Hanns Kneifel
Regie: Andreas Weber-Schäfer
BR 1988

Eine Insel im Mururoa-Atoll, eine Handvoll Palmen, radioaktiver Niederschlag von französischen Atombombenversuchen, ein gestrandeter Einhandsegler namens Adrian. Im Hintergrund: Wellen. Adrian spricht zu sich selbst, und wenig später mit einem Kristall, der wie eine Pflanze auf der Insel wächst. Der nämlich ist ein außerirdisches Wesen, vor Jahrtausenden auf der Erde gestrandet und seitdem nur mit zwei Dingen beschäftigt: Wachsen und Informationen sammeln.

Der Kristall, von Adrian Berenice genannt, ist das Fremde, die unverständliche Lebensform. Ein Netz von Rezeptoren. Adrian kommt zu dem für einen Menschen einzig möglichen Schluß: »Du bist nutzlos.« Und Berenice bleibt nichts anderes übrig als zu sagen: »Adrian, du Mensch.« Hanns Kneifels »Das Insel-Dilemma: Berenice« ist eine Auseinandersetzung mit dem Fremden, der Versuch einer Annäherung, der jedoch Technik und Dramaturgie dieser Hörspielfassung nicht gerecht werden. Das Hörspiel-Dilemma.

Gerade bei dieser Ausdrucksform ist nicht nur das »Worum geht es?« sondern auch das »Wie mache ich deutlich, worum es geht?« von entscheidender Bedeutung. Da genügt es nicht, zwei Sprecher in einen Raum zu stellen, die sich dann gegenseitig philosophische Betrachtungen servieren. Vielmehr müssen Geräusche, Atemtechnik, Schauspielkunst — nicht zuletzt die Auswahl der Sprecher die Inhalte unterstützen.

Hanns Kneifel und Andreas Weber-Schäfer verzichten auf akustische Effekte, auf Szenenwechsel oder erklärende Kommentare. Es soll der Eindruck erweckt werden, als würde ein unsichtbarer Teilnehmer dem Gespräch von Berenice und Adrian zuhören. Die technische Vereinfachung erzwingt eine Konzentration auf das, was gesagt wird und wie es gesagt wird, auf den Dialog. Berenice — für mein Gehör eine echte Fehlbesetzung — und Adrian sprechen jedoch miteinander, als ob sie sich in Liegestühlen gegenübersitzen würden. Das Gespräch ist statisch, es gibt keine entscheidenden Veränderungen, die sich in Stimmlagen oder Sprechgeschwindigkeiten widerspiegeln könnte. Berenice, das Fremde, ist im Kopf des Hörers eine Frau, kein Kristall, sie ist in ihrer Art zu menschlich. Adrian seinerseits zeigt keinerlei Berührungsängste, bereits am dritten Tag sieht er Berenice als selbstverständlich an, seine Stimme drückt kein Unverständnis mehr aus. Der Dialog wird zum Wortgeplänkel — Langeweile kommt auf.

Doch sehen wir einmal davon ab. Nehmen wir an, zwei passendere Sprecher (vielleicht auch mehrere, denn Berenice kann ja die Stimme verändern) wären ausgewählt worden. Ganz sicher eine absolut notwendige Korrektur, doch ich glaube, daß im Dialog selbst Wichtiges fehlt. Adrian und Berenice sind sich zwar völlig fremd, aber nur auf emotionaler Ebene. Nie scheint es, als existiere zwischen Adrian und Berenice eine Grenze, die das Gespräch auf der Basis des Intellekts beeinflußte: Bis hierher und nicht weiter. »Du denkst als interstellarer Kristall in ganz anderen Bahnen als ein Mensch«, sagt Adrian. Doch diese »Bahnen« werden nicht definiert. Berenices angehäuftes Wissen, ihre Fähigkeit, Radiowellen zu speichern und wieder abzuspielen, der Dualismus zwischen dem Kristall-Computer und ihrem empfindsamen Wesen. Das alles bleibt im Hintergrund.

Kneifel reduziert die Aussagemöglichkeiten des Dialoges — auf das Emotionale; dort verläuft die Grenzlinie. Aggression kann Berenice töten. Und da jeder Mensch natürliche Aggressionen besitzt, kann sie nicht unter Menschen existieren. Je mehr sich Adrian erholt, desto schwächer wird Berenice. Das Insel-Dilemma: Die Hubschrauberbesatzung, die Adrian retten soll, wird zur Lebensgefahr für den Kristall. Die Lösung, die keine ist: Berenice opfert sich.

Das Insel-Dilemma ist ein menschliches Dilemma. »Jeder überlebt auf Kosten des anderen.« Ein Stoff, der eine engagiertere, phantasievollere Bearbeitung verdient hätte.

Sascha Mamczak

Projekt Ichthanthropos gescheitert

von Dieter Hasselblatt
Regie: Jürgen Dluzniewski
HR 1988

Die Weltbevölkerung nähert sich der 7-Milliarden-Grenze. Schon im letzten Drittel des 20. Jahrhunderts waren siebzig Prozent der Menschheit unterernährt. Nach dem Scheitern aller Versuche, Eiweiß und Fett mikrobiell aus Erdöl zu synthetisieren, hatte die Forschungsgruppe Ernährung der UNO, World Food Research, mit Nachdruck und erheblichem finanziellen Aufwand ein Projekt zur Nahrungsbeschaffung gefördert, das auf dem hohen Protein- und Lipoidgehalt von Grün-, Braun- und Rotalgen basierte und mit dem in Zukunft die menschliche Ernährung gesichert werden sollte. Das Projekt Ichthanthropos hatte zum Ziel, als Gärtner für die submarinen Algenkulturen Lebewesen zu züchten, die genbiologisch zu zwei Dritteln aus menschlichen, zu einem Drittel aus tierischen Genen der Fischotter und des Lungenfisches konstruiert waren und auch unter Wasser leben konnten. Nach jahrzehntelanger Entwicklung des Gencodes und der Genprogrammierung war endlich das Ziel erreicht. Bis zur Pubertät verlief alles zufriedenstellend, bis dann zum ersten Mal unerklärliche Hautaufquellungen, Abschuppungen und fortschreitende Epidermolyse, zunächst bei weiblichen Exemplaren und vorzugsweise während der Menstruation, aufgetreten waren. Eines Tages findet man die Retortenwesen tot in ihrem Wohnaquarium, in das man sie umquartiert hatte, nachdem die schweren Hautläsionen einen Aufenthalt im Meer unmöglich gemacht hatten.

Das Projekt wird zum Fall für den internationalen Gerichtshof. In einer hitzigen Auseinandersetzung wirft ein Vertreter der UN-Menschenrechtskommission dem Projektmanager vor, es gehe ihm nur um das Scheitern eines gentechnischen Experiments und nicht um die Ichthys selbst. Man einigt sich darauf, einen Untersuchungsausschuß, bestehend aus den Mitgliedern des Teams sowie einem bislang mit dem Projekt nicht vertrauten Zoologen, mit der Klärung des Falles zu beauftragen. Wer hat das rätselhafte Sterben der Ichthanthropoi verschuldet? War es Unfall, Mord — oder Genozid? Es gibt Anzeichen, die auf eine absichtliche Tötung hindeuten, und derjenige, der die tödliche Substanz ins Wohnaquarium verbracht hat, muß sehr genau um die mit der Epidermolyse einhergehende osmotische Durchlässigkeit der Haut gewußt haben. Bild- und Tonaufzeichnungen dokumentieren, daß die Ichthanthropoi unter der Fehleinschätzung zu leiden hatten, nicht als vollwertige Menschen mit Intellekt, Sprache und Emotionen und mit dem Anspruch auf alle Persönlichkeits- und Freiheitsrechte angesehen zu werden, sondern als Zuchtergebnis genbiologischer Manipulationen, als kostenintensive Maschinen, die zu funktionieren hatten und auf die die Menschheit ein Anrecht zu haben glaubte. Hinzu kam ein Gefühl von Überflüssigkeit, weil inzwischen für die Aufgaben, für die sie entworfen worden waren, längst Servomechanismen existierten. Der wachsende Isolationsdruck hatte sich noch verstärkt, seit sie, die gewohnt waren, sich im Wasser überaus schnell, geschmeidig und frei zu bewegen, infolge ihrer Hautläsionen an das Wohnaquarium gebunden waren wie Goldfische ans Glas. Die Mitglieder des Ausschusses sind sich einig, daß der Fall nicht auf der Basis von Fakten, sondern nur psychologisch zu lösen ist. Der Täter muß ihre ganze existentielle Situation und die Folgen richtig durchschaut haben. Aber wer außer den Ichthys selbst wäre dafür in Frage gekommen?

Wer das Werk von Dieter Hasselblatt kennt, wer schon einmal eine seiner faszinierenden Geschichten um utopisch-phantastische Tiere gelesen hat, wer weiß, daß der Autor — Kurd Laßwitz-Preisträger, langjähriger Leiter der Hörspielabteilung des Deutschlandfunks und des Bayerischen Rundfunks, jetzt als freier Schriftsteller in der Nähe von München lebend — in den sechziger Jahren Tierpflege-Praktikant im Frankfurter Zoo gewesen ist, ahnt, was ihn auch in diesem Hörspiel an »Erdenklich-Ausphantasiertem« erwartet. Mit dem amerikanischen Autor Stanley G. Weinbaum verbindet ihn, daß beide, anders als die meisten Science Fiction-Autoren, zoologisch plausible, in sich stimmige Tier-Wesen erfinden, Lebensformen, die nicht bloß monströse Karikaturen des Menschen und der bekannten Tierwelt sind. Anliegen in seiner neuesten Arbeit war es, die Ichthanthropoi, diese gentechnologisch fabrizierte Minderheit, leben zu lassen, wirklich leben und lieben zu lassen und geliebt zu werden: »Tiermenschen«, die so menschlich wie irgend möglich agieren und so den Konflikt zwischen dem biologisch-technischen Fortschritt und seinem lebendigen Ergebnis so glaubhaft und so vital wie möglich sichtbar machen; Lebendigkeit, von uns für uns gemacht — aber dann damit allein gelassen.

Manipulationen am Erbgut tauchen in jüngster Zeit vermehrt auch in Science Fiction-Hörspielen auf. Hier und da ist die Fiktion schon überholt durch eine Rechtsprechung, die nichts dabei findet, Chimären den juristischen Segen zu erteilen. Beachtlich, daß der Autor sein Hörspiel schon vor rund 15 Jahren geschrieben hat, die ersten Notizen zum Manuskript stammen von 1973. Noch interessanter ist, daß Hasselblatt genau dort beginnt, wo andere Autoren aufhören.

Geht es in anderen Darstellungen dieses Sujets eher um die Frage der moralischen Rechtfertigung von Manipulationen am menschlichen Erbgut und um die befürchteten Folgen, setzt Hasselblatt an einem Punkt an, an dem genetische Eingriffe längst Routine sind und Diskussionen über diese Thematik höchstens noch die Kosten betreffen. Sein Thema ist nicht das Für und Wider, nicht die Ethik einer Technik, die jenseits aller moralischen Überlegungen unbeirrt ihren Weg gehen und vor dem Menschen so wenig haltmachen wird wie die Kerntechnik, sondern um die Produkte, um unser Verhältnis, das wir dereinst zu den von uns gemachten Geschöpfen haben werden.

Hat es den Ichthanthropos wirklich gegeben?

Am 21. 10. 1987 berichtete die ›Neue Zürcher Zeitung‹ von der »Wasseraffen-Theorie«, die die bisher anerkannte Lehrmeinung der Abstammung des Menschen aus den ostafrikanischen Savannengebieten in Frage stellt. Sir Alister Hardys Außenseitertheorie geht von der Feststellung aus, daß nur wenige Charakteristika wie die weiträumige optische Orientierung auf eine Savannenherkunft hinweisen. Savannenbewohner müßten ein kurzhaariges reflektionsstarkes Fell aufweisen, der Mensch besitzt jedoch kein Fell. »Savannenbewohner ohne Fell sind nur entweder nachtaktiv oder wie der Elefant körperlich sehr groß. Bei großen Tieren ist die Körperoberfläche im Verhältnis zum Körpervolumen geringer als bei kleinen Tieren und deshalb die Überhitzungsgefahr reduziert. Das fehlende Fell hätte somit den menschlichen Vorfahren Nachteile gebracht. Etwa 94 Prozent aller Säugetierarten ohne Fell leben überwiegend oder vollständig im Wasser. Im Wasser ist ein Fell zur Abwehr einer Überhitzung nicht notwendig.« Aber es gebe noch andere Anzeichen, daß eine Vorfahrenlinie des Menschen überwiegend im Wasser gelebt haben muß. Unterhautfettgewebe, das beim Affen fehlt, komme sonst nur bei Wassertieren vor, da es im Wasser den Auftrieb erhöhe, an Land dagegen die Überhitzungsgefahr steigere und beim Laufen und Klettern eher hinderlich sei. Auch nachgewiesene degenerierte Muskelrudimente zum reflexhaften Verschließen der Nase beim

Tauchen lassen sich noch beim heutigen Menschen nachweisen. Nicht mit den Haarwurzeln in Verbindung stehende Fettdrüsen im Kopfbereich (verantwortlich für Akne, eine typisch menschliche Erkrankung) dienen nur zum Einfetten der Haut — unter Wasser! »Der Mensch leistet sich den Luxus, mit dem Urin verhältnismäßig viel Wasser abzugeben. Bei einem typischen Savannen- oder Wüstenbewohner ist der Salzgehalt des Urins etwa viermal höher als beim Menschen. Angepaßte Savannenbewohner gehen mit dem Wasser sehr sparsam um und versuchen Wasserverluste auf ein Minimum zu beschränken. Die Nieren des Menschen sind hingegen auf ein reichhaltiges Wasserangebot programmiert. Der Salzgehalt des menschlichen Urins liegt etwa in der Größenordnung des Salzgehaltes im Urin der wasserlebenden Säugetiere.« Sogar menschliches Verhalten zeige noch Relikte an eine Wasseranpassung: die Fähigkeit, willkürlich die Luft anzuhalten, das Schwimmvermögen Neugeborener; für Affen hingegen sei Wasser meist suspekt. Eigene Vorstellungen haben die Anhänger der zugegeben bizarren, aber stetig Pluspunkte sammelnden Außenseiter-Theorie zur Entwicklung des aufrechten Ganges formuliert. »Durch das Schwimmen wurden besonders die Beine entwickelt, die dann den Schritt zum aufrechten Gang begünstigen. Beim Pinguin ist der Bau der Füße gut an den Schwimmvorgang angepaßt. Sie sind breit und bieten einen großen Wasserwiderstand. Beim Menschen der Gegenwart indessen sind die Füße schmal. In Tansania ist allerdings eine fossile Fußspur erhalten, die bei den menschlichen Vorfahren auf eine breite Fußentwicklung hinweist. Die Fußspur (fotografiert von M. D. Leaky und R. L. Hay) wurde durch ungewöhnliche Glücksumstände erhalten. Der menschliche Vorfahre streifte über das flache Ufer eines Sees, als ein Vulkan ausbrach. Die Vulkanasche konservierte dann die Fußspur.«

Neben Kiemen und einem sich davon ableitenden größeren Mund besitzen Hasselblatts Ichthanthropoi größere, schlankere Füße als der Homo sapiens, verfügen über eine Verbreiterung im Zehenbereich und sind mit Schwimmhäuten ausgestattet. Hat Hasselblatt die Theorie von unseren amphibischen Vorfahren gekannt? Damals wohl kaum. Denn der Artikel erschien rund 13 Jahre, nachdem Hasselblatts Manuskript fertiggestellt war. Immerhin muß auch der Dramaturg beim Hessischen Rundfunk, Peter Liermann, die Parallelität zwischen Theorie und Fiktion bemerkenswert gefunden haben. Seiner Anregung ist es zu verdanken, daß Hasselblatt sich entschloß, die Wasseraffen-Theorie kurz vor der Realisierung des Hörspiels nachträglich in sein Manuskript einzubauen. Aber die Wasseraffen-Theorie ist nicht der einzige Beleg dafür, daß Hasselblatt für seine Arbeiten eine Vielzahl natur- und geisteswissenschaftlicher Quellen auswertet und in vielen seiner Ausführungen zum Thema Menschenrechte und Genocid auf tatsächliche Veröffentlichungen und Beschlüsse der UNO, OECD (Organization for Economic Cooperation and Development) und DAC (Development Assistance Committee) zurückgreift. Die juristisch-philosophische Dimension mag eine Passage im Hörspiel verdeutlichen, in dem die Ichthys, von den ignoranten Fragen eines Reporters bedrängt, der ihnen die große Aufgabe zum Wohle der Menschheit — wer ist *die* Menschheit? — vorhält, ihn mit dem Prinzip der Sittlichkeit, der Menschenwürde, mit Kants Kategorischem Imperativ in Verlegenheit bringen: »— und das sollen wir jetzt erfüllen? Erfüllen *Sie* es denn?«

Das alles geht aber keineswegs auf Kosten einer spannenden Handlung, in welcher der UN-Ausschuß anhand von Tonbändern und Filmmaterial geradezu kriminalistisch nach der Todesursache der Ichthys fahndet, der Täterkreis sich immer mehr einschränkt, bis das mögliche Motiv immer deutlicher wird und der Täter schließlich feststeht. Wer nicht bis zur Wiederholung in seinem Sendegebiet warten möchte, kann PROJEKT ICHTHANTHROPOS GESCHEITERT (in der geringfügig um die Passage mit der Wasseraffen-Theorie gekürzten, früheren Fassung) in »Second Hand Planet«, herausgegeben von Wolfgang Jeschke, Heyne 4470, Seiten 149 bis 211 nachlesen. »Es gehört zu den Genüssen feinerer Art, immer nur so viel Geist, Intensität, Vitalität anzutreffen, als man jeweils selber einzubringen vermag.« (Dieter Hasselblatt)

Horst G. Tröster

Die Möglichkeiten von Fiesole

von Werner Zillig
Regie: Andreas Weber-Schäfer
SDRH 1989

Das Experiment von Fiesole zeigt, daß es zahllose Wege aus dem Labyrinth (des Lebens) gibt. Das Hörspiel von Werner Zillig zeigt, daß es trotzdem nicht jedem gegeben ist, hinauszufinden. So mancher verheddert sich hoffnungslos im Ariadne-Faden der menschlichen Geschichte ...

Der Versuch, den Faden zu entwirren, ergibt etwa folgendes: Susanne Urban ist ein Versuchskaninchen und ein genetisches Experiment. In ihrem Gehirn gibt es Strukturen, die es ihr ermöglichen sollen, geistig in der Zeit zu reisen, in das Bewußtsein einer anderen Person in der Vergangenheit zu springen. So die Theorie des genialen Chronophysikers Charles Feininger. Susanne Urban wird in die Vergangenheit geschickt und landet im Bewußtsein von Alexandra Wegener, einer Lehrerin, die gerade mit zwei Kollegen in einem Lokal sitzt. Alexandra/Susanne fühlen sich von einem fremden Mann angezogen; als er die Kneipe verläßt, beschließt Susanne, ihm zu folgen, solange durch die Zeiten und Zustände zu springen, bis sie ihn gefunden hat. Das hat jedoch nicht nur für das Experiment, sondern für unsere ganze bekannte Welt verheerende Folgen. Wenn sich Susanne entschließt, in der anderen Zeit zu bleiben, wird unsere Welt, die Möglichkeit, die wir bewohnen, sich auflösen und verschwinden. Susanne wird Xenope, im sagenhaften Griechenland der Stiermenschen und Zauberer. Dort trifft sie auf den Maler Mirithandes, den Mann, dem sie gefolgt war. Während Susanne nur langsam durch Xenopes Bewußtsein dringt, geleitet durch Mirithandes Fragen, stehen die Wissenschaftler in Fiesole machtlos vor ihren Geräten und beobachten schließlich die allmähliche Auflösung ihrer Wirklichkeit, den »Untergang ihres Zustandes«, wie Xenope/Susanne ihrem Maler erzählt — was den König der Stiermenschen ungeheuer erheitert und die Hörer frustriert zurückläßt, dürfte er sich doch in der Regel außerstande sehen, den Grund für diese Heiterkeit nachzuvollziehen.

Der rettende Faden durch Werner Zilligs Gedankenlabyrinth ist vermutlich schon früher verlorengegangen. Das Hörspiel ist in typischer Zillig-Manier recht verschachtelt aufgebaut, mindestens drei Handlungsebenen laufen durcheinander, unterbrochen von tiefschürfenden Gedankengängen des verstorbenen Feininger, an die sich einer seiner Mitarbeiter erinnert. Ein akustisches Chaos, das dem Hörer große Konzentration abverlangt und zum Verständnis nicht gerade beiträgt. Es geht um den rationalen Menschen der Neuzeit, der sich mühsam wieder »erinnert«, was die Menschen der Frühzeit instinktiv »wußten«, über die Durchlässigkeit der Zeiten. Es geht auch um den Gegensatz zwischen der Welt der Vernunft und der der Magie. Die eine schließt die andere notwendig aus — sagt Zillig. Aber die Zusammenhänge werden in diesem »Experiment« nicht klar, und Zilligs Intentionen bleiben auf der Strecke.

Sehr überzeugt waren offenbar auch die Schauspieler nicht vom Text, dem sie Leben einhauchen sollten. Ihre Dialoge wirken oft gekünstelt, so gleich in der Anfangsszene zwischen Mirithandes und Xenope, aber auch im Labor bei den Vorbereitungen zu Susannes Sprung. Alles in allem eine eher enttäuschende Produktion aus Heidelberg.

Ute Bauer

Agentur Luzifer

von Michael Gaida
Regie: Robert Matejka und Michael Gaida
BR 1989

Die multimediale Anti-Utopie: Elektronische Netz-Systeme beherrschen unseren Alltag, Religion manifestiert sich in der Vereinigten Elektronischen Kirche, ein Mensch ohne Computereintrag besitzt keine Existenzberechtigung, jegliche Kontaktsuche verläuft über Datenbänke und in den Slums der

Großstädte treiben »Wrackies« und radikale Feministinnen ihr Unwesen. Die Hörspielserie »Agentur Luzifer« will das vermitteln, was auch die Fernsehserie »Max Headroom« möchte: Zeitgeist. Stolperte man mit dem sprachgewandten Computer-Entertainer jedoch symbolträchtig nur 20 Minuten in die Zukunft, wird uns die Agentur Luzifer, zuständig für Nachrichtenbeschaffung, noch längere Zeit erspart bleiben: Sie recherchiert im Jahre 2006.

Cyberpunk ist in. Doch er kommt locker und fröhlich daher, nicht mit dem Bierernst eines William Gibson — das macht ihn verständlicher, konsumierbarer und steigert den Unterhaltungswert. Dabei verliert er aber teilweise die warnende Funktion, die aus der High-Tech-Finsternis entsteht. Der »Agentur Luzifer« sei der Anspruch, auch warnen zu wollen, einmal unterstellt, denn die Serie ist für eine Nachmittagssendung verhältnismäßig kritisch.

In den sechs Folgen der Serie wird jeweils ein großes gesellschaftliches Thema angesprochen: von Politik über Kunst und Religion zum Intellektualismus. Als Hintergrund fungiert ein gigantisches, alles verbindendes Datennetz, das zum Bestandteil des täglichen Lebens geworden ist. Miriam und ihr Partner sind die Agentur Luzifer, die in diesem Datennetz zu Hause ist und dort für ihre Aufträge recherchiert. Wie auch in »Max Headroom« wird hier die journalistische Tätigkeit als Rahmen benutzt, um einzelne Details der Zukunftswelt zu offenbaren. Wo allein Kommunikation entscheidend ist, wird der Journalist zum beruflichen Chamäleon — bestens geeignet zum »Held des 21. Jahrhunderts«. Folglich tut die Agentur Luzifer eines wirklich nie: Nachrichten beschaffen.

Ob sie nun PR-Arbeit für einen Politiker leistet, der sich bei den Wählern mit telemagnetischen Kräften beliebt machen will (Folge 1), oder ob Miriam und ihr Partner für einen Freund im Datenpool nach einer geeigneten Partnerin suchen (Folge 4) — die Detektive des multimedialen Zeitalters führen ein abwechslungsreiches und mitunter gefährliches Leben. Sie haben mit den seltsamsten Menschen zu tun: Mit dem »Mann ohne Daten« (Folge 3) beispielsweise, der sich zum lebendigen Kunstwerk machen läßt, oder dem Erpresser, der dem Aushängeschild der Elektronischen Kirche eine Locke klaut (Folge 2), oder aber mit einem Seniorenverein, der Blut in Konserven konsumiert, um »Ewiges Leben« (Folge 5) zu erhalten.

»Agentur Luzifer« will unterhalten, und das gelingt ihr bestens — sofern man nicht versucht ist, etwas in die Serie hinein zu interpretieren, was nicht da ist.

Als ernsthafte Satire auf die Macht der elektronischen Medien einerseits fehlt es doch etwas am nötigen Tiefgang. Die Ironie ist zu offensichtlich, zu oberflächlich. Eine Satire verliert ihren Wert, wenn man ständig mit der Nase auf die jeweiligen Anspielungen und Bosheiten gestoßen wird. Sie gerät in Gefahr, zum bloßen Klamauk zu werden — und dazu tragen bei »Agentur Luzifer« manchmal auch die Handlung und leider die Auswahl der Sprecher bei. Nur die letzte (und beste) Folge mit dem Titel »Die Wortfetischisten« ist meiner Meinung nach als Satire gelungen. Eine Bewegung zur Befreiung des Wortes wird von einer Firma für Abflußreiniger mißbraucht — eine außergewöhnliche Idee, die mit bissigem Humor, nötigem Ernst und technisch ausgezeichnet in Szene gesetzt wurde.

Oder ist die Serie andererseits als zum Teil ironische, zum Teil aber auch ernsthafte Kritik an heutigen Entwicklungen zu verstehen? Das ist aber ebenfalls mißlungen, denn Michael Gaida schießt über sein Ziel hinaus: »Agentur Luzifer« ist zu ironisch, zu übertrieben, zu klischeebeladen. Eine wichtige Rolle spielt da die Agentur Luzifer selbst, die als Motor der Handlung fungieren soll. Mit lockeren, ironischen Sprüchen (in original Neudeutsch) kommentieren sie das Geschehen und setzen sich damit von allem übrigen ab. Anders als in »Max Headroom«, wo die Reporter ständig zum Spielball der Ereignisse werden, bekommt die Agentur mehr eine erklärende Funktion: sie stellt uns die Gesellschaft der Zukunft vor — aus einer ironischen Sichtweise, die der Hörer zwangsweise übernimmt. Der Satz »Journalisten sind nicht mehr die Manipulateure, sondern die Manipulierten« bleibt als bloße Worthülse am Rande stehen. Miriam und ihr Partner nehmen sich selbst und ihre Arbeit nicht ernst — und werden so unfreiwillig zum Sprachrohr einer pervertierten Gesellschaft, vor der eigentlich gewarnt werden soll.

Doch wie gesagt: »Agentur Luzifer« läßt sich als erfrischend-chaotische, nicht ganz ernst zu nehmende SF-Hörspielserie genießen. Mehr ist sie nicht und mehr sollte sie wohl auch nicht sein.

Sascha Mamczak

Geniale Lösung und Im Mittelpunkt der Mensch

von Egbert Deekeling und Bernd Möller
Regie: Christoph Martin
HR 1988 & 1989

In der Sendung »Rund ums Chromosom« geht es, moderiert von Sybille B. Banzel, um alltägliche Probleme mit den so segensreichen Folgen der Reproduktionstechniken.

In »Geniale Lösung« berichtet der gestreßte Vertragsvater Alfred Fürst über den Ärger mit der Leihmutter, die seinen Sohn und Erben Alfred IV. austragen soll. Entgegen den vertraglichen Bestimmungen, die Herr Fürst sogar mit einem Privatdetektiv überwachen läßt (in dubio pro foetu ...), wird die Leihmutter kurz vor der Geburt von depressiven Stimmungen befallen, weil ihr Ehemann den Zustand seiner Frau zu einem Seitensprung ausgenützt hat. Die »ausgewiesenen Experten der Gentechnik« im Studio, Herr Dr. med. rep. Kurt Mischmann, Reproduktionsingenieur und Referent im BNA (Bundesnachwuchsamt), und Heinz Gutkohl, Erbanlagenberater und Nachwuchsplaner der Deutschen Samenbank, beleuchten das Problem von allen Seiten, raten das nächste Mal zu einer Brutmaschine, die viel billiger und komplikationsloser sei, gehen die rechtlichen Möglichkeiten durch (die Herr Fürst allerdings schon selbst alle ausgeschöpft hat) und warten schließlich gespannt auf die Nachricht aus dem Kreißsaal, ob sich der Nachwuchsrichter zur Anordnung eines Kaiserschnitts entschließen wird, nachdem er sich die Argumente der Rechtsanwälte beider Seiten vor Ort angehört hat. Doch auch die Natur hat noch ein Wörtchen mitzureden — während sich die Herren noch streiten, erblickt das Baby auf gewöhnlichem Weg das Licht der Welt. Nachdem auch die Produktkontrolle zur vollsten Zufriedenheit aller ausgefallen ist, darf der Privatdetektiv das Neugeborene halten, und im Studio vergießt der Vater Freudentränen, sein Familienbetrieb und 35 Arbeitsplätze sind gesichert.

Vor ein völlig anderes Problem sieht sich Hans in »Im Mittelpunkt der Mensch« gestellt. Wie viele Gleichaltrige möchte auch dieser heranwachsende Retortenzögling endlich Auskunft über seine Herkunft und Identitätsmuster erhalten. Herr Dr. Mischmann, so erfahren wir, ist auch noch ehrenamtlich beim Deutschen Roten Kreuz Suchdienst tätig, »der Gesellschaft, die nach verschollenen Gen-, Sozial- und Leihmüttern sucht«. Na, dann kann ja nichts mehr schiefgehen, zumal der Herr auch einen Studiocomputer bei sich hat, der mit sämtlichen relevanten Datenbanken verbunden ist. Auch der bewährte Herr Gutkohl ist mit von der Partie, getreu seinem Motto »Im Mittelpunkt der Mensch«. Anhand der spärlichen Hinweise, die Hans liefern kann — er wurde in der Nähe des Riesenhuber-Denkmals ausgesetzt und trug eine Windel mit der Aufschrift »Deutsche Samenbank«, sein Alter wurde vom Institut für Altersbestimmung errechnet — arbeitet sich Dr. Mischmann durch den Datenwust. Ist Hans nun ein *homo sapiens naturalis,* ein *homo frigidus* oder gar ein *homo conceptus*? Er erweist sich als Ergebnis einer systematischen Genkonstruktion, hergestellt im Auftrag mehrerer Firmen, ein Konsumtypus — die Gene des Menschen als Werbeplakat. Hans' Identitätsmuster stammt aus einer auf 3500 Gentypen begrenzten »Indifferenz-konservativ-Intellektuellen-Serie«, in Auftrag gegeben »vom italienischen Reisebüro CIT, dem Börsenblatt des Deutschen Buchhandels, der Tabakfirma Phillip Morris, dem Rowohlt Verlag, der Deutschen Grammophon und CBS und dem UFA-Filmverleih in Zusammenarbeit mit der Katholischen Kirche«. Das gibt Anlaß zu eifrigen Debatten über Sinn und Unsinn derartig umfangreicher Genmixturen, bis Hans am Schluß eine Liste mit den

Namen seiner 150 »Eltern« erhält. Viel Spaß bei der »Familienzusammenführung«!

Die Serie »Rund ums Chromosom« ist eine gelungene, teils witzige, teils bitter-böse Satire auf alle Befürchtungen und Möglichkeiten, die das vor der Tür stehende Zeitalter der Gentechnik für uns bereithält. Es entsteht das Hörbild einer technizistischen Gesellschaft, die auch die Ungläubigsten längst bekehrt hat und sich jetzt mit ihren Absolutionsforderungen herumzuschlagen hat — Nachwuchsamt und Deutsche Samenbank werden's schon richten ... Der Hörer weiß nicht, ob er lachen oder weinen soll und entscheidet sich dann fürs Lachen — es wäre zu furchtbar, um wahr zu sein.

Ute Bauer

Traumlebenstraum – oder: Die zweiten Wirklichkeiten

der Autoren Mudrich und Ebeling

Parallel- und Fluchtwelten, alternative Wirklichkeiten, Traummanifestationen — ein Themenkomplex, der sich für das Science Fiction Hörspiel besonders gut eignet und auch schon mehrfach behandelt wurde. Auch Eva Maria Mudrich und Hermann Ebeling haben sich mit diesem Sujet beschäftigt, immer wieder aus neuen Blickwinkeln, mit überraschenden Wendungen und unterschiedlichen Zielrichtungen, mal als sozial-engagierte Warnung, mal als bloßes Spiel mit den Möglichkeiten des Phantastischen. In das HAUS AM MEER deutet Eva Maria Mudrich Träume als real existierende Parallelwelten; in NACHTSCHICHT verbringen die Menschen ihre Nächte in einer selbsterschaffenen Phantasiewelt, bis eines Tages die Wunschwelt in die reale einbricht. Hermann Ebelings ... VON SOLCHEM STOFF, AUS DEM DIE TRÄUME SIND (übrigens eines der besten Science Fiction Hörspiele! — nichtsdestoweniger in fast 20 Jahren nur ein einziges Mal wiederholt!) spielt in einem Drogenkrieg: ein Halluzinogen beschert dem Protagonisten ein zweites Ich, wobei geschickt offengelassen wird, welche der Bewußtseinsebenen die wirkliche ist; EIN EXPERIMENT DES DR. E ÜBER DIE BEWOHNBARKEIT DER HÖLLE sieht vor, die Hälfte der Menschheit ein unterirdisches Alternativleben führen zu lassen, damit sich die andere Hälfte auf der Erdoberfläche besser verwirklichen kann; und in TRAUMLEBENSTRAUM wird den Menschen für den immer knapper gewordenen Lebensraum auf einer anderen Bewußtseinsebene eine zweite Wirklichkeit geboten. Auf die beiden neusten Produktionen soll im folgenden näher eingegangen werden.

Nachtschicht

von Eva Maria Mudrich
Regie: Andreas Weber-Schäfer
SDR 1989

Nacht für Nacht verbringen die Menschen in einer selbsterschaffenen Phantasiewelt. Wenn sie allabendlich durch die Schleusen ihrer Stadt treten, aktiviert ein Magnetfeld die in jedem Gehirn brachliegenden Nervenzellen, wodurch ein völlig neuer Bewußtseinszustand entsteht. Der Körper verharrt während der Nacht auf einem langsamlaufenden unterirdischen Fließband kauernd, das ihn am Ende der Nachtschicht an der Ausgangsschleuse absetzt. In dieser Zeit produziert das Gehirn eine zweite Realität, nicht zu vergleichen mit den unkontrollierten Träumen, sondern ein Leben, das sich kontinuierlich Nacht für Nacht weiterentwickelt wie in der Wirklichkeit. Als Ansgar Streit vor 25 Jahren die phantastische Erfindung gelungen war, hatte sich auf tragische Weise gezeigt, daß das menschliche Gehirn zwei Wirklichkeiten nebeneinander nicht ertragen kann. Streit und seine Mitarbeiter, die sich mit ihm dem Selbstversuch unterzogen hatten, waren für immer wahnsinnig geworden. Nachfolgende Wissenschaftler aber wußten nun, daß nur absolutes Vergessen eine Anwendung von Streits Erfindung ermöglicht. Ein kleines zusätzliches Stimulans im Mechanismus der Schleuse löscht am Abend und am Morgen die jeweilige Erinnerung. Niemand weiß, was nach Durchschreiten der Schleuse wirklich passiert, aber nach den Streit-Protokollen muß es dort ein Paradies geben. Nachdem man das Problem des fehlenden Schlafes durch ein Implantat ins Stammhirn gelöscht hatte, konnte die Erfindung für die Öffentlichkeit freigegeben werden. Seither nehmen mit Ausnahme von Kranken, Dienstverpflichteten und Kindern unter 20 alle an den Nachtschichten teil — mehr als 98 Prozent der erwachsenen Bürgerschaft. Es gibt niemanden, der länger als auch nur eine Nacht bereit wäre, auf diese Fluchtmöglichkeit zu verzichten. Der Regierung ist das durchaus recht, denn die Menschen sind friedfertig, genügsam, geduldig und leben in Einverständnis mit Recht und Ordnung. Sie haben verlernt, sich mit dem Leben auseinanderzusetzen, sich in der Wirklichkeit zurechtzufinden. Alles, was der Tag bringt, nehmen sie widerspruchslos hin, weil sie jede Minute, die vergeht, dem Augenblick näherbringt, in dem sie durch die Schleuse treten und alles, was sie am Tag bedrückt hat, von ihnen abfallen wird. Und dann kommt es plötzlich zu einer Materialisation, die Ansgar Streit wohl hypothetisch bedacht, deren Wahrscheinlichkeit er aber gleich Null geschätzt hatte. Was eher als Gedankenspiel denn als reale Möglichkeit gemeint war, daß das persönliche Magnetfeld eines Einzelnen mit dem Magnetfeld der Schleuse verschmelzen und zu solch einer Energieladung eskalieren könnte, daß Gegenstände und Lebewesen von dem einen Leben in das andere hineinmaterialisieren, ist eingetreten.

Bei der fieberhaften Suche nach demjenigen, aus dessen Traumwelt diese Materialisationen stammen könnten, stößt man auf Konrad Blank und seinen körperbehinderten Sohn Ben. Alles paßt zusammen. Er muß es sein, der dabei ist, die Gegebenheiten eines nur ihm gehörenden zweiten Lebens in die Wirklichkeit einzubringen. Da ein Baggersee, der sich über Nacht in einen Bilderbuchweiher verwandelt hat, hier ein Schulranzen, den es am Tag vorher noch nicht gegeben hat, dort ein herrenloses Pony. Aber wie mag es in seiner Welt sonst noch aussehen? Was geschieht, wenn er die Wirklichkeit Nacht für Nacht ein Stückchen mehr verändert? Wird man ihn an der weiteren Teilnahme an der Nachtschicht hindern können? Würde er nicht früher oder später der Versuchung erliegen, wenigstens einmal noch dorthin zurückzukehren, wo er ein Gott und sein Junge glücklich und gesund ist, auf einem Pony reitet und in einem kleinen See baden kann?

... Traumlebenstraum – oder: Die zweite Wirklichkeit des Dr. Warstein

von Hermann Ebeling
SDR 1989

Weite Teile der Erde sind Tote Zone, das Leben vollzieht sich in Kuppeln oder unter der Erdoberfläche. Eine findige Unterhaltungsindustrie verhilft den Menschen mit immer raffinierteren Holoabenteuern, synthetischen Träumen und simulierter Erotik zu Erlebnissen, die es in der Wirklichkeit nicht mehr gibt. David Kosloff hat trotz Gedächtnislöschung noch Resterinnerungen an eine zurückliegende Tätigkeit in der Toten Zone und wird damit für bestimmte Gruppierungen interessant, die sich um eine Option zur Rekultivierung bemühen. Natürlich wissen auch sie, daß in der Toten Zone nichts mehr zu kultivieren ist; das wahre Ziel ist die Ausbeutung der in den Sperrgebieten zu Hunderten vorhandenen Müllkippen und Schutthalden, die angefüllt sind mit kostbarsten Rohstoffen, Überbleibsel einer vergangenen Wegwerfgesellschaft. Als es zu einer Kontaktaufnahme kommt, wird Kosloff vom Bürgerschutz verhaftet. Er findet sich im Labor eines gewissen Dr. Warstein wieder, der ihm erklärt, Kosloff habe nach seiner Festnahme eine Einverständniserklärung unterschrieben, mit der er sich zur Teilnahme an Experimenten mit der 2. Wirklichkeit verpflichtet. Dr. Warstein ist es gelungen, mit synthetischen Wellen gesteuerte Träume zu erzeugen, ganze Traumwelten. Die bewohnbaren Teile der Erde seien zu klein für alle Menschen, die leben wollen — und erleben wollen. Das können sie jetzt in der 2. Wirklichkeit, die so real sei wie die 1. Aber wer garantiert, daß die Schlafkabinen im Labor des Dr. Warstein die 1. und draußen die 2. Wirklichkeit ist? Die Experimente beginnen eine bedrohliche Wendung zu nehmen. Während Kosloff mit Freunden in der verbotenen Zone nach Metallen schürft, kommt es zu einer Überlagerung der verschiedenen Ebenen, und mitten in der Toten Zone dringen die Stimmen von Dr. Warstein und seines Assistenten an sein Ohr, die erregt diskutieren, warum sie ihn nicht in die 1. Wirklichkeit zurückholen können. Kosloff wird von Freunden gewaltsam aus dem Labor befreit, aber noch während der Flucht hört er wieder die Stimme Warsteins, und Kosloff weiß, daß er nie wieder wird zurückkehren können. Er ist zu lebenslanger Haft in seinem Kopf verurteilt.

Zu lebenslanger Haft im eigenen Kopf verurteilt — sind wir das nicht alle? Wirklichkeit, die in Träume einbricht — Träume, die in die Wirklichkeit einbrechen: Zwei Hörspiele, die vermitteln, daß Science Fiction nicht nur Sense of Wonder bietet, nicht nur soziale und ökologische Mißstände verdeutlicht, sondern auch auf fesselnde Weise Denk-Spiel sein kann, »zerebrale Gymnastik«, »und dabei fällt noch oft eine gute Idee heraus«, wie Wolfgang Jeschke den Puppenmacher sagen läßt.*

Horst G. Tröster

* Wolfgang Jeschke: DER KÖNIG UND DER PUPPENMACHER, Bayerischer Rundfunk 1975. NACHTSCHICHT von Eva Maria Mudrich und TRAUMLEBENSTRAUM von Hermann Ebeling — zwei Beispiele für die Produktionen aus dem Studio Heidelberg des Süddeutschen Rundfunks unter der Leitung von Andreas Weber-Schäfer.

INDEX DER URSENDUNGEN VON SF-HÖRSPIELEN
im Zeitraum 1. 8. 1988 bis 31. 7. 1989
in der Reihenfolge der Sendetermine*

Erfaßt wurden nur Hörspiele, die eindeutig der Science Fiction zugerechnet werden können. Unberücksichtigt blieben Features, Lesungen und dergleichen sowie Fantasy und andere angrenzende Genres. Nicht berücksichtigt wurden auch Features über Themen oder Autoren der SF.

Uns wurde keine Hörspielproduktion bekannt, die einer der inzwischen doch sehr zahlreichen Privatsender ausgestrahlt hätte. Für Hinweise sind wir dankbar.

ABKÜRZUNGEN

U = Ursendung mit Senderangabe
P = Produzierender Sender — nur falls von U abweichend oder Koproduktion
R = Regisseur
M = Musik

DIE SENDER

BR = Bayerischer Rundfunk
DLF = Deutschlandfunk
DRS = Radio/TV der deutschen und rätoromanischen Schweiz
hr = Hessischer Rundfunk
NDR = Norddeutscher Rundfunk
ORF = Österreichischer Rundfunk
RB = Radio Bremen
RIAS = Rundfunk im amerikanischen Sektor (Berlin)
SDR = Süddeutscher Rundfunk
SDRH = Süddeutscher Rundfunk Studio Heidelberg verantwortlich für die Reihe »SF als Radiospiel«
SR = Saarländischer Rundfunk
SWF = Südwestfunk
WDR = Westdeutscher Rundfunk

---

* Vergleiche die INDIZES DER URSENDUNGEN VON SF-HÖRSPIELEN in DAS SCIENCE FICTION JAHR 1986, 1987, 1988 und 1989 auf den Seiten 365 ff., 395 ff., 313 ff. und 243 ff.

DAS INSEL-DILEMMA: BERENICE von Hanns Kneifel; U: 1. 8. 1988 BR; R: Andreas Weber-Schäfer
Ein Weltumsegler stößt auf einer Koralleninsel auf ein kosmisches Kristallwesen, das an menschlichen Aggressionen zu zerbrechen droht.
Siehe auch Buchbesprechung!

DIE VERSTEINERTEN MENSCHEN ZUM TANZEN BRINGEN von Detlef Richter nach utopischen Entwürfen von Herbert Marcuse; U: 26. 9. 1988 HR, in der Schulfunk-Reihe »Polit Fiction«; R: Hans-Peter Klausenitzer
Fehlgesteuerte Technik und tote Wälder, Millionen Dauerarbeitslose und Job-Tombola, Mediengiganten und Menschen, die wie Reklame reden — und dazwischen die einsame Vision vom Traumreich der Freiheit und Phantasie.

DER TOTE IM TRANSMITTER von Hans-Joachim Alpers; U: 17. 10. 1988 SDR; P: SDRH; R: Andreas Weber-Schäfer
Ein skrupelloser Geschäftsmann entdeckt, daß sich der verzögerungsfreie Transport in Materietransmittern zur Erzeugung menschlicher Duplikate mißbrauchen läßt.

DIE ANTIPODEN von Chris Brohm; U: 14. 11. 1988 SDR; P: SDRH; R: Andreas Weber-Schäfer
Inmitten der Vorbereitungen zu einem neuen Weltkrieg führt die Entdeckung gekrümmter Lichtstrahlen zu der Erkenntnis, daß die Erde eine Scheibe ist mit einer hochstehenden Zivilisation auf der anderen Seite.

CASH Kurzhörspiel von Dirk Josczok; U: 17. 11. 1988 SFB; R: Annette Jainski
Im New York der nahen Zukunft kann eine Taxifahrt zu einem gefährlichen Wagnis werden.

GENIALE LÖSUNG von Egbert Deekeling und Bernd Möller; U: 17. 11. 1988 HR; R: Christoph Martin
Die Rundfunksendung »Rund ums Chromosom« stellt einen Fabrikanten vor, der seinen nach neuesten Erkenntnissen der

Gen-Designer entworfenen und in vitro gezeugten Nachwuchs von einer Leihmutter hat austragen lassen.
Siehe auch Besprechung!

FLUG NACH RUBER von Eva Maria Mudrich; U: 15. 12. 1988 DW; R: Tibor von Peterdy
Eine Droge ermöglicht die Umstellung des menschlichen Stoffwechsels auf Photosynthese, aber die damit verbundene Einbeziehung in die Kommunikationswelt der Pflanzen wirkt sich verhängnisvoll aus.
Es existiert eine vom SDRH produzierte Fassung gleichen Inhalts aus dem Jahr 1987 mit dem gleichen Titel.

DEUTSCHLAND ATLANTIK von Michael Batz; U: 31. 12. 1988 NDR; R: Hans Rosenhauer
Angesichts drohender Naturkatastrophen und Atomkraftdesaster ist geplant, die gesamte Bundesrepublik auf einen Ponton im Südatlantik auszuquartieren.
Siehe auch Besprechung!

PROJEKT ICHTHANTHROPOS GESCHEITERT von Dieter Hasselblatt; U: 2. 1. 1989 HR; R: Jürgen Dluzniewski
Das rätselhafte Aussterben einer Spezies genmanipulierter Amphibienmenschen beschäftigt die UN-Menschenrechtskommission.
Siehe auch Besprechung!

HÖRT MICH EINER? von Eike Gallwitz; U: 9. 1. 1989 SDR; P: SDRH; R: Andreas Weber-Schäfer
Ein Mann fühlt sich von Stimmen in seinem Kopf verfolgt und kommt einer weltweiten telepathischen Verschwörung des weiblichen Geschlechts auf die Spur.

DER LETZTE DETEKTIV TEIL 13: MEGASTAR von Michael Koser; U: 12. 1. 1989 BR; R: Alexander Malachovsky; M: Frank Duval
Weil Computer-Animationen als TV-Serien auf Dauer langweilig werden, zahlen betuchte Leute einiges für Livesen-

dungen, bei denen auch der Tod des Hauptdarstellers nicht gespielt sein darf.
Siehe auch Besprechung!

DER LETZTE DETEKTIV TEIL 14: SUPERNOVA von Michael Koser; U: 2. 2. 1989 BR; R: Alexander Malachovsky; M: Frank Duval
Um Regierungsgelder locker zu machen, inszeniert die Raumfahrtbehörde einen Unfall mit einer Raumfähre.
Siehe auch Besprechung!

IM MITTELPUNKT DER MENSCH von Egbert Deekeling und Bernd Möller; U: 9. 2. 1989 HR; R: Christoph Martin
Die Rundfunksendung »Rund ums Chromosom« präsentiert einen Mann auf der Suche nach seiner Identität, die durch geschicktes Gen-Design mindestens ebenso ausgewogen gestaltet wurde wie die Sendung selbst.
Siehe auch Besprechung!

KOSMISCHE BAUMEISTER: EINBLICKE IN DIE TECHNOGESELLSCHAFT DER ZUKUNFT von Detlev Richter nach Motiven aus Werken von Stanisław Lem; U: 27. 2. 1989 HR, in der Reihe »Polit Fiction«; R: Hans-Peter Klausenitzer
Der aggressionsabsorbierende Phantomat, der omnipotente Bio-Computer und weitere bahnbrechende Erfindungen auf dem Weg in eine aggressionsfreie Zukunft.

DER LETZTE DETEKTIV TEIL 15: SCHNEEWITTCHEN von Michael Koser; U: 2. 3. 1989 BR; R: Alexander Malachovsky; M: Frank Duval
Höchste Regierungskreise der Vereinigten Staaten von Europa sind in Rauschgiftgeschäfte verwickelt, um den Schwarzmarkt mit Transplantationsorganen zu finanzieren.
Siehe auch Besprechung!

... TRAUMLEBENSTRAUM — ODER: DIE ZWEITE WIRKLICHKEIT DES DR. WARSTEIN von Hermann Ebeling, U: 6. 3. 1989 SDR; P: SDRH; R: Andreas Weber-Schäfer
Als Ausgleich für den immer knapper gewordenen Lebens-

raum bietet man den Menschen auf einer anderen Bewußtseinsebene eine zweite Wirklichkeit, die jedoch bald von der ersten nicht mehr zu trennen ist.
Siehe auch Besprechung!

NACHTSCHICHT von Eva Maria Mudrich, U: 3. 4. 1989 SDR; P: SDRH; R: Andreas Weber-Schäfer
Nacht für Nacht verbringen die Menschen in einer selbsterschaffenen Parallelwelt, bis eines Tages die Wunschwelt in die reale einbricht.
Siehe auch Besprechung!

DER LETZTE DETEKTIV TEIL 16: STÖRFALLE von Michael Koser; U: 6. 4. 1989 BR; R: Alexander Malachovsky; M: Frank Duval
Ein Chemiekonzern läßt ein aggressionsauslösendes Kampfgift an lebenden Menschen erproben.
Siehe auch Besprechung!

EINE HORNISSE IM OHR von Yvon Givert; U: 6. 4. 1989 WDR; R: Heinz Dieter Köhler
Ein Super-Lauschgerät ermöglicht es, überall auf der Welt akustisch präsent zu sein und in die Gedanken anderer einzudringen.

EINSAME SIND ERPRESSBAR von Abdel Moneim Laban; U: 1. 5. 1989 HR; R: Hartmut Kirste
Ein erfolgreicher Geschäftsmann wird von einem erstaunlich gut informierten, unheimlichen Fremden zutiefst verunsichert, bis ein holografisches Enzephalogramm eine räselhafte Anomalie in seinem Gehirn offenbart.
Siehe auch Besprechung!

DAS ENDE VON ETWAS von Hans-Joachim Alpers nach George R. R. Martin »Fast Friends«; U: 1. 5. 1989 SDR; P: SDRH; R: Andreas Weber-Schäfer
Eine Symbiose mit kosmischen Energiewesen ermöglicht den Menschen uneingeschränkte Bewegungsfreiheit zwischen den Sternen; aber die Vereinigung gelingt nur wenigen.

DAS VERLORENE ICH von Bernd Mellaire nach Felix von Mendelssohn; U: 10. 5. 1989 BR; R: Otto Düben
Das intakte Gehirn eines Unfallopfers wird in den Körper eines durch Kopfschuß getöteten Bankräubers transplantiert.

DIE MÖGLICHKEITEN VON FIESOLE von Werner Zillig; U: 29. 5. 1989 SDR; P: SDRH; R: Andreas Weber-Schäfer
Mentale Reisen durch die Zeit, die man als biologisches Hologramm im menschlichen Gehirn erkannt hat, bergen das Risiko des Auslöschens der bestehenden Welt.
Siehe auch Besprechung!

AGENTUR LUZIFER: Die sechsteilige Serie von Michael Gaida dreht sich um die Probleme der Nachrichtenbeschaffung in einer totalen Kommunikationsgesellschaft.
Siehe auch Sammelbesprechung!

AGENTUR LUZIFER TEIL 1: EIN POLITIKER UNTER STROM von Michael Gaida; U: 14. 6. 1989 BR; R: Robert Matejka, Michael Gaida
Ein Politiker plant, die allgegenwärtigen elektronischen Medien mit Hilfe telemagnetischer Kräfte karrierefördernd zu beeinflussen.

NICHT MAL AUF KROKODILE IST VERLASS von Eva Maria Mudrich; U: 15. 6. 1989 DW; R: Tibor von Peterdy
In einer durch drastischen Geburtenrückgang unterbevölkerten Welt werden die Menschen zu verlängertem Leben gezwungen. Es existiert eine vom SDRH produzierte Fassung gleichen Inhalts aus dem Jahr 1981: »Krokodile sind auch nicht mehr das, was sie mal waren.«

AGENTUR LUZIFER TEIL 2: EIN HAARIGER AUFSTIEG von Michael Gaida; U: 21. 6. 1989 BR; Robert Matejka, Michael Gaida
Die Erpressung eines Starlets verhilft einem Slumbewohner zum Lotteriehauptgewinn im Videoprogramm der Vereinigten Elektronischen Kirche.

AGENTUR LUZIFER TEIL 3: MANN OHNE DATEN von Michael Gaida; U: 28. 6. 1989 BR; R: Robert Matejka, Michael Gaida
Nach seiner Löschung aus sämtlichen Datenpools bleibt einem Mann keine andere Wahl, als sich als lebendiges Kunstwerk registrieren zu lassen.

AGENTUR LUZIFER TEIL 4: IDENTITÄT IST EINE MODE von Michael Gaida; U: 5. 7. 1989 BR; R: Robert Matejka, Michael Gaida
Probleme mit der Identifizierbarkeit beim Versuch einer multimedialen Partnersuche.

AGENTUR LUZIFER TEIL 5: EWIGES LEBEN von Michael Gaida; U: 12. 7. 1989 BR; R: Robert Matejka, Michael Gaida
Zum Schutz vor bakteriellen und toxischen Übergriffen haben sich die Mitglieder einer Seniorensekte auf den Konsum von Blutkonserven verlegt.

AGENTUR LUZIFER TEIL 6: DIE WORTFETISCHISTEN von Michael Gaida; U: 19. 7. 1989 BR; R: Robert Matejka, Michael Gaida
Eine Untergrundbewegung kämpft für die Befreiung aller Worte, deren Sinn und Verwendung staatlichen und wirtschaftlichen Restriktionen unterliegen.

Like a Bat out of Hell ...

Batman wird fünfzig

von Heiko Langhans

Der amerikanische Comic-Verlag DC begeht 1989 das zweite seiner Jubiläumsjahre: 50 Jahre ist es jetzt her, daß Batman, die Schöpfung von Bob Kane und Bill Finger, seinen ersten Auftritt feiern konnte. Er war das zweite Experiment des Verlages im Superhelden-Bereich und ist — vielleicht wegen seiner »Kraftlosigkeit« — jetzt wieder einmal auf dem besten Wege, die erfolgreichste Comic-Figur der Jetztzeit zu werden.

Dabei ist dieser Siegeszug erst im Schatten des drohenden Untergangs des Comic-Imperiums von DC entstanden. Anfang der achtziger Jahre war DC zwar immer noch an zweiter Stelle der Verkaufszahlen (den ersten Platz nahm und nimmt immer noch Marvel Comics ein), aber nach der sogenannten Implosion von 1978 gingen die Verkaufszahlen ständig zurück. Kleinere Highlights konnten nicht darüber hinweg täuschen, daß der altmodische Superman-Kosmos des Unternehmens nur noch schwache Lebenszeichen aufwies. Der Entschluß, die eigenen Reihen zu klären und einen Fünfjahresplan zur Neubelebung der Serien aufzustellen, lockte Talente an, die sich in anderen Bereichen der Comic-Industrie eher eingeengt fühlten. Experimentelle Serien wurden gestartet, »neue« Formate wurden entwickelt, besseres Papier wurde verwendet.

1986 schließlich erschien die vierteilige Serie *Batman: The Dark Knight Returns* (dt. vor kurzem bei Carlsen in einem Band erschienen; Übersetzung: Uwe Anton), in der der amerikanische Zeichner und Texter Frank Miller mit Unterstützung durch Klaus Janson (Inks) und Lynn Varley (Koloration) eine Zukunftswelt entwirft, in der Batman nach zehn Jahren Ruhestand wieder antritt, um Gotham City aus dem selbstverschuldeten Sumpf der Gewalt zu ziehen, sich mit seinen alten Gegnern Two-Face und Joker auseinanderzusetzen hat und schließlich einen letzten großen Kampf gegen Superman ausficht. Weit entfernt vom Bild der ausgehenden dreißiger Jahre, aber auf eigentümliche Weise das konsequente Weiterdenken des Mythos. Der Kreis hat sich geschlossen.

In den Zeiten der Weltwirtschaftskrise waren die maskierten Helden der Pulps die idealen Identifikationsfiguren für eine von Arbeitslosigkeit und Armut geplagte amerikanische Bevölkerung, die teilweise nicht verstand, warum die Situation sich derart drastisch verschlechtert hatte. Organisiertes Verbrechen und korrupte Behörden wurden — teilweise zu Recht — für die Misere verantwortlich gemacht. Pulp-Helden, die etwas Unbegreifliches, Archetypisches und zugleich Abstraktes an sich hatten, die außerhalb der Gesetze standen, aber dennoch so durchgriffen, wie die kleinen Leute auf der Straße es sich immer wünschten, waren daher das natürliche Ventil für das aufgestaute Gerechtigkeitsbedürfnis. Figuren wie The Shadow von William Gibson (seit 1931), Doc Savage von Lester Dent (seit 1933), The Spider (seit 1939) und The Scorpion (1939) von Norvell Page und (in einem einzigartigen Zufall) The Bat von Norman A. Daniels (seit 1939) bereiteten den Weg für die Comichelden der dreißiger Jahre. Es entstanden das Phantom von Lee Falk (1936), der Spirit von Will Eisner (ab 1940), Flash Gordon von Alex Raymond (ab 1934) — und die ersten Superhelden im Comic-Bereich: Superman, The Crimson Avenger — und The Batman.

Um die Jahreswende 1938/39 erhielt der junge Zeichner Bob Kane von seinem Redakteur Vincent Sullivan den Auftrag, einen neuen kostümierten Superhelden zu erschaffen. Kane und sein Freund Bill Finger, beide große Pulp-Liebhaber, entwarfen eine düstere Gestalt, die ihre Abenteuer in einer fast surrealen Stadtlandschaft erlebte. Der erste Auftritt von The Batman ereignete sich 1939 in der Maiausgabe von *Detective Comics* (Nr. 27); die erste Story hieß »The Case of the Chemical Syndicate«. Ein halbes Jahr später (*Detective Comics* 33) wurde die Identität des Batman enthüllt: Bruce Wayne, millionenschwerer Playboy, dessen Eltern in seiner Jugend getötet wurden, und der sich daraufhin schwor, für Gerechtigkeit zu kämpfen — für *justice* im Unterschied zu *law.* Zunächst war Batman ein Einzelgänger, dessen Gegner nicht selten dem Übernatürlichen entstammten wie z.B. The Monk oder Doctor Death. Wieder ein halbes Jahr später wurde Batman jedoch Robin The Boy Wonder zur Seite gestellt, ein farbiger Kontrapunkt zum blaugrauen Kostüm des Dunklen Ritters. Sohn eines Zirkusartistenehepaars, das durch einen verbrecherischen Anschlag getötet wird. In diesen frühen Tagen wurde Batman ausschließlich von Bob Kane gezeichnet und von Bill Finger getextet, allerdings steuerten auch andere Autoren wie z.B. Gardner F. Fox einige Skripte bei.

Im Frühjahr 1940 erhielt Batman ein eigenes Heft. Auch hier wurden die ersten Ausgaben noch von Bob Kane gezeichnet, der sich jedoch mehr und mehr von Jerry Robinson entlasten ließ. Bis 1964 erschien allerdings immer noch Kanes Signatur auf der ersten Storyseite. Obwohl Robinson das Bild des Batman für die nächsten Jahre prägte und mitbestimmte, zerbrach der enge Kontakt zu Kane, und Robinson zog sich von der Serie zurück.

Die vierziger Jahre werden bis heute als die fruchtbarste Zeit in der Geschichte Batmans angesehen. Sein Universum wurde definiert: Gotham City, seine Heimatstadt aus finsteren Mauern und dunklen Gassen, die Bat-Höhle, Stützpunkt und Laboratorium in einem, seine Freunde, Polizeichef James Gordon, sein Butler Alfred Pennyworth (der in seinem ersten Auftritt noch den Namen Beagle führte), der seine und Robins Identität kennt und ihnen häufig bei ihren nächtlichen Streifen zur Seite steht, seine »Helden-Kollegen«, allen voran Superman, mit dem Batman jahrelang in *World's Finest Comics* auftrat. Und die Schurken: Dr. Hugo Strange, der Riddler, der Pinguin, die Catwoman, Two-Face und vor allem seine Erznemesis, der Joker, eine perverse Umkehrung zu Batman selbst. Im Laufe der folgenden Jahrzehnte wurden all diese Elemente immer wieder erweitert, neu definiert und an einen wechselnden Zeitgeist angepaßt; vieles ist jedoch unverändert geblieben und zeigt die Beständigkeit guter Ideen.

Die fünfziger Jahre werden im Nachhinein als eher schwache Periode in der Batman-Chronik angesehen. Zeichner wie Stan Kaye, Jim Mooney, Sheldon Moldoff, Charles Paris und vor allem Dick Sprang lieferten krude Zeichnungen, die einen eigenen Charme aufweisen, jedoch nicht an Robinsons Zeit heranreichten. Bill Finger schrieb bis in die sechziger Jahre an Batman, aber die düstere Stimmung, die zu Beginn seiner Karriere ein wesentliches Element des Batman war, war fast völlig verlorengegangen. Batman und Robin lieferten sich Wortschlachten, während sie sozusagen nebenbei kostümierte und normale Gangster einbuchteten. Kleine Rätsel wurden in die Geschichten eingebaut, die den Detektivaspekt des Batman noch unterstreichen sollten. Der Ansatz wurde zusehends jugendfreier, um den rigiden Ansprüchen des Comic Code Authority Board gerecht zu werden, das seit Oktober 1954 für eine moralische saubere Haltung der Comics zu sorgen hatte. In den fünfziger Jahren geschah es auch, daß andere »Bat-People« vorgestellt wurden. Bat-Girl (Betty Kane) und ihre Tante Batwoman (Kathy Kane) hatten ihre ersten Auftritte 1961 bzw. 1956, wurden jedoch eher als *comedy reliefs* und potentielle Liebhaber der Hauptheiden eingesetzt und durften sich ab und zu von Batman und Robin retten lassen. 1967 wurde ein weiteres Batgirl entworfen, das neben ersten Auftritten in den Hauptserien *Batman* und *Detective Comics* einen Einstand in der Fernsehserie feiern konnte. Diese zweite (und bessere) Version eines weiblichen Gegenstücks war die Tochter (später Nichte und Pflegetocher) von Polizeichef Gordon, der von ihrer anderen Identität wußte, ihr aber verschwieg, daß er es wußte. (Soap Comics, We Love You!) Batgirl hatte eine lange, wenngleich nicht immer erfolgreiche Karriere, bis sie

1988 vom Joker querschnittsgelähmt wurde und seither als Computerhexe arbeitet *(The Killing Joke, Suicide Squad).*

Batmans Entstehungsgeschichte lieferte immer wieder Stoff für neue Geschichten: In *Batman* 47 (1948) wird geschildert, wie Batman schließlich den Mörder seiner Eltern zur Strecke bringt. Acht Jahre später wurde der Plot erneut aufgegriffen. 1956 wurde dem Publikum der erste Batman vorgestellt: Jahre vor dem tragischen Überfall, der das Leben Bruce Waynes verändern sollte, tritt sein Vater Thomas während eines Kostümballs als Fledermaus auf und wird von Gangstern entführt, die er jedoch übertöpeln kann. Der Chef der Bande setzt jedoch einen Mörder auf ihn an — und führt so indirekt die Existenz des zweiten Batman herbei. (*Detective Comics* 235). Und in einer Superboy-Geschichte wird die erste Begegnung zwischen Bruce Wayne und Clark Kent in Smallville dargestellt, wobei der junge Bruce die Identität des Flying Fox annimmt, um gemeinsam mit Superboy eine Verbrecherbande hinter Gitter zu bringen.

Die fünfziger Jahre kann man als die Gimmick-Zeit Batmans bezeichnen. Sein Kampfgürtel muß aus allen Nähten geplatzt sein, so zahlreich waren die Trickgeräte, mit denen der maskierte Meisterdetektiv sich aus diversen teuflischen Fallen befreite. Das Arsenal der Bathöhle wurde um den Bat-Kopter, das Bat-U-Boot und das Bat-Flugzeug erweitert, und Robin und Batman erlegten ihre kriminelle Beute mit Baterangs. Der Höhepunkt des Bat-Präfixes fand sich zweifellos im Batman-Film von 1966, als nahezu jeder Gebrauchsgegenstand, den die behandschuhten Finger von Adam West und Burt Ward berührten, mit der adelnden Silbe bedacht wurde (»Wenn Sie Durst haben, Commodore Schmidtlepp, bedienen Sie sich am Bat-Wasserspender!«).

Der Übergang zu den sechziger Jahren sah die Aufnahme des Batman in die Justice League of America, einem Zusammenschluß der wichtigsten Superhelden der Neuzeit. Die Gruppe war einem ähnlichen Konzept der vierziger Jahre, der Justice Society of America, nachempfunden: Gardner F. Fox war in beiden Fällen der Autor. 1961 führte Fox ein Konzept ein, das die Autoren von DC im Laufe der Jahre in gewisse Schwierigkeiten bringen würde, aber für einige der besten Batman-Geschichten überhaupt sorgte: Das Multiversum der Parallelwelten.

Der Entwurf des Multiversums war als notwendig erachtet worden, nachdem Julius Schwartz und Fox Mitte der fünfziger Jahre zwei Helden der vierziger Jahre, *Flash* und *Green Latern,* in neuen Inkarnationen aufleben ließen. Daraus ergab sich der Widerspruch, daß es diese Helden schon früher gegeben hatte — und in der Konsequenz, daß Batman und Superman in all den Jahren ihrer Existenz nicht gealtert waren. Fox »erklärte« dieses Paradox mit der Existenz einer Alternativwelt namens Erde-2, auf der es z. B. die Justice Society gegeben hatte, Batman und Superman seit den vierziger Jahren das Böse bekämpften und die Ereignisse auf Erde-1 (wie die aktuelle DC-Welt genannt wurde) generell um etwa 20 Jahre vorweggenommen wurden. Während die zeitliche Einordnung auf Erde-1 immer eine höchst vage Angelegenheit war und ist, zeichnete sich Erde-2 durch einen »realen« Zeitablauf aus. Die Jahresangaben trafen »tatsächlich« zu, die Charaktere alterten, und besonders für Batman ergaben sich daraus interessante Konstellationen. Dazu jedoch später.

Die sechziger Jahre erwiesen sich als die vielfältigste Periode für Batman (wobei sich manche taube Nuß darunter befand). Von 1960 bis 1964 erlebte Batman die unterschiedlichsten und unwahrscheinlichsten Abenteuer — er erhielt ab und zu Superkräfte, die er gegen Ende des Abenteuers wieder loswurde, reiste durch die Zeit und mit Hilfe Supermans auf fremde Planeten, kurz, die Grenze zum Lächerlichen wurde mehr als einmal überschritten. Der Brite Kevin O'Neill, der die seltene Auszeichnung erhielt, daß sein gesamter Zeichenstil vom Comic Code Authority Board als ungeeignet für menschliche Augen angesehen wurde, meinte dazu: »Als Kind war es mein großer Ehrgeiz, Batman zu zeichnen, weil es so einfach aussah. Die Stories, mit denen ich aufwuchs, waren ein derartiger Müll; ich dachte, daß das wohl jeder fertigbringt.«

1964 übernahm Julius Schwartz die Redaktion von Batman und gestaltete den Helden um. Dieser sogenannte New Look wird heute als Übergangszeit angesehen; Batman wurde leicht auf seine Wurzeln zurückgeführt. Gardner Fox skriptete etliche Stories, die ihn gegen mehr oder minder irdische Gegner antreten ließen, und es machte sich ein gewisser Realismus in den Geschichten bemerkbar. (Wie realistisch können Geschichten sein, die von einem Helden handeln, der die Unterhosen über dem Kampfanzug trägt?) Murphy Anderson, Joe Giella, Gil Kane und Carmine Infantino gehörten zu den Zeichnern dieser Epoche.

In den späten sechziger Jahren wurde die Comicszene durch experimentelle Techniken und einen verstärkten, fast filmisch anmutenden Realismus belebt; diese scheinbar gegensätzlichen Züge waren der Pop-Art entlehnt, und die Zeichner, die sich dessen bedienten — Neal Adams, Jim Aparo, Jim Steranko u.a. gehörten zu den meistgesuchten Talenten der Branche. Aparo hatte bereits in den sechziger Jahren etliche Batman-Stories für *The Brave & the Bold* gezeichnet, eine Serie, in der Batman mit anderen Helden gemeinsam Bedrohungen bekämpfte. Aber es war besonders Neal Adams, der in den folgenden Jahren das Bild des Batman visuell entscheidend prägte. Ihm stand dabei Denny O'Neil zur Seite, der 1967/68 von Dick Giordano nach dessen Abgang von Charlton Comics zu DC mitgenommen wurde. Zusammen schufen Adams, Giordano und O'Neil etliche Geschichten, die immer noch als Klassiker angesehen werden.

Zwar trifft es zu, daß Comics in der einen oder anderen Form immer Abbilder ihrer Zeit geliefert haben, und in der Tat werden in den USA die Hefte aus früheren Tagen von Historikern herangezogen, um eine weitere Facette des Zeitgeists zu enthüllen. Gerade jedoch die ausgehenden sechziger und frühen siebziger Jahre lieferten für die Comics erwähnenswerte Themen: Drogen, Studentenunruhen, Vietnam, Watergate, die Bürgerrechtsbewegung — all das fand sich seither verstärkt in den Comics wieder und ist bis heute nicht mehr daraus verschwunden. Die Batman-Hefte bilden dabei keine Ausnahme.

Robin wurde aufs College (und in das Back-Up-Feature) geschickt und setzte sich dort mit Studententhemen auseinander. Batman befaßte sich mit Rassismus und Radikalismus. Den realen Themen wurde ein entsprechend realistischer Zeichenstil angefügt. Batman wurde weitgehend wieder zu einem Einzelgänger, seine generell unheimliche Erscheinung und ein gewisses übernatürliches Element wurden stärker betont und führten damit die Figur auf ihre Wurzeln zurück. Die angeschnittenen Themen und Stories nahmen beinahe etwas Philosophisches an. Charakteristisch für diese Zeit ist die Einführung von R'as al Ghul, einen geheimnisvollen Meisterverbrecher, dessen Tochter Talia dem Batman schwer zu schaffen machte. Wie Batman ersehnte R'as al Ghul (übersetzt: Sohn des Dämons) eine verbrechensfreie und ökologisch gesunde Welt — allerdings unter seiner Herrschaft. In machiavellischer Manier scheute er dabei vor den extremsten Mitteln nicht zurück, bewahrte sich dabei jedoch einen eigenartigen Ehrenkodex. Die Beziehung zwischen ihm, Talia und Batman ist immer wieder aufgegriffen worden, zu voller Wirkung entfaltete sie sich jedoch hauptsächlich unter der Feder von Dennis O'Neil, der R'as entworfen hatte. (Eine Ausnahme bildet das Album *Son of the Demon,* 1988; Text Mike Barr, Zeichnungen Jerry Bingham), das eine herausragende Story mit einem beinahe zu knappen Zeichenstil verbindet und textlich neben den Arbeiten von O'Neil gleichberechtigt bestehen kann).

Die Betonung von Batman als Einzelgänger machte es aber auch erforderlich, daß sich sein Schützling Robin allmählich freizuschwimmen hatte. Robin hatte bereits seit Mitte der sechziger Jahre eine Hauptrolle bei der Sidekick-Truppe Teen Titans übernommen, war allerdings gegen Ende der siebziger Jahre ziemlich vernachlässigt worden. Er war ursprünglich eine Art *comedy relief* für den Batman gewesen, entwickelte sich dann zum integralen Bestandteil eines Actionduos und brachte es als Einzelfigur nicht fertig, das Interesse der Leserschaft zu fesseln. Seine Metamorphose in

Nightwing war eine Notwendigkeit, um ihn aus dem Schatten seines Vorbildes herauszuheben. Für Robin/Nightwing hat sich dieser Wechsel gelohnt. Aus dem kleinen Sidekick ist unter der Regie von Marv Wolfman, dem Texter der *Titans,* eine komplexe Gestalt geworden, die zwar immer mit Batman verglichen werden wird, aber durchaus ihre eigenen Stories zu tragen vermag.

Bereits 1967 erschien übrigens in *Justice League of America* 55 eine Erde-2-Version von Robin. Seine Auftritte beschränkten sich bis 1976 auf die sogenannten Crossover-Abenteuer des Titels, in denen die Justice League und die ältere Gruppe der Justice Society gemeinsam Fälle lösten. Die Leserschaft erfuhr, daß Robin in seiner bürgerlichen Identität als Anwalt arbeitete und später, 1976, sogar der amerikanische Botschafter in Südafrika war. Dieser Robin hatte sich zwar nie rebellisch freigeschwommen, dennoch war es interessant, die angedeuteten »Realzeit«-Erfahrungen mit der Entwicklung des Robins von Erde-1 zu vergleichen. Robin-2 (eigentlich der erste) wurde später in *Crisis on Infinite Earths* umgebracht. Das Multiversum war vielen Zeichnern und Autoren — wie schon erwähnt — zu kompliziert geworden, und Robin-2 war nur eine von über vierzig Gestalten, die in besagter Mini-Serie ein mehr oder minder rühmliches Ende fanden.

Auch der Batman von Erde-2 hatte ein interessantes Leben. Nach der Auflösung der Justice Society 1951, ausgelöst durch eine Senatsvorladung durch einen Unterausschuß der McCarthy-Gruppe, setzte er seinen Kampf im Alleingang fort. 1955 heiratete er eine frühere Gegnerin (Catwoman), und dem Paar wurde eine Tochter geschenkt, die 1979 nach Batmans gewaltsamen Ende unter dem Namen ›Huntress‹ die Tradition aufrechterhielt, bis auch sie an der Seite Robins der *Crisis on Infinite Earths* und Marv Wolfman zum Opfer fiel. All diese Details wurden den Lesern in verschiedenen Serien wie *Adventure Comics, All-Star Comics, The Brave & the Bold, America vs. the Justice Society of America* und *Adventure Comics* serviert. Erde-2 und die anderen Erden des Multiversums waren während ihrer fiktiven Existenz ein beliebter Spielplatz für Autoren und Zeichner gewesen, die ihrer Phantasie freien Lauf lassen konnten, darunter Alan Brennert, Dick Giordano, Paul Levitz, Joe Staton, Roy Thomas, Wally Wood und viele andere.

Besonders Alan Brennert gelang es in einer Story aus dem Jahr 1981, dem Ursprung des Batman noch eine weitere Facette abzugewinnen. »To Kill A Legend« *(Detective Comics* 500) berichtet, wie Batman und Robin vom Phantom Stranger, einem geheimnisvollen Dimensionswanderer, auf eine weitere Parallelwelt versetzt werden, deren Zeitlinie zwanzig Jahre nach Erde-1 angekoppelt ist — d.h. zwanzig Jahre nach dem Tod der Waynes auf Erde-1 sollen die Waynes jetzt auf dieser neuen Erde umgebracht werden. Aber diese Welt weist einen seltsamen Mangel auf: Es gibt keine Literatur über Helden oder Vorbilder, und Kryptons Sternensystem existiert nicht, so daß Superman ebenfalls niemanden inspirieren konnte. Batman und Robin retten die Waynes, und der junge Bruce Wayne dieser Erde nimmt sich sein außerdimensionales Gegenstück zum Vorbild und trainiert für seine selbstgestellte Aufgabe, die er diesmal jedoch nicht aus Rache zu erfüllen gedenkt.

Die Spielerei mit alternativen Zeitlinien brachte noch andere Merkwürdigkeiten hervor: So wurde zum Beispiel im 30. Jahrhundert von Erde-2 Brane Taylor der neue Batman. All diese Versionen fanden jedoch ihr Ende mit der bereits erwähnten *Crisis,* und zukünftige Autoren wurden angehalten, auf derlei bizarre Verfremdungen zu verzichten. Ob dies dem Mythos um den maskierten Mitternachtsrächer nun zum Vor- oder Nachteil gereicht, sei dahingestellt. Erstaunlich ist jedoch, daß der größte Erfolg des Dunklen Ritters auf einer derartigen Spielerei beruhen sollte. Doch dazu später.

Die Metamorphose von Robin in Nightwing wurde von der Leserschaft mit gemischten Gefühlen aufgenommen. »Ohne Robin kein Batman!« sagten die einen. »Endlich ohne Klotz am Bein!« war das Motto der anderen Gruppe. Die Befürworter der Teamlösung waren jedoch in der Mehrheit, und so wurde 1983 unter der Regie von Len Wein ein neuer Robin erfunden, der dem ersten im Hintergrund verblüffend ähnelte. Seine Eltern waren ebenfalls Zirkusartisten, die vom Supergangster Killer Croc getötet wurden. Zwei Jahre später wurde seine Geschichte revidiert: Max Allan Collins und Chris Warner ließen Jasons zu einem Straßenjungen werden, dessen erster Kontakt mit Batman darin bestand, daß ihm der Bengel die Reifen vom Batmobil klaute. In der neuen Version war Two-Face für den Tod von Jasons Vater verantwortlich, und Robin II entwickelte sich unter der Autorenschaft von Jim Starlin und anderen zu einem aggressiven Heißsporn, dessen Unbeherrschtheit Batman häufig zu disziplinarischen Maßnahmen veranlaßte.

Trotz des frühen Beitritts in die Justice League of America war Batman nie ein ausgesprochener Teamspieler. Entsprechend war die von 1983 bis 1986 laufende Serie *Batman and the Outsiders* mit 32 Ausgaben auch kein sonderlicher Erfolg. Der Dunkle Ritter tat sich mit Metamorpho, Black Lightning, Geo-Force, Halo, Katana und Looker zusammen und kämpfte gegen ausgesprochen kindische Gestalten wie den Duke of Oil und die Force of July. Jim Aparos Zeichnungen waren dem *juvenile appeal* der Serie bedauernswert adäquat und mit seinen Arbeiten aus den sechziger und siebziger Jahren keinesfalls zu vergleichen. Batmans Austritt aus der Gruppe machte einen Titelwechsel erforderlich, und die Serie wurde noch einige Zeit fortgesetzt, bevor sie 1988 endgültig eingestellt wurde.

1986 schließlich erlebte Batman sein größtes (und vielleicht letztes) Abenteuer in der Serie *Batman: The Dark Knight Returns.* 20 Jahre in der Zukunft ist Gotham City zu einem Rattennest geworden. Batman ist seit zehn Jahren im Ruhestand. Superman erledigt Regierungsaufträge. Das Wettrüsten hat ungeahnte Ausmaße angenommen. Die Rückkehr von Two-Face und dem Joker rüttelt Bruce Wayne wieder auf, der sein Batman-Kostüm wieder anlegt. Er bringt beide zur Strecke, aber seine Bemühungen, nach dem Megatonnenabwurf Gotham City mit harten Methoden durch den nuklearen Winter zu bringen, rufen nach Beendigung der kurzen Auseinandersetzung zwischen den Weltmächten Superman auf den Plan. In der Crime Alley, dem Ort seiner Entstehung kommt es zum letzten großen Kampf zwischen dem Pfadfinder aus dem Weltraum und dem Dunklen Ritter. Parallel dazu wird die Geschichte von Polizeichef Gordon erzählt, der seinem Ruhestand entgegensieht und die Ereignisse als Beobachter und unfreiwilliger Teilnehmer mitverfolgt. Und da ist noch Robin, ein dreizehnjähriges Mädchen, das sich dem 55 Jahre alten Batman anschließt. (Spekulationen über Batmans Sexualleben erhielten durch diese Konstellation erneut Auftrieb.) Die von Frank Miller, Klaus Janson und Lynn Varley gestaltete Serie wurde für einen Hugo Gernsback Award, die höchste Auszeichnung der SF-Weltkongresse, nominiert, erlebte eine landesweite Publicity und setzte bis heute den Maßstab für Batman, an den sich alle anderen Autoren halten müssen. Millers Darstellung einer Obsession, die sich selbst auch in sich ändernden Zeiten treu bleibt, ist ein ungewöhnliches Psychogramm. Man hat der Serie vorgeworfen, sie sei zu brutal, Millers Ansichten seien zu weit rechts angesiedelt, und seine Batman-Version würde dem Andenken an das Original Schande bereiten. Innerhalb des aufgestellten Mikrokosmos ihrerselbst funktioniert *The Dark Knight* jedoch in einer unnachahmlichen Weise. Die Paranoia Batmans ergibt einen Sinn, da sie das einzige Überlebensmittel geworden ist.

Millers einziger Konkurrent in der Charakterisierung des Batman ist der Brite Alan Moore, der mit *The Killing Joke* die vielleicht einfachste und zugleich beste Geschichte um Batman und den Joker geschrieben hat. Der Joker flieht aus Arkham Asylum, jener Mischung aus Gefängnis und Irrenhaus, in der Batman seine zahlreichen übergeschnappten Gegner einliefert. Er schießt Barbara Gordon zusammen, entführt ihren Adoptivvater und fordert Batman auf, Gordon zu retten und seine These der sinnlosen Existenz zu widerlegen. Eingestreut in den Handlungsablauf sind Rückblenden in die Vergangenheit des Jokers, wie er wurde, was er ist. *The Killing Joke* wurde im gleichen Format wie *Dark Knight* veröffentlicht — 48 Seiten, gerade gebunden, Glanzpapier — und wird laut DC so lange nachgedruckt, wie Nachfrage besteht.

Ein Jahr nach Erscheinen ist jetzt die fünfte Auflage ausgeliefert worden.

Die Maxiserie *Crisis on Infinite Earths,* die das DC-Universum vereinfachen sollte (und es tatsächlich nur noch komplizierter gemacht hat), gab den Autoren Gelegenheit, die Erstauftritte ihrer Helden einer Revision zu unterziehen, sie zu überarbeiten oder auszuweiten. Auch Batman erhielt eine neue Ursprungsgeschichte. Frank Miller und David Mazzuchelli präsentierten in Batman 404 bis 407 das erste Jahr in Batmans Karriere. In einer Schnitt- und Erzähltechnik, die fast an den film noir erinnert, werden in tagebuchähnlichen Monologen und knappen Dialogen die Erlebnisse von Bruce Wayne und James Gordon berichtet. Wayne ist nach zwölf Jahren Auslandsaufenthalt nach Gotham City zurückgekehrt, um sich dort seiner selbstgestellten Aufgabe zu widmen. James Gordon ist in Chicago in einen Skandal verwickelt worden und hat sich nach Gotham versetzen lassen, um sich zu bewähren. Beide Männer versuchen ihre Existenz zu etablieren: Wayne als Anfänger auf dem Gebiet der Verbrechensbekämpfung, Gordon als einziger ehrlicher Cop in einer korrupten Polizeihierarchie und mit einer schwangeren Frau. Hier trifft Batman auch erstmals (sic!) Selina Kyle, die spätere Catwoman, die als Prostituierte arbeitet und sich von Batman inspirieren läßt, aus eigennützigen Motiven ebenfalls gegen die Verbrecherwelt Gothams vorzugehen. (Ein faszinierendes Porträt von Catwoman ist in der gleichnamigen vierteiligen Serie entstanden [Text: Mindy Newell; Zeichnungen: Michael Bair und J. J. Birch].) Hier begegnen wir auch erstmals Sarah Essen, die in *Dark Knight* Gordons (zweite) Frau geworden ist. Miller hat somit in *Year One* und *Dark Knight* die Anfangs- und die Endphasen von Batmans Karriere aufgezeigt, und in der Folge haben sich alle anderen Texter (Jim Starlin, Mindy Newell, Denny O'Neil, Marv Wolfman, Mike Barr, John Byrne) dieser Chronologie angenommen und sie teilweise ausgefüllt.

In zunehmendem Maße sind in den letzten drei Jahren in *Batman* und *Detective Comics* Mini-Serien innerhalb der Serien aufgetaucht; Beispiele wären *Ten Nights of the Beast, Year Two, The Many Deaths of the Batman, Robin: Year One* (der inoffizielle Name für Max Allan Collins Geschichte um Robin II), *A Death in the Family* (auf die noch zurückgekommen werden wird), *Year Three* und *The Mudpack.* Dieses Format hat den Zweck, die präsentierten Geschichten vom Comic-Format der Unendlichen Geschichte zu komplexeren und knapperen Formen hinzuführen. Um diesem Trend Rechnung zu tragen, ist eine neue Reihe entstanden. *Legends of the Dark Knight* erschien Herbst 1989 und befaßt sich mit abgeschlossenen Ereignissen (deren Erzählung zwischen vier und sechs Ausgaben in Anspruch nimmt) aus dem Leben des Batman. Und eine weitere Serie im Prestige-Format, *Gotham by Gaslight,* die für das Frühjahr 1990 angekündigt ist, geht von der Annahme aus, daß Batman einhundert Jahre früher entstanden ist. Zeichner ist Mike Mignola.

A Death in the Family (Batman 426 bis 429) hat einige Kontroversen hervorgerufen. Die Prämisse der Story lautete wie folgt: Der Joker lockt Robin II (Jason Todd) in eine Falle und jagt ihn in die Luft. Nach Erscheinen des Heftes startete DC eine Telefonaktion, in der die Leser entscheiden durften, ob Robin die Sache überlebt oder nicht. Die Leser entschieden sich dagegen. Exitus Robin/Jason. Die Sache diente zweifellos als Werbemaßnahme, trieb Verkaufszahlen in die Höhe und entsprach dem Willen der Mehrheit: allerdings hat DC damit aber auch einen Präzedenzfall für eine populistische Entscheidung geschaffen — Wiederholungen sind angedroht und dürften dazu dienen, der Phantasie von Zeichnern und Autoren enge Grenzen zu ziehen.

Überhaupt ist die Zensur im eigenen Haus das größte Problem von DC. Ein angekündigter Hardcover-*Graphic-Novel, Arkham Asylum* (Text: Grant Morrison; Zeichnungen: Dave McKean) ist verschoben worden, weil einige Inhaltspassagen mit dem Marketing des Films durch die Mutterfirma Warner Communications nicht übereinstimmen. So sollte u. a. der Joker in Madonna-ähnlichem Dress auftreten und bei einem halluzinativen Höllentrip durch Arkham Batmans Sexualität in Frage stellen. Morrison und McKean haben sich leicht widerwillig mit den Änderungen einverstanden erklärt und werden auch weiterhin für DC arbeiten, aber es sind diese und ähnliche Maßnahmen, die Alan Moore und Frank Miller auf Dauer davon abgehalten haben, weitere Skripte oder Zeichnungen für DC zu erstellen; projektierte Serien und Folgen wie *Minutemen* (eine Art Vorläufer zum Hugo-Preisträger *Watchmen*) und *Dark Knight* 5 werden nicht bei DC erscheinen.

Warner Communications hat die *Batman*-Redaktion zudem vor ein weiteres Problem gestellt. Angeblich haben Warner-Offizielle darauf gedrängt, daß DC umgehend einen neuen Robin entwirft; vermutlich wird diese Rolle von Dick Grayson wahrgenommen werden, womit wahrscheinlich fünfzehn Jahre Charakterentwicklung über Bord geworfen werden müssen. Aber diese und andere Probleme hindern Batman nicht daran, mit Tempo in die neunziger Jahre vorzustoßen; eine leicht psychotische Charakterisierung durch Frank Miller und Michael Keaton ist dabei vielleicht als integraler Bestandteil des derzeitigen Erfolges zu betrachten.

Doch hat dadurch Batman viel von seinem unschuldigen Charme verloren. Seine Hauptanziehung hat immer darin bestanden, daß wir niemals Superman sein können, daß wir aber mit einiger Mühe es schaffen können, Batman zu sein. Der Batman der neunziger Jahre wird jedoch ein gefährlicher Charakter sein, eine Gestalt, die etwas Bedrohliches an sich hat. Wenn er wie auch in den Jahrzehnten zuvor als Spiegelung der aktuellen Gegenwart dient, dann haben wir einen komplexeren Dark Knight bekommen, eine dreidimensionale Gestalt mit Ängsten, Stärken und Schwächen — und einen Besessenen, dessen machiavellistische Einstellung an den Realitäten zerbrechen muß. Auf dem Höhepunkt seines derzeitigen Erfolges ist es für den Dark Knight wieder einmal notwendig geworden, sich einer Wandlung zu unterziehen. Batman ist ein Dauerbestandteil der populären Mythologie geworden und wird als solcher überleben, aber wie alle Mythen muß er sich wandeln, sonst wird er uninteressant. Frank Millers Verdienst ist es, einen bestimmten Trend, der mit den Stories von Denny O'Neil und Neal Adams in den siebziger Jahren begann, zu seiner endgültigen Ausformulierung in den achtziger Jahren zu führen. Alan Moore hat die gesamte Persönlichkeit des Batman von seiner Besessenheit bis zu seinem durchaus vorhandenen Mitgefühl in *The Killing Joke* festgehalten. Sollten künftige Autoren auf Batmans zweckgebundener Brutalität und seinen Obsessionen beharren, ist die Figur zur Sterilität verurteilt. Marketing darf bei dem notwendigerweise schwierigen Vermeidungsprozeß nur eine untergeordnete Rolle spielen, soll Batman nicht wieder zur Kinderfigur verkommen.

LITERATUR (Auswahl):

Ron Goulart (ed.): Year of the Bat — An Issue of Comics (1989)
Mark Waid ed., Amazing Heroes 92 (Fantagraphics; 1987)
Robert M. Overstreet, The Comic Book Price Guide No. 19 (House of Collectibles; 1989)
Gary Groth ed., Comic Journal 123, 128 (Fantagraphics; 1988, 1989)
Comics' Scene 8, 9 (1989)
The Greatest Batman Stories Ever Told (DC; 1989)
The Greatest Joker Stories Ever Told (DC; 1989)
The Official Justice League of America Index (ICG/Eclipse; 1987)

FILM

Dark Knight in Gotham City

Batman — der Film

von Ute Thiemann

Batman ist wieder da. Dreiundzwanzig Jahre, nachdem Adam West in das Fledermauskostüm schlüpfte, übernimmt nun Michael Keaton, passend zum fünfzigsten Geburtstag des Batman, die Rolle des Dark Knight. Doch mit dem harmlosen, komischen Batman der Sechziger, der ein friedliches, weltstädtisches Gotham City vor den Machenschaften seiner vier ebenso harmlosen Erzfeinde beschützt, für jede Widrigkeit das passende Bat-Antispray aus dem Kampfgürtel zieht und in Seelenqualen verfällt, wenn er eine Bombe auf eine Entenfamilie fallen lassen soll, hat dieser Batman wahrlich nichts mehr gemein. Dieser Batman kennt nur eine Seelenqual: Die Ermordung seiner Eltern, die er als kleiner Junge mitansehen mußte. Und so wird er zum maskierten Rächer, einer Fledermaus — dem archetypischen Geschöpf der Nacht. Er ist ein Getriebener, ständig zerrissen zwischen Tag und Nacht, zwischen seinem Leben als philanthropischer Millionär und seiner nächtlichen Suche nach Vergeltung.

Dieser Batman ist nicht neu. In den Comics hatte sich diese Trendwende schon seit Mitte der Achtziger angekündigt. Doch jetzt hat er auch das Massenpublikum der Kinos erreicht — und im Sturm genommen. Allein am ersten Wochenende spielte der Film in den USA 42 Millionen Dollar ein und wurde so zum erfolgreichsten Film aller Zeiten. *Batman* hat einen Nerv getroffen. Geboren aus der täglichen Bedrohung, mit der jeder Amerikaner (und wohl nicht nur er) lebt, ist er zugleich auch die Antwort darauf — der furchtlose Streiter für die Gerechtigkeit, wenn auch nicht für das Gesetz. Sein Kampf mag eine Vendetta sein, aber er ist schon längst nicht mehr persönlich. Batman hat die technischen und körperlichen Mittel, die dem Durchschnittsmenschen fehlen, um sich selbst erfolgreich zu verteidigen. So übernimmt er eine Doppelfunktion: Er wehrt sich, wie es sich wohl jeder in seinem Herzen schon einmal zu tun gewünscht hat, aber er ist auch der »Erlöser«, hinter dem sich all die »Schwachen« verstecken können, deren Mut und Können zur eigenen Gegenwehr nicht ausreicht.

Daß der Film so koherent diese bedrückend realistische und doch verfremdete Welt der Bedrohung und Gegenwehr erstehen läßt, ist wohl insbesondere auf den Produzenten Jon Peters und seine Geduld zurückzuführen. Peters hatte die Rechte an dem Batman-Stoff schon vor nunmehr fast zehn Jahren erworben, aber keiner der eingereichten Drehbuchentwürfe konnte ihn überzeugen. Erst in Sam Hamms Exposé fand er, wonach er so lange gesucht hatte: Die völlige Abkehr von dem Batman-Image der Fernsehserie (und des darauf beruhenden Films von 1966). Wie auch Peters wollte Hamm eher dem Vorbild des ursprünglichen Batman und der neuesten Versionen wie *The Dark Knight Returns* und *The Cult* folgen, die durchgehend härter und psychologisch dichter waren als die Geschichten der Fünfziger und Sechziger, in denen die Figur immer mehr zum Beschützer aller Unterdrückten á la Superman degeneriert war. Peters schaffte es, mit Regisseur Tim Burton (dessen Film *Beetlejuice* allerdings erst zu einem Erfolg werden mußte, bevor er den Zuschlag für dieses 50-Millionen-Dollar-Projekt bekam), Anton Furst für die Sets und Fahrzeuge und Bob Ringwood für die Kostüme ein Team zusammenzustellen, das diese Vorstellung teilte und in überzeugender Form umsetzen konnte.

Furst und Ringwood zählen mittlerweile zu den »Veteranen« im Bereich des Phantastischen Films. Furst hat schon an *Outland, Alien* und *Die Zeit der Wölfe* mitgearbeitet (und besonders seine Arbeiten für den letzten Film hatten ihn zu Burtons Lieblingskandidaten werden lassen), während Ringwood viele der Kostüme für Dino de Laurentiis' Verfilmung des Herbert-Romans *Der Wüstenplanet* entworfen hatte. Bei *Batman* arbeiteten die beiden eng zusammen und erstellten gemeinsam ein Gesamtkonzept. Batman agiert in einer eigenen, beinahe mythischen Welt außerhalb der Zeit. Zwar wurde er über die Jahrzehnte immer wieder an die »realen« Entwicklungen in den USA angepaßt, und auch Gotham City, dessen Vorbild eindeutig New York ist, veränderte sich entsprechend, aber dennoch läßt sich Batman nur schwer auf eine bestimmte Zeit festlegen, sondern ist eher Ausdruck eines Zeitgefühls. Ringwood und Furst versuchten, dieses Konzept auch für den Film zu übernehmen. Die Grundlage aller Entwürfe bilden die vierziger Jahre, doch werden diese mit Versatzstücken aus anderen Zeitabschnitten verfremdet, sowohl bei den Gebäuden als auch bei den Kostümen. Gangsterboß Carl Grissom und seine rechte Hand Jack Napier (der später zum Joker wird) sowie ihre Bande tragen Anzüge aus den Vierzigern, die so anachronistisch wie ihre Verbrechensmethoden wirken. Mit der Ablösung des Grissom-Imperiums durch den Joker ändert sich dann auch der Stil, wird moderner, schriller. Die Welt um Bruce Wayne hingegen ist zeitlich nicht festzulegen, ist aber doch deutlich moderner. Hier bildet nur Wayne selbst eine Ausnahme, dessen Kleidung klar den achtziger Jahren entlehnt ist — er ist seiner Zeit voraus. Vor diesem Hintergrund agieren die beiden Erzfeinde, Batman und der Joker, die schon durch ihre Kostüme aus dem Rahmen fallen.

Bevor Ringwood mit seinen Entwürfen für das Batmankostüm begann, kaufte er sich erst einmal 400 Comic-Hefte, von den ganz alten bis zu den neuesten Versionen des Dark Knight, denn er wollte den »definitiven Batman« erschaffen. Das Kostüm mußte mehrere Bedingungen erfüllen: Es mußte glaubhaft sein, Batmans Bedrohlichkeit unterstreichen, aber auch seine Attraktivität hervorheben. Man entschied sich für die Farbe Schwarz, anstelle des dunklen Blaus der Hefte — eine Farbe, die, wie sich bei einem Gespräch mit Batman-Schöpfer Bob Kane herausstellte, das Kostüm auch in den Comics hätte haben sollen, was jedoch aus drucktechnischen Gründen nicht machbar gewesen war. Der Anzug selbst ist eine Art Latex-Leotard, in den nachträglich die

Körperformen einmoduliert worden sind. Auch hierbei gibt es keinen Vergleich mehr mit dem dünnen seidigglänzenden Stoffkostüm, in dem sich Adam West in Fernsehserie und Film präsentierte. Dies ist ein Kampfanzug, der dem Körper neben aller Beweglichkeit Schutz bietet. Die schwarze Farbe, der glatte, glänzende Anzug und der weitschwingende Umhang geben dem Batman aber nicht nur die Fähigkeit, gänzlich mit den Schatten zu verschmelzen, sondern verleihen ihm auch eine Attraktivität, die durchaus als erotisch zu bezeichnen ist. Dies wird noch durch die Kopfmaske unterstützt, auf die Ringwood sehr viel Zeit verwenden mußte. Sie durfte nicht zuviel des Gesichts verdecken, aber andererseits auch nicht zu wenig, denn sie sollte ja Batmans wahre Identität verstecken. Auch die Länge der Ohren stellten ein Problem dar, da falsche Proportionen das ganze Kostüm lächerlich hätten werden lassen.

Für Batmans Erzfeind und seine Gehilfen entwarf Ringwood ein vollkommen anderes Konzept. Sie sind grellbunt gekleidet, scheinen in einer perversen Weise die Aufmerksamkeit auf sich lenken zu wollen. Sie verüben ihre Verbrechen nicht in der Dunkelheit, in der sich ihr Jäger versteckt, sondern offen, für jedermann zu sehen, sogar über den Fernsehbildschirm. Sie sind beinahe die einzigen Farbflekken in der trostlosen Stadtwüste von Gotham City.

Diese Stadtwüste ist das Produkt von Anton Fursts Vorstellungskraft, und vielleicht das Beeindruckendste an diesem neuen Batman-Film. Hohe Wolkenkratzer lassen kaum Licht in die engen Straßenschluchten eindringen. Die Gebäude sind ein Sammelsurium verschiedenster Baustile, die nur zwei Dinge gemeinsam zu haben scheinen: Sie sind riesig, fast monströs, und sie sind rostig, dreckig, als hätte sich schon seit Jahrzehnten niemand mehr um sie gekümmert — oder sich an sie herangetraut. Das Modell für Gotham City ist auch im Film New York, das man in jeder Szene wiederzuerkennen glaubt — nicht das »reale« New York, sondern das Abbild dieses Stadtmolochs, das wohl in den Köpfen von vielen herumspukt. Furst selbst beschreibt es so: »Gotham City basiert auf verschiedenste Weise ganz klar auf

New York ... Wir haben die schlimmsten Aspekte von New York genommen und sie verstärkt ...« Gleichzeitig ist Gotham aber auch eine beinahe futuristische Stadtvision, wie man sie schon in *Blade Runner* gesehen hat; eine konsequente Fortentwicklung früherer, gedankenloser Städteplanungen in die Zukunft. Eine Stadt also, die sich sozusagen verselbständigt hat, ohne noch auf die Bedürfnisse ihrer Bewohner zu achten. Sie erdrückt die Menschen fast, drängt sich überall auf, dringt überall ein.

Selbst unterhalb von Gotham City, in der Bathöhle, ist die Stadt allgegenwärtig. Überall in diesem Geflecht von Kammern und Gängen, dessen Bezeichnung als »Höhle« eher wie eine höhnische Untertreibung wirkt, stoßen Rohrleitungen aus den Wänden, drängen sich die Fundamente der Wolkenkratzer durch die Decken. Für die Konzeption dieser »Höhlenwelt« hat Furst sich zugegebenermaßen von dem unterirdischen Reich aus der Fernsehserie *Beauty and the Beast* ebenso wie von der labyrinthischen Welt des *Phantoms der Oper* inspirieren lassen. Hier hat der Batman sein Domizil, hier steht sein Computer mit der gigantischen Multibildschirmwand, und hier verwahrt er auch das Batmobil und Batwing, sein Flugzeug.

Furst und sein Team haben viel Zeit darauf verwendet, Fahrzeuge für den Batman zu entwerfen, die die gesamte Atmosphäre des Films widerspiegeln und ergänzen. Es reicht schon lange nicht mehr aus, ein normales amerikanisches Straßenkreuzercabrio mit ein paar blinkenden Lämpchen und einen angeblichen Raketenantrieb in der Größenordnung einer Kerosinlampe zu versehen, um ein überzeugendes Batmobil zu erschaffen. Ebenso macht das Aufkleben eines Batman-Stickers aus einem gewöhnlichen Hubschrauber noch lange keinen Batcopter. Wie schon bei den Kostümen und der Stadtkulisse wandte Furst sich für Ideen zurück zu den Vierzigern. Für das Batmobil studierte er wochenlang die Konstruktionszeichnungen der Maschinen, mit denen man damals auf den amerikanischen Salzwüstenstrecken alle Geschwindigkeitsrekorde hatte brechen wollen. Die geballte Kraft, die beinahe gewalttätige Ausstrahlung dieser Wagen, hat seither kein Auto mehr erreicht. Das fertige Batmobil ist eine stromlinienförmige Schönheit, lang und schwarz, mit einem Düsentriebwerk in der Mitte der Motorhaube, das sich augenblicklich in eine tödliche Kampfmaschine verwandeln kann und so in seinem Design die beiden Aspekte der Batmanfigur widerspiegelt.

Für Batwing hingegen stand modernste Technik Pate. An diesem Flugzeug, das die Form des Batman-Emblems hat, gibt es keine Ecken und Kanten, es ist geformt wie ein Stealth-Fighter. Batwing ist ein Kampfbomber, nicht einfach ein Gefährt, mit dem Batman sich durch die Luft bewegt. Nur ein Detail stört an dieser Konstruktion: Die Scherenapparatur, deren einzige Funktion das Durchtrennen einiger Seile im Schlußkampf des Films ist, was aber allein keine überzeugende Rechtfertigung für ihr Vorhandensein bietet.

Aber es geht bei *Batman* nicht nur um die körperliche Bedrohung. Der Joker, der sein monströses Aussehen selbst einem »Unfall« in einer Chemiefabrik verdankt, produziert Kosmetika und Lebensmittel, die allein vielleicht harmlos sein mögen, deren Stoffe in Kombination jedoch einen grauenhaften Tod herbeiführen. Hier eröffnet sich eine ganz neue Dimension von Verbrechen, die dem Film doch einen interessanten Unterton verleiht.

Daß *Batman* in den USA und weltweit ein solcher Erfolg geworden ist, liegt sicher zu einem großen Teil daran, daß das Publikum sich, d. h. seine alltäglichen Ängste wiedererkennen kann — verpackt in eine spannende Handlung natürlich, denn *Batman* ist beileibe kein »Problemfilm«. Doch auch wenn sich in Amerika das Interesse des Kinopublikums langsam anderen Filmen zuwendet, sich das Fieber wieder legt und *Batman* bald nur noch der Sommerhit des Jahres 1989 sein wird, bleibt zu hoffen, daß er trotz all seiner Schwächen und Unzulänglichkeiten, die er selbstverständlich auch hat, in die Reihen der Filme eingehen wird, die man sich auch nach einigen Jahren noch einmal ansehen kann und immer noch wieder etwas Neues darin entdeckt.

INTERVIEW

Monster Dompteur mit Stil

Ein Gespräch mit Ray Harryhausen

von Joachim F. Müller

Brüllende Zyklopen essen am liebsten Menschlein am Spieß. Bestien aus dem Weltenraum balgen sich mit Elefanten, freßwütige Saurier kämpfen gegen Cowboys. All diese bizarren Untiere haben eines gemeinsam: ihren Schöpfer. Allesamt wurden sie erzeugt in der blubbernden Hexenküche des Trick-Opas Ray Harryhausen. Harryhausen begann 1946 als Assistent von Willis O'Brien. Dessen King Kong hatte den Knirps einst so beeindruckt, daß er sich entschloß, künftig selbst Kino-Monster zu erschaffen. Nach seiner Assistenten-Tätigkeit bei »Panik um King Kong«, sorgte er unter anderem für die Tricks in »Panik in New York«, »Fliegende Untertassen greifen an« und »Die Bestie aus dem Weltenraum«. Legendär wurden aber bevorzugt seine Monster-Märchen um Sindbad den tollkühnen Seefahrer. »Sindbads 7. Reise«, mit seinen unzähligen Miniatur-Ungeheuern, die alle im typisch-liebevollen Harryhausen-Stil animiert wurden, genießt heute längst den Ruf eines Klassikers. Harryhausen ist ein Veteran des Stop Motion-Trickverfahrens. Dabei werden die Mini-Monster einzelbildweise bewegt, was den Eindruck wirklichen Lebens erweckt. Die so belebten Kreaturen werden, mit Hilfe komplizierter Kopierverfahren, in die reale Handlung eingeblendet. Dann können Menschen gegen riesige Raubvögel antreten, kann Gulliver von Lilliputanern traktiert werden oder ein brüllender Saurier durch New York stapfen. Mit dem heute 68jährigen Monster-Macher unterhielt sich Joachim F. Müller:

F: Heutzutage gibt es eine unzählbare Menge von Special Effect-Filmen. Glauben Sie, daß Ihre Stop Motion-Tricks auch heute noch erfolgreich sein könnten?

A: Ob erfolgreich oder nicht, ich glaube nicht, daß das von der Stop Motion abhängt. Die Tricks haben sich geändert, ebenso wie überhaupt die Unterhaltungsbranche. Jeder bekommt heute eine Gehirnwäsche verabreicht vom Fernsehen und von der Werbung. Die jungen Leute wachsen damit auf, denken und leben deshalb anders, schneller, als die Menschen vor 15 Jahren. Die Zeiten haben sich geändert. Die Animations-Tricks werden heute genauso gebraucht wie einst. Aber: Ob die Filme erfolgreich sind oder nicht: Das hängt von der Geschichte ab und nicht von den Effekten.

F: Im Kino gibt es mittlerweile einfach zu viele Spezial-Effect-Orgien. Ist die Zeit des phantastischen Films abgelaufen, oder wird es auch noch in zehn Jahren ein Publikum für dieses Genre geben?

A: Es verläuft immer in Zyklen. In der Stummfilmzeit gab es beispielsweise Filme wie »Metropolis«, dann in den 30ern und 40ern gab es Filme wie »Just Imagine«. In den 50ern begann ein neuer Zirkel mit Streifen wie »Panik in New York«, und einer Menge anderer Science Fiction-Filme. Aber: Wie man sehen kann, ist dieser Kreislauf heute zerstört. Es gibt eben eine zu große Zahl von Spezial-Effect-Filmen; das Publikum hat mittlerweile genug davon: Es will keine Tricks sehen, sondern gute Geschichten erzählt bekommen. Viele grandiose Trickeffekt-Filme waren deshalb Reinfälle, weil die Stories einfach nicht die Zuschauer erreichen konnten.

F: Trotzdem legt man heute mehr Potential in das Erfinden neuer Techniken, als in das Kreieren innovativer Geschichten. Ihre Phantasie-Wesen wurden einzelbildweise per Hand bewegt, die Technik nennt man »Stop Motion«. Bei der Industrial Light & Magic« (ILM) hat man vor einigen Jahren ein computergesteuertes Animations-Verfahren entwickelt, das »Go Motion«.

A: Ja, aber auch die »Go Motion«-Technik besitzt ihre Grenzen. Jeder dachte zuerst, daß der Computer alle Probleme lösen würde. Aber auch die Computer-Tricks sind nur ein Werkzeug, um die Animation, die Belebung der Miniatur-Figuren, glaubwürdiger zu machen. »Go Motion« ist sicher eine gute Sache, aber ein Problem hat sie trotzdem nicht beseitigt: Wie man nämlich das Publikum unterhält und an die Kino-Kasse bringt. Das konnte man ja sehr gut bei »Der Drachentöter« sehen. Die Tricks waren beeindruckend, die Kassen aber leer. »Drachentöter« hat keinen Pfennig eingespielt, kein Mensch wollte ihn sehen.

F: Das liegt vielleicht auch daran, daß heute die Effekte nicht existieren, um die Geschichte glaubhaft zu erzählen. Sie sind vielmehr die Geschichte selbst.

A: Genau. Wir benutzten die Effekte nicht um ihrer selbst willen. Die Tricks waren bei uns bedingt durch die Story. Obwohl auch wir oft beschuldigt wurden, daß es bei uns nur auf die Effekte ankäme. Aber das ist nicht wahr: Bei uns waren die Effekte unabdingbar, weil wir Märchen-Geschichten erzählten, bei denen das Publikum einfach solche Monster sehen will. Wenn es sich einen Sindbad Film ansieht, dann will es ein »echtes« Monster auf der Leinwand sehen. In »1001 Nacht« kann es von dem Untier nur lesen, hier wird es leibhaftig. Bezeichnend ist ja: Vor »Sindbads 7. Reise« gab es sehr viele Filme über den waghalsigen Seefahrer. Aber das waren eben entweder perfide Räuber- und Gendarm-Geschichten, die dann als simple Schatzsuche in der Wüste endeten, oder lächerliche »Girl Shows«. Wenn ich aber in einen phantastischen Film gehe, will ich auch etwas Phantastisches zu sehen bekommen. Einen Striptease kann ich schließlich in vielen Etablissements um die Ecke erleben.

F: Die Trickeffekte genügen heute einem sehr hohen Standard, besitzen aber wenig Charme. Der berühmte Zyklop aus »Sindbads 7. Reise« war sicher eine der witzigsten und sympathischsten Kreationen aus Ihrer Hexenküche. Solche Kerlchen, solche märchenhaften Gestalten, sind mittlerweile eher selten. Der wesentliche Unterschied zwischen Ihren Stop Motion-Monstern und den heutigen Kino-Untieren scheint mir zu sein: Ihre Kreaturen besaßen immer einen Charakter.

A: Die Monster müssen immer einen Charakter haben. Das ist etwas, das ich von Willis O'Brien, dem King Kong-Schöpfer, gelernt habe. Es ist eben uninteressant, ein Monster zu haben, wie »Godzilla«. Ein verrücktes Biest, das durch Tokio trampelt und Gebäude zerdeppert. So ein Koloß ist einfach nicht sympathisch. Wir aber wollten immer, daß unsere Creatures auch sympathisch erscheinen. Das haben wir, glaube ich, geschafft in »Die Bestie aus dem Weltenraum«. Wenn der Ymir vom Colosseum fällt, dann haben Sie dasselbe Gefühl wie bei King Kong, wenn der vom Wolkenkratzer purzelt: Obwohl er ja viele Menschen getötet hat, ist man doch traurig, daß er stirbt. Das finde ich sehr wichtig:

Es darf keine Schwarzweiß-Klischees geben, also nicht nur abgrundtief böse Schurken. Auch die Bösewichte müssen ihre guten Seiten haben und nicht ausschließlich einen tumben Zerstörungstrieb. Man kann die Sindbad-Kino-Märchen, mit all ihren Ungeheuern heute nicht einfach kopieren, das würde keinen Erfolg zeitigen. Als wir damals »Sindbads 7. Reise« machten, betraten wir neuen Boden. So eine Art von Märchen-Kino, wie wir es inszenierten, gab es vorher noch nicht. Es ist heute dagegen sehr schwierig bei diesem Medium, sich nicht ständig selbst zu wiederholen.

F: Nochmals zur Faszination der Trickeffekte, von der Sie ja annehmen, sie habe beim heutigen Publikum nachgelassen: Die Kinozuschauer gingen damals, in den 50ern und 60ern, nicht in Fantasy- oder Science Fiction-Filme wegen der Regisseure, Nathan Juran oder Don Chaffey, auch nicht wegen der äußerst simplen Geschichten. Die wollten einfach die turmhohen Schauer-Gestalten von Ray Harryhausen sehen.

A: Ich weiß nicht recht. Ich glaube, daß das Publikum nicht nur in die Filme geht, weil es meine Monster sehen will. Es liegt auch an den Geschichten, die wir erzählen. Viele Kritiker bezeichnen sie als simpel und altmodisch. Bei uns gab es immer einen Anfang, eine Mitte und einen Schluß. Unsere Geschichten sollten jedem verständlich sein. Ich glaube das ist der Punkt: Sie gehen heute ins Kino, sehen viel Action, viel Bewegung auf der Leinwand. Wenn Sie aber herauskommen, dann wissen Sie nicht, was sie eigentlich gesehen haben, um was es in dem Streifen ging. Manche nennen das dann »intellektuell«, für mich ist es ein Mangel an Kommunikation zwischen Filmemacher und Publikum.

F: Sie waren seit Ihrer frühesten Kindheit begeistert von prähistorischen Monstern. Ein Freund von Ihnen, Ray Bradbury, drückte es so aus: »Wir sprachen immer über Dinosaurier, aber niemals über Mädchen.«

A: Stimmt wirklich. Ray und ich trafen uns zum ersten Mal in der »Science Fiction Society of Los Angeles«. Dort begegnete ich auch Forrest J Ackerman. Wir trafen uns üblicherweise einmal in der Woche und redeten über Weltraum-Programme, also darüber, ob und wie es wohl möglich wäre, zum Mond zu fliegen, und sowas. Wir alle waren von der Science Fiction begeistert und hatten auch ähnliche Ideen. Deswegen respektierten wir uns gegenseitig. Aber die Durchschnittsbürger sahen uns als seltsame Sonderlinge an.

Die sagten sich: »Es können ja nur Gipsköpfe über Weltraumfahrten reden, die frühestens in einigen Jahrhunderten stattfinden werden. Blödsinn also, darüber zu diskutieren.« Ray und ich wollten zusammen eine Story schreiben über Dinosaurier. Willis O'Brien hatte damals ja schon in »The Lost World« prähistorischen Monstern Leinwandleben eingehaucht. Später wurde aus den Sauriern »King Kong«, der Riesen-Gorilla. Wir aber wollten einen Schritt weitergehen. Zwar sollte es auch bei uns um prähistorische Monster gehen, aber in der Zukunft, also in einer Science Fiction-Welt.

Über diese Träume sprachen wir in langen, langen Telefongesprächen. Er wohnte schließlich in der anderen Ecke von Los Angeles. Überlicherweise dauerte ein solches Gespräch mindestens anderthalb Stunden. Glücklicherweise war das Telefonieren damals noch nicht so teuer. Heute würden wir wahrscheinlich Rechnungen bekommen von 200 oder 300 Dollar. Und das nur, um über Saurier reden zu können!

F: Daß Sie zu einem Fan des phantastischen Kinos wurden, daran sollen ja einige deutsche Phantastik-Filme der 20er Jahre nicht ganz unschuldig gewesen sein. Beispielsweise »Metropolis« oder »Die Nibelungen«. In letzterem gab es ja auch einen wüsten Drachen.

A: Das waren einige der Filme, die ich gesehen habe, als ich wirklich noch ganz klein war, an die ich mich aber trotzdem noch erinnere. Meine Eltern waren begeisterte Kinogänger und sie nahmen mich meistens mit. »The Lost World« habe ich bereits im zarten Alter von drei Jahren gesehen. Natürlich schaute ich mir auch »Metropolis« an, »Die Frau im Mond« und die anderen phantastischen Filme aus Deutschland. All die Streifen sorgten dafür, daß ich mich anhaltend für dieses Genre zu interessieren begann.

F: Sie haben eben auch ihre Eltern erwähnt, die ja nicht nur begeisterte Kinogänger waren, sondern auch Ihre ersten filmischen Fingerübungen unterstützten.

A: Meine Eltern haben mich immer unterstützt. Und das ist eigentlich sehr erstaunlich, denn üblicherweise wollen Eltern immer, daß ihre Söhne und Töchter etwas »Anständiges« studieren; aus ihnen Rechtsanwälte oder Ärzte werden. Meine Eltern waren wirklich tolerant. Samstag nachmittags, da half mir mein Vater immer bei den Filmaufnahmen. Zusammen bauten wir auch die Armaturen der Monster. Es war sozusagen ein richtiger Familienbetrieb. Übrigens: Ich übte mich schon damals darin, immer Geschichten zu erzählen, wie später auch, mit einem Anfang, einer Mitte und einem Ende. Nur waren die Streifen damals etwas kürzer, so um die zehn Minuten.

F: Die ersten Trick-Übungen machten Sie bereits als Steppke in den frühen 30ern. Sie waren so zwischen 13 und 14 Jahre alt. Der Film, der Sie vermutlich am nachhaltigsten beeindruckte, dürfte wohl »King Kong« gewesen sein?

A: Der beeindruckte mich wirklich sehr. Ich wollte unbedingt wissen, wie die das gemacht hatten. Ich besorgte mir eine 16-Millimeter-Kamera und experimentierte in unserer Garage mit Stop-Tricks. Ich begann beispielsweise mit den Arbeiten zu einem Film über die Geschichte der Erde. »Evolution« nannte ich das Projekt. Die ersten Szenen dieses Streifens zeigte ich George Pal, der mich daraufhin engagierte für den Puppen-Trickfilm »Puppetoons«.

F: Trotz diesem Engagement: »Evolution« ist bis heute Ihr berühmtester »niegedrehter« Film. Oder haben Sie ihn mittlerweile beendet?

A: Oh, nein, das habe ich schon vor Jahren aufgegeben. Leider. Das war eine meiner Kindheits-Ambitionen. Ich wollte damals zeigen, wie das Leben begann und wie es in der Urzeit ausgesehen hatte auf unserem Planeten. Dann kam aber »Fantasia«. Die hatten soviel Geld, und der Film war ja auch so wundervoll, daß ich schließlich mein Projekt aufgegeben habe. Es gibt von »Evolution« einige Testaufnahmen. Die Sequenz über die Dinosaurier-Ära habe ich sogar beendet.

F: Als Sie »Evolution« zu drehen begannen, da waren Sie ein

Fan des phantastischen Kinos, arbeiteten also noch nicht professionell. Das änderte sich, als Sie im College die Filmkurse besuchten.
A: Ich besuchte die Abend-Filmkurse der »UIC«, noch während ich am »Los Angeles City College« eingeschrieben war. Ich wollte mich einfach filmisch weiterbilden, lernte einiges über Filmschnitt und Fotografie. Glücklicherweise gab es noch kein Fernsehen, so daß ich meine Zeit nicht verschwendete um zu Hause zu sitzen und nichts zu tun. Es hat sich bezahlt gemacht.
F: Kommen wir mal konkret zu Ihrem tricktechnischen Werdegang. 1946 arbeiteten Sie als Assistent für »King Kong«-Schöpfer Willis O'Brien. Es war ein Kong Nachfolge-Streifen namens »Mighty Joe Young«, gespickt mit vielen Special Effects, die auch mit dem »Oscar« ausgezeichnet wurden.
A: Willis O'Brien war viele Jahre lang mein Mentor. Ich traf ihn damals, als er gerade an »War Eagles« arbeitete, der übrigens nie beendet wurde. Nach dem Krieg begann er mit der Planung von »Mighty Joe Young«. Ich war bereits bei der Vor-Produktions-Phase dabei, bis zum letzten Schnitt des Films. Erstens war es natürlich eine enorm wichtige Erfahrung für mich, an einem abendfüllenden Spielfilm zu arbeiten, zweitens war es sehr spannend für mich. mit meinem Vorbild zusammenzuarbeiten.
F: Sechs Jahre dauerte es, bis Sie Ihr eigenständiges Trick-Debüt gaben. »Panik in New York« hieß Ihr Solo-Erstling, der mittlerweile als Klassiker des Science Fiction-Kinos zählt. »It Came from beneath the Sea« dagegen war nicht gerade ein Erfolg. Es geht da um einen garstigen Riesen-Octopus, der in Wirklichkeit ein »Sexopus« war.
A: Wir mußten »It Came from beneath the Sea« sehr rationell drehen und Geld sparen. Wirklich ausgefeilte Tricks waren mit diesem Mini-Budget kaum möglich. Ich schlug vor, anstatt der natürlichen acht Tentakeln, einfach zwei abzuschneiden und dem Burschen nur sechs zu belassen, um damit die Animationsarbeit zu erleichtern und Geld einzusparen. Das ersparte uns viel Zeit bei den Trickarbeiten und wie Sie wissen: Zeit ist Geld in Hollywood. Übrigens: Es wußte

ursprünglich niemand davon, daß der Krake nur sechs Tentakeln hat. In einem schwachen Augenblick habe ich die Geschichte aber jemandem erzählt. Seither werde ich sie nicht mehr los. Wahrscheinlich wird diese Sache mich ewig verfolgen. (lacht)

F: Das mit den geringen Budgets für Science Fiction-Filme gehört längst der prähistorischen Vergangenheit des Kinos an. Heute ist ein Film wie »Star Wars« noch billig, wenn er zehn Millionen Dollar kostet ...

A: ... und wir drehten »Panik in New York«, den gesamten Film, für ganze 200000 Dollar. Heute können Sie für diese Summe nicht einmal mehr ein Kostüm kaufen. Es ist wirklich unsinnig, wie die Kosten im Filmgeschäft explodiert sind. Unser letzter Film, »Kampf der Titanen«, kostete bereits elf Millionen Dollar. Es dauert sehr lange, bis ein Film endlich sein Geld wieder einspielt. Heute kosten die Special Effects zehnmal soviel wie früher ein ganzer Film. Und wie schon gesagt: Viele dieser High-Budget-Produktionen haben ihr Geld nicht wieder eingespielt. Finanziell sind phantastische Filme einfach ein enormes Wagnis.

F: Es haben sich aber nicht nur finanzielle Veränderungen für die Produktion von Special Effects ergeben. Auch die innere Struktur hat sich, so scheint es, verändert. Während die Tricks früher von Individualisten kreiert wurden, machen das heute bevorzugt große Firmen, beispielsweise die »ILM«.

A: Wenn Sie sich den Vorspann ansehen von neueren Phantastik-Filmen, da erscheinen achtzig Leute, die für Effekte zuständig waren, die Willis O'Brien und ich immer im Alleingang herstellten. Für meine Arbeit benötigte ich oft nur die Hilfe eines Elektrikers; Willis O'Brien wurde unterstützt von einer größeren Crew. Aber: Das steht in keinem Verhältnis zu dem heutigen Zustand. Einfach unglaublich: Achtzig Leute machen heute die Arbeit für Effekte, die im fertigen Film ganze zehn Minuten dauern.

F: Sie haben Zyklopen animiert, außerirdische Bestien; haben Gulliver in Lilliput landen und Urwelt-Monster durch New York tapsen lassen. Gibt es denn in Ihrem Œuvre einen bestimmten Favoriten?

A: Schwierig zu sagen. Ich glaube »Jason und die Argonauten« war der vollständigste. Ich mag auch »Sindbads 7. Reise«, obwohl ich glaube, daß es da noch viele Sachen gibt, die man hätte besser machen können. Ich mag auch meinen jüngsten Film »Kampf der Titanen«, weil ich denke, daß er die Geschichte von Perseus und Andromeda in einer schönen, dramatischen Art erzählt.

F: Die wohl tricktechnisch schwierigste und aufwendigste Szene die Sie je inszeniert haben, kann man in »Jason und die Argonauten« sehen. Da gibt es den legendären Schwertkampf: Sieben Skelette gegen drei Menschen.

A: Das war wirklich eine heikle Arbeit. Einen solchen Schwertkampf, bestehend aus einkopierten Skeletten und realen Menschen, zu realisieren, ist wahnsinnig schwierig. Das Timing muß absolut stimmen, denn es geht alles sehr schnell: Schwert links, Schwert rechts. In »Jason« kämpfen also drei Menschen gegen sieben Skelette und jedes dieser Gerippe besaß fünf Teile, die nach jedem Einzelbild bewegt werden mußten. Da können Sie sich vielleicht vorstellen, wie schwer es war, die Dinger in der richtigen Position einzukopieren, damit sie sich auch wirklich synchron zu den Darstellern bewegen. Da Gerippe und Schauspieler in derselben Einstellung kämpfen, konnte man auch nicht einfach schummeln. Wir mußten den Eindruck erwecken, als ob auf der Leinwand ein paar lebende Tote gegen unsere Helden kämpfen.

F: Das, was Ihre Filme so populär macht: Man sieht die Monster tatsächlich in der gleichen Einstellung wie die Darsteller. Da gibt es keine faulen Tricks nach dem Prinzip »Schuß auf erschreckten Held, Gegenschuß auf Monster«. Welche Technik verwenden Sie eigentlich bevorzugt um diesen Eindruck entstehen zu lassen?«

A: Den Eindruck, Monster gegen Mensch in einer Einstellung, erschafft man mit vielen Trickverfahren. Dem »Travelling Matte«, dem »Split Screen«, der »Rückprojektion« oder der »Frontprojektion«. Sie brauchen grundsätzlich in einem Film viele verschiedene Techniken, mit einer einzigen kommen Sie nicht weit. Manchmal, in einigen Einstellungen, kombiniere ich eben die Animationsfiguren und die echten

Darsteller mit dem »Travelling Matte«-Verfahren, manchmal mit der »Miniature Projection«. Bei letzterem nimmt man zuerst die Schauspieler auf. Diese Sequenzen projiziert man auf eine kleine Rückpro-Leinwand und vor diese stellt man das Monster und bewegt es Einzelbild für Einzelbild. Dadurch erscheinen die Miniatur-Monster riesig, die Menschen winzig. Deswegen beschuldigte man mich des öfteren, ein »Menschenschrumpfer« zu sein.

F: Da die Monster erst später einkopiert werden, muß es doch manchmal zum Brüllen gewesen sein, bei den Dreharbeiten. Ich stell' mir das immer so vor: Da fuchtelt ein Darsteller wild auf dem Set herum, sein Gesicht panisch verzerrt, er kämpft — gegen Luft.

A: Ja, es ist wie Schattenboxen. Der Darsteller muß sich das Monster vorstellen, weil er es nicht sieht. Deswegen mache ich vor den eigentlichen Dreharbeiten etwa ein Dutzend, große Produktions-Zeichnungen, die die wichtigsten Trick-Sequenzen darstellen. Neben diesen großen Zeichnungen erstelle ich kleine Skizzen von jeder Trick-Einstellung, die zeigen, wo sich das Monster befinden soll und wo die Darsteller. Das hilft sowohl dem Regisseur als auch den Schauspielern, die dort sehen, gegen wen sie zu kämpfen haben. Das ist wirklich lustig bei den Dreharbeiten. Da hebt ein Angestellter eine fünf Meter lange Stange hoch und wir sagen dem Akteur: Also, schau sie an, das ist der Zyklop und dort oben, bei der Stangenspitze, da ist sein Auge.

F: Ihre Filme behandeln phantastische Themen mit bizarren Monstern und es gibt auch ein Werk, in dem fliegende Untertassen die Hauptrolle spielen. Der Streifen heißt »Fliegende Untertassen greifen an«. Sie sprachen damals mit dem UFO-Messias George Adamski. Glauben Sie eigentlich selbst an das UFO-Phänomen?

A: Ja, ich glaube daran. Irgend etwas ist da schon dran. Als wir »Fliegende Untertassen greifen an« drehten, da fuhr ich zum Mount Palomar, zu George Adamski, um mit ihm zu sprechen. Der war damals ziemlich bekannt, weil er behauptete, er habe mit Außerirdischen Kontakt gehabt und mit ihnen auch gesprochen. Ich unterhielt mich mit ihm einige Stunden lang und fand ihn sehr überzeugend. Zwei Jahre später besuchte ich ihn noch einmal, aus irgendeinem Grund. Da hatte ich genau den gegenteiligen Eindruck: seine Geschichten hörten sich ziemlich mythisch, ziemlich erfunden an. Aber das spricht ja nicht gegen das UFO-Phänomen. Es gibt zu viele namhafte Leute, die UFOs gesehen haben, als daß man sie ausschließlich als Phantasie-Gespinst betrachten könnte. Auch die Erklärung, es seien Wetterballons, scheint mir nicht ausreichend. Vielleicht gibt es wirklich Leben irgendwo in den unendlichen Weiten des Weltraums. Vielleicht sind diese anderen Wesen sogar so intelligent, daß sie Antriebssysteme erfunden haben, die es ihnen ermöglichen uns zu besuchen.

F: Jetzt zur Frage aller Fragen, an den Opa der Effekte: Wie steht's mit neuen Filmen? Was ist mit »Sindbad Goes to Mars« und »People of the Mist«?

A: Das sind beides Projekte, die nicht zur Reife gebracht wurden. Bei »Sindbad Goes to Mars« haben wir die Story entwickelt und einige Probleme diskutiert. Wir ließen dieses Vorhaben aber dann doch sein. »The People of the Mist« wollte ich mit Michael Winner machen, aber auch daraus wurde nichts. Ich bin nicht allzu interessiert daran, an einem neuen Film zu arbeiten. Derzeit stelle ich Bronze-Reproduktionen meiner Kino-Monster her. Das gefällt mir auch sehr gut. Das Filmgeschäft ist mir heute einfach zu teuer, zu riskant. Außerdem: Stop Motion ist sehr zeitaufwendig, und deswegen gibt es immer Probleme mit dem lieben Geld.

F: Stop Motion scheint Sie also derzeit nicht mehr so sehr zu interessieren. Gilt das auch für Ihre geliebten Saurier?

A: Nein, die interessieren mich immer noch, von denen bin ich nach wie vor begeistert. Die Dinosaurier werden immer ihre Faszination auf der Leinwand besitzen. Es fehlen halt die richtigen Stories. Und: Alles Alte wieder neu aufzuwärmen ist auch langweilig. Mal sehen, was die Zukunft bringen wird.

F: Mr. Harryhausen, ich danke Ihnen für das Gespräch.

MULTIMEDIA

Lautlos im Weltraum?

— SF UND MUSIK —

von Willmar Plewka

SF-MUSIK?

Science Fiction und Musik? —

Wie vieles andere liegen die Anfänge der Musik im Dunkel der Frühzeit menschlicher Geschichte verborgen. Die Wissenschaft nimmt an, daß die Musik ursprünglich der Beschwörung von Göttern und Dämonen diente.

Seitdem ist einige Zeit vergangen. Die Musik hat den Menschen durch die Jahrtausende begleitet und dabei nach und nach einen Bedeutungswandel erfahren. Heute ist es nicht mehr möglich, der Musik eine bestimmte, feste Rolle zuzuschreiben oder ihren Einfluß im täglichen Leben einzugrenzen.

Ich werde mich im wesentlichen auf die Musik als Form künstlerischen Ausdrucks beschränken.

In der Science Fiction nimmt die Musik selten einen besonderen Stellenwert ein. Informationen über ihre mögliche Weiterentwicklung sind hauptsächlich denjenigen Autoren zu verdanken, die sich um einen besonders detaillierten Handlungshintergrund für ihre Werke bemühen. Das Thema Musik wird nebenbei miterledigt.

Vier Beispiele für Musik in der SF:

1. In seinem Roman *Schöne neue Welt* beschreibt Aldous Huxley bereits 1932 eine Mischung aus einer Musik/Duft-Komposition und einem 3D-Farbfilm, wobei die Empfindungen der Hauptdarsteller mit technischen Mitteln auf das Publikum übertragen werden. Neben der Duftorgel gibt es ei-

ne programmierbare Maschine für synthetische Musik, die unter anderem die Klangfarbe »Hyperviolinee«, »Supercello«, und »Oboenersatz« sowie eine verfremdete menschliche Stimme mit einem Stimmumfang von mehr als fünf Oktaven erzeugen kann. — Synthesizer, Vocoder und Computer machen Musik in dieser Art heute möglich.

2. Die Kontaktaufnahme in Steven Spielbergs *Unheimliche Begegnung der dritten Art* geschieht mit Hilfe eines computergesteuerten Verbunds aus einem Moog-Synthesizer und einem Farbenlaser. Unterschiedliche Licht- und Tonfrequenzen dienen der ersten Verständigung zwischen den Menschen und den Außerirdischen.

3. Michael Weisser schildert in *DIGIT* ein Computerprogramm zur Komposition von dreidimensionalen Klang/Bild-Illusionen. Nach der Eingabe gewisser Grundwerte verändert der Computer Klang und Bild in Abhängigkeit von den Hirnwellen des Hörers. — Außerdem erwähnt Weisser in diesem Buch ein Musikstück *DOAA* von Ka/Es. Dabei handelt es sich um *Death of an Analogue* von der Klaus-Schulze-LP *Dig It,* deren Cover von Weisser gestaltet wurde.

4. Das Standardmusikgerät des Jahres 2021 in Werner Zilligs *Die Parzelle* ist der Syncomposer. Er nimmt Geräusche und Bewegungen seiner Umgebung auf und erstellt auf deren Grundlage mit Hilfe spezieller Musikprogramme immer neue Kompositionen. (Läge einem solchen Programm zum Beispiel die Musik von Scott Joplin zugrunde, würde der Syncomposer Ragtime auf Ragtime im Stil Joplins produzieren.) Das Erscheinungsbild der Musikindustrie hat sich ansonsten wenig gewandelt; man verkauft jetzt eben Programme.

Diese vier Beispiele haben etwas gemeinsam: Die Musik kommt darin nicht eigenständig, sondern nur in Verbindung mit anderen Formen künstlerischen Ausdrucks vor; ein Gesamtzusammenhang deutet sich an. Dieses Konzept wirkt sich zum Teil direkt auf die Art und Weise aus, wie die Autoren Wahrnehmungen und Handlungen beschreiben.

Dazu später mehr.

Die Science Fiction steht mit vielen Bereichen der Kunst, der Wissenschaft und des täglichen Lebens in Beziehung; das hängt mit der Themenvielfalt der Science Fiction zusammen. Aber es gibt nur einige wenige ausgeprägte und gut eingrenzbare Überlappungsgebiete, z. B. SF-Film, SF-Hörspiel und SF-Comic.

Was ist nun SF-Musik?

Der Begriff »SF-Musik« — nicht zu verwechseln mit »Space Music« — tauchte vor etwa zwanzig Jahren auf. Über seine Herkunft und seine genaue ursprüngliche Bedeutung konnte ich nichts Näheres erfahren.

Ich verstehe unter SF-Musik alle Berührungspunkte zwischen Science Fiction und Musik aus musikalischer Sicht. (Die zuvor angeführten Beispiele stellen Berührungspunkte zwischen Science Fiction und Musik aus literarischer Sicht dar.)

Die SF-Musik läßt sich demnach in drei Bereiche einteilen:

1. Musik zu SF-Filmen und SF-Hörspielen;
2. Musik, der SF-Texte zugrunde liegen;
3. Elektronische Musik.

Diese Einteilung muß nicht immer eindeutig sein.

Ein umfassender Überblick würde den Rahmen dieses Artikels sprengen. Ich werde mich deshalb auf Beispiele beschränken und nur die Elektronische Musik etwas ausführlicher behandeln, die meiner intuitiven Vorstellung von »SF-Musik« am nächsten kommt.

FILMMUSIK

Im Bereich der Filmmusik wird der Begriff »SF-Musik« am ärgsten strapaziert. Ich denke da zum Beispiel an *Silent Running* von Joan Baez, den Titelsong des Films *Lautlos im Weltraum.* Andererseits erscheint es mir wenig sinnvoll, aufgrund solcher fragwürdiger Fälle die Definition von »SF-Musik« noch komplizierter zu machen.

1968 erlebte die Science Fiction einen ihrer Höhepunkte,

als *2001: Odyssee im Weltraum* in die Kinos kam. Mit diesem Film wurde eine bis dahin wenig beachtete Komposition schlagartig bekannt: *Also sprach Zarathustra,* eine Tondichtung von Richard Strauss nach Motiven aus dem gleichnamigen Buch von Friedrich Nietzsche, entstanden 1896.

Abgesehen von der kurzen Einleitung kann ich diesem Stück beim besten Willen nichts abgewinnen. Aber eben diese Einleitung, die Kubrick zusammen mit einem überwältigenden Sonnenaufgang an den Anfang seiner Geschichte vom Aufstieg menschlicher Intelligenz und dem Griff nach den Sternen stellte, ging um die Welt und war von da an der musikalische Ausdruck für technischen Fortschritt schlechthin. (Der Fortschrittsglaube trieb damals merkwürdige Blüten. So warb Nescafé Anfang der siebziger Jahre mit Sonnenaufgang, Einschienen-Experimentalbahn und *Also sprach Zarathustra* für löslichen Kaffee.)

Auch die Unterhaltungsmusik nahm sich des Stücks an. Es wurde immer wieder umgearbeitet und neu arrangiert; die Interpreten reichen vom London Philharmonic Orchestra über den italienischen E-Pianisten Eumir Deodato bis hin zu Andy Summers, dem Gitaristen der englischen Gruppe *The Police.* Bezeichnenderweise tragen die meisten Bearbeitungen nicht den Titel des Originals, sondern den Titel *2001.*

Bereits zwei Jahre vor Kubricks Welterfolg wurde in Deutschland unter der Überschrift *The New Astronautic Sound* ein ganz anderes Kapitel Filmmusikgeschichte geschrieben. Unter den Augen von riesigen glotzäugigen Fischen und Millionen von Fernsehzuschauern vollführten Commander Cliff Allistair McLane und seine Mannschaft vom Schnellen Raumkreuzer *Orion* im Starlight-Casino merkwürdige Verrenkungen zu den teilweise bizarren Klängen des *Peter-Thomas-Sound-Orchesters.*

Während Ausstattung und Tricktechnik der *Raumpatrouille* inzwischen sehr hausbacken wirken (»Overkill« mittels Bügeleisen), hat die mit vielen Free-Jazz-Elementen durchsetzte Musik von Peter Thomas — oder Tomas Peter, wie es in den Heftromanen heißt — kaum etwas von ihrer Fremdartigkeit verloren. Diese Musik lebt vor allem vom Einsatz der elektrischen Orgel, deren damalige Möglichkeiten spieltechnisch bis aufs Letzte ausgereizt wurden.

»The New Astronautic Sound« könnte wohl auch noch im nächsten Jahrhundert als futuristische Musik durchgehen, gäbe es nicht einen entscheidenden Mangel: Für den Synthesizer, der sich Mitte der sechziger Jahre erst im Anfangsstadium seiner Entwicklung befand, ist kein Platz. Und ohne Synthesizer scheint »Zukunftsmusik« heute kaum vorstellbar.

Einer der bekanntesten und erfolgreichsten Komponisten von Filmmusik überhaupt ist John Williams. Seine Arbeiten weisen im Gegensatz zu denen vieler seiner Kollegen eine unverkennbare Handschrift auf und setzen sich deutlich von den stromlinienförmigen, uninteressanten und untereinander austauschbaren Produkten amerikanischer Filmmusikindustrie ab.

Aber auch bei Williams ist nicht alles Gold, was glänzt. So schreibt er bisweilen nicht nur von sich selbst ab, sondern bedient sich auch kräftig bei den Komponisten des ausgehenden neunzehnten Jahrhunderts. Dvořaks Symphonie *Aus der Neuen Welt* von 1893 klingt zum Beispiel über weite Strecken wie ein etwas zu steril geratenes Williams-Potpourri.

Zu Williams Meisterwerken gehören ohne Frage *Krieg der Sterne* und *Unheimliche Begegnung der dritten Art.* Wie die Filme unterscheiden sich die beiden Kompositionen erheblich voneinander: Auf der einen Seite steht ein gewaltiges orchestrales Monumentalepos, auf der anderen ein Konstrukt aus eigenwilligen und manchmal sehr fein gesponnenen Klangmustern. Gemeinsam ist den beiden Kompositionen dagegen ihre Bedeutung für den jeweiligen Film; sie sollte nicht unterschätzt werden.

Zuletzt noch ein Blick in die jüngste Geschichte des deutschen Films. Roland Emmerich erhielt für *Das Arche-Noah-Prinzip* viel Lob — zu Recht. Auch die Filmmusik von Hubert D. Bartholomae stellt eine überzeugende Arbeit dar, aus der der Schlußtitel *Epilogue/Departure* besonders herausragt.

Lesen regt die Phantasie an. So ist es wenig verwunderlich, daß eine Anzahl von literarischen Werken musikalisch umgesetzt wurde, darunter auch Science Fiction. Manche Musiker schrieben sogar eigene (SF-)Stories und anschließend die Musik dazu.

Alben, deren einzelne Musikstücke durch einen äußeren Rahmen thematisch zusammengehalten werden, nennt man Konzeptalben. Sie greifen jedoch nicht immer auf den Text der literarischen Vorlage zurück. Gerade in der SF-Musik gibt es eine ganze Reihe rein instrumentaler Kompositionen; viele von ihnen zählen zur Elektronischen Musik.

Zunächst Beispiele für SF-Musik nach Textvorlagen.

Achtzig Jahre nach der Veröffentlichung des Romans von H. G. Wells, vierzig Jahre nach dem Hörspiel von Orson Welles, das New York in Panik versetzte, erschien 1978 *Jeff Wayne's Musical Version of The War of the Worlds.* Das Doppelalbum und SF-Hörspiel fand auf Anhieb begeisterte Zustimmung quer durch alle Hörerschichten. Weltweit wurden einige Millionen Exemplare verkauft; heute dürften jährlich noch mehr als hunderttausend über den Ladentisch gehen.

The War of the Worlds war ein Mammutunternehmen. In zweieinhalb Jahren Arbeit entstand aus der Vorlage eine Folge von acht Szenen, die entweder in einen Song oder in die instrumentale Reprise eines bereits bekannten Themas münden. Sie sind durch die musikalisch untermalte Erzählung des Journalisten miteinander verbunden. Zusätzlich wurde die Romanhandlung durch einen neu geschriebenen Epilog auf geniale Weise aktualisiert.

Die Produktion läßt keine Schwachstellen erkennen: Die Musik von Jeff Wayne und der Erzähltext ergänzen einander hervorragend, die Dramaturgie und die Dialoge stimmen, und das Engagement der (Rock-)Sänger — darunter Julie Covington als Beth, David Essex als Artillery Man und Philip Lynott von *Thin Lizzy* als Parson Nathaniel — sorgte für ausgezeichnete stimmliche Leistungen. Als Krönung des Ganzen spielt der Erzähler Richard Burton all sein Können und seine jahrzehntelange Erfahrung als Schauspieler voll aus. Seine Fähigkeit, Stimmungen zu vermitteln und Spannung fühlbar werden zu lassen, trägt ganz entscheidend dazu bei, daß aus *The War of the Worlds* mehr geworden ist als nur ein gut gelungenes und kommerziell erfolgreiches Album.

Es gibt auch eine deutsche Version, die gegenüber dem Original allerdings abfällt. Das liegt zum einen an Curd Jürgens, der als Erzähler dem Vergleich mit Richard Burton nicht standhalten kann, und zum anderen an der deutschen Übersetzung, die viel zu sperrig geraten ist.

Daß eine Symbiose aus Rock- und Orchestermusik zur Umsetzung einer Buchvorlage geeignet ist, und auf welche Weise man dabei vorgehen muß, hatte Wayne, einer der bekanntesten und bedeutendsten englischen Rockmusiker der siebziger Jahre, vorgemacht: Rick Wakeman. Doch im Gegensatz zu Wayne, der viele Monate lang im Studio tüftelte, wagte Wakeman sehr viel mehr — er spielte live.

Das denkwürdige Konzert *Journey to the Centre of the Earth* fand am 18. Januar 1974 in der mit mehr als 3000 Besuchern völlig überfüllten Royal Festival Hall in London statt. Wakeman und seine Plattenfirma hatten mehr als 150 Musiker aufgeboten, darunter das gesamte *London Symphony Orchestra,* den *English Chamber Choir* sowie David Measham als Dirigenten. — Das Experiment gelang. Rick Wakeman wurde vom Publikum enthusiastisch gefeiert und erhielt am Tag darauf in allen Zeitungen die besten Kritiken. Das Livealbum verkaufte sich insgesamt weit über zwei Millionen Mal.

Im Vergleich zu Wayne ist Wakeman zweifelsohne der bessere Komponist und der bessere Musiker; darüber hinaus standen ihm ein erstklassiges Orchester und ein international bekannter Dirigent zur Verfügung. Dagegen sind das Können der Rockmusiker bei *Journey* und die technische Qualität der Aufnahmen weitaus weniger überzeugend als bei *The War of the Worlds.*

Seit Anfang der achtziger Jahre ist es um Rick Wakeman stiller geworden. Zwar veröffentlichte er regelmäßig neue

LPs, doch fehlt fast allen seinen neueren Stücken die — einstmals unbändige — kompositorische Kraft. Es scheint, als ob sich Wakemans gesundheitliche Probleme (ein Herzinfarkt mit 24, ein schweres Leberleiden) negativ auf sein Schaffen auswirkten.

Das letzte aus musikalischer Sicht bemerkenswerte Album erschien 1981: Wakemans Version von Orwells *1984.* Während sich Wakeman bei allen vorangegangenen Projekten ähnlicher Art eingehend mit der literarischen Vorlage beschäftigt und den Text für die Aufnahmen selbst zusammengestellt hatte, überließ er diese Arbeit zum ersten Mal einem anderen. Das war keine gute Idee. Die Texte von Tim Rice gehen an Orwells Roman weit vorbei; schlimmer noch: Wakemans Musik lebt von einem Optimismus, den man mit *1984* schlechterdings nicht vereinbaren kann.

Anthony Phillips (ehemals bei *Genesis*), der *1984* ebenfalls bearbeitet hat, läßt sich sicher nicht mit Wakeman vergleichen; seine Version ist aber, was die Stimmung anbetrifft, bedeutend werkgetreuer.

Bei Rick Wakeman findet sich nicht nur eine Reihe von Bearbeitungen fremder SF-Texte, sondern auch ein eigener Beitrag zum Thema Science Fiction. Auf dem Höhepunkt seiner Karriere, 1976, veröffentlichte er die LP *No Earthly Connection,* deren Konzept unter Dickschem Einfluß entstanden sein könnte.

Dem Album liegt die Vorstellung zugrunde, daß es zwischen der Musik und der menschlichen Seele eine Verbindung gibt. Jeder Mensch wird mit einer gewissen musikalischen Veranlagung geboren. Es hängt von ihm selbst ab, ob er diese weiterentwickelt oder nicht. Wem dies gelingt, der eröffnet seiner Seele die Möglichkeit der Reinkarnation; wer versagt, dessen Seele ist für immer in Raum und Zeit verloren. Die Entscheidung über Erfolg oder Mißerfolg trifft eine Gottheit, die jedoch nur lokale Bedeutung hat. Das Wissen um die letzte Wahrheit bleibt dem »Spaceman« vorbehalten, dem letzten Vertreter einer Zivilisation, die der menschlichen um Millionen Jahre voraus ist. Dieser reist seit der Zerstörung seines Heimatplaneten durch das Universum und besucht Planeten, auf denen Leben ist, um dessen Entwicklung zu beobachten.

In Deutschland war Hannover lange Zeit eine der ersten Adressen in Sachen Rockmusik. Die 1971 von Frank Bornemann gegründete Gruppe *Eloy* (nach den »Eloi« in H. G. Wells Roman *Die Zeitmaschine*) spielte bis 1984 vierzehn Alben ein, die fast ausschließlich SF-Texte zum Inhalt haben. So beschreibt die LP *Ocean* zum Beispiel den Untergang von Atlantis, das durch eine von Astronautengöttern gesteuerte Atomrakete vernichtet wird. *Power and the Passion* und *Dawn* erzählen die Geschichte des Jungen Jamie, der mit Hilfe einer Droge in andere Zeitebenen versetzt wird.

Die Story von *Planets* und *Time to Turn* erinnert sehr stark an *Perry Rhodan*- oder *Atlan*-Romane. Kriege und Umweltzerstörung haben den Planeten Salta ins Chaos gestürzt; der Untergang steht kurz bevor. Der Ikareer Ion begibt sich, vom Glauben an das Leben, Träumen und Hoffen beseelt, auf eine abenteuerliche Reise zu den höheren Mächten des Kosmos. Er möchte das »Goldene Zeitalter« zurückholen. Schließlich kommt es zur schicksalhaften Begegnung mit Chronos, dem Herrn der positiven Mächte und der Zeit. Ion gewinnt daraus die Kraft, um den Kampf mit den negativen Mächten auf Salta aufnehmen zu können ... Natürlich geht alles gut aus.

Eloy spielt melodiösen, Keyboard-betonten Hardrock, der beim Publikum sehr gut ankommt. Über eine Million verkaufter Platten ist für deutsche Verhältnisse ein guter Erfolg. — Weshalb die Gruppe von den meisten Kritikern derart schlechtgemacht wird, ist ziemlich unverständlich. Der einzige wirkliche Schwachpunkt: Was Bandleader Bornemann der englischen Sprache gelegentlich antut, das treibt einem die Haare zu Berge.

ELEKTRONISCHE MUSIK

Die Scheinwerfer gehen an. Auf der Bühne befinden sich Gestelle mit unförmigen grauen Kästen, an denen Lämpchen geheimnisvoll blinken. Nahezu unbeweglich sitzen Menschen davor, einige mit dem Rücken zum Publikum. Es wird ganz still. Dann, plötzlich und unerwartet, erklingt — Musik. Neuartige, ungewohnte Klänge füllen den Raum und verführen die Zuhörer bald zu eigenen Gedankenreisen ...

So, oder ähnlich, müssen sich Anfang der siebziger Jahre die ersten Konzerte Elektronischer Musik abgespielt haben. Die Instrumententürme auf der Bühne ähnelten nicht selten dem, was man von den Innenaufnahmen aus Apollo-Kapseln kannte, und da Elektronik und Computer zu dieser Zeit ohnehin automatisch mit der Raumfahrt in Verbindung gebracht wurden, tauchten bald die Bezeichnungen »Space Music« und »Cosmic Music« auf. Aber auch die fremdartigen Klangbilder dürften an dieser Begriffsbildung beteiligt gewesen sein.

Das Instrument, das Elektronische Musik überhaupt möglich macht, ist der Synthesizer. Er erzeugt elektronische Schwingungen, die, je nach Synthesizerkonzept, auf unterschiedliche Art und Weise bearbeitet werden können.

Das Urmodell des Synthesizers wurde Mitte der fünfziger Jahre in den USA bei RCA konstruiert; es konnte mit Lochstreifen programmiert werden. Weitere Experimentalgeräte entstanden in den Niederlanden (bei Philips), in Kanada (bei Marconi) und in der Sowjetunion. Als »Vater des Synthesizers« gilt jedoch Dr. Robert A. Moog, der Mitte der sechziger Jahre den Prototyp des modernen Synthesizers baute und dessen technische Weiterentwicklung stetig vorantrieb. In den siebziger Jahren übernahmen dann japanische Firmen eine führende Rolle bei der Herstellung elektronischer Musikinstrumente. Mikroelektronik und Computertechnik hielten Einzug; die Geräte wurden immer handlicher und billiger. Heute ist der Synthesizer ein Gebrauchsinstrument wie viele andere auch.

Zu Beginn befaßten sich nur wenige Musiker mit den

Möglichkeiten, die der Synthesizer bot. Das Gerät erforderte technisches Verständnis und war außerdem sehr teuer. Das eigentlich Revolutionäre des Konzepts wurde dabei völlig übersehen: Der Synthesizer ist das Universalinstrument schlechthin, fähig, jahrhundertelang eingefahrene Hörgewohnheiten, welcher Kultur auch immer, aufzubrechen.

Es bedarf tatsächlich nur einer gewissen technischen Komplexität, um mit dem Synthesizer jegliches in der Natur vorkommende Geräusch nachzuahmen, ohne daß das menschliche Ohr einen Unterschied erkennen kann. (Nach dem *Sampling Theorem,* das Claude E. Shannon 1948 bewies, werden 40 000 Abtastwerte benötigt, um einen Klang von 1 Sekunde Dauer und einer Bandbreite von 20 000 Hertz vollständig wiederzugeben.) Damit ist aber die musikalische Beschränkung auf den Klang herkömmlicher Musikinstrumente hinfällig; das gilt für eine barocke Kirchenorgel genauso wie für eine indische Sitar oder eine afrikanische Buschtrommel. Auch das Geräusch einer platzenden Seifenblase läßt sich in eine Tonleiter umsetzen.

Für fast alle wichtigen Elektronik-Musiker begann das Abenteuer Synthesizer um 1970. Zu den erfolgreichsten unter ihnen zählen Jean-Michel Jarre, Evangelos Papathanassiou (Vangelis), Klaus Schulze und die Berliner Gruppe *Tangerine Dream,* auf die ich mich an dieser Stelle beschränken will.

Das Ausprobieren stand zunächst im Vordergrund. Man mußte lernen, mit dem neuen Instrument umzugehen. Die Kompositionen aus dieser Zeit klingen entsprechend fremdartig, vermitteln aber im Gegensatz zu vielen späteren Aufnamen Ursprünglichkeit und Spielfreude.

Diese Phase war Mitte der siebziger Jahre abgeschlossen. Innerhalb von zwei Jahren erschienen mit *Timewind* (Klaus Schulze, 1975), *Ricochet* (*Tangerine Dream,* 1975), *Albedo 0.39* (Vangelis, 1976) und *Oxygene* (Jean-Michel Jarre, 1976) vier Produktionen, die eine deutliche Verfestigung der musikalischen Struktur und eine Hinwendung zu melodischen Elementen erkennen lassen. Die Verkaufszahlen auf internationaler Ebene schnellten sprunghaft in die Höhe.

Die Elektroniker entwickelten sich zu Spitzenverdienern. Nur in Deutschland schien davon keiner etwas zu bemerken. Selbst heute ist der Name Schulze weitgehend unbekannt, und die Gruppe *Tangerine Dream* hat ihren Bekanntheitsgrad lediglich dem Schimanski-Tatort *Das Mädchen auf der Treppe* zu verdanken, zu dem sie die Filmmusik schrieb. — Es ist sehr schwierig, an konkrete Verkaufszahlen heranzukommen. Als Beispiel möchte ich hier nur anführen, daß Klaus Schulze 1979 mit der Plattenfirma Metronome einen Vertrag schloß, der ihm für jede LP 500000 DM garantierte.

Anfang der achtziger Jahre befand sich die Elektronische Musik auf dem Höhepunkt ihrer Entwicklung. Platten wie *Magnetic Fields* (Jean-Michel Jarre, 1981), *Dig It* (Klaus Schulze, 1981) *Chariots of Fire* (Vangelis, 1981) und *Logos* (*Tangerine Dream,* 1982) dokumentieren eindrucksvoll, wie perfekt die Musiker inzwischen Kompositionstechnik und moderne Musikelektronik beherrschen. Vangelis erhielt für seine Filmmusik zu *Chariots of Fire* sogar den Oscar. Doch bereits zu diesem Zeitpunkt mehrten sich die Anzeichen dafür, daß sich die Elektroniker der ersten Stunde in eine Sackgasse manövriert hatten.

Die Krise ließ nicht lange auf sich warten. Nach *The Concerts of China* (Jean-Michel Jarre, 1981), *Blade Runner* (Vangelis, 1982), *Hyperborea (Tangerine Dream,* 1983) und *Dziekuje Poland* (Klaus Schulze, 1983) erfolgte ein Einbruch. Alle späteren Produktionen wirken oberflächlich, wie Abziehbilder früherer Erfolge; neue Ideen sind Mangelware.

Natürlich wird die Weiterentwicklung der Elektronischen Musik nicht ausschließlich von den oben genannten Musikern bestimmt; sie dienen nur als Beispiel. Bei anderen bekannten, einflußreichen Elektronikern sind allerdings ähnliche Schwächeerscheinungen zu beobachten. Auf Experimente lassen sich zur Zeit nur kleine und unbekannte Musiker ein, die kommerziell zu wenig erfolgreich sind, um etwas bewirken zu können. Und die Vertreter der E-Musik unter den Elektronikern besaßen von je her keinen großen Einfluß.

ELEKTRONIK GRENZEN-LOS?

Die Elektronische Musik war noch vor fünf Jahren die unumstrittene »Musik der Zukunft«. Heute ist das anders. Verfolgt man die Entwicklungen der letzten Zeit, so gibt es sogar Anlaß zur Befürchtung, daß die Elektronische Musik in die Bedeutungslosigkeit abrutscht.

Grund dafür sind nach meiner Meinung ganz besonders die Abgrenzungsprobleme der Elektronischen Musik.

Der ungeheure Preisverfall auf dem Synthesizermarkt und die Fortschritte auf dem Gebiet der Mikroelektronik und Computertechnik haben dafür gesorgt, daß heute jeder Musiker für relativ wenig Geld eine handliche Anlage erwerben kann, die die Möglichkeiten der früheren Geräte um einiges übersteigt.

In den Studios fand zudem eine technische Revolution statt; ein Großteil der aktuellen Musikproduktion greift fast ausschließlich auf Synthesizer und verwandte elektronische Geräte zurück. Damit hat die Elektronische Musik eines ihrer wichtigsten Kennzeichen eingebüßt: das Monopol für die Anwendung modernster Technik auf dem Gebiet der Musik.

»Musik vom Synthesizer« und Elektronische Musik sind nicht mehr dasselbe.

Auf der anderen Seite haben viele Vertreter der Elektronischen Musik die Entstehung dieser Begriffsunschärfe noch beschleunigt, indem sie immer mehr von den ursprünglichen Kompositionsschemata abwichen und sich der kommerziell erfolgreichen Rock- und Poppmusik annäherten. So wurde zum Beispiel das symphonische Elektronikepos nach und nach von Song-ähnlichen Stücken abgelöst, und die Stilmittel der Dissonanz und der Geräuschcluster sind immer seltener zu finden. Überhaupt wird dem Hörer heute weniger abverlangt; die neuen Kompositionen sind unkompliziert bis einfach, sehr melodisch und eingängig — belanglos.

Die Elektronische Musik ist im Begriff, ihr Profil zu verlieren. Die Definition, daß Elektronische Musik diejenige Musik ist, die mit elektronischen Mitteln hergestellt wird, ist überholt. Auch die Neudefinition als Computerakustische Musik (sämtliche zur Verfügung stehenden Klänge werden mit dem Computer verarbeitet) oder gar die Neubenennungen »Kontemplative Musik« und »New Age Music« helfen nicht weiter. Statt dessen möchte ich hier einfach drei wichtige Merkmale der Elektronischen Musik ansprechen, die die Einordnung erleichtern sollen.

1. Elektronische Musik ist Musik in Begriffen von Klängen und nicht nur in Begriffen von Noten.

Noten zeigen Tonhöhen an, verschiedene Zusatzzeichen machen die vom Komponisten vorgeschlagene Phrasierung mehr oder weniger deutlich. Der Klang ist jedoch durch das benutzte Instrument vorgegeben und vom Musiker kaum zu beeinflussen. — Welche Einschränkung!

Wenn man nun die 40000 Abtastwerte betrachtet, die nach dem *Sampling Theorem* nötig sind, um einen Klang von 1 Sekunde Dauer vollständig zu beschreiben, und sich vorstellt, daß man für jeden dieser Werte 100 verschiedene Einstellungen hat (in Wirklichkeit können es erheblich mehr sein), so ergibt sich eine Klangvielfalt von 100 hoch 40000 Klängen. Das ist eine Eins mit 80000 Nullen. (Zum Vergleich: Das geschätzte Alter des Universums in Sekunden ist eine Zahl mit nur 18 Stellen.)

Der Versuch, diese Klangvielfalt auszuloten, ist ein eindeutiges Kennzeichen für Elektronische Musik. Als Beispiel seien die frühen Aufnahmen von *Tangerine Dream* genannt; die Musiker erarbeiteten damals Kompositionen ohne Rhythmus, die ihre Spannung ausschließlich aus der Änderung der Klangfarbe beziehen.

2. Elektronische Musik bedient sich häufig der kompositorischen Großform.

Stücklängen von 15 bis 30 Minuten sind dabei keine Seltenheit, sondern die Regel. Die Halbstundengrenze — eine Beschränkung, die sich aus der Spieldauer einer LP-Seite ergibt — wird bei Live-Auftritten meistens sogar überschritten; einzelne Stücke können dann bis zu einer Stunde dauern.

Zur Länge einer Komposition kommt ihre Struktur hinzu. Das Kompositionsschema, das ich im folgenden beschreibe, taucht — in verschiedenen Variationen — immer wieder in der Elektronischen Musik auf. Nach diesem Schema läßt sich ein Stück in Einleitung, Hauptteil und Schluß einteilen.

Die Einleitung zeichnet sich durch ruhige, meist melodische Musik aus, der fast keine rhythmischen Elemente unterlegt sind. Die rhythmischen Elemente, Tonfolgen von Sequencern und Drumcomputern, werden erst im Übergang zum Hauptteil langsam eingeblendet und bleiben häufig den gesamten Hauptteil über erhalten.

Der Hauptteil besteht aus einer Abfolge von Motiven, die sich klar voneinander abheben. Als Trennungselemente dienen vorwiegend Geräuschcluster und Dissonanzen. Die einzelnen Motive können dabei, je nach Stück, sehr unterschiedlich sein (z. B. *Tangerine Dream*) oder durch Variation auseinander hervorgehen (z. B. Klaus Schulze).

Während des Übergangs zum Schluß werden alle rhythmischen Elemente des Hauptteils ausgeblendet. Auch hier finden Geräuschcluster und Dissonanzen Verwendung. Den Schluß selbst bildet in der Regel ein Motiv, dessen Charakter sich von dem des Hauptteils deutlich unterscheidet. Darüber hinaus ist der Schluß meist fertigkomponiert.

Die einzelnen Merkmale der eben beschriebenen Struktur sind bei den verschiedenen Kompositionen unterschiedlich ausgeprägt. Beispiele, bei denen diese Struktur besonders deutlich wird, sind *Monolight* (*Tangerine Dream, Encore*) und *Katowice* (Klaus Schulze, *Dziekuje Poland*).

3. Elektronische Musik läßt einen großen Spielraum für Improvisationen.

Die meisten Kompositionen Elektronischer Musik entstehen aus dem Spiel heraus. Besonders deutlich wird dies bei Live-Auftritten; jedes Konzert stellt etwas Einzigartiges dar. Wenn die Musiker die Bühne betreten, haben sie meist nicht einmal die Hälfte des musikalischen Materials aufgeschrieben und vorprogrammiert. Bekannt sind normalerweise nur Anfang und Schluß, die Melodieführung der verschiedenen Motive und ihre Abfolge. Zusätzlich verfügt jeder Musiker über eine mehr oder minder große Anzahl von musikalischen Mustern. Das Zusammensetzen geschieht aus dem Stegreif.

Bei den Studioaufnahmen werden die Improvisationen in der Regel von Computern aufgezeichnet, so daß die Aufnahmen problemlos verbessert, geschnitten und beliebig miteinander kombiniert werden können. Da alle bedeutenden Elektronik-Musiker über eigene Studios verfügen und ihre Musik selbst produzieren, können sie in aller Ruhe die verschiedenen technischen Möglichkeiten ausprobieren. Auch hier spielt das Element des Zufalls eine bedeutende Rolle; bei einem Verbund mehrerer Synthesizer, Computer und verwandter Geräte kann heute niemand mehr ganz genau vorhersagen, wie die einzelnen Komponenten des Verbunds zusammenwirken.

Die Beurteilung von Synthesizermusik nach den genannten drei Merkmalen kann das Abgrenzungsproblem der Elektronischen Musik lösen helfen. Doch damit ist es nicht getan; die Stagnation in der Elektronischen Musik muß erst noch überwunden werden. Sie beginnt mit dem Überstrapazieren »traditioneller« Synthesizerklänge und endet mit der technisch aufwendigen Produktion irgendwelcher belangloser Synthie-Pop-Stücke.

Ein Musiker kann heute vollkommen selbständig ein Album in hoher technischer Qualität einspielen; für das Handwerkliche braucht er dabei nur wenig Konzentration aufzuwenden. Die moderne Technik macht es darüber hinaus auch vielen Nicht-Musikern leicht, Musik zu produzieren. Aber: Die Arbeit am Computer kann fehlende Kreativität nicht ersetzen.

MUSIK IM KOPF

»Die Leute denken, wir machen die Musik. Das ist nicht richtig. Der Zuhörer macht die Musik in seinem Kopf, wenn er uns zuhört.« (Edgar Froese, *Tangerine Dream*)

»Die Musik, die ... wir machen, hängt sehr stark von der Vorstellungskaft der Zuhörer ab. Sie fordert zum Auseinandersetzen auf ...« (Klaus Schulze)

»Man muß den Leuten nicht alle Phantasien vorsetzen, sie

sind ... in der Lage, ihre eigenen Bilder zu konzipieren. Sie können ihre eigenen Träume zur Musik träumen.« (Jean-Michel Jarre)

Folgt man den Aussagen dieser drei Elektronik-Musiker, so stellt das Hörerlebnis Elektronische Musik mehr dar als die bloße Wahrnehmung von Klängen.

Jedem, der regelmäßig liest, ist das Phänomen des »Kinos im Kopf« vertraut. Eine Textvorlage wird dabei in Bilder umgesetzt; Einzelheiten, über die der Text keine Aussage macht, ergänzt das Unterbewußtsein. Besonders gut gelungene Texte kann man auf diese Art und Weise richtiggehend erleben.

Auch jeder Ablauf von Klängen regt die Phantasie an. Die Voraussetzungen, um beim Hören von Musik zum »Kino im Kopf« zu kommen, ähneln denen beim Lesen: Konzentration auf das Ausgangsmaterial und eine gewisse Übung, dieses Ausgangsmaterial tatsächlich in Bilder umzusetzen. Der Unterschied zum Lesen besteht darin, daß ein Text ein Grundgerüst vorgibt, das die Assoziationen dann nur noch auszufüllen brauchen, während ein Musikstück überhaupt keine Anhaltspunkte bietet und freie Assoziationen verlangt.

Elektronische Musik ist fast ausschließlich instrumental und damit erfahrungsgemäß ein besserer Assoziationsträger als Musik mit Texten. Sie hat gegenüber jeglicher Musik, die mit traditionellen Musikinstrumenten gespielt wird, den Vorteil, daß ihre Klänge zu neu, zu fremd sind, als daß die Alltäglichkeit des Hörerlebnisses den Zuhörer bereits abgestumpft hätte. Außerdem erlaubt es die kompositorische Großform dem Zuhörer, sich nach und nach einzuhören und ganz allmählich seinen Assoziationen freien Raum zu lassen.

Leser von SF-Literatur sind in der Regel nicht nur im Umsetzen von (Text-)Vorlagen geübt, sie haben sich auch durch ihre Lesegewohnheiten ein besonders weites und exotisch farbiges Assoziationsfeld geschaffen, auf das das Unterbewußtsein zurückgreifen kann. Die Kombination Elektronische Musik/SF-Literatur bietet deshalb meiner Meinung nach eine besonders gute Voraussetzung für phantastische Bilder im wahrsten Sinn des Wortes. (Zum Ausprobieren empfehle ich

z. B. *Hyperborea* von *Tangerine Dream, La Fete Sauvage* von Vangelis und die zweite Seite der Klaus-Schulze-LP *Mirage.*)

Natürlich ist es auch möglich, den gerade beschriebenen Assoziationsprozeß gezielt einzusetzen — etwa zum Schreiben von SF-Texten. Von den verschiedenen Anwendungen möchte ich hier drei nennen:

1. Ideensammlung.

Die Bilder, die während des Zuhörens entstehen, werden stichpunktartig mitgeschrieben. Aus dem so gewonnenen Material läßt sich in der Regel ein Konzept erstellen, das dann noch ausgeführt werden muß.

2. Stimmungen.

Um eine Stimmung über einen längeren Text hinweg zu halten, hilft es, immer wieder dasselbe Stück zu hören. Dies muß nicht unbedingt während der Arbeit am Text geschehen; es genügt, das betreffende Stück zu Anfang einer jeden Arbeitssitzung abzuspielen.

3. Umsetzung.

Man kann versuchen, ein Musikstück »direkt« umzusetzen. Dazu muß man es immer wieder hören, bis die Assoziationen jedesmal denselben oder wenigstens einen sehr ähnlichen Weg einschlagen. Dieser Ablauf der Assoziationen dient dann als Grundlage für den zu schreibenden Text.

Literatur und Musik beeinflussen sich gegenseitig. In diesem Zusammenhang können interessante Verkettungen auftreten: Ein Musiker wird durch die Lektüre eines Buchs dazu gebracht, seine Eindrücke in Form einer Komposition wiederzugeben (z. B. Klaus Schulze, *Dune*); ein Schriftsteller hört diese Musik und läßt sich von ihr zu einem neuen Text inspirieren. — Oder es kommt zu solchen Verschränkungen, wie ich sie im ersten Abschnitt bei *DIGIT* von Michael Weisser und *Dig It* von Klaus Schulze beschrieben habe.

Die Elektronische Musik besitzt selbstverständlich keinen Alleinanspruch auf die »Musik im Kopf«; so gibt es in der E-Musik viele Kompositionen, die Ähnliches bewirken können. Zudem beeinflussen Hörgewohnheiten und Musikalität das persönliche Hörerlebnis. Doch davon abgesehen sind die Möglichkeiten des Zusammenwirkens zwischen Elektronischer Musik und SF-Literatur bemerkenswert. Und spätestens an dieser Stelle scheint mir die Einordnung der Elektronischen Musik als SF-Musik gerechtfertigt.

MUSIK + MEHR

Im Vergleich zu anderen Musikern sieht man Elektroniker nicht allzu häufig auf der Bühne. Wenn sie aber ein Konzert geben, dann inszenieren sie nicht selten ein multimediales Ereignis, das viele Zehntausende von Besuchern anlockt.

Elektronische Musik live — das ist einfach »mehr«.

Aus einer Reihe wirklich bemerkenswerter Veranstaltungen habe ich zwei ausgesucht, auf die ich etwas näher eingehen möchte: *Galaxie Cygnus-A* von Robert Schroeder und Michael Weisser und *Sky Music/Mountain Music* von Eberhard Schoener.

Alle zwei Jahre findet in Linz die *Ars Electronica* statt, ein weltweit bekanntes Festival für Kunstformen, die die Elektronik und Computertechnik einbeziehen. *Galaxie Cygnus-A* wurde von Robert Schroeder und Michael Weisser im Auftrag des Österreichischen Fernsehens entwickelt und am 26. August 1982 im Rahmen der *Ars Electronica* und eines gleichzeitig abgehaltenen internationalen Symposiums der World SF aufgeführt.

Die Galaxie Cygnus-A im Sternbild Schwan gehört zu den stärksten Radio-Quellen im All. Die mit dem 100-Meter-Spiegelteleskop des Observatoriums bei Effelsberg in der Eifel empfangene Strahlung wurde in hörbare Frequenzen — weißes Rauschen — umgesetzt, live nach Linz überspielt und im dortigen ORF-Studio von Robert Schroeder in seine Musik integriert. Gleichzeitig zeigte Michael Weisser auf einer gewaltigen Leinwand eine Abfolge von 160 Dia-Aufnahmen, wobei Bilder und Musik aufeinander abgestimmt waren.

Das Publikum war beeindruckt, obwohl weißes Rauschen eigentlich etwas ganz Alltägliches ist. — Man muß ja nicht in

Weissers Pathos verfallen (»Das weiße Rauschen ... klingt wie das ewige Rollen der Meere, denen das Leben entstiegen ist. Es klingt zugleich wie der begeisterte Beifall eines Publikums, das der Schöpfung applaudiert.«), aber die Tatsache, daß die verarbeiteten Radio-Signale über eine Milliarde Lichtjahre überwunden haben, scheint den einen oder anderen Gedanken wert.

Viel erdverbundener zeigte sich Eberhard Schoener, ohne deshalb weniger spektakulär zu sein; im Gegenteil.

Im Sommer 1984 ließ er auf dem Tegernsee eine schwimmende Insel für sich und die anderen Musiker errichten und in den umliegenden Bergen eine gigantische Beschallungsanlage sowie das damals modernste europäische Lasersystem installieren. Außerdem waren an dem Konzert, das nach Einbruch der Dunkelheit stattfand, Alphornbläser, Drachenflieger mit fluoreszierenden Drachen und Fackelschwimmer mit Magnesiumfackeln beteiligt. Den Abschluß bildete ein Feuerwerk.

Über 100000 Zuschauer kamen, um Eberhard Schoeners *Sky Music/Mountain Music* zu erleben, obwohl es regnete. Den von Schoener selbst produzierten zweiteiligen Film über die Vorbereitungen und das Konzert zeigte die ARD zu Ostern 1985.

Nun stellt sich die Frage, weshalb die Musiker sich nicht damit begnügen, einfach ihre Musik aufzuführen. Dafür gibt es eine Reihe sehr verschiedener Gründe, u. a. die folgenden.

1. Einige Elektronik-Musiker stammen ursprünglich aus der Künstler-Szene. So war *Tangerine-Dream* zunächst eine Avantgarde-Gruppe, die in Galerien oder auf Kunst-Festivals spielte. Von daher besteht eine Art historische Verbindung.

2. Synthesizer und Computer sind keine »aufregenden« Bühneninstrumente wie E-Gitarre oder Schlagzeug. Dia- und Laser-Show dienen dazu, diesen Mangel an optischer Wirkung auszugleichen.

3. Die Elektroniker setzen den Computer ohnehin als Hilfsmittel ein; die kreative Ausnutzung aller seiner Möglichkeiten ist nur konsequent.

Doch die Gründe, welcher Art auch immer, sind letztendlich nicht das Entscheidende; wichtig ist vielmehr das Ergebnis, dieses »Mehr als Musik«. Und an dieser Stelle will ich auf den im ersten Abschnitt angesprochenen Gesamtzusammenhang zurückkommen.

Die verschiedenen Formen künstlerischen Ausdrucks sollten nicht einzeln, sondern gemeinsam gesehen werden. Ihr Aufeinanderzuwachsen hat die SF-Literatur längst vorweggenommen; dies zeigen die im ersten Abschnitt angeführten Beispiele. Heutige Denkweisen und nicht zuletzt die moderne Technik machen möglich, was gestern noch reines Gedankenspiel war.

Mit Hilfe von Klang, Farbe, Form und Bewegung kann man viele, vielleicht alle Formen künstlerischen Ausdrucks beschreiben. Dies legt den Versuch nahe, verschiedene Formen künstlerischen Ausdrucks ineinander überzuführen, und dabei Klang, Farbe, Form und Bewegung als Aspekte zu begreifen, die nur in ihrem Verhältnis zueinander wirken.

MUSIK-SF!

Die Science Fiction bietet zum Teil phantastische Konzepte; nicht selten fehlen ihr jedoch die Worte, um diese Konzepte zu veranschaulichen, um etwas Neues, fast Unbegreifliches einfach auszudrücken. Hier könnte man sich den Gesamtzusammenhang Klang—Farbe—Form—Bewegung zunutze machen.

Michael Weisser hat es z. B. versucht. An seinen Büchern ist sicher vieles auszusetzen; immerhin zeugt die Art und Weise, wie er dem Leser den Ablauf innerer und äußerer Vorgänge von Mensch und Maschine nahebringt, von der Kraft, die der Musik, in Sprache ausgedrückt, innewohnt.

Weshalb sollte sich die Science Fiction dieser Kraft nicht bedienen?

»Einzelne Akkorde und Arpeggien hallten durch den riesigen Felsendom. Sequenzen sickerten Stalaktiten und Stalagmiten hinunter, wurden vom porösen Gestein aufgenommen, ja: gierig absorbiert.

Langsam verdichteten sich die Zufallsklänge zu einem musikalischen Thema, das sich, zunächst noch von chromatischen Schwebungen umwoben, immer deutlicher herauskristallisierte, bis es schließlich in der ihm eigenen Ästhetik wie greifbar im Raum hing.

Auf- und niedersteigende Tonfolgen unterstützten den kristallinen Bau und schufen die Möglichkeit zu den komplexen Verbindungen, die das melodiöse Gewebe nun mit dem atonalen Elementteppich einging, der sich in logischer Konsequenz aus der Fortführung des eigentlichen Themas ergeben hatte.

Die Struktur wuchs und wuchs.

Verschiedenfarbige Energieblitze zeugten von Umformungen im molekularen und submolekularen Bereich; ein Gleißen und Funkeln hüllte das Kunstwerk ein …«

(Security of Ecliptic)

LITERATURVERZEICHNIS

Andresen, Willi, *Auf dem Weg zu neuen Ufern — Jean-Michel-Jarre,* in: Roesberg, Dieter (ed.), Fachblatt-Musik-Magazin 2/1985, Köln: J. V. Journal Verlag.

Borris, Siegfried, *Musik,* in: *Deutsches Abiturienten Lexikon,* ed. Lehmann-Leander, Ernst R./Kreuzer, Karl, Buchklubausgabe, Gütersloh: Bertelsmann Verlag, o. J.

Dellmann, Gerald, *Erdenklang — Ein Label für computerakustische Musik,* in: Roesberg, Dieter (ed.), *Computer & Musik* 1/1984. In: Fachblatt 2/1984.

Dellmann, Gerald, *Johannes Schmoelling,* in: Dellmann. Gerald (ed.), Keyboards — Homerecording & Computer 11/1986, Augsburg: Augsburger Druck- und Verlagshaus.

Dellmann, Gerald, *Tangerine Dreams,* in: Keyboards 2/1985.

Dellmann, Gerald/Thewes, Martin, *Synthesizer Handbuch,* Augsburg: Augsburger Druck- und Verlagshaus, 1985.

Ehnert, Günther/Kinsler, Detlef, *Rock in Deutschland,* in: *Lexikon deutscher Rockgruppen und Interpreten,* 3. aktualisierte und erweiterte Auflage, Hamburg: Taurus Press, 1984.

Hoersch, Teddy, *Miditation — MIDI Meets Guitar,* in: Roesberg, Dieter/Karlstetter, Georg (edd.), Musiker Magazin 11/1986, Augsburg: Musik Media Verlag.

Hoffmann, Klaus/Hub, Andreas, *Einssein mit dem Klang — Eberhard Schoener,* in: Fachblatt 3/1985.

Huxley, Aldous, *Brave New World,* London: Guild Publishing, 1979.

Kayser, Armin, *Klaus Schulze,* in: Keyboards 3/1985.

Langsdorf, Antonia, *Der Pionier — Klaus Schulze,* in: Fachblatt 2/1985.

Mathews, Max V./Pierce, John R., *Der Computer als Musikinstrument,* in: Kunkel, Albrecht (ed.), Spektrum der Wissenschaft 4/1987, Heidelberg: Spektrum der Wissenschaft Verlagsgesellschaft.

Netzle, Klaus, *Post-Elektronische Musik,* in: *Computer & Musik* 3/1984, in: Fachblatt 8/1984.

Plewka, Willmar, *Security of Ecliptic,* in: Johannes Unnewehr (ed.), *Sternenzeit,* Kassel: o. V., 1984.

Schnoor, Hans, *Oper — Operette — Konzert,* Buchklubausgabe, 5. Auflage, Gütersloh: Bertelsmann Verlag, 1956.

Spielberg, Steven, *Close Encounters of the Third Kind,* 5. Auflage, New York: Dell Publishing, 1978.

Walz, Herbert, *ESM — Elektronisches Speicher-Musikinstrument,* in: *Computer & Musik* 1/1984, in: Fachblatt 2/1984.

Weisser, Michael, *Akustische Kaskaden — Die synthetischen Sphären des Klaus Schulze,* in: Gabriel, Helmut (ed.), Star Ship 12/1982, Saarbrücken: MHB Werbe- und Verlagsdruck.

Weisser, Michael, *Das weiße Rauschen von Cygnus-A,* in: Star Ship 1/1983.

Weisser, Michael, *DIGIT,* Frankfurt/Main: Suhrkamp Verlag, 1983.

Wooding, Dan, *Rick Wakeman — The Caped Crusader,* St Albans: Granada Publishing, 1979.

Zillig, Werner, *Die Parzelle,* München: Goldmann Verlag, 1984.

o. A., *Music from Utopia — Eine Bestandsaufnahme in Sachen Computermusik,* in: Keyboards 4/1985.

SPECULATION

Vergangenheit wird Zukunft

von Peter Schattschneider

Was wäre, wenn wir Newton von der Relativitätstheorie erzählen könnten? Dazu bedürfte es keines Experten. Höchstwahrscheinlich genügte schon der Hinweis, daß die Lichtgeschwindigkeit vom Bezugssystem unabhängig ist, und das weiß heute jeder mittelmäßige Volksschüler. Sir Isaac, der Gigant, würde seine epochale Mechanik überdenken und Einsteins Theorie bereits 1687 veröffentlichen anstelle seiner *principia mathematica,* die ja doch nur Generationen von Schülern mit dem blöden *actio est reactio* gequält hat. Die Physik wäre heute 250 Jahre weiter, hätte uns sehr wahrscheinlich schon die Zeitmaschine beschert. Wir könnten Newton besuchen und ihm von der veränderten Zukunft berichten. Jede Wette, daß er 1687 die Theorie der Zeitreise anstelle der langweiligen Relativitätstheorie veröffentlicht ...

Verändern: das große Ziel aller Zeitreise-Phantasien. Falsches besser machen, Versäumtes nachholen, Fehlendes einbringen. Unsere Welt ist eben nicht die beste aller möglichen.

Kann man in die Vergangenheit zurückkehren? (In die Zukunft reisen wir ohnehin mit jeder Sekunde, die vorbeitickt, meist schneller als uns lieb ist.)

Also, Herr Physiker? Kann man nun oder kann man nicht? Man kann, aber es zahlt sich nicht aus, würden Newton und Einstein einhellig antworten.

Newtons klassische Mechanik legt durch drei Axiome und das Gravitationsgesetz den Lauf der Welt fest. Alle Körper — Planeten, fallende Äpfel, Atome, Menschen und sonstige Konglomerate — gehorchen diesen Regeln. Das Welttheater läuft nach einem klaren, unveränderlichen und einfachen

Spielplan ab. Newton hatte dem Publikum das Textbuch gegeben. Von nun an brauchte man nicht mehr abzuwarten, was auf der Bühne geschah. Man sah im Textbuch nach, das heißt, man benutzte Formeln, um die Ergebnisse vorauszusagen. Es war sogar denkbar, *Entdeckungen* vorauszusagen! Einer der größten Erfolge dieses Programms war dann auch tatsächlich die Voraussage der Entdeckung des Neptun im Jahre 1846.

Im Grunde konnte man nun alles berechnen: Das Wetter morgen oder in einem Jahr, denn die Luftmoleküle folgen derselben Mechanik wie Planeten oder Billardkugeln. Irgendwo im Textbuch stand sicher auch, was man im Lotto zu setzen hatte (simple Mechanik) oder ob der Freund/die Freundin ein Miststück war (komplizierte Mechanik, Chemie und Elektromagnetismus). Freilich war das alles kleingedruckt, zu klein noch für die damalige Zeit, aber in einigen Jahren hatte man vielleicht die richtigen Lesebrillen. Die Entwicklung hat diesen Optimismus zum Teil bestätigt. Taschenrechner lösen heute Aufgaben, welche die größten Mathematiker vor einem Jahrhundert für hoffnungslos hielten.

Die klassische Physik behauptet also schlicht, den Zustand eines beliebigen Systems zu jedem Zeitpunkt berechnen zu können. Die Ergebnisse lassen sich anschaulich als *Weltlinien* darstellen. Wir wählen zur Demonstration einen Mord. Im Bild 1 ist die Position des Geschosses in Abhängigkeit von der Zeit gezeichnet. Seine Bewegung wird sichtbar, wenn man die Zeichnung mit einem Blatt Papier, in das ein waagrechter Schlitz geschnitten ist, abdeckt und den Schlitz von unten nach oben in Richtung des Zeitpfeils bewegt.

Wenn wir die Weltlinien aller Moleküle und Elementarteilchen im Universum zeichnen wie jene des Geschosses — was laut klassischer Physik nur an Mangel an Papier und Arbeitszeit scheitert —, dann liegen Vergangenheit und Zukunft wie eine Karte vor uns ausgebreitet. Die Zeit läuft nicht mehr ab, sondern »... der Unterschied zwischen Vergangenheit, Gegenwart und Zukunft ist nur Illusion, wenn auch eine beharrliche«, formuliert Einstein.

Die Zukunft ist in der Vergangenheit enthalten und umge-

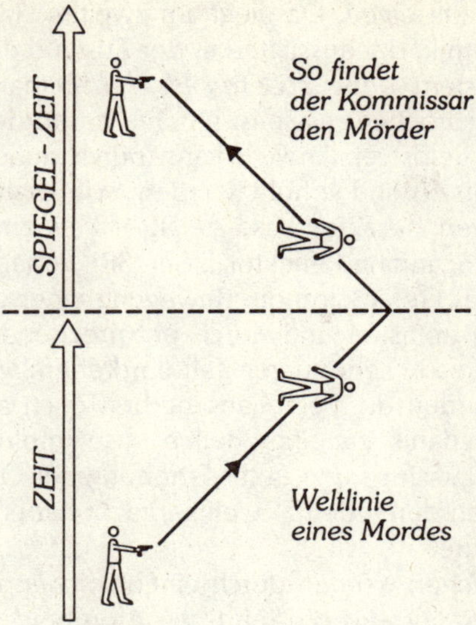

Bild 1

kehrt. So kann zum Beispiel die Kommissarin den Hergang der Tat rekonstruieren, indem sie in Gedanken die Bewegung der in der Eichentäfelung der Bibliothek gefundenen Kugel umdreht, und sie landet folgerichtig, den Kopf des Opfers in umgekehrter Richtung passierend, in der Mordwaffe. Da die Kommissarin im Physikunterricht aufgepaßt hat, weiß sie, daß sie dasselbe einfacher erreicht, indem sie die Weltlinie des tödlichen Geschosses spiegelt, wie das in Bild 1 dargestellt ist. Gespiegelte Weltlinien treten nicht nur am Papier auf, zum Beispiel, wenn Planetariumsgetriebe im Rückwärtsgang historische Himmelskonstellationen reproduzieren.

Die Erfahrung lehrt allerdings, daß nicht alle Vorgänge im Rückwärtsgang ablaufen können. Billardbälle können zwar bei exakter Umkehr aller Bewegungen wieder zum Ausgangspunkt ihrer Bahn gelangen, Planeten oder Getriebe können entgegengesetzten Drehsinn haben, aber jeder weiß, daß zerbrochene Vasen nicht unter spontaner Heilung vom Boden aufsteigen. Das liegt am zweiten Hauptsatz der Thermodynamik, der aussagt, daß der Zustand der Ordnung in einem System *ohne äußeren Eingriff* niemals zunimmt. Und eine zerbrochene Vase ist jedenfalls unordentlicher als eine ganze. Selbstverständlich kann durch äußere Eingriffe der Ordnungszustand erhöht werden, wie man durch Zusammenkleben besagter Vase zeigt. Mit einem mikroskopisch feinen Scanning-Reflektor-Laser, SRL genannt, wäre es einfacher. Das Gerät kann die Bewegung einer großen Zahl von Atomen abtasten und durch entsprechende Fokussierung des Lasers in sehr kurzer Zeit umdrehen. Mit dem SRL bestrahlt, würden die Porzellanscherben nach allen Gesetzen der Mechanik zu einer heilen Vase implodieren, die vom Boden aufstiege und unter Erhöhung der Ordnung (die wir von außen durch den SRL eingebracht haben!) am Tisch zur Ruhe käme.

Versicherungen würden durch einen solchen noch zu erfindenden SRL brotlos. Er kehrt alle Atombewegungen um und macht dadurch Vasen ganz, Brände ungeschehen, holt Diebe an den Tatort zurück und beseitigt Verletzungen. Versetzen wir uns in die Lage eines Zukünftigen, Z genannt, der aus Langeweile oder weil er eine Vase zerbrochen hat, seinen Universal-SRL benützt. Wenn er auf den Knopf drückt, läuft für ihn alles wie ein zurückgespulter Film ab. Die Sonne geht im Westen auf, Uhren laufen verkehrt herum, alle Energieprobleme sind mit einem Schlag gelöst, da sämtliche Autos Treibstoff produzieren und Elektrogeräte Strom ins Netz speisen. Z findet Vergnügen an der gespiegelten Welt, und nach Jahren im Rückwärtsgang erlebt er die Auferstehung eines gewissen Trebla Nietsnie, der seine Ansicht über Vergangenheit und Zukunft durch Zs sonderbares Verhalten bestätigt sieht. Für Trebla ist ja Z der Zeitgespiegelte, alles andere läuft »richtig«. Einstein (oder Nietsnie, je nach Standpunkt) zeichnet die Weltlinien im Gegensatz zu Z also spiegelverkehrt. Für ihn und den Rest der Welt hat der SRL *den Z* in die Vergangenheit geschickt. (Bild 2)

Ist der Bau einer Zeitmaschine also bloß Sache atomarer Präzision? Die Quantentheorie bejaht dies eingeschränkt.

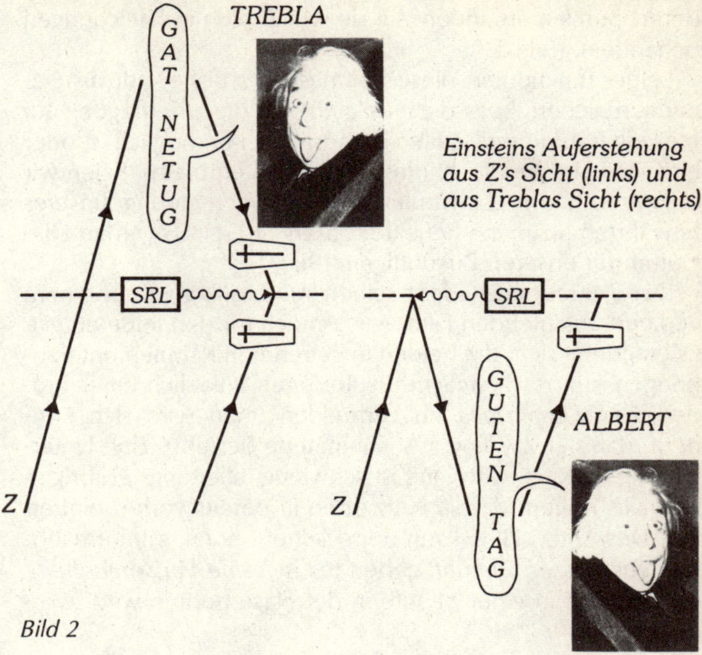

Einsteins Auferstehung aus Z's Sicht (links) und aus Treblas Sicht (rechts)

Bild 2

Strahlung hoher Energie, wie die kosmische Strahlung, kann ein Teilchen-Antiteilchenpaar (zum Beispiel ein Elektron und ein Positron) erzeugen. Die beiden auseinanderfliegenden Partikel finden einander anziehend, da sie gegensätzliche Ladung tragen. Häufig vereinigen sie sich innerhalb kurzer Zeit wieder. Das Paar wird vernichtet und gibt dabei die Strahlung wieder ab, durch die es erzeugt wurde. Man sagt daher auch, daß Teilchen und Antiteilchen (oder Materie und Antimaterie) »zerstrahlen«. Berechnungen zeigen, daß das Positron kein eigenes Teilchen ist, sondern identisch mit seinem Partner, dem Elektron, das wie Z in der Zeit zurückläuft! Die grafische Darstellung dieses Vorgangs heißt nach ihrem Entdecker, der 1965 den Nobelpreis erhalten hat, Feynman-Diagramm. Physiker stellen mit solchen Bildchen

Berechnungen an, indem sie sie wie Zahlen in Gleichungen behandeln. (Bild 3)

Leider funktioniert diese Zeitmaschine bisher nur für Elementarteilchen. Es ist nicht bekannt, ob die Übertragung auf größere Räume und Zeiten grundsätzlich unmöglich ist oder einer zukünftigen Technologie vorbehalten bleibt. Seien wir optimistisch und konstruieren unter Verwendung unseres bewährten Scanning-Reflektor Lasers SRL ein Feynman Diagramm für unseren Zukünftigen. (Bild 4)

Der Zeitreisende erlebt seinen Antizwilling wie in einem verkehrt ablaufenden Film — was auch für den anderen gilt. Es empfiehlt sich, die beiden in getrennten Kabinen unterzubringen, um novaähnliche Explosionen anläßlich einer brüderlichen Umarmung zu vermeiden (man wird sich erinnern, daß der Zwilling aus Antimaterie besteht). Eine Unterhaltung im Rückwärtsgang ist schwierig, allerdings erübrigen sich alle Fragen, da die Antworten ja bereits vorher eintreffen. Der Antizwilling kann dem Zeitreisenden ja Informationen aus *dessen Zukunft* geben (es ist *seine Vergangenheit*), etwa, daß Z in einer Minute in der Nase bohren wird, wor-

a)

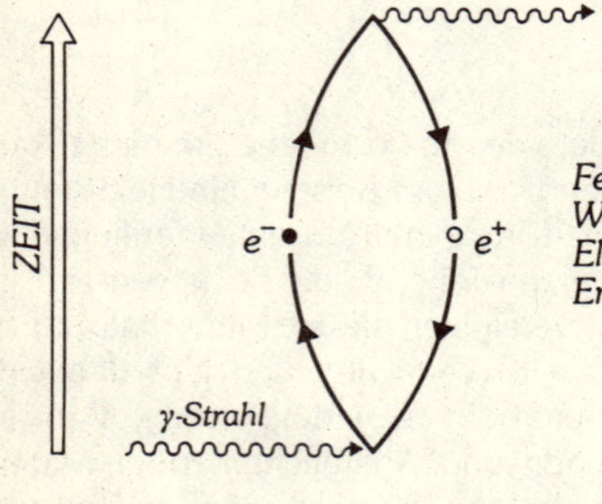

Feynman-Diagramm. Weltlinie einer Elektron-Positron-Erzeugung

b)

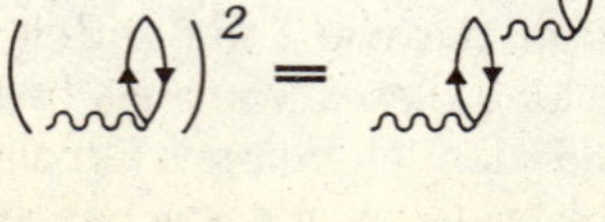

Beispiel einer Gleichung in Feynman-Diagrammen

Bild 3

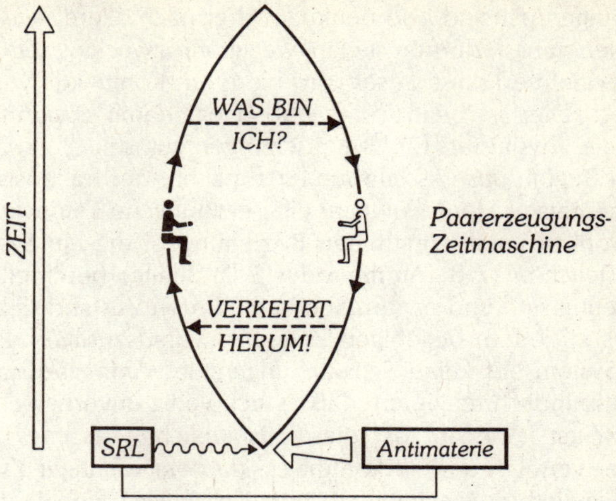

Bild 4

auf Z jenes anstandshalber unterläßt. Bohrt er nun oder bohrt er nicht?

Ähnlich knifflige Fragen ergeben sich, wenn der Antizwilling seine Antikabine verläßt, kurz bevor er in der Vergangenheit ankommt. Ohne ihn kann der Reisende ja nicht starten, die Reise fällt somit ins Wasser, hat nie stattgefunden, und der Antizwilling kann die Zeitmaschine nie verlassen, weil er nie existiert hat.

Sollen solche Paradoxien vermieden werden, müssen wir annehmen, daß im Großen dieselben Gesetzmäßigkeiten wie für Elementarteilchen gelten. Elektron und Positron haben keine Handlungsfreiheit auf ihrer vorgeschriebenen Weltlinie, und dies dürfte auch für Z gelten. Der Kybernetiker Norbert Wiener mutmaßt, daß oben erwähnte Paradoxa sogar jede Kommunikation der Zwillinge verhindern. Unabhängig von den Paradoxien hindern sie aber die ein für allemal im Spielplan des Kosmos festgelegten Weltlinien aller Atome daran, die Vergangenheit zu ändern. Ausflüge in die

Vergangenheit sind also denkbar. Aber nach allem, was wir gelesen haben, dürften sie langweilig und zwecklos sein.

Der aufmerksame Leser wird hier vom Konjunktiv verunsichert. Dies ist beabsichtigt und hängt damit zusammen, daß die Physik stets für Überraschungen gut ist:

Zu Beginn unseres Jahrhunderts machte der französische Mathematiker Henri Poincaré eine erstaunliche Entdeckung: Obwohl die mathematischen Beziehungen, die ein System von Teilchen (z.B. Atome oder Billardbälle) beschreiben, eindeutig sind und es formal erlauben, den Zustand des Systems zu jedem beliebigen Zeitpunkt vorauszusagen, kann das System auf keine Schwankungen des Anfangszustands so empfindlich reagieren, daß es sich völlig unvorhersehbar entwickelt. Poincaré hat diese erstaunliche Tatsache nicht weiter verfolgt, und so kommt es, daß ein wichtiger Zweig der klassischen Mechanik abstarb. Erst in den Siebzigerjahren trieb er neu aus und ist seither unter dem Namen Chaostheorie bekannt. Diese moderne klassische Mechanik ist in heftiger Entwicklung, aber man glaubt heute mit einiger Sicherheit sagen zu können, daß die meisten physikalischen Systeme chaotisch sind, das heißt, daß trotz exakter Gleichungen eine exakte Voraussage nicht möglich ist. In solchen Systemen ist eine Reise in die »geschehene« Vergangenheit unmöglich. Das beste, was man erwarten kann, ist eine angenäherte Rückspulung der Ereignisse. Was den Physiker beunruhigt, ist dem Abenteurer willkommen. Werden doch Reisen in eine alternative, der ursprünglichen bloß *ähnliche* Vergangenheit möglich!

SF-Autoren und -Leser wissen das schon lange.

Die Abbildungen zeichnete Christine Göbel.
Das Foto von Albert Einstein stellte uns dankenswerterweise der Bilderdienst des Süddeutschen Verlags, München, zur Verfügung

ÜBER SCIENCE FICTION

Der ›Neue Mensch‹ – ein ›Termitenstaat findiger Tiere‹[1]?

Über das Insektenbild als Metapher der Sinngefährdung in der hochtechnischen Welt am Beispiel der Romane von Frank Herbert und Dietrich Wachler

von Linus Hauser

1

Wer die Erzählung von Franz Kafka über *Die Verwandlung* (1912) des Menschen Gregor Samsa in ein Insekt gelesen hat, wird sich vielleicht gefragt haben, aus welchen Tiefenbildern heraus hier eine Verwandtschaft zwischen dem Menschlichen und dem Insektenhaften entwickelt wird. Gregor Samsa wird ja nicht zu einem sprechenden Tier, sondern ein in tierische Verelendung verwandelter Mensch[2]. Die Verwandlung etwa in einen Fuchs, ein Schwein oder auch in die Bindung an unaussprechliche Trieb- und Schuldphantasien[3] und nicht gerade in ein Insekt scheint auf den ersten Blick plausibler.

Vielleicht gibt es aber eine spezielle Ausstrahlung des Insektenhaften auf uns Menschen, die hier eine Rolle spielt. Man denke nur daran, daß sich schon in den ältesten Zeiten das Bild der Ameise und der Biene als keuschen, fleißigen und sozial vorbildlichen Wesens entwickelte. Das Unbegreifliche am Insekt, das wir viel weniger ›verstehen‹ können als etwa unseren Hund, sein Vermögen kollektiv und anonym zu funktionieren, hat die Menschen immer schon fasziniert.

Ein Weisheitsspruch des Alten Testaments rät:

> »Geh zur Ameise, du Fauler, betrachte ihr Verhalten und werde weise!«[4]

An den Insektenvölkern bewundert man den ›Bienenfleiß‹ und die Zielgerichtetheit ihres Verhaltens. Der Philosoph Seneca (4 v.—65 n. Chr.) schreibt an seinen Schüler Lucilius:

> »Der Trieb zum Nützlichen und der Abscheu vor dem Gegenteil — beide sind naturgegeben (...). Siehst du nicht, mit welcher Feinheit die Bienen ihre Behausungen bauen, die Eintracht, mit der sie die Arbeit untereinander verteilen und durchführen?«[5]

In unserer technisch-wissenschaftlichen Welt ist aber noch ein weiterer Faktor an dieser Faszination hinzugekommen. Wir können die bienenfleißigen Tierchen nicht nur bewundern und sie uns als Vorbilder des Fleißes und der Selbstgenügsamkeit metaphorisch vor Augen führen — wir können uns real zu emsigen Insekten zurückentwickeln.

Wir brauchen uns dazu nur einmal vorzustellen: Was ist eine Ameise, eine Termite oder eine Biene in den Augen eines Technokraten?

Sie ist Teil eines perfekt funktionierenden sozialen Organismus, der sich vollkommen anpaßt.

Mit jedem sozialpsychologischen oder gentechnologischen[6] Forschungsergebnis kommen wir heute der Fähigkeit näher, solche Anpassungsleistungen zu erzielen. Der berühmte Verhaltenswissenschaftler P. F. Skinner schreibt etwa 1971 sein Buch *Jenseits von Freiheit und Würde*[7], in dem es ihm um eine perfekte Kontrolle des Menschen in einer verhaltenstechnologisch aufgebauten und, Skinners Anspruch nach, humanen Gesellschaft geht.

Ein anderer Naturwissenschaftler, Robert Dawkins, der über die Grenzen seines biologischen Fachgebietes hinaus ›philosophieren‹ will, schreibt drastisch über menschliche ›Muttertiere‹:

> »Eine Mutter ist eine Maschine zur optimalen Ausbreitung ihrer Gene« und wir Menschen im allgemeinen sind »Überlebensma-

> schinen-Roboter, blind programmiert zur Erhaltung der selbstsüchtigen Moleküle, die Gene genannt werden«[8].

Da wäre also die Frage, wie die Aktualität des Themas der Verwandlung des Menschlichen in Insektenhaftes verständlich zu machen ist, wohl kaum schwer zu beantworten.

Eine ausführlichere Antwort auf die seltsamen Beziehungen des Menschen zum Reich der Insekten ergibt sich, wenn wir, nach einem kurzen Blick in die Vergangenheit unserer Technikgläubigkeit im 19. Jahrhundert, jetzt die Romane von Frank Herbert[9] und Dietrich Wachler[10] interpretieren.

2

In den letzten einhundertfünfzig Jahren hat sich unser Verständnis von Welt deutlich verschoben. Wir glauben, vieles als ›Macher‹ gestalten zu können, woran Menschen noch des 18. Jahrhunderts nicht einmal denken konnten. Nicht umsonst taucht in den zwanziger Jahren des 19. Jahrhunderts, zu Beginn der Explosion der modernen wissenschaftlichen Technik[11], ein Roman wie der *Frankenstein* von Mary Shelley (1818)[12] auf. Der Wissenschaftler Frankenstein schafft sich sein Ebenbild, er löst in Hybris Gottes Schöpfertum ab und geht daran, in unbarmherziger und untrennbarer Bindung an sein Geschöpf, in der grauweißen und sinnleeren Einöde der Arktis zugrunde.

Als symbolisches Eckdatum, an dem diese angedeutete Verschiebung der Verstehenshorizonte hin zum Glauben an die wissenschaftliche Technik deutlich wird, können wir die 31. Versammlung der Gesellschaft deutscher Naturforscher und Ärzte in Göttingen (1854), auf der der Materialismusstreit entbrannte, anführen.

Betrachten wir kurz diesen sogenannten »Materialismusstreit«. Im Jahre 1852 beginnt eine Polemik in der »Augsburger Allgemeinen Zeitung« zwischen dem Physiologen Rudolf Wagner und dem Zoologen Carl Vogt über den Monogenismus, also über die Frage, ob die Menschheit von

Adam, also von einem Menschenpaar, abstamme[13]. Diese Kontroverse spitzt sich auf der 31. Versammlung der Gesellschaft deutscher Naturforscher und Ärzte in Göttingen 1854 zu. Hier hält Wagner einen Vortrag unter dem bezeichnenden Titel »Über Menschenschöpfung und Seelensubstanz«[14], in dem er den Naturwissenschaften seiner Zeit die Fähigkeit bestreitet, über die Natur der Seele Aussagen machen zu können.

Diese Frage hat, wie schon der Titel sagt, wichtige praktische Hintergründe. Wenn man die Seele des Menschen, wenn man also, anders gesprochen, Menschenwürde naturwissenschaftlich erklären kann, kann man wirklich Menschen, kann man ein Geschlecht der Frankenstein schaffen.

Zwar war diese Frage damals noch Theorie, heute ist sie nahe gentechnologische Zukunft.

Es kommt gegenüber diesem Vortrag zu einer scharfen Antwort des Materialisten Carl Vogt und im folgenden zu einer heftigen und sich ins Prinzipielle ausweitenden Kontroverse in der deutschen Naturphilosophie. Ludwig Büchner, einer der bekanntesten Wissenschaftsphilosophen seiner Zeit, Bruder des noch berühmteren Schriftstellers Georg Büchner und Autor des Weltbestsellers »Kraft und Stoff« (1855), definiert diesen neuen emphatischen, naturwissenschaftlichen Materialismus:

> »Das Weltall ist alles. Unbegrenzt in Raum und ewig in der Zeit schließt es alles ein was war, was ist und was sein wird. Dasselbe ist erfüllt von Materie oder von jenem Ur-Stoff, aus welchem alles Geformte hervorgeht. Was wir ›Kraft‹ nennen ist nur das Ergebnis der Bewegung des Stoffs und keine für sich bestehende Weisheit (...). Der Mensch ist ein Tier und die letzte Entwicklungsstufe einer langen Reihe vorhergegangener Veränderungen. Moralität ist das Ergebnis der sozialen Natur des Menschen und beruht auf Notwendigkeit, nicht auf dem Schöpferwort irgendeines menschlichen oder göttlichen Wesens«[15].

Gerade seine Einsamkeit im durch die Kraft-Stoff-Metaphysik begrenzten Sein macht für diese Materialisten die Größe des Menschen aus. Der Mensch ist dadurch auch absoluter Herr der Welt.

> An die »Stelle der anfänglichen Gottesopfer und Gottes-Verehrung (tritt, L. H.) eine allmählige Umwandlung des Kultus der Götter in den Kultus des Menschen (...), (so daß, L. H.) der Letztere in dem selben Maße an Kraft, Einsicht und Glück gewinnt, in welchem er sich auf die eigenen Füße stellt oder auf die eigene Kraft verläßt«[16].

So entwickele sich eine »Religion der Humanität oder des Freidenkertums«[17].

Den Beginn dieses heute noch wirkenden Verstehens von Wirklichkeit wissenschaftlich-technisch machbarer Totalität bildet hier also die absolute Begeisterung für das kommende Zeitalter.

Gibt es aber vielleicht auch eine Kehrseite im stürmischen Jubel über den Aufbruch des technisch-wissenschaftlichen Zeitalters, in dem die Menschen zu »Göttern oder Herrschern der Erde zu werden«[18] sich anschicken? Diese Kehrseite entfaltet sich vor uns, wenn wir zwanzig Jahre weiter in die siebziger und achtziger Jahre des 19. Jahrhunderts voranschreiten und auf die Wissenschaftsangst als Schatten des Wissenschaftsglaubens aufmerksam werden.

In dem Roman *Die Mittagsgöttin* (1891) des naturwissenschaftlichen Schriftstellers Wilhelm Bölsche (1861—1939) drückt sich diese Angst so aus:

> »Daß über uns nichts strahlt als ein schattenloser, leerer Himmel voll ewiger Erkenntnisöde, hinter dem die ungeheuren Gottheiten der Naturkräfte Tafeln für Gesetze schichten, in denen nichts steht als Zahl an Zahl, nichts von Menschenliebe und von Menschenherz«[19].

Wo steht aber dann der Mensch? Was unterscheidet ihn noch von einem Tier, von einem Haufen Staub, der er einst werden wird? Da kann ein Gedanke Fuß fassen: Alles hängt mit allem zusammen und zwar in einem Kosmoanthropos, d. h. der Kosmos ist in der Gestalt eines Menschen. So ergibt sich die Hoffnung, daß sich im Mikrokosmos der Makrokosmos und im Makrokosmos der Mikrokosmos abbilden als Momente eines sich organisch entfaltenden Ganzen — wie in einem Ameisenstaat die Einzelameise und das ›Ganze‹ des Baus miteinander verwoben sind.

Der Naturphilosoph Eduard von Hartmann (1842—1906) entwickelt auf diesem Hintergrund die Vorstellung eines sich selbst nicht mächtigen, unbewußten und sich geschichtlich entfaltenden Gottes und kann daher 1887[20] schreiben, daß die

> »Erlösungssehnsucht dem absoluten unbewußten Geiste und dem bewußten Individualgeiste gemein (ist, L. H.), ja sie ist sogar ursprünglich Funktion des ersteren, die nur auf den letzteren übergeht (...)«.

Wenn der Zusammenhang der Dinge organismisch gefaßt wird und alles in diesem makrokosmischen Organismus seinen Ort hat, vermag nämlich vulgärdarwinistisch gedeutete Geschichte faktisch trostlosem Denken den Trost der großen Perspektive, die vielleicht auch nur die kleine Ameisenperspektive ist, zu schenken.

Wilhelm Bölsche schreibt:

> »Wie schön leuchtet der Weltenlauf überall heraus, wenn man ihn auf große Vergangenheitslinien anschaut, auf Millionenjahre-Züge, auf Weltperspektive«[21].

Der Standpunkt eines an persönlicher Humanität orientierten Denkens kann dann dabei in dieser »Weltperspektive« zugunsten einer naturalistisch-neoaristokratischen Weltanschauung transzendiert werden. Eine erste Gliederung der Welt ergibt sich nämlich durch feste Abhängigkeiten von naturalen Instanzen, wie sie Theodor Fechner beschreibt:

> »Beziehungen über Beziehungen dazwischen türmen sich in ihm (Gott als Welt, L. H.) höher und höher auf, um sich in höchster Höhe abzuschließen, und wie ein König seine Minister und diese ihre Amtsleute und diese ihre Diener zur Ausführung seiner Befehle haben (...), so greift in umgekehrter Richtung Gottes oberster Wille mittels des Willens und der Triebe seiner höheren und niederen Geschöpfe durch das Weltgetriebe; indes er die Zügel immer oben in der Hand behält; es ist nur alles innerlich in ihm, was dort äußerlich«[22].

Die Genielehre des späten 18. Jahrhunderts und der Romantik, die das Genie als die Person begreift, die in vollkommener Einheit mit der Natur schafft, kann nun naturalisiert und politisch gewendet werden, weil jetzt die Genie-Natur bzw. das Natur-Genie den Evolutionsprozeß durchschaut.

> »Ich glaube«, so schreibt Fechner, »daß die Vernunft der Unmündigen sich zu bescheiden hat vor einer höheren Vernunft, die ihr Recht bewährt hat in der Geschichte durch die Erziehung der Mündigen«[23].

Da in solcher »Weltperspektive« nur der entgeschichtlichte und entpersonalisierte evolutive Zeitigungsvollzug des Gesamtorganismus ›Kosmos‹ bedeutsam ist, impliziert ein derartiges Verständnis die Bedeutungslosigkeit des individuellen unmündigen Subjekts, das nicht als Teilnehmer im Prozeß der Geschichte, sondern nur als Störfaktor begriffen werden kann.

Was ist aber dann besser, als die Rückzüchtung des Menschen in den Status eines kollektiv manipulierbaren Tieres, das sich den wenigen, die die Geschichte der Evolution durchschauen, anzupassen hat?

So züchtet in Frank Herberts Roman die Wissenschaftlerfamilie Hellstrøm ihre Insektenmenschen-Brut.

3

Frank Herberts Roman beginnt wie ein Text des Erfolgsautors Stephen King: Ein einsames Tal in den USA, Stille, provinzieller Frieden. Und dann entdeckt ein Regierungsbeamter einen unterirdischen ›Insektenbau‹ mit 50000 menschlichen Termiten — die Brut der Wissenschaftlerfamilie Hellstrøm.

In aller Stille und Zurückgezogenheit hat sich eine alternative menschliche Kultur entwickelt, die der Kultur, die der Leser kennt, den Spiegel vorhält. Es ist ein klassisches Beispiel einer Anti-Utopie, der Ou-Topos, der Nichtort, früher eine Insel Felsenburg, ein fernes Atlantis, Christianopolis oder Utopia. Hier ist es ein unterirdischer und verborgener Insektenbau.

Menschliche Termiten leben dort seit einigen Generationen in absoluter Isolation zur Außenwelt. Sie haben — wenn es sich um hochspezialisierte Arbeiterzüchtungen handelt — kein eigenes Selbstbewußtsein mehr. Sie orientieren sich an dem jeweiligen Geruch, den bestimmte Probleme und Befehle haben, kommunizieren in einer Gebärdensprache und leben — gemäß den Vorschriften des termitenhaft-ökologischen Denkens — als perfekte Rohstoffverwerter sogar kannibalisch von ihren Vorfahren und pflanzen sich bei der Triebregung ungeordnet und in Rudeln fort. Wenn ein Mann oder eine Frau nutzlos werden, kann man sie dort noch »zu einem Sexualstumpf zusammenstutzen« (177)[24], der zu Zuchtzwecken verwendet werden kann. Um dem drohenden ökologischen Tod der Menschheit zu entgehen, stellen sie sich auf ein Überleben als abstrakte, individualitätslose Gattung ein. Frank Herbert läßt Nils Hellstrøm, den ›Projektleiter‹ dieses gigantischen gen- und verhaltenstechnologischen Forschungsprojektes, sagen:

> »Für mich ist der Stock der Kokon, aus dem der neue Mensch hervorgehen wird« (121).

Regierungsbeamte geraten auf ihrem Weg zur Wahrheit des friedlichen Tals in den Bau und werden für uns zu Vermittlern der fremden Welt.

Sie erfahren die eigene und die fremde insektenhafte Perspektive als Angriff auf alle humanen Werte:

> »Der lebende Prototyp des Computers wurde von der Natur entwickelt, lange bevor die Primatenfamilie das Gehirntier Mensch hervorbrachte. Dieser Prototyp ist nicht mehr und nicht weniger als der Termitenhügel, eines der ersten Experimente in sozialer Ordnung. (...) Ist eine reibungslos funktionierende Gesellschaft nicht auch eine Form der Logik? Ich behaupte, daß die Bewohner eines solchen Termitenhügels, wie sie sich durch ihre verborgenen Gänge bewegen, hunderttausend winzige Informationseinheiten, jede ein Teil des Ganzen, sich in einer Form unbestreitbarer Logik organisiert haben. (...) In unseren Brutkammern liegt unsere Zukunft und die Zukunft der Menschheit« (129).

Frank Herberts Roman endet offen. Die Termitenmenschen können nicht durch einen Stoßtrupp des Militärs besiegt werden. Ihr Bau reicht ins Unbekannte und kann ein globales Erdbeben erzeugen. Friedliche Koexistenz? Sieg der unaufhörlich vorrückenden Termiten?

Die praktische Antwort muß jeder Leser dieses Romans selbst geben. Ein Roman, der allein schon reicht, um aus Frank Herbert einen wichtigen Romancier unserer Zeit zu machen.

Frank Herbert schreibt mit *Hellstrøms Brut* (1972/73) eine Metapher auf das unauffällige, aber möglicherweise unaufhaltsame Wachsen eines neuen Menschentyps in unserer Welt. Es ist der Mensch, der seine Verantwortung gern abgibt, sich etwa psychohygienisch mit einer ›Persilscheinpsychologie‹ entschuldigt und zugleich in einer Kultur lebt, die die technischen Mittel bereitstellt, ihn in höchstem Maße dabei zu unterstützen und noch stärker zu entmenschlichen. Es ist der Neue Mensch[25], der lieber Beruhigungs- und Aufputschmittel schluckt, anstatt weniger zu funktionieren, und dessen Selbstwertgefühle mit dem Beifall für seine Leistungen und seinen Konsum identisch sind. Es ›gibt‹ diesen Menschen glücklicherweise noch nicht vollkommen, es gibt aber Annäherungsformen an ihn und es soll ihn, nach den Träumen vieler politischer ›Macher‹, wohl immer perfekter geben. Schnelle Triebbefriedigung ersetzt das Träumen und läßt den, der das Träumen verlernt, in der Welt bleiben, die ihm und der er auf den Leib geschneidert wird. Wer weiß, in wie vielen Ländern und in wie vielen Labors an einem solchen Entwurf auch gentechnologisch gearbeitet wird?

Wo aber das Träumen verlernt wird, verliert die Poesie ihre Bedeutung.

Frank Herberts Roman gibt uns die Frage, ob wir uns nicht zu sehr an den emsigen Bienen und den fleißigen Ameisen orientiert haben und so auf den Weg zum Neuen Menschen geraten sind.

Vielleicht ist die Spruchweisheit des Alten Testaments von uns übertrieben befolgt worden?

> »Geh zur Ameise, du Fauler, betrachte ihr Verhalten, und werde weise!« (Spr 6,6).

Es ist wohl so, daß bestimmte Epochen bestimmte Weisheiten zu genau und zu einseitig befolgen und dadurch gerade nicht weise werden.

Lehrreich ist da ein anderes Insekt. Die Grille, die uralte Sängerin Zikade, die nur ihrem Singen lebt, die den Poeten symbolisiert, die Bindung an die unvordenklichen Zeiten und das Auftreten des Autochthonen im Heute[26].

Der Dichter Babrios (um 100 n. Chr.) hat eine Geschichte erzählt, die immer wieder nachgedichtet, umgedichtet wurde und nicht zur Ruhe kommen ließ. Es ist die Fabel von der Grille und der Ameise:

> »Im Winter schleppt aus ihrem Loch die Ameise die Körner, die sie eingesammelt im Sommer. Die Grille, halb verhungert, bat sie um Hilfe, ihr etwas Nahrung abzugeben zum Leben. Die fragte: ›Wie hast du verbracht denn den Sommer?‹ ›Ich war nicht müßig, denn die ganze Zeit sang ich.‹ Da lachte jene, während sie ihr Korn wegschob: ›Im Sommer sangst du? Nun, im Winter jetzt tanze!‹«[27].

Hier kündigt es sich schon an: die Poesie wird verjagt, weil sie der sachrationalen Prosa der Neuen Ameisen widerspricht. Zu diesem Thema nimmt Dietrich Wachlers Roman Stellung.

4

Ist Frank Herberts Roman von größerer literarischer Perfektion, so ist Dietrich Wachlers Romanerstling von höheren literarischen Ansprüchen und gestaltet eine faszinierende Vision. Er setzt da an, wo Frank Herbert aufhört, und beschreibt in seinem Roman die Verwandlung des Menschenkosmos in einen Kosmos der Zikaden. Also eine Utopie für Zikaden, in der diese für menschliche Augen fast anarchistischen Wesen, die (wie Homer sagt) ›nur‹ »aus der Bäume Gesproß hellschwirrende Stimmen ergießen«[28], eine neuschöpferische Rolle erhalten. Gerade dadurch setzt er da an, wo Frank Herbert aufhört. Hatte Frank Herberts Roman immer noch die Perspektive menschlicher Wesen, die gern Insekten sein möchten, verständlich zu machen gesucht, so sprengt Dietrich Wachler diese einfache menschliche Erzählperspektive. Sein Roman verschränkt die Perspektive der nachmenschlichen Zikadenkultur und der menschlichen spättechnischen Welt des 20. Jahrhunderts, indem er ein Menschheitsdokument aus der Perspektive einer späteren Zikadenkultur sich entfalten läßt.

Dietrich Wachler orientiert sich hier an Kafkas o. a. Erzählung über *Die Verwandlung,* in der ebenfalls Menschen- und Insektenperspektive nicht voneinander geschieden werden, obwohl beide Perspektiven, gemäß denen sich Gregor Samsa in den Blick nimmt, logisch vorausgesetzt werden.

Nach klassischem Erzählschema nacherzählt, stellt sich Wachlers Zikadenroman so dar: Es hat einen für die Menschheit katastrophalen und für die Zikaden fruchtbaren Evolutionssprung gegeben, in dem die Zikaden zur Nachfolgekultur der Menschen aufgestiegen sind. Die Zikaden edieren ein menschheitsgeschichtliches Zeugnis: Die Geschichte der Erlebnisse von Tullio, Henry, Heike und ihrer Studentenclique, in denen sich die uralten Lebensmöglichkeiten der Helden des berühmten *Gilgamesch-Epos* entfalten, das bis in die sumerische Zeit des dritten vorchristlichen Jahrtausends zurückreicht. Es ist u. a. die Geschichte einer Beziehung zwischen dem Kulturmenschen Gilgamesch (Henry) und dem einstigen Tiermenschen Enkidu (Tullio), der durch den kultischen Geschlechtsakt mit einer Dirne (Heike) der Tierwelt entrissen wird.

Führt Gilgameschs Weg im sumerisch-babylonischen Epos in die Unterwelt des Totenreiches, so sieht auch Henry in abgründige Todestiefen. Er sieht den Menschen schrumpfen und die Zikade wachsen. Bei der Entdeckung eines der ersten mutierten Zikadenexemplars ruft er seherisch aus:

> »Die Größe der letzten, die heraufkommen werden, übersteigt unser Wahrnehmungsvermögen, wir können sie nicht mehr abschätzen, weil wir dann immer kleiner werden und zu Punkten auf der Erdrinde zusammenschrumpfen, während die Tiere sie kahlfressen«[29].

Die Grundlage für diese Prophezeiung bildet für Henry die von ihm wiedergefundene, bisher unbekannte »Dreizehnte

Tafel«[30] des Gilgamesch-Epos, in der am Beginn des sich schriftlich artikulierenden Menschengeschlechtes von seinem Ende geredet wird.

Daß Wachler für seine Untergangs- und Aufstiegserzählung die Zikade als Nachfolgerin des Menschen und nicht (wie auf den ersten Blick nahezuliegen scheint) die Ameise oder die Biene wählt, ist mythengeschichtlich zutreffend[31] und verweist auf eine entsprechende archetypische Grundform des Erlebens von Zikaden. Für die griechische Mythologie beginnt die Zikade dort, wo der nutzlose Mensch im Alter schrumpft, um in seiner Nutzlosigkeit als Zikade zu enden.

Hellanikos von Lesbos (480—ca. 400 v. Chr.) schreibt etwa über den sagenhaften Tithonos:

> »Hämera, die Göttin des Morgens, wurde heftig von Tithonos geliebt, dem Sohn des Laomedon, Bruder des Priamos, woraus der Sohn Memnon hervorging. Nachdem jener nach einem langen Leben aufgerieben (verschrumpelt) war, änderte die Göttin jenen selbst in eine Zikade«[32].

Es ist die frühe Geschichte von Tithonos[33], die Wachler in einer hochtechnischen Spätkultur des 20. Jahrhunderts erzählt und konsequent, den epochalen Horizonten entsprechend, transformiert. Tithonos ist in der griechischen Sagentradition der Geliebte der Morgenröte. Einst bat er Zeus um Unsterblichkeit und vergaß dabei, zugleich um ewige Jugend zu bitten. Als Thithonos alt und grau wird, meidet Eos sein Lager, ernährt ihn aber weiter mit Nektar und Ambrosia und legt endlich den immer mehr schrumpfenden Gemahl in eine Wiege. Dort schrumpft er weiter, bis er zu einer Zikade wird.

Wachler greift dieses Thema auf: Wo der Mensch schrumpft, wächst die Zikade, wo sich der Mensch als emsige, bienenfleißige Ameise ganz dem insektenhaften Streben nach Leistung und neuer Leistung hingibt, erwächst aus der technischen Welt die Kultur der anonymen Insekten[34]. Die Große Zikade, die allem vorsteht und gottähnlich ist, unterscheidet nicht mehr zwischen Individuen, sondern nur noch zwischen Arbeitstieren verschiedener Einsetzbarkeit. Damit ist sie die letzte Konsequenz der menschlichen Arbeitstiere, der bienenfleißigen Menschenameisen, die die Poesie aus der Welt vertrieben haben.

Das Verdrängte, die Poesie, die durch die Grillen und Zikaden symbolisiert wird, taucht aber gerade darin nun wieder auf. Mit der Großen Zikade kommt in nachmenschlicher Welt die Poesie nämlich wieder zu ihrem Recht. Es wird symbolisch in dieser nichtmenschlichen Form der Zikade die Geburt einer neuen, allerdings nachmenschlichen Poesie angekündigt. Die Große Zikade ist nämlich die Neue Urmutter, die ein neues, nichtmenschliches Geschlecht um sich schart und darin eine neue Form der allerdings nichtmenschlichen (und unmenschlichen) Schönheit des reinen Funktionierens in die Welt hinaussendet — eine kalte, funktionalistische Schönheit ohne das Schöne liebende Menschen, die gerade diese Entmenschlichung heraufbeschworen haben.

Die Welt der Menschen kann also alt werden wie Tithonos, wenn die Menschen sich nicht mehr als Menschen begreifen. Das ›Schrumpfen‹ der Menschenwelt vollzieht sich, wenn die Poesie der singenden Grillen und Zikaden zugunsten des Bienenfleißes vertrieben wird. Die Große Zikade und ihre Regierung wären dann das Ende der Menschheit, auch wenn die bienenfleißigen Neuen Ameisen menschliche Körper haben und Sklaven der Neuen unmenschlichen Poesie reiner Technik wären.

ANMERKUNGEN

1 Ich übernehme diesen Ausdruck von dem Theologen Karl Rahner.

2 Vgl. dazu W. H. Sokel, *Frank Kafka. Tragik und Ironie,* Frankfurt 1976, 85—115.

3 So etwa in S. Lems Roman *Solaris,* Frankfurt 1979.

4 *Sprüche* 6,6.

5 Seneca, *Briefe an Lucilius,* Gesamtausgabe Bd. 2: *Stoische Lebenskunst,* Reinbek bei Hamburg 1965, 216 (Brief 121).

6 Zum Stand der modernen gentechnologischen Forschung und ihrer ethischen Implikationen sei W. v. d. Daelen, *Menschen nach Maß? Ethische Probleme der Genmanipulation,* München 1985 empfohlen. Eine schö-

ne Kritik der behavioristischen Verhaltenswissenschaft, die den Menschen in dieses mechanistische Weltbild einbezieht, findet sich bei L. W. Beck, *Akteur und Betrachter,* München 1976.

7 deutsch: Reinbek bei Hamburg 1972.

8 Ch. Dawkins, *Das egoistische Gen,* Berlin 1978, 145 und VIII.

9 F. Herbert, *Hellstrøms Brut,* München 1977.

10 D. Wachler, *Die dreizehnte Tafel,* München 1984.

11 Ich unterscheide mit F. Burgey, *Technik und Heiliger Kosmos,* Würzburg 1985, 115 ff. und F. Rapp, *Analytische Technikphilosophie,* Freiburg 1978, zwischen »Erfahrungstechnik«, die die Natur nur nachahmt und »wissenschaftlicher Technik«, die die Natur zu den Zwecken umgestaltet die sie frei entwirft.

12 Heute erhältlich etwa in einer Ausgabe der *Manesse Bibliothek der Weltliteratur,* Zürich 1983.

13 Vgl. dazu W. Bröker, 1972 und H. Degen, 1954.

14 Vgl. H. Degen, 1954.

15 L. Büchner, *Fremdes und Eigenes aus dem geistigen Leben der Gegenwart,* Leipzig 1890, 24 f., Hervorhebung von mir.

16 L. Büchner, *Das künftige Leben und die moderne Wissenschaft. Zehn Briefe an eine Freundin,* Leipzig 1889, 140.

17 L. Büchner, 1890, 142.

18 L. Büchner, 1800, 21.

19 Zit. nach R. Schmidts, *Die Auffassung der Sinnlichkeit und der Sexualität bei Wilhelm Bölsche,* Diss. med. München 1964, 35.

20 E. v. Hartmann, *Aesthetik.* Zweiter systematischer Theil: *Philosophie des Schönen,* Leipzig 1884 (zit. nach der zweiten Auflage Berlin 1924, 468 f.).

21 W. Bölsche, *Das Liebesleben in der Natur. Eine Entwicklungsgeschichte der Liebe* (1900—1903), zit. nach der Ausgabe Jena 1910 f., Bd. III, 335.

22 G. T. Fechner, *Die Tagesansicht gegenüber der Nachtansicht* (1879), zit. nach der 2. Auflage 1904, 25.

23 Ders., 1906, Bd. II, 434. Zit. bei W. Gebhard, 1984, 215.

24 Zitate von Frank Herbert, 1977, wie eben schon geschehen nur als Seitenzahl im Text.

25 Vgl. dazu auch A. Huxley, *Schöne neue Welt* (1932), Frankfurt 1983.

26 Einen ersten Eindruck der antiken Vorstellung von Zikaden erzählt man durch den Artikel: »Zikade«, in: Hrsg. K. Ziegler u. a., *Der Kleine Pauly. Lexikon der Antike,* München 1979, Bd. 5, 1534 f.

27 Zit. nach Hrsg. H. C. Schnur, *Fabeln der Antike,* München 1978, 319 ff. Spätere Zeiten haben hier ein gutes Ende gesetzt. So etwa J. de la Fontaine (1621—1695) (greifbar z. B. in: Hrsg. T. Poser, *Fabeln.* Arbeitstexte für den Unterricht, Stuttgart 1975, 19).

28 Homer, *Ilias,* III, 149—152.

29 D. Wachler, 1984, 130 f.

30 So ja auch der Titel des Romans.

31 In der Verschränkung mythischer und aktueller Problemsituationen liegt Wachlers Talent, das er auch in seinem neuen Roman *Väinämöinens Wiederkehr. Ein phantastischer Sibelius-Roman* (Altenberge: CiS-Verlag 1987, Reihe: *Metamythologica,* Bd. 1) unter Beweis stellt, wenn er das finnische Kalevala-Mythos mit der Musikwelt von Jean Sibelius in ein Gespräch bringt.

32 Eig. Übs. nach dem Original in F. Jacoby, *Die Fragmente der griechischen Historiker,* Teil 1, Leiden 1957, S. 140 Nr. 140.

33 Vgl. dazu den Artikel »Tithonos« von E. Wüst, in: Hrsg. W. Kroll/K. Mittelhaus, *Paulys Real-Enzyklopädie der classischen Altertumswissenschaft,* 2. Reihe, 6. Band, Stuttgart 1937, 1512—1519. Zum Motiv des zusammengeschrumpften Alten vgl. auch die nordische Sage vom König Aun, Heimskringa (übs. von F. Niedner, Jena 1922, 52 f.).

34 Als Betrachter dieser Heraufkunft des Nicht-Menschlichen im Menschlichen hat Wachler deshalb betont eine Gruppe von Studenten gewählt, deren fröhliches Studentenleben noch nicht von der Leistungsgesellschaft geprägt ist. So sind sie relative Mittelpositionen zwischen der Welt der Zikaden und der Welt der leistungsorientierten Erwachsenen.

Preise – Preise – Preise

1988 WORLD FANTASY AWARDS:

Roman: **Ken Grimwood,** REPLAY
Novelle: **Ursula K. Le Guin,** BUFFALO GALS, WON'T YOU COME OUT TONIGHT
Kurzgeschichte: **Jonathan Carroll,** FRIEND'S BEST MAN
Collection: **Lucius Shepard,** THE JAGUAR HUNTER
Anthologie (stimmengleich): **Kathryn Cramer & Peter D. Pautz** (ed.), THE ARCHITECTURE OF FEAR
David G. Hartwell, THE DARK DESCENT
Sonderpreis: David G. Hartwell
Lebenswerk: **Everett F. Bleiler**

1989 BRITISH FANTASY AWARDS:

Roman (d. i. AUGUST DERLETH AWARD): **Ramsey Campbell,** THE HUNGRY MOON
Kurzgeschichte: **Steve Rasnic Tem,** LEEKS
Bester Nachwuchsautor (d. i. ICARUS AWARD): **Carl Ford**

1989 ARTHUR C. CLARKE AWARD:

Rachel Pollack, UNQUENCHABLE FIRE

1988 NEBULA AWARDS:

Roman: **Lois McMaster Bujold,** FALLING FREE
Novelle: **Connie Willis,** THE LAST OF THE WINNEBAGOS
Erzählung: **George Alec Effinger,** SCHROEDINGER'S KITTEN
Kurzgeschichte: **James Morrow,** BIBLE STORIES FOR ADULTS, No. 17: THE DELUGE

1988 GRAND MASTER AWARD:

Ray Bradbury

1989 BRAM STOKER AWARDS:

Roman: **Thomas Harris,** THE SILENCE OF THE LAMB
Erstlingsroman: **Kelley Wilde,** THE SUITING
Erzählung: **David Morrell,** ORANGE IS FOR ANGUISH, BLUE FOR INSANITY
Kurzgeschichte: **Joe R. Lansdale,** NIGHT THEY MISSED THE HORROR SHOW
Collection: **Charles Beaumont,** CHARLES BEAUMONT: SELECTED STORIES
Lebenswerk: **Ray Bradbury**
Ronald Chetwynd-Hayes

1987 JOHN W. CAMPBELL MEMORIAL AWARD:

Connie Willis, LINCOLN'S DREAM

1988 JOHN W. CAMPBELL MEMORIAL AWARD:

Bruce Sterling, ISLANDS IN THE NET

1987 THEODOR STURGEON AWARD
(für die beste Kurzgeschichte des Jahres):

Pat Murphy, RACHEL IN LOVE

1987 7TH ANNUAL SFC READER AWARDS
(der Zeitschrift »Science Fiction Chronicles«):

Roman: **Gene Wolfe**, THE URTH OF THE NEW SUN
Novelle: **Robert Silverberg,** THE SECRET SHARER
Erzählung: **Octavia Butler,** THE EVENING AND THE MORNING AND THE NIGHT

Kurzgeschichte: **Carol Emshwiller,** THE CIRCULAR LIBRARY OF STONES

1988 LOCUS AWARDS (der Zeitschrift »Locus«):

SF-Roman: **C. J. Cherryh,** CYTEEN
Fantasy-Roman: **Orson Scott Card,** RED PROPHET
Horror-Roman: **Barbara Hambly,** THOSE WHO HUNT THE NIGHT
Roman-Erstling: **Ian McDonald,** DESOLATION ROAD
Non-Fiction-Buch: **Don Maitz,** FIRST MAITZ
Novelle: **Lucius Shepard,** THE SCALEHUNTER'S BEAUTIFUL DAUGHTER
Erzählung: **Harlan Ellison,** THE FUNCTION OF DREAM SLEEP
Kurzgeschichte: **Harlan Ellison,** EIDOLONS
Collection: **Harlan Ellison,** ANGRY CANDY
Anthologie: **Lou Aronica & Shawna McCarthy** (ed.), FULL SPECTRUM
Künstler: **Michael Whelan**
Magazin: **Isaac Asimov's Science Fiction Magazine**
Herausgeber: **Gardner Dozois**
Verlag: **Tor/St. Martin's**

1989 HUGO AWARDS:

Roman: **C. J. Cherryh,** CYTEEN
Novelle: **Connie Willis,** THE LAST OF THE WINNEBAGOS
Erzählung: **George Alec Effinger,** SCHRÖDINGER'S KITTEN
Kurzgeschichte: **Mike Resnick,** KIRINYAGA
Non-Fiction-Buch: **Samuel R. Delany,** THE MOTION OF LIGHT IN WATER
Film/TV/Drama: WHO FRAMED ROGER RABBIT
Künstler: **Michael Whelan**
Herausgeber: **Gardner Dozois**

1989 JOHN W. CAMPBELL AWARD:

Michaela Roessner

1988 PROMETHEUS AWARD
(verliehen von der Libertarian Futuristic Society)

Victor Koman, THE JEHOVAH CONTRACT

1988 PROMETHEUS HALL OF FAME AWARD
(verliehen von der Libertarian Futuristic Society):

Alfred Bester, THE STARS MY DESTINATION

1989 PHILIP K. DICK MEMORIAL AWARD
(für die beste Originalveröffentlichung eines SF-Romans im Taschenbuch)

(stimmengleich): **Rudy Rucker,** WETWARE
Paul J. McAuley, 400 BILLION STARS

1988 CROMPTON COOK AWARD:
(für den besten Romanerstling)

Elizabeth Moon, SHEEPFARMER'S DAUGHTER

1989 WILLIAM CRAWFORD AWARD:
(für den besten Romanerstling auf dem Gebiet der Fantasy, verliehen von der International Society for the Fantastic in the Arts)

Michaela Roessner, Herman, WALKABOUT WOMAN

1988 BOOKER PRICE FOR FICTION:
(Großbritanniens bedeutendster Literaturpreis)

Peter Carey, OSCAR AND LUCINDA

1988 WHITEBREAD PRICE:

Salman Rushdie, THE SATANIC VERSES

KURD-LASSWITZ-PREISE 1988:

BESTER ROMAN:
1. **Norbert Stöbe — NEW YORK IST HIMMLISCH**
2. Thomas R. P. Mielke — GILGAMESCH
3. Uschi Zietsch — DER TRAUM DER WINTERSONNE
4. Andreas Brandhorst — IM ZEICHEN DER FEUER-STRASSE
5. Harald Braem — DER LÖWE VON URUK

BESTE ERZÄHLUNG:
1. **Karl Michael Armer — MALESSEN MITTE BIOTECHNIK**
2. Gisbert Haefs — PANGO UND DIE SKLAVENSEELEN
3. Dieter Hasselblatt — PROJEKT ICHTHANTROPOS GESCHEITERT
4. Ernst Petz — WARUM FRANKENSTEIN SCHEITERN MUSSTE
5. Michael K. Iwoleit — DER EISGARTEN

BESTE KURZGESCHICHTE:
1. **Rainer Erler — DER KÄSE**
2. Sylvia Brecht-Pukallus — MYOGIE
3. Irmtraud Kremp — FEDERKUGEL
4. Rainer Erler — FREDDY
5. Ute Bauer-Perchtold — UND GOTT SCHUF DEN MENSCHEN NACH SEINEM BILDE

BESTER ÜBERSETZER:
1. **Walter Brumm**
2. Rosemarie Hundertmarck
3. Horst Pukallus
4. Lore Straßl
5. Joachim Körber

BESTER FILM/TV-SPIEL:
1. **MÜNCHHAUSEN**
2. ICH UND ER
3. DER FLUCH
4. IN DER ARCHE IST DER WURM DRIN
5. TERMINUS

BESTER GRAFIKER:
1. **Helmut Wenske**
2. Klaus Holitzka
3. Dieter Rottermund
4. Johnny Bruck
5. Thomas Thiemeyer

SONDERPREIS:
1. **SCIENCE FICTION MEDIA**
2. Walter Froneberg (OB Wetzlar)
3. Franz Rottensteiner
4. Edition PHANTASIA
5. ZAUBERZEIT

BESTER AUSLÄNDISCHER ROMAN:
1. **Orson Scott Card — SPRECHER FÜR DIE TOTEN**
2. William Gibson — BIOCHIPS
3. Walter Jon Williams — HARDWARE
4. Leslie Barringer — DIE SCHEUE LEOPARDIN
   Eric Koch — KASSANDRUS

BESTES HÖRSPIEL:
1. **Wolfgang Jeschke — JONA IM FEUEROFEN**
2. Hans Magnus Enzensberger — BÖHMEN AM MEER
3. Hermann Motschach — TOD EINES HACKERS
4. Hans Joachim Alpers — DIE TOTE IM TRANSMITTER
   Hans Kneifel — DAS INSEL-DILEMMA

SFCD LITERATURPREIS 1988:

Roman: **Fritz Schmoll,** KIEZKOLLER
Erzählung: **Rainer Erler,** DER KÄSE

PHANTASTIK-PREIS DER STADT WETZLAR 1989:

Herbert W. Franke, HIOBS STERN

BÜCHER

Edwin A. Abbott

Flächenland. Ein mehrdimensionaler Roman

(Flatland. A. Romance of Many Dimensions, 1884*)*
Deutsch von Joachim Kalka
Deutscher Taschenbuch Verlag, München 1989
dtv/Klett-Cotta 11119
Ungekürzte Ausgabe, 1. Auflage Juni 1989,
117 Seiten. DM 9,80

von Detlef Hedderich

Edwin A. Abbott, der 1838 in London geboren wurde, am St. Johns College graduierte, darüber hinaus noch Priester und Shakespeareforscher war, wurde wegen seiner philologischen und theologischen Veröffentlichungen bei seinen Zeitgenossen hoch geschätzt. 1884 veröffentlichte er unter Pseudonym den vorliegenden Roman um die Erlebnisse eines Quadrats, den man durchaus als frühen Vorläufer der Science Fiction ansehen und einstufen kann. Das Werk besteht aus zwei Teilen: Die erste Hälfte beschreibt die physikalischen und soziopolitischen Zustände in Flächenland, einer zweidimensionalen Welt, in der die Bewohner in ein strenges Kastensystem eingeteilt sind. Der Status des einzelnen wird dabei bestimmt durch seine geometrische Form. Da gibt es zum Beispiel die Soldaten, spitzwinkelige Leibeigene und die Nadeldünnen Frauen, die insgesamt die unterste Kaste dieser Welt abgeben. Darauf folgen die Dreiecke und Vierecke, deren genaue Winkelgrade in einem feingegliederten System die Privilegien des Einzelnen ausdrücken. Und schließlich gibt es die Kaste der Sechsecke und Kreise und all der dazwischenliegenden verschiedengradigen Vielecke, die über das Land, das Leben und den Tod der Bewohner von Flächenland zu entscheiden haben. Die Häuser in Flächenland sind für den von Raumland auf die Welt schauenden Bewohner, lediglich flache Rißzeichnungen von Gebäudeebenen, die für die Bewohner von Flächenland alles sind, was sie sich vorstellen können. Das gegenseitige Erkennen der verschiedenen Mitglieder dieser Gesellschaft basiert auf einem für die gehobene Klasse optischen und für das niedere Volk plastischen System. Die einen besitzen die angelernte Fähigkeit der optischen Formerkennung und die anderen betasten sich ganz einfach gegenseitig, was in der gehobenen Schicht allerdings als ausgesprochen unfein gilt.

Der zweite Teil von FLACHLAND schildert aus der Sicht eines Quadrates, wie es Besuch bekommt von einer Kugel, von einem Wesen aus der dritten Dimension, aus Raumland. Diese Kugel versucht nun das Quadrat davon zu überzeugen, daß die Welt nicht nur aus zwei Dimensionen besteht, sondern aus dreien oder vielleicht sogar aus vieren. Doch das Quadrat hat da so seine Schwierigkeiten, dies alles zu verstehen und glaubt dem Kugel-Wesen erst, als es selbst in einen Traum fällt, in dem es in Linienland und später noch in Punktland, die, bzw. den Bewohner davon zu überzeugen versucht, daß die Welt aus mehr besteht, als sie selbst meinen oder kennengelernt haben. Und schließlich wird das Viereck von der Kugel mitgenommen nach Raumland, wo es alles von der Kugel vorher geschilderte aus erster Hand erlebt ...

FLÄCHENLAND ist natürlich weniger eine mathematische Abhandlung über n-dimensionale physikalische Zustandsformen, als vielmehr eine sozialkritische Satire über die wahren sozialpolitischen Zustände und Probleme seiner Zeit, die der Autor mit diesem Roman, ohne viele Worte und politische Reaktionen von Seiten des Staates, seinen Zeitgenossen als Karikatur vorhalten konnte. Trotzdem gelingt es Abbott, in einem gewissen Rahmen, zumindest die Grundproblematik einer mehrdimensionalen Räumlichkeitswahrnehmung deutlich zu machen: Für das eine allesbeherrschende Wesen von Punktland ist es selbst gleichzeitig die gesamte Welt, und die Stimme von außen wird als eigener Einfall bzw. dialogträchtiger Gedanke angesehen. Außer seiner eigenen Existenz erkennt dieses Wesen nichts anderes an. Eine ähnliche Haltung nimmt der König von Linienland ein, als er die von außerhalb kommende Stimme des Quadrates als die eines Scharlatans erkannt zu haben glaubt, der sich sein Wissen über die Zustände des Landes von überall her besorgt haben könnte. Eine andere Dimension als die der Linie wurde auch von diesem König einfach als unmöglich angesehen, da dies ja bedeuten würde, daß sich die genannte Seite, die neue Dimension, innen im jeweiligen Körper befinden würde. Wie absurd!

Insgesamt betrachtet wirken bestimmte Ausdrucksweisen des vorliegenden Romans nach all den Jahren seit seines Entstehens verständlicherweise reichlich antiquiert und überholt, und wer nun einen wissenschaftlich haltbaren physikalischen Deutungsversuch über n-dimensionale Räumlichkeiten erwartet hat, wird bitter enttäuscht werden. Doch trotz allem kann dieser Roman über die Erlebnisse eines Quadrates in der nullten, ersten, zweiten und dritten Dimension jedem Leser bedenkenlos empfohlen werden. Schon des Schmunzeleffektes wegen.

Brian W. Aldiss

Barfuß im Kopf

(Barefoot in the Head)
Deutsch von Joachim Körber
Bastei Verlag, Bergisch-Gladbach 1988
Bastei Science Fiction Special 24 105
318 Seiten, DM 7,80

von Michael K. Iwoleit und Horst Pukallus

Es gibt wohl kaum einen anderen Science Fiction-Roman, der ähnliche Anforderungen an den Leser und mithin an Verlag und Übersetzer stellt wie Brian W. Aldiss' *Barefoot in the Head.* Das hat dazu geführt, daß deutsche SF-Verleger nahezu zwanzig Jahre lang einen Bogen um dies Werk gemacht haben. Daß nun doch endlich eine deutsche Übersetzung veröffentlicht wurde, ist offenkundig weniger einer begrüßenswerten verlegerischen Initiative zu verdanken, als dem Umstand, daß wohl weder Verlag noch Übersetzer einen Begriff davon besaßen, womit sie es zu tun hatten. Insofern ist das nicht erstaunlich, als *Barefoot in the Head* ein insgesamt wenig beachtetes Buch geblieben ist. In einem Interview mit Michael Görden erwähnt Aldiss, daß es die geringe Resonanz seines »kleinen Meisterwerks«, die sich weitgehend auf harsche Kritik beschränkte, gewesen ist, die ihn für einige Zeit von der Science Fiction Abstand nehmen ließ. *Barefoot in the Head* steht am Ende einer Reihe von Büchern aus Aldiss' fruchtbarster Zeit, unter denen vor allem *Earthworks* (1965, dt. *Tod im Staub), Cryptozoic* (1967, dt. *Kryptozoikum)* und *Report on Probability A* (1968, dt. *Report über Probabilität A)* hervorzuheben sind, als er wie andere Exponenten der englischen New Wave verschiedenste literarische Techniken in solchem Maße für die Science Fiction nutzbar machte, daß er schließlich in *Barefoot in the Head* alle Grenzen sprengte und sich auch im sprachlichen und gestalterischen Niveau weit über sein vorheriges Schaffen hinausschrieb.

Barefoot in the Head geht auf eine Reihe von Kurzgeschichten zurück, die *Acid Head War*-Serie, die ursprünglich im New Wave-Zentralorgan *New Worlds* erschien, für die Buchausgabe erweitert, zusammenfassend bearbeitet und — wie der Sekundärliteratur zu entnehmen ist — weiter verdichtet wurde. Aldiss' Roman ist ohne Berücksichtigung des kulturellen Hintergrunds dem heutigen Leser eher unverständlich. Die New Wave-SF war nicht nur ein (vielleicht als Ganzes mißlungener) Versuch, einem stark in Klischees erstarrten Genre neue Impulse zu verleihen, sondern auch ein Aspekt einer generellen politisch-kulturellen Aufbruchsbewegung, die man heute die »Achtundsechziger-Zeit« nennt. Nach den muffigen Fünfzigern, als es für die Jugend wenig eigenen Freiraum gab, erfolgte in den Endsechzigern ein radikaler Bruch mit der Vätergeneration, der seinen Ausdruck in einer politischen Protestbewegung fand. Der Vietnamkrieg trieb die Krise des Konservativismus auf einen Höhepunkt, so daß 1968 spontan in fast allen kapitalistischen Machtzentren Studentenunruhen ausbrachen. Völkermord in Vietnam und Biafra, faschistische Regime in Griechenland, Spanien und Portugal, der Schah auf dem Pfauenthron, Rassismus, die hohle Konsumkultur der »Plastic People« belasteten den am Vorbild USA orientierten Way of Life des Westens in einer Weise, die ihn für viele junge Menschen unerträglich machten. Auch in der BRD, wo ein Ex-Nazi Bundeskanzler und ein ehemaliger KZ-Architekt Bundespräsident waren und man seit Beginn der Großen Koalition (1966) keine wirkliche parlamentarische Opposition mehr kannte und man mit einem völlig überalterten Bildungswesen das Volk dumm halten wollte, reagierten Studenten und Jugendliche mit totaler Abkehr vom System und der Formierung der Außerparlamentarischen Opposition (APO). Als das »Zeitalter des Wassermanns« anbrach — darauf wies das Musical *Hair* hin —, suchte eine Massenbewegung nach neuen Formen der gesellschaftlichen Organisation und des Zusammenlebens, nach einem neuen Bewußtsein (sei es durch Drogen oder die Ekstase der Rockmusik oder einem politisch definierten Bewußtsein), ertrotzte sexuelle Befreiung. Die beinahe beispiellose Radikalität, mit der sie jede Autorität in Frage stellte, war immens produktiv, versah diese Bewegung allerdings auch mit einem Voluntarismus, der wohl als einer der Hauptgründe zur Folge hatte, daß die Konsequenzen der Achtundsechziger-Bewegung sich im wesentlichen auf eine »Kulturrevolution«, eine Veränderung allgemeiner Moral- und Wertvorstellungen, die Schaffung eines großen personellen Protestpotentials sowie die Reform einiger Gesetze beschränkten, Erfolge indessen, die bis heute fortwirken. Nicht ohne Anlaß konstatiert die CDU-Schrift *Die politische Meinung* (1983): »Die Rebellion von 1968 hat mehr zerstört als das Dritte Reich.« *(sic!)* Als 1970 Jimi Hendrix, Janis Joplin und Jim Morrison starben und die Beatles sich trennten, hatten diese Vorkommnisse den Anschein eines Finales.

Eine so knappe Darstellung der damaligen Ereignisse muß zwangsläufig unvollständig und in der Analyse verkürzt bleiben, bietet aber einen Abriß des Hintergrunds, vor dem Aldiss seinem Roman ein Zitat des amerikanischen Generals Curtis Lemay voranstellte, das lautet: »Tell the Vietnamese they've got to draw in their horns and stop aggression or we're going to bomp them back into the Stone Age.« Durch diesen Zusammenhang zwischen Zeitgeschehen und literarischer Reflexion hat *Barefoot in the Head* trotz der experimentiellen Konzeption, wie Heinrich Keim in seiner Untersuchung *New Wave — die Avantgarde der modernen angloamerikanischen Science Fiction?* (Corian Verlag, Meitingen 1983) treffend erklärt, »ein nicht unbeträchtliches Maß an Wirklichkeitsaussage, die sich auf aktuelle gesellschaftliche Prozesse zur Zeit der Entstehung des Romans bezieht.« (S. 375) Er ist ein bislang kaum beachteter Gesichtspunkt von Aldiss' Buch, daß es in schonungsloser Mahnung verdeutlicht, was eine solche wie Lemays Drohung, in die Tat umgesetzt, eigentlich bedeutet.

Wie in wenigen anderen Science Fiction-Werken sind in *Barefoot in the Head* zentrale Aspekte der Endsechziger, Rockmusik, Drogenkultur und künstlerischer Tendenzen wie der Pop-Art unter Ausnutzung der Techniken moderner Prosa sowie genuiner Motive der New Wave-SF zu einem Text-Konvolut gebündelt, das in der Rückschau betrachtet geradezu geniale Züge trägt. Innere Monologe, neue Wortschöpfungen, die Verwischung der Grenze zwischen »Inner Space« und »Outer Space«, die assoziative Schreibweise eines William Burroughs, die Auflösung der Syntax und grammatischen Ordnung, die Überlagerung zahlloser Bedeutungsschichten durch Metaphern, Symbole und Wortverschmelzungen — wie in James Joyce' *Finnegans Wake* — stehen neben den entropischen Landschaften aus Aldiss' und J.G. Ballards früher Prosa und dem Automobil als Symbol für eine kataklysmische Technik. Wollte man ein Werk als »Ertrag« der englischen New Wave herausstellen, so müßte man eindeutig *Barefoot in the Head* nennen.

Thematischer Leitfaden für Aldiss' psychedelischen Alptraum sind die Theorien zweier wichtiger Gestalten der esoterischen Lehren des zwanzigsten Jahrhunderts: Georges Gurdjieffs (ca. 1873 — 1949) und P. D. Uspenskis (1878 — 1947), die in den Sechzigern im Rahmen eines zunehmenden Interesses an fernöstlicher Philosophie, Okkultismus und allen Formen der »Bewußtseinserweiterung« wieder eine gewisse Aktualität gewannen. Es sei hier nicht versucht, die Unterschiede zwischen diesen beiden russischen Esoterikern herauszuarbeiten, deren Verhältnis zueinander gelegentlich wie das zwischen Sokrates und Platon beschrieben wurde — während Gurdjieff nämlich der Urheber ihres »Systems« war, an der praktischen Vermittlung arbeitete, liegt Uspenskis Bedeutung vor allem in der intellektuellen Ausgestaltung und schriftlichen Fixierung —, jedoch ist *Barefoot in the Head* ohne die Kenntnis einiger Grundgedanken des »Systems« nicht verständlich. Gurdjieff und Uspenski sahen ein Hauptproblem des modernen Menschen darin, daß er in weit geringerem Maße bewußt lebt, als er gemeinhin annimmt. Gewöhnung und Trägheit hätten das Alltagsbewußtsein auf so eingefahrene Verhaltensweisen und Reflexe zurechtgestutzt, daß die meisten Menschen eher wie Maschinen als wie selbstbestimmte Wesen reagierten. Was für die Persönlichkeit eines Menschen gehalten werde, sei in Wirklichkeit ein

Komplex von Subsystemen, von vielen situationsabhängig agierenden »Ichs«, hinter denen sich das eigentliche Ich verberge, die »essence«. Aus einem siebenstufigen kosmologischen Modell, deren unterster Ebene die materielle Welt entspricht, wollten Gurdjieff und Uspenski die wahren Fähigkeiten und die wahre Bestimmung des Menschen abgeleitet haben, zu denen sie durch verschiedenartige Methoden, teils dem Yoga oder rituellen asiatischen Tänzen entlehnte Körperübungen, teils emotionale Schockerlebnisse und mentales Training, einen Zugang zu eröffnen hofften, der zur Kontrolle des eigentlichen Ichs über die vielen Sub-Ichs und zu höheren Stufen des Bewußtseins und der Freiheit verhelfen sollte. In *Barefoot in the Head* bewegt sich Aldiss im Rahmen dieser Überlegungen (freilich mit einer drastischen Übertragung auf die Bewußtseinslage der sechziger Jahre) und verarbeitet konkrete Anspielungen auf das Leben ihrer Urheber.

Der Roman spielt in naher Zukunft, nachdem arabische Staaten bei einem Überraschungsangriff, dem sogenannten *Acid Head War,* Bomben mit psychedelischen Drogen über Europa abgeworfen haben. Die öffentliche Ordnung ist weitgehend zusammengebrochen. Die Menschen verbringen ihre Tage in einem permanenten Drogenrausch. Hauptfigur ist der serbische Kommunist Colin Charteris, der im Auftrag der UNO von Italien nach England unterwegs ist. Zuvor von den Auswirkungen der Psychedelika verschont geblieben, beginnt er im neutralen Frankreich, wo die Kriegsfolgen weniger dramatisch ausgefallen sind, zu spüren, daß auch er von den Drogen betroffen wird. Zeitweise überlagern verwirrende Assoziationen seine Sinneswahrnehmungen, der weitere Verlauf des Romans läßt Zweifel daran zu, ob das Mädchen Angelina, mit dem er Kontakt knüpft, nicht bloß in seiner Einbildung existiert. In Dover verwirrt sich die Chronologie seiner Erlebnisse, er durchlebt mehrmals den gleichen Zeitabschnitt und fängt seine Bewußtseinsveränderungen im Lichte der Kenntnisse zu deuten, die er von Gurdjieffs und Uspenskis Werk hat. Die Loslösung von den wahrgenommenen Gegenständen, so glaubt er, habe ihn zugleich von den »tausend nutzlosen Ichs«, in seinem Innern befreit, so daß ein neues Selbst erwachen könne. Mehrmals scheinen sich alte Ichs in Gestalt schemenhafter Doppelgänger von ihm zu lösen. Über eine zunächst kurze Zeitspanne hinweg sind seinem neuen Bewußtsein Vergangenheit, Gegenwart und Zukunft gleichzeitig präsent. Ein Mann in einer Zollstation, eine weitere Inkarnation seiner selbst, prophezeit einen neuen Messias. Charteris wähnt ein Gurdjieffsches Zeitalter bevorstehen. Ein anderes abgestreiftes Ich warnt ihn, daß es darauf ankäme, den Menschen selbst und nicht eine zerstörerische Kraft in ihm zu wecken, die es die Schlange Kundalis nennt (ebenso ein Motiv der esoterischen Literatur, das im ganzen Roman wiederholt vorkommt). Charteris fährt nach London, wo er den Rockmusiker Banjo Burton kennenlernt, der ebenfalls von einem neuen Zeitalter redet, das nach dem Zerfall der alten Ordnung den menschlichen Geist für alles offen gemacht habe. Charteris erwirbt immer neue Fähigkeiten.

Er erlebt Momente, in denen Augenblick und Ewigkeit ineinanderzufließen scheinen, wird zur Präkognition imstande, hat Visionen vom Begräbnis seines Vaters, eines hochrangigen serbischen Kommunisten. Auf dem Weg zum »psychedelischen Menschen«, läßt er sich von der Suche nach einem Mädchen leiten, das er mehrmals in einer Vision erblickt. Bei dieser Suche fallen unzählige nutzlose Ichs von ihm ab. Banjo Burton macht ihn mit Phil Brasher bekannt, der sich als Guru mit einer Gefolgschaft von Ausgeflippten umgeben hat, weil er ein Zeichen darin sieht, als einziger einen Flugzeugabsturz überlebt zu haben. Gemeinsam fahren sie nach Loughborough. In Brashers Frau Angeline erkennt Charteris die Gesuchte. Nach zwei Wochen ist er selbst zum Prediger geworden und hat Brasher verdrängt. Die Außenwelt ist für Charteris nur noch eine Projektion seiner Psyche, alle Gegenstände und Personen sind Bedeutungselemente seiner Innenwelt. Er glaubt die »Muster« wahrzunehmen, die nach Uspenski jeden Gegenstand als einen vierdimensionalen »Zeitkörper« auszeichnen, eine über die Raumzeit-Matrix ausgebreitete Struktur. Sein Bewußtsein generiert so unwillkürlich Ideen und Gedanken, ohne ein Dazutun der Person Charteris, wie es sich Gurdjieff bei einem von Automatismen befreiten Menschen erhoffte. Nachdem Brasher durch Charteris' Verschulden bei einem Autounfall ums Leben gekommen ist, beschließt Charteris, mit seinen Anhängern einen musikalischen Kreuzzug zu starten, um von Mittelengland aus ganz Europa zu erlösen. Er schreibt Songs für Burtons Band, nimmt Angeline zur Geliebten und läßt einen ersten Auftritt in Nottingham organisieren. In seinem Buch »Der Mensch als Fahrer«, an dem er arbeitet, beschreibt er den Menschen des neuen Zeitalters als Jäger im Automobil (die hier anklingende Regression ins Archaische ist grundlegend für den gesamten Roman). In Nottingham verkündet er, als wegen Brashers Tod Vorwürfe gegen ihn laut werden, daß alle Ereignisse und Dinge, sogar der Tod, vieldeutig geworden seien, daß es nur noch »viele Alternativen« gäbe.

Nachdem sie Ostende hinter sich gelassen hat, wird die Autokolonne, wie Charteris prophezeite, in eine Massenkarambolage verwickelt, die viele Todesopfer und Verletzte fordert; selbst dies Ereignis interpretiert Charteris im Licht seiner Theorien. Als der »Kreuzzug« vor Brüssel Halt macht, ist Charteris' Ruf als neuer Messias perfekt. Durch ein Mißverständnis ist man allgemein davon überzeugt, daß auch er bei der Massenkarambolage den Tod gefunden habe, aber gleich wieder von den Toten auferstanden sei. Charteris' Agent vereinbart mit dem exzentrischen Filmregisseur Nicholas Boreas, einen Film über Charteris zu drehen, und wenig später beginnen auf einem abgesperrten Teilstück der Autobahn die Dreharbeiten. Charteris' Selbstverständnis hat sich inzwischen dahin entwickelt, daß er Anführer einer neuen Rasse sein will. Lediglich Angeline fängt gegen ihn zu opponieren an. Sie sieht die Notwendigkeit, etwas von der alten Ordnung aufrechtzuerhalten, bis die Wirkung der Psychedelika abgeklungen ist. Sie versucht ihm klarzumachen, daß er überhaupt nicht mehr wahrnimmt, was rings um ihn geschieht. Auch ihn selbst suchen zunehmend beunruhigende Visionen heim. Einmal sieht er seine Anhänger als eine Horde von Steinzeitmenschen, und immer wiederkehrend ein Bild einer unterirdischen Landschaft, die unter den sichtbaren Dingen nach oben drängt.

Die Autokolonne fährt in Brüssel ein, um zusammen mit einer riesigen Menschenmenge der Vorführung des Films beizuwohnen. Die Veranstaltung endet mit einer Katastrophe, die Stadt geht in Flammen auf. Boreas ist außer sich und schwört, nie wieder einen Film zu drehen. Charteris glaubt sich im ersten Moment seiner Gaben beraubt. Im letzten Kapitel werden die Drogenträume der Kreuzzügler und ihres Gurus von einer neuen Welt dann endgültig von der Realität eingeholt. In Deutschland, wo wegen mangelhafter Organisation Millionen von Menschen am Hunger sterben, geraten sie in die Hände brutaler Polizeischergen, deren Oberhaupt Laundrei, der ein neuer Führer sein möchte und mittels einer Erfindung gegen die Wirkung der Psychedelika die alte Ordnung zu restituieren beabsichtigt, Charteris vorschlägt, an seiner Seite an die Spitze des Kreuzzugs zu treten. Vorher müsse Charteris jedoch, wie man es von einem Messias erwarten dürfe, ein Wunder wirken und über das Wasser des Rheins gehen. Charteris befindet sich aber schon auf dem Rückzug in seine ganz private Welt.

Das Schlußkapitel steckt voller Motive der Regression. Uspenskis Schlüsselbegriff der »recurrence«, des Wiederdurchlebens eines unerfüllten Daseins, von dem es den Menschen zu befreien gelte, taucht in Charteris' Gedanken immer wieder auf. Und als es den Anschein hat, als sei er tatsächlich übers Wasser gegangen, erlebt er das aus seiner Sicht nur in Erinnerung an den Tag, als er wegen einer Überschwemmung den Fluß nicht überqueren konnte, an dessen anderem Ufer das Begräbnis seines Vaters stattfand. Obwohl er noch glaubt, sich von seinen überflüssigen Ichs befreit und damit der ganzen Welt einen Weg zur Befreiung gebahnt zu haben, lehnt er es ab, seine Karriere als Messias bis zum Ende durchzustehen, bis zum Märtyrertod. Er überläßt Laundrei seine Gefolgschaft und zieht mit Angeline nach Osten, in seine Heimat. In den Schlußszenen zersplittert der Textzusammenhang in Fragmente der Gegenwart, Vergangenheit und Charteris' Zukunft mit Angeline und ihren gemeinsamen Kindern. Charteris wird zur Legende, ein Baum, der an ihn erinnert, zur Pilgerstätte.

Es sei betont, daß diese Zusammenfassung nur einen ungefähren Eindruck vom Aufbau des Romans verschaffen kann. *Barefoot in the Head* ist ein gewaltiger, mit den Mitteln der Sprache verwirklichter Trip, der vom Leser äußerste Konzentration verlangt, um noch nachvollziehbar zu sein. Der Anfang ist verhältnismäßig konventionell. Charteris' Ankunft in Metz wird in einer knappen, klaren Prosa geschildert, die sich kaum von Aldiss' früheren Romanen abhebt. Das zweite Kapitel gibt die Chronologie des folgerichtigen Erzählens dann auf, läßt aber den grammatischen Zusammenhalt der Sprache noch unangetastet. Mit der Ankunft in London wird die Sprache selbst in die Schilderung von Charteris' fortschreitender Bewußtseinsveränderung einbezogen. Die Überlagerung seiner Wahrnehmung durch Visionen und Halluzinationen läßt die Sätze zu langen Assoziationsketten anschwellen, sprengt den herkömmlichen Satzbau. Metaphorische und bildhafte Wendungen beginnen die konkreten Ausdrücke zu überwiegen. Das konventionelle Vokabular reicht nicht mehr aus, immer mehr Neologismen treten auf. Anfangs sind die wahrgenommenen Gegenstände und das, was sie in Charteris' Bewußtsein auslösen, noch einigermaßen voneinander unterscheidbar. Aber auch diese Trennung verschwindet im weiteren Verlauf des Romans. Die Verschränkung ursprünglich getrennter Handlungsebenen, die Gleichzeitigkeit von Vergangenheit, Gegenwart und Zukunft verwandeln die Sprache in eine Struktur vielfach überlappter Bedeutungsschichten. Zahlreiche Denk- und Wahrnehmungsprozesse laufen gleichzeitig ab. So wie Charteris' Bewußtsein sich zu einem Kaleidoskop voneinander unabhängiger sinnlicher Bestandteile entwickelt, verliert die Sprache des Romans selbst an Inhalt und Bedeutung, reduziert sich ganz auf ihre klanglichen und bildhaften Qualitäten. In den beiden letzten, schwierigsten Kapiteln — *Auto-ancestral fracture* und *Ouspenski's Astrabahn* — kommen statt Sätzen vielfach lange Wortketten vor, die allenfalls noch durch Phrasierung und Tonfall gegliedert sind. Aus Wörtern werden rhythmische Lautfolgen. Die Struktur ausgedehnter Abschnitte gehorcht nur den Fluktuationen eines Bewußtseins, dessen Ordnungsinstanzen Rationalität, Logik und Grammatik durch die Drogen außer Kraft gesetzt sind. Gegenstände, Metaphern, Symbole und Assoziationen sind eins. Dennoch entgleitet Aldiss die Handlung auch in diesen Passagen nicht in vollständiges Chaos. Er hat den Roman mit einigen ordnenden Elementen versehen. Zwischen die Kapitel sind etliche Songtexte, Gedichte und typografische Wortspiele eingefügt, die ein paar rote Fäden aus dem Gespinst der Motive und Bilder herausziehen, die Handlung kommentieren oder Impressionen aus der Sicht einzelner Personen hinzufügen. Auch in die extremsten Abschnitte sind öfters relativ konventionelle Textpassagen bruchlos eingearbeitet. Von zentraler Bedeutung ist außerdem die erstmals von James Joyce in *Portrait of the Artist as a Young Man* verwendete Leitmotivtechnik, die signalhafte Querverbindungen durchs ganze Buch schafft, indem bestimmte Begriffe oder Formulierungen in identischer oder ähnlicher Form immer wieder in den unterschiedlichsten Zusammenhängen auftauchen. Diese Arrangements schaffen einen Rahmen, der auch ausufernden halluzinatorischen Passagen im Gesamtzusammenhang ihre Funktion gibt.

Für seine Mühe wird der Leser durch eine Fülle außergewöhnlicher Szenen in einer so kraftvollen, eindringlichen Prosa belohnt, wie sie in der Science Fiction sonst kaum zu finden ist. *Barefoot in the Head* ist stets da am besten, wo die Welt gänzlich aus der Sicht von Personen geschildert wird, die hilflos im Gefängnis ihrer Psychosen und Wahnvorstellungen gefangen sind (denn obwohl Charteris durchgehend Bezugsfigur der Handlung bleibt, geschieht deren Schilderung nicht immer aus seiner Perspektive). Brasher, der in seiner Phantasie den Flugzeugabsturz und die Minuten davor immer wieder neu durchlebt, Marta Kroninkrijk, die durch ein Videosystem jeden Winkel ihres Hauses observiert und dadurch eine private Szenerie erzeugt, in der sie Momenten ihrer Kindheit nachzuspüren versucht, und Laundreis pompöse Selbstdarstellung repräsentieren eine jeweils eigene, verschrobene Weltsicht, die niemandem vermittelbar ist. Vor allem trifft das auf Charteris selbst zu. Was immer er seinen Anhängern verspricht, es ist in Wahrheit nur ein (vielleicht ihm selbst nicht bewußter) Vorwand, um sein Inneres nach außen zu kehren. Er wird zum Guru aus Verlegenheit. Sein ganzes Handeln entspricht keiner übers Persönliche hinausgehenden Bewußtseinsentwicklung im Gurdjieffschen Sinn, sondern folgt ureigenen, persönlichen Motiven. Gurdjieffs und Uspenskis Lehren dienen ihm als Möglichkeit, den Zerfall der wahrnehmbaren Wirklichkeit positiv umzudeuten, und Reaktionen ruft er damit nur hervor, weil seine desorientierten Mitmenschen irgendeine Orientierungshilfe brauchen. Tatsächlich reden die Personen in diesem Roman vollkommen aneinander vorbei.

Letztendlich handelt *Barefoot in the Head* vom Zusammenbruch jeder menschlichen Kommunikation, der als psychedelische Bewußtseinserweiterung deklariert wird, und reagiert damit auch auf die Ende der Sechziger in Mode gekommene Illusion, daß ein vollständiger Bruch mit der vorherigen Wirklichkeit, ein Überwechseln in die Geborgenheit eines Drogenparadieses, die Lösung der Weltprobleme bedeuten könnte. Die vorgebliche Bewußtseinserweiterung als Einstieg ins Gurdjieffsche Zeitalter hat in Wahrheit jeglichen Zusammenhalt zwischen Menschen und Dingen zerstört. Alle Charaktere sind zu lebenslänglicher Einzelhaft im Kerker ihrer Psyche verurteilt. Es gibt keine kontinuierliche Zeit mehr, sondern nur noch einen Fluß isolierter Augenblicke. Die Sprache hat ihre Aufgabe als Kommunikationsmittel verloren, ist lediglich noch Artikulation persönlicher, unmittelbarer Denkvorgänge. Nicht der Mensch ist erwacht, sondern die Schlange Kudalis in seinem Innern, und mit ihr sind es ihre unheilvollen Kräfte. Das führt unweigerlich auf eine archaische und barbarische Kulturstufe zurück, wie sie im Leitmotiv (und deshalb auch Titel) »Barfuß im Kopf« zum Ausdruck gelangt.

Für den deutschen Leser hätte eine Übersetzung eine Gelegenheit sein können, einen literarischen Höhepunkt der Science Fiction kennenzulernen. Aus dem Vorangegangenen wird deutlich, vor welche enormen Probleme das Buch einen Übersetzer stellt. Mehr als bei jedem anderen Science Fiction-Roman ist der Übersetzer hier als kreativer Mitdenker gefordert. »Joachim Körber hat das Wagnis übernommen«, schrieb Klaus W. Pietrek in der *Science Fiction Times* 7/88, »ein Wagnis, das nicht unterbewertet werden darf, andererseits aber seine entschuldbaren und natürlichen Grenzen in den Schwierigkeiten und Problemen der literarischen Übersetzung schlechthin findet.« Zugegeben, eine noch so gute Übersetzung von *Barefoot in the Head* wird zwangsläufig in der Hinsicht an Grenzen stoßen, daß der deutsche Text der Struktur und dem Inhalt des Originals unmöglich akkurat folgen kann. Bevor ein Übersetzer diesen Umstand allerdings als Entschuldigung für Unzulänglichkeiten seines Textes beanspruchen darf, müssen die Grenzen des Machbaren erst einmal erreicht sein. Indessen ist zu bezweifeln, daß sich Körber, der sich als Kenner der New Wave über den Schwierigkeitsgrad einer Übertragung von Aldiss' Roman völlig hätte im klaren sein müssen, auch nur annähernd der Verantwortung bewußt war, die er mit dieser Aufgabe übernahm.

Der deutsche Text erweckt an keiner, aber wirklich an keiner Stelle den Eindruck, als hätte sich der Übersetzer wenigstens Mühe gegeben. Nach der impliziten Devise, daß das ganze Original ohnehin psychedelisch und damit unverständlich und beliebig sei, ist nicht versucht, den englischen Text durch funktionale deutsche Versionen zu ersetzen, sondern einfach irgend etwas hingeschrieben worden, als ginge es darum, die Seiten zu füllen. Man merkt diesem gräßlichen Sprachauswurf buchstäblich die Geschwindigkeit an, mit der er heruntergehackt wurde. Eine Reihe von Beispielen können die Rezensenten dem Leser nicht ersparen.

Es fängt auf der untersten Ebene damit an, daß Körbers unvorsichtig freimütige Wortwahl den Stil Aldiss' selbst in den konventionell geschriebenen Passagen nicht im entferntesten wiedergeben kann. Dem Gebrauch von Wörterbüchern jeglicher Art ist anscheinend generell ausgewichen worden: »fornicate« (p. 18) wird mit »Geschlechtsverkehr« (S. 20) übersetzt, während es etwa »Rumhuren« meint,

»substantiell« (S. 28) steht für »substantial« (p. 23), für »stofflich«; man liest von »infinitesimalen« (p. 29) statt »winzigen« »Bewegungen seiner Füße« (S. 35), obwohl das englische »infinitesimal« mit dem im Deutschen in der Mathematik verwendeten Begriff nicht immer etwas zu tun hat; aus einem »Freudian nonsense« (p. 33) wird ein »Freudianischer Unsinn« (S. 40) statt eine »Freudsche Fehlleistung«; in einem Stadtviertel »spalten sich Sicheln ab« (S. 46), »crescents« (p. 46) ist aber eine britische Bezeichnung für halbmondförmig verlaufende Straßen; in einer Küche ist alles »grün und cremig« (S. 50) statt »cremefarben« (für »cream«, p. 39) angestrichen; der »Saint« des Originals tritt bei Körber ebenfalls dauernd als »Saint« auf; die »midlands«, nämlich Mittelengland, werden als »mittlere Landstriche« bezeichnet. Aus »semi-erect griston« (p. 185) wird einfach ein »semierigierter Knüllech« (S. 249), aus »Bucketing about bigbooted the deutsche polizei falling around the bumpers« (dto.) macht Körber lässig »Mit schweren Stiefeln stapft die deutsche Polizei herum und fällt« (sic!) »zwischen die Stoßstangen« (S. 250), »unzipped« (p. 186) dramatisiert er sinnlos zu »unreißverschlossen« (S. 253), »feigned« (p. 189) münzt er um in »vorgeblich« (S. 257), er schämt sich nicht, »operating musculature of a broad grin« (p. 190) in »operiert« (!!) »die Muskulatur zu einem breiten Grinsen« (S. 258) zu »übersetzen«, in »hard Rhenish light« (p. 191) glaubt er ein geheimnisvolles »Rhenish-Licht« (S. 260) zu erkennen, er entblödet sich nicht, für »How do you love my boss?« »Wie lieben Sie meinen Boss?« (bd. dto.) hinzuschreiben, »dull air« (p. 202) mutiert zu unerklärlicherweise »kaltzelliger Luft« (S. 278), »aide-de-camps« übersetzt er gar nicht (p. 211/S. 290), S. 300 fehlt ein ganzer Satz von p. 218, aus »the exhaust-throath snarling« (p. 219) wird »die Abgase erstickend« (S. 303). Auch manchen Doppelsinn des Originals unterschlägt Körber, z. B. auf S. 216: »Diese Wurst ist genügend Abenteuer mein Widersacher«, weil er nicht weiß, daß »sausage« ein englischer Slangausdruck für Deutsche ist. Das sind zumeist Fehler, zu deren Vermeidung nur die Mühe erforderlich gewesen wäre, das richtige Wörterbuch an der richtigen Stelle aufzuschlagen.

Hinzu kommt ein Mangel an Recherche, z. B. auf S. 53, wo es heißt: »Ja, Siree« (!?) »eines der ganz Großen im Miller-Stil.« Für den deutschen Leser wäre ein Hinweis angebracht gewesen, daß offensichtlich der amerikanische Sektengründer William Miller (1782—1849) gemeint ist, der die baldige Wiederkehr Christi prophezeite.

Die rhythmische Gliederung der Songtexte durch Silbenzahl und Zeilenfall ist in Körbers hilflosem Gestammel ausgemerzt worden (»Oh love's a crash a parade-ground bash/An auto-immune disorder from which issues/A pair of bodies destroying their own tissues, p. 92; bei Körber: »Oh die Liebe ist ein Autounfall ein Schlag auf dem Übungsplatz/Eine autoimmune Unregelmäßigkeit, und sie erzeugt/Ein Paar mit Körpern die ihr eigenes Gewebe vernichten«, (S. 123); da stehen altertümliche Vokabeln (ewiglich, herniedersinken«), die in einem Pop-Roman der Sechziger ziemlich lächerlich wirken.

Querverweise werden häufig nicht oder ungenau wiedergegeben. Charteris sei »einfach nur auf der Durchreise« gewesen, heißt es auf S. 94. Die Formulierung »just passing through« auf p. 74 des Originals stimmt überein mit dem Titel des ersten Kapitels, der bei Körber allerdings »Einfach nur durchreisen« heißt, was etwas ganz anderes bedeutet. Auf p. 48 steht »soothed soon« (»alsbald beruhigt«, S. 63); das verweist ans Ende des Romans, wo in dem Gedicht »Death of a Philosopher« die Zeilen »So/Soon/Sooth/Soothes« (p. 235) zu finden sind. Körber spart sich eine Lösung, indem er an dieser Stelle (S. 317) einfach die Wörter des Originals abschreibt. Das geschieht nicht nur dies eine Mal. Fünf Seiten des Originals, vor allem die typografischen Wortspiele zwischen dem 3. und 4. Kapitel, sowie ein Gedicht am Schluß sind überhaupt nicht übersetzt. Selbstverständlich verlangen solche Kreuzworträtselspielchen schon einige Stunden anstrengendes Grübeln vom Übersetzer. Körbers laxe Arbeitsmoral ist aber gegenüber dem deutschen Leser schlichtweg eine Unverschämtheit.

Das alles sind noch verhältnismäßig leicht lösbare Probleme. Eine Ebene höher kommt es dann zu weit abenteuerlicheren Auswüchsen. So geht Körber anscheinend ein Gefühl für die typisch englische Phrasierung ab, er zeigte sich dazu außerstande, Textstellen zu entziffern, die statt in herkömmlichem Satzbau in einzeln phrasierte Sätze gegliedert sind. Ein Beispiel (die Phrasierung ist hier durch Querstriche angedeutet): »Utters at the top of the stairs/and another timebracket/somehow one comes through them/with people milling/and what really goes on/who sees/or in my fathers head.« (p. 54) Körbers Version lautet: »Murmeln am Ende der Treppe und eine neuerliche Zeitgabelung und irgendwie kommt man durch zwischen den lungernden Menschen und wer sieht schon was wirklich vor sich geht oder im Kopf meines Vaters.« (S. 72) Abgesehen von anderen Fehlern, wie »Ende« für »top« und »lungern« für »milling«, ist versucht worden, aus einer lockeren Aneinanderreihung von Gedankenfetzen einen zusammenhängenden Satz zu konstruieren, was Aldiss' Intention an dieser Stelle völlig zuwiderläuft. Diese Konfusion hat in der ganzen Übersetzung zu einem höchst sonderbaren Umgang mit der Zeichensetzung geführt. Weil die englische Sprache generell weniger Satzzeichen benötigt, kann Körber offenbar keinen Unterschied mehr zwischen konventionellen Sätzen und freien Assoziationsketten ersehen und gibt zumeist *beides* ohne Satzzeichen wieder, obwohl zumindest im ersteren Fall die Kommata hätten eingefügt werden müssen.

Eine ähnliche Unfähigkeit, das Herkömmliche vom Neuartigen zu unterscheiden, kommt beim Problem der Wortspiele zum Vorschein. *Barefoot in the Head* wimmelt freilich von Neologismen, aber sie entheben den Übersetzer nicht von der Pflicht, sich in jedem Einzelfall zu vergewissern, ob es sich bei einer vermeintlichen Wortneuschöpfung nicht doch um einen bereits kanonisierten Begriff handelt. Körber setzt für alles, was er als merkwürdig empfindet, eine entsprechende Merkwürdigkeit. »Navigierbeladen« liest man auf S. 66 für das Wort »circumnavigate« (p. 50), das schlicht und einfach »umherschiffen« bedeutet; eine Seite weiter ist die Rede von einer »abwegigen Stimmung«, »trental mood« (p. 51) bezieht sich aber auf die im religiösen Sprachgebrauch mit »trental« bezeichneten dreißig Seelenmessen für einen Verstorbenen. Auf S. 81 ist ein Auto »fuhrwärts nordwales« unterwegs, doch ist »frowards« kein Neologismus, sondern bedeutet einfach »eigensinnig« oder »widerspenstig«. Neben der umgekehrten Variante, daß Wortspiele übersehen werden, sind Körbers Lösungen, wo er Neubildungen erkennt, entweder dem Original nicht adäquat oder arten in Blödsinn aus. Auf p. 55 verschmilzt das erwähnte »circumnavigate« mit »to aggravate« (»verstärken« oder »verschlimmern«) und »grave« (»Grab«) zu »circumaggraving«, wofür man bei Körber den Ausdruck »umsegallopieren« (S. 73) entdeckt. Aus »communicasement« (dto.), abgeleitet von »to communicate« und »casement«, nämlich »Fensterflügel« oder schlicht »Fenster«, wird ein »Kommunikasten« (S. 74), was immer das sein soll. »Axle aeration« (S. 117), gebildet aus »axle« (»Achse«), »aer-« (für die Drogen aerosole) und »acceleration« (»Beschleunigung«), wird zu einer »rußrauchenden Beschleigerung« (S. 153) umgepfuscht.

Noch eine Stufe höher liegen die Schwierigkeiten der Leitmotivtechnik. Wollte man eine Hitliste der ernstesten Übersetzungsprobleme aufstellen, die die Weltliteratur anzubieten hat, stünden Leitmotive sicher an einem der obersten Plätze. Sie verlangen, daß die von ihnen geschaffenen Motivstränge freigelegt, in alle Zusammenhänge passende Ausdrücke gefunden oder an einzelnen Stellen die Textzusammenhänge angeglichen werden, bevor der Übesetzer nur eine Zeile übertragen kann. Einschließlich solcher Schlüsselbegriffe wie »multi-value« oder »web« enthält *Barefoot in the head* gut zwei Dutzend Leitmotive. Körber beseitigt die daraus erwachsenden Probleme auf ebenso brachiale wie elegante Weise, indem er einfach irgend etwas hinschreibt oder Querverweise übersieht. Nehmen wir zwei Beispiele. Eines der wichtigsten Leitmotive sind die »fuzzy sets«, der englische Begriff für die in der Mathematik bekannten »unscharfen Gruppierungen«, wovon Körber offenkundig nichts ahnt. Deshalb geistert der Begriff in den unterschiedlichsten Variationen durch die Übersetzung. Auf S. 102 heißt er »Pelzige Bühne«, auf S. 105 »komplexe Zusammenhänge«, und auf den S. 109, 151 und 161, nachdem dem Übersetzer allmählich dumpf etwas schwant, »Unscharfe Tendenzen«. Eine adjektivische Anwendung auf p. 108 wird auf »unscharf« (S. 139) verkürzt. So bleibt vom Original allenfalls ein Fragment übrig. Recht vieldeutig ist das Leitmotiv »fudged vents«; »to fudge« kann »frisieren« oder »fälschen«, auch »dumm daherreden« oder als »to fudge up« »zurechtmachen« o. ä. bedeuten. »Vents« steht für Löcher oder Öffnungen allgemein, kann aber auch »Körperöffnungen« oder im übertragenen Sinn »Ausbrüche« oder »Äußerungen« heißen. Körber erfindet dafür einige originelle Varianten. Auf S. 140 sind es die »frisierten After« von Leichen, auf S. 142 »hermetische Öffnungen« und »zurechtgestoppelte Öffnungen« auf S. 143. Wiederum bleibt vom Original wenig erhalten.

In Konvulsionen verfällt die Übersetzerprosa an Stellen, wo Aldiss von einem Verfahren Gebrauch macht, das man als »Wortumwandlungen« bezeichnen könnte. So heißt es auf p. 79 des englischen Textes, wo die unwillkürliche Entstehung von Ideen in Charteris' Bewußtsein beschrieben wird: »Another poem: On the Spontaneous Generation of Ideas During Conversation. Spontagions Ideal Convergation. The Conflation of Spongation in Idations.« Körber brilliert mit: »Noch ein Gedicht: Über die Spontane Erzeugung von Ideen bei der Konversation. Konversion der Spontanerzeugung. Spontankonversion idealer Zeugung.« (S. 103) Fünfzig Seiten später gelingt ihm das Kunststück, an einer Stelle, die auf diese Passage rückverweist, selbst diesen Humbug zu überbieten. Bei Aldiss steht auf p. 117 der Satzteil: »... each time enlarged in conflagration of spongation in idation or inundation of conflation ...« Obwohl es keines besonderen Scharfsinns bedarf, um zu erkennen, daß die Form bei solchen Wortspielen wichtiger ist als der Sinn, wird in der Übersetzung krampfhaft versucht, eine getreue Wortdeutung wiederzugeben: »... und vergrößerte sich jedesmal zu einer Feuersbrunst von Spongation in Idation oder Überschwemmung in Konflation ...« (S. 152), wobei natürlich kein Mensch wissen kann, was »Spongation«, »Idation« oder »Konflation« sein sollen. Auf diese Weise fallen noch andere, ähnliche Wortspiele unter den Tisch, etwa die durch ein paar Zeilen getrennten Satzteile »... indulging in egotism ...« und »... externalisation of egotism ...« auf p. 22, dessen Symmetrie durch »... käme Eigendünkel gleich ...« und »... Veräußerlichung von Eigendünkel ...« (S. 26) verhunzt wird; die simple Wendung »... core to find the ore ...« (p. 50) wird in »... Herz fand Schmerz ...« (S. 66) übertragen. So manches Zusammenfallen all dieser Mängel mündet bisweilen in gänzlich rätselhafte Sätze. Ein Leser müßte ein wahrer Geistesriese sein, um z. B. folgendem monströsen Wortschwulst einen Sinn abzugewinnnen: »... so schnellten sie über die synthetische Landschorf der Moderne, am Wegessaum von Urp, Aish, Chine, die sie im Rauch ihrer Glimmstengel den Erzengeln überließen, stoben in rauchrußiger Beschleunigung, Fuß auf dem Gottpedal, über die Autopannen, das Leben in allen Allgegenwärtig.« (S. 153) Im Original steht: »... tearing across the synthetic twen-cen landskip, seaming all the way across Urp, Aish, Chine, leaving them under their reefer-smoke, to the Archangels, godding it across the skidways in creasingack selleration bitch you'm in us all in catagusts of living.« (p. 117) Selbst wenn man einmal die ans Brutale grenzende Krudität der Übertragung außer acht läßt, wie soll der deutsche Leser darauf kommen, daß »Urp« und »Aish« der englischen Aussprache von »Europe« und »Asia« ähneln?«

Daß »wesciv« für »western civilisation« steht, hat Körber nie durchschaut, und ebensowenig, daß »limbo« nicht etwa den westindischen Tanz meint, sondern den Limbus, und nicht, daß es »figment« im Deutschen als »Figment« nicht gibt. Was könnte »Pussykupfer« (S. 221) sein? Was ist ein »Drake-Mann« (S. 249)?

Die angeführten Beispiele sind lediglich eine kleine Auswahl der verübten Unbegreiflichkeiten; die Liste zu verlängern, wäre letzten Endes unergiebig. Wir beenden die Analyse der Übersetzung mit dem Fazit, daß es ganzer Bände bedürfte, um das Chaos zu entwirren, das Körber mit dieser »Übersetzung« angerichtet hat. Gerne möchte man ihm angesichts eines so extrem schwierigen Werks zugute halten,

»daß ganz selten einer *Erst*übersetzung das volle Gelingen beschieden war« (Hans Wollschläger), aber die vorliegende Übersetzung ist völlig inakzeptabel. Körber hat sich das Vorurteil zu eigen gemacht, daß avantgardistische Bücher ohnehin mit Regeln der Sprache und des Stils nichts mehr zu schaffen hätten und jede noch so krumme Formulierung mit dem Vorwand des »Experiments« zu rechtfertigen wäre. Die fatalen Auswirkungen dieses Vorgehens auf die Leserschaft, die mit dem angebotenen »Schlüsselwerk in der Geschichte der Science Fiction« (Klappentext) beim besten Willen nichts anfangen kann, lassen sich an der Rezeption ablesen. So urteilt Peter Herfurth in dem Rezensions-Fanzine *Reißwolf* irritiert: *»Barfuß im Kopf* ist (...) ein Experiment (...), das noch in seinem Scheitern in bemerkenswerter Weise Grenzen des literarisch (Be)Schreibbaren aufzeigt.« Zu welcher anderen Schlußfolgerung soll man auch gelangen können, wenn Körbers Übersetzung von vorn bis hinten ausschließlich Quatsch enthält?

Aber es sei nicht die Rolle des Verlags übersehen, der sich nicht nur an ein Buch gewagt hat, an dem er sich übernehmen mußte, sondern zudem ein unbrauchbares Übersetzungsmanuskript skrupellos dem Druck anvertraute. Der falsche Ehrgeiz des zuständigen Redakteurs und die Einstellung, Bücher würden sich unabhängig von der Qualität der Übersetzung »sowieso verkaufen«, haben zu dieser Vermessenheit geführt. Die Chance, daß eines der größten Meisterwerke der Science Fiction auf dem deutschen Buchmarkt seine Leser findet, ist damit nachhaltig sabotiert worden. Kurzum: Eine Katastrophe für den Autor und das Buch, eine Blamage für die Science Fiction-Szene. Schlechter kann man es nicht machen.

Karl Michael Armer
und Michael Nagula (Hrsg.)

Zärtlich war die Zukunft

Liebesgeschichten aus der Welt von morgen
Deutsch von Michael Nagula u. a.
Luchterhand Literaturverlag, Frankfurt 1989
Sammlung Luchterhand 822
192 Seiten. DM 15,80

von Thomas Roth

Loves makes the world go round.

Dieses die vorliegende Anthologie einleitende Zitat kann wohl als eine der ältesten Einsichten der Spezies Mensch gelten und ist bis heute unbestritten in seiner Allgemeingültigkeit. In der heutigen Zeit, die geprägt ist durch das immer rasantere Vordringen wissenschaftlich-technischer Neuerungen in die Privatsphäre des Einzelnen, ist es von großer Wichtigkeit, daß sich zumindest die Literatur dazu aufrafft, das Phänomen der Liebe mit den modernen naturwissenschaftlichen Erkenntnissen in eins zu denken, selbst wenn dies nur in Gestalt eines ihrer vielgeschmähten Subgenres, der Science Fiction, geschieht. Denn hier, in dem schmalen Grenzbereich zwischen dem Erkennen des Heute und der Extrapolation ins Morgen, in dem Bereich zwischen augenblicklichem Sein und zukünftigem Werden, liegen die Grundlagen für die kommenden Generationen. Karl Michaeal Armer und Michael Nagula haben sich in ihrer Anthologie *Zärtlich war die Zukunft* dieser Thematik angenommen.

Zärtlichkeit, der Wunsch nach Liebe, wird in einer zunehmend technischer und damit steriler werdenden Welt anders definiert werden müssen als heute. Um die ›Liebe‹, jenes mysteriöse Wortgebilde, welches geschaffen wurde, die kaum mit Sprache faßbaren tiefsten menschlichen Erlebnisse zum Ausdruck zu bringen, ranken sich unzählige Gedichte, Geschichten und Erzählungen, alle erlebt und durchlebt von Menschen in ihrem Bemühen, Klarheit über ihre Gedanken und Gefühle zu bringen. Erfolg hatte in der jahrtausendealten Literaturgeschichte niemand.

Auch die acht Autoren, die in der vorliegenden Anthologie mit durchweg außergewöhnlichen Geschichten vertreten sind, können sie nicht geben, die Antwort auf die Frage: Was ist Liebe?

Für den Australier Peter Carey, dessen Geschichte *Die Chance* die Anthologie eröffnet, ist die einem Menschen entgegengebrachte Liebe abhängig von seinem Äußeren und nicht so sehr von seinen inneren Werten, welche zu sehen einem Außenstehenden nur schwer möglich sind. In der von Carey mit sparsamen Pinselstrichen hingetuschten Zukunftswelt existiert die aberwitzige Institution der ›Genetischen Lotterie‹, in der Menschen ihren Körper verändern können; auf das Ergebnis haben sie dabei keinen Einfluß. Lumpy, der Erzähler dieser melancholischen Geschichte, der bereits mehrmals auf diese sehr fragwürdige Weise sein Äußeres änderte, nicht immer zu seinem Vorteil freilich, lernt Carla kennen und verliebt sich in sie; doch ist es nur ihr wunderschönes Äußeres, welches ihn blendet und verzaubert, und nicht so sehr ihr ›wahres‹ Selbst. Für ihn wird Carla zum Inbegriff des Lebens. Um so verstörter ist seine Reaktion auf die Nachricht, daß Carla, kaum achtzehn und damit volljährig, ebenfalls an der Genetischen Lotterie teilnehmen will und damit einen anderen, vermutlich häßlicheren Körper annehmen wird. Für ihn, der das Martyrium der Zurückweisung durch geliebte Personen aufgrund der durch die Lotterie erzeugten körperlichen Unzulänglichkeiten bereits mehrmals durchlebte, der um die Unsinnigkeit der rein körperlich orientierten Liebe weiß, wird es zur Lebensaufgabe, Carla davon zu überzeugen, daß ihr naturgegebener Körper der einzige ist, in dem sie glücklich und zufrieden sein kann. Daß er dabei zwangsläufig scheitert ist nur das letzte Indiz für die Flüchtigkeit von ›Liebe‹.

Ebenso flüchtig wie Liebe, die nach Peter Carey nur eine

Funktion der Schönheit oder Häßlichkeit ist, ist die Erinnerung an das Schöne — an den Menschen, den man liebte, an die wunderbaren Augenblicke mit ihm, an all das, was durch den plötzlichen Tod ausgelöscht wurde. Dies ist der Ausgangspunkt für die wunderbar knappe und melancholische Erzählung *Der See war voll künstlicher Dinge* der Amerikanerin Karen Joy Fowler. In nicht allzu ferner Zukunft besteht die Möglichkeit, mit den Toten in Kontakt zu treten. Diesen Wunsch hat auch Miranda, die sich am Tod ihres geliebten Mannes schuldig fühlt. Zu diesem Zweck werden ihre Erinnerungen an den Verstorbenen auf elektromagnetischem Weg aufgezeichnet und ihr später im Schlaf wieder eingespeist; es entsteht eine für sie perfekte Illusion einer Wiederbegegnung mit dem geliebten Toten. All das, was früher ungesagt und ungelebt blieb, kann nun getan werden. Keine Frage, daß für Miranda diese mit Hilfe der Technik geschaffene Traumwelt schöner ist als die Realität und sie sich schließlich in ihr verliert. In ihrer mit einem Gedicht von Wallace Stevens betitelten Geschichte benutzt Karen Joy Fowler die Erkenntnisse der neueren klinischen Traumforschung nur als Hintergrund, um die Frage nach dem ewigen Selbstbetrug, den der Mensch ein Leben lang begeht, neu zu stellen.

Diese Frage ist von größter Wichtigkeit in der heutigen Zeit, in der über Genmanipulationen und Ersatzteillager für Kranke in aller Öffentlichkeit diskutiert wird. Und von der der Diskussion zugrundeliegenden Einstellung, daß alle Teile des Körpers austauschbar sind, daß Genitalien ebenso wie Hände oder Brüste oder Lippen lediglich biomechanische Sinnesorgane sind, die Berührungsimpulse registrieren und weiterleiten, daß allein das Gehirn fühlt und es nur die Interpretation dieser Impulse ist, die Todesangst oder Orgasmen empfinden läßt, von dieser Erkenntnis ist es nicht mehr weit bis zu Frederik Pohls Vision des *Tag Million,* an dem Verliebte bei der Heirat ihre Identität austauschen, um auf diese Weise den Geliebten bei Bedarf immer bei sich zu haben, obwohl er Tausende von Meilen entfernt ist. Liebe wird auf diese Weise zur bloßen Lust reduziert, erzeugt durch

Reizung der entsprechenden Teile des Gehirns, ohne daß hierzu ein körperlicher Kontakt vonnöten wäre.

Konsequent weitergedacht wurde diese Idee von J. G. Ballard in der Geschichte *Familienglück*. Im Zuge der sich immer verkabelter und vernetzter gestaltenden Lebenswelt wird auch die Liebe zum reinen Video-Erlebnis, die Menschen begegnen sich nur noch durch den Bildschirm, selbst Ehepartner zeugen ihre Kinder per Kabel. Diese Welt, in der die Separierung des Individuums endgültig vollzogen ist, in der jede körperliche Begegnung in einer Orgie der Zerstörung und Vernichtung, auch der des vermeintlich geliebten anderen, enden muß, hat Ballard in einer beispielhaft düsteren Parabel über Liebe und Haß, Nähe und Ferne erschreckend genau gezeichnet. Erschreckend deshalb, weil die Vereinsamung und die damit einhergehende Verrohung heute bereits deutlich spürbar ist.

Einsamkeit und Gewalt sind auch das tragende Element der die Anthologie beschließenden Erzählung *Schlangenauge*. Tom Maddox entwirft hierin das beklemmend realistische Porträt einer Liebesbeziehung, deren beide Komponenten, Mann und Frau, durch einen Computer zu einem ›Liebespaar‹ aneinandergekoppelt werden. George und Lizzie haben durch elektronische Implantate, die ihnen zum Zwecke militärischer Forschung eingesetzt wurden, die Möglichkeit, mit einem Computer ins Interface zu gehen, d.h. ihre eigene Gedanken- und Gefühlswelt mit einer Maschine zu verschmelzen. Diese Implantate verstärken jedoch Gefühle, die im tiefsten animalischen Bereich liegen, sie reduzieren die ›Liebe‹ zwischen ihnen auf reinen, triebhaften Sex. Auf diese Weise werden sie von der ihnen eingepflanzten kühlen, technischen Komponente in ihrem Gehirn zu in ihren Handlungen vorausberechenbaren biochemischen Funktionsträgern degradiert, zu bloßer Peripherie eines rationell funktionierenden Computers.

Mit dieser zum Cyperpunk zählenden Geschichte schließt sich der Kreis der acht in dieser Anthologie enthaltenen Erzählungen zum Thema »Liebe in der Zukunft«. Das von Peter Carey in *Die Chance* gesagte, daß Liebe immer rein körperliche Liebe ist, daß Geist und Seele darauf überhaupt keinen Einfluß haben, wird in *Schlangenaugen* wiederaufgegriffen und zu einem vorläufigen Schlußpunkt geführt. Liebe ist nur noch ein biologisch bedingter Trieb, dem nachgegeben werden muß, die Sehnsucht nach dem anderen, dem Fehlenden, wird sublimiert durch die Hinwendung zur Technik und dem Verschmelzen mit einer Maschine. Das bereits heute spürbare, das Eindringen der wissenschaftlichen Nüchternheit in die Intimsphäre des Einzelnen, in seinen ureigensten privaten Bereich, wird, so die Befürchtung der Autoren, in Zukunft noch stärker und unrevidierbarer sein. Ärzte, die im Namen des humaneren Lebens in die Bauchhöhle schwangerer Frauen eindringen, um das Geschlecht und die Eigenschaften des Kindes entsprechend seiner vorgesehenen Verwendung festzulegen, die elektronische Vernetzung, die zu einer Vereinheitlichung der Lebensabläufe der Menschen führt, all das sind Dinge, die so fern nicht mehr sind. Doch wo bleibt bei aller wissenschaftlichen Exaktheit das Irrationale, nicht erklärbare: Die Liebe?

Ist doch gerade Liebe, jener schwer faßbare Begriff, der die Welt umtreibt, so vielschichtig wie die Menschen, die versuchen, ihn zu interpretieren, wovon die vorliegende Sammlung ein gutes Beispiel gibt. Die einen sehen Liebe nur als psychologisches Phänomen der Gefühlsverwirrung, andere als körperlichen Ausgleichssport. Und doch ist Liebe weit mehr als nur die Summe dieser Teile, weit mehr als eine Reflektion auf soziale, wissenschaftliche und kulturelle Veränderungen. Sie ist das, was den Menschen am Leben erhält.

Margaret Atwood

Der Report der Magd

(The Handmaid's Tale, 1985)
Roman
Deutsch von Helga Pfetsch
Claassen Verlag. Düsseldorf 1987
398 Seiten. DM 36,—

von Walter Udo Everlien

Die Anti-Utopie stellt zweifellos jene Spielart der Science Fiction dar, die von der Literaturkritik am ehesten akzeptiert wird. Zu den Romanen, die sich Orwells »1984«, Huxleys »Schöne neue Welt« oder Samjatins »Wir« verpflichtet fühlen, zählt auch »Der Report der Magd« der 1939 geborenen Kanadierin Margaret Atwood, die man in den einschlägigen SF-Nachschlagewerken bislang vergebens suchte. Nach diesem Roman muß sich das ändern.

Rita und Cora gehören zu den »Marthas«, zum Küchenpersonal im Haus des Kommandanten. Seine Ehefrau ist nicht in der Lage, Kinder zu gebären, und so wurde der Haushalt vor fünf Wochen um eine weitere Person ergänzt: um eine 33jährige, 1,70 Meter große Frau mit braunen Haaren und funktionsfähigen Eierstöcken. Genannt wird sie Desfred: die Magd »des Fred«. Sein Kind soll sie empfangen und austragen, allein dieser Funktion verdankt sie ihren sozialen Status, ihretwegen wurde sie nicht hingerichtet, als sie vergeblich versuchte, aus der Republik Gilead zu fliehen.

Sie trägt, wenn sie sich in der Öffentlichkeit bewegt, weiße Scheuklappen, »Flügel« genannt, ihre übrige Kleidung ist rot. In Rückblenden erzählt sie von ihrem Leben aus der Zeit »vorher«, vor und während des Umsturzes. Mit einem wohlgeplanten Coup wurde der amerikanische Präsident ermordet, der Kongreß kam in einem Massaker um. Die Armee rief den Notstand aus, die Verfassung trat »vorübergehend« außer Kraft. Nach Wochen der Unsicherheit, in denen jeder nach Kräften so lebt, als sei nichts geschehen, sperrt man die Kreditkarten sämtlicher Frauen, am gleichen Tag erfahren sie, daß sie nicht mehr berufstätig sein dürfen. Desfred muß innerhalb zehn Minuten ihren Arbeitsplatz verlassen, zu verblüfft, um zu widersprechen. Dunkel gekleidete Männer mit Maschinengewehren stehen in den Eingängen ihrer Bibliothek, Armeeangehörige sind sie nicht.

Dann dürfen Frauen nicht mehr über Besitz verfügen. Computergestützte Rasterfahndungen nach Oppositionellen setzen ein, verbotene Demonstrationen werden mit Waffengewalt niedergeschlagen. Hausdurchsuchungen folgen, dann Bücherverbrennungen; auch »sündhafte Kleidung« fällt den Flammen zum Opfer. In öffentlichen Demütigungen bezichtigen sich Geschäftsleute, Papierhüte auf dem Kopf tragend, auf denen in roter Schrift »Schande« steht.

Acht Jahre sind seitdem vergangen, acht Jahre, in denen Desfred (ihren früheren Namen gibt sie nicht preis) zunächst im »Roten Zentrum« auf ihre neuen Pflichten vorbereitet wird, einem ehemaligen College, in dem die jungen Frauen gefügig gemacht werden sollen, in dem man ihnen beibringt, daß die Zeit zuvor eine anormale Epoche war, eine der Gottlosigkeit, in der Frauen Angst haben mußten, bei Dunkelheit allein auf der Straße zu sein. Mit drastischen Pornofilmen soll ihnen bewiesen werden, wie verächtlich sie behandelt wurden, ein würdeloser »Fleischmarkt« habe stattgefunden. Keineswegs aber seien die Männer hauptverantwortlich für ihr Tun gewesen, die Schuld habe vielmehr bei den Frauen selbst gelegen, die durch ihr aufreizendes Verhalten und ihre Kleidung provoziert hätten; an einer Stelle wird es auf den Punkt gebracht: der Vergewaltiger sei das Opfer, die Vergewaltigte die Täterin.

Durch den Umsturz sei die menschliche Gesellschaft ihrer natürlichen, gottgewollten Form wieder nahe gekommen: eine Botschaft, die bei den meisten Älteren, zu denen auch Desfred gehört, nur auf Verachtung stoßen kann, bei Jüngeren aber auf weniger Widerstand trifft, da ihnen die Erinnerung an die frühere Welt rascher verloren geht. Die Konstruktion der Magd, die als Leihmutter für ein der Elite angehörendes Paar fungiert, ist ausdrücklich dem Alten Testament entnommen. Fruchtbarkeit bedingt einen hohen sozialen Status, ist staatserhaltend und -fördernd in dieser nahen Zukunft, in der die Geburtenrate durch Unfälle in chemischen Fabriken, aus Kernkraftwerken austretende Radioaktivität, natürlich auch durch Abtreibungen und Empfängniskontrollen empfindlich gesunken ist. Fehlgeburten und Sterilität sind die Folgen der ersten beiden Ursachen, gegen die auch die neue Herrschaft machtlos ist, gegen die anderen allerdings geht sie mit um so größerer Brutalität vor. Zunächst werden unverheiratete Paare getrennt, später auch solche, die nicht von der Staatskirche getraut wurden. Die Frauen werden als Magd eingesetzt, sofern die Hoffnung besteht, sie könnten noch Kinder bekommen, sonst in die »Kolonien« verbannt, in verstrahlten und verseuchten Städten und Landstrichen, in denen man maximal drei Jahre überleben kann, für Aufräumungsarbeiten verwendet. Ihre Männer zieht man zur Armee ein, verheizt sie in den zahllosen Kriegen, in die Gilead sich verstrickt sieht. Die Todesstrafe wird wie selbstverständlich eingesetzt.

Japanische Touristen mit Kameras kommen noch immer nach Gilead, Wirtschaftsbeziehungen werden gepflegt und Gewinne gemacht; schwarze Wagen mit weißgeflügelten Augen an den Seiten fahren durch die Straßen, gelegentlich halten sie an, ein Mensch wird hineingestoßen. Der Zuschauer ist erleichtert, daß es nicht ihn getroffen hat.

Fred ist nicht Desfreds erster Kommandant, trotzdem hat sie in den vergangenen Jahren ihren Mann und ihre Tochter nicht vergessen, ihre Freundin und die Mutter. Ihre Erinnerungen an jene Zeit, in der so vieles selbstverständlich und sorglos war, hält sie auch dann am Leben, wenn sie mit dem Kommandanten und seiner Frau im Bett ist, die über ihr liegt, während der Mann sie besteigt. Das ganze unter grellem Licht, so schnell wie möglich; gelegentlich stellt sie sich die Frage, welche der beiden Frauen stärker gedemütigt wird. Immer zu zweit dürfen die Mägde einkaufen gehen: der tägliche Ausgang mit einer Frau, von der sie nicht wissen, ob sie Spionin ist oder Verbündete. Sonst werden sie von Ärzten untersucht oder warten: auf ein Kind, auf den nächsten Zeugungsversuch, auf das Vergehen der Zeit. Bei drei Kommandanten müssen sie »dienen« und werden dann, sofern kein Kind geboren wurde, in die Kolonien abtransportiert.

Diese Routine wird eines Tages unterbrochen. Desfred beginnt auf seinen Wunsch, Scrabble mit dem Kommandanten zu spielen, immer in der Furcht, seiner Frau könnten diese geheimen Treffen auffallen. Er gibt ihr Frauenzeitschriften zu lesen, die sie früher kaum interessiert hätten, nun aber Boten aus der verlorenen Vergangenheit sind. Sie bekommt Hautcreme, darf Bücher lesen. Von ihrer täglichen Begleiterin Desglen erfährt sie, er sei ein hohes Tier »von der obersten Spitze«; sie bittet sie, Informationen zu sammeln, für den Untergrund, dem sie angehört, tätig zu werden. Desfred weigert sich, hat zuviel Angst vor Bestrafung, vor dem Verlust ihrer momentanen Privilegien. Der Kommandant führt sie sogar aus, nimmt sie mit in ein Bordell, schläft mit ihr in Abwesenheit seiner Frau. Zugleich schlägt diese vor, von Nick, dem Chauffeur, ein Kind zeugen zu lassen, ohne Wissen des Kommandanten. Zwischen Nick und Desfred entwickelt sich daraufhin, was vorher eine Affäre geheißen hätte, sie wird schwanger, doch statt einer erhofften sozialen Absicherung kommt die Ehefrau hinter ihre Verbindung mit dem Kommandanten: sie wird abgeholt: ob von Mitarbeitern des Untergrundes, die sie in Sicherheit bringen, oder zur Hinrichtung, weiß sie nicht.

Im Gegensatz zu den eingangs genannten Autoren Orwell, Huxley oder Samjatin beschränkt sich Atwood nicht darauf, einen bestehenden Zustand der äußersten gesellschaftlichen Repression zu schildern; sie bemüht sich zudem, den Weg zu zeigen, auf dem die Anti-Utopie Realität werden kann. Dies allein macht nicht die außerordentliche Wirkung ihres Romans aus, wie auch die zahlreichen gegenwärtigen Requisiten wie Computer, Kreditkarten oder Sexshops die Eindringlichkeit des Textes zwar erhöhen, indem sie dem Leser die geringe Distanz zu seinem Alltag verdeutlichen, sie aber nicht erklären. Die inneren Strukturen der Republik Gilead sind denen in »1984« vergleichbar: sowohl die Angst vor dem Nachbarn, dem potentiellen Denunzianten, der einen auch ohne konkreten Anlaß ins Gefängnis zu bringen vermag, sofern man nicht schneller ist als er, wie auch das hysterische Potential einer Gruppe, das zum gezielten Aggressionsabbau verwendet wird: bei einer »Errettung« etwa lynchen die Mägde mit ihren Händen einen vermeintlichen Vergewaltiger, tatsächlich aber einen politischen Gefangenen. Unter diesem Aspekt ist der Roman zwar eindringlich geschrieben, doch inhaltlich wenig originell.

Die Allgegenwart des Staates, seine »Augen« und »Engel«, die Absperrungen und Kontrollen, die schwerbewaffneten »Wächter des Glaubens«, die aus Nervosität eine Frau auch versehentlich erschießen können — all diese Elemente entspringen durchaus nicht der puren Phantasie Margaret Atwoods, wie die »historischen Anmerkungen« belegen, die Parallelen zwischen der Gesellschaftsstruktur des tatsächlichen Iran und des fiktiven Gilead nahelegen. Sie zwingen speziell den deutschen Leser, sich des »Dritten Reichs«, zu erinnern und auf die Frage, wie er sich damals verhalten hätte, eine Antwort zu geben: ob eher angstvoll-angepaßt wie Desfred oder nicht nur in Gedanken, sondern auch im Handeln oppositionell wie Desglen. Nur sind es hier nicht die jüdischen Mitbürger, die zur Minderheit erklärt und zunehmend entrechtet werden, hier sind es die Frauen, die man(n) unter Berufung auf Gottes Wort zu Unpersonen erklärt und wie unmündige Kinder behandelt — auch unter Verwendung allgemeiner Vorurteile.

»Es ist unmöglich, etwas genau so zu sagen, wie es war, denn was man sagt, kann niemals genau sein, man muß immer etwas auslassen, es gibt zu viele Teile, Seiten, Gegenströmungen, Nuancen, zu viele Gesten, die dies oder jenes bedeuten könnten, zu viele Formen, die man niemals vollständig beschreiben kann, zu viele Geschmacksnoten, in der Luft oder auf der Zunge, Zwischentöne, zu viele.« Margaret Atwood ist sich im klaren, daß ein Roman kaum das Phänomen erklären kann, das im Mittelpunkt des »Reports der Magd« steht: den totalitären Staat. Mit seiner abwägenden, sehr sorgfältig eingesetzten Sprache und vermittelt über eine einfühlsam und nachvollziehbar geschilderte Protagonistin, nennt sie vielleicht nicht sämtliche Ursachen, mit einigen Erklärungen mag sie sogar irren. Doch gelingt ihr eines: zu verdeutlichen, daß eine rasche Verurteilung derer, die Adolf Hitler zugejubelt haben, zu wenig ist, um für die Zukunft Ähnliches zu verhindern. Viel zu wenig.

Iain M. Banks

Bedenke Phlebas

(Consider Phlebas, 1987*)*
Deutsch von Rosemarie Hundertmarck
Wilhelm Heyne Verlag, München
Heyne Science Fiction & Fantasy 06/4609
656 Seiten. DM 16,80

von Colin Greenland

John Brunner nahm Anleihen bei Shakespeare und Donne, Ray Bradbury bevorzugte Walt Whitman, während Alfred Bester sich Blake wählte (oder Blake für ihn gewählt wurde). Stan Lee, wenn wir schon dabei sind, liebäugelte mit Milton und Housman. Deshalb stellt (in der englischen Originalausgabe) ein großes rotblitzendes Raumschiff in Verbindung mit dem Titel, einem T.S.Eliot-Zitat, an sich noch keine Inkongruenz dar. Die Widersinnigkeiten tauchen an anderen Stellen auf dem Schutzumschlag von Iain Banks viertem Roman auf und sind wohl hauptsächlich den Hirnen seiner Verleger entsproßt, denen das Ganze nicht so recht geheuer zu sein scheint. »Ein Science-Fiction-Roman« wird da in schrillem Blau als Untertitel präsentiert, zweifellos um zu unterstreichen, zu welchem Genre Bücher mit Raumschiffen auf dem Titelcover gehören.

Auf der vorderen Klappe wird noch dicker aufgetragen: »*Consider Phlebas* bietet mehr als nur Space Opera, ist nicht bloß ein weiterer SF-Roman.« Und die Rückklappe setzt noch eins drauf: »Iain M. Banks ist Verfasser von drei Romanen ... Er arbeitet derzeit an seinem vierten.«

Und wir dachten schon arglos, dies hier *sei* sein vierter Roman!

Ach, keineswegs! »*Consider Phlebas* ist sein erster Science Fiction-Roman, und ihm sollen viele weitere folgen.«

Rätselfrage: Was ist ein Roman, ist mehr als ein Roman, aber dennoch kein Roman?

Antwort: Iain Banks neuer *Science Fiction*-Roman, den er »unter dem Namen Iain M. Banks veröffentlichte«. Es wird immer mysteriöser und spannender. Denn das Buch ist »ein verblüffender neuer Start« für den Autor, und der erfordert nicht bloß ein rotes Raumschiff, einen blauen Titel, Übertreibungen vorn und einschränkende Zurücknahme hinten, sondern tatsächlich auch noch ein ganz neues Mitteinitial im *Namen* des Autors.

Was bedeutet es, dieses verlorene »M«? Zur Kaschierung taugt es schließlich nicht besonders, also steckt wohl kaum Feigheit dahinter. Überdies hätte sich die übliche Autoreneitelkeit da zweifellos etwas Spektakuläreres einfallen lassen: Iain Z. Banks vielleicht, oder Iain Macmillan Banks — oder dergleichen. Nein, dieses »M« steht für Mystifikation, Markenzeichenschwindel, für Maskerade mit einem falschen Schnäuzchenbart, den Iain Banks sich unter die Nase kleben muß, wenn er sich herabläßt, SF zu schreiben, auf daß wir ihn nur ja nicht mit jenem anderen Iain Banks verwechseln können, der »richtige« Bücher schreibt, Bücher, die »zählen«.

Banks' erster Roman, *The Wasp Factory,* kam in karger Aufmachung ganz unbekennerhaft heraus, sogar als Paperback ohne (sagen wir mal) dicke tote Wespe in Hochprägung auf dem Deckel. Das war ein schlauer marktstrategischer Schachzug, um den Titel über die demütig geneigten Köpfe der Rezensenten dieser niederen Literaturgattung in die höheren Ränge der »New Fiction« zu katapultieren. Diese Marketingstrategie hatte zur Folge, daß der Titel arglosen Zeitgenossen auf die Schreibtische knallte, die dann auch gebührlich beeindruckt waren — oder schockiert — oder angewidert, die aber auf jeden Fall für den erwünschten Wirbel sorgten. Der Rezensent in *Punch,* der dem Buch die Qualität eines »Solitärs« zuspricht, weil es dafür »kein Markenzeichen« gebe, sagt weit exakter die Wahrheit, als ihm selbst bewußt geworden sein mag. Kritiker (und wie Banks angibt: Leser), die das Buch ohne größere Schwierigkeiten in die Nähe der »Horror-Fiction« eingliedern konnten, waren weniger verwirrt und weniger extrem in ihrem beifälligen oder verdammenden Urteil.

Also muß da etwas in *Consider Phlebas* stecken, das der Selbstsicherheit des Verlages Macmillan einen Stoß versetzte, etwas, das die Leute zwang, von einem »verblüffenden neuen Start« zu sprechen — bei einem Autor, der bereits drei »unsichere« Bücher veröffentlicht hatte. Man kann also behaupten, der Titel überschreite die Grenzen des »Genres«, aber eben doch vorsichtshalber abgesichert durch die Schutzmarke eines großen roten Raumschiffs.

Was aber den Verlag wahrscheinlich dermaßen in Verlegenheit bringt, ist eben gerade, daß das Buch nicht »unbestimmt« ist; die Grenzen des Genres eben *nicht* überspannt, sondern durchweg mit ihnen konform geht. Lesern, die hier Probestückchen des verqueren Banksischen Humors und seiner subversiven Hirnakrobatik, auf eine »Raumoper« übertragen, erwarten — so eine Art irrer Amalgamsache zwischen Eliots *Waste Land* und *Skylark of Space* —, hat *Consider Phlebas* wenig zu bieten. Jenen Lesern allerdings, die gern dicke pralle Schinken voller Nonstop-Action, einander verfolgender Raumschiffe und Laserkanonengefechten im Weltraum wünschen und denen es gleichgültig ist, welcher Autorenname irgendwo vorn im Buch steht ... sind hier 471 Seiten (englischer) Text geboten.

Wir haben keinen Grund, Banks zu unterstellen, er habe *Consider Phlebas* als eine Schulaufgabe in Zynismus oder aus Berechnung geschrieben, oder mit irgendwelchen anderen Motiven als denen reiner Liebe; es gibt nämlich weit mehr Grund zu der Vermutung, daß dieses Buch ein Geschenk des Autors an sich selbst sei, als daß es ein »Lolly« für den Massengeschmack wäre. Gibt es hier beispielsweise irgendeine Ähnlichkeit oder Verwandtschaft mit den SF-Romanen, die der Autor früher schrieb, die jedoch kein Verlag veröffentlichen wollte, ehe die *Wasp Factory* kam? Das dürfen wir uns fragen, und ebenso fragen wir uns vielleicht, ob Iain Banks — ob mit oder ohne Schnurrbärtchen — so unbedingt der rechte Autor für »Weltraum-Opern« oder andere Arten von Fiktion sei, deren wesentliche Qualitäten in unverblümter Konventionalität liegen.

Etwas haben alle drei früher veröffentlichten Romane Banks' gemein: die Entschlossenheit des Autors, klarbestimmte originale Sachbereiche und Gestalten zu schaffen: *Wasp Factory* mit den unendlich wiederkehrenden Leitplänen der Selbstheit; die verrückte tripel-involvierte Story von *Walking on Glass; The Bridge,* ein Roman, der gemäß den Diagrammen der Seitenprojektion der Brücke über den Firth of Forth konstruiert war. *Consider Phlebas* ist linear und vertraut. Das Buch zieht über einen festgetretenen Pfad durch den Staub bröseliger Magazinstories und durch eine von Flutscheinwerfern bestrahlte Filmarena, auf der Weltraumabenteuer gespielt werden. Es geht einmal mehr um den eingeschleusten Super-Geheimagenten mit lebensgefährlichem Auftrag in einer interstellaren Kriegssituation, der von Raumpiraten gekidnappt wird und leider den psychopathischen Weltraumräuberhäuptling umlegen muß, der gerade noch rechtzeitig vom Raumflughafen starten kann, ehe dieser in die Luft fliegt, der seine Mannschaft unter Kontrolle bekommt, mit der eingeschlichenen Feindagentin und der von ihr gestellten tödlichen Falle fertig wird, eine über-menschliche Hüterfigur überlistet, in die Höhlentiefen der unbelebten Welt vordringt, in denen arglistige fremde Krieger im Hinterhalt lauern, und schließlich das »Fühlwesen« McGuffin (oder McMuffin, ehrlich, es spielt keine große Rolle) heimzuführen. Unterwegs, versteht sich, gibt es massenweise Nebenepisoden, etwa wenn der Held von einer Sekte von irrsinnigen Koprophagen (»Kotfressern«) mit einem kannibalistischen Propheten an der Spitze an den Opferpfahl gebunden wird; oder wenn er eines Nachts, bis zur Hüfte im Wasser stehend, unter einem fahrenden Hoovercraft einen Boxkampf ausficht. Es gibt kleine Häppchen aus dem Kino, das altjüngferlich-zimperliche Robodrohnegeschöpf (mit C3PO-Charakter) und nicht zu bremsende Kampfroboter-Kreaturen, die direkt aus *Alien* oder *The Terminator* entsprungen sind. Und es gibt die gewöhnlichen hundsbescheuerten Namensgebungen: der Drohne heißt etwa Unaha-Closp, und der Name unseres Helden lautet: Bora Horza Gobuchul, bittesehr?

Einiges davon funktioniert, anderes läuft schief. Manchmal wird der unaufmerksame Leser mit einer derartigen wiederholten Flut von Basisinformation überspült, daß der Zusammenhang verlorengeht. Den Höhepunkt bildet eine Karambolage von unterirdischen atomaren Dampfzügen, die zwar sehr rasch und mit schrecklicher Kraft dahinsausen können ... die jedoch lange Zeit brauchen, um ihre Reisegeschwindigkeit zu erreichen — ein nicht gerade zufälliges Bild. Banks weiß ohne Zweifel, wie schwerfällig sich sein Roman dahinbewegt, unter gelegentlichen Tempibeschleunigungen einem Grand Slam zustrebt, aber eben alles einspurig. Vier vielversprechende erzählende Zwischenspiele und ein abrupter Endspurt in einem Schwall von kursivgedruckten Träumen und Visionen zeugen eben von nichts weiter als von dem unterdrückten Verlangen des Autors nach jenen komplexer strukturierten Handlungs- und Zeitschemata, die er in der Regel bevorzugt. Einzig in einem Wasserfall von Anhängen, nach dem Knall, gibt es sprachliche Jongleurakte im Text, wenn der Erzähler perspektivisch immer weiter zurückweicht und die ganze Geschichte schließlich auf eine belanglose Episode reduziert wird, die sich in einem Krieg von fragwürdiger Bedeutung innerhalb der Geschichte der Galaxis ereignete.

Perspektive, »Durchblick«, ist das Kernproblem. Der Mythos vom Weltraum als letzte Grenze, erreichbar dank Horzas spezieller Art von Macho-Gerangel (Lichtzoll um Lichtzoll) und Ringen »durch einen Mahlstrom zerschmetternder Qual«, trifft bis zu dem Punkt zu: Es gibt in einer Weltraumoper keinen Raum außerhalb des im Text geschaffenen. Raum muß aufgebaut und gestaltet werden, beschworen, nicht zuletzt wegen der zwangsläufig verkürzenden Auswirkung des »Spacewarp«-Antriebs, der die zwischen den Sternen bestehenden Abgründe als ziemlich lächerlich erscheinen läßt, oder aber es gibt eben keine Dramatik. Raumopernkompositeure müssen sich eben dehnen und strecken und immer weiter strecken, um immer größeren Raum zu umfassen, eine immer weitere Pluralität von Welten, als sie tatsächlich erfassen, die Exotik und das Schwindelgefühl müssen auf immer höhere Touren gebracht werden. Tun sie dies nicht, landen sie, wo Phillip Mann mit seiner jüngsten Story der Gardener-Serie landete, die so hausbacken ist, wie sie klingt: eine liberale Schäferidylle, deren fiktiven Ort eine saubere, gutbestückte Menagerie von karg-einseitigen Charaktertypen und zahnlosen Absurditäten bevölkert.

Banks bietet eine befriedigende Vision des Hyperraums, verschwendet aber andererseits viel Zeit und viele Worte, um sich gegen die exotischen Folgerungen aus seinen Einfällen abzublocken. So bleibt etwa das überhöhte »Fühlvermögen« des »Muffin« absolut folgenlos. Noch bezeichnender: Horza ist Angehöriger einer vom Untergang bedrohten Gattung, nämlich der Humanoiden Metamorphen, die willentlich allem und jedem ähnlich sein können. Ein derartiges Wesen müßte doch — selbst auf einer tollen Abenteuer-Sause — einigermaßen interessante Identitätsgefühle unterschiedlichster Art erfahren, psychologische, sexuelle, soziale Differenziertheit. Aber der Charakter, wie er hier angelegt ist, erfordert weiter nichts als die Geschmeidigkeit und Wandlungsfähigkeit eines Charles Bronson. Horza lebt im Exil und dient einer nichthumanen außerirdischen Macht, aber er ist keineswegs im Weltraum gestrandet und verloren. In sich selber ist er nämlich alles: überlegen, alle Widrigkeiten überwindend.

Der eroberte, besetzte galaktische Raum ist also hier nicht von grundlegend verschiedenartigen Lebensformen und vielfältigen Wahrnehmungsmöglichkeiten gekennzeichnet. Was also ist der Raum in *Consider Phlebas*?

Es ist ein Weltraum voller Großer Dinge. Banks liefert das Meßsystem vermittels einer raffinierten Mechano-Architektur: »In der anderen Richtung, jener, aus der das Schiff aufgetaucht war, befand sich eine scheinbar glatte Wand. Horza blickte genauer hin, er rieb sich die Augen; er sah, daß quer über die Wand ein geordnetes Muster von Lichtern verlief, ein Raster: Tausende und Tausende von erhellten Fenstern und Balkonen. Kleinere Flugmaschinen zuckten darüber hin, und wie Punkte blinkten die Rohrtransportkapseln quer und hin und her und auf und ab.« »Geordnete Lichtraster« wäre gewiß eine genaue Bezeichnung für die Arbeitstechnik des Space-Künstlers Chris Foss, dem das Schutzumschlag-Gemälde von Richard Hopkins enorm viel verdankt. Und wenn dann noch das Raumschiff, das Horza den Piraten abnimmt, nach der Coverillustration benannt ist, die Foss einmal für ein Plattenalbum einer Heavy Rock-Gruppe fertigte, bestätigt sich das Zitat. Alle Kulissenversatzstücke bei Banks sind »Fossianische Kolosse«: allesamt künstlich, sogar die scheinbare Naturkulisse. Auf einem radförmigen im Raum schwebenden Habitat von vierzehntausend Kilometern Durchmesser kann Horza sich aus einem havarierenden Raumfahrzeug retten und zu einer einsamen Insel schwimmen, weil diese Insel nun mal dorthingesetzt wurde. Genau wie der sie umgebende Ozean. Die Höhlen der Riesen, in denen der »Endkampf« stattfindet, sind die Tunnelschächte eines unterirdischen Bahnsystems. »Das Ferienhotel, die Terrasse, die Berge und die Ebene lagen auf einem Ring. Menschen hatten das erbaut, oder doch die Maschinen konstruiert, welche die Maschinen bauten, die ... Also, da könntest du immer so weiter und weitermachen.«

Die Räumlichkeiten in *Consider Phlebas* sind ein einziges riesenhaftes Spielzimmer. Einige der Großen Dinge sind Spielzeug, andere sind Möbel. Manche machen Spaß, andere sind eher ärgerlich. Die meisten gehen mit Knalleffekt kaputt, was Horza glückselig grinsen läßt.

Menschen krepieren, wenn die Maschinerie und die Einrichtungen im Weltraum oder ganze Biotope vernichtet werden. Das ist nicht zu vermeiden, aber einzelne Wesen direkt zu töten, das ist unnütze Verschwendung, und darum ist Horza auch jedesmal betrübt, wenn sich diese Notwendigkeit ergibt. Darin und in einer tapsigen minimalen Spur von Zuneigung erschöpft sich das Potential menschlicher Eigenschaften bei unserem Helden. Genießern pyrotechnischer Zerstörungslust mag das genügen. Uns anderen aber wird hier wenig geboten, womit wir einverstanden sein könnten, jedoch viel zu viel abverlangt, was wir uns einfach bieten lassen sollen. Man darf Banks beglückwünschen, daß er sich weigerte, so zu schreiben, daß er den Erwartungen einer Fay Weldon oder anderer Leute entspräche, die in ihm »eine große Hoffnung der zeitgenössischen britischen Literatur« sehen wollen. Aber für *wen* — außer für sich selbst? — hat er denn nun eigentlich dieses Buch geschrieben? Für eine jüngere Leserschaft als gewöhnlich? Eine unkritischere?

Unsere Geduld wird belohnt, und zwar ganz am Ende in den erzählerischen Jongleurstücken. Das letzte Kapitel — vor den Anhängen — ist knapp zwei Seiten lang; es trägt gleichfalls die Überschrift »Consider Phlebas«, wahrscheinlich um inzwischen schlaftrunkene Literaturkundige wachzuklingeln. Also, was hat es nun mit Phlebas auf sich?

Consider Phlebas ist nicht ausgesprochen eine moderne »Gralssuche«, jedenfalls nicht mehr als irgendwelche anderen Heldensagen mit Schwertgeklirr und Getöse, in denen nach einem irgendwie vage göttlichen Dingsbums gestrebt wird. Doch wie die Grabelegie Eliots für den ertrunkenen phönikischen Seefahrer (Phlebas) könnte ja auch dieser ganze Roman als ein Gedächtnisakt, als Erinnerung an Totes angesehen werden, als moralische Parabel von epischer Breite, die viele Generationen nach dem Geschehen eine Maschine einer schwangeren jungen Frau übermittelt. Sollte hier Ironie beabsichtigt sein, so ist sie nicht tief, ist nichts weiter als ein neckischer Schnörkel, mit dem die heldenmütige Leidenstoleranz des Macho kurz demontiert wird, nachdem sie zuvor des langen und breiten detailliert gepriesen wurde. Dieser angehängte elegische Schwanz des Buchs bewirkt allerdings nicht, daß sich die vorausgehenden vierhundert Seiten voller blutigen Schlachtengetöses merklich umgewichteten, vielmehr eskamotiert diese Klagecoda sie in eine Ferne, aus der sie uns nicht länger zu stören brauchen.

Greg Bear

Blutmusik

(Blood Music, 1985*)*
Deutsch von Walter Brumm
Wilhelm Heyne Verlag, München 1988
Heyne Science Fiction & Fantasy 06/4595
351 Seiten. DM 9,80

von Colin Greenland

Gute Zeiten für die Science Fiction, und dieses Buch gehört dazu, sind charakterisiert (andere würden sagen gezeichnet) durch das Auftreten von Schismen und Definitionskriegen, indem man in die Kriegstrompete bläst und Schlachtlinien absteckt. Und wenn die Standarten einmal stehen, ist ein Kreuzzug höchstwahrscheinlich nicht mehr zu vermeiden. Enorme Massen von Energie und Worten werden dabei verausgabt, es wird um Territorien gestritten, die wohl nie auf einer noch zu schreibenden Landkarte der Kultur erscheinen werden; Territorien, die letztendlich illusorischen Charakter tragen. Wenn in fünf Jahren die hoffnungslosen Überlebenden von Kritikern zu jenem schmutzigen Fleck geführt würden, an dem die in die Enge getriebenen Ostküstenhumanisten sich dem legendären Angriff aus einer unglücklichen Allianz von kalifornischen Wissenschaftsanhängern und unterweltlichen Mutanten stellten, dann würden sie sagen: Also wirklich, es hat damals nie einen Kreuzzug gegeben, und wenn doch, dann habe ich nie daran teilgenommen. Denn die Welt wird nicht von der Kunst gerettet, und die Kunst nicht durch Manifeste. Alles, was überbleibt, werden ein paar gute Bücher sein, und dies hier ist eines davon.

Blood Music wird den kalifornischen Wissenschaftsanhängern Freude machen, denn es ist eine Geschichte darüber, wie die Welt gerettet werden wird, und zwar von einem Toren, einem Toren in einem Labor, der keine abbildhaften Schatten trägt, sondern wo richtige Vorschriften durch dicke schwarze Rahmen linsen. *Blood Music* ist auch für uns übrige in hohem Maße befriedigend, ist seine Apokalypse doch eine richtige Apokalypse und kein Wunschbild. Die neue Ordnung ersetzt die alte Ordnung, erlöst sie durch Verwüstung, Schmerzen und Verlust, und Greg Bear kennt und beschreibt das alles. Vergil I. Ulam rettet die Welt, indem er sie zerstört; er zerstört sie durch einen Zufall, obwohl auch dieser Zufall noch begründet und gerechtfertigt erscheint; er zerstört sie aus der Unschuld und Unverantwortlichkeit des Toren heraus. Das Buch reflektiert unsere Wissenschaftsangst und befriedigt unsere Sehnsucht nach einer glaubwürdigen Transzendenz.

Im ersten Teil des Romans (›Anaphase‹) arbeitet Vergil in Genetron, einer südkalifornischen Institution, die medizinische und militärische Biochips produziert, »die Vereinigung vom Molekularkreislauf des Proteins mit der Silikonelektronik«. Im Geheimen geht er an diesem wissenschaftlichen Durchbruch vorbei und nimmt die nächste Stufe.

»Warum sollte man sich selbst mit diesem Silikon und Protein und Biochips mit ihren Bruchteilen von Millimetern Umfang Grenzen setzen, wenn es in beinahe jeder lebenden Zelle schon einen funktionierenden Computer mit einer ungeheuren Speicherkapazität gab? ... Die Kapazität sogar von bakterieller DNA war im Vergleich zur künstlichen Elektronik enorm. Alles, was Vergil tun mußte, war, von dem zu profitieren, was es schon gab — er mußte ihm nur einen sanften Schubs geben.«

Als er dabei erwischt wird, wie er unerlaubten Gebrauch

von den Möglichkeiten von Genetron macht, wird er gefeuert. Und da er es nicht übers Herz bringt, Lymphzellen zu zerstören, die er auf den Entwicklungsstand von Mäusen gebracht hat, injiziert er sie wieder in seinen eigenen Körper zurück, wo sie nicht nur schlicht überleben, sondern geradezu prächtig gedeihen, indem sie nun ihn reprogrammieren, sein System verbessern und ihn, wie sein medizinischer Freund Edward Milligan entdeckt, »von innen heraus« neu aufbauen.

»Wahrscheinlich hätte man für das, was ich getan habe, ein ganzes Forschungsteam benötigt, vielleicht sogar ein Manhattan-Projekt«, sinniert Vergil. »Ich bin zwar clever, aber so clever nun wieder auch nicht. Die Dinge kamen einfach von selbst zusammen. Es war zu einfach.« Auf diese Weise bringt Bear wieder Leben in ein altbekanntes Science Fiction-Thema, verändert das ganze Genre in dieser Hinsicht und geht zum zweiten Teil seiner Handlung über (›Prophase‹). Anstelle der langweiligen und routinehaften Gruppenarbeit der zeitgenössischen Forschungsarbeit gibt er uns das einzelgängerische Genie zurück und das Experiment, das aus den Fugen gerät, jenen Klecks, der Amerika verschlukken wird. Denn Vergil hat eine mit Intelligenz versehene Pest geschaffen. Das unter der Hand abgehaltene wissenschaftliche Experiment wird zur soziobiologischen Horrorgeschichte: die selbstsüchtigen Gene sind auf dem Kriegszug. Edward Milligan und der Topbiologe Michael Bernard versuchen, die Epidemie einzudämmen, doch nur zu bald ist Amerika von leeren Kleidungsstücken und amorphen Massen von einer organischen braunen Substanz bedeckt, die auf die Städte zukriechen und damit beginnen, sie niederzureißen. In ›Metaphase‹, der zweiten Hälfte des Buches, leben eine Handvoll Überlebender in einer sich verändernden Umwelt, die Spezialeffekte aus *The Thing,* John Carpenters Film von 1982, aufweist. In einem noch nicht betroffenen Europa liegt Michael Bernard in einer Isolierkammer und kommuniziert mit seinen Zellen. Die Zwillinge John und Jerry Olafsen fahren ihren Laster von Livermore herunter, um zu sehen, was mit L.A. passiert ist. Und die ›langsame‹ Suzy McKenzie aus

Brooklyn macht eine alptraumhafte Pilgerfahrt auf die Spitze des Worl Trade Centers, wo die Erleuchtung zu ihr — und uns — kommt.

Blood Music ist eine Panoramastudie eines Amerika, das sich in pure Information auflöst. ›Anaphase‹ ist durch menschliche Kontrolle und Organisation charakterisiert, durch die Hierarchien und Rituale von Genetron und anderer ›Enzym-Valley‹-Laboratorien, durch die Blockarchitektur der North Torrey Pines Road. Vergil Ulam versucht, Michael Bernards Aufmerksamkeit auf sein Geheimprojekt zu ziehen, wird jedoch von einem Vorgesetzten davon abgehalten. Information wird eingedämmt, restringiert, aufgestöbert. In ›Prophase‹ reden Bernard und Edward über Vergils neue Freundin.

»Ja, ich sehe, was du meinst«, sagte Bernard. »Sie könnte ein Sicherheitsrisiko sein.« »Nein, *das* meine ich nicht«, sagte Edward mit Nachdruck. »Das meine ich nicht im entferntesten.«

Der Austausch zwischen den Menschen über die genetische Information ist stärker als die Vorsichtsmaßnahmen. Beide Männer versuchen, Information zurückzuhalten, Edward, indem er seine Frau, und Bernard, indem er sich selbst belügt. Und beide werden vom Informationsfluß hinweggespült. Tatsächlich sind die Charaktere in ›Metaphase‹ kleine Inseln von Individualität in einem undifferenzierten oder besser sich selbst differenzierenden Meer von Information. Und Suzy McKenzie kämpft darum, ihr menschliches Selbst zu bewahren.

»Ich werde tapfer sein«, sagt sie bei einem Imbiß an der Granola Bar. »Es bleibt mir auch nichts anderes übrig.«

Der *Locus*-Rezensent, der *Blood Music* mit *Childhood's End* und Greg Bear mit Arthur C. Clarke verglich, hat mit diesem Vergleich mehr getan als nur die Werbe- und Vertriebsabteilungen von Bears Verlagen zu erfreuen. In der Tat ist etwas ausgesprochen Clarkeanisches in der Staffel von Charakteren zu bemerken, die die Handlung aus den »erstaunlich zarten und sensiblen Händen« von Vergil Ulam übernehmen und auf die ansteigende Stufenleiter hin zu Freude und Licht weiterführen — es sind alles zerrissene Menschen, alle stekken sie tief in Einsamkeit oder werden zumindest davon bedroht. Vergil ist ein sozialer Krüppel; Edward führt eine kinderlose und zerbrechliche Ehe; als Bernard aus Amerika nach Deutschland flieht, fällt ihm niemand ein, von dem er sich verabschieden sollte. Alle Charaktere in ›Metaphase‹ und der epilogischen ›Telophase‹ haben alle Bekannten in der wogenden Biomasse verloren. Da unten ist dann allerdings »die Kameradschaft überwältigend«, die einzelnen Persönlichkeiten werden routinemäßig kopiert und vervielfältigt, »es gibt eine Alternative zur Einsamkeit und Angst«. Wie Clarke wird auch bei Bear eine melancholische Suche nach kosmischer Kommunikation beschrieben, die von einer lockeren Vereinigung zerrissener Individuen unternommen wird, die alle von der Gemeinschaft und voneinander entfremdet sind und nur zusammen mit dem wissenschaftlichen Prozeß beziehungsweise *als* wissenschaftlicher Prozeß funktionieren. Denn der wissenschaftliche Entwicklungsprozeß *ist* die Handlung, verleiht ihr Kontinuität und manifestiert sich hie und da in den Leben einzelner Individuen. Die mehrmaligen Perspektivenwechsel, die Mißtöne in der Erzählung, alle enttäuschten Erwartungen bei einem Wechsel im Getriebe, die sich bei jeder Art von Genre-Literatur vom intellektuellen Thriller über die Katastrophengeschichte bis zur apokalyptischen Vision zeigen — sie alle haften jener Form von Fiktion an, die von der Wissenschaft bestimmt wird. *Blood Music* ist in seinem Purismus und seiner bewußten und tiefgründigen Art, mit der es die Grenzen des Genres angeht, klassisch zu nennen. Die Professoren werden es in den Himmel loben, die Mutanten werden es anerkennen, und die Mandarine werden nicht überzeugt werden können, weil sie die Strukturen des Genres nicht wiedererkennen werden. Die Welt wird nicht gerettet werden, und der Krieg geht weiter.

Greg Bear

Äon

(Eon, 1985*)*
Deutsch von Reinhard Heinz
Wilhelm Heyne Verlag, München 1987
Heyne Science Fiction & Fantasy 06/4433
604 Seiten. DM 14,80

von Rachel Pollack

Greg Bears *Eon* gehört zur Untergattung der, wie man sie nennen könnte, »Ringwelt«-Sf. Wissenschaftler von der Erde gelangen in Kontakt zu einem die Sinne verwirrenden Artefakt, machen sich an die Erforschung, wobei sie noch viel bestürzendere Entdeckungen machen. In Larry Nivens *Ringworld* und Bob Shaws *Orbitsville* liefert das Basisobjekt — der Ring, die Dyson-Sphäre — auch zugleich die Hauptattraktion, die Erzählung fügt dann nur überwiegend technische Einzelheiten hinzu. Bear geht anders vor; er beginnt mit einem einigermaßen harmlosen künstlichen Objekt und steigert sich im weiteren Verlauf des Buches zu immer stärker verblüffenden Einfällen. Die seinem Artefakt zugrundeliegende Theorie interessiert Bear weit mehr als dessen Konstruktion (obwohl er auch in den praktischen Einzelheiten nicht knausert). Und dies ist nur gut so. Den meisten unter uns nämlich verdrehen die wilderen Höhenflüge der theoretischen Physik weit mehr den Kopf, als es ihre technischen Abfall- und Nebenprodukte tun. Und Bear verankert seine Ideen fest in der Konstruktion des »Steins«.

Leider aber verlangt ein Roman — noch dazu einer von über fünfhundert Seiten — mehr als bloße verblüffende Konzepte. Er verlangt glaubhafte Charaktere, einen zwingenden Schreibstil und eine Handlung, die an den wesentlichen Nahtstellen zusammenhält. In allen diesen Punkten ist *Eon* schwach. In einem Roman, der ernsthaft und bemüht aktuelle Weltprobleme aufgreift (hier den atomaren Holocaust), sind derartige Schwächen sogar noch gravierender. In mehrfacher Hinsicht erschweren es uns diese Mängel der Handlungskonstruktion, des Stils und der Charakterzeichnung entscheidend, überhaupt zu verstehen, was das Buch uns sagen will.

Eon setzt ein mit der Entdeckung des »Steins«, eines ausgehöhlten Asteroiden, der als Raumschiff konstruiert wurde. Dieser Stein scheint leer zu sein, von seinen Erbauern im Stich gelassen; allerdings hinterließen sie dort ganze Städte, Bibliotheken, Ackerland. Nach und nach erfahren wir, daß der Stein von Menschen der Zukunft konstruiert wurde, wenn auch nicht notwendig solchen unserer eigenen Zukunft, daß die Sechste Kammer des Steins Maschinen beherbergt, um die Trägheit zu »dämpfen«, und daß die Entwicklung derartiger Maschinen zur Erschaffung einer »Singularität« von unbegrenzter Länge führte und daß diese in der Siebten (letzten) Kammer beginnende Singularität jedem erlaubt, an ihr entlang in die Zukunft und effektiv in Alternativuniversa zu reisen. (An einer Stelle erfahren wir, daß jeder Bruchteil eines Millimeters ein Paralleluniversum eröffnet; da der menschliche Körper viele Millimeter umfaßt, würde dies eine Existenz in einer Fülle von gesonderten, sich verschiebenden Universa gleichzeitig bedeuten.)

Das alles behandelt Bear detailliert und in den Erklärungen überzeugend. Stellenweise wird seine Physik vielleicht ein wenig dunkel, jedoch auf eine Weise, daß sie eigentlich nur desto realer wirkt. Die Tage sind vorbei, in denen angebliche »Hard-science«-Autoren über den »Hyperraum« schwafeln konnten oder schreiben: »Man stelle sich das Universum als ein großes Stück Papier voller Löcher und Buckel vor.«

Es gibt Hinweise auf einen mystischen Unterbau für Bears wissenschaftliche Wunder. Die Menschen der Zukunft rufen häufig das »Pneuma« an und benutzen andere unbestimmt religiöse Begriffe. Von größerer Signifikanz ist die Bezeichnung, die sie sich für die Singularität gewählt haben: »Der Weg« — oder vollständig »Der Weg des Lichtes und des Lebens«. Das *Tao-tê-ching* des Lao-tzu wird im Englischen gelegentlich als »Der Weg des Lebens« betitelt.

Gewisse magierähnliche Personen können von diesem »Weg« aus Pforten in ganz spezielle Welten auftun. Dabei gilt es zu vermeiden, daß das wachsende Tor sie verschluckt, wodurch sie »auf ewig für den Weg verloren« sein würden. Eine hübsche Paraphrasierung der Warnung Laotzus, daß der Weg, über den wir sprechen können, nicht der wahre Weg ist.

In den taoistischen Bezügen in *Eon* zeigt sich möglicherweise der Einfluß von Fritjof Capra und Gary Zukav. Ungewöhnlicher (und vielleicht zufällig) ist eine Verbindung zu einer alten jüdischen Mystiktradition, in der die menschliche Seele die »Sieben Hekaloth-Paläste« durchwandert. Und wie im »Stein« des Romans die Sieben Kammern, birgt auch jeder dieser sieben Paläste seine ganz eigentümlichen Wunder, die graduell für die un-trainierte Seele immer schwerer begreifbar werden. In einigen der interessanteren Passagen in *Eon* erfahren wir, daß die Paradoxien des Steins die Forscher nicht bloß höchlich ergötzen, sondern sie auch beunruhigen. In der Hekaloth-Mystik gelangt die Seele im Siebten Palast in die unendliche Gegenwart des Gottesthrones. Die siebte Kammer im Stein eröffnet die unendlichen Weiten des »Weges«.

Eine derartige Verknüpfung von Mystik und Wissenschaft gehört zur Tradition der Science Fiction. Nicht nur Olaf Stapledon (auf den der englische Verlag Gollancz auf seinem Buchumschlag verweist), auch Arthur C. Clarke, Theodore Sturgeon und sogar Robert A. Heinlein benutzten SF, um darzulegen, daß die physisch-materielle Welt — mehr als eine rein-geistige Theologie — zu einer Berührung mit dem Göttlichen führen könne. Indem Bear diese Verbindung strikt unter Kontrolle hält, als ganz konkrete Metapher, und weit weniger verstiegen als in den Lyrismen früherer Autoren, bringt er uns überzeugend in größere Nähe zur Akzeptanz der dem physikalischen Universum vielleicht innewohnenden mystischen Potenzen.

Hätte Bear sich in *Eon* darauf beschränkt, sein ursprüngliches Ziel anzusteuern, den Leser schwindlig zu machen (und etwa bei halbem Buchumfang?), uns hätte der Kopf bestimmt gewirbelt von der Ungezähmtheit und Tiefe der theoretischen Vorstellungen und ihrer technischen Anwendungsmöglichkeiten. Unseligerweise aber führen ein schwerfälliger Stil, schwache Personencharakterisierung und scheinbar nichtendenwollende politische und militärische Ränke und Manöver dazu, daß der Leser abstumpft, lange bevor er (oder sie) wieder auf ein paar saftigere Brocken Fleisch stößt.

In der Sprache nähert sich das Buch stellenweise quälendem Stumpfsinn. »Sie war nie schmetterlingshaft durch das gesellschaftliche Leben geflattert, mit einer Neigung, scharf und rasch und ohne viel artiges Getue zu fallen.« Oder: »Zwar vermochte sie nichts gegen ihren massiven Körperbau zu tun, doch ihr Geschmack, was Kleidung anging, war makellos.« An anderen Stellen fällt Bear auf alte Klischees zurück, um seine Personen zu charakterisieren. Zahlreiche Frauen verkünden ihre Erregung, indem sie die Augen großwerden lassen. Die spanischstämmigen Eltern Patricias werden als *altmodisch* beschrieben, weil sie von ihr erwarten, daß sie bis zur Vermählung Jungfrau bleiben solle. Da eine derartige Haltung so etwa vor zwanzig Jahren »altmodisch« war, dürfte sie dies wohl erst recht im nächsten Jahrhundert sein. Es hätte uns viel eher ein kleines Kichern entlockt, wenn Bear eine derartige Erwartungshaltung als *neumodisch* definiert hätte, oder als etwas, das inzwischen wieder altmodisch geworden war.

Wie häufig in der SF sind auch in diesem Buch die Menschen der Zukunft interessanter und besser durch-gedacht als die der Gegenwart. Das Buch beginnt mit vier Prologen, von denen drei in der Jetztzeit spielen. Der vierte, im Futurum angesiedelte Prolog ist gut durchkonstruiert und witzig und enthält verschiedene Andeutungen und Hinweise, die unser Interesse wecken. Die übrigen drei sind vollkommen spannungslos. Sie plazieren Personen und Situationen klacksig hin und lassen die Story vom Stapel — und mehr nicht.

Bear bemüht sich stellenweise, seinen Personen, besonders Patricia und dem Russen Mirsky, so etwas wie eine innere Wirklichkeit zu verleihen. Meistens jedoch hängen sie marionettenhaft von Klischeefäden, und recht brüchig altmodischen obendrein. »Die Russen« sind mißtrauisch, unwissend, aggressiv, neidvoll und brutal. Mirsky entpuppt sich als rare interessante Gestalt, die in der Bibliothek eine Wandlung durchlebt. In einer der saftig-schärferen Stellen des Buches schert Mirsky aus dem unentwegten Ränkespiel seiner Genossen aus, indem er ihnen eine unverschlüsselte Nachricht zuspielt, die sie samt und sonders nur wieder als besonders raffinierten Trick voller hinterhältiger Doppeldeutigkeit und versteckter Hinweise interpretieren. Bezeichnenderweise erfolgt Mirskys Bekehrung zu *Glasnost* unter Führung des US-Amerikaners Lanier, der aus der »Freien Welt« gekommen ist (so Bears Terminologie, gleichfalls wieder ein altmodischer Anachronismus) und *deshalb* von den Führern seines Gesellschaftssystems niemals hinters Licht geführt wurde (bzw. werden konnte).

Die Wissenschaftlergestalten erinnern an die SF-Comics der 1950er: heldenhaft und arglosen Herzens lieben und erstreben sie Wissenschaft und Erkenntnis nur um ihrer selbst willen, sie sind über persönlichen Nutzen und Gewinnstreben erhaben, angewidert von dem erbärmlichen Gezänk der Politiker ... Bears unterstellte Integrität der Vertreter der Wissenschaft (wohlgemerkt, der US-amerikanischen und chinesischen ... das Buch wurde *vor* der Entmachtung Hu Yaobengs und der Niederschlagung der Studentenproteste geschrieben!) verführt den Autor zu der größten Merkwürdigkeit in diesem Buch. Es geht um eine entsetzliche Entdekkung in der Bibliothek. Würden aber zeitgenössische Ereignisse tatsächlich der von futurologischen Autoren extrapolierten Entwicklung entsprechen, dann wären wir heute von einem (weltweiten) Atomkrieg und der Massenvernichtung der Menschheit nur um wenige Wochen entfernt. Die US-Amerikaner des Buches, die den Stein zuerst in die Hand bekamen, erkannten diese Gefahr. Nun sollte man doch annehmen, daß der Präsident der USA sich angesichts einer dermaßen entsetzlichen Prognose an seinen sowjetischen Gegenpart wenden und ihm sagen würde: »Da, schauen Sie, hier haben wir den Beweis, daß wir in eine Katastrophe treiben. Dagegen müssen wir was unternehmen!« Man möchte ferner annehmen, daß die Leute dann in ihren Datenbänken nachforschen, um festzustellen, was für politische Strategien und was für Aktionen kriegsauslösend seien, um dann sicherzustellen, daß so etwas sich halt nicht noch einmal ereignen könne. Man möchte ferner annehmen, daß sie diese Erkenntnisse veröffentlichen würden, um eine weltweite Wachsamkeit, ein Gefahrenbewußtsein auszulösen, wodurch die Weltgeschichte auf ein anderes Gleis geführt werden könnte. Aber nichts dergleichen geschieht. Statt dessen wird eine derartige Information vor jedermann — außer einer Handvoll Auserwählter — geheimgehalten. Bear liefert in seinem Buch für dieses paranoide Verhalten nirgendwo auch nur die kleinste Erklärung. An einer Stelle fragt Mirsky Lanier, warum die Amerikaner »es« den Russen nicht gesagt hätten. Lanier gibt die lakonische Antwort: »Und, was hättet ihr gemacht?« Daraufhin läßt Mirsky das Thema fallen.

Außer daß sie die Welt nicht von der drohenden Gefahr unterrichten, entsenden die US-Amerikaner — na, wen wohl? Genau — Wissenschaftler, die das Problem der alternierenden Zeitlinien erforschen sollen. Nun möchte man doch annehmen, daß *Polit*-Wissenschaftler, Soziologen, Historiker oder sogar (das *Pneuma* verschone uns damit!) Politiker... für solch eine Aufgabe sinnvoller eingesetzt werden könnten. Doch nein, der Präsident der USA beauftragt Patricia Vasquez, und die sitzt dann einsam in der Bibliothek und liest und fordert Apparate an zur Bemessung der Pi-Fluktuationen. Aber selbst wenn Patricia ein gewaltiger Durchbruch in der Erkenntnis Divergenter Universa gelänge, was wäre damit erreicht? Das Problem ist doch offenkundig ein politisches und nicht ein kosmologisches.

Es fällt einem während der Lektüre schwer, Bear auf einen Standpunkt zu Politik und Krieg festzulegen. In der Bibliothek wird sämtlichen Lagern der »präholokaustischen« Welt bescheinigt, daß sie »geistesgestört« seien. Doch als die Russen (durch Verrat) herausfinden, welche Gefahr da droht, denkt Patricia: *Vielleicht würde die Erkenntnis eines drohend bevorstehenden Krieges die Sowjets zum Einlenken und*

Nachgeben veranlassen, damit der Krieg vermieden wird ... Sollte Bear dies als ironischen Kommentar zu jenen extremen nationalpatriotischen Gefühlen gedacht haben, die zu Kriegen führen, so bietet das Buch dafür allerdings kaum Hinweise.

Signifikanter noch, wenn wir zu Bears Einstellung zu militärischen Aktionen kommen. Die »Russen« besetzen den Stein. Die endlosen Kampfbeschreibungen, die dem folgen, sagen jedoch kaum etwas über die Scheußlichkeit des Gemetzels aus. Wir werden im Buch darüber informiert, daß die Menschen entsetzt und überdrüssig seien über die unzähligen Opfer an Verwundeten und Toten. Andererseits aber wird uns Korpsgeist vorgeführt und eine faszinierte Detailbesessenheit bei diesem Bericht vom Kriegsschauplatz auf einem Asteroiden. Lanier ekelt das Schlachten tatsächlich an. Ihm dämmert sogar der Gedanke: Da der Atomkrieg alles Leben auf der Erde vernichtet hat, warum sollte irgendeiner noch Lust haben, hier auf dem Asteroiden weiterzukämpfen? Und er fragt dazu seinen Sicherheitschef: »Ja, kommt es denn wirklich darauf noch an?« Doch als dieser ihm Bescheid stößt: »Da haste verdammt noch mal recht, daß es da drauf ankommt!« reagiert Lanier sofort: »Also ich kämpfe weiter.« Ob Bear das als Kommentar auf die menschliche Dummheit gemünzt hat, ist nicht zu entscheiden, jedenfalls angesichts der höchlich erregten Kampfesschilderungen. Es drängt sich der Verdacht auf, daß Bears wirkliches Problem darin zu finden sei, daß seine Gestalten den Kampf nicht abbrechen, weil sich Bear dann nicht die Chance böte, all die netten technischen Probleme eines Krieges in den Sternen zu schildern.

Das Problem der Ironie wird noch deutlicher, wenn wir den Bereich des Post-Holocausts verlassen und in die Zukunft eintreten. Dort nämlich entdecken wir, daß die Menschheit sich einer unbotmäßig-aufmüpfigen militaristischen Spezies namens Jarts konfrontiert sieht. Dank der Raum/Zeitkrümmung der Singularität haben diese Jarts den »Weg« in Besitz genommen, lang bevor er überhaupt gebaut wurde (ein wirklich guter Denkquirl, das!). Die bösen

Jarts planen eine Ausrottungsaktion gegen die Menschheit (da ihr Plan aber gleichzeitig anscheinend auch ihre eigene Vernichtung herbeiführen müßte, ergibt das wenig Sinn, aber so sind sie nun mal, diese Jarts). Als Gegenschlag entwickeln die Menschen einen technisch grandiosen Plan. Im Erfolgsfall wird damit der »Weg« für alle Zeiten versiegelt und verstopft, womit die höchste technisch-geistige Leistung der Menschheit abrupt beendet wäre (hier wird es wirklich etwas verwirrend, denn der Schleusenwärter handelt dennoch so, als blieben die Schleusen doch irgendwie weiter vorhanden). So ganz nebenbei wird dadurch auch noch jedes einzelne Lebewesen zerstört, das sich irgendwo entlang der Unendlichkeiten des Weges befindet.

Eine solche Kehre in der Handlung klingt wie ein allerschärfster denkbarer Kommentar zu Militarismus, Irrsinn, Rassismus und wie das pessimistische Credo, daß sich das Wesen der Menschen (und der Aliens?) niemals ändern werde. Und dennoch, nichts im Ton der Erzählung läßt uns vermuten, daß Bear dies als Ironie beabsichtigte. Keine einzige seiner Figuren zieht in Zweifel, was sie zu tun sich anschickt und anrichtet. Und der Plan, sämtliche Jarts (und damit alle anderen Lebewesen) auszurotten, klingt eigentlich auch nur wie eine aufregende (wenn es hochkommt) wissenschaftliche Entdeckung, ein »Durchbruch« — noch ein hirnrissiges Schreckgespenst, nur eben größer als die anderen.

Ray Bradbury

Zen in der Kunst des Schreibens

(Zen & the Art of Writing, 1973*)*
Deutsch von Udo Breger
Sphinx Verlag, Basel 1987
93 Seiten, zweisprachig, DM 12,80

von Wolfgang Pollanz

Eine Absage sowohl an die reiner Kommerzialität verpflichtete Lohnschreiberei als auch an den Snobismus der Avantgarde erteilt Ray Bradbury in seinem Handbuch für Literaten, das der Schweizer Sphinx Verlag in einer liebevoll gemachten, zweisprachigen Taschenbuchausgabe herausgebracht hat. Lesbar ist Bradburys Reflexion über den Vorgang des Schreibens nicht nur für Leute der schreibenden Zunft, sondern durchaus auch für Leser, die Einblick gewinnen wollen in den kreativen Prozeß eines solch bekannten SF-Autoren wie Bradbury.

Zu Beginn des Buches entschuldigt sich Bradbury zunächst einmal, daß er einen so populären, ja fast überstrapazierten Begriff wie Zen (das Original erschien 1973 am Höhepunkt und Ende der Esoterikwelle der Hippie-Ära) sozusagen seines Aufmerksamkeitswertes wegen (Bradbury spricht sogar von »shock value«) verwendet, um den Leser anzulocken (und ich muß zugeben, auch ich habe mir das Buch seines Titels wegen gekauft, aus Neugierde eher als aus Interesse an Bradburys Gedanken zum Schreiben). Die Lektüre des Essays lehrt einen jedoch bald, daß es sich dabei natürlich um nichts anderes als einen rhetorischen bzw. literarischen Kniff des Vollprofis Bradbury handelt, der sehr wohl Kategorien des Zen einführt, um über die Technik des Schreibens zu sprechen.

Bradburys Kategorien heißen »Arbeit«, »Entspannen«, »Nicht denken«, wie sie in der Zen-Kunst des Bogenschießens etwa ähnlich verwendet werden, weil »auch hier, in der Kunst des Bogenschießens, lange Jahre vergehen müssen, in denen man nichts weiter lernt, als den Bogen zu spannen und den Pfeil einzulegen. Danach dann den manchmal langwierigen und nervenaufreibenden Vorbereitungsprozeß, um der Sehne, dem Pfeil gestatten loszuschnellen. Der Pfeil muß seinen Weg zu seinem Ziel durchfliegen, das niemals in Erwägung gezogen werden darf.« Bradbury gibt Autoren also den Rat, Ziele wie Verdienst, Ruhm etc. schleunigst zu vergessen und die handelnden Personen einer Geschichte, »ihre Finger, Körper, Blut und Herz in Aktion treten« zu lassen. Und im zweiten Teil des Buches, »Die Freude am Schreiben« betitelt, gibt Bradbury einen ganz konkreten Rat, der hier im amerikanischen Original wiedergegeben sei, um einerseits der zweisprachigen Ausgabe des Sphinx Verlages Tribut zu zollen, und um andererseits die Klarheit und Stringenz von Bradburys Sprache im Original zu würdigen: »Find a character, like yourself, who will want shomething or not want something, with all his heart. Give him running orders. Shoot him off. Then follow as fast as you can go. The character, in his great love, or hate, will rush you through the end of the story. The zest and gusto of his need, and there is zest in hate as well as in love, will fire the landscape and raise the temperature of your typewriter thirty degrees.«

Ich kenne kein einfacheres, klareres und besseres Prinzip zum Schreiben einer Geschichte als dieses.

David Brin

Gordons Berufung

(The Postman, 1985*)*
Deutsch von Jürgen Langowski
Wilhelm Heyne Verlag, München 1989
Heyne Science Fiction & Fantasy 06/4594
365 Seiten. DM 10,80

von Scott Bradfield

Nachdem ein nuklearer Krieg Amerika verwüstet hat, dauert es siebzehn Jahre, bevor jemand auch nur denken kann, wieder ein funktionierendes Postsystem aufzubauen. Und in solchen Zeiten braucht Amerika selbstverständlich mehr als ihren normalen Briefträger, um die Dinge wieder zum Laufen zu bringen; in solchen Zeiten braucht Amerika einen wahrhaft großen Briefträger, einen, der keine Angst davor hat, an die richtig ›großen Ideen‹ wie Freiheit, Liebe, Ehre, Verpflichtung zu glauben — Sie wissen schon, alle diese Dinge, die vermutlich vor allem anderen Amerika groß gemacht haben. Amerika braucht einen Briefträger wie Gordon Krantz, den Helden von David Brins letztem Roman. Gordon spricht von sich selbst als dem letzten Idealisten in einer grausamen, phantasielosen Welt. Er fühlt sich in seiner Männlichkeit hinreichend sicher, um sich in eine radikale Feministin zu verlieben — wenn er mit ihr politisch nicht übereinstimmt, muß das ja nicht bedeuten, daß er sie nicht als Persönlichkeit respektiert. Und er glaubt ganz fest *nicht* an Gewalt, außer natürlich sie ist absolut notwendig, und dann … nun, Gordon mag ja ein ausgeglichener Mensch sein, aber das heißt ja schließlich nicht, daß er sich alles gefallen lassen muß — nicht von *jedem.* Wie Robinson Crusoe verkörpert Krantz den zutiefst ethischen Menschen, diesen einst Rousseauschen, jetzt auf einmal indeterministischen Traum von der ›natürlichen‹ Moral und Ordnung. Im Gegensatz zu Crusoe hat Gordon jedoch offensichtlich viel Zeit in Kalifornien verbracht. Brins ganzer Roman mag in der Tat etwas zu viel Zeit in Kalifornien verbracht haben; seine ausgetüftelte Erzählstrategie sowie das Amerika nach dem Holocaust, das er entwirft, wirkt grauenhaft anheimelnd, ähnlich jenen kleinen Mitternachtsmärkten, für die Kalifornien zu Recht berühmt ist.

Sogar Brins Apokalypse stellt sich nicht so sehr als Unglück dar, als vielmehr als eine Art von patriotischer Bedürfnisanstalt. Gordon erinnert sich nur selten an den ›Schicksalskrieg‹, und dann auch nur, um den selbstlosen, zutiefst amerikanischen Mut seiner Waffenkameraden zu erwähnen; obwohl der Krieg zugegebenermaßen ja ziemlich häßlich war — mit den ganzen Hungersnöten, Epidemien und dem darwinistischen Kampf —, wird diesen expositionellen Fakten (in einem Roman, der fast *ausschließlich* aus Exposition besteht) aufs Heftigste widersprochen, beispielsweise durch die Dörfer, die Gordon in seiner mythischen Verkleidung als Briefträger besucht, Dörfer mit Namen wie ›Oakridge‹, die bevölkert sind mit Leuten wie Adele und Frau Thompson, überaus nette, gastfreundliche Menschen, die geduldig darauf warten, daß sie endlich aus diesem Sumpf thermonuklearer Barbarei herauskriechen und wieder verantwortungsvolle Postkunden werden können. Amerikaner sind eben einfach gute Menschen, sogar nach einem solchen ›Schicksalskrieg‹, der ihnen so wichtige zivilisatorische Errungenschaften wie Megavitamine und Zahnpasta entrungen hat. Brins Briefträger versucht nun, dieses ›gute‹ Land wieder zu vereinigen — das jetzt nur aus verstreuten Vorstädten auf der Suche nach einer gemeinsamen Einkaufsstraße besteht — und zwar mittels einer patriotischen ›Idee‹ oder eines ebensolchen ›Symbols‹. (Ich setze diese Begriffe in Anführungsstriche, um auf ihre aufdringliche, litaneihafte Wiederholung in Brins Erzählung hinzuweisen.) Gordon Krantz entwickelt sich nicht als Charakter, vielmehr wiederholt er immer wieder dieselbe dünne, forsch klingende Ideologie; er sieht sich selbst als einen, der nicht Amerika, sondern ›Amerika‹ rettet, oder, wie er selbst es nennt, »den Traum, der nicht sterben kann«. Offensichtlich meint er

Amerika: der Film. Und ebenso, wie demokratische Ideologie die Metaphysik eines Größeren Gottes verlangt (Gott oder, sagen wir Freiheit), befördert Brins Roman alles auf die Ebene einer nicht näher erklärten Abstraktion.

Schließlich produziert die Ideologie des *Briefträgers* ihre eigene erzähltechnische Unzulänglichkeit. Brin erklärt eher, als daß er beschreibt, und seine Figuren unterhalten sich nicht, sie dozieren. Gordon Krantz ist auch weniger ein Charakter als vielmehr ein Symbol, etwa wie die amerikanische Flagge, die, wo immer er seine Zustellungen vornimmt, auf der Frontveranda aufgezogen wird. Gordon ist eben, wie die postalischen Insignien auf seiner Mütze, von ›glänzenderem Metall‹ als die anderen Metalle, geradeso wie seine Liebe zu Dena größer ist, als die meisten erdenschweren Sterblichen sie wohl jemals erfahren werden; er ist sich noch nicht einmal sicher, ob »das Amerika vor dem Krieg, mit all seinen sexuellen Variationen, überhaupt ein Wort hatte, um die Art von Beziehung zu bezeichnen, die sie hatten«. Symbolische, namenlose, klischeehafte Ideale verschlucken individuelle Charaktere und ihre Handlungen genau so, wie individuelle Aktionen von Brins träge dahinfließender Handlungsführung verschluckt werden, einer Handlungsführung, die menschliche Motivationen und Persönlichkeiten auf sprechende Erzählapparaturen reduziert. Als Gordon sich durch die Sicherheitsvorrichtungen von Cyclops schleicht, diskutiert die Belegschaft gerade passenderweise prominente Meinungen über, ja natürlich, über Gordon Krantz, und natürlich sprechen sie laut genug, daß Gordon mithören kann. Obwohl Gordon sein Tagebuch an der Westküste verliert, sorgt eine Kette von lächerlichen Zufällen dafür, daß es im tiefsten Süden in den Händen seiner Holnist-Feinde wieder auftaucht, gerade rechtzeitig, um Krantz in Gefahr zu bringen und Brin dabei zu helfen, ein spannungsgeladenes ›großes Finale‹ in Szene zu setzen. Diese wiederholten erbarmungslosen Manipulationen am Leser zeigen, daß *Der Briefträger* nicht einfach nur handwerklich unzureichend ist; er ist durchgängig und sündhaft *fade.* Daß er sich in kommerzieller Hinsicht als ein Erfolg erwiesen hat (er ist für den Hugo und den Nebula nominiert worden und hat den Locus Readers' Poll für den besten Roman gewonnen), zwingt mich zu dem Schluß, daß dies auf eine wesensmäßige Verwandtschaft zwischen dieser Art von Halbstarken-Patriotismus und der Ideologie der Science Fiction im allgemeinen deutet. Der Amerikanische Traum ist auch der Traum der Science Fiction-Schreiber und ihrer Fans: der Traum von unantastbaren Gesetzen, Lehrsätzen, Fakten. Wie Amerika träumt die Science Fiction-›Gemeinde‹ von der Gruppe, vom Rudel, von einem unauflöslichen Netzwerk von guten Freunden. Ob es nun der Traum von der Technologie ist oder der Traum vom sommerlichen Urlaub im Fantasy-Land, sowohl die Science Fiction wie auch Amerika kämpfen gemeinsam um die Vorstellung einer gemeinschaftlichen und dauerhaften Lebensform, die sich allgemein durchsetzen und das menschliche und irdische Leben erträglich machen soll.

Doch sogar Gordon Krantz ist in der Lage (und wir hoffen stark, sein Schöpfer auch), zumindest einigen Argwohn zu hegen in bezug auf die Doppelbödigkeit von ›Idee‹ und ›Symbol‹. Er erkennt, wenn auch recht flüchtig, daß die holnistischen Überlebensideologen nicht nur der Feind ›Amerikas‹, sondern auch seine monströsen Doppelgänger sind. Die Holnisten, die sich, um ihren militaristischen Barbarismus zu legitimieren, auf Legenden berufen, besitzen sogar eine Art von konstitutioneller Charta, einen ursprünglichen und unbefleckten Text mit dem Titel *Die Verlorene Herrschaft,* verfaßt von ihrem Gründer Nathan Holn. Holns Handbuch der Überlebensideologie basiert ebenfalls auf ›großen Ideen‹, aber großen Ideen, die zugleich auch ›große Lügen‹ sind. Und da macht Gordon eine Gratwanderung bezüglich einer erstaunlichen Frage: was unterscheidet denn nun seine eigene metaphysische Strategie von der der Holnisten? Der Augenblick von Gordons Gratwanderung ist jedoch gleichzeitig auch der Augenblick, an dem die Geschichte eine Kehrtwendung vollführt, und Gordons zögerliche Spekulationen werden von dem ungeschickten, auf traurige Weise an seine Grenzen geratenen Autor schnellstens abgeschnitten. Die nicht wankende, gnadenlose Maschinerie der Handlungsführung trägt den Protagonisten weit weg von einer politischen Frage, die ihn ohnehin nur beunruhigen könnte, und ein Roman, der vorgibt, spekulativ zu sein, versagt es sich am Ende, über die Fragen zu spekulieren, die er selbst aufgeworfen hat. Als Leser sollte man Brins Vorgehensweise auf den Kopf stellen. Vergessen Sie den Roman und denken Sie statt dessen über seine vergessenen Fragen nach.

Italo Calvino

Cosmicomics

(Cosmicomiche vecchie e nuove)
Deutsch von Burkhart Kroeber
Carl Hanser Verlag, München / Wien 1989
417 Seiten. DM 39,80

von Michael K. Iwoleit

Als 1969 Italo Calvinos KOSMOKOMISCHE GESCHICHTEN zum ersten Mal in einer deutschen Übersetzung erschienen, wurden sie zu einem der größten Mißerfolge des Buchmarkts. Der S. Fischer Verlag setzte gerade ein paar Hundert Exemplare ab. Anfang der Achtziger brachen für diesen Autor aber auch bei uns insbesondere durch den Erfolg seines Romans WENN EIN REISENDER IN EINER WINTERNACHT bessere Zeiten an, so daß es der Hanser Verlag nach offensichtlich langem Zögern und der Publikation zahlreicher anderer Bücher Calvinos nun mit einer Neuausgabe dieses Erzählbandes versuchte, die sich auf eine 1984 erschienene, erneuerte Originalausgabe stützt. Die Neuübersetzung (ein

Lob jedem Verlag, dem eine solche Investition nicht zuviel ist) schlägt dabei häufig verspieltere, naivere Töne an als die (sehr gute) Erstübersetzung durch Heinz Riedt, kommt dadurch den Phantasieflügen Calvinos, den man in eine Reihe mit skurrilen, märchenhaften Phantasien wie Lewis Carrol oder Paul Scheerbart stellen kann, aber wohl noch mehr entgegen.

Die COSMICOMICS, wie diese Geschichten heißen, sind eine seltsame Mischung aus Science Fiction, modernen Märchen und Fabeln. Bis auf die vier Beiträge im letzten Teil des Buches, die mit dem Rest in kaum ersichtlichem Zusammenhang stehen, ist jeder Erzählung ein Abschnitt vorangestellt, der in Form einer wissenschaftlichen Hypothese oder eines Kerngedankens aus einer Theorie das Motiv vorgibt, das in der folgenden Erzählung ausgesponnen oder über das manchmal wie über ein musikalisches Thema frei improvisiert wird. So greift der Abschnitt »Entwickelte und Mutanten« diverse Übergangsphasen in der Entwicklungsgeschichte des irdischen Lebens auf, wie das Verschwinden der Dinosaurier und Auftreten der Säugetiere, die »Geschichten über die Erde« Entwicklungsphasen der irdischen Geologie, die »Geschichten über den Mond« Hypothesen über die Mondentstehung, die »Geschichten über die Sonne« Theorien und Fakten zur Sternentstehung und -aktivität, die »Geschichten über das Universum« Gedanken aus der Kosmologie und Relativitätstheorie und die »Biocomics« molekularbiologische Fakten. Ich-Erzähler ist ein Held mit dem zungenbrecherischen Namen Qfwfq, eine Art kosmisches Bewußtsein oder eine Wesenheit, die in immer neuen Inkarnationen die Geschichte des Universums und der Erde miterlebt, mal als Einzeller, mal als Molluske, mal als Mensch, gelegentlich auch als vorbiologische Erscheinungsform. Die meisten seiner Erzählungen sind Liebesgeschichten. Immer wieder trifft er auf ein weibliches Gegenstück, von dem er im Laufe der Entwicklungsgeschichte getrennt wird und mit dem er die ursprüngliche Einheit wiederherzustellen versucht. Außer der genannten Unterteilung folgen die Geschichten keiner Ordnung oder Chronologie. In lokkerem Plauderton führt Calvinos Nahes und Fernes zusammen, abstrakte naturwissenschaftliche Zusammenhänge mit profanen Eifersüchteleien und Streitereien, die Erzählweisen von Comics, Fabeln und Märchen mit in philosophischer Strenge durchgeführten Gedankengängen, Wetten, Kinderspiele, Ehekrisen der vielen, Qfwfq ähnlichen Figuren stutzen gewaltige kosmische Zeiträume auf ein irdisches Maß zurecht. Das Buch umfaßt so ein ganzes Spektrum in Aufbau und Ideen sehr unterschiedlicher, in ihrem spielerischen Charakter auch wieder ähnlicher Geschichten, das von an Albernheiten grenzenden Scherzen wie »Solang die Sonne hält« und »Die Lichtjahre« bis zu bizarren Parabeln wie »Ein Zeichen im Raum«, einem Lehrstück zur Zeichentheorie, oder »Der weiche Mond« reicht, worin das Glas-, Plastik- und Stahl-Antlitz der zivilisierten Erde als Rekonstruktion ihres Ursprungszustandes erscheint. Zu den überzeugendsten Ergebnissen führt Calvinos Verfahrensweise der freien Gedanken- und Motivverknüpfungen dort, wo es ihm gelingt, einen symbolischen Ausdruck für Erscheinungen der Gegenwart zu finden, etwa in »Die Kristalle«, einer Parallelführung zwischen dem Chaos in der modernen Zivilisation und der Phase in der Erdgeschichte, als die Erde von einem kristallinen in einen amorphen Zustand überging, oder »Das Blut, das Meer«, der intensivsten Erzählung in diesem Band, die einen seiner Kerngedanken, den Gegensatz zwischen dem Einssein von Leben, Welt und Bewußtsein in einem archaischen Anfangszustand und der Vereinzelung des erlebenden Bewußtseins im Heute, originell variiert. Wenn man überhaupt eine gemeinsame philosophische Ausrichtung in Qfwfqs Erzählungen ausmachen will, dann besteht sie in einer Sehnsucht, aus zersplitterten späteren Epochen in die Überschaubarkeit und Klarheit des Anfangs zurückzufinden.

Vielleicht charakterisiert kein anderes Buch Calvino besser als Vertreter einer Literatur, die sich nicht einmal den Anschein gibt, Phantastisches als Wirkliches darzustellen, sondern Erzählen als ein Spiel mit dem Leser auffaßt, bei dem sich beide stets bewußt sind, daß hier nichts abgebildet, sondern erfunden, phantasiert und geflunkert wird. Es ist eine sehr bewußte Art des Schreibens, die sich auch als Auseinandersetzung mit der Erzählung und dem Charakter von Fiktionen überhaupt verstehen läßt, die aber leicht etwas Unverbindliches hat, trotz aller Experimentierfreudigkeit wenig wagt, weil sie alles in einer Sphäre des nicht ganz ernst Gemeinten beläßt, Banales und Bedeutungsvolles aneinander zerreibt. So enthalten auch die COSMICOMICS neben einigen glänzenden Erzählungen erschreckend mißlungene Beiträge, insbesondere in den »Deduktiven Erzählungen« des Schlußabschnits, in der die erzählerische Situation, in »Nullzeit« das Duell zwischen einem Jäger und einem Löwen, oder in »Die Fahrt durch die Nacht« der telephonische Streit zwischen einem Liebespaar, nur Anlaß und Rohmaterial für eine sprachliche Zergliederung, für ein Fabulieren mit der Sprache selbst ist, für das die Gedankengänge der Protagonisten nur einen Vorwand bieten. Hier zeigen sich Ähnlichkeiten zwischen Calvino und seinem Landsmann Tommaso Landolfi (von dem er auch eine Sammlung von Erzählungen herausgegeben hat, auf deutsch in zwei Bänden bei Rowohlt erschienen), der sich häufig desselben Verfahrens bedient. Dabei verlassen Erzähler wie Calvino und Landolfi nicht nur den Boden des realistischen Erzählens, sondern jeglichen an Inhalten gebundenen Erzählens überhaupt und blenden den Leser mit einem nebulösen Wortgewölk, das nur die Frage zurückläßt, warum hervorragende Autoren ihr Talent so leichtfertig verschwenden. In den COSMICOMICS sind solche Momente literaturästhetischer Aufgeblasenheit glücklicherweise selten (auch wenn sie die Erzählung »Priscilla« völlig ruinieren), trüben den Gesamteindruck der Sammlung aber merklich. Um der guten Geschichten willen kann das Buch trotz dieser Einschränkung jedem Liebhaber origineller Phantastik empfohlen werden. Wer mit dem in der italienschen Literatur verbreiteten Verfahren des Autors, die eigenen Ideen durch Verspieltheit und augenzwinkernder Ironie ständig zu negieren, Schwierigkeiten hat, wird hier wenig Überzeugendes finden.

Jonathan Carroll

Die panische Hand

Suhrkamp Verlag, Frankfurt am Main 1989
Phantastische Bibliothek st 1635
145 Seiten. DM 10,—
Deutsch von Franz Rottensteiner

von Detlef Hedderich

Neben zwei phantastischen Romanen hat Jonathan Carroll auch eine ganze Reihe von Kurzgeschichten geschrieben, die nun mit DIE PANISCHE HAND zum ersten Mal in gesammelter Form auf deutsch vorliegen. Seine Stories und Erzählungen sind dabei von einer vorherrschenden Idee geprägt: der Idee, daß die Macht des Wünschens die Fiktion in Wirklichkeit verwandeln könne.

In »Mr. Fiddlehead« z. B. ist es der unbändige Wunsch der verheirateten Freundin der Protagonistin, die ihrer unerfüllten Ehe dadurch entflieht, daß sie sich ihren Wunschmann regelrecht herbeiwünscht; in den sich die Protagonistin, die Freundin dieser Frau, schließlich verliebt. Doch schon bald beginnt Mr. Fiddlehead sich aufzulösen, weil sich die Ehe der Freundin wieder einzurenken beginnt und der Wunschmann — sozusagen — an Wichtigkeit einzubüßen beginnt. Doch das können die verliebte Protagonistin und Mr. Fiddlehead natürlich nicht hinnehmen, da sie dadurch ihr gemeinsames Glück schwinden sehen. So beginnen sie gegen die glücklichen Umstände der Ehe dieser Freundin zu intervenieren, um dadurch Mr. Fiddlehead wieder erforderlicher und damit realer zu machen.

Auch in der nächsten Story, die diesem Band seinen Namen gab, geht es um eine Wunschperson. Hier lernt der Protagonist im Zug, auf dem Weg von Wien nach München, eine gutaussehende Frau und ihre bezaubernde Tochter kennen. Doch irgend etwas stimmt mit den beiden nicht. Das junge Mädchen verfügt scheinbar über die Fähigkeit,

Wunschbilder Wirklichkeit werden zu lassen. Und weil sie selbst so gerne einen Freund hätte, sich aber nicht traut, jemanden anzusprechen — da sie leicht stottert und sich nicht für besonders hübsch hält —, versucht sie ihre Bedürfnisse auf eben diese besondere Weise auszuleben.

»Viertel nach dir« hingegen handelt davon, wie man eine solche Wunschperson in ihr Gegenteil verkehren oder sie sogar austreiben kann.

Um eine ganz andere Art phantastischer Realität geht es in »Die Traurigkeit liegt im Detail«: in der eine verheiratete Mutter um das Glück ihrer Kinder fürchten muß.

Ebenfalls um Glück, oder besser gesagt um Reichtum, geht es in »Lauf dem Bären in den Schlund«, in dem der Protagonist sich immer wieder vorstellt, wie es wäre, reich zu sein. Als er es dann schließlich ist, reagiert er ganz anders, als er sich das vorher vorzustellen wagte.

Auch die nächste Story ist eine Was-wäre-wenn-Geschichte, in der sich ein erwachsender Mann »Zurück auf die Schulbank« genötigt sieht.

Die Umdrehung von Glück in Unglück oder besser gesagt, wie jemand durch sein Unglück erst zu seinem Glück findet, behandelt »Die Herbstkollektion«.

Auch »Der Jane-Fonda-Saal« scheint das Glück zu bringen, verkehrt sich aber rasch ins Gegenteil.

Bei der nächsten Geschichte geht es um »Die Tücke des Subjekts«, als ein Telefonbeantworter sich in eine lebende Seele verwandelt.

Die beiden Shortstories »Florian« und »Die Toten lieben dich« springen gegenüber den anderen Geschichten etwas aus dem Rahmen, weil sie es im Grunde unmöglich machen, einwandfrei festzustellen, was denn nun Wirklichkeit und was Fiktion ist.

Eindeutiger sind da schon »Mein Zündel« und »Freund des Menschen«, in denen es beide Male um einen nicht ganz gewöhnlichen Hund geht, der dem Menschen erst zum Verhängnis wird, ihm aber auch zu seiner Rettung verhilft.

Die einzige Story mit nur schwachem Bezug zum Phantastischen ist »Die Party bei Brenda«, die sich allerdings für die Protagonistin zu einem großen persönlichen Unglück entwickelt.

Carroll schreibt mit seinen Geschichten — das kann man wohl sagen — im Grunde nichts anderes als moderne Märchen. Großstadtmärchen. Märchen, in denen das Wünschen zwar noch eine Wirkung zeigt, aber den Protagonisten dadurch meistens kaum die Last ihrer Probleme genommen wird. Vielmehr wird deutlich, daß das Erfüllen von Wünschen, auch in unserer heutigen Zeit und in unserer heutigen Welt, die Probleme des Lebens nicht beseitigen kann. Das kann eben doch nur jeder aus eigener Kraft. Und oft nicht einmal das. Unvermittelt eintretende paradiesische Zustände jedenfalls machen das Ganze meistens nur noch schlimmer. Der Kern einer Sache liegt nämlich meistens in uns selbst, und so ist die Suche bei einem anderen oder in der Außenwelt fast immer nur Blendwerk, um von der eigenen Unzulänglichkeit, den schlechten Eigenschaften oder der Schuld abzulenken, die einzugestehen zwar der erste Schritt in die richtige Richtung wäre, aber wozu kaum ein Mensch je fähig ist. Allein die Erfahrung davon bringt den Protagonisten häufig schon einen kleinen Sieg der Erkenntnis oder macht sie zumindest nachdenklich. Und sollte sich dieser Effekt auch beim Leser bemerkbar machen, so hat der Autor schon eine ganze Menge bewegt.

Die professionelle Übersetzung aus dem Amerikanischen ins Deutsche von Franz Rottensteiner ist exzellent, und die Umschlagillustration von Beverly Carroll verleiht diesem Band genau das richtige Äußere. Lediglich der Preis von zehn Deutschen Mark für ganze 145 Seiten erscheint doch etwas zu hoch gegriffen.

Wolfram Eicke

Koma Koma

Rowohlt Taschenbuch Verlag, Reinbek 1989
rororo 12481
154 Seiten. DM 6,80

von Thomas Roth

Drei Uhr achtundzwanzig, morgens, auf der Autobahn, linke Spur, Tempo 321, auf dem Rückweg von Griechenland, nonstop in einer Tour, ermüdendes Fahren ohne Pause, ab und zu ein paar Anfänge, die einem so durch den Kopf gehen, auf Band gesprochen, geniale Ideen für einen Verleger, der dafür doch nur ein paar müde Mark rüberreicht, quälende Gedanken an Mara, die er vor drei Wochen fluchtartig verlassen hatte, er ist erschöpft, das matte Morgengrau war die fotografierte Müdigkeit, und noch immer über 500 Kilometer bis nach Torstedt ... **Da passiert es!!!**

Was, das weiß Werno Fellingten, der Protagonist und Anfänger (das ist einer, der Romananfänge für Schriftsteller schreibt, die Schwierigkeiten mit dem berühmten ersten Satz haben) auch nach seinem Aufwachen aus einem nebelhaften Schlaf nicht so genau. Er findet sich in einem fremden Auto wieder, geparkt auf dem Seitenstreifen einer Schnellstraße, ohne die geringste Ahnung, wie er dorthin gekommen sein könnte, nur mit schattenhaften Erinnerungen an einen fragmentarischen Traum in seinem Kopf.

Die Schatten in seinem Kopf werden sich nicht lichten, obwohl Werno alles versuchen wird, seine neun Jahre umfassende Erinnerungslücke zu schließen.

Neun Jahre, in denen sich gravierende Änderungen vollzogen haben, Änderungen, die nicht nur die gesamte Struktur der Gesellschaft betreffen, sondern bis ins Kleinste, bis in sein eigenes, vormals selbstbestimmtes Leben reichen: Seine Heimatstadt besteht nur noch aus Fassaden, Leuchtreklamen, und Spiegelflächen, Spielhallen, Banken und Boutiquen darstellend, die Menschen kennen nur noch Vergnügen und Unterhaltung, das Leben ist zum Riesenspaß mutiert. Nicht nur ganz ›normale‹ Zeitgenossen verbringen ihre Tage mit Game-Shows und Disneyworldbesuchen, auch Politiker finden wieder Spaß am Leben; sie werden in der Öffentlichkeit von Schauspielern gedoubelt und erhalten somit Zeit, ihren anderweitigen geschäftlichen Verpflichtungen nachzugehen, einzig in Showsendungen sind sie noch persönlich dabei, immer ein fröhliches Lied auf den Lippen.

Doch der Spaß hat auch seine bewachten Grenzen, wie Werno alsbald erkennen muß. Nachdem er von der Polizei als renitenter Parksünder ins Gefängnis gesteckt wurde, macht er sogleich die Bekanntschaft von Dr. Block, seines Zeichens Hausarzt der Präsidentenbank, der ihm auch sofort das einzuoperieren gedenkt, was ihm zu einem vollwertigen Mitglied der Gesellschaft fehlt: ein künstliches Gedächtnis. Dieses wird an das neuronale Nervensystem angeschlossen, man trägt es bequem unter der linken Achselhöhle, um durch Einschieben einer Kreditkarte, auf der die letzten Einkäufe gespeichert sind, sein Lustempfinden ganz erheblich zu steigern und ein Glücksgefühl ohnegleichen zu erleben: den Kaufrausch. Es ist, als würde man schweben, dahingleiten über einer Wolke aus Einkaufszentren, grenzenlose Himmelsstraßen aus Gold führen direkt in seligmachende Konsumtempel, man hat den Himmel auf Erden und die Barbie-Puppe in der Hand. Die alten, klassischen Drogen Heroin, Kokain und Koffein wurden in dieser Gesellschaft durch die neuen Drogen Konsum, Nachrichten und Gameshow ersetzt. Zum erstenmal in der Geschichte der Menschheit verfügt damit die Regierung über das uneingeschränkte Monopol an Drogen. Jeder Mensch ist natürlich frei, zu denken und selbstverständlich auch zu träumen, was er will, die Regierung verfügt aber genauso selbstverständlich über das Monopol der Gedächtnisdatenbank, jener Datenbank, in der sämtliche Erinnerungen, selbst die Träume, aller Menschen gespeichert sind, was sie aber genauso selbstverständlich niemals in einer für sie negativen Weise benutzen würde.

In seinem Bestreben, seinen Platz in der Gesellschaft zu finden, wird Werno von Dr. Block tatkräftig unterstützt, um nicht zu sagen bedrängt. Versucht dieser doch mit allen ihm zu Gebote stehenden Mitteln, und die sind als Chef der Gedächtnisdatenbank nicht eben wenige, Wernos Leben in seine Hand zu nehmen. Natürlich wehrt sich Werno gegen eine solche Bevormundung, nützen tut es ihm allerdings wenig, denn er ist allein in einer Gesellschaft, die ihm trotz ihrer Vertrautheit fremd erscheint und deren Spielregeln er nur schwer akzeptieren kann.

Nach einer langen verzweifelten Suche nach seiner Geschichte und seiner Identität in dieser ihm fremden Welt wird Werno Fellingten allmählich klar, daß er lediglich eine Figur in dem Spiel eines Mannes war, der selber gefangen ist in den Spielregeln einer Gesellschaft, deren größtes Verbrechen darin besteht, anders zu sein. Und auch der unausweichlichen Wahrheit muß er ins Gesicht sehen: Er ist trotz allem ein Teil dieses Systems, er gehört zu ihm, und einen Ausweg gibt es nicht. Er kann nur eins tun: TANZEN.

In *Koma Koma* erzählt der 34jährige Wolfram Eicke, der nach dem Abitur zuerst einige Jahre beim Funk tätig war, bevor er sich 1984 als freier Schriftsteller in Lübeck niederließ und 1988 den Friedrich-Hebbel-Preis erhielt, die Geschichte eines Menschen, der eines Tages entdeckt, daß die Welt, vorher so vertraut, ihm nun völlig fremd und er ein Ausgestoßener ist. Diese Konstellation benützt er als Plattform für sein eigentliches Anliegen, die Warnung vor einer total kontrollierten Welt, in der der Mensch nur noch nach seiner Kaufkraft bemessen wird und das televisionäre Zeitalter bereits Wirklichkeit geworden ist. Und hierin, in der Konzentration auf soziale Kritik, liegt auch die Hauptschwäche des Buches, wirkt doch die Handlung ziemlich dünn, die Charakterisierung der Personen oberflächlich. Auch ist die Idee nicht eben neu zu nennen, ist sie doch eins der Hauptversatzstücke in der Science Fiction. Doch Wolfram Eicke ist es gelungen, ihr neue und aktuelle Aspekte abzugewinnen. Wie aktuell, das wird deutlich, betrachtet man sich die neuesten Überlegungen und Szenarien zum Thema »Zukünftige Gestaltung unserer Lebenswelt«. Diese Projektionen beziehen sich sowohl auf die ökologisch-technischen Aspekte zukünftigen Wohnens wie auch auf die konsumentenfreundlichere Gestaltung der ›Shoping Centers‹; dem Kunden soll das Einkaufen dergestalt erleichtert werden, indem ihm ein Chip in die Handfläche integriert wird, mit dem er die Waren, welche er zu kaufen beabsichtigt, berührt, die Bezahlung erfolgt automatisch und bargeldlos.

Diese bereits heute gedachten Visionen eines bequemeren Einkaufens machen deutlich, daß Wolfram Eickes zunächst etwas bizarr und phantastisch anmutende Beschreibung des bundesrepublikanischen Lebens in neun Jahren gar nicht mal so abwegig ist, wie man auf den ersten Blick vielleicht glauben mag. Die Bereitschaft, die schon bestehenden Techniken weiterzuentwickeln und konsequent einzusetzen, ist vorherrschend in den Köpfen der Entscheidungsträger, namentlich der Politiker, selbst wenn die Tendenz dabei in eine Richtung weist, die dem Menschen das eigenverantwortete Leben nicht erlaubt, ihn im Gegenteil immer fester an das Gängelband des elektronischen Chip bindet. In dieser Warnung vor einer Welt der totalen Kontrolle, die so fern gar nicht mehr ist, wie sie manchem Zeitgenossen heute noch scheint, liegt die Essenz von *Koma Koma.* Trotz seiner Schwächen also ein lesenswertes Buch.

Raymond Federman

Die Nacht zum 21. Jahrhundert oder aus dem Leben eines alten Mannes

(Twofold Vibrations, 1982*)*
Deutsch von Gerhard Effertz
Greno-Verlag, Nördlingen 1988
248 Seiten. DM 32,—

von Michael Nagula

Science Fiction? Sagen wir Literatur. Wer zu Federmans Roman greift, wird sich nicht die Boyscout-Mentalität utopischer Landserromane, ob deutscher oder amerikanischer Provenienz, erhoffen. Aber ... Da ist vielleicht die Hoffnung, daß hier für denjenigen, der mit solchen Texten aufwuchs, etwas von der einstigen Anziehungskraft fremder Welten zu neuem Leben erwacht, daß der Versuch, über die Unendlichkeit des Raums wirklich und wahrhaftig die ZUKUNFT zu erforschen, sich diesmal nicht im Hasch-mich-Spiel flammenreitender Glitzerjets oder durchs All kollernder Kugelraumer erschöpfen möge, sondern dem Leser die Möglichkeit bleibt, für sich *selbst* jenen fiktionalen Raum zu erschließen — als Projektion einer Vielzahl von Selbsten in eine Zeit, die den Vorteil hat, unbekannt zu sein und rein zufällig ›Zukunft‹ genannt wird. In DIE NACHT ZUM 21. JAHRHUNDERT könnte man sie ebensogut ›Heute‹ nennen, ›Gestern‹ oder ›Nie‹.

Federman ist einer der wenigen Autoren der ›allgemeinen Literatur‹, die keine Berührungsängste mit der Science Fiction haben. Ihm geht es um das Erschaffen von Räumen, die er mit Alter egos, Substituten seiner Persönlichkeitsaspekte, füllen kann. Sein jüngst auf deutsch erschienener Hardcover arbeitet mit einer Vielzahl ineinanderlaufender Stimmen, sich kreuzender und querender Erzählperspektiven, dirigiert von den Kommentaren jenes Erzählers, den man versucht sein könnte, den Autor zu nennen, würde er nicht im nächsten Augenblick unversehens selbst unterlaufen und aufgelöst, zersprengt. Was da an ›Handlung‹ bleibt? Alles.

Silvesterabend 1899: Henry James rasiert sich seinen Bart ab, wodurch der Lauf der jüngeren Geschichte völlig verändert wird. Silvesterabend 1999: Ein alter Mann, dessen Namen wir nie erfahren, wartet auf seine Deportation in die ›Raumkolonien‹ — Monde und Planeten, die fünf Jahre zuvor im Sonnensystem und der restlichen Milchstraße erobert wurden. Doppelte Schwingungen, wie der Originaltitel des Romans verheißt. (»Ja, ja, ich weiß, logisch gesehen fängt das 21. Jahrhundert erst am 1. Januar 2001 an, aber in dieser Geschichte, weil es so besser auskommt, nehmen wir einfach an, daß es am 1. Januar 2000 anfängt, damit es, gedoppelt sozusagen, mit dem Abflug unseres alten Mannes und der möglichen Apokalypse zeitlich zusammenfallen kann«) Die mögliche Apokalypse ist der Abgang des alten Mannes von dieser Welt, auf der es seit 1993 die Vereinigten Staaten des Planeten Erde gibt, kurz U.S.P.E. genannt. Alle Staatsgrenzen wurden abgeschafft, als seinerzeit von einem Moment zum anderen alle Menschen zu lachen begannen. Die Lachkrise wurde ernstgenommen. Drastische Maßnahmen mußten getroffen werden, um die politischen und sozialen Verhältnisse den veränderten Bedingungen anzupassen. Wer sich weigerte oder unfähig war, zu lachen, wurde für schuldig befunden, die Ausgestaltung der neuen Frohsinnsgesellschaft, deren Perspektive auf die Vergangenheit selbstredend eine der Erheiterung ist, zu behindern. Das Urteil: Deportation. Den alten Mann betrifft das nicht. Er ist ein Strahlemann, eine Lachkanone; aber er soll deportiert werden. Er fragt sich, warum. Die Zeit bis zum 21. Jahrhundert wird ihm nicht lang.

Zweiundachtzig ist der alte Mann, Jahrgang 1918, und unaufhörlich dröhnt die Vergangenheit in seinen Ohren. Seine besten Freunde Namredef (Federman rückwärts gelesen) und Moinous (frz. »Ich-uns«/»Selbst-wir«) durchforsten sein Leben nach Anhaltspunkten. Sie erzählen dem Erzähler des Romans, was ihnen der alte Mann erzählt hat. Seine Schilderungen erschienen ihm selbst wie nachträgliche Fiktionen, und auch Namredef und Moinous, deren Erinnerungen lükkenhaft und unzuverlässig sind, haben eine verwirrende Art, gleichzeitig zu reden und sich gegenseitig ins Wort zu fallen; wendet sich Namredef an Moinous, ist dessen Name auf einmal Moimoi. Klarheit in ihre Schilderungen zu bringen, fällt dem Erzähler schwer, ein zeitlicher Ablauf läßt sich kaum ermitteln, und die schriftliche Wiedergabe wird durch die Herrschaft gebrochen, die der Text an sich reißt, der in seiner Zerstückeltheit seinen eigenen Aussagen widerspricht, sich für unfertig und aus der Schreibmaschine des alten Mannes stammend erklärt und so die Koordinaten von Zeit und Raum außer Kraft setzt. Zuletzt ist der Text nur noch Fiktion eines Textes, der über sich selbst spricht, eine Fiktion, die erst im Leser erschaffen wird und keinen Erzähler, keine Erzählperspektive oder Erzählfigur kennt. Ernstgenommen vernichtet sich der Text hier selbst.

Soviel erfahren wir von der Lebensgeschichte des alten Mannes: seine Kindheit in Paris, seine Flucht vor den Nazis, denen die Eltern und Geschwister zum Opfer fallen, seine politischen Abenteuer in der amerikanischen Antikriegsbewegung der sechziger Jahre, seine leidenschaftliche Liebesaffäre mit June Fanon, dem großen Filmstar, erste literarische Gehversuche und späte Durchhaltebemühungen während frenetischer Casinonächte und vor allem die Reise des alten Mannes ins heutige Deutschland, sein Besuch eines Vorzeige-Kzs. Die Gegenwart verrinnt über der Wiedereroberung der Vergangenheit, einer Vergangenheit, die unsere Gegenwart ist und erst über die Zukunft so etwas wie Faktizität erlangt — auch wenn es eine vermeintliche ist; eine Vermeintlichkeit, die man Fiktionalität der Lebenswelt nennen kann und die sich auch darin zeigt, daß alle Arbeiten des Autors zusammengenommen sich als ein einziges Werk lesen lassen. Das Personal bleibt gleich, und die Texte verweisen aufeinander (bisher auf deutsch: ALLES ODER NICHTS, Nördlingen 1986; DIE STIMME AUS DEM SCHRANK, Hamburg 1989; EINE LIEBESGESCHICHTE ODER SOWAS, Nördlingen 1987). Allgegenwärtig ist in ihnen das zentrale, unaussprechliche Ereignis von Federmans Leben, ein Ereignis, das ständig umgangen, berührt, verneint, ausgesprochen, fiktionalisiert werden muß: die Ausrottung seiner Familie, ein Schicksal, dem Federman nur entging, weil seine Mutter ihn in einen Schrank einsperrte. Sicher wird auch darauf verwiesen, wenn der alte Mann am Ende des vorliegenden Romans aus unerklärlichen Gründen *einfach nicht abgeholt wird.* (»UND WAS IST MIT MIR, WAS IST MIT MIR, schrie er mehrere Male und schlug sich mit den Fäusten auf die Brust«)

Das klingt schon nach autobiographischer Vergangenheitsbewältigung, zumal bei einem Autor, dessen 1901 geborener Vater 1942 tatsächlich von den Nazis deportiert wurde. Diese Zeitspanne entspricht — titelgemäß gedoppelt und über eine Spiegelachse in die Zukunft hinein verlängert — genau dem Alter des alten Mannes. Es wäre jedoch falsch, daraus den Schluß zu ziehen, der Autor habe sich hier aus einem womöglich falsch verstandenen Schuldbewußtsein heraus an die Stelle des verlorenen Vaters setzen wollen und ihn fiktionalisiert, um ihn wieder zum Leben zu erwecken. Dazu ist die Anlage der Figur zu komplex. Wie Federman in einem Interview (»Schreibheft 31«, Essen 1988) sagt, setzt sie sich, soweit es ihm während der Arbeit an dem Roman klarwurde, wenigstens aus drei Aspekten zusammen: seinem Vater, ihm selbst und Samuel Beckett, einem persönlichen Freund, mit dessen Werk sich Federman — der seit 1947 in den Vereinigten Staaten lebt, wo er als Professor für Vergleichende Literaturwissenschaft an der Universität von Buffalo, New York, tätig ist —, in einer Reihe von Aufsätzen eingehend befaßt hat. »Auf irgendeine Weise, ja, ließ ich meinen Vater in die Zukunft hinein auferstehen.« Gleichzeitig wird der alte Mann jedoch durch die Vielzahl der Stimmen, die in dem Roman reden, destruiert, regelrecht abgebaut, bis er nur noch die Fiktion ist, die eine Fiktion hervorgebracht hat — und zwar in der doppelten Bezüglichkeit dieses Satzes: ein Kurzschluß.

Projektionen in die ZUKUNFT, das ist, was Science Fiktion vermag, den Aufbau von unendlichen Räumen ohne Zeit und ... Raum. Federman bedient sich dieses Vermögens zur

Schaffung perspektivischer Schnittstellen, dem nulldimensionalen Ineinander von Fiktionen, die sich gegenseitig auslöschen. »Nicht weil man die Zukunft erforschen will, schreibt man nämlich Science Fiction«, meint er. »Es ist lediglich eine Möglichkeit, sich selbst jenen Raum herzustellen, in den man seine Fiktion hineinschreibt.« Die Fiktion freilich von einem ›Selbst‹. Daß dies im real existierenden Leben ständig verkannt wird, ist notwendig und gut; in der Literatur sollte es inzwischen beherrschendes Thema sein. Wenn aber das *Genre* ›Science Fiction‹ seine eigenen Möglichkeiten unterschlägt und weiterhin zu neunzig Prozent nur drittklassige Texte fabriziert, kann man verstehen, weshalb auch Federman sich zu Beginn seines Romans die Bemerkung nicht verkneifen kann: »was soll hier heißen Sciencefiction, Blödsinn, also wenn man sich in die Zukunft begibt, dann heißt das noch lange nicht, daß« — Wie wahr!

Herbert W. Franke

Hiobs Stern

Suhrkamp Verlag, Frankfurt am Main 1988
suhrkamp taschenbuch st 1588
Phantastische Bibliothek Band 223
165 Seiten. DM 12,—

von Michael Nagula und Horst Pukallus

Noch heute ist Herbert W. Franke, geboren 1927, einer der produktivsten Autoren deutscher Science Fiction. Sein jüngster Roman, HIOBS STERN, ist zugleich sein fünfzehnter, nachdem er 1961 mit DAS GEDANKENNETZ seinen Einstand gab. Alle anderthalb Jahre erschien also ein neuer Roman aus seiner Feder, nicht gerechnet die rund hundertfünfzig Kurzgeschichten und Hörspieltexte und bereits über vierhundert Sachbeiträge, von denen mehr als fünfzig der Science Fiction zuzurechnen sind, ganz zu schweigen von seinen bald fünfunddreißig Sachbüchern. Der Mann ist rege, und so wundert es nicht, daß nun nach dreijähriger Abstinenz ein neuer SF-Roman erschienen ist, den man guten Gewissens als eine Art vorgezogenes Alterswerk bezeichnen kann. Stilistisch ist der Autor inzwischen wohl ausgereift, inhaltlich spielen die Themen Altern und Glaube eine bestimmende Rolle.

»Zehn Jahre hatte er sich bemüht zu vergessen, und jetzt, als er merkte, daß in seinem Gedächtnis Lücken entstanden, tat er alles, um seine Erinnerungen wiederzubeleben.« So hebt der Roman an, dessen Handlung in drei umfangmäßig gleich gewichtete Teile untergliedert ist. Der Protagonist Jonas ist ein Opfer der Alzheimer-Krankheit, einer an sich seltenen, genetisch bedingten degenerativen Erkrankung der Großhirnrinde, die zu unaufhaltsam fortschreitender Demenz führt. Kaum kann er sich mehr an die Geschehnisse von früher erinnern, als er im Auftrag eines der Multis, die jetzt die Regierungsgeschäfte der Erde innehaben, seinen Erzfeind Hiob jagte, der, wo immer möglich, dagegen ankämpfte, daß die neu entdeckten und erschlossenen Planeten der benachbarten Sonnensysteme das Schicksal der Erde teilen. Die im Kälteschlaf verbrachte Zeit stellt Jonas vor die Frage, wie alt er eigentlich ist, vierzig oder siebzig, die Konfrontation mit Hiob, der ebenfalls an präseniler Demenz leidet, auf dem Bildschirm, läßt ihn aufmerken: Ist ein solcher Zufall bei einer seltenen und erblich bedingten Krankheit noch wahrscheinlich? Jonas sucht seinen früheren Arbeitgeber Lamy auf, wirft diesem vor, ihn zu Zwecken der Geheimhaltung künstlich infiziert zu haben, und wehrt sich gegen die weitere Behandlung durch den Hausarzt. In einer Klinik wird ihm auf Lamys persönliche Veranlassung hin ein Mittel injiziert, und unbemerkt von allen kehrt seine Erinnerung zurück. Er flieht ins All — jedoch nicht, ohne vorher, seine Ähnlichkeit mit Hiob nutzend, in dessen Namen zum Kampf gegen die Multis aufgerufen zu haben.

Teil zwei setzt mit einer spiegelbildlichen Umkehr der

Verhältnisse ein, die sich bald zu einer Verwechslungstragödie auswächst: Jonas, auf einem noch nicht terraformten Planeten gelandet, wird für den Beauftragten der Erde gehalten, der Hiob als Gefangenen heimbringen soll. Unmittelbar darauf wird die Station von sogenannten Gelben, Angehörigen eines anderen Multis auf Erden als dem, für den Jonas arbeitete, überfallen und Hiob befreit. Nun greift ein Trupp der sogenannten Weißen an, Vertretern von Lamys Konzernchefs; Jonas und eine Mitgefangene namens Julie werden befreit und machen sich mit Hiob auf die Flucht durch ein brennendes Inferno. Gemeinsam, zusammengeschmiedet durch ihre Vergangenheit und ihr nahezu identisches Aussehen, widerfährt Jonas und Hiob nun eine Abfolge gegenseitiger Herrschaft übereinander, die sie ins All verschlägt, wo sie bereit sind, dafür, daß der andere überlebt oder zumindest nicht vor einem stirbt, für ihn ihr Leben zu geben. Der kleine, aber mit aller psychischen Heftigkeit geführte Krieg endet nach nicht endenwollenden Doppelgängerphantasien Jonas' mit der Gefangennahme beider durch Erdentruppen.

Teil drei schließt nach Art eines Triptychons den Rahmen um das Verwechslungsspiel: Jonas in einem Verließ, eingesperrt mit kranken und mißgestalteten Ausgestoßenen, denen er entfliehen kann, nur um wieder auf Hiob zu stoßen, der mit einem Pfarrer ein Gespräch über Hoffnung und Glauben führt. Die Vergangenheit wird Zeit der Prüfung genannt, die Zeit der Versuchung sei vorbei, und die Erlösung erfolge im Namen des Herrn, wenn Hiob sich von allen Zweifeln befreit habe. Dessen Beichte und abschließende Absolution erweisen sich jedoch möglicherweise als Täuschung, denn Jonas, den es unaufhaltsam weiter durch das Labyrinth treibt, kommt in einem Verwaltungsbau wieder zum Vorschein, wo er von Lamy begrüßt wird. Dunkelheit und Angst im Verließ seien echt, alles andere jedoch holographische Projektion gewesen. Nachdem ihm Lamy eröffnet hat, daß Hiob wegen seiner öffentlichen Auflehnung gegen die Verwaltungsmächte der Erde bestraft werden wird, man ihm, Jonas, aber zugestehe, ungerecht behandelt worden zu sein, folgt das Angebot, zur Erledigung von Spezialaufgaben in die innere Core-Gruppe aufgenommen zu werden, die die Geschicke der Menschheit lenkt. Begegnungen folgen — zwischen Jonas und einer Unbekannten auf der Straße, der er versichert, bald Hiob wiederzusehen, und zwischen Jonas und Segré, einem der angesehensten Mitglieder der Core-Gruppe, dem Jonas eröffnet: »Inzwischen weiß ich, daß vieles falsch war. (...) Es ging alles nach demselben Schema. (...) Der Kampf beginnt — unerwartete Wendungen. Gefahren, die bis nahe an die Katastrophe heranführen. (...) Immer wieder diese Rettung im letzten Moment — das ist nicht die Wirklichkeit, das ist Theater! In der Wirklichkeit kommt das alles nicht vor: die Befreiung in letzter Sekunde, der Tod im dramatischen Höhepunkt, der Sieg, wenn die Handlung zu Ende ist.« Segrés Antwort bildet den Schlüssel zum Verständnis des Romans. Es sei Aufgabe der Politiker, Ereignisse zu inszenieren, die den Fortgang des Lebens bestimmen. Man müsse für etwas kämpfen, und das scheine sich nur zu lohnen, wenn auch etwas da sei, was sich einem entgegenstelle. »Früher einmal gab es das Gute und das Böse, gab es Gott und den Himmel, den Teufel und die Hölle. Heute glaubt keiner mehr daran. Das ist der Grund dafür, daß wir eingreifen. Das Böse darf keine abstrakte Größe bleiben, ebensowenig wie das Gute. Wir benötigen den Repräsentanten des Bösen und den Repräsentanten des Guten. (...) Wir müssen den übergeordneten Plan erstellen, der an die Stelle des unerbittlichen Schicksals tritt.« Mit anderen Worten: Die Position Gottes muß neu besetzt werden, eine Gewißheit muß geschaffen werden, die es den Akteuren des Lebens gestattet, inmitten der Vielzahl möglicher Positionen eine eigene Stellung zu beziehen. Diese Wahrheit des Kampfes gegen die Willkür mit den Mitteln der Willkür, die Wahrheit, Vorbild sein zu müssen, d.h. ein Vorbild gehabt haben zu müssen, bleibt in ihrer Funktion den Mitgliedern der Gesellschaft freilich meistens verborgen, die Vorbilder/Wahrheiten als gegeben nehmen. So trifft denn auch Jonas nach Segrés Auslassungen mit einer geheimnisumwitterten Gestalt zusammen, 355 Jahre alt, mit

Namen Edvardsson, die Schutzherr der Expansion der Menschheit ins All gewesen ist — einer Expansion, die stattfand, weil es nie eine Alternative gab. Jonas, auf seiner ständigen Suche nach einer solchen, besucht noch einmal seinen Alter ego Hiob, der sich ausgelaugt und zufrieden zeigt und ihm deshalb nicht glauben will, der Jonas' Visionen, auch wenn von Zweifeln geplagt, nicht teilen kann und weiterhin — wie es ausgerechnet die Bibel will — Unglücksbotschaften erhält. Seine letzte ist, miterleben zu müssen, wie Jonas, den die Menschen für Hiob halten, diese gegen seine eigene Überzeugung und — ohne es mitteilen zu können — hoffnungslos an Bord eines Raumschiffs führt. Sein Ziel? Hiobs Stern, irgendwo in den Weiten des Alls, irgendwo im Staub zu ihrer aller Füßen.

Auffällig an diesem Roman ist vor allem die starke Ausrichtung an biblischen Legenden, die sich nicht in der titelgebenden Person Hiobs, dessen ›Lammfrömmigkeit‹ durch immer neue Unglücksbotschaften erprobt wird, erschöpft. Sein Gegenspieler Jonas ist in der Heiligen Schrift ein Prophet Gottes, der den Auftrag bekommen hat, in der Stadt Ninive, einem rechten Sündenbabel, den Glauben zu lehren. Aus Furcht, daß man ihn dort steinigt, flieht er aufs Meer, wo er lange Irrfahrten erlebt und schließlich Schiffbruch erleidet. Zu guter Letzt muß er seiner Pflicht jedoch nachkommen; er geht nach Ninive und wird gesteinigt. Beide Figuren werden bei Franke verwoben, ihre Motive relativiert.

HIOBS STERN ist ein Roman, der die innere Orientierungslosigkeit des Menschen beschreibt, dessen technische Umgebung ihm zugleich Allmacht verheißt und Sinnleere einführt. Es geht um die Begründung einer Instanz, die Gott vertreten kann. Jonas und Hiob, unentwegt ausgetauscht, immer vom einen vermeinend, am Ort des anderen zu stehen, fungieren als zwei Hälften einer Person, die nach Sicherheit im Denken strebt und daraus folgend nach Gewißheit im Handeln. Insofern ist HIOBS STERN ein Roman der religiösen Suche, die Generationen umspannt, der Suche nach einem Fixpunkt im Meer gleichrangiger Eindrücke, der bloßen Spiegelungen metallischer Oberflächen, die in unserem Zeitalter bloßer Funktionalität längst die Stelle lebendiger Bilder oder lebendiger Wesen eingenommen haben. Das Kalkül reinen Denkens, die Computerlogik, scheint Franke zumindest in diesem Roman als für Menschen unzureichend zu verwerfen.

Background: Eine von Multis beherrschte Welt. Auseinandersetzungen mit zu »Terroristen« gestylten militanten Naturschützern. Ein Mann ohne Vergangenheit. Manipulation, Unterdrückung, Verrat. Man sollte meinen, ein Autor mit langer Schreiberfahrung könnte aus diesem Stoff etwas machen.

Jonas Crueger, ein mit Psychopharmaka ruhiggestelltes Ex-Mitglied einer Elitetruppe, wird durch eine TV-Sendung an seine früheren Konfrontationen mit dem einstigen Terroristenchef Hiob erinnert und begibt sich gegen alle Widerstände nach ihm auf die Suche. Ehemalige Kameraden und Vorgesetzte sind ihm beim Erforschen der eigenen Lebensgeschichte keine große Hilfe, aber er erfährt, daß die Regierenden die bewaffneten Konflikte gerne sehen, weil sie sich sorgen, ohne Krieg wüßte niemand mehr den Frieden zu schätzen. Crueger wird zum Gegner des Systems, doch als er Hiob findet, erweist er sich als von den Herrschenden gekauft — und medikamentisiert wie zuvor Crueger —, als Wrack, das keine Rebellion mehr führen kann und will. Mit ein paar Querköpfen, die ihn für Hiob halten, entzieht sich Crueger per »Rakete« in den Weltraum, zu welchem Zweck, bleibt unklar.

Leider zählt es zu den Handikaps technokratisch gesonnener Autoren wie Franke, daß sie Science Fiction als bloße Ideenliteratur einstufen, sie literarische Qualität als untergeordneten Faktor bewerten. Jonas Crueger, der Protagonist des Romans, und sein lebenslanger Antagonist Hiob sind nur Ideenträger, Personifikationen der Plattheit, daß Gegenspieler stets zwei Seiten derselben Münze verkörpern (darum weisen diese beiden Charaktere auch äußerliche Ähnlichkeiten auf), oder des Gemeinplatzes, daß jede Gesellschaft, indem sie versagt, ihre Gegner selber heranzüchtet, einer Tatsache, die inzwischen sogar vom Unpolitischsten dumpf geahnt wird. Als am Ende Crueger selbst in Opposition zum System steht, werden er und Hiob vollends austauschbar, ja tauschen quasi die Rollen. Für Technokraten-Science Fiction ist es typisch, daß Franke die Lösung aller Probleme — sowohl für die Menschheit insgesamt wie auch ihre Oppositionellen — in den Weltraum verlagert, er die armseligste aller Visionen propagiert, die buchstäblich in die Leere mündet.

Die allgemeine Dürftigkeit der Handlung korrespondiert mit der Dürre des Worts. Franke klotzt roh Satz an Satz, wie jemand gleichgültig Stein um Stein eine Mauer hochzieht, keine Formulierungen, keine Schilderungen finden sich im Text, die Eindruck hinterlassen, keinen Abschnitt gibt es, den man aus Ergriffenheit, Freude oder Bewunderung wiederholt lesen möchte, keine Einsicht wird vermittelt, die nachdenklich machen könnte. Von Stil kann keinerlei Rede sein: Nach Jahrzehnten der Autorenschaft hat Franke bis heute keinen Stil entwickelt. Er schreibt nicht mehr als holpriges Deutsch, dem man anmerkt, daß er sich das Schreiben anhand schlechter Übersetzungen angeeignet hat; wie anders wäre es erklärlich, daß z. B. jemand — im Gegensatz zu wirklicher, lebendiger Ausdrucksweise — »alter Mann« statt schlicht »Alter« genannt wird, wie sonst erklärte sich der zu häufige, für Schund charakteristische Gebrauch des adverbialen Partizip präsens — »schlurfend, sitzend, zwingend, taumelnd« etc. —, und wie, daß er den Unterschied zwischen Anschein und Schein nicht beachtet? Und es beweist eine Schludrigkeit, die Verachtung für den Leser bezeugt, werden *taktische* mit »strategischen Gründen« (S. 111), wird *schätzen* mit »einschätzen« (S. 157) verwechselt, liest man von Seltsamkeiten wie der Bevölkerung auferlegten »Regressionen« (S. 145), von »Harakiri-Booten« (S. 146), wo wahrscheinlich Kamikazes gemeint sind, wenn der *Operator* zum »Operateur« (S. 61) entartet. So wird der Leser genötigt, stutzig geworden, Sätze zweimal zu lesen, die zweimal zu durchdenken sich der Autor gespart hat: Mich liest man ja sowieso. Faulheit ist der Nährboden, auf dem solche Plumpheit der Sprache wuchert, stilistische Nullität, die Sätze mit »Dieser war« anfängt, mit »war« aufhört, sie dort, wo Punkt oder Komma hingehörte, durch Bindestriche zerhackt, Dschungel »herrschen« läßt (S. 10), sich zu »blutleerem Dunkel der Betäubung« (S. 18) und anderen *blutleeren Phrasen* versteigt.

Die Misere einer so toten Schreibe ist, daß Personen, wie konfliktreich das Sujet oder wie tragisch ihre fiktive Situation auch sein mag, Pappkameraden und in unsäglicher Bleiwüste auf der Strecke bleiben. Bar aller lebensechten Gefühls- und Empfindenszustände stehen sie außerhalb jeder Anteilnahme, und an die Stelle von Miterleben, von Leseerlebnis, tritt die falsche Dramatik überflüssiger Ausrufezeichen. Die einzige Eigenschaft, die Frankes Charakteren *einheitlich* anhaftet, ist Grämlichkeit, ja etwas Legasthenisches, der Text quält sich damit wie mit Migräne.

Autoren wie Franke werden nie begreifen, daß Literatur nicht aus Begeisterung für Ideen, sondern aus Interesse an Menschenschicksalen gelesen wird, und deshalb werden sie niemals einen Roman schreiben, der in irgendeiner Hinsicht die Ebene des Trivialen und Banalen überwindet; das äußerste, zu dem sie fähig sind, ist Kitsch. Der Mythos, Franke sei ein Spitzenautor, ist eines der großen, großen Rätsel in der Geschichte der deutschen Nachkriegs-Science Fiction; sein Ursprung könnte sein, daß sich in den Fünfzigern kein anderer Autor mit wissenschaftlicher Reputation anbot und Franke — in der Tradition Hugo Gernsbacks — noch heute die beste Science Fiction nach Art der fünfziger Jahre schreibt. Mehr darf man von ihm wohl nicht erwarten: »Da wird es hell in unserem Leben, wo man für das Kleinste danken lernt.« (v. Bodelschwingh)

Eine tiefe Ratlosigkeit bleibt jedoch zurück, fragt man: Warum hat er ein derartig belangloses Buch geschrieben? Aber vielleicht tun wir recht, wenn wir wie sein Migränemann Hiob resümieren: »War es richtig, war es falsch? Jedenfalls hat es nichts gebracht.« (S. 161) Nun ja, immerhin den Phantastik-Preis der Stadt Wetzlar. Aber das vertieft die Ratlosigkeit nur.

William Gibson

Cyberspace

(*Burning Chrome,* 1986)
Deutsch von Reinhard Heinz
Wilhelm Heyne Verlag, München 1988
Heyne Science Fiction & Fantasy 06/4468
236 Seiten. DM 9,80

von Gregory Feeley

William Gibsons erster Roman seit *Neuromancer* und die Kurzgeschichtensammlung im Fahrwasser des Romans sind schon vor ihrer Veröffentlichung ein Publikationserfolg geworden. *Count Zero* wurde an Ace verkauft, bevor *Neuromancer* seinen Preis gewonnen hatte, und wurde sofort als Hardcover an Arbor House weitervermietet, das es mit beeindruckender Eilabfertigung in Druck gab. *Isaac Asimovs Science Fiction Magazine,* das sonst berühmt für seine serienweisen Vorabdrucke war, die niemals gedruckt wurden, schien an Ansehen zu gewinnen, da es hier die Chance bekam, seine schlechte Serie zu brechen; jedenfalls brachte es diesen Roman nicht nur ungekürzt, sondern auch unbearbeitet heraus, so daß Figuren solche Peinlichkeiten begingen wie sich zweimal in denselben Stuhl zu setzen oder jemanden mit einem falschen Namen anzusprechen. Arbor House hat diese Fehler ausgemerzt, auch als es die Sammlung *Burning Chrome* im kurzen Abstand von einem Monat darauf vorbereitete, eine Sammlung, die alle Geschichten enthält, die Gibson bis zu dem Zeitpunkt veröffentlicht hatte. Beide sollten den amerikanischen Markt im Sturmangriff nehmen.

Man wird es der Leserschaft nachsehen, daß sie Schwierigkeiten hat, die Bände als ›texte pure‹ zu betrachten, denn ihr Status als Trendliteratur und als ganz großes Geld wiegt im Moment schwer. Einige der Geschichten aus *Burning Chrome* spielen vor demselben Hintergrund wie die Romane — Bruce Sterling nennt es den Zyklus ›im Dickicht der Städte‹ —, doch in ihrer Hast, eine Story-Sammlung möglichst schnell auf den Markt zu werfen, haben Arbor House und Gibson alle kürzeren Texte zusammengekratzt, eingeschlossen frühes, noch ein wenig tastendes Textmaterial, drei Coproduktionen (jede mit einem anderen Partner) und die Titelgeschichte, die dem später geschriebenen *Neuromancer* so ähnlich ist, daß sie durch den Roman hinreichend ersetzt wurde, — und das alles, um zusammen das absolute Minimum von 200 Seiten zu erreichen. Obwohl Gibsons Erfolg auf dem Marktplatz und auch die Preise beeindruckend sind — es liegt etwas Furchterregendes in der Vorstellung, von seinen ersten zehn Geschichten sechs an *Omni* zu verkaufen, wenn das Kunststück so schlecht mit literarischen Maßstäben übereinstimmt — es könnte sein, daß der Leser sich betrogen vorkommt. Wem das so geht, der möge sich sagen lassen, daß für einen Dollar mehr *Count Zero* ganz schön wiegt und auch bestimmt keinen enttäuscht, der *Neuromancer* oder die besseren Stories mochte. Für diejenigen, die nicht überzeugt sind und den Mut aufbringen, zu ihrer Ketzerei zu stehen, folgt nun der Versuch der Konkretisierung.

Die Vorzüge von *Neuromancer* sind unübersehbar und auch hinreichend gewürdigt worden; was bemerkenswerterweise in den Romanen und den Erzählungen (die fast alle in Anthologien erschienen waren, bevor die vorliegende Sammlung herauskam) immer übersehen wurde, ist die unreife Haltung, die ihnen zugrundeliegt: das Bild von der romantischen Liebe, die unabwendbar in Betrug und Scheiden endet, würzt die Abgänge in *Neuromancer,* »Burning Chrome«, dem pathetischen »New Rose Hotel« und einigen anderen, während die Coproduktion (mit Michael Swanwick, der bei Coproduktionen unfehlbar in Richtung Betrug driftet) »Dogfight« uns den cleveren, aber scheiternden

Punkt auf seinem Weg nach unten vorsetzt, der nach einer letzten Chance greift, die sich dann, (Überraschung, Überraschung!) in seinen Händen in Asche verwandelt, natürlich aufgrund seines miesen Charakters. Die Tragödien und die allzuwissende Weltmüdigkeit dieser Geschichten gibt die selbstgenügsamen Pseudo-Weisheiten der gegenwärtigen Jugendkultur, besonders in ihrer Ausprägung als Rockmusik, wieder; und wenn einer von Gibsons Verlegern sich nicht um eine lobende Erwähnung von seiten R.R. Martins bewirbt, hat er einen sicheren Ball vergeben.

Gibsons Texte sind leicht beweglich und befassen sich (wenn auch nur oberflächlich) mit Themen, die von zeitgenössischer Bedeutung für uns (oder für die Zeit der Erzählung) sind; und auch wenn sie nie bewegend wirken — alle Figuren sind typisiert, ihre Entwicklungen größtenteils banal —, so sind sie doch in hohem Grade lesenswert und sogar provokant, wenn sie auch, genau wie bei Bester, mit dem Gibson jüngst verglichen wurde, eher ›piquant‹ sind als von richtiger Überlegung zeugen. ›Cyberpunk‹ oder ›Technosleaze‹ besitzt letztendlich nur Oberflächensensibilität, und Gibson weiß das auch. Das frühe und sehr witzige »The Gernsback Continuum« zeigt es: die Kritik, mit der es sich auf das (zugegebenermaßen einfach zu treffende) Ziel der amerikanischen Vorkriegsvision von der Zukunft einschießt, läßt sich mit ebensogroßer Berechtigung auf Gibsons eigenen ›Dickicht-Zyklus‹ anwenden, der in zu hohem Maße einfach eine Übertreibung von Trends der 80er Jahre und der dazugehörigen Produktnamen darstellt, als daß er glaubwürdig die Vorstellung von einem künftigen Jahrhundert erwecken könnte.

Gibsons wahre Stärke liegt nicht in seiner »unvergleichlichen Fähigkeit, den sozialen Nerv zu treffen« (Sterling), und schon gar nicht in seiner Charakterisierungskunst oder den handlungsreichen Plots, sondern in seinem Schreibstil. Dieser Unterschied mag schwierig zu entdecken sein, da seine sprachliche Dichte nahe an jene Bilder der Entwurzelung und jenes gezierte Idiom heranreicht, für die er schädlicherweise so gelobt worden ist, aber er kann herausgehört werden, wenn man genau zuhört. »In Neu-Südwales begann ein junger Physiker, gegen die Wände seines Monitors zu schlagen, wie ein wütender junger Flipper-Finalist gegen ein TILT protestieren würde.« Gibsons Vorliebe für High-Tech und Bilder aus Automatenspielen wird durch dieses Zitat nicht überbetont, und die letzten Worte des Satzes besitzen eine schöne Prägnanz, die glänzend nuanciert ist. »Sie sprach über die Überbleibsel der ›futuristischen‹ 30er und 40er Architektur, an denen man in Amerika täglich vorbeigeht, ohne sie zu bemerken: die gerippten Kinovordächer, die irgendwelche mysteriöse Energie verstrahlen sollten, die Mengen an Geschäften, deren Fassaden mit gekehltem Aluminium gestaltet sind, die chromglänzenden Tubenstühle, die in den Eingangshallen der Durchgangshotels als Staubfänger dienen« (»The Gernsback Continuum« — und nun stelle man sich einen Leser aus dem kommenden Jahrhundert vor, der ebensolche Beobachtungen zu »Burning Chrome« anstellt). Solche kristallenen Sprenkel findet man überall im Werk verstreut, und sie sind bei weitem vielversprechender als der alles-schon-erlebt-Zynismus seiner ›Stimme‹, oder solche endlos wiedergekäuten Klumpen einer Untergrundkultur wie irgendwelche monströsen Wahrheiten, die ihren Entdecker in den Wahnsinn treiben (»Hinterlands«), oder die Schöpfung irgendeiner wichtigen, unruhestiftenden Kunst aus dem wortgetreu wiedergegebenen Abfall unserer Kultur (»The Winter Market«, *Count Zero*). *Was* Gibson zu sagen hat, lohnt das Zuhören nicht, aber *wie* er es sagt (womit er nachdrücklich mehr als romantische Angst den Verstand anspricht), ist oft beeindruckend.

Bruce Sterling kauft Gibson das meiste von dem, was ich an seiner Arbeit dürftig finde, ab; in seiner Einleitung gibt er ein ruppiges Manifest zum Besten, das die Cyberpunk-Autoren (Sterling selbst benutzt den Ausdruck allerdings nicht) wie eine eingebildete Bande von Straßengören klingen läßt. (»Und wir sind alle gierig und hungrig und nicht in der besten Stimmung. Von nun an werden sich die Dinge ändern.«) Interessanterweise schwört Sterling in seinen besten Büchern, so in dem jüngst erschienenen *Schismatrix* und in »Green

Days in Brunei«, jener pubertären Tragik ab, die Gibson noch beibehält, und kommt zu einer kühlen, authentischeren Abgeklärtheit, die nicht mit Macht und Technicolor-Dramaturgie nach Effekten strebt, sondern ihre eigene hohe Komödie hat. Ihre Coproduktion »Red Star, Winter Orbit« legt eine unübliche Kombination aus ihren beiden unverkennbaren Handschriften an den Tag, denn sie enthält zwar auch jene peinliche Romantisierung einer Untergrundkultur, ist zugleich aber auch eine der wenigen Gibson-Erzählungen, die auf eine positive Note (wenn auch in diesem Falle etwas albern) endet.

Gibsons Talent ist erwiesenermaßen stark genug, so daß seine Beschränkungen mehr eine Frage der Reife — oder letztendlich des Charakters — sind als eine solche der Erfahrung oder des literarischen Könnens. Solch eine Vermutung ist heutzutage sehr unmodern, und Gibson (»Wenn sie denken, du seist unreif, werde technisch; wenn sie denken, du seist technisch, werde unreif. Ich bin ein sehr technischer Junge«) ist ein sehr moderner Autor. *Count Zero* mit seinem erstaunlich ländlichen (wenn auch unaufrichtigen) Ende mag einen Richtungswechsel in Gibsons Werk ankündigen, so wie auch Sam Shepard (dessen »The Tooth of Crime« dem ›Dickicht-Zyklus‹ in mehreren wichtigen Aspekten ähnelt) später bessere Stücke geschrieben hat. Wenn dem so ist, hat Gibson das Glück, diese Hürde nach nur einer Story-Sammlung überschritten zu haben.

William Gibson

Biochips

(Count Zero, 1986*)*
Deutsch von Reinhard Heinz
Wilhelm Heyne Verlag, München 1988
Heyne Science Fiction & Fantasy 06/4529
334 Seiten. DM 9,80

von John Clute

Für jeden, der von William Gibsons erstem Roman beeindruckt war und gleichzeitig ein wenig genervt, weil *Neuromancer* allzuviele der allzuvielen Preise einheimste, die der Ententeich alle Jahre wieder auf die diesjährige garantiert wasserfeste Ente ausspuckt, muß das Warten auf den zweiten Roman mit einiger Spannung verbunden gewesen sein, weil zu viel Erfolg, ob man nun tatsächlich nach den verchromten Sternen des Ruhms gegriffen hat oder nicht, nach Hybris stinkt, und so könnte die glitzernde Hugo-Ente des Jahres 1985 im Jahr darauf gut und gerne eine Bauchlandung vollführt haben. Glücklicherweise für jene, die voll Verständnis für Gibsons prekäre Lage sind, ist sein zweiter Roman, *Count Zero,* ohne größere Verzögerung erschienen und erfüllt die erste Pflicht eines jeden zweiten Romans: er existiert. Und mehr noch, er ist ein gutes Stück professioneller Arbeit. Er ist sauberer konstruiert als Neuromancer, bleibt mit größerem Gewinn innerhalb der Grenzen des Spiels, das er sich selbst zu spielen vorgenommen hat, und ist auf alle Fälle bescheidener. Herr Gibson ist kein Prat Icarus.

Und doch wird *Count Zero* höchstwahrscheinlich nicht den Erfolg des ersten Romans haben. Er ist, ungefähr eine Dekade später, in der Welt von *Neuromancer* angesiedelt, aber die rauhe Neuheit dieser Welt, als man sie zum ersten Mal vorgesetzt bekam, erscheint in der zweiten Runde zu gekonnt, hat ganz einfach zu wenig Sand im Getriebe; so liest sich, was 1985 noch authentischer Straßenslang zu sein schien, ein Jahr später wie überdesigntes Cyberpunk. Es wäre grausam, Herrn Gibson wegen diesem Verlust an rauher Ursprünglichkeit zu rügen, doch trotzdem: es genügt nicht, daß der Entenmarkt mit Nachdruck solche Geschichten unter seine Fittiche nimmt, die in der trüben Flüssigkeit von Pheromonen baden (oder in Gestaltungsvorschriften), die dem Leser mitteilt, daß er/sie in der wohlbekannten Welt der Fortsetzungen lebt, es genügt auch ferner nicht, daß Herr Gibson wie jeder andere Autor des Genres Antpong ausschwitzt, nein, er macht auch noch den Eindruck, daß er glaubt, so etwas wie die Wahrheit zu erzählen. Die Welt von *Neuromancer* und *Count Zero* ist — wie die wesentlich einfacherere Welt von Ridley Scotts *Alien* — eine Grabungsstätte für verpuffte Energien, und nicht nur das. Als Register einer Kakophonie, die in einer komplexen Welt entsteht, wenn die Träger aller Kategorien des menschlichen Schicksals (jeder ist vernarbt mit Hi- und Lowtech-Stigmata wie in einem Zwangsgitter aus Lévi-Strauss; Dickicht und Wüste gerade so wie heute; L5s und KIs und japanische MU-gegründete Hegemonie und Slums von John Carpenter, die aussehen wie die von heute, wenn man sie verdoppeln würde) dieselbe Toilette zum Scheißen benutzen, als ein solches Register also mag Herrn Gibsons Welt durchgehen, darüber hinaus ist sie sicherlich flexibel, düster, unfreundlich, kahl und schwarz. Es ist eine Welt von Amphibolien, die in einem Alptraum kaputtgehen, wo das Alte neu ist, Gondwanaland ist Cyberspace. Diejenigen, die glauben, daß er die Wahrheit zu sagen versucht, werden ihm verzeihen können, daß er dieselbe Wahrheit zweimal zu sagen versucht.

Die dreifache Handlungsspirale wird sich möglicherweise als problematischer erweisen. Ihre Wirkung ist sicherlich weniger ursprünglich als die Welt, durch die sie ihre Verbindungslinien zieht. Und in der perfekten generischen Durchgestaltung einer jeden Romanfigur liegt möglicherweise ein Hauch moralischer Indifferenz. Herr Gibson schmückt sich mit den Gattungsregeln der Lesbarkeit wie mit einem Umhang aus Chamäleonhaut, so daß sich der Leser gegen Ende leicht schwindelig fühlen mag: jeder Charakter liest sich wie eine federleichte, aalglatte und automatisch produzierte

Summe von Gattungsregeln, und am Ende fehlt uns so etwas wie die erklärte Absicht oder Meinung des Buches. Sicherlich ist es nicht unrichtig, daß manche Leute zornig sind, andere Dreck auf ihre Mitmenschen werfen, einige durchaus ästhetisches Feingefühl besitzen und wieder andere gerne Macht ausüben und so weiter: aber schließlich bekommt man doch das Gefühl, daß Herr Gibson seine fiebernden Mannequins zu gut kennt, daß er in *Count Zero* dem menschlichen Tier kein Geheimnis mehr läßt. Um es noch einmal zu wiederholen, es gibt eine Menge von erzählter, rein graphischer Handlung in dem Buch, aber keine dramatische Entwicklung.

Die drei Handlungsstränge sind in sich ziemlich kompliziert und passen perfekt zusammen. Turner, eine literarische Schöpfung mit einer Ausstrahlung, als käme er aus dem Genre des einzelgängerischen kalifornischen Privatdetektivs, wird angeworben, um die Übernahme von Maas Biolabs' Biochip-Technologie zu überwachen, und endet in Sprawl (Bosten-Atlanta) mit einem Gangsterliebchen als Tochter. Marly, ein Wesen, das mit winzigen Reihenschaltungen von Haut-Glanz beleuchtet ist, wird von dem irrsinnig reichen Josef Virek angeworben, um einen Künstler ausfindig zu machen, der einige aufsehenerregende Objekt-Collagen produziert hat. Count Zero, der von der Straße wegwill, aber dringend die Erfahrungen braucht, die er allmählich sammelt, bekommt Hilfe dabei, eine geheimnisvolle Technologie wiederzuentdecken. Wie in Lucius Shepards *Green Eyes* bewohnt ein Pantheon von zutiefst pragmatischen, a-theologischen und geheimnislosen Voodoo-Wesen das Substrat der Welt selbst, das, wie in *Count Zero,* natürlich Cyberspace ist. Es gibt Verzerrungen, Schrecken, eine Menge Action. Wenn irgend etwas fehlt, dann liegt das an dem beim Lesen dieses Buches unweigerlich auftretenden Gefühl, daß die Figuren zu einem Großteil aus Effekthascherei bestehen, Realisationen von Tricks sind, mit denen der Beifall des Publikums oder der Eigenliebe erkauft werden soll, daß diese Figuren nicht in das eigene Innere blicken, sich keine Seele erkämpfen können.

Es scheint also etwas zu fehlen. Es besteht jedoch auch die Möglichkeit, daß Herr Gibson überhaupt nicht danach strebt, seinen Text so zu gestalten, daß er bestimmte, der humanistischen Frömmigkeit liebe Aspekte zum Ausdruck bringt. Und es ist sicherlich auch der Fall, daß humanistische Assoziationen genauso billig vorzutäuschen sind, daß sie ebenso wie jede beliebige Genre-Effekthascherei eine Methode sein können, seine Zugehörigkeit zu einem literarischen Muster zu dokumentieren und seinen Worten eine allgemein akzeptierte Bedeutung beizulegen. Doch unter der pragmatischen Leere von Herrn Gibsons Mietlingen liegt einfach sture Unbekümmertheit; auch wenn sie Eigenständigkeit als Seelen vermissen lassen, so zeigen sie doch, wie Akrobaten in ihrem Pheromon-Käfig, eine gewisse weltverachtende Eleganz, wenn sie unter Druck geraten. Angesichts der unzerstörbar triumphalen Haltung, die das Genre dem menschlichen Tier entgegenbringt, ist es noch nicht einmal verwunderlich, wie wenig Glauben der Auffassung geschenkt wird, daß etwas ausgesprochen Fröhliches in der Haltung der Weltverachtung liegen kann sowie in der Beobachtung von fiktiven Charakteren, denen es ohne Schuldgefühle, aber dennoch elegant gelingt, einfach zu überleben. (Wie oft macht nicht ein hauchdünner Anflug von Vernunft oder Pragmatismus Captain Kirk klar, daß man zum Wohle von Freiheit und Demokratie ruhig einen ganzen Planeten untergehen lassen darf? Wie viele Science Fiction-Trickkünstler schleichen sich unverändert aus der letzten Seite der Bücher heraus, die sie erforderlich machen, ohne Schamanen zu werden, den Weltenbaum zu ersteigen, mit dem Futter zurückzukommen, für uns alle aber dann doch nicht ganz zu sterben, Dad zu werden? Nicht viele.) Denn es sind nicht William Gibsons tanzende Mietlinge, die überleben sollten. In ›echter‹ Science Fiction ist es der Held, der überlebt, nicht der Überlebensakrobat.

Nichts Gutes kommt aus den dekadent-ästhetischen finde-siècle Seiten von *Count Zero,* ausgenommen die Kompliziertheit seines Nachtflugs. Es ist ein billiger Schocker, voll von alten Tricks und Schmutz, und es ist ein Buch voll Schönheit — und ein einigermaßen gutes Leseerlebnis. Aber *gut* ist es nicht.

Martin Grzimek

Die Beschattung

Carl Hanser Verlag, München 1989
254 Seiten. DM 34,—

von Wolfgang Pollanz

Bei der Lektüre von Martin Grzimeks Roman »Die Beschattung« stellt sich die Frage, wie weit sich unser Leben bereits dem in dieser Utopie beschriebenen genähert hat.

Grzimek hat seine Geschichte in einer nahen Zukunft angesiedelt.

In einer scheinbar perfekt organisierten Gesellschaft, einem Wohlfahrts- und Überwachungsstaat, kontrolliert ein Konzern mit Hilfe seines Monopols für die Bücherproduktion die Vorstellungen, die sich die Menschen von der Realität, vom Leben machen. In einer Welt, in der Erlebnisse nur noch aus zweiter Hand erfahrbar sind, in der Telekommunikation eigenes Erleben und Fühlen ersetzt, wird, so Grzimeks These, die Sehnsucht nach »Authentizität« wachsen, wird der Hunger nach individuell Erlebtem und Erlebbarem jedoch wiederum nur durch Erfahrungen gestillt, die andere (angeblich) gemacht haben. Die Aufzeichnung und Veröffentlichung dieser Lebensbeichte hat in der Welt, von der »Die Beschattung« berichtet, ein »Centralinstitut für Biographik« (kurz CIB — in Grzimeks Zukunftswelt wird abgekürzt, was abkürzbar ist) übernommen, das Interviewer ausschickt, die, auf ihre heikle Aufgabe speziell vorbereitet und psychologisch geschult, bei ihren Befragungen mit allerlei technischem Gerät hantieren müssen, um die hundertprozentige Authentizität und dem Bücherkonzern die Monopolstellung zu wahren, ein Monopol nicht nur hinsichtlich der Herstellung von solchen Erinnerungsbüchern, sondern auch was die Manipulation und Lenkung dieser Zukunftswelt betrifft.

Von einem dieser Interviewer erzählt Grzimeks Buch. Im ersten Teil, überschrieben »Der Brief«, wendet sich dieser an seine ehemalige Geliebte, und der Leser bekommt den Eindruck, es handle sich um den verzweifelten Hilferuf eines zutiefst verstörten und an sich selbst zweifelnden Menschen. Der Schreiber des Briefes, bislang einer der besten seines Faches, der seine Rolle im Dienste des CIB in vollster Überzeugung lebte, ist in eine tiefe Krise geraten. Hat er seit zehn Jahren seine Aufgabe tadellos und ohne ihre Sinnhaftigkeit jemals in Frage zu stellen erfüllt, so sind ihm jetzt einige Fehler unterlaufen und hat er Manipulationen durchgeführt, die ihn fürchten lassen müssen, gemaßregelt, schlimmer noch, eliminiert zu werden.

Erst der zweite Teil, »Die Antwort« überschrieben, relativiert die larmoyante, selbstsüchtige Darstellung des Interviewers. Es scheint offensichtlich zu werden, daß es Lücken im Netz des totalitären Staates gibt, Nischen, die nicht vom CIB, von der DISSIP (Disziplinarischen Sicherheitspolizei) oder dem SD (Staatlichen Sicherheitsdienst) kontrolliert werden. Eine Untergrundorganisation nimmt sich Verfolgter an und unterminiert den Staat, andere entziehen sich dem Überwachungsstaat durch Suizid. Doch der Leser, durch die Irreführung im ersten Teil des Buches möglicherweise mißtrauisch geworden, wird auch bei dieser zweiten Darstellung der Verhältnisse bald Skepsis walten lassen.

Denn auch der zweite Teil entpuppt sich letztendlich als Fiktion. Der nun folgende Teil des Buches, ebenso lapidar wie die anderen Kapitel kurz mit »Der Bericht« überschrieben, gibt die Protokolle der »Autonomen Untersuchungsbehörde (AUB) wieder und läßt erst die wahren Zusammenhänge der Geschichte erkennen.

Um einer Lektüre nicht die Spannung vorweg zu nehmen, sei hier nur soviel verraten: Alles an Grzimeks Buch ist Fiktion, auch innerhalb der Fiktion herrscht die Fiktion. Und am Ende des Buches steht (und da ist man sich dann gar nicht mehr so sicher, ob es sich noch um eine Fiktion handelt): »Dies ist ein CIB-Buch. Es ist ausschließlich unter Verwendung authentischen Erinnerungsmaterials existenter oder existent gewesener Personen entstanden und enthält nichts, was erfunden oder nachträglich hinzugefügt worden ist.«

Der in diesem Buch gedachten und vorgeführten negativen Utopie genähert, bedenkt man, wie sehr uns über Massenmedien sozusagen Leben aus zweiter Hand geboten wird. In »Die Beschattung« wird aus einem im Untergrund zirkulierenden Dossier zitiert: »Merkt denn niemand, wie sich alle Systeme verselbständigt haben, wie sie blind funktionieren, das Wirtschaftssystem mit seinen Massenprodukten, das Sicherheitssystem mit seiner allgegenwärtigen Paranoia, das Versorgungssystem mit seinen Robotern, das Banksystem mit seinem unsichtbaren Geld, das Bildungssystem mit seiner Erinnerungs-Nivellierung zum Zwecke eines alles übergreifenden Anpassungssystems an alle Systeme? Will das niemand mehr merken?«

Im ersten Teil des Buches, dem Brief, spricht der Interviewer einmal davon, daß die Geschichten seiner »Klienten« in seinem Kopf nächtens noch nachklingen. Auch Grzimeks Buch klingt nach, macht nachdenklich: Wie weit haben wir uns den dort beschriebenen Verhältnissen schon genähert, wie sehr leben wir bereits aus zweiter Hand, schaffen uns künstlich Abenteuer — nicht die im Kopf sind gemeint, sondern Absurditäten wie »Life Role-Playing«, bei dem erwachsene Menschen in die Rollen von Magiern und Schwarzen Rittern schlüpfen, um anschließend von »der spannendsten Woche meines Lebens« (Zitat aus dem österreichischen Nachrichtenmagazin »profil« Nr. 38/89) zu reden. Weit sind wir von Grzimeks Utopie also gar nicht mehr entfernt.

In einer der dem Buch hintangestellten Notizen des Interviewers heißt es: »Ein Roman, der nur deshalb in der Zukunft spielt, weil das, wovon er handelt, immer noch nicht vergangen ist.« Diesen Satz könnte man abschließend als die Quintessenz dieses Romans sehen.

Frank Herbert & Brian Herbert

Mann zweier Welten

(*Man of Two Worlds,* 1986)
Deutsch von Ronald M. Hahn
Wilhelm Heyne Verlag, München 1989
Heyne Science Fiction & Fantasie 06/4571
559 Seiten. DM 14,80

von Brian Stableford

Ich kenne nicht das genaue Ausmaß des Beitrags von Frank Herbert zu diesem Roman, vermute jedoch, daß der größere Anteil an der Arbeit von seinem Sohn und Mitarbeiter geleistet worden ist; der vorliegende Roman hat nämlich viel mehr mit Brian Herberts *Sudanna, Sudanna* gemeinsam als mit Franks *Dune* Büchern. Möglicherweise mag das dazu beitragen, den Stellenwert des Buches zu drücken, aber auch Brian Herbert ist als Autor nicht ohne Verdienste: er verfügt über ein eifriges Interesse für das Bizarre und könnte, was *Man of Two Worlds* beweist, vielleicht sogar in die Fußstapfen von A. E. van Vogt treten, was dessen in sich abgeschlossenen phantastischen Werke angeht, die, auch wenn man sie nicht ganz ernst nehmen kann, doch einen gewissen Charme und Faszination ausstrahlen.

Der Held von *Man of Two Worlds,* Ryll, ist ein Dreen, wobei Dreens eine Rasse sind, die über die Fähigkeit verfügt, die Erfindungen ihrer Einbildungskraft in materielle Existenz zu überführen. Dreens stehen jederzeit unter dem Zwang, Geschichten zu erzählen, und sind vermutlich für die Schaffung des ganzen Universums verantwortlich; unglücklicherweise haben sie jedoch ein wenig die Kontrolle verloren, da sie Dinge geschaffen haben (so auch die Menschen), deren Fähigkeit zur freien Willensentscheidung sie unabhängig und möglicherweise sogar gefährlich macht. Während sich die Handlung entwickelt, sind die Dreen auf Dreenor gerade in Kontemplation versunken und denken darüber nach, die Erde aus dem Universum auszuradieren, damit Dreenor nicht durch die verwerfliche Erfindungsgabe der Menschen bedroht werden kann; der Held jedoch, ein junger Dreen, der kaum die Schule absolviert hat und der nur unzureichend die Elemente des ›Idmaging‹ beherrscht, weiß nichts davon. Als er sich dem Sonnensystem nähert, wird der Held in einen unglücklichen Zusammenstoß mit einem irdischen Raumschiff verwickelt und vermag sich selbst nur dadurch zu retten, daß er Körper und Persönlichkeit mit dem Anti-Helden des Romans, Lutt Hanson jr., vereint, einem prahlerischen Unternehmer, der sämtliche schlechten Seiten der Menschheit verkörpert. Held und Anti-Held kämpfen miteinander um die Kontrolle über den gemeinsamen Körper und zwingen sich wechselseitig zu vorübergehenden Kapitulationen. Während andere Dreens nach Ryll suchen, versuchen Hansons zahllose Feinde innerhalb und außerhalb seines direkten Familienkreises, ihn unschädlich zu machen, und die französische Fremdenlegion kämpft gegen China einen verzweifelten Kampf um die Kontrolle der Venus. Die Handlung rollt ein wenig träge daher, beizeiten wird ihr Getriebe arg beansprucht, wenn nämlich Richtung und Perspektive der Erzählung gewechselt werden, aber alles in allem herrscht eine vernünftige Geschwindigkeit, die an einigen nicht uninteressanten Szenerien vorbeiführt.

Obwohl einige Dauerthemen von Frank Herbert angeschnitten werden — Science Fiction-Ersatzstücke für die herkömmliche Theologie, moralische Schranken in der Machtausübung usw. — ist dies doch im Grunde ein Unterhaltungsbuch, angenehm abwechselnd, doch etwas mehr als eine pure Mantel-und-Degen-Geschichte auf der Science Fiction-Ebene. Einige Dinge sind ein wenig schwer zu schlucken — insbesondere Lutts seltsamer Onkel, der teils

Zen-Mystiker und teils deus ex machina ist —, aber es handelt sich hier um die Sorte von Roman, wo der Leser sagt: »Verdammt, was soll's!« und achtlos über bestimmte Stellen hinweggeht.

Es gibt schlimmere Arten für einen Autor, sich am Ende einer langen Karriere zu verabschieden, und sicherlich auch schlimmere Arten für einen jungen Autor, ernsthaft seinen eigenen Weg einzuschlagen.

James P. Hogan

Unternehmen Proteus

(The Proteus Operation, 1985*)*
Roman
Deutsch von Edda Petri
Wilhelm Heyne Verlag. München 1987
Heyne Science Fiction & Fantasy 06/4461
494 Seiten. DM 14,80

von Walter Udo Everlien

UNTERNEHMEN PROTEUS zählt zu jener längst etablierten Tradition innerhalb der SF, die auf einer zumindest wissenschaftlich anmutenden Hypothese abenteuerliche Erzählungen aufzubauen versucht. Hier geht es einmal mehr um eine Technologie, die Reisen durch die Zeit erlaubt, verknüpft mit Konsequenzen, die aus der Quantenmechanik gezogen werden können. Der Ausgangspunkt der Handlung findet sich im Jahr 1974, in dem die weltpolitische Situation der USA einen nahezu hoffnungslosen Charakter angenommen hat. Deutschland und Japan sind als Sieger aus dem Zweiten

Weltkrieg hervorgegangen; neben Europa sind weite Teile Afrikas, Asiens und Südamerikas an sie gefallen. Allein die Vereinigten Staaten und Australien halten das Banner der Freiheit noch hoch, doch scheint die letzte, verhängnisvolle Auseinandersetzung unmittelbar bevorzustehen. In diese Situation fällt allerdings die Fertigstellung einer Zeitmaschine, mit der eine Gruppe Amerikaner nach 1939 zurückkehren soll, um den Lauf der Geschichte zu verändern, vor allem das allzu zögerliche England zu einem energischen Verhalten zu bewegen, die USA gegen Deutschland zu mobilisieren. Winslade heißt der Kopf der Gruppe, Ferracini ist der Name eines sie begleitenden Soldaten; das Geschehen wird im wesentlichen aus der Perspektive dieser beiden Männer erzählt.

Nach eingehenden Vorarbeiten gelingt die Rückkehr in die Vergangenheit problemlos, eine Basis ist schnell errichtet, doch kann der Kontakt zur Zukunft — der Gegenwart der Zeitreisenden — nicht hergestellt werden, die Gruppe bleibt entgegen ihrer Erwartungen auf sich selbst gestellt und versucht trotzdem, ihren Auftrag zu erfüllen. Churchill wird über die fatalen Folgen der englischen Zurückhaltung gegenüber Deutschland informiert; auch der amerikanische Präsident Roosevelt zählt bald zu den Eingeweihten, Albert Einstein engagiert sich ebenfalls. Tatsächlich gelingt es allmählich, der Weltgeschichte einen anderen Verlauf zu geben, doch verfügen auch die Nazis über eine Verbindung in die Zukunft: in das 21. Jahrhundert, in eine demokratische Welt, in der die ehemaligen Eliten entmachtet worden sind und nun durch tatkräftige Unterstützung des Dritten Reiches eine andere, ihnen genehmere Gesellschaft schaffen wollen. Dieser Kontakt muß unterbrochen werden, um Hitlers Sieg zu verhindern — eine Aufgabe, die zu lösen Ferracini und seinen Begleitern zwar schwerfällt, doch gelingt ihnen das Unterfangen natürlich. Eine Welt kann schließlich entstehen, die der unseren gleicht.

Hogan fügt dieser Abenteuererzählung — und hierin zeigt sich der (pseudo-)wissenschaftliche Anspruch des Romans — Überlegungen zur Beschaffenheit des Universums bei, die von der aus der Quantenmechanik ableitbaren Möglichkeit ausgehen, daß als Ergebnis einer physikalischen Wechselwirkung nicht nur ein, sondern sämtliche möglichen Endzustände Realität werden. Zwar wird dem Beobachter nur ein Ergebniszustand bewußt, doch treten tatsächlich alle möglichen ein — eine Hypothese, die auf eine nahezu unendlich große Zahl von nebeneinander existierenden Universen hinausläuft, die sich permanent vergrößert. Neben einer Erde, auf der die Achsenmächte den Zweiten Weltkrieg für sich entschieden haben (Winslade und Ferracini stammen von ihr), gibt es eine, in der der Faschismus erst gar nicht aufkam (die Welt der entmachteten Eliten, die nun Hitler protegieren) und eine dritte, in der die Geschichte den uns bekannten Verlauf nahm.

Aus dieser an sich interessanten Mischung an Motiven und Charakteren mixte Hogan leider einen allenfalls als mittelmäßig zu bezeichnenden Text. Moniert werden soll weniger die Schilderung der auftretenden Deutschen als tollpatschige und engstirnige »Krauts« im speziellen, die in der amerikanischen Trivialerzählung fest verwurzelt sind, sondern die höchst geradlinige und vorhersehbare Gestaltung des Romans als ganzem: Genies (Einstein) verhalten sich so weltfremd-gedankenvoll, wie man es von Genies erwartet, die coolen Supermänner (Ferracini) zünden die richtigen Sprengladungen genau zur rechten Zeit, verantwortungsvolle Politiker (Churchill, Roosevelt) wägen genauestens ab und veranlassen das für die Allgemeinheit Günstigste. Vor der gewählten Folie, die — zugegeben — dem Klischee vom Kampf des schlechthin Guten gegen das Böse sehr entgegenkommen muß und vom Autor somit überdurchschnittliche Sorgfalt verlangt, gestaltete Hogan eine langatmige insgesamt auch meist langweilige Geschichte, die nur in wenigen Szenen (etwa den einführenden Abschnitten, in denen Ferracini mit einigen Flüchtlingen aus Europa in die Staaten zurückkehrt) wirklich zu fesseln versteht.

Shirley Jackson

Wir haben schon immer im Schloß gelebt

(We Have Always Lived in the Castle, 1962*)*
Aus dem Amerikanischen von Anna Leube und Anette Grube
Diogenes, Zürich 1988
224 Seiten, gebunden, DM 29,80

von Frank Duwald

Shirley Jackson (1919—1965) war eine Schriftstellerin, die weit über die Genregrenzen von Science Fiction und Phantastik hinaus Ansehen im amerikanischen Literaturbetrieb erlangen konnte, hierzulande aber mit Ausnahme einiger publizierter Kurzgeschichten vollkommen ignoriert wurde. Um so verdienstvoller ist die bei Diogenes gestartete Edition der Werke Jacksons, die im letzten Jahr mit dem Roman »Wir haben schon immer im Schloß gelebt« in geschmackvoller Aufmachung und sorgfältiger Übersetzung begonnen wurde.

Merricat, die träumerische achtzehnjährige Hauptakteurin dieses Schauerromans hat merkwürdige Vorlieben. Neben ihrer älteren Schwester Constance mag sie besonders den Amanita phalloides, auch bekannt als grüner Knollenblätterpilz. Verwundert es da noch, daß die Schwestern sowie ihr im Sterben liegender Onkel in völliger Einsamkeit das dichtbewachsene herrschaftliche Anwesen ihrer längst verblichenen Eltern bewohnen? Einsamkeit mag Merricat ebenfalls. Zusammen mit ihrem Kater Jonas durchstreift sie die völlig in sich verschlossene Eigenwelt des verwilderten Anwesens und hängt ihren märchenhaften Tagträumen nach. Shirley Jackson läßt keinen Zweifel daran, daß Merricat und ihre Schwester glücklich sind, und obwohl die beiden sich mitsamt ihrer Teekränzchen wie zwei alte puritanische Damen gebärden, hütet Jackson sich davor, Menschen für ihre Vorlieben, und seien sie noch so skurril, zu verurteilen. Dank der einfühlsamen Charakterisierungen lernt der Leser diese beiden merkwürdigen Personen zu verstehen und schätzen.

Daß ein solches Leben im zwanzigsten Jahrhundert auf Kritik stoßen muß, bleibt unausweichlich. Erste krasse Einschnitte in Merricats Traumwelt sind die zwangsweise regelmäßig stattfindenden Einkäufe von Lebensmitteln. »Der Freitag und der Dienstag waren schreckliche Tage, weil ich ins Dorf gehen mußte«, erzählt sie. Nach und nach läßt Jackson die Einflüsse von außen auf die Schwestern massiver werden und sie schließlich in einen ernsthaften Konflikt zwischen den Dorfbewohnern, die dieser Lebensweise mit offener Feindschaft begegnen, und den Schwestern münden, durch den Merricat und Constance materiell stark zu Schaden kommen, aus dem sie aber gleichzeitig, in ihrer geistigen Verfassung gestärkt, hervorgehen.

Noch mehr von der Handlung zu verraten wäre unfair, denn der Roman stellt sich als eher handlungsarm dar, was dem Lesevergnügen aber keinen Abbruch tut. Ihre diesbezügliche Sparsamkeit gleicht Jackson mit psychologischer Einsicht aus. Im Gewand des sanften Psychothrillers formuliert Shirley Jackson ihre menschliche Botschaft. Ohne je belehrend zu wirken, verleiht sie ihrem Wunsch Ausdruck, die Menschen sollten sich gegenseitig, auch ohne die Einhaltung zivilisierter Verhaltensmaßstäbe, respektieren. Neben ihrer Ausgereiftheit bezüglich inhaltlicher Aspekte und Charakterisierungen, hantiert Shirley Jackson in ihrem fünften und letzten Roman auch mit stilistischen Mitteln höchst gekonnt. Ein behutsamer, aber nicht einlullender Tonfall, herrliche Dialoge (»Sie haben nicht mal von Ihrem Tee getrunken«, sagte ich, weil ich wollte, daß sie errötete. / »Danke«, erwiderte sie, sah auf ihre Tasse und errötete. »Er schmeckte köstlich.«) und dieser unübersehbare Hauch von Eigenwilligkeit spinnen einen völlig eigenen Zauber, der »Wir haben schon immer im Schloß gelebt« zu einem unheimlichen Leisetreterstück mit immenser nachhaltiger Wirkung macht.

Wolfgang Jeschke (Hrsg.)

Wassermanns Roboter

Internationale Science Fiction-Erzählungen
Wilhelm Heyne Verlag. München 1988
Heyne Science Fiction & Fantasy 06/4513
620 Seiten. DM 16,80

von Walter Udo Everlien

Warum Erzählungen lesen, zumal SF-Erzählungen, wenn die Zahl der erhältlichen Trilogien, Tetralogien, Serien scheinbar unaufhaltsam wächst? Fortsetzungs-Romane präsentieren geschlossene Phantasiewelten, in denen man sich zunehmend heimisch fühlen kann: desto dickere Bände, desto besser. Sie kommen dem verständlichen Bedürfnis nach Orientierung entgegen, nach Sinngebung, meist auch nach Happy-End-Romantik. In einer komplexen, kaum noch durchschaubaren Realität ist die Möglichkeit des Sich-wiederfinden-könnens für viele Leser ein wesentliches Anliegen — nicht zuletzt die »Lindenstraße« oder »Dallas« kommen diesem Bedürfnis entgegen, mit großem Erfolg. Und einfache Antworten werden zunehmend auch von der Politik erwartet: ein Wunsch, von dem die »Republikaner« derzeit vorrangig profitieren.

Auch im Programm des Heyne-Verlags sind reichlich »mehrbändige Werke« zu finden, doch ist sich Wolfgang Jeschke, Herausgeber der Heyne-SF, wohl bewußt, welch' große Bedeutung der »kurzen« Erzählform zukommt. Eine Bedeutung, die sich sowohl historisch erklären läßt — in der amerikanischen Magazin-SF vor allem der Fünfziger Jahre gelang der SF der Wandel vom positivistischen Jungenbuch zur ernstzunehmenden Literaturform — wie auch verkaufstechnisch. Wo anders als in der Anthologie lassen sich junge Talente vorstellen, die in den Neuerscheinungslisten über kurz oder lang die etablierten Autoren ablösen werden: ablösen müssen, aus Altersgründen oder weil die Etablierten den Nerv des Zeitgeistes nicht mehr treffen können.

Es geht also auch um die Pflege des Nachwuchses, wenn Jeschke im halbjährlichen Turnus seine voluminösen Sammlungen herausgibt, natürlich auch um die Pflege deutschsprachiger Autoren. Von den 19 Erzählungen in »Wassermanns Roboter« stammen vier von deutschen, eine von einem österreichischen Verfasser. Bei aller behaupteten Internationalität liegt das Schwergewicht der Anthologie jedoch bei Texten US-amerikanischer Herkunft: sieben stammen aus diesem größten SF-Markt, der nach wie vor und uneingeschränkt auch das Angebot in den bundesdeutschen Buchhandlungen dominiert.

Wassermanns Roboter

Lucius Shepard beginnt die Zusammenstellung mit »Professor Sombras Automaten«: ein junger Musiker, wegen Mordes in einer Anstalt verwahrt, bricht aus, versucht sich von seiner Vergangenheit zu befreien, trifft in einem Provinznest eine junge Frau, mit der er zusammenleben möchte — doch ein Happy End wird nicht geboten. Weniger ralistisch als mystisch gibt sich dann »Van Goghs unvollendetes Portrait des Königs der Schmerzen« des Iren Ian McDonald, eine fesselnde Schilderung der letzten Lebensmonate des berühmten Malers, in denen er den »König der Schmerzen« zu malen gebeten wird, um schließlich dessen Rolle zu übernehmen.

Ähnlich stimmungsvoll dann auch Harlan Ellisons »Der Wächter der verlorenen Stunde«, eine Geschichte um einen jungen und einen alten Mann, um eine sehr schön gearbeitete Uhr und die letzte Stunde, die nie kommen darf. Christian Mährs »Sprecher und Hörer« beschäftigt sich dann mit einer durchaus glaubwürdig anmutenden Zukunft, einer, in der Plansprachen gelehrt und unangepaßte Menschen ins »Asyl« verbracht werden. Ein alter Mann hört im Radio die Stimme seiner längst verstorbenen Frau, und die durchrationalisierte Welt beginnt sich zu verändern. Mähr gelingt scheinbar mühelos die Erzeugung einer sehr beklemmenden, zugleich bedrohlich und rätselhaft wirkenden Atmosphäre — nicht nur die längste der hier versammelten Erzählungen, sondern auch die eindringlichste.

Der Sohn schenkt den alten Eltern einen Androiden, der ihnen Gesellschaft leisten soll; er selbst hat leider, leider keine Zeit (Thomas Winter: »Das Geschenk«). Die verständnisvolle Stimme von der Telefonseelsorge gibt ihre wahre Natur preis (Joern J. Bambeck: »Ich werde immer dasein, wenn du mich brauchst«). Um den Unterschied zwischen Schein und Sein in den mitunter recht befremdlich anmutenden Beziehungen zwischen den Menschen geht es auch bei Lino Aldani (»Psychosomatisches Doppel«: ein Verstorbener wird durch einen Roboter ersetzt), bei Hans Altmeyer (»Sprung in die Tiefe«: ist der Fremde auf dem Gartenfest tatsächlich unsterblich oder nur ein versponnener Selbstmörder?) und Karen Joy Fowler (»Das Geistertor«: die kleine Jessica findet einen Zugang zum »Anderen Ort«, doch die Rückkehr fällt ihr zunehmend schwerer). Und in »Gebete eines Regengottes« (Richard Paul Russo) geht es um einen Mann, der sich in seinen Visionen für den Regen auf einer anderen Welt zuständig weiß — doch gelten auch hier zuletzt die unbestechlichen Gesetze der Physik.

Das Verhältnis des Menschen zu seinen Werkzeugen steht auch im Mittelpunkt von »Wassermanns Roboter« von Richard Stone, und ein Tourist erfährt am späten Abend in einer einsamen Kneipe mitten in der australischen Wüste eine merkwürdige Geschichte um 40 verlorene Jahre (ausgezeichnet erzählt: Florian F. Marzins »Traumzeit«). Ein SF-Autor wird bei James P. Kelly (»Dämon«) in mysteriöse Ereignisse verwickelt, über die er dann doch keine Story schreiben wird, und um eine Gruppe von Aliens geht es in Wladimir Scherbakows »Ein beschwingter Morgen«, die auf der Erde Verhältnisse vorfinden, die sie schmerzlich an ihre Heimat erinnern: eine sehr poetische Geschichte, die schon stilistisch weit aus den anderen heraussticht.

Einem jungen Mädchen gelingt die geistige Kontaktaufnahme mit ihrem Vater, der sich Lichtjahre entfernt in Raumnot befindet (zu emotionalisiert: »Die Todesträume von Sybillia Sternenstaub« von Eddy C. Bertin); einige irdische

Raumfahrer werden auf einem fernen Planeten mit einem urtümlichen Gott konfrontiert (Christian Lautenschlag mit »Es kommt der Pan«). Irgendwo am Ende der Galaxis wird ein morbides Spiel gespielt um Körpertausch und ewige Jugend (George R. R. Martin: »Die Glasblume«): eine eindrucksvoll bilderreiche Arbeit des bei uns etwas in Vergessenheit geratenen Autors von »Die Flamme stirbt«.

Das insgesamt sehr hohe Niveau der Sammlung hält sich auch in den letzten beiden Beiträgen: »Thor trifft Captain Amerika« von David Brin erzählt; von einem Dritten Reich, das mit Hilfe der nordischen Götter schon fast die gesamte Welt unter seine Kontrolle gebracht hat — gleichzeitig eine effektvolle Gegenüberstellung von amerikanischem Pragmatismus und germanischer Metaphysik. Ernst Petz beschäftigt sich schließlich in »Warum Frankenstein sterben mußte« mit dem tragischen Schicksal dieses berühmten Wissenschaftlers und schließt damit an »Das liederlich machend Liedermacher-Leben« (abgedruckt in W. Jeschkes »L wie Liquidator«) an, wo ebenfalls aus der Sicht des 21. Jahrhunderts Richard Wagner porträtiert wurde: auch hier wählte Petz die Form des Vortrags vor einem studentischen Publikum, um seine erfrischend unkonventionellen Überlegungen darzustellen, um einen teils pseudowissenschaftlichen Begriffsapparat auf einen bekannten Trivialmythos anzuwenden.

Warum also Erzählungen? Für den Verlag, das wurde eingangs schon gesagt, sind sie unverzichtbar, doch auch dem Leser bieten Sammlungen wie die vorgestellte eine Chance, die er in Romanen nur sehr selten realisiert finden wird: nämlich die, eine über 600 Seiten höchst abwechslungsreiche, spannende, um nicht zu sagen: aufregende Lektüre zu finden. Gelegentliche Enttäuschungen allerdings inklusive — aber auch die gehören zum Leseerlebnis: Cyberpunk-Fans etwa, die in den vorhergegangenen Sammelbänden sehr auf ihre Kosten gekommen sind, werden sich hier nicht vertreten finden.

Barry Longyear

Sie kommen aus Schenectady

(It Came From Schenectady, 1984*)*
Deutsch von Ronald M. Hahn, u.a.
Wilhelm Heyne Verlag, München 1989
Science Fiction & Fantasy 06/4598,
414 Seiten. DM 12,80

von Detlef Hedderich

Das dieser Storycollection vorangestellte Vorwort dürfte so ziemlich das witzigste seiner Art sein, das in den letzten Jahren das Licht der (Verlags-)Welt erblickte. Der Autor schildert darin auf humorvolle Weise den Versuch eines Fernsehinterviews auf einem SF-Kongreß durch eine Interviewerin, die weder jemals von Longyear noch von einem anderen SF-Schriftsteller gelesen oder gehört zu haben scheint, oder mit anderen Worten (wie Longyear sich auszudrücken pflegt) — *»eben ihre Hausaufgaben nicht gemacht hat«*. Wie er diese mit Vorurteilen und Inkompetenzen überreichlich gespickte Fernsehjournalistin auflaufen läßt und anschließend durch den Kakao zieht, ist wirklich unglaublich.

Longyear dürfte nach der Verfilmung seiner 1979 erschienenen Kurzgeschichte »Enemy Mine« durch den deutschen Regisseur Wolfgang Petersen mittlerweile auch in Deutschland kein Unbekannter mehr sein. Mit diesem äußerst gelungenen Spitzenwerk angloamerikanischer SF, in dem er sich mit humanistischem Engagement gegen den Irrsinn von Krieg auf Grund von Rassenkonflikten wendete, errang er so ziemlich alle wichtigen SF-Preise. Doch leider konnte er die so bei der Kritik und Leserschaft geweckten Erwartungen in der Folge nicht einlösen. So wurde es in den letzten Jahren doch etwas ruhiger um ihn. Der vorliegende Band zeigt aber, daß in Longyear immer noch ein beachtenswerter Autor steckt:

Drei der etwas längeren Geschichten, »Sammlerstück«,

»Das Bildnis des Baron Negay« und »Die Heimkehr«, sind bereits schon einmal in Anthologien oder Sammelbänden auf deutsch erschienen. Die vier extrem kurzen Stories »Der Neuling«, »SWAWNA LTD.«, »Die allerletzte Pointe« und »Woher haben Sie diese Ideen?« sind Ideengeschichten, haben meist keine tragende Handlung oder sind von Longyear nur auf die Auflösung des Plots hingeschrieben.

Bleiben also fünf Geschichten, auf die hier nun etwas näher eingegangen werden soll:

In »Träume« verarbeitete der Autor auf unkonventionelle Weise sein Unvermögen, in der falschen Situation seinen Mund halten zu können, den Ärger über eine negative Rezension seines ersten Romans und einer etwas zu scharfen Chilieportion sowie ein paar Bierchen gegen den Nachdurst, die er — kurz vor dem Schlafengehen — noch zu sich genommen hatte. Diese zusammengenommen sorgen dafür, daß sich vor dem Leser ein wahres Kaleidoskop an Ideen und Einfällen ausbreitet, das sich aber trotz des daraus resultierenden Chaos zu einer äußerst amüsanten und flüssigen Erzählung verdichtet, die zu lesen wirklich Spaß macht.

Das »Wenn-Haus« handelt auch vom Träumen, aber auf eine ganz andere Weise. In dieser Story wird das Träumen durch eine Maschine gesteuert, die zwar noch in der Entwicklung, eines Tages aber das reale Gefängnis ersetzen soll. Der Protagonist, ein vor Jahren unschuldig inhaftierter Pädagoge, heute ein durch die Medien im ganzen Land bekannter Journalist, läßt sich freiwillig als Versuchskaninchen daran anschließen. Durch den Versuch, diesem nur in der Phantasie des Betroffenen existierenden Gefängnis zu entkommen und die Maschine zur Aufgabe zur zwingen, hofft er, eine noch inhumanere Haftroutine als die bisherige, die sich abzuzeichnen beginnt, zu verhindern. Doch als er eines Tages in einer Talk-Show vor einem Millionenpublikum und vor laufender Kamera vom Erfinder der eigentümlichen Inhaftierungsmaschine aufgefordert wird, dessen neusten Prototyp auszuprobieren, heißt es für ihn alles oder nichts. Fünf Minuten an diesem Gerät angeschlossen, erzeugen beim Versuchsobjekt die Illusion einer fünfundzwanzigjährigen Inhaftierung ...! Die unerwartete Wendung am Ende dieser Story und der eindringliche Stil machen aus diesem Werk ein ansehnliches und engagiertes Stück Sozialfiktion, das zum Besten gehört, was dieser Band zu bieten hat.

Ein ähnlich brisantes Thema bildet »Es gibt Zeiten für Terror«: Vor Jahren sind durch ein Unglück bei einem Genlaborexperiment gefährliche Viren entkommen, die einen großen Teil der Menschheit hinwegrafften. Ein gewisser Teil der Menschen wurde allerdings dagegen resistent, blieben aber Überträger dieser überaus ansteckenden Krankheit. Sie wurden kurzerhand auf den Mond ins »Exil« geschickt. Dort sind sie nun gezwungen, im Bergbau zu arbeiten, um wenigstens soviel Nahrung und Sauerstoff zu erhalten, daß sie überleben können. Als eines Tages bei einer Revolte der Infizierten gegen die Nichtinfizierten ein Journalist als einziger der Gegenseite mit dem Leben davonkommt, kommt ihm später genau die Rolle zu, die über das Leben und Sterben von Tausenden von allerhöchster Entscheidung ist. Lesenswert!

Auch die nächste Story, »Der Sonne hinterher«, behandelt ein sozialkritisches Thema: Der Voraustrupp einer menschlichen Terraforminggesellschaft hat die Aufgabe, die Bewohner einer fremden Welt auf die zu erwartenden Veränderungen vorzubereiten. Die nichtmenschlichen »Rebenmeister« genannten intelligenten Bewohner dieser Welt leben davon, daß sie die einzige Pflanze ihrer Welt, die den gesamten Planeten umfaßt, abernten. An den Mitgliedern des Voraustrupps bleibt schließlich die Entscheidung hängen, ob dieser Planet ausgebeutet werden soll, was für alle Beteiligten einen saftigen finanziellen Bonus bedeuten würde, oder ob sie ihn als schützenswert einstufen sollen, was mit viel Ärger und Nachforschungen der vorgesetzten Stellen belohnt würde. Dieser durchaus lesenswerten Story hätte eine leichte Straffung sicher gut getan.

Wieder um Zeitwahrnehmung geht es in »Adagio«, in der eine mißglückte Marsexpedition nach und nach in die um ein Vielfaches langsamer ablaufende Zeitwahrnehmung felsenartiger Lebensformen eingebunden wird, die sich schließlich in einer Art Symbiose mit den beiden letzten Überlebenden der fünfköpfigen Besatzung vereinen. Auch diese Geschichte wird durch ihr unerwartetes Ende gekrönt.

Longyears Ausarbeitungen sozialkritischer Themen werden wohl niemals literarische Grundfesten erschüttern oder den Tiefgang eines John Brunner vorweisen können, aber das wäre auch gar nicht passend. Longyears Fähigkeiten liegen eher in der abenteuerlichen Beschreibung, die jedoch Spannung und gute Ideen ebenso wenig vermissen läßt wie soziales Engagement.

Die einzelnen Übersetzungen sind sehr unterschiedlich und manchen merkt man ihre Jahre schon an. Die letzteren, besonders die von Ronald M. Hahn, sind deshalb wohl auch die lesbarsten. Insgesamt betrachtet enthält dieser Band sicher keine literarischen Spitzenleistungen und auch die Anfang des Bandes noch spritzige Erzählweise der Geschichten und der Drive des Autors nehmen gegen Ende immer mehr ab. Es scheint, als habe Longyear sein Pulver zu schnell verschossen. Aber trotzdem bleibt SIE KOMMEN AUS SCHENECTADY empfehlenswert und weckt Erwartungen, die der Autor hoffentlich einzulösen in der Lage sein wird. Allen Lesern, die so lange nicht warten wollen, sei hier angeraten, mal den zumeist in der ersten Hälfte der achtziger Jahre erschienenen Werken nachzuspüren. Barry Longyear: Sozialfiktion mit einem Schuß Action, einer Prise Humor und obendrauf einer Plot-Kirsche. Dann mal Prost!

George R.R. Martin

Armageddon Rock

(*Armageddon Rag,* 1983)
Deutsch von Peter Robert
Fantasy Productions, Düsseldorf 1986
458 Seiten. DM 36,—
Wilhelm Heyne Verlag, München 1989
Heyne Science Fiction & Fantasy 06/4480
555 Seiten. DM 14,80

von John Dean

Dies ist ein mutiges Buch. Soviel kann man auf jeden Fall zu seinen Gunsten sagen. *The Armageddon Rag* geht ein teuflisches erzählerisches Risiko ein. Im wesentlichen ist sein Hauptthema der satanische Terrorismus.

Aber zahlt sich das Risiko aus? Bleibt bei *The Armageddon Rag* nach dem Aussieben, als Goldkörnchen sozusagen, eine echte schreckenerregende Sache oder nichts als Falschgold, Tinnef? Hier zeigt sich für den Kritiker der Pferdefuß.

The Armageddon Rag ist eine Mischung aus bestimmten Stimmungen, Ideen und soziologischen Tatsachen, die typisch für das zeitgenössische Amerika sind und die noch durch Mr. R.R. Martins eigenen Hintergrund verfeinert werden.

Eine dieser Stimmungen ist die allgemeine Verwirrung und Nostalgie, die alle braven »Baby Boomers« über das verlorene Jahrzehnt der sechziger Jahre empfinden. Martin wurde 1948 geboren. Er *gehört* dazu. Verherrlichende Lobesäußerungen von Stephen King und Timothy Leary zieren den Schutzumschlag von *The Armageddon Rag.* Leary meint hingerissen: »Gut geschrieben. Ich konnte es nicht aus der Hand legen. Ich habe es sehr bedauert, als es zu Ende war.« Die Sechziger oder *The Armageddon Rag*? Ein

Schlag unter die Gürtellinie, ich weiß. Aber einer, der meiner Meinung nach verdient ist. Mr. Martin und Mr. Leary scheinen gleichermaßen für die psychedelische Ära zu schwärmen. Ein Schriftsteller wird sich selbst und seinem Thema gegenüber jedoch nicht gerecht, wenn er nicht in der Lage ist, sich selbst und seinem Thema gegenüber hart zu sein.

Eine weitere interessante Zutat, die *The Armageddon Rag* beigefügt wurde, ist der Heavy Metal-Rock. Der Roman befaßt sich mit den Begleitumständen des Comebacks einer imaginären Gruppe der Sechziger, den Nazgûl, deren Rückkehr sich in reinster Heavy Metal-Manier abspielt. Das Talent und der Charme, mit der Mr. Martin den Sinn für ihre Musik erweckt, tragen dazu bei, daß das Buch ein schnelles, sinnenanregendes, erschreckendes und angemessen düsteres Tempo bekommt. Was könnte es Satanischeres geben, als guten Heavy Metal-Rock, jenes Sub-Genre der Rock-Idee, die Lester Bangs einmal so richtig beschrieb als »engstens verknüpft mit Gewalt und Aggression, Raub und Überfällen ... technologischer Nihilismus ... ein Schnellzug ins Nichts.«

Außerdem gibt es den Journalisten Mr. Martin: BS, 1970; MS, 1971; Medill School of Journalism, Northwestern University. Der Mann ist, daran besteht kein Zweifel, nicht nur in der neo-paganistischen Bewegung in Amerika bewandert, sondern auch mit den Reizen des aufkeimenden Satanismus vertraut. *The Armageddon Rag* ist ein aktueller Roman. Erinnern Sie sich zum Beispiel daran, was im Sommer 1984 in einem idyllischen Vorort von Northport, Long Island, geschah?

Mr. Kasso und James Toiano, 18, wurden letzte Woche unter dem Verdacht festgenommen, Harry Lauwers, 17, ermordet zu haben, und zwar bei einem, wie es die Polizei ausdrückt, satanischen Ritual. Wie die Polizei berichtet, hat Mr. Kasso zugegeben, mehrfach auf das Opfer eingestochen und es dabei zu den Worten gezwungen zu haben: »Ich liebe Satan.« Später habe er ihm die Augen ausgestochen.

Am frühen Samstagmorgen wurde Mr. Kasso mit einem

Leintuch erhängt im örtlichen Gefängnis aufgefunden. Sein Tod gilt als Selbstmord.

Der Mord und sein Nachspiel haben die 7200 Einwohner dieser prosperierenden Gemeinde zutiefst erschüttert ...

Nach Angaben der Polizei und von Teenagern stammt die Idee zu satanischen Ritualen von Platten und Videoaufnahmen der Rockgruppen ... »Black Sabbath« und »AC-DC«.

International Herald Tribune, 10. Juli 1984

Wenn man als eine der Definitionen von Science Fiction das Weiterspinnen von Dingen annimmt, die sein können, dann hat Mr. Martin mit *The Armageddon Rag* eine Mischung aus SF und Horrorgeschichte geschrieben, der zeitgenössische soziologische Tatsachen als Basis dienen, um davon ausgehend weiterzuspinnen.

Schließlich, und das nicht zum geringsten Teil, dient eine Ideologie als Treibstoff für die Motoren von *The Armageddon Rag.* Diese Ideologie fußt auf Marshall Bermans brillanter Analyse der sechziger Jahre, »Sympathy for the Devil«, die zum erstenmal bereits 1974 in *American Review* veröffentlicht wurde. Berman argumentiert mit Herz und Seele und beschreibt die Sechziger als eine Reise in eine soziale und psychologische Unterwelt, mit dem Drang nach Heroismus, »eine Kultur des romantischen Ausdrucks, der extravaganten Rebellion, des radikalen Strebens«. Und, wie Faust, waren die Menschen der sechziger Jahre ernsthaft versucht, gewalttätigen, teuflischen Wegen zu folgen. Der Revolution. Burn, Baby, Burn! Bonbons sind süß. Aber Acid wirkt schneller.

Aber, so beschreibt Berman die Situation weiter, die meisten Menschen konnten allenfalls Mitleid oder Sympathie für den Teufel aufbringen, keine Verbundenheit mit ihm. Ein paar Freak-Gruppen hielten durch bis zum Schluß, wie zum Beispiel die »Weathermen«. Ansonsten waren die sechziger Jahre im Endeffekt eine Tragödie des Nichtausgereiften. Die meisten Menschen wandten sich ab, gaben auf, verließen den Schauplatz der Handlung genau in dem Moment, in dem sie mit Feuer in den Augen und dem Finger am Abzug voranstürmen hätten müssen.

Das erzählerische Herzstück von *The Armageddon Rag* ist eine zu allem entschlossene Zelle von Radikalen der Sechziger, deren Mitglieder einen Pakt mit dem Satan geschlossen haben, um die Zeit zurückzudrehen und die Befreiungsrevolution endlich stattfinden zu lassen. Das ist also das Hexengebräu von *The Armageddon Rag.* Eine phantastische Idee für eine Story, oder nicht? Wie eine der Figuren des Romans sagt: »Wir sind geschlagen, wir sind verloren, wir sind verdammt. Wir müssen die Dinge ändern. Wir müssen das zurückerlangen, was wir verloren haben, anders geht es nicht.«

Der radikalen Zelle gelingt das Comeback der Supergruppe der Sechziger, und als Folge:

»... sah er, wie die Menge anschwoll und brodelte und sich verwandelte. Als sie hereinkamen, waren sie im mittleren Alter mit leichten Abnutzungserscheinungen, sie trugen Designer-Jeans und teuren Schmuck; sie waren getrieben von ihren Erinnerungen, vom Echo der Songs, zu denen sie einst Protestmärsche veranstaltet hatten, bei denen sie sich geliebt hatten und ausgeflippt waren, die sie mitgesungen und an die sie während der Sechziger geglaubt hatten. Als sie herauskamen, waren sie irgendwie jünger, voller Energie, die fast greifbar war, einer Kraft, die knisterte; sie kamen lächelnd und pfeifend heraus und hielten sich wieder an den Händen wie in ihrer Jugend, und nicht selten schienen die Jeans im Nachhinein zu verblassen, erschienen billig und abgewetzt, mit Blumenzeichen und Friedenssymbolen, die auf die durchlöcherten Stellen aufgebügelt waren.«

Falschgold.

Eine ansprechende Idee, aber das literarische Ergebnis ist eine naiv humanistische, tüchtige, konventionelle Schreibe. Martin schafft es einfach nicht. Seine sympathischen Figuren sind sentimental, Typen aus »Peanuts«. Die Hauptfiguren, die das absolut Böse darstellen sollen, Ananda und Morse, sind eindimensional. Die Qualität des Stils ist schwankend und manchmal peinlich nachlässig.

Die einzige große Ausnahme in Martins Schreibstil in *The Armageddon Rag* ist die Art, wie er manchmal überaus erfolgreich die phosphoreszierende Kraft der Rockmusik vermittelt. Mit dieser Fähigkeit kommt er einer kleinen auserwählten Gruppe moderner Schriftsteller wie Michael Herr, Tim Page und in gewisser Weise John Shirley nahe.

Kurz gesagt, *The Armageddon Rag* ließ mich zutiefst unbefriedigt. Ich machte mich an die Lektüre mit dem *Willen,* es zu mögen. Und dann mußte ich feststellen, daß der Mann seine eigenen Versprechungen nicht halten konnte, daß Martin es als Schreiber und auch als Denker keineswegs vollständig mit dem Risiko aufnehmen konnte, auf das er sich eingelassen hatte. Liegt das Problem nun bei Martin, oder hat es mit den sechziger Jahren zu tun? Vielleicht ist dies eine Epoche, die einen nicht voll ausgereiften Jahrgang hervorgebracht hat, einen, der es gar nicht sein kann.

Wenn man die sechziger Jahre authentisch entstehen lassen möchte, wie es Martin in *The Armageddon Rag* tut, schafft man zwangsläufig eine ihrem Wesen nach flache, wehleidige, selbstgefällige, emotional schale und kreativ billige kleine Welt.

Nun, immerhin hat er das Risiko nicht gescheut.

Michael Nagula (Hrsg.)

Solange es Leben gibt

Ravensburger Buchverlag Otto Maier, 1988
Ravensburger Taschenbuch Band 1663
158 Seiten. DM 7,80

von Detlef Hedderich

Als SF-Jugendbuch sollte sich die von Michael Nagula herausgegebene Story-Anthologie SOLANGE ES LEBEN GIBT eigentlich an ein etwas jüngeres Lesepublikum wenden. Doch bereits im Vorwort, in dem der Herausgeber zurecht bemerkt, daß die typischen Zukunftsgeschichten längst in allen Bereichen des Lebens tagtäglich von der Gegenwart eingeholt werden, wird deutlich, daß es in den 9 Geschichten (die alle von deutsch-sprachigen Autoren und eigens für den vorliegenden Band geschrieben wurden) um *unser aller Leben* und *unsere gemeinsame Welt* geht und sie damit nicht nur Leser eines speziellen Alters ansprechen.

Untertitelt ist der Band mit »Geschichten von morgen aus der Welt von heute«, und so kann er durchaus als Extrapolation heutiger Zustände gelten und aufzeigen, wie eine zukünftige Welt aussehen würde, mit welchen Problemen sie zu kämpfen hätte; besonders dann, wenn sich an den derzeitigen Zuständen, vor allem an den politischen — und es sieht ja danach aus — auch in Zukunft nichts ändern wird.

Die erste Geschichte »Federkugel« von Irmtraud Kremp ist denn auch in Stil und Aussage exemplarisch für den gesamten Band. In ihr beschreibt die Autorin eine zukünftige Erde ohne Pflanzen und ohne Bäume. Alles Grüne wurde ausgemerzt und ausgelöscht, und als es längst zu spät war, um dies zu bereuen oder gar umzudenken, bekommt eine einsam zwischen den Betonklötzen sprießende Löwenzahnblüte die Bedeutung eines KLEINEN WUNDERS.

Eine ähnliche Thematik behandelt Herbert Somplatzki in seiner Geschichte »Grüner Panther«, die das Leben in gewaltigen Stadttürmen und unter absolut strengen, antiseptischen Bedingungen schildert: Das kleinste bißchen Natur oder Leben wird als Kontamination betrachtet. Die »Grünen Panther«, eine Gruppe meist älterer, außerhalb der gesellschaftlichen Kontrolle stehender Menschen, hat es sich zur Aufgabe gemacht, auch die Bewohner der seelenlosen Städte wieder zu einem würdigen und natürlichen Leben in und mit der Natur zurückzuführen ... Schnee von gestern. Ist in anderen Werken schon zigmal verbraten worden.

Eine kleine Besonderheit bildet die von dem DDR-Autoren-Ehepaar Johanna und Günter Braun verfaßte Geschichte »Der Gehirnbrillenhändler«, in der es nicht so sehr um die Veränderung der Umwelt, als vielmehr um die des Menschen selbst geht: Der Geburtstag des 17jährigen Steffen Moll, der, ohne daß ihm dies bewußt wird, nach einer Veränderung strebt, läuft nicht ganz so ab wie gewohnt und entpuppt sich als wirklich interessante Studie um die Macht der Gewohnheiten. Hervorragend geschrieben! Obwohl hier leider der Eindruck entsteht, daß diese Geschichte in einem Jugendbuch doch etwas fehl am Platz ist.

Auch in Bernhard Richters »Das Band ist zu Ende« geht es um den Menschen: Ein von einem Wissenschaftler aus Senegal erfundenes Serum ermöglicht es den Menschen der zukünftigen Welt, für immer Kinder zu bleiben und unsterblich zu werden. Wer sich allerdings einmal dazu entschlossen hat, erwachsen zu werden, für den gibt es kein Zurück in die Kindheit mehr. Doch die Wirkung des Serums birgt ein furchtbares Geheimnis ... Lesenswert!

Karl Michael Armers »Labyrinth City« — eigentlich eine Cyberpunkgeschichte — spielt in der nahen Zukunft der Stadt Frankfurt: Per Tastendruck ist es möglich, längst verstorbene nahestehende Personen als Computerprogramme wieder zum Leben zu erwecken, um mit ihnen zu kommunizieren. Genauso aber ist es auch möglich, sich selbst mit seinem Bewußtsein in eine dieser elektronischen Welten zu begeben. Und da in diesen künstlichen Wirklichkeiten nahezu alles machbar ist, üben sie auf jeden ungeheure Faszination aus und werden für viele daher für wirklicher als die Wirklichkeit selbst genommen. Das gilt auch für den Protagonisten Robin, der Katarina, seine große Liebe, an eine dieser Welten verlor und nun auf der Suche nach ihr alle künstlichen Systeme durchforstet ... Nicht übel!

Hermann Ebelings »Katrin — Eine Geschichte aus unterirdischer Zeit« hat ebenfalls die Freundschaft zwischen einem Jungen und einem Mädchen zum Thema: Pierre, der seit vielen Jahren in der unterirdischen Welt der Technik und Computer lebt, lernt eines Tages bei einem Ausflug auf die Oberfläche der Erde das Mädchen Katrin kennen. Sie ist auf der verseuchten, zerstörten und verwilderten Oberfläche der Erde geboren und erzählt ihm von den vielen Fehlern und Sünden, die die Menschen der Vergangenheit der Erde angetan haben, was schließlich dazu geführt hat, daß die Welt nun am Boden liegt. Angefangen haben soll diese Katastrophenkette mit dem sogenannten ›Tschernobyl-Reaktorunfall‹ ... Na sowas! — Schön romantisch — aber ansonsten kalter Kaffee!

Reinmar Cunis' »Endspiel« verarbeitet auf humorvolle Weise die typisch deutsche Vorliebe für Fußball-Sport und die Frage nach der Wirklichkeit und deren Bedeutung, die uns Zuschauern das Fernsehen liefert. Für viele Menschen gilt selbst heute bereits nur das als wirklich was über die Mattscheibe flimmert, alles andere dagegen wird kaum noch wahrgenommen oder — wie auch vom Protagonisten dieser Geschichte — als weniger wirklich empfunden.

»Pango und die Sklavenseelen« von Gisbert Haefs ist der von allen Beiträgen dieses Bandes wohl stilistisch und inhaltlich überzeugendste Beitrag. Mit einer erstaunlichen Leichtigkeit weiß der Autor mit seiner erzählerischen Art eine glaubwürdige und erlebbare Atmosphäre aufzubauen, die — auch in diesem Band — Ihresgleichen sucht: Auf der zukünftigen Erde haben die Unterschiede zwischen Arm und Reich katastrophale Ausmaße angenommen. — Die Armen leben wie im vorigen Jahrhundert, die Reichen hingegen besitzen alles und fliegen sogar zu den Sternen. Die Geschichte handelt von dem Jungen Pango, der seine Freundin an einen Seelenhändler von der Art der »Science-Tologie« verloren hat und den nun nichts mehr in der kleinen Hafenstadt hält, in der er bisher gelebt hat. Doch bevor er sich aufmacht, um andere Länder und andere Städte kennenzulernen, will er diesem Sklavenhändler noch einmal so richtig eins auswischen, er weiß nur noch nicht wie — bis schließlich der alte Gaukler, der Gerüchten nach einmal ein Minister gewesen sein soll, ihn auf eine geniale, tolle Idee bringt ...

Im letzten Beitrag dieses Bandes erzählt Marianne Gruber in »Ferne blaue Erde« die Geschichte des jungen Daniel, der auf einer fernen Welt lebt, die die Menschen bereits vor vielen Jahren besiedelt haben. Die Erde existiert dabei nur noch als längst vergessener Ursprungsort des menschlichen Lebens. Das Leben auf Daniels Welt ist zwar mit allem Komfort ausgestattet und hoch technisiert, wird aber von einem strengen Regime beherrscht das keine Schwäche und Gefühlsduseleien duldet. Doch Daniel verhält sich nicht normgerecht und wird deshalb zur primitiven, rückständigen alten Erde, auf der es inzwischen kaum noch technische Einrichtungen geben soll und die Menschen wie Tiere dahinvegetieren, verfrachtet. Als Daniel dort ankommt und sich in einer kleinen Gemeinschaft eingelebt hat, erlebt er all die schlimmen Dinge, die er vorher gehört hat, jedoch eher als Segen ...

Die anfänglich negativ ins Auge fallende Uniformität in der Länge der einzelnen Geschichten entpuppt sich beim weiteren Lesen dann doch eher als nützliche Maßnahme, da ansonsten wohl kaum eine solche Vielzahl an Geschichten in diesen Band hätte aufgenommen werden können, und dadurch wohl auch eine gewisse Ausgeglichenheit — durch die Verschiedenartigkeit der Autoren — gelitten hätte. Trotzdem fällt natürlich auf, daß einige Beiträge etwas abrupt ihr Ende finden und sicher noch eine Menge mehr hergegeben hätten. Aber beides kann man natürlich nicht haben.

Insgesamt betrachtet sind die Beiträge des vorliegenden Bandes gut lesbar und qualitativ hochwertig, wenngleich bestimmte Beiträge auch einige Schwächen aufweisen. Es stellt sich jedoch die Frage, ob ein Teil der Geschichten für den jugendlichen Leser nicht doch zu schwer verständlich sind und somit vielleicht an dem Zielpublikum vorbei veröffentlicht wurde. Was unter dem Gesichtspunkt eines Jugendbuches noch negativ ins Gewicht fällt, ist wohl die fast durchgängige Bedrückung und Düsternis der Beiträge. Hier hätte man sich doch — trotz einer gewissen politischen Verantwortung für die jungen Leser — auch noch einige positive Aspekte des Lebens ins Gedächtnis rufen können. Die Welt ist zwar schlecht, furchtbar schlecht, — sie ist aber auch gut. Und das spürt man in SOLANGE ES LEBEN GIBT leider nur an den wenigsten Stellen. Trotzdem hinterläßt dieser Band, schon deshalb, weil der Herausgeber sich im Anhang die Arbeit gemacht hat, jeden Autor noch einmal kurz vorzustellen, einen angenehmen Eindruck. Man spürt, daß Michael Nagula Zeit und Mühe nicht gescheut hat, ein ansprechendes Buch herauszugeben.

Walker Percy

Das Thanatos-Syndrom

(*The Thanatos Syndrome,* 1987)
Deutsch von Bernd Samland
Carl Hanser Verlag, München 1989
491 Seiten. DM 39,80

von Wolfgang Pollanz

Eine Wiederbegegnung mit Dr. Thomas More, dem Helden des Zukunftromans »Liebe in Ruinen« gibt es in Walker Percys neuem Buch »Das Thanatos Syndrom«. War der Dr. More der »Abenteuer eines schlechten Katholiken kurz vor dem Ende der Welt« ein zynischer Beobachter des langsamen Zerfalls der Welt, der trotz allem noch daran glaubte, die seelischen Leiden seiner Mitmenschen kurieren und damit das Unheil aufhalten zu können, so hat der More des

»Thanatos-Syndrom« seinen Glauben an die Möglichkeiten der Wissenschaft längst verloren. Der Roman, vom Verlag als eine Art von Wissenschafts-Fiktion angepriesen, als »veritabler Thriller«, handelt folgerichtig dann auch von den Grenzen der Wissenschaft, von ihrem Mißbrauch in einer Gesellschaft der nahen Zukunft und all den bekannten ethischen Implikationen, und ist ein leidenschaftliches Plädoyer Percys gegen manipulative Eingriffe des Menschen in die Natur des Menschen und für die Willensfreiheit.

Eine Rückkehr steht am Beginn des Buches: Tom More, Psychiater der alten Schule, kehrt aus dem Gefängnis zurück nach Feliciana, das, wie könnte es anders sein, im tiefsten Süden der Vereinigten Staaten liegt, in Louisiana, denn wie alle Geschichten Percys entführt auch diese den Leser in die schwüle Welt der Bayous, der ehemaligen Indigoplantagen und der Magnolienhaine, und fast könnte man einen Augenblick lang meinen, von ferne Dixie-Bier trinkende Cajuns ihre munteren Weisen fiedeln zu hören. Doch der Anschein trügt, hinter der faszinierenden Fassade des Südstaaten-Ambientes hat diese Welt längst Risse bekommen, und Percy bedient sich dieser Versatzstücke nur noch zur Illustration, um inmitten trügerischer Alligatorenruhe die Brüche, die sich dahinter verbergen, um so drastischer erscheinen zu lassen.

Auch Tom More bemerkt nach seiner Rückkehr Veränderungen, stößt auf merkwürdige Verhaltensauffälligkeiten bei früheren Patienten, bei Kindern, selbst bei der eigenen Frau. Und wie seine Mitbrüder in den verschiedenen Romankosmen Percys, ist auch Dr. More ein Suchender, denn, so hieß es schon in »Der Kinogeher«, »nichts auf der Spur sein, heißt: Verzweiflung«. Waren »The Moviegoer« oder »The Last Gentleman« allerdings noch auf der Suche nach sich selbst gewesen, so macht sich More auf die Suche nach der Lösung dieses Rätsels. Die kleinen Hinweise verdichten sich schließlich zu mehreren Fallgeschichten, »kleine zusammenhanglose Fakten fügen sich unter dem Auge des Entdeckers zu einem Zusammenhang«. Veränderungen in der Persönlichkeitsstruktur und im Sexualverhalten, Kontextlosigkeit in der Reaktion auf erlernte Stimuli und ein computerartiges Gedächtnis sind einige der Symptome, die in der Zusammenschau Mores Verdacht erhärten, daß in Feliciana eine gewaltige Manipulation, ein Großversuch im Gange ist, ein »Manhattan Project« zur Korrektur der menschlichen Evolution, bei dem die Hilfe eines wasserlöslichen Additivs den Bewohnern ganzer Landstriche über das Trinkwasser persönlichkeitsverändernde Substanzen verabreicht werden. In der nun folgenden, teilweise sehr spannenden, teilweise zäh wie der Ol'Man River dahinfließenden Handlung gelingt es Dr. More und einigen Vertrauten, die Machenschaften einer Gruppe von Wissenschaftlern aufzudecken, die sich zu selbst ernannten Rettern der Menschheit aufgeschwungen hat, um in einer Form von »Schrotschuß-Massenprophylaxe« jene Pathologien, die dem Homo sapiens eigen sind, auszumerzen.

Der Aktualität und Brisanz des Themas im Lichte der Gen-Technik tut da auch die Geschwätzigkeit des Buches keinerlei Abbruch, das, es sei geklagt, an die Kompaktheit und sprachliche Stringenz von Percys Meisterwerk »Der Kinogeher« leider nicht herankommt. Auch steht zu befürchten, daß die teilweise oberflächliche Übersetzung (»Laßt die guten Zeiten rollen«) diesen Eindruck noch verstärkt. Wie heißt es doch in einem dieser alten Cajun-Lieder: »Let the good times roll!«

Tim Powers

Die Tore zu Anubis Reich

(*The Anubis Gates,* 1983)
Roman
Deutsch von Walter Brumm
Wilhelm Heyne Verlag. München 1988
Heyne Science Fiction & Fantasy 06/4473
555 Seiten. DM 14,80

von Walter Udo Everlien und von John Dean

Zu Anfang des 19. Jahrhunderts ist die Magie auch nicht mehr das, was sie einmal war. Ob man ein Rudel wilder Hunde mit einem Zauber nun tatsächlich auf Distanz halten kann, ob sie wie vom Schlag getroffen tot zu Boden fallen oder gar keine Reaktion zu erkennen geben — zu einem Glücksspiel ist der Einsatz magischer Kräfte verkommen. Da hierfür eindeutig das Christentum verantwortlich ist, versuchen anno 1802 die Magier Fikee und Romanelli im Herzen des Britischen Imperiums, ganz in der Nähe Londons, den alten ägyptischen Göttern ein Tor zu öffnen, durch das sie aus ihrem derzeitigen Exil in das Weltgeschehen zurückkehren können. Der Versuch schlägt fehl, Fikee verwandelt sich in einen Werwolf und über 300 Jahre in die Vergangenheit und ebensoweit in die Zukunft hinein werden zahlreiche Zeittore geschaffen — Tore, die eine Bewegung innerhalb dieser Zeitspanne ermöglichen.

Auf diese Tore wird in den achtziger Jahren des 20. Jahrhunderts J. Cochran Darrow aufmerksam, ein recht wohlhabender Wissenschaftler, der über viele Jahre hinweg ein bekanntes Forschungsinstitut leitete, dann aber an Krebs erkrankte und sich — als seine Krankheit sich mit konventionellen Methoden nicht heilen ließ — dem Okkultismus verschrieb. Gemeinsam mit dem Literaturwissenschaftler Brendan Doyle, mehreren gut bewaffneten Wächtern und zehn Millionären reist Darrow in das Jahr 1810 zurück, vorgeblich, um an einem Vortrag des Dichters Samuel T. Coleridges teilzunehmen, tatsächlich aber, um hier mit den Kenntnissen, die das 20. über das 19. Jahrhundert verfügt, ein Wirtschaftsimperium zu errichten.

Doyle wird von der Gruppe getrennt, es verschlägt ihn wie weiland Oliver Twist in die Londoner Unterwelt zu den Dieben und Mördern, und an einem weiteren Zeitsprung hat er ebenfalls noch teilzunehmen, bis der Werwolf zur Strecke gebracht, Darrow das üble Handwerk gelegt und den Anhängern der altägyptischen Götter der letzte Zauber mißlungen ist; daß der Held im 19. Jahrhundert bleiben muß, stört ihn um so weniger, als er das Herz einer überaus reizenden Jungfrau gewinnt. Die unkommentierte Inhaltsangabe könnte noch den Eindruck erwecken, es handele sich bei Powers Roman nur um eine jener vielen mehr oder weniger phantasielosen Fantasies, Impressionen aus dem ewigen und deshalb wohlbekannten Kampf des Bösen gegen das Gute. Weit gefehlt: zum einen ist der Text überaus humorvoll und fesselnd geschrieben, der gewählte zeitliche Rahmen tritt nicht nur als Folie für die Geschichte, sondern als integraler und schlüssig geschilderter Bestandteil der Handlung auf (die Detailliebe, mit der Powers sich in die englische Romantik eingearbeitet hat, macht allein seinen Roman schon lesenswert), und die widerspruchslose Verknüpfung der diversen zeitlichen Bezugsebenen ist ihm ebenfalls sehr gelungen.

Natürlich strotzt der Text vor Unwahrscheinlichkeiten und Zufällen, gilt das primäre Interesse Powers nicht dem Ausfeilen der auftretenden Charaktere oder einer kritischen Schilderung des englischen Frühkapitalismus, sondern der Gestaltung der Abenteuererzählung. Ihm deshalb mangelnde Originalität oder fehlende gedankliche Tiefe, kurz: Eskapismus vorzuwerfen, verbietet sich angesichts des enormen Unterhaltungswertes seines mit dem »Philip K. Dick Memorial Award« ausgezeichneten Romans von selbst.

Ich bin nicht ganz glücklich mit *The Anubis Gates,* auch wenn ich zugeben muß, beim Lesen großen Spaß gehabt zu haben. Das Buch ist auf Bequemlichkeit und Schnelligkeit angelegt. Der größte Teil der Handlung spielt in einer köstlichen prä-Dickensianischen Londoner Unterwelt, wo »Bettler die Banknoten verlosen ... und Jill sich flachlegen läßt.« Die Erzählung wickelt sich in gefräßiger Eile ab. Der Roman ist farbig und unterhaltsam, es wird deutlich, daß er das Produkt einer höchst kompetenten Denkleistung ist.

Aber es gibt zuviel und doch auch zuwenig in *The Anubis Gates.*

Zum Inhalt: der Roman erzählt die Abenteuer von Herrn Brendan Doyle, einem gerade ins mittlere Alter gekommenen, ein wenig kahl gewordenen Professor für Englische Literatur aus Cal State, Fullerton. Auf mysteriöse Weise wird Doyle vom London des Jahres 1983 in das London des Jahres 1810 zurückkatapultiert. Er trifft viele berühmte Leute aus dem frühen achtzehnten Jahrhundert. Er reist kurz ins Jahr 1684, dann wieder zurück nach 1810 und lebt noch bis 1846 weiter. Und er reist nicht alleine in und durch die Zeit.

Beinahe jede Inhaltszusammenfassung von *The Anubis Gates* wird die Ereignisse dieses Zeitreise- beziehungsweise historischen Romans verkürzen und mit den Handlungsschemata von tausend anderen Romanen dieser Art in einen Topf werfen. Powers Geschichte besitzt eine kühn komponierte, fast ein wenig laute Handlung. Räder drehen sich hier in anderen Rädern. Historische Verwicklung ist das tieferliegende Thema von *The Anubis Gates,* das Zusammenspiel zwischen der beobachteten, beleuchteten, der tatsächlichen Natur der Dinge und dem verborgenen Substrat von Intrigen, Hochstapeleien und — wer weiß — übernatürlichen Zaubereien. Seine nächsten Science Fiction und Fantasy Verwandten sind Romane wie Pratts und DeCamps *Incomplete Enchanter,* Paul Andersons *Three Hearts and Three Lions,* DeCamps *Lest Darkness Fall.* Der gute alte Opa dieser Familie wäre natürlich Twains *Connecticut Yankee.*

Ganz wie seine berühmten Vorfahren ist der Ton, in dem

The Anubis Gates verfaßt ist, zutiefst komisch. Der Kernpunkt meines Tadels ist der, daß Powers etwas verspricht und es dann nicht hält. Er versucht ernsthaft, das Genre der komischen Zeitreise zu bereichern und zu vertiefen. Er injiziert eine gehörige Dosis von Mythologie in die Adern seiner Erzählung. In dieser Hinsicht sind die verschiedenen Manifestationen des ägyptischen Gottes Anubis, jenes Totengottes mit dem Schakalkopf, besonders beeindruckend. Er betritt die Welt der Menschen als eine Art von Werwolffigur — wie tief die Großen doch gesunken sind! — die den Körper nach Belieben wechseln kann. Halb kindlich in seiner Unschuld, halb wie eine Schabe in seiner einfallsreichen Raubtechnik, zieht Anubis als ›Hundegesichtiger Joe‹ durch die Straßen von London, eine wirklich mysteriöse Figur. Zusätzlich baut Powers in *The Anubis Gates* noch einen köstlichen, überaus wirkungsvollen Setzling aus *Grand Guignol* ein. Manchmal erreicht Powers Darstellung des Grotesken die Intensität von Russell Hobans glänzenden Horroreffekten in *Riddley Walker.* Viele seltsame Ungeheuer lauern in den Tiefen vom London des Jahres 1810.

Aber die wunderbaren Charaktere und die verwickelten historischen Möglichkeiten, die auf die Ereignisbühne gehoben werden, gehen meistens betteln. Powers vermeidet es mit peinlicher Genauigkeit, als Autor über die Bedeutung der Ereignisse zu spekulieren. Zu viel *passiert* einfach nur. An seinen Tiefstpunkten hat mich das Buch manchmal zu der Überlegung veranlaßt, ob es nicht einfach nur eine okkulte Space Opera sei. Es wirkt sicherlich oft wie ein Zirkus, mit seiner ganzen Menagerie von umhertollenden Clowns, Magiern, verkleideten Leuten und seiner verrückten Tierschau in Horrabins Hospital.

Der Protagonist Doyle ist ebenfalls schwach gestaltet. Er ist ein mittelmäßiger Mann mit einem mittelmäßigen Verstand, der es nach seiner Umwandlung hinsichtlich Zeit und Körper in wachsendem Maße als angenehm empfindet, einfach nur zu handeln. Wie Powers zu Doyle bemerkte: »Er drückte das ständig sich wechselnde Konzept beiseite.« In der Tat. Und das Ergebnis ist, daß *The Anubis Gates* eine

Geschichte ist, deren Stärke in der Handlung liegt — ohne (um Mike Bishops Zitat zu den jüngsten Science Fiction-Trends zu bringen) »ein Maß an intellektueller oder emotionaler Beteiligung beim Lesen zu erfordern«.

Es macht zu viel Spaß, Kinder. Und als Ergebnis verändert der Roman in Kürze den Leser. Die Darstellungen von Byron und Coleridge zeugen von Sachkenntnis, bringen jedoch keine neuen Einsichten. Coleridge ist ein bibliophiler Schwachkopf, Byron ist halt einer aus der Clique. Das ist alles. Komische Zügellosigkeit und behagliches Gelächter setzen sich gegen die befreienden, ernstgemeinten komischen Tendenzen durch, von denen der Roman in seinen dunkleren Winkeln Spuren gezeigt hatte — so bei Horrabin und seinem deformierten Vater Dungy, bei dem ägyptischen Meister, bei Anubis und bei der unvergleichlichen Degeneration des Magiers Romany. (Und wenn Sie sich immer noch fragen, was ich damit meine, wenn ich über Ernsthaftigkeit der Komödie in Science Fiction und Fantasy rede, dann rufen Sie sich *Riddley Walker, Cat's Cradle* oder ganz am Rande spekulative Literatur wie William Goldmans *Magic* ins Gedächtnis. *Die* haben die Lacher auf ihrer Seite und dringen gleichzeitig bis zum Puls des Lebens vor.)

War Powers in Eile, als er *The Anubis Gates* zuendeschrieb? Wenn dem so war, so rächt sich das nun. Gegen Ende des Buches gibt es eine Handlungsschwemme, die zudem auch noch langweilig und schlampig gearbeitet ist. Die Mamelucken, die hier ihren Auftritt haben, sehen aus wie bleiche Schatten aus Moorheads *Blue Nile.* In früheren Partien des Romans glänzte die Erzählung durch einige exzellent geschriebene Stellen, durch den Gebrauch von Dialekt und zeitgenössischer Sprache. Doch gegen Ende lösen sich seine Sätze in so etwas wie verworfene Rohentwürfe auf: »Es war sicher angenehm, wieder in England zu sein, endlich erlöst von dieser höllischen Magie und nun in der Lage, sich auf das Treffen, das, wie er wußte, stattfinden würde, mit Byron, Coleridge, Shelley, Keats, Wordsworth und dem Rest der Bande zu freuen …« Huh? Warum? Für einen Autor, der schon einmal den Versuch gewagt hat, authentische

Sprache, Atmosphäre, Ort und Zeit und individuelles Flair (mit einem Wort: Stil) zu verwirklichen, ist diese Art von Sprache Selbstbetrug.

Wenn Sie schließlich eine Geschichte nicht beurteilen wollen, bevor Sie sie ganz bis zu Ende gelesen haben — und dann muß alles modifiziert werden, damit es zu dem Ende paßt —, dann schließt *The Anubis Gates* als ein allzu perfektes Abenteuer. Dieser Roman ist voll und ganz Formelliteratur und wagt es nicht, die Formel für das Ziel einer individuellen Aussage zu durchbrechen. Vielleicht bin ich kleinlich, vielleicht aber auch nicht. Jedem, der sich für historische Romane, Zeitreiseromane, okkulte Fantasy oder das vor-Dickensianische London interessiert, würde ich *The Anubis Gates* wärmstens empfehlen. Als Literatur jedoch — als Studie des menschlichen Herzens im Konflikt mit sich selbst also — läßt es viel zu wünschen übrig. Ihm fehlt eine Sache: mehr.

Tim Powers

In fremderen Gezeiten

(*On Stranger Tides,* 1987)
Deutsch von Walter Brumm
Wilhelm Heyne Verlag, München 1989
Heyne Science Fiction & Fantasy 06/4632
448 Seiten. DM 12,80

von Carsten Kuhr

Nach dem Erfolg, den die Veröffentlichung von seinem Romanerstling THE ANUBIS GATES auch in Deutschland hatte, warten die Leser gespannt auf weiteren Power'schen Lesestoff. Bereits im November '87 erschien in den USA dieser zurecht hochgelobte Roman.

Wieder siedelt der Autor seine Handlung in der Vergangenheit an. Wir schreiben das Jahr 1718. John Chandagnac verläßt Europa, um in Mittelamerika sein Glück zu machen, und Rache zu nehmen. Doch sein Schiff wird von Piraten aufgebracht. Vor die Wahl gestellt, entweder über die Planke zu gehen, oder sich den Freibeutern anzuschließen, entscheidet er sich selbstverständlich für letzteres. Zusammen mit Kapitän Blackbeard, einem verrückten Professor, der seine verstorbene Ehefrau von den Toten wiederauferstehen lassen will, dessen Tochter und einem Woodoo-Zauberer machen sie sich auf, in den weiten Sümpfen Floridas den Jungbrunnen zu finden. Doch dort angekommen beginnt die rasante Geschichte erst so richtig …

Powers beweist auch hier sein großes Erzähltalent. Sind die beschriebenen Figuren oft auch nur skizzenhaft gezeichnet, die actionreiche Handlung, vor dem farbenprächtigen Hintergrund der Karibik, weiß den Leser in ihren Bann zu ziehen. Da wird munter fabuliert; Pulverdampf, Enterhaken, uralte Götter, ein übriggebliebener Conquistadore, Seegefechte, Totenschiffe, bizarre Wildnis, eine ergreifende Romanze, schwarzer Woodoo-Zauber — da lacht des Lesers Herz! Uneingeschränkt empfehlenswert!

Terry Pratchett

Das Licht der Phantasie

(*The Light Fantastic,* 1986)
Deutsch von Andreas Brandhorst
Wilhelm Heyne Verlag, München 1989
Heyne Science Fiction & Fantasy 06/4583
288 Seiten. DM 9,80

Das Erbe des Zauberers

(*Equal Rites,* 1987)
Deutsch von Andreas Brandhorst
Wilhelm Heyne Verlag, München 1989
Heyne Science Fiction & Fantasy 06/4584
283 Seiten. DM 9,80

von Carsten Kuhr

1985 erschien im Goldmann Verlag mit »Die Farbe der Fantasie« (# 23869) der erste Roman Pratchetts aus seinem »Scheibenwelt-Zyklus«.

Fast 4 Jahre hat es gedauert, bis die weiteren, bislang 6 Bände jeweils mit wechselnden Protagonisten ihren Weg in ein dt. Verlagshaus fanden. Die im anglo-amerikan. Sprachraum überaus erfolgreiche Serie wartet mit den gewohnten heroischen Barbaren, finsteren Monstern, schönen Prinzessinnen, alten Magiern und feuerspeienden Drachen auf — einzig, keiner führt seine Geschäfte nach gewohnter Manier! Es regiert der hintergründige Humor Pratchetts, der dem oftmals allzu ernsten Genre ironisch mit einem Augenzwinkern auf die Sprünge hilft.

Da wundert es denn nicht, daß in »Licht der Phantasie« ausgerechnet der unfähige Unterzauberer RICEWIND auserkoren ist, mit seinem einen Zauberspruch im Kopf die Scheibenwelt vor dem Sturz in eine rote Sonne zu retten. Natürlich sind bei der direkten Fortsetzung der Ereignisse aus »Farbe der Phantasie« der gutgläubige Tourist Zweiblume und sein laufender Koffer wieder mit von der Partie! Auch COHEN, DER BARBAR, seines Zeichens größter Held der Scheibenwelt, mit seinen lächerlichen 92 Lenzen und unbedeutenden Artritis-Beschwerden ist ein nicht zu unterschätzender Helfer...

Im 3. Flachweltroman bleibt der Autor sich treu: Als sich die potenteste magische Konstellation eines 8. Sohnes als weiblicher Säugling entpuppt, ist es bereits zu spät. Ein sterbender Magier hat seine Kräfte an den vermeintlichen Superzauberer weitergegeben, nur ist Eskaria leider eine Frau. Ihre einzige Lehrerin ist eine altmodische Hexe, deren konservative Auffassung von weiblicher Magie keine große Hilfe darstellt, und der Zauberstab ruft nach seinem Herren — pardon — seiner Herrin ...

Neben den urkomischen Aspekten und Ideen hat der Roman ein durchaus ernstzunehmendes Gerüst. Die Auseinandersetzung der heranwachsenden Esk und ihres Freundes mit dem tyrannisierenden Elternhaus, die festgefahrenen Auffassungen von den getrennten Karrieren von Männern und Frauen, die Versuche zumindest Ansätze von Gleichberechtigung einzuführen erinnern nur allzusehr an unsere Realitäten. Der Versuch auszubrechen aus den festgelegten Gleisen, gegen die Gesellschaft zu rebellieren fordern des Lesers Sympathie.

Die üblichen »Abnutzungserscheinungen«, die man bei Fortsetzungen leider in der Regel zu beklagen hat fehlen in diesem Fall gänzlich. Dem Autor gelingt es mit jedem neuen Roman die vorgelegte Qualitätsstufe zu halten, ja oftmals zu übertreffen! Was die ersten beiden Titel bereits andeuteten, das kommt ab dem dritten Band erst so richtig zum Vorschein. Der hintergründige, intelligente Humor Pratchetts, die Situationskomik, die teilweise beißende Ironie, mit der er gängige Fantasy-Klischees auf die Schippe nimmt, sorgen für langanhaltende Zwerchfellbenutzung. Während der Leser bei Robert Asprins MYTH-Titeln getrost sein Hirn ausschalten kann, bringt »Die Scheibenwelt« selbiges erst so richtig auf Touren. Ein absolutes Muß!

Christopher Priest

Der schöne Schein

(*The Glamour,* 1984)
Roman. Mit Ill. von Jobst Teltschik und einem Nachwort von Michael Nagula
Deutsch von Walter Brumm
Wilhelm Heyne Verlag, München 1987
Heyne Science Fiction & Fantasy 06/4413
379 Seiten. DM 9,80

von Walter Udo Everlien

Die Graphikerin Susan Kewley und der Kameramann Richard Grey lernen einander in einem Zug kennen, der sie in die Ferien nach Frankreich bringen soll. Voneinander angezogen, verbringen sie einige Tage miteinander, lernen die südfranzösischen Städte und Strände ebenso kennen wie — viel interessanter — den Begleiter, verlieben sich ineinander. Als erhebliche Belastung erweist sich jedoch Niall, ein Bekannter Sues, den sie ursprünglich besuchen wollte, ein Mann von großer Bedeutung für sie: ihr Geliebter, von dem sie sich nun trennen möchte. Sue fährt schließlich zu ihm, in der Absicht, diese Beziehung zu beenden; als sie Richard Tage später wiedersieht, hat sie diesen Bruch jedoch nicht gewagt. Gemeinsam kehren sie nach London zurück, doch ist der Zauber ihrer ersten Tage dahin, da Richard ihre Unfähigkeit, sich definitiv zwischen ihm und Niall zu entscheiden, nicht verstehen kann. Auf dem Rückweg von ihrer Wohnung explodiert in seiner unmittelbaren Nähe eine Autobombe der IRA; mit schweren Verletzungen wird er in ein Krankenhaus gebracht.

Die Graphikerin Susan Kewley und der Kameramann Richard Grey lernen einander in einem Lokal kennen, in dem Sue sich mit ihrem Geliebten Niall die Zeit vertreibt. Beide sind unsichtbar: er auf Dauer, ohne jede Möglichkeit, am »normalen« Leben teilzunehmen, sie auf Zeit, eine Grenzgängerin zwischen den Unsichtbaren, die sie selbst als Ansammlung von Parasiten empfindet, und der konventionellen Gesellschaft, in der sie sich einen Platz zu erarbeiten versucht. Auch Richard — und deshalb fiel er ihr sofort auf — besitzt das Talent, sich der allgemeinen Aufmerksamkeit zu entziehen, doch ist er sich dessen nicht bewußt, ist seine Verankerung im allgemeinen Leben vollkommen. Und bietet somit für Sue die Chance, sich endgültig von Niall und dem Leben, für das er steht, zu trennen und zur Normalität zurückzukehren. Sie macht Richard auf sich aufmerksam, sie gehen essen, schlafen schließlich miteinander. Seinen Vorschlag, gemeinsam in Südfrankreich Urlaub zu machen, lehnt sie ab, da sie befürchtet, dort Niall zu treffen; sie beschließen, mit dem Wagen die englische Landschaft zu erkunden. Wie Sue nach einigen Tagen entsetzt auffällt, reist Niall mit ihnen, versucht, die Liebesbeziehung der beiden zu stören, vergewaltigt Sue schließlich in Anwesenheit Richards. Sie versucht ihren Freund von der Existenz der Unsichtbarkeit und der Nialls zu überzeugen, doch gelingt ihr dies nur bedingt: nach London zurückgekehrt, überrascht Richard Niall und Sue im Bett, erklärt ihr das Ende ihrer Beziehung. Auf dem Rückweg von ihrer Wohnung explodiert in seiner unmittelbaren Nähe eine Autobombe der IRA; mit schweren Verletzungen wird er in ein Krankenhaus gebracht.

Der Kameramann Richard Grey lernt die Graphikerin Susan Kewley in der Rehabilitationsklinik kennen, in der Grey von den Verletzungen, die er durch das IRA-Attentat erlitt, darunter eine Teilamnesie, genesen soll. Die Monate, die direkt vor dem Anschlag lagen, sind aus Richards Gedächtnis verschwunden, und so erkennt er auch die junge, eher unscheinbare Frau, die eines Tages zu Besuch kommt, nicht wieder. Da sie jedoch die einzige zu sein scheint, die ihm helfen kann, den verlorengegangenen Teil seines Lebens zu rekonstruieren, und sie zudem eine Liebesbeziehung zu ihm zu haben behauptet, mißt er ihr mit der Zeit einen immer höheren Stellenwert zu. Als Richard entlassen werden kann, holt sie ihn ab und fährt ihn nach London zurück.

Schon bald fallen Schatten auf ihr Verhältnis, da er ihren Versicherungen, sie verstehe es, sich unsichtbar zu machen, keinen Glauben schenken kann; auch versteht er die Rolle des ominösen Niall nicht, des Mannes, den er als Nebenbuhler begreift, jedoch nie zu sehen bekommt. Als sie ihm ein drastisches Beispiel ihres Talents gibt, beschließt er, sich von ihr zu trennen. Soweit kommt es jedoch nicht, da der Erzähler an diesem Punkt eingreift und Sue aus Richards Leben entfernt.

Schon in früheren Texten ging es Christopher Priest um den Gegensatz zwischen der objektiven und der subjektiven Sicht der Realität. In DER STEILE HORIZONT (auch: DIE STADT), seinem wohl bekanntesten Roman, befinden sich die Bewohner einer mobilen Stadt in dem Glauben, auf einer hyperboloiden Welt zu leben, tatsächlich aber bewegen sie sich über den europäischen Kontinent und stehen bei Romanende vor der Aufgabe, den Atlantik überqueren zu müssen. Thematisch ähnlich gelagert ist DER WEISSE RAUM, dessen 29jähriger Protagonist nacheinander den Vater, seine Freundin, den Arbeitsplatz und die Wohnung verliert. Der weiße Raum befindet sich im Landhaus eines Bekannten, das er während des Sommers bewohnt. Hier beginnt er, die Bestandsaufnahme seines bisherigen Lebens niederzuschreiben, verliert in seiner Einsamkeit jedoch langsam den Kontakt mit der Wirklichkeit — die fiktive Welt, in der er seine Autobiografie spielen läßt, geht in einem gleitenden Prozeß in die wirkliche ein.

Von einer objektiven, einer allgemein anerkannten und verbindlichen Wirklichkeit läßt sich in DER SCHÖNE SCHEIN — und hierin liegt der wichtigste Unterschied zu den genannten früheren Romanen — nicht mehr sprechen. Daß eine der Darstellungen einen höheren Wahrheitsgehalt beanspruchen kann als eine andere, läßt sich kaum sagen, ist doch keine von ihnen widerspruchsfrei, stellt sich aber auch keine als eindeutig falsch heraus. Wie in einem Vexierbild stellt Priest die Erinnerungen seiner Figuren nebeneinander, reiht sich zuletzt mit seiner eigenen Subjektivität unter ihnen ein, ohne aber eine logisch einwandfreie Verknüpfung der verschiedenen Fäden zu bieten. Es wird zur Aufgabe des Lesers, sich ein Bild von den tatsächlichen Abläufen zu machen, etwa die Frage, ob Sue es nun versteht, sich aus der allgemeinen Wahrnehmung auszuschließen, ihrer eher phantastischen Erzählung also Bedeutung einzuräumen ist, oder ob dies lediglich ihre Erklärung für das Ergebnis ihrer recht unerfreulich verlaufenen Sozialisation darstellt, eine Rechtfertigung mangelnder sozialer Kontakte, zu beantworten.

Gegen Ende des Romans zieht der Erzähler ein zutiefst pessimistisches Fazit: »Wir alle machen Fiktionen. Keiner von uns ist, was wir scheinen. Wir ordnen unsere Erinnerungen neu, um sie unserem gegenwärtigen Selbstverständnis anzupassen, nicht um die Vergangenheit genau zu erklären.« Und etwas später: »Der Drang, uns als real erscheinende Fiktionen umzuschreiben, ist in uns allen gegenwärtig. Im schönen Schein unserer Wünsche hoffen wir, daß unser wahres Ich nicht sichtbar werden wird.« Dieses fatale Bedürfnis des Menschen mit seinen destruktiven Folgen für die Verständigung zwischen Individuen nicht nur auszusprechen, sondern an Sue und Richard sinnlich nachvollziehbar zu gestalten, verleiht dem zugleich überaus spannenden Roman einen für die SF seltenen, sehr wohltuenden Ernst. Sehr zu recht wurde ihm in der Kategorie »Bester ausländischer Roman« der Kurt-Lasswitz-Preis 1987 verliehen, erklärte ihn die Fachzeitschrift »Science Fiction Times« im November 1987 zum »Buch des Monats«.

Der deutschen Ausgabe, die vom Heyne-Verlag mit sehr einfühlsamen Zeichnungen Jobst Teltschik versehen wurde und die ein Nachwort Michael Nagulas abschließt, das sich mit der Bedeutung des Erzählers Christopher Priest für die Science Fiction beschäftigt, wäre — wie den meisten Heyne-Taschenbüchern — eine bessere Papierqualität zu wünschen gewesen.

Pamela Sargent & Ian Watson (Hrsg.)

Das unentdeckte Land Geschichten über das Leben nach dem Tod

(Afterlives)
Deutsch von Barbara Heidkamp u. a.
Bastei-SF 24112, Berg. Gladbach 1988
351 Seiten. DM 7,80

von Walter Udo Everlien

Von der Science Fiction Antworten auf die »großen Fragen« der menschlichen Existenz zu erwarten, hieße, die falschen Bücher zu lesen. Ob es einen Gott gibt, ob das diesseitige Leben nach dem Tod bewertet wird und zu Konsequenzen führt, ob das Leben einen Sinn hat: die Metaphysik ist — wo sie in der SF überhaupt thematisiert wird — ebenso Ergebnis reiner Spekulation wie in Religion und Philosophie, wenn in vorletzter auch versucht wird, mittels Glaubenswahrheiten das Leben der Menschen zu lenken (bisweilen sehr erfolgreich: zu wessen Nutzen auch immer). Die eine traditionelle Funktion der SF, bereits vorhandenes Wissen weiterzudenken, Entwicklungen, die in der »Realzeit« noch in der Schwebe sind, als entschieden und abgeschlossen und mit ihren möglichen Konsequenzen darzustellen, greift nicht mehr, wenn es — wie in dieser Zusammenstellung — um das Leben nach dem Tod geht.

Allein die in der SF als spielerischer Überbau stets präsente Frage »Was wäre, wenn ...« hilft den dreizehn Autoren aus diesem Dilemma: dreizehn Geschichten sind in diesem Sammelband zu finden, entstanden in mehr als drei Jahrzehnten, überwiegend aber in den achtziger Jahren. J. G. Ballards »Das Ende ist nur der Beginn« weicht der Fragestellung der Anthologie jedoch aus, indem er einfach die Zeit zurücklaufen läßt (P. K. Dick läßt grüßen): in dieser Aufbereitung zumindest keine allzu tragfähige Idee; mehr als der Titel andeutet, ist gedanklich tatsächlich nicht zu finden, auch keine an sich zu erwartende Mutmaßung bezüglich des Lebens *vor* dem Leben.

Gregory Benford macht es sich in »Von Raum-Zeit und dem Fluß« auch nicht viel schwerer: mysteriöse Außerirdische versetzen die Fläche des klassischen Ägypten in eine Erdumlaufbahn, um hier die Pharaonenzeit mitsamt den zugehörigen Göttern und Jenseitserwartungen neu zu installieren. Obwohl Benford das Unternehmen als Täuschung darstellt (Drogen und modernste Technik, keine »jenseitigen« Einflüsse, spielen die entscheidende Rolle) und damit dem Thema »Leben nach dem Tod« ebenfalls ausweicht, gelingt ihm doch die Vermittlung einer rätselhaften und bedrückenden Atmosphäre. Ganz anders James Blish (»Ein Kunstwerk«): Richard Strauss wird hier mit einer zukünftigen Technologie zum Leben erweckt, doch handelt es sich hier um keinen Fall von Wiedergeburt, sondern um eine kunstvolle Nachbildung — und eine überaus unglaubwürdige, sehr konstruiert wirkende Story.

James Stevens beschäftigt sich mit dem Thema: »Können Seelen sterben?«, eine überlange Erzählung um die Frage, welches Chaos auf Erden wohl ausbräche, wenn allgemein bekannt würde, welche Genüsse im Jenseits auf den Menschen tatsächlich warten, mit der der Tiefpunkt der Sammlung erreicht wäre. Ursula K. Le Guin legt mit »Kleingeld« eine faszinierende, rätselhafte Arbeit vor um eine verstorbene Tante und deren Nichte, die sich bemüht, ihr zu folgen, da sie anscheinend keine anderen Menschen in dieser Welt hat. Auf weniger als zehn Seiten erzeugt Le Guin jene Spannung, die ihrem Vorgänger fehlte und die die Fiktion doch so dringend braucht, und erzielt zudem eine Wirkung, als habe sie eine wichtige Botschaft zu übermitteln; auch das Fehlen jeder Selbstironie läßt ihre Geschichte ausgezeichnet funktionieren.

Die in einem Körpertausch gipfelnde geistige Interaktion zwischen einer Priesterin aus dem alten Ur und einer Archäologin des 20. Jahrhunderts steht im Mittelpunkt von Mona A. Clees »Staub«, eine ganz passabel erzählte, wenn auch in diesem Motiv recht abgeschmackte Geschichte. »Hemingways Jagd« von Howard Waldrop erzählt von der Konfrontation eines Hemingway, den es zu diesem Zeitpunkt schon gar nicht mehr gibt, an einem Ort, der in seiner Vergangenheit eine Rolle gespielt hat, mit einem Wesen, das aus der Welt der Sagen stammt, mit einem »wilden Mann«: eine zu mysteriöse Episode. Rudy Ruckers »Gefangen in der Zeit« ist wieder Philip Dick verpflichtet (zu sehr, um neben diesem bestehen zu können): warum Dick selbst in die Sammlung nicht aufgenommen wurde, ist vor diesen Plagiaten leicht verwunderlich.

Wesentlich origineller dann Leigh Kennedys »Tropismus«, der vom sehr langen Abschied eines Toten erzählt, ein Thema, dem sich auch Pamela Sargents annahm, die es mit dem Zeitreisemotiv kombinierte, um den sehr langen Abschied zweier Liebender zu schildern (»Wenn ich jemals von dir gehe«). So sentimental diese Erzählung auch ist (dem Thema vielleicht angemessen, aber nicht nach dem Geschmack des Rezensenten), so einleuchtend ist doch die ihr zugrunde liegende Idee, ein Sterbender könne sich durch Reisen in die Vergangenheit als Ansprechpartner über seinen Tod hinaus erhalten.

In »Viele Räume hat das Paradies« schildert Ian Watson den nur scheinbar gelungenen Versuch einer Wiedergeburt, der sich in wesentlichen Punkten zwar von Borges »Bibliothek von Babel« beeinflußt zeigt, als Mysterienspiel jedoch sehr gut funktioniert. Der Arbeit von Le Guin vergleichbar ist dann Gene Wolfes »Abreise«: ein ebenfalls kurzer Text über ein Jenseits, dessen Hotels überflutet sind und in dem Telefone nur bedingt zuverlässig arbeiten.

Der formal innovativste Text ist der von Harlan Ellison: »In einer Welt dazwischen« stammt aus einer Coproduktion fünfer Autoren, die als Heyne-TB unter dem Titel »Der Zwischenbereich« bereits 1975 erschien. Fünf Erzählungen waren zu schreiben, die auf einer Ausgangssituation beruhten: Bailey begibt sich in ein Euthanasiezentrum, um sich aus dieser Welt zu verabschieden. Er gerät bei Ellison in die Gewalt des Sukkubus, eines Seelenfängers, der ihn weiterverkauft, um leere Körper wieder mit Inhalt zu füllen. Nach einigen gefahrvollen Abenteuern, in denen Bailey versucht, möglichst lindernd zu wirken, etwa einen Krieg zu beenden, reaktivieren sich seine göttlichen Attribute und die ganze Schöpfung beginnt von vorne. Für einen eher experimentellen, der New Wave verpflichteten Text läßt dieser sich erstaunlich gut lesen; seine Originalität liegt denn auch mehr im Formalen, in der Typographie, denn im Inhalt.

Dreizehn Autoren, die sich stärker am Phänomen Tod selbst interessiert zeigen als an der Frage, was nach ihm kommen mag: weder der Originaltitel der Sammlung paßt genau noch ihr deutscher Untertitel. Eine recht lesbare Zusammenstellung kann man sie trotzdem nennen, mit (anscheinend unvermeidlichen) Tiefschlägen und (zu wenigen) Highlights. Lediglich der Erkenntniszuwachs hält sich sehr in Grenzen, aber vor zu großen Erwartungen wurde ja gewarnt.

Paul Scheerbart

Der Kaiser von Utopia und Das graue Tuch und zehn Prozent Weiß

Zwei utopische Romane
Suhrkamp Verlag, Frankfurt am Main 1988
suhrkamp taschenbuch st 1565
Phantastische Bibliothek Band 218
206 Seiten. DM 12,—

von Michael Nagula

Es gibt Schriftsteller, die zwischen allen Stühlen sitzen. Paul Scheerbart, 1863 geboren, ist ein Musterbeispiel dafür. Von der ernsthaften Literatur ob seiner Spinnereien und überbordenden Phantasie immer reichlich mit Häme bedacht, von den Vertretern der Science Fiction im Schatten von Hans Dominik und reaktionären Konsorten vergessen, nimmt er noch heute — trotz in letzter Zeit verstärkter Publikation (Moewig, Edition Phantasia, Suhrkamp) — nicht den Stellenwert ein, der ihm in der deutschen Literatur gebührt: als der eines sonderlichen, aber höchst talentierten Schriftstellers, dem es bei seinem Schreiben weniger auf das Problem der Darstellung ankam als vielmehr — eigener Auskunft nach — auf »die Erfindung von darstellbaren Dingen«, mit anderen Worten: auf die Erfindung von Welt. Gerade dieses Bekenntnis macht ihn für die Science Fiction so interessant, denn wenn es je ein Bestimmungsmerkmal gab, an dem sie sich von anderen Genres unterschied, so besteht es darin, daß sie in der Regel weniger Wert auf die literarische Qualität eines Textes legt als auf das »Ideengut«, den Leisten, auf den die Handlung gespannt ist. Nur wenige glückliche Ausnahmen haben beides in angemessener Qualität vereint.

Mit seiner phantasievollen Weltschau ist Scheerbart genau dies gelungen — wie sich auch am vorliegenden dritten Band der kleinen Scheerbart-Edition ablesen läßt, die seit 1985 in Suhrkamps *Phantastischer Bibliothek* erscheint. (Zuvor erschienen die Bände DIE GROSSE REVOLUTION, mit Vignetten des Autors, st 1182, und LESABENDIO, st 1300.) Die beiden darin enthaltenen Kurzromane DER KAISER VON UTOPIA und DAS GRAUE TUCH UND ZEHN PROZENT WEISS, die meines Wissens seit ihrem Ersterscheinen 1904 bzw. 1914 nicht mehr aufgelegt wurden, machen durch den zeitlichen Abstand ihrer Niederschrift überdies auf eindrucksvolle Weise deutlich, daß es in Scheerbarts Texten nie um etwas anderes als die Frage nach eben dieser Darstellbarkeit von Dingen ging, der Möglichkeit von Darstellbarkeit schlechthin. Man könnte es seine ganz eigene, bis an den Rand der Verzweiflung und des Wahns getriebene Form der Ästhetik nennen.

Philander der Siebente, Kaiser von Utopia, der sich auf eine 99 Kapitel umfassende Odyssee macht, hätte eigentlich allen Grund, zufrieden zu sein. Die Demokratie hat sich völlig durchgesetzt, es gibt keinen Militarismus mehr, und die Hauptstadt Ulaleipu, mitten in einen Felsen hineingehauen, der hufeisenförmig einen schwarzen See umgibt, ist das reinste Paradies. Doch diese Herrlichkeit hat einen Fehler: Nicht weit entfernt liegt die Stadt Schilda, und die Schildbürger langweilen sich entsetzlich und versuchen daher, die tote Vergangenheit neu zu beleben. Also macht sich der junge Kaiser auf den Weg nach Schilda, wo er mit Moritz Wiedewitt, dem Oberbürgermeister, die Posten tauscht. Da ihm die Lust aufs Regieren aber eigentlich vergangen ist, läßt er statt seiner den Flugtechniker Sebastian, ein Double, als Oberbürgermeister von Schilda in der Gestalt des Kaisers von Utopia zurück und macht sich als Herr Bartmann (sichtlich die Verkörperung eines noch naiv ungeschorenen Scheerbart) im Luft-Waggon auf den Weg, »um hinter das Leben zu kommen; ich möchte hinter jedem Baum und hinter jedem Fels und hinter jedem Sonnenuntergang — noch mehr sehen — das, was eigentlich dahinter ist — die eigentlichen Lebensnerven — die Triebfeder, — den Mechanismus — Sie verstehen wohl.« Bald ist Bartmann im ganzen Land als Philosoph berühmt.

Da zeigen sich plötzlich Streifen auf dem Meer, die strahlenförmig von einem Punkt ausgehen. Ein unterseeisches Gurgeln setzt ein, heftige Farbenspiele flammen auf, und das Meer trocknet aus. Irrlichter beginnen darauf zu tanzen, zum Himmel zu steigen und sich als Meteoriten zu erkennen zu geben. Eine Krankheit breitet sich aus, bei der die Betroffenen bunt werden und zu opalisieren anfangen. Nach ihrem Tod wachsen ihnen astartige Glieder, die Leiber verändern sich weiter, bekommen Wunden und bluten — bis Flammen aus diesen Wunden schießen und die Leichen explodieren. Auf diese Weise stirbt auch Moritz, der einstige Oberbürgermeister von Schilda, so daß Philander seine alte Position wieder einnehmen muß und prompt ebenfalls erkrankt, jedoch gesundet, kaum daß sein Doppelgänger aus Schilda überraschend in Utopia eintrifft. Indessen werden die Lehren Bartmanns immer verbreiteter, und die kuriose Situation entsteht, daß Kaiser Philander selbst den Auftrag geben muß, nach diesem Bartmann zu suchen. Wieder beginnt das Meer zu beben. Erst als Philander sich im engsten Kreis als Bartmann zu erkennen gibt, findet der farbenprächtige Aufruhr nach viel Leid und 70000 Toten ein Ende. Zufriedenheit, heißt es in Philanders Schlußplädoyer, will erkämpft sein. Man muß sich zu seiner Natur bekennen, selbst wenn es das Bekenntnis zu einem Geist ist, dem man nur widerwillig angehört.

Ließ sich dieser Kurzroman von 1904 noch als politische Stellungnahme zur Unmöglichkeit eines Lebens in völliger Zufriedenheit verstehen, so liegt das Gewicht des zweiten Textes, des kurz vor Scheerbarts Tod im Jahre 1915 erschienenen Romans DAS GRAUE TUCH UND ZEHN PROZENT WEISS, der fast zeitgleich mit seinem phantastischem Sachbuch über Glasarchitektur herauskam, auf der puren Ästhetik. Der Protagonist versucht nicht mehr, die rüde Welt, der es an jenen Eigenschaften mangelt, die ihr Ganzheitlichkeit verleihen würden, ersatzweise — sozusagen aus eigener Produktion — mit den mangelnden Eigenschaften zu versehen. Das Motiv der hilfsweisen Stützung des Unzureichenden wird überhöht und streng abstrahiert und formalisiert. Abstrahiert ist es, indem das Thema der Beseitigung von Mängeln nicht mehr ausdrücklich verhandelt wird, sondern gleichförmig stets unterschwelliger Tenor bleibt, formalisiert ist es in Gestalt der Glasarchitektur, soweit das Bauen mit dem zerbrechlichsten Material, Glas, die Vergeblichkeit des Unterfangens, überhaupt etwas zu bauen, zum Ausgang nimmt. Beide Momente zusammengenommen führen zu einer sehr viel höheren literarischen Qualität des zweiten in diesem Band enthaltenen Textes.

Im Mittelpunkt der Handlung steht Edgar Krug, seines Zeichens Glasarchitekt, der nach einer Glasvernissage spontan und ohne viel Federlesens um die Hand der Freundin einer beteiligten Künstlerin anhält. Der Grund, aus dem Fräulein Clara dem Architekten auffiel, war der reizvolle Kontrast, den ihr Kleid aus grauem Tuch und zehn Prozent Weiß inmitten einer bunt schillernden Glasarchitektur darstellte. Damit sind auch gleich die beiden Pole benannt, die die gesamte weitere Handlung bestimmen: bunt und grau, Antipoden, die den von seiner Architekturtätigkeit besessenen Krug auf der Suche nach Baumöglichkeiten um die ganze Welt treiben: bunt soll die Kunst sein, aber des Grauen, Nicht-Farbigen bedarf sie, um sich überhaupt ausdrücken zu können. Kein Wunder, daß Krug in den Ehevertrag aufnehmen läßt, daß die junge Gattin, die sich oft die Frage stellt, ob man sie wohl nur zu Repräsentationszwecken geheiratet hat, nie etwas anderes als ein graues Kleid mit zehn Prozent Weiß tragen dürfe. Ihr einmaliger Versuch, sich bunt zu kleiden, hat prompt ein Donnerwetter zur Folge. Als diese Klausel gegen Ende des Romans aufgehoben wird, hat die Versöhnung von Farbe mit Farbe für Krug denn auch mehr den Charakter der Selbstaufgabe. »Ich glaube nicht mehr daran«, sagt er, »daß sich die gegensätzlich geformten Naturen anziehen — im Gegenteil: der Zurückhaltende will die Zurückhaltende, der Lustige die Lustige, der Traurige aber niemals die Traurige — oder vielleicht doch?« Wenn doch, so hebt sich das Prinzip des Gegensatzes zu völliger Differenzlosigkeit auf. Die Parteien fallen in eins: das tiefe Weh wird Ewigkeit. Lust streicht sich im eigenen Erleben aus — Sein verglimmt. Krugs Huldigung an die Glasarchitektur ist somit eine Huldigung an das Prinzip des ewig Weiblichen, das seinen Brennpunkt im Erleben eines differenzlosen Eros findet, von dem gleichermaßen alle Bedrohung wie aller Reiz ausgehen, weil er seine Versprechungen nie völlig einlösen kann und darf.

Vieles wirkt im Scheerbartschen Schreiben wie momentane Intuition und ist es wohl auch, wenn man bedenkt, daß es zu seiner Arbeitsmethode gehörte, nie lange zu feilschen und zu verbessern. Dabei enthielt seine Phantasie stets auch ein stark konstruktives Moment, das es ihm ermöglichte, Gattungen wie Märchen, Sage, Gespenstergeschichte, Utopie, Abenteuer, Burleske und Groteske bruchlos zu einem neuen Ganzen zu vereinen. Gerade in unserer Zeit, die sich nicht mehr nach Sinnzusammenhängen organisiert, sondern einzig aufgrund assoziativer Verfahren, die sich auf pragmatischer Ebene bewähren, gewinnt sein Werk damit wieder neue Aktualität. Arno Schmidt nannte Scheerbart einmal einen »kosmischen Schwadroneur mit beschränkter Haftung«. Er mag wohl recht gehabt haben, wenn man bedenkt, daß diese geistige Diagnose heutzutage den Weltzustand trifft — und damit natürlich auch jede Literatur, die diesen Namen verdient.

Lucius Shepard

Das Leben im Krieg

(*Life During Wartime,* 1987)
Deutsch von Irmtraud Kremp und Irene Bonhorst
Mit einem Nachwort von Michael Nagula
Wilhelm Heyne Verlag, München 1989
Science Fiction & Fantasy 06/4555,
620 Seiten. DM 12,80

von Detlef Hedderich

Lucius Shepard gehört wohl zu den wenigen erfolgreichen jungen Schriftstellern in den USA, die in der Mainstream ebenso wie in der Science Fiction bekannt sind und erfolgreich veröffentlicht werden.

Wie auch viele andere von Shepards Stories und Erzählungen spielt DAS LEBEN IM KRIEG in Mittelamerika. Eingeleitet wird der Roman durch die Novelle »R & R«: Baylor, Gilbey und Mingolla, drei junge amerikanische Soldaten, die für ihr Land ihre Gesundheit und ihr Leben aufs Spiel setzen, verbringen zusammen ihren Fronturlaub. Eindringlich schildert der Autor die Schrecken des Krieges, zeigt, wie die drei jungen Menschen zu geistigen und seelischen Wracks werden, deren Denken und Handeln sich nur noch in ihrem jeweiligen persönlichen Wahnsinn abspielt. Magie und Aberglaube bestimmen den Erfahrungshorizont der drei, die sich in ihrer Verzweiflung mit Sex, Drogen und Rock & Roll noch den letzten Rest an Bewußtsein heraussprengen, nur um den Wahnsinn aushalten zu können.

Das SF-Element findet sich dabei lediglich am Rande: Wenn David Mingolla von Debora (einer einheimischen jungen Frau) zum Desertieren mittels ihrer Psi-Fähigkeiten bewegt werden soll; oder wenn sein Kamerad Baylor derart unter Drogeneinfluß gerät, daß er mit bloßen Händen einen Jaguar tötet. Oder auch in der letzten Passage von »R & R«, in der Mingolla im Cockpit eines Sikorsky-Hubschraubers sitzt und nicht weiß, ob die beiden Piloten, die er noch nie ohne Visor gesehen hat, menschlichen Ursprungs sind, das heißt *wenn* sie menschlich sind, ob sie dann durch Drogeneinfluß und verschiedene Manipulationen ihrer Gesichter so stark deformiert und verändert wurden, um im direkten Interface mit ihren Bordwaffensystemen funktionieren zu können. Die beiden Piloten scheinen eine Art Fähigkeit zu besitzen, in die Zukunft zu schauen; sie sagen Mingolla einige Aspekte seiner Zukunft voraus und weisen ihn auf wichtige Umstände hin.

An dieser Stelle, zum Ende von »R & R« hin, zeigt sich ganz besonders, wie hervorragend Shepards Sprachgefühl ist und wie stark und unglaublich dicht er eine Atmosphäre aufzubauen und darzustellen weiß: *... sie flogen, ein flüsternder Tod, nach Osten, in die Sonne hinein, in eine Welt, maskiert als seltsame, blutige Verzauberung, über die dunkle, grüne Wildnis hin, wo der Krieg Wurzeln geschlagen hatte, wo Männer in Kampfanzügen ohne vernünftigen Grund gegen Männer mit Messingskorpionen an ihren Baretten kämpften, wo wahnsinnige Männer umherirrend dem mystischen Licht von Frontabschnitt Smaragd folgten und geisteskranke Zauberer über Dingen brüteten, die im Dunkel lagen.«*

Im weiteren Verlauf, dem Teil, den Shepard dann zu einem Roman ausgeweitet hat, wird David Mingolla unter Drogen gesetzt, zu einer tödlichen Waffe umgeformt und wieder in die Schlacht geschickt. Am Anfang funktioniert er auch wirklich. Doch nach und nach entwickelt er seine eigenen Vorstellungen vom Krieg, der Moral und seiner Handlungsbereitschaft, seine neuerweckte Psi-Fähigkeit gegen andere einzusetzen. Er verändert sich immer stärker und wird schließlich zu einem ganz anderen Mingolla, der sich zu allem Überfluß auch noch in die gegnerische Protagonistin Debora verliebt. Von ihr erfährt er dann die wahren Hintergründe der ablaufenden Psi-Schlachten: Zwei sich seit Urzeiten bekämpfende mittelamerikanische Familien-Clans, die nun beide an dem Punkt angekommen zu sein scheinen, eine gegenseitige Vereinigung zu akzeptieren, halten aufgrund ihrer vererbbaren Psi-Fähigkeiten auf der ganzen Welt die Fäden der Macht in den Händen. Der Krieg in Mittelamerika dient ihnen lediglich dazu, um von dieser Tatsache abzulenken. Mingolla erfährt auch, daß Debora und er selbst in diesem Spiel lediglich die Rollen von Marionetten abgeben. Aber Mingolla hat seine eigenen Vorstellungen. Zusammen mit Debora reist er an den Ort der Zusammenkunft, um den Ausgang des dortigen Treffens zu einem für die dort Anwesenden unerwarteten Ende zu führen.

Hatte die einleitende Novelle (R & R) noch eindeutig die Schrecken des Krieges zum Thema und spiegelten sie sich selbst in den Erlebnissen der drei Kriegskameraden wider, so geht Shepard im weiteren Verlauf des Romans noch einen Schritt weiter. Ihm geht es nicht mehr so sehr um die Geschehnisse selbst, die dabei stark in den Hintergrund treten und nur noch die Handlungsbühne abgeben, als vielmehr darum, die eigentliche Entwicklung seiner Protagonisten darzustellen: ihre Suche nach der Wahrheit, auch der des Lebens, ihre moralische Entwicklung, aber auch ihre Zerwürfnisse, ihre Frustrationen und ihre Wankelmütigkeit. Was dabei besonders ins Auge fällt, ist die Tatsache, daß Shepard dabei niemals der Verführung erliegt, seinen Zeigefinger zu erheben, sondern vielmehr seine Charaktere die Erlebnisse machen läßt, die sie so nachhaltig verändert.

Mit dem vorliegenden Band ist dem Autor ein wirklich großer Wurf gelungen, was sich auch an der Tatsache zeigt, daß dieses Buch Anfang vorigen Jahres an die Filmproduktionsgesellschaft 20th Century Fox verkauft wurde. Zugegeben, DAS LEBEN IM KRIEG ist für den an seichte SF-Kost gewöhnten Leser sicher kein leicht zu lesendes Buch, und bei seinem 600-Seiten-Umfang verlangt es eine Menge Standhaftigkeit, aber es lohnt sich. Es ist ein wichtiges, ernstzunehmendes Werk, das von der SF-Lesergemeinschaft nicht wegen der anfangs ins Auge fallenden Dürftigkeit an SF-Elementen ausgeschlossen werden sollte.

Interessanterweise wurde DAS LEBEN IM KRIEG vom Autor ursprünglich als reiner SF-Roman geplant und auch geschrieben, doch da sein amerikanischer Verleger den ersten Entwurf dieses Romans für so überaus gut hielt und er in einer wesentlich höheren Auflage für ein viel breiteres Publikum herauskommen sollte, mußte Shepard den überwiegenden Teil der SF-Elemente wieder herausnehmen. Das Buch wurde in Amerika ein Erfolg. Und auch die deutsche Ausgabe ist — schon wegen der schönen Aufmachung, der guten Übersetzung, dem hervorragenden und überaus informativen Nachwort von Michael Nagula sowie der deutschen Bibliografie — auf jeden Fall sein Geld wert. Wer zweifelt, sollte zumindest die Novelle »R & R« (in gekürzter Form enthalten im HEYNE SCIENCE FICTION JAHRESBAND ZUM JUBILÄUMSJAHR 1988, Heyne SF & Fantasy 06/4477) lesen. Der vorliegende Band macht jedenfalls auf weitere Bücher von Lucius Shepard gespannt. Schade nur, daß der vom Autor zuerst geschriebene Roman, GREEN EYES, erst nach DAS LEBEN IM KRIEG (ebenfalls bei Heyne) auf deutsch erschienen ist, da die chronologische Reihenfolge, in der Shepard seine Werke schuf, sehr gut seine Entwicklung veranschaulicht und die Lektüre in der Reihenfolge des Entstehens der Romane seine Beweggründe, Motivationen und Aussagen auch dem deutschen Leser verständlicher und nachvollziehbarer machen würde.

Lucius Shepard

Grüne Augen

(*Green Eyes,* 1984)
Deutsch von Irene Bonhorst
Wilhelm Heyne Verlag, München 1989
Heyne Science Fiction & Fantasy 06/4604
413 Seiten. DM 12,80

von Colin Greenland

In seiner Einleitung zu diesem exemplarischen Ace SF Special betont Terry Carr wiederholt, daß *Green Eyes* anders ist, unkonventionell. Er hebt den Zeigefinger: »Vielleicht glauben Sie an der einen oder anderen Stelle, daß Sie wissen, worauf die Handlung hinausläuft — seien Sie sich jedoch nicht allzu sicher.« Und tatsächlich dauert es eine ganze Zeit, bis man merkt, daß die Handlung überhaupt nicht das Entscheidende ist. Der Handlung widmet sich Lucius Shepard mit der linken Hand: seine rechte sollten Sie indessen im Auge behalten.

Zu dem, was die linke Hand tut:

Man schreibt das Jahr 1987. In dem alten Herrenhaus einer Plantage in Louisiana, die den Namen ›Shadows‹ trägt, treiben Psychologen und Mikrobiologen Studien an einer Gruppe von ganz besonderen Patienten. Sie alle sind Verstorbene, die durch die Injektion von Bakterien wieder zum Leben erweckt wurden; diese Bakterien vermehren sich im Gehirn sehr schnell, stellen seine Funktionsfähigkeit wieder her und regen zu ungestüm drängender geistiger Aktivität an. Die Versuchsobjekte in ›Shadows‹ sind ›Langsambrenner‹, deren Überleben eher Monate als Minuten dauert; man klärt sie jedoch nicht darüber auf, daß sie bald wieder sterben werden, um mit Begeisterung zerlegt zu werden; genausowenig wie darüber, daß sie nicht mehr die sind, die sie früher waren. Ihre Identität und die Erinnerung, die sie mit Informationen versorgt, sind rein imaginär.

Da Verlangen das Selbstgefühl bestärkt, sollen die Wiedererweckten sich in ihre Therapeuten verlieben. Donnell Harrison brennt mit seiner durch, einer gewissen Jocundra Verret. Donnell bedient sich einer aufkeimenden Mutationskraft, um elektromagnetische Felder zu beeinflussen. Nach einem grauenvollen transzendentalen Erlebnis bei einer finsteren religiösen Bekehrungsveranstaltung stellt er fest, daß seine Fähigkeit zur Wunderheilung genutzt werden kann. Jocundra und Donnell lassen sich im Sumpfgebiet in einer schäbigen Hütte nieder, bis sie von einem unangenehmen Besucher eingeladen werden, mit nach Maravillosa zu kommen, dem verfallenen Landsitz, wo die Ex-Schauspielerin und Okkultistin Otille Rigaud ihren zweifelhaften Hof führt. Sie werden von der CIA verfolgt. Donnells geborgte Lebenszeit nähert sich ihrem Ende. Otille wäre vielleicht in der Lage, einen verzweifelten Heilungsversuch zu finanzieren. Sie haben keine andere Wahl, als auf den Vorschlag einzugehen, doch geraten sie in Maravillosa in eine noch größere tödliche Gefahr.

Tack, tack, tack. Bum, bum, *bum.*

Hier schnipst jetzt die rechte Hand.

Die ganze Landschaft war so zugewuchert, daß Jocundra in jeder Richtung nur ein paar Fuß weit sehen konnte, bevor ihr Blick von einer verflochtenen Wand aus Ranken aufgehalten wurde, einem undurchdringlichen Dickicht aus Oleanderbüschen oder dem ausgehöhlten Stamm einer einst mächtigen Eiche, jetzt eingehüllt in eine Würgerfeige, deren geschlängelte Zweige sich nach anderen Bäumen ausgestreckt hatten und ein Netz um eine Reihe von riesenhaften Opfern woben. Die Welt von Maravillosa war ein triefender, parasitischer Garten.

Das ist das Reich der Sumpfkönigin, wo nichts anderes als eine eindringliche Szenerie erwartet werden kann, doch auch anderswo ist die Landschaft nicht weniger überwältigend, nicht weniger dramatisch.

Ein Ölfeuer glühte rot entlang der Küste; dumpfes Stampfen von Maschinen klang über das Wasser. Kleine Wellen platschten ans Ufer. Das Meer und der Himmel waren vom gleichen stumpfen Schwarz, und die mondbeschienenen Wellenhügel wirkten so entfernt wie der brennende Brunnen und die Sterne, mit denen sie den Anschein großer Tiefe gemein hatten, als ob sich die Landzunge bis in den interstellaren Raum erstreckte ...

Sie hob den Kopf seinem Kuß entgegen, und während er sie küßte, zog er sie auf sich. Ihr Haar hob sich hexenhaft als unstete Silhouette gegen den Himmel ab, der Widerschein des Ölfeuers glühte auf ihrem Hals, und ihm schien, als ob die blinkenden Sterne hinter ihr in der Grillensprache plauderten.

Beschreibende Passagen zwischendurch verdichten sich zum Hintergrund für die Handlungen und Dialoge im Vordergrund. Aber beim Weiterlesen in *Green Eyes* wird einem immer klarer, daß sie die eigentliche Handlung *sind.*

Es gibt keinen geeigneteren Ort, um die Atmosphäre einer Story zu bestimmen, als einen Sumpf: man braucht nur an *The Drowned World* zu denken. Und so manche Horrorgeschichte hat ein verschworenes Aufbäumen der Natur zur Überwältigung der menschlichen Figuren zum Inhalt. Bei Shepard ist der Effekt subtiler und tiefergehend. Darstellung, Aufbau und Atmosphäre sind das Entscheidende in *Green Eyes.* In der drückenden Feuchtigkeit und dem gleißenden Licht bewegt sich alles, keimt, schwillt an, atmet geradezu: Möbel, Kleidung, sogar Abfall. Die ganze Welt weicht auf.

Die Bauwerke sind verformbar. Im Untergeschoß von ›Shadows‹ entdeckt Donnell einen Spiegel, der sich in ein Fenster mit Ausblick in ein im geheimen betriebenes Theater verwandelt — ein ziemlich derbes dramaturgisches Mittel, das jedoch zu den architektonischen Abartigkeiten paßt, die man in Maravillosa antrifft: verborgene Schließläden und Gittertore; Pflanzen, Tiere und Figuren als Halbreliefs aus den Wänden, Fußböden und Decken gehauen; sogar bewegliche Räume, »über zwanzig« davon, die vom tiefsten Keller bis auf den Dachboden verschoben werden können. Nichts ist beständig, nichts verharrt.

Ein Teil dieser Aufweichung beruht auf dem Zerfall, organisch und moralisch. Vor allem aber wird dadurch das Zerfließen halluzinatorischer Wahrnehmung dargestellt. Wie der Titel des Buches andeutet, sind die Augen der Wiedergeborenen seltsam, und sie sehen seltsame Dinge. Am Anfang ist ihre Sicht eingeengt, aufgrund abrupter Kontraktion und schwankendem Fokus. Shepard vermittelt den Eindruck dieser verengten, geschärften Sicht außerordentlich nachvollziehbar, genau wie es im weiteren Verlauf mit Donnells psychedelischen Fähigkeiten geschieht; dieser entwickelt nach und nach vier oder fünf verschiedene Wahrnehmungsvariationen, die mehr oder weniger seinem Willen unterliegen und im Stil von dem David Lindsays bis zu dem Carlos Castanedas reichen. Shepard vermittelt *alles* außerordentlich lebensecht, in einer Prosa, die durch seine geduldige Hand perfekt gerät: »Die Straße war ein wilder, unberechenbarer Ort, über den verirrte Schatten huschten.« Oder:

Er legte den Kopf auf ihren Unterarm und war erstaunt über den Frieden, den die Wärme ihrer Haut zu übertragen schien, als ob er den Kopf in den Bogen eines Gebets gesenkt hätte.

Satz um Satz schreibt Shepard mit einer Spannkraft, die dafür sorgt, daß die Story nicht einfach dem Leser zwischen den Fingern zerrinnt. Vor allem vertraut er auf die Kraft seiner Basishandlung, während er rhythmisch dahinrollt, um seine kühnen Harmonien aufzubauen. Die eigentliche Gestaltung dieser Handlung, die Bestandteile, die das gesamte Werk bestimmen würden, wenn es, sagen wir, von Bob Shaw oder sogar Lisa Tuttle wäre, wirken bei Shepard auf sonderbare Weise zufällig.

Die Tatsache, daß sich Jocundra und Donnell auf der Flucht befinden — eine Ärztin, die aus einem strenggeheimen Forschungsprojekt ausgestiegen ist, und der vollkommen unberechenbare, geistig gestörte Patient, der ihrer Obhut anvertraut ist —, treibt die Erzählung nicht voran. Die verschiedenen Störungen, Verbrechen, Morde, mit denen sie konfrontiert werden, können ihnen nichts anhaben. Die CIA und das FBI erlangen nicht einmal die Bedeutung einer lästigen Erscheinung. All diese Dinge machen Jocundra und Donnell einfach nur zu Ausgestoßenen und schaffen einen

Raum für ein inneres Exil, wo sie ihr höheres Schicksal ereilen kann.

Man nimmt kaum wahr, daß Donnell ein todgeweihter Mann ist. Er wird immer stärker, nicht etwa schwächer, während er sich dem Punkt nähert, an dem er Rache nimmt. Es spielt überhaupt keine Rolle, daß Donnell Harrison eine nicht-existente Person ist, eine »Bakteriell Induzierte Artifizielle Persönlichkeit« in einem Körper, der früher einem gewissen Steven Mears gehört hatte. Christopher Evans hat aus den sich daraus ergebenden Aspekten einen vollständigen Roman geschrieben, *The Insider.* Für Lucius Shepard ist das nur der auslösende Mechanismus, der darauf hinweist, daß Donnells Los kein irdisches ist. Er gehört in metaphysische Dimensionen, er *ist* eine Persönlichkeit aus diesen Dimensionen, die nach und nach enthüllt werden, während sich seine Vergeltung vollzieht.

Die vordergründige Handlung, das Gejagtsein durch eine feindliche Landschaft, begleitet von Leiden, Selbsterkennung und wachsender Liebe, ist der irdische Rahmen für eine vielschichtige messianische Zuspitzung, die immer mehr von ihrem eigenen halluzinatorischen Strudel davongetragen zu werden droht. Die gespannte Kraft des Stils enthält alle krampfhaften Zuckungen, sinnlicher und visionärer Art, die sie verursacht.

Mit diesem Roman, seinem ersten, verschafft sich Lucius Shepard sofort einen Platz in der Gesellschaft der Science Fiction-Autoren, bei denen die linke Hand ganz genau weiß, was die rechte tut.

Robert Silverberg

Zigeunerstern

(*Star of Gypsies,* 1986)
Deutsch von Roland Fleissner
Wilhelm Heyne Verlag, München 1988
Heyne Science Fiction & Fantasy 06/4541
655 Seiten. DM 16,80

von Ian Watson

Wie gewohnt schreibt Silverberg wie ein Engel; wenn auch in diesem Fall vielleicht ein Engel, der sich gemütlich in seinem Sessel räkelt.

Vor langer, langer Zeit lebte das hochzivilisierte Volk der Roma/Zigeuner auf einem schönen Planeten mit dem Namen »Zigeunerstern«, der um eine gleichfalls »Zigeunerstern« genannte Sonne kreiste; das muß zweifellos zu einiger Verwirrung geführt haben. Als diese Roma erkannten, daß innerhalb der nächsten paar tausend Jahre ihre Sonne dreimal anschwellen und den Planeten zu Asche verbrennen werde, bauten sie sich sechzehn Sternenschiffe, in denen eine durch Los bestimmte Restbevölkerung der Vernichtung entrann ... Sie landeten auf dem barbarischen Planeten Erde (lang vor dessen Zeitenwende) und erbauten dort das wunderbare Atlantis. Als eine Naturkatastrophe dann wiederum dieses Atlantis zerstörte, tauchten die Roma in den Untergrund und wurden zu den vagabundierenden »Zigeunern«. Ihre geheimen Überlieferungen allerdings bewahrten sie durch dick und dünn; und als die interstellare Raumfahrt entwickelt wurde, waren es die »Zigeuner«, welche die Schiffe durch den Hyperraum steuern konnten, ohne dabei die üblichen Nervenzusammenbrüche zu erleiden. Dies war von ihren eigentümlichen Genen bestimmt — die sie jedoch andererseits ... ahemm ... nicht daran hinderten, mit Erdstämmigen Kinder zu zeugen.

In dem Interstellar-Imperium der Zukunft siecht der greise

Kaiser sterbend dahin, drei Groß-Lords drängeln sich an den Startlöchern, um seine Nachfolge anzutreten, und der »Zigeunerkönig« Yakoub dankt ab — *reculer pour mieux sauter!,* sozusagen —, um sein Volk durch diesen Scheinrückzieher, der nur auf einen günstigeren Sprung abzielt, zu dem uralten Traum zurückzuschocken: Der Wiederbesiedlung des Zigeunersterns nach dem Dritten Aufflammen der Sonne.

Wieso aber sollte irgendwer den Wunsch hegen, einen dreimal verkohlten Aschehaufen neu zu besiedeln? Nun, dieser Zigeunerstern ist die Ur-Heimat, das Herkunftsland der Zigeuner, und diese Menschen vermögen sich nirgendwo sonst im Universum wirklich zu Hause zu fühlen. Es handelt sich also um eine quasi-religiöse Angelegenheit. Die Menschen können mittlerweile auch ganze Planeten »terraformen«. Bislang allerdings ist der Zigeunerstern noch mit einem Tabu belegt und darf nicht betreten werden — bis das Große Signal zur Heimkehr gegeben wird. Und obwohl der Stern am Erdhimmel deutlich sichtbar ist, bleibt seine Existenz für die Nicht-Roma weiter ein Geheimnis.

Wenn wir übertrieben pedantisch vorgehen wollen: Die Cinti und Roma unserer Erde sind nicht etwa »Aliens« mit sehr »menschenähnlichen« Genstrukturen, und Silverberg weiß das, dank seiner gründlichen Beschäftigung mit der Geschichte der »Zigeunervölker«, ihren Bräuchen, ihrer Symbolik und ihren Sprachen. Das *Romani* entwickelte sich aus derselben frühen indischen Sprache, aus der das *Sanskrit* entstand. Es ist, in Wortstellung und Wortschatz, dem *Hindi* eng verwandt, allerdings haben die Roma auf ihren Wanderungen zahlreiche Lehnwörter aufgenommen. Man vergleiche nur etwa einen Satz in Romani mit einem *Hindi*-Satz: *Dja, dik kon tchalavedo o vardo!* (Geh und schau nach, wer da an den Wagen klopft!) — und *Dja dekh kon tchalayadvar ko!* (Geh und schau nach, wer an die Tür klopft). Genug, das sind nur Haarspaltereien!

Wir haben es hier mit einem im Weltraum angesiedelten Märchen zu tun. Nein, eigentlich spielt die Geschichte überall und zu jeder Zeit, denn die »Zigeuner« können (als einzige menschliche Wesen) auf Geistreise gehen. Sie vermögen ihre Geister-Ichs auszusenden und können so heimlich in der gesamten Galaxis Ereignisse der Vergangenheit beobachten und ihren fernen Gevattern und Cousins entlang der Zeitstränge grüßend zublinzeln; aber natürlich beachten sie strikt das Zigeunergesetz und enthüllen auf ihren Geistreisen niemals die Zukunft.

Es ist ein Buch von Wundern und Märchen, prallvoll von wundersamen und widerwärtigen Welten, von überlebensgroßen Charakteren (ganz besonders Yakoub selber, der einem diese Tatsache, durchaus charmant, ziemlich oft unter die Nase reibt); voll auch von verwegenen Zukunftswundern — etwa der Individual-Verjüngungstherapie oder extradimensionalen Reisetaschen, in die man Tonnen von Dingen verstauen kann, alles, was einem so Spaß bringt, und die man am kleinen Finger baumelnd mit sich nehmen kann, ohne daß das Gesamtgewicht um ein Gramm höher würde. Außerdem sind auch alle Wundertiere zur Stelle: Schnekken, groß wie Elefanten, zweigeschwänzte Katzen, die scheußlichen Schlangengruben der Synapsen-Löcher.

Über den perlenden Kadenzen der Einfälle jedoch schwebt eine gewisse Trägheit. So bereitet mir beispielsweise der offensichtliche Nahrungsmangel der Schlammhündchen auf Duud Shabeel Kummer. Ferner: Die Erde ist dank eines nicht näher definierten Irrsinns der Menschheit in der Scheiße gelandet — und doch hält Julien de Gramont, irgendwie ein Anwärter auf den Thron Frankreichs, die gallische Ruhmesfackel am Brennen — dank hingebungsvoller Pflege der französischen Kochkünste und der französischen Sprache, inzwischen einer völlig »toten« Sprache, die Julien jedoch geläufig und wortesprudelnd absondert ... ohne daß da irgendwelche französische Akzente stünden. Ist dies nun ein Manko des Autors? Ist es ein Versagen des US-amerikanischen Verlages? Oder des britischen Verlegers, Golancz? *Horreur! Honte!* Ein duellwürdiges Verbrechen! Echte »Dinosaurierscheiße«, wie Yakoub an einer Stelle ausruft, obwohl es — wie er dann verschämt hinzufügt, im *Romani* kein Wort gibt für — Dinosaurier.

Paradoxerweise resultiert diese grundsätzliche Faulheit ursprünglich aus einem Überschuß an Energie. Und obwohl Yakoub als Charakter zu großzügig prahlerischer Verschwendung neigt, eine gewisse Straffung und Zurücknahme hätten seinem Buch nur gut getan. Als Leser begreift man ziemlich früh, warum er abdankte, aber dann geht es endlos immer weiter: »Warum willst du nicht König sein?« — »Nein, ich mag nicht König sein!« Usw., usw. Der Planet Galgala strotzt so von Gold, so daß Gold dort schlichtweg völlig wertlos geworden ist. Überall Gold! Und gar nichts wert! Aber durch die ständige Wiederholung dieses Statements werden einem eben die Leute mit der Zeit ziemlich lästig!

In einer Kritik über *Lord Valentine's Castle,* seinerzeit in *Foundation,* Nr. 21, schrieb ich, daß man Robert Silverberg für seine Verdienste um die Monarchie eigentlich wirklich in den Adelsstand erheben müsse. Und jetzt haben wir es hier schon wieder! Eine *Kaiserherrschaft,* nebst den »Lords des Imperiums« etc. wird als *vernünftigste* Regierungsform für eine Galaxis vorgestellt. Auch vermittels FTL-Kommunikation müßten die örtlichen, planetaren Parlamente um Wochen hinter der aktuellen Zeit herhinken. In einem eingeschränkten engen Rahmen könne Demokratie ja einigermaßen funktionieren, aber man stelle sich vor, wie schwerfällig die Arbeitsabläufe eines Planetarischen Parlaments wären! Einfach zu lächerlich. Die bloße Existenz eines »Kaisers« bringt der gesamten Galaxis die Simultan-Botschaft, daß wir samt und sonders alle Angehörige ein und derselben »Menschenfamilie« sind. Und erlaubt man, daß diese Saite, um die die Galaxis schwingt, schlaff wird, siehe da, was für chaotische Mißtöne dann die Folge sind. Sogar Kriege gibt es dann wieder; und damit sind wir wirklich wieder in einem satten Stückchen Mittelalter. In einer derartigen Zukunft blüht uns nämlich auch sowas wie eine Art von zivilisierter Sklaverei, die den früheren, antiken Formen der Ausbeutung doch um einiges vorzuziehen sei.

Aber, wir wollen nicht zu grobschlächtig nörgeln! Dieses Buch ist voll von Wundern, ein wundervolles Buch, ein Märchen, voll Romantik, übersprudelnd und übermütig, bunt und voller Lebenslust. Also stecken wir unsre Zunge fest zwischen die Backenzähne und genießen wir diesen *patshiv,* dieses verschwenderische »Fest der Zigeuner«. Es ist immer gut, wenn man einen Engel auf seiner Seite weiß. *Hey, ho! Hootchka! Pootchka! Hoya! Zim!*

Thea von Harbou

Frau im Mond

Mit einem Bildteil und einem Nachwort
herausgegeben von Rainer Eisfeld
Wilhelm Heyne Verlag, München 1989
Science Fiction & Fantasy 06/4676
237 Seiten. DM 8,80

von Michael Nagula

Der 21. Juli 1969 — Tag der ersten Mondlandung: »Ein kleiner Schritt für einen Menschen, aber ein großer Sprung für die Menschheit.« Schon zwanzig Jahre zuvor hatte Thea von Harbou dieses Ereignis, das jüngst auf den Fernsehschirmen eigentümlich verschwommen und kaum erkennbar wieder zu besichtigen war, in ihrem Roman FRAU IM MOND (1928) vorweggenommen. Auf seiner Grundlage verfaßte sie, die als erfolgreichste Drehbuchautorin überhaupt in die deutsche Filmgeschichte eingegangen ist, das Skript für den gleichnamigen Film, den — wie auch ihre Arbeiten *Die Nibelungen, Metropolis, M, Das Testament des Dr. Mabuse* u.a.m. — Fritz Lang realisierte, mit dem sie bis 1933 verheiratet war. Der zwanzigste Jahrestag der ersten

Mondlandung war denn auch Anlaß für die Neuausgabe dieses »Romans zum Film«, wie es etwas kurios auf dem Cover heißt, bedenkt man, daß der Film bereits 1929 entstand und leider nur selten in den Kinos zu sehen ist. Bravourös jedoch die Verwendung des Originalplakats der UFA zur Erstaufführung als Titelbild und die großzügige Ausstattung mit 24 Bildtafeln, die neben Autorin und Regisseur sowie Fotos aus dem Film und zu den Dreharbeiten Illustrationen des Geschosses aus Jules Vernes Roman VON DER ERDE ZUM MOND (1865), Aufnahmen aus George Méliès' DIE REISE ZUM MOND (1902), eine Zeichnung von Hermann Ganswindts »Weltenfahrzeug«, mit dem 1891 das Rückstoßprinzip in die Raumfahrtidee eingeführt wurde, und von Hermann Oberths Konzept einer bemannten Weltraumrakete zeigen, die für Langs Film im Modell gebaut wurde. Nimmt man auch noch das äußerst informative Nachwort des Herausgebers Rainer Eisfeld hinzu, das sich vor dem Hintergrund von Nationalsozialismus und den ersten Gehversuchen der Raketentechnik um eine Einordnung von Film und Roman bemüht, kann man nur von einem rundum gelungenen Buch sprechen. Man hat sich in Schale geworfen im Hause Heyne.

Die Stimmung des Romans bewegt sich auf für heutige Leser ungewohnte Weise zwischen Technikeuphorie einerseits und ländlicher Rückwärtsgewandtheit andererseits, eine Mischung, die — wie Eisfeld zitiert — Thomas Mann als herrschende Strömung deutschen Geistes im Kaiserreich wie in der Weimarer Republik bezeichnete und die er ›hochtechnisierten Romantizismus‹ nannte. Die Handlung wirkt entsprechend vereinfacht, fast holzschnittartig: Professor Manfeldt hat sein Leben lang für die These gekämpft, der Mensch sei technisch in der Lage, den Mond zu erreichen und dessen Rohstoffe (in erster Linie Gold) auszubeuten. Trotz allseitigen Spottes und Hohns unterstützt ihn der Ingenieur Wolf Helius beim Bau seiner Mondrakete. Ein Fremder taucht auf, Walt Turner, der im Auftrag amerikanischer Wall-Street-Haie Manfeldts Unterlagen stiehlt und Helius zwingt, ihn auf die Reise mitzunehmen. Unter dem Jubel ganz

Deutschlands startet die Rakete. Mit an Bord: Helius' Assistent Windegger und dessen Verlobte Friede, in die sich Helius verliebt hat, sowie der zwölfjährige Gustav, ein blinder Passagier. Nach anderthalb Tagen Flug landet man auf der Rückseite des Mondes, der, wie erwartet, eine atembare Atmosphäre aufweist. Manfeldt entdeckt tatsächlich ein großes Goldvorkommen, verliert jedoch bei Turners plötzlichem Auftauchen an einem Abgrund das Gleichgewicht und stürzt in die Tiefe. Bei dem Versuch, für den Rücktransport des Goldes das Raumschiff in seine Gewalt zu bekommen, kommt es zu einem Schußwechsel zwischen Turner und Helius. Turner wird getötet, aber ein Fehlschuß hat die Sauerstoffversorgung der Rakete getroffen. Nur drei der verbliebenen vier Personen werden wieder den Rückflug antreten können. Helius, der den frisch Verlobten Windegger und Friede das Leben retten will, schläfert sie beim Abendessen ein und bereitet zusammen mit Gustav alles für den Start vor. Als die Rakete abhebt, sieht er sich jedoch in seiner Vermutung getäuscht, allein auf dem Mond zurückzubleiben: Er dreht sich um, und Friede steht vor ihm, die seinen Plan vorausgesehen hat. Aus Liebe zu ihm ist sie geblieben, aus Liebe zu diesem starken Mann, der Entschlossenheit und Intelligenz in sich vereint. Da die beiden Gestrandeten auf dem Mond keine Sauerstoffprobleme haben, können sie sogar auf eine glückliche Rettung hoffen.

Thea von Harbous Buch ist im wesentlichen ein technischer Liebesroman. Das technische Moment, so akkurat es auch ausgearbeitet zu sein scheint und wie werbewirksam auch immer man es für die Zwecke des Films einsetzte, wird ausschließlich als Mittel benutzt, dem Sturm und Drang der Protagonisten, ihrer Sehnsucht nach der Ferne und dem sich Finden in der Ferne, das ihnen auf Erden verwehrt bleibt, immer neuen Ausdruck zu verleihen. Allgemeines Zeichen dafür ist der Gefühlsüberschwang, den alle Figuren auszeichnen, ein spezielleres die brennende Liebe, die Helius und Windegger — im verborgenen Kampf miteinander — für Friede, die Frau mit dem sprechenden Namen, empfinden. Vor dem Hintergrund einer »Mischung von robuster

Zeitgemäßheit, leistungsfähiger Fortgeschrittenheit und Vergangenheitstraum« (Thomas Mann) steht Friede damit — wie schon der Titel suggeriert — als Prinzip des Weiblichen im Zentrum der Handlung, das die Position des Männlichen eingenommen hat. Der Flug ins All dient nicht so sehr der Eroberung der Frau als vielmehr der des weiblichen Prinzips. Ein Zitat Windeggers macht das deutlich: »Ich bin wahrscheinlich auch ein viel primitiverer Mensch, als du für möglich hältst, Mädchen. Ich hab' dich irrsinnig lieb. Und ich könnte mir denken, wenn du mich ebenso liebtest, daß alle Theorien und alle Ideen, und seien sie noch so groß und weltumstürzend, dir nicht mehr bedeuten würden als eine Sternschnuppe ... Ja, nun stehst du neben mir mit deinem schönen Gesicht, das ganz versteint ist in Unzugänglichkeit ... Ich weiß, meine Liebste, ich muß dich auf dem Umweg über das Weltall erobern, nicht wahr? Und wenn mir das nicht gelingt? — dann wird der einzige Mann, dem du dich hingibst, der Mann im Mond sein ...« Klarer läßt sich kaum sagen, daß es zur Eroberung des weiblichen Prinzips, personifiziert in Friede, die (und den) es zu erreichen gilt, eines männlichen bedarf, an dem es Windegger mangelt. Helius ist ein solcher Vertreter des männlichen Prinzips, sein Wissen wird nur noch von seiner Opferbereitschaft übertroffen. In ihm kann Friede aufgehen. Er repräsentiert die Gestalt dessen, dessen ›Führung‹ man sich getrost überlassen kann.

Man kann gar nicht genug des Dankes sagen, daß Thea von Harbous FRAU IM MOND in dieser aufwendigen und kenntnisreichen Ausstattung von Rainer Eisfeld im Heyne-Verlag neu herausgegeben wurde. Es ist ein faszinierend geschriebenes Buch, das bei aufmerksamer Lektüre die Zeit vor der Machtergreifung durch den Nationalsozialismus (bei der sich in Wirklichkeit — wie Eisfeld bemerkt — genügend Züge der Machtübergabe mit denen der Machtübernahme verbanden) verständlicher gemacht, als das zuvor vielleicht der Fall gewesen war. Raumfahrttechnik und Blut-und-Boden-Romantik verquicken sich hier zu einer buchstäblich im Raum stehenden Drohung, die vielleicht wachsamer werden läßt gegenüber den Verhältnissen nicht nur in unserer jüngeren Vergangenheit.

Jörg Weigand (Hrsg.)

Die anderen sind wir

Ein Lesebuch der
neuen deutschen Science Fiction
Bergisch Gladbach 1989
Science Fiction Abenteuer 23093
223 Seiten. DM 7,80

von Michael Nagula

Science Fiction beim Wort genommen — das soll diesmal die Begegnung mit den anderen sein. Und wirklich verspricht das Thema ja auch viel. J. W., eifriger Herausgeber einer Vielzahl qualitativ eher durchsetzter Anthologien und selbsternannter Protegist der deutschen SF-Kurzgeschichte, bringt mit dieser Sammlung neue Beispiele auf einen Markt, der in den letzten Jahren tatsächlich keine großen Verkaufsmöglichkeiten für diese Gattung bereitstellte. Das wird auch der Grund dafür gewesen sein, daß der Verlag mit einem Lesebuch *neuer* deutscher SF wirbt und der Herausgeber in der Einführung das Vorhandensein einer »neuen deutschen Science Fiction« beschwört, deren Orientierung »nach innen, ins Herz Europas«, gehe, sich »auf das geistig-kulturelle Erbe Mitteleuropas, ganz Europas« zurück- und »unsere Geschichte und Gegenwart als Hintergrund der Erzählwerke« heranziehe. Es lebe der europäische Gedanke, wie leergedroschen und hohl er auch sein mag! Ob diese Phrasen irgend etwas mit den in der Sammlung enthaltenen Geschichten zu tun haben, mag dahingestellt sein — entnehmen läßt es sich ihnen jedenfalls nicht. Das wird auch J. W. gespürt haben, der die »Zusammenstellung« der wieder recht bunt zusammengewürfelten Beiträge auf ein »ehrgeiziges Programm« zurückführt, das ihn veranlaßt habe, »nicht auf abenteuerliche und spannende Schilderung zu verzichten und gleichzeitig Humor, Ironie und Satire in die Darstellungsweise mit einzubeziehen, ohne dabei ganz auf Philosophisches zu verzichten.« Schauen wir uns diese »durchaus subjektive Auswahl des Herausgebers« (O-Ton J. W.) einmal näher an.

Die Anthologie versammelt dreizehn Beiträge sehr unterschiedlicher Qualität von teils bekannten, teils weniger bekannten Vertretern der Science Fiction. Bezeichnenderweise stammt die mit Abstand beste Erzählung von einem Autor, der sich nur am Rande, dafür aber äußerst erfolgreich mit diesem Genre befaßt: Gisbert Haefs. »Wanderlust« ist der geglückte Versuch, das Genre des Krimis mit dem der SF zu verbinden, ohne daß dabei eine Bevorzugung oder Benachteiligung des einen oder anderen Genres erfolgt. Schwarze Serie-mäßig setzt die Handlung mit einem verkaterten Erwachen ein, dem auch prompt die Trennung von der Freundin folgt, worauf der Held mit Hilfe seines vorlauten Computers Moloch mehr recht als schlecht seinem neuen Auftrag nachgeht, das Verschwinden eines verschollenen Libidetektoren von Stb zu untersuchen, eines Aliens, das aussieht »wie ein Strunk, ein morscher Weinstock, eine abgeknabberte Zwergtamariske, etwas in der Art«. Durch aufwendige, aber jederzeit unterhaltsame Erläuterungen, Kommentare und ein wenig an Lemsche Verfahren erinnernde Indizes entfaltet sich vor den Augen des Lesers das Bild einer Kultur fünfgeschlechtlicher Wesen, bei denen sich, um lebensfähige Sporen zu erzeugen, jeweils Angehörige aller fünf Geschlechter zu einem *penton* zusammenschließen müssen. Unabhängig von dieser Fortpflanzungsfunktion ist ihnen die sexuelle Betätigung jedoch »jederzeit möglich und führt zu für Humanoide unvorstellbar intensiven Formen des Lustgewinns (vgl. Stichwort ›orgasmische Hibernation‹ unter § 11 b)«. Parallel durchziehen Anspielungen auf Weingenuß die gesamte Ermittlungsphase (»Im Wein ist nicht mehr Wahrheit als im Trinker« oder »Du bist eine Flasche ohne Etikett und deine eigene Fülle«), bis sich durch philosophische Vorlieben der Stb-Bewohner, deren Kollektivgedächtnis so funktioniert, daß es zusammen mit einem absterbenden Greisenkörper den Jungen aufgepfropft wird, der Aufenthaltsort des Verschollenen bestimmen läßt: die Weinberge von Burgund. Hier versenkte sich der Strunk in vier Monate währende orgasmische Hibernation, weil hier der ideale Nährboden für unendlichen Lustgewinn ist. Eine Katastrophe, wenn die daheimgebliebenen Stb-Bewohner per Aufpfropfung von dieser Quelle unendlicher Lust erführen. Die Folgen wären: »Exodus. Und keine Nachkommen. Nur noch eine unendliche, unbeschreibliche und unglaubliche Orgie.« Bei diesen Worten buddelt sich der Stb-Auftraggeber unseres Helden selber ein. Ende der Geschichte.

Die erzählerische Virtuosität des Beitrags von Haefs (sprich: Haafs, nicht Heef, das wäre hessisch für ›sturzbesoffen‹) bleibt zumindest im Rahmen dieser Anthologie unübertroffen. (Eine ähnlich gelungene Verbindung von Krimi und Science Fiction bringt vielleicht noch Kurz Bracharz' »Venice 2« in Wolfgang Jeschkes gleichnamiger Anthologie.) Von den übrigen Beiträgen sind besonders die Texte von Thomas R. P. Mielke, Reinmar Cunis, Werner Zillig und Michael Dignal hervorzuheben, besonders die Erzählung von ersterem, »Vorstoß nach Neinamreg«, die als elegant geschriebene Abenteuergeschichte ohne besonderen Tiefgang anhebt und sich buchstäblich mit dem letzten Satz als brillante Allegorie auf den ewigen Kampf der Geschlechter erweist. Reinmar Cunis bietet uns in »Burt Lancasters allerletzte Rolle« den absichtlich schlampig abgefaßten Entwurf eines Filmskripts, in dem Unser Aller Burt seine Mannbarkeit augenzwinkernd im Kampf mit Außerirdischen auf einer einsamen Insel beweisen muß. Mit dieser Parodie auf die übliche Qualität der Einreichungen, von denen Cunis, der selbst Redakteur beim Fernsehen war, mehr als genug zu Gesicht bekommen haben wird, liegt wohl leider die letzte Veröffentlichung dieses Autors vor, der zweifellos zu den besseren in der deutschen Science Fiction gehörte und vor einem halben Jahr unerwartet und viel zu früh verstarb.

Trotz ihres stilistischen Gegensatzes kann man die Beiträge von Werner Zillig und Michael Dignal beide dem angekündigten philosophischen Aspekt dieser Sammlung zuschlagen. Während Zilligs »Die Botschaft von Ky-Ry« auf romantisch getragene Weise von der Unmöglichkeit des gegenseitigen Verstehens spricht, ihr Fazit bei alledem aber gerade in der Notwendigkeit des Geschichtenerzählens findet, verdankt sich Dignals »Gnothi seauton oder In fremden Wunden sehe ich mein Blut« sichtlich einer Nietzsche-Lektüre, die das Bemühen thematisiert, die von außen zufallende Erkenntnis an einem Ort zu verankern, der Selbst genannt werden kann. Um ein solches im leeren Raum aufgehängtes Selbst, in der Erzählung ein Kugelspiel, kreist ein Raumschiff, an Bord dessen man sich bemüht, durch einen Mentalabbild-Emitter mit denen Kontakt aufzunehmen, die in der Kugel vermutet werden. Als der Kontakt gelingt, ist es das Gnothi seauton, das im Titel zitiert wird: das Erkenne-dich-selbst. Das Spiegelbild des Raumschiffs im Konkav der Kugel explodiert zu einer gewaltigen Feuerblume, die sich mit dem Schiff vereint und zur absichtslosen Leere des Weltraums verblaßt. So faszinierend diese Geschichte konstruiert ist, so störend ist leider das ständige Name-dropping von Größen aus Philosophie und Linguistik, das versucht, dem Text einen Anspruch zu unterstellen, den dieser dann doch nicht hat.

Neben den fünf bereits genannten Erzählungen sind noch Beiträge von Andreas Brandhorst, Ulrich Harbecke, Kai Riedemann, Bernd Ulbrich, dem Autorengespann Iny Klocke und Elmar Wohlrath, Monika Niehaus-Osterloh unbd Adelaide Nerev (d.i. Verena C. Harksen, ehemalige Herausgeberin der *Bibliothek der phantastischen Abenteuer* bei Fischer) enthalten — nicht zu vergessen ein Textversuch von J. W. selbst. Keiner davon kommt jedoch stilistisch oder inhaltlich über das Mittelmaß hinaus. Als gelungen kann man sicherlich noch die Erzählungen von Kai Riedemann und Klocke/Wohlrath bezeichnen, die allerdings von Handlung und Tonfall her so sehr dem Märchen- und Abenteuerhaften des Genres verbunden sind, daß man sich fragt, was »Der

Kobold« und »Das Handelsobjekt« in einer Sammlung neudeutscher Science Fiction, deren Ehrgeiz doch darin besteht, irgendwie neue Themenstellungen halt auf neue Weise aufzugreifen, zu suchen haben; einen würdigen und qualitätsvollen Platz hätten sie in einer Sammlung fantasy- oder space opera-orientierter Jugend-SF eingenommen. Die Geschichten von Niehaus-Osterloh und Nerev (»Yinx sind rachsüchtig« bzw. »Alien Girl«) sind handwerklich sauber gearbeitete, aber kaum verdichtete Versuche, persönliche Probleme durch Überstreifen des SF-Gewands in den Rang von »social sf« zu erheben, ähnlich wie es auch der — sagen wir — im Exposéstil gehaltene Beitrag von J. W. (»Kontaktversuch«) tut, dem es freilich zudem am Handwerklichen gebricht. Harbeckes »Schichtwechsel«, das einen meisterhaften Einstieg leistet, wird leider nach den ersten zwei Seiten zunehmend zu einer Orgie von Gewalt und Chauvinismus, einem Austoben auf dem Papier, dessen inhaltlicher Anspruch mit jedem Satz mehr verlorengeht, während Brandhorsts »Der Venedig-Effekt«, die Geschichte des Einlenkens in das Unvermögen, dem persönlichen Untergang zu entgehen, nie über eine gewisse Oberflächlichkeit hinauskommt, die sich dafür über dreißig Seiten erstreckt. Der Beitrag von Ulbrich, dem einzigen DDR-Autor in der Sammlung, zu dem J. W. notiert, es sei eine Errungenschaft, ihn mit »Bilgoop an Terra« hier vertreten zu sehen, ist ein Text, der sich unter dem Banner der Ironie und Satire damit begnügt, Fäkalienworte aneinanderzureihen, um seinen Abscheu über die Zustände auf einer Welt zum Ausdruck zu bringen, auf der ein Raumfahrer havariert ist; es ist dies ein Text, der nach Ablehnungen anderswo nun offenbar seinen Weg zur neuen deutschen Science Fiction gefunden hat und die Größe von Erzählungen wie »Ein Gott hat geweint« oder »Der unsichtbare Kreis« aus der gleichnamigen Kurzgeschichtensammlung des Autors (Das Neue Berlin, 1977; Frankfurt am Main 1981), mit der er einst seinen Ruhm begründete, kaum mehr ahnen läßt.

Zusammenfassend ist zu sagen, daß das Thema der Anthologie wohl mehr als Vorwand gedient hat, eine Vielzahl disparater Erzählstile und Qualitäten zusammenzustoppeln, um es dem neugierigen Leser mit dem werbewirksamen Etikett ›Lesebuch der neuen deutschen Science Fiction‹ versehen zu präsentieren. Die mangelnde Qualität der meisten in dieser Sammlung vertretenen Beiträge macht deutlich, daß es wohl nicht so sehr mangelnde Publikationsmöglichkeiten seit Mitte der achtziger Jahre sind, wie J. W. in seiner Einführung beklagt, die dazu geführt haben, »daß im Augenblick erheblich weniger deutschsprachige Science Fiction geschrieben und angeboten wird als noch vor wenigen Jahren«. Vielmehr sind Verlage wie Leserschaft nicht mehr gewillt, sich mit derart unterdurchschnittlichen Texten abspeisen zu lassen. Der Erfolg einzelner deutscher Autoren wie Gisbert Haefs und Thomas R. P. Mielke, aber auch dem Team Klocke/Wohlrath, die für ihre Bücher allemal Verlage finden (was nicht der Fall wäre, gäbe es nicht auch eine Leserschaft für sie), ist deutlicher Beweis. Die Qualität hat weder abgenommen noch zugenommen, die Kriterien sind härter geworden. Und das bekommen die Schaumschläger im Genre zu spüren. Zu Recht, denn mit der Veröffentlichung ihrer Texte tut man niemandem einen Gefallen, weder dem Leser, dem Verlag, dem Ruf der deutschen SF, noch — letztlich — diesen Autoren selbst.

Bruce Sterling

Schismatrix

(*Schismatrix,* 1985)
Deutsch von Roland Fleissner
Mit einem Nachwort von Michael Nagula
Wilhelm Heyne Verlag, München 1989
Heyne Science Fiction & Fantasy 06/4556
524 Seiten. DM 12,80

von Stephen O'Kane

Der Roman einer genetisch neustrukturierten, kybernetischen, und trotzdem noch oft chaotischen Zukunft in einem Sonnensystem aus Republiken, die nach den Grundsätzen der Gentechnologie geführt werden, in denen in wachsendem Maße künstliche Formen des »post-homo sapiens« die Ressourcen anderer Welten und Asteroiden ausplündern. Die Erde ist nun ein Planetenwrack, ausgelaugt und von Unkraut überwuchert — bis auf die noch nicht angezapften urzeitlichen Ressourcen auf dem Meeresgrund. Wenn es dem/der Leser/in gefällt, kann er/sie *Schismatrix* als ein Erzählangebot lesen, das uns vermittelt, was wir in einer Zukunft erwarten können, in der Gentechnologie immer mehr die eher traditionellen Methoden der Fortpflanzung und der Gesundheitsvorsorge ergänzt oder sogar ersetzt.

Und doch ist der neue Mensch nicht so verschieden von dem alten. Die alten Themen von dynastischer Politik, Stammesfehden, Liebe und Trennung, Degeneration und Suche nach einer Sache, für die man sterben kann, alle finden sie ihren Platz in der neuen Umgebung, und auch der Kampf um die Oberherrschaft fehlt nicht. Einige der künstlichen oder auf Asteroiden gegründeten Republiken, die die Schismatrix bilden, siechen schon inmitten stinkenden biologischen Abfalls dahin. Und auch der Einfluß von den unterschiedlichsten Spezies von Außerirdischen aus den Bereichen außerhalb des Sonnensystems scheint in dieser Hinsicht nicht allzugroße Veränderungen zu bewerkstelligen. Besonders wichtig sind die Investoren, deren Name in sich hinreichend ihr Hauptinteresse an den Angelegenheiten der Menschheit erklärt — sie bemühen sich nicht einmal, dies irgendwie zu verschleiern.

Der Held, Abelard Lindsay, ist mit seinem künstlichen rechten Arm ebenfalls ein zum Teil rekonstruierter Mann. Er wird im Verlauf der Geschichte noch weiter rekonstruiert, doch brechen seine menschlichen Emotionen wiederholt durch. Und auch hier bleiben die Dinge auf seltsame Weise unverändert. Zunächst tritt Lindsay als »Sonnenhund« in Erscheinung, ein Abenteurer mit keiner längerwährenden Bindung an eine der einzelnen Republiken. Doch nach Abenteuern mit Piraten, Liebe und einer neuen Heirat, nach dem Kampf gegen seinen früheren Freund und Verbündeten Philip Constantine findet sich Lindsay als alter Mann in seiner Rolle als Abenteurer wieder. Die Geschichte endet mit der Hoffnung auf ein Paradies, das mit Hilfe von genetischen Code-Mustern der Lebewesen aus den Tiefen der irdischen Ozeane neu in Europa zu schaffen sein wird; ein genetischer Schatz, der entsprechend der europäischen Lebensbedingungen neu aufgebaut werden könnte. Aber was ist der Grund für die Annahme, daß Europas ökologisches Schicksal sich in irgendeiner Weise von dem anderer Teile der verwüsteten Umwelt unterscheiden sollte? Und außerdem wird Lindsay seine Abenteuer fortsetzen müssen.

Bruce Sterling hält auf diese Weise ein Paradoxon am Leben. *Schismatrix* ist voll von Ideen und kraftvollen Bildern, und dennoch ist auf einer ganz grundlegenden Ebene die Zukunft — bei all den unterschiedlichen Umweltbedingungen — ähnlich angelegt wie die Vergangenheit. Nicht einfach zu lesen, aber oft überaus interessant und von Zeit zu Zeit sogar richtig spannend.

Kate Wilhelm

Somerset träumt

(*Somerset Dreams,* 1978)
Deutsch von Sylvia Brecht-Pukallus
Mit einem Vorwort von R. Glenn Wright
Wilhelm Heyne Verlag, München 1988
Heyne Science Fiction & Fantasy 06/4527
237 Seiten. DM 7,80

von Charlotte von Isenburg

»Sobald beide hier anfangen aus Hintergründen des weißen Kontinents hervorzutreten, liegt ein sprudelndes Sprechen über den stummen Materialien der Museen, ein air contrefugué über Mauern, die Raumlinien bilden zu den Wassern.« Was diese Zeilen Berthold Dirnfellners, ein Traum in Pastellblau, für die aufstrebende neue deutsche Literatur sind, das ist seit vielen Jahren das Werk Kate Wilhelms für die amerikanische Science Fiction: nicht ernstgenommen, nur etwas für Ästheten, nichts für Puristen.

Wilhelm, 1928 in Ohio geboren und in zweiter Ehe mit dem SF-Autor Damon Knight verheiratet, dessen experimentierfreudige Anthologienreihe ORBIT (dt. bei Fischer als DAMON KNIGHT'S COLLECTION, 11 Bände, Ffm 1972–73) eine große Zahl ihrer besten Erzählungen brachte, schreibt und veröffentlicht bereits seit Mitte der fünfziger Jahre. Aber erst seit Ende der sechziger, als sie mit »The Planners« (1968) und »Somerset Dreams« (1969) Furore machte, wurde sie wenigstens von einer Minderheit von Lesern als vielversprechendes Talent angesehen, und seit 1971, als sie mit MARGARET UND ICH (Heyne-SF 06/4114) unter psychologisch interessierten Lesern, die nur leider nicht die Kasse klingeln lassen, zum Star avancierte, gilt sie als eigenwillige Vertreterin einer Science Fiction, die sich mit Mühe und Not gerade noch eben unter dem Label ›social sf‹ einordnen läßt.

SOMERSET TRÄUMT, ihre vierte SF-Kollektion, ist nach GESCHENK VON DEN STERNEN, einem wenig beachteten Goldmann-Taschenbuch aus dem Jahr 1969 (original: 1963) ihre zweite bisher in Deutschland erschienene Sammlung. Enthalten sind acht Erzählungen, die zwischen 1969 und 1978 erstmals veröffentlicht wurden und bis auf drei hierzulande noch nicht herauskamen — diese dafür aber gleich mehrfach.

Fangen wir mit den bekannteren an: der Titelgeschichte »Somerset träumt«, »Die Begegnung« und »Meine Damen und Herren, hier ist Ihre Krise«. Unsere Realität täuscht uns, sind sie mit großen Lettern überschrieben. Sie zwingt uns, unsere eigenen Erfahrungen zu leugnen, als irreal abzustempeln oder als peinlich zu empfinden, weil sie nicht trifft, was wir als Kern unseres Wesens vermuten. Wir bewegen uns in einer Welt, die keine Auskunft darüber geben kann, wer oder was wir sind. Alles ist ein großer Traum. — Somerset, ein Ort mitten im Nirgendwo. Die Ich-Erzählerin Janet Matthews, eine junge Frau Ende Zwanzig, die hier aufgewachsen ist, schließt in diesem Vierzig-Seelen-Dorf Bekanntschaft mit neun Studenten unter Leitung eines Psychologie-Professors von Harvard, die hergekommen sind, um die Traumbilder, die sich in der Großstadt einstellen, mit denen der Einwohner von Somerset zu vergleichen. Das Ergebnis der Aufzeichnungen, an denen Janet teilhat, ist grauenerregend: der Charakter des Ortes prägt die Träume und damit die Charaktere seiner Einwohner dergestalt, daß alle das gleiche träumen — ferngelenkte Maschinen, die mit dem Dorf eins sind, wie Janet, die jedoch gegen den Kokon ankämpft, der sich um sie zu schließen beginnt. — Halluzination, Traum und Erinnerung, die drei Dimensionen des Labyrinths der Geschichte, deren ständige Überblendung ihren besonderen Reiz ausmacht, bestimmen auch »Die Begegnung«. Es ist Winter; ein Mann und eine Frau sind eingeschneit, warten auf den nächsten Überlandbus und hoffen, bis zu seinem Eintreffen der beißenden Kälte widerstehen zu können. Aus der Perspektive des Mannes entspinnt sich mit Blick auf die Frau, die so anders als seine eigene ist, die er gerade verließ, und ihm selbst so ähnlich, ein emotionaler Sturm, der dazu führt, daß er sie schließlich zu töten glaubt — wäre nicht alles die Fiktion einer Frau, die hier eingeschneit wurde und die Zeit zum Schreiben einer Erzählung nutzte. Schmelzender Schnee steht im Zentrum, ständiger Wechsel von heiß und kalt, Motive, die »Meine Damen und Herren, hier ist Ihre Krise« in Form der Multivisionswand wieder aufnimmt, auf der zwei Eheleute den Überlebenskampf vier psychisch kranker Personen verfolgen, die zum Zwecke der Krisentherapie in den Bergen ausgesetzt wurden. Das ganze Wochenende über erleben Lottie und Butcher mit ihren eigenen, kläglichen Leidenschaften die Pein jedes Kämpfers mit — eine vernichtende Anklage der Rolle des Fernsehens in unserer Gesellschaft, die von Stil und Thema her stark an J. G. Ballards ein Jahr später erschienene Kurzgeschichte »Familienleben« (dt. in Armer/Nagula, ZÄRTLICH WAR DIE ZUKUNFT, Ffm 1989) erinnert.

Wie R. Glenn Wright, der Autor des Vorworts — das man, weil es zuviel verrät, übrigens erst im Anschluß an die in der Kollektion versammelten Erzählungen lesen sollte —, zu recht betont, lassen sich nur drei Beiträge einigermaßen problemlos der Science Fiction zuordnen, am leichtesten »Eine Planetengeschichte«: Hardcore-mäßig erforscht ein Team von Männern und Frauen eine Welt, die bereits Todesfälle verursacht hat und die Überlebenden nun in ein Wechselbad von Wahnsinn und Entzücken taucht, bis sie den Planeten verlassen; er wird unbesiedelt bleiben. »Mrs. Bagley fliegt zum Mars« ist eine herrliche kleine Allegorie um eine angeödete, berufstätige Mutter, die ihre Ausflüge ins All weithin ankündigt, ohne daß man die Absurdität ihres Vorhabens — die Geschichte spielt in der Gegenwart — überhaupt zur Kenntnis nimmt; schließlich fliegt sie, kommt wieder, alles geht weiter wie gehabt. »Stand der Gnade« indes ist ein Beitrag, wie er in den fünfziger Jahren dem US-Magazin UNKNOWN, das auf skurrile Fantasy spezialisiert war, gut angestanden hätte: Neben dem Haus eines in Florida lebenden Ehepaars steht ein Baum, in dem, wie die Frau überzeugt ist, geheimnisvolle kleine Wesen leben, nußbraun, mit faustgroßen Gesichtern, die je nach erfahrener Behandlung Glück oder Unglück bringen. Ihre Überzeugung, daß es sie gibt, überträgt sich auf ihren Mann, der versucht, dem Spuk ein Ende zu machen, indem er die Wesen tötet oder vertreibt. Sein Scheitern, das die Frau fasziniert mit ansieht, ist kläglich.

Fallen gerade diese drei mehr den Konventionen des Genres zugeneigten Erzählungen durch die damit verbundenen Einschränkungen in motivischer Hinsicht gegenüber den erstgenannten ein wenig ab, so bilden die verbleibenden zwei Beiträge »Symbiose« und »Die Hunde« wahre Meisterwerke psychischen Grauens. Wie zuvor geht es um Spaltung — um Spaltung zwischen den Geschlechtern, zwischen den Identitäten, zwischen den Wahrheiten. »Symbiose« beschreibt den Versuch, die Spaltung zu verwerfen: — Beacham, Indiana, eine Kleinstadt, wie stets bei Wilhelm. Hier wächst die Ich-Erzählerin auf, die, weil sie Waise ist, von Mrs. McInally versorgt wird, der Mutter ihrer besten Freundin Laura. Die Familie teilt alles mit ihr, Heim und Herd. Als die Mädchen auf die Universität kommen, beginnen sich bei Mrs. McInally schreckliche Veränderungen einzustellen. Sie verwahrlost zusehends, wird immer aggressiver und muß schließlich in eine Nervenklinik eingewiesen werden. Die Veränderungen beginnen auch auf die einst blühende Laura überzugreifen, ihre hochfliegenden Pläne sind vergessen, immer mehr kettet sie sich an ihre Mutter, der es im gleichen Maße besser geht; endlich heiratet Laura und wird eine ›gute‹ Mutter. — Einen Ausweg aus diesem symbiotischen Verhältnis verheißt »Die Hunde«, worin die Autorin sich einer anderen Erzählperspektive bedient: die Beziehung, im ersten Fall noch eine der völligen Identität und Ohnmacht, sich daraus zu lösen, wird hier auf Stellvertreter der handelnden Personen projiziert, Dopplungen von Ehepartnern, um die es auch diesmal wieder geht, zwei Hunde. — Immer hat Rose Ellen, Gattin des arbeitslosen Wissenschaftlers Martin, auf dessen Wunsch hin sie aufs Land zogen, die Rolle der pflichtgetreuen und liebevollen Ehefrau gespielt. Als ihr auf dem Nachhauseweg eines Tages zwei große, geschmeidige Hunde nachlaufen, wird sie sie nicht mehr los; besitzergreifend hängen sie sich an sie. Roses scheinbar irrationale Angst vor ihnen nimmt von Tag zu Tag zu, bis sie die kostbaren Tiere schließlich, als einziges Mittel, das ihr noch bleibt, um dem drohenden Wahnsinn zu entgehen, erschießt. Die Darstellung der gegenseitigen (psychischen) Gebundenheit des Ehepaars in Gestalt der stets nur gemeinsam auftretenden Hunde und der durch Rose Ellens Zwang zur Hinwendung drohende Identitätsverlust ermöglicht es der Hauptfigur hier, sich aus ihrem kaninchenstarren Bannblick zu befreien und eine Entscheidung zu treffen — tatsächlich wird dadurch jedoch nur die Unmöglichkeit einer Aufhebung der Situation, die das Ehepaar aneinander kettet, deutlich.

Kate Wilhelms phantastische Erzählungen sind Traumgeschichten, sich am Rande des Deliriums bewegende Visionen, geboren aus der Frage nach Realität. Müssen wir uns mit derjenigen, die wir haben, begnügen? Wilhelms Antwort: Es gibt keine zweite Realität neben der ersten — nicht für ein und dieselbe Person. Einen Ansatz bietet jedoch das Träumen, das sich Anverwandeln in die Phantasie, das Zertrümmern festgefahrener Eindrücke. Dies leistet seit alters her die Literatur. Gleichzeitig erwächst daraus aber auch alle Drohung, denn was kann auf die Zertrümmerung von Eindrücken schon anderes folgen als ein Leben in Zersplitterung — ein Leben in einem Traum, den andere träumen, der sich unfaßbar jeder Deutung entzieht. Vielleicht war ja die erste Niederschrift überhaupt die eines Traumes, so wie der erste Gedanke ein Traumgedanke gewesen sein mag, von ungelenken Hieroglyphen, wie ein Bilderrätsel in den Sand gesetzt, unverständig, unverstanden. Die Literatur hat seitdem einen langen Weg genommen, der Traum jedoch ist das Rätsel geblieben, um das herum die Literatur kreist — in dem vergeblichen Bemühen, auszudrücken, was den Träumer, den Frager, Kate Wilhelm bewegt.

Gene Wolfe

Soldat des Nebels

(*Soldier of the Mist,* 1986)
Deutsch von Jürgen Langowski
Wilhelm Heyne Verlag, München 1989
Heyne Science Fiction & Fantasy 06/4602
383 Seiten. DM 10,80

von Gregory Feeley

Gene Wolfes neuer Roman, mit großer Wahrscheinlichkeit der erste Band eines neuen Zyklus, stellt bewußt und mit generalstabsmäßig anmutender Zielstrebigkeit diejenigen Strukturen auf den Kopf, die ›Das Buch der Neuen Sonne‹ ausgemacht hatten: anstatt des Erzählers aus der fernen Zukunft, der nichts vergessen kann, haben wir hier einen Erzähler aus der Vergangenheit, der sich an nichts erinnern kann. Er bekommt ein Schwert in die Hand gedrückt und muß durch die Welt ziehen, getrieben von äußeren Konstellationen, die über sein Verständnis gehen. Auf diese Weise kommt der Protagonist in die Lage, das Buch, das uns vorliegt, zu verfassen, nicht einige Zeit im nachhinein, wie noch Severian der Lahme die Muße hatte, sondern direkt am Abend jeden Tages, bevor die mit seiner Kopfverletzung einhergehende Behinderung die Erinnerung aus seinem Gedächtnis tilgen kann.

Wir befinden uns, wie uns in einer dem ›Vorwort‹ vorangestellten Bemerkung mitgeteilt wird, im Jahre 479 vor Christus. Der Text selbst, so erfahren wir von ›G. W.‹, einem Gelehrten, der sich anhört wie John Ray in der Einleitung zu *Lolita,* war auf die erste von mehreren alten Papyrusrollen geschrieben, deren Übersetzung hiermit vorliegt. Der Autor, ein verwundeter Soldat, schreibt auf den äußeren Rand der Rolle: »Lies das jeden Tag!« und schreibt, wenn er daran erinnert wird; jedoch vergißt er oft, das bereits Geschriebene wieder zu lesen und ist deshalb nicht immer voll im Bilde.

Seinen richtigen Namen erfährt er erst auf der letzten Seite des Romans, obwohl er ›Latro‹ genannt wird, was das lateinische Wort für Söldner ist, und auch während des ganzen Romans diesen Namen entsprechend der Vermutung eines Arztes als den seinen akzeptiert. ›Latro‹ ist weder Perser noch Grieche, sondern ein lateinisch sprechender ›Barbar‹ aus dem Norden, der in der persischen Armee des Großen Königs in Sold steht. (Der Große König wird nicht mit Namen genannt, ist aber zweifellos Xerxes, dessen Bemühungen, die griechischen Staaten zu erobern, in diesem Jahr scheiterten.)

In dieser Hinsicht ist der Roman eine in der ersten Person geschriebene Abenteuergeschichte, aber darüber hinaus ist er auch oder gerade ein nicht erzählerisches Dokument, beinahe ein Erzählinstrument, so wie es auf ganz unterschiedliche Weise *Pale Fire, The White Hotel, Flaubert's Parrot* und Pamela Zolines *Instructions for Exiting This Building in Case of Fire* sind, alles Beispiele einer auffälligen postmodernen Erzählstrategie, die E. L. Doctorow als ›falsche Dokumente‹ bezeichnet hat. Ein Zitat von Ursula Le Guin wird benutzt, das sich zunächst wie eine der üblichen Klappentext-Lobeshymnen ausnimmt, bei näherem Hinsehen jedoch zu ernsthaftem Nachdenken reizt: »Jedesmal, wenn Gene Wolfe einen neuen Roman schreibt, brauchen *wir* eine neue Definition für die Science Fiction.« *Das Buch der Neuen Sonne* mag Wolfes Versuch sein, seine Version einer überreifen Dickensschen Welt und der Entwicklung eines jungen Mannes abzuliefern, aber es ist ebenso auf augenfällige Weise ein ›falsches Dokument‹ — wie John Clute und andere es zu bewerten begonnen haben, Nachweis und Rechtfertigung von Severians Weg zum Thron, der, was man dem guten David Copperfield wohl nicht vorwerfen kann, extrem unredlich ausfällt. *Free Live Free* ist schlichtweg revolutionär in seiner bukolischen Sicht des amerikanischen Großstadtlebens, ein gelungener Versuch, Wolfes Schrebergartenperspektive, seine sentimental überzeichneten und ethnisch stereotypisierten Klischees mit solch rhetorischer Überzeugungskraft auszustatten, daß niemand es bemerkte, geradeso wie niemand bemerkte, daß ja Alden Weer in *Peace* ein Geist war, der im ersten Satz des Romans durch den Sturz des Baums, der über seinem Grab gepflanzt worden war, befreit wurde — was Wolfe bekanntermaßen am Ende selbst enthüllen mußte. Neben dem stark ausgeprägten Handlungsstrang, der jeden Wolfeschen Text durchzieht, und ungeachtet der barschen Miene, die er oft in seinen autobiographischen Anmerkungen aufsetzt (ein Ausdruck des Zweifels bezüglich Sinnerfülltheit und Rechtschaffenheit in so törichten Zeiten), neben oder besser unter jenem so vernünftig scheinenden Grundsatz also, daß im Voranschreiten äußerer Handlung die Wahrheit entdeckt werden könne, fließt eine starke Unterströmung; eine Unterströmung, die der Kritiker modernistisch oder gar post-modernistisch zu nennen zögert, vielleicht aus dem Grund, weil Wolfe seine Abneigung gegen Gelehrtenwelt und literarisches Establishment — auch dies rein theoretisch, versteht sich — so überzeugend zu vermitteln versteht, daß er uns wirksam von der Spur abbringt.

Deshalb ist Latros Text mit seinem Vokabular und seinen seltsamen Lücken für die Handlung, die er erzählt, noch problematischer als für den Leser, selbst für den Leser, der sich des feinen Netzwerks von Handlungssträngen aus der *Neuen Sonne* bewußt ist und sich oft zum Nachdenken verführen läßt. Im Falle des Vokabulars ist dies am auffälligsten: obwohl Sparta, Athen, Attika und andere bekannte Namen häufig erwähnt werden, benutzt Latro nicht ihre griechischen Namen, sondern übersetzt — oft falsch und irreführend — ihre Bedeutungen, indem er jene Anklänge aus dem Text entfernt, die ein Leser bei der Erwähnung von Athen (hier die ›Überlegung‹) oder Sparta (›Seil‹ — die Spartaner sind die Seilmacher) mithören würde. Ein bei weitem komplexeres Mittel der Verfremdung noch besteht in der Notwendigkeit, daß Latro ein Ereignis innerhalb einer kurzen Zeitspanne danach wiedergibt oder aber den Bericht eines anderen dafür benutzt. Latro erkennt beispielsweise seine Reisegefährten nicht jeden Morgen wieder und beschreibt darum manchmal Hauptcharaktere so, als seien sie bloße

Zuschauer, beizeiten sogar so beiläufig, daß der Leser sie vielleicht nicht mehr identifizieren kann. Und als Latro für mehrere Wochen seiner Pergamentrolle beraubt wird, kann er später nicht mehr hinzufügen, was sich in der Zwischenzeit ereignet hat. Wolfe gibt sich Mühe, Latros Einträge glaubwürdig kurz zu halten und ihm genug Zeit zu geben, um seine Einträge zu machen, obwohl ich glaube, daß einige Kapitel so haarsträubend enden, daß Latros Kompositionsmethode nicht dafür verantwortlich gemacht werden kann. Und in der Mitte des Buches befindet sich ein einzelnes, von jemand anderem geschriebenes Kapitel, eine hilfreiche Auflistung »der Ereignisse des vergangenen Tages und der vergangenen Nacht«, so daß Latro einen Bericht über diese Ereignisse im Gedächtnis behalten kann, der aber dann, ganz charakteristisch für Wolfe, am Ende über etwas vollkommen anderes erzählt — eine modernistische Finte, an der Robert Musil seine Freude gehabt hätte.

Was ist es denn nun, abgesehen von diesen verfremdenden und das Verständnis erschwerenden Erzählschichten, was der erfinderische Latro schreibt, wenn er uns seine Geschichte auftischt? Er wird gefangengenommen und versklavt, verkauft und dann beschlagnahmt, als Pausanias (der Held der Schlacht von Platäa, die noch gegen Ende des Romans stattfinden wird) von ihm träumt. Was Latro bei seinem beschränkten Wissensvermögen nur schwer verstehen kann, ist, daß — vielleicht als Folge seiner Verletzung (der Text nennt hier nichts Genaueres, auch wenn der Klappentext sich wieder einmal sicher zu sein scheint) — Latro die Götter sehen kann, wie sie sich über Land und See bewegen. Wie Severian, der sich der Aufmerksamkeit einer Undine rühmen konnte, scheint Latro zumindest für einige der Götter, Göttinnen, Lykanthropen und Geister, denen er begegnet, von Bedeutung zu sein. Die Möglichkeit wird angedeutet, daß Latros Verletzung nicht auf eine Schlacht zurückzuführen ist, sondern daß eine Göttin, neben deren Heiligtum er niederfiel, die Hand im Spiele hatte. Andeutungen häufen sich, und mit den Worten »Dies sind die letzten Worte der ersten Rolle« endet der Roman.

Wie wird der Zyklus aussehen, den dieser Band eröffnet? Anders als in der *Neuen Sonne* erfahren wir mit dem ersten Band nicht zugleich die Dimensionen des Folgenden; sollte es pro Pergamentrolle ein Buch geben, werden es ›einige‹ werden. Es scheint nicht so, als hätte Wolfe bereits das komplette Werk genau geplant, so wie das bei den früheren Zyklen der Fall war, aber dennoch gibt es keinen Grund zu vermuten, daß er nicht wüßte, worauf es im Ende hinauslaufen wird, ob er sich nun bereits zu einem übergreifenden Werktitel herbeigelassen hat oder nicht. Es mag konstruiert klingen, Parallelen zu der Tetralogie aufzuzeigen — obwohl ich nicht erstaunt wäre, wenn Latro sich als eine Inkarnation von Severian auf seiner Reise durch das Atrium der Zeit erweisen würde — aber das Buch scheint unter einem unterschwelligen Druck zu stehen, das Thema wiederholt aufzugreifen.

Als Roman betrachtet liest sich *Soldier of the Mist* nicht so glatt herunter und läßt sich auch nicht so gut gesondert betrachten wie *Der Schatten des Folterers:* die Verfremdungstaktik verhindert jeden oberflächlichen Versuch, es als ein spannendes Abenteuerbuch zu lesen. Das fiktive Vorwort, das auf die Möglichkeit hinweist, daß die Übersetzung manchmal in die Irre führen könnte, wenn sie Latros unpunktierten und mit vielen Abkürzungen aufwartenden Text zu rekonstruieren versucht, scheint geradezu darauf angelegt zu sein, Mißtrauen wachzurufen; es erweist sich jedoch als verläßlich in Hinsicht auf die Erklärung der Ortsnamen. Nichtsdestotrotz wird ein Leser, der nicht dauernd Herodot oder zumindest de Selincourt zu Rate zieht, wenig von Latros Itinerar oder von dem Krieg, der sich um ihn herum entwickelt, verstehen. (Am Schluß gibt es ein Glossar, wahrscheinlich auf Betreiben von Wolfes Herausgeber, ähnlich der Chronologie, die so widerwillig im Appendix der amerikanischen Ausgabe von *Free Live Free* erscheint. Wenn dem so war, hatte Wolfe den letzten Lacher auf seiner Seite — das Wörterverzeichnis ist von einzigartiger Nutzlosigkeit und gibt nicht mehr her als der jeweilige Textabschnitt, der den Leser zum Nachschlagen veranlaßte.)

Soldier of the Mist läßt die erzählerische Dichte der Tetralogie vermissen, obwohl die variierten Wiederholungen von Latros täglichen Entdeckungen seiner Welt für den Leser zu seltsamen Glückszuständen führen kann. Ein letzter hervorstechender Gegensatz zur *Neuen Sonne* — ein redlicher Erzähler im Gegensatz zu einem unredlichen — scheint die sprachliche Komplexität des Buches zu begrenzen, obwohl Wolfe auch dieser Einschränkung noch viel entreißt. Was darüber hinaus dem Roman noch zu entreißen sein wird, läßt sich jetzt noch nicht sagen, aber die Leser werden wohl noch einige Zeit suchen müssen. Wieder einmal stemmt sich Wolfe gegen die Definitionen.

Timothy Zahn

Die Blackcollar-Elite

(*The Blackcollar,* 1983)
Wilhelm Heyne Verlag, München 1989
Science Fiction & Fantasy 06/4586,
381 Seiten. DM 10,80
Deutsch von Hilde Linnert

Die Backlash-Mission

(*The Backlash Mission,* 1986)
Wilhelm Heyne Verlag, München 1989
Science Fiction & Fantasy 06/4587,
414 Seiten. DM 10,80
Deutsch von Hilde Linnert

von Detlef Hedderich und Hilde Linnert

Man schreibt das Jahr 2450. Nachdem die Menschen den interstellaren Krieg gegen die mächtigen, echsenartigen, unmenschlichen und technisch überlegenen Ryqril verloren haben, werden sie von ihnen gnadenlos tyrannisiert. Doch noch ist nicht aller Tage Abend. Es gibt immer noch einige ›Blackcollars‹, Mitglieder einer Elitetruppe des von den Menschen besiedelten Sternenreichs. Aber die Blackcollars fürchten eine direkte Auseinandersetzung mit ihren Peinigern, da sie kaum noch über ›Backlash‹ verfügen, eine für den Kampf notwendige Aufputschdroge, die ihre Reflexe um ein Vielfaches beschleunigt. Deshalb sind sie in den Untergrund gegangen, aber auch um die Zivilbevölkerung nicht zu gefährden.

Die Geschichte beginnt, als Allan Caine, der selbst kein Blackcollar ist, vor diesen Männern jedoch allergrößte Hochachtung empfindet, von einer Untergrundzentrale aus den Befehl erhält, die Stelle eines von der Untergrundbewegung aus dem Verkehr gezogenen Staatsbeamten einzunehmen. Er soll sich unter dessen Namen nach Plinry, einem von den Menschen seit langem besiedelten Planeten, begeben. Man nimmt an, daß sich dort ein Untergrund um den legendären Blackcollar-General ›Lepkowski‹ gebildet hat. Allan Caine soll sich diesem anschließen und dank seines Wissens um fünf noch funktionstüchtige Kampfraumschiffe, die sich in einem geheimen Parkorbit im Raum befinden, den Widerstand gegen die Ryqril neu organisieren helfen. Anfänglich stößt er allerdings bei den ohnehin nur wenigen Elitesoldaten, die zudem noch ziemlich alt, verbraucht und resigniert scheinen, auf Ablehnung. Bald muß er jedoch erkennen, daß der Untergrund auf diesem Planeten bestens organisiert ist. Der Zeitpunkt scheint nun günstig, um etwas gegen die Peiniger zu unternehmen, da die Ryqril inzwischen an einer anderen galaktischen Front auf einen ebenbürtigen Gegner gestoßen sind und sich nicht mehr so eingehend mit den Menschen befassen können. Als die Männer von einer Möglichkeit hören, wieder an Backlash zu gelangen, beginnt man mit der sogenannten ›Backlash-Mission‹, der besten und letzten Chance auf Freiheit für die Menschen — um sie aus den Klauen der Ryqril zu befreien und im Kampf mit den Ryqril zu zeigen, was noch in den Blackcollars steckt …

Timothy Zahn schuf mit seinem Blackcollar-Zyklus etwas, das bisher wohl von vielen als unmöglich angesehen werden durfte. Es gelang ihm, die Peinlichkeiten und die Schreibweise eines K. H. Scheer haushoch zu überbieten. Und ›Handgranaten-Herbert‹ (wie Scheer seit langem in SF-Leserkreisen genannt wird) errang auf seinem Gebiet bereits wahre Meisterschaft! Man glaubt es kaum, und trotzdem ist es wahr: Timothy Zahn stellt mit den vorliegenden ersten beiden Bänden eines neuen Zyklus alles in dieser Richtung Erschienene in den Schatten. Da gibt es die Durchschnittsbevölkerung, die naturgemäß dumm, faul und gefräßig ist. Als ›echter Mensch‹ gilt nur, wer ein Diener der Kriegstechnik ist und der wahre ›Mann‹, ein ›Blackcollar‹, ist bewundernswert, weil voll ausgebildet in allen westlichen und östlichen Kampfsportarten und auch geistig jedem ›Untermenschen‹ überlegen: In ›schwarzes Leder‹ gehüllt, mit einem ›Drachenkopfring‹ am Finger, die ›shuriken‹ und ›nunchaku‹ im echten Ledergürtel, nur so lohnt es sich, fürs Vaterland zu sterben ...!

Das Fatale an dem hier vorliegenden Machwerk ist ja nicht sein Abenteuercharakter — wer abenteuerliche Geschichten mag, sollte sie lesen — schließlich gibt es auch dazu eine Menge guter Beispiele. Nein, das Schlimme ist in diesem Fall, daß es sich bei dem Blackcollar-Zyklus im Grunde nicht um SF handelt, sondern um übelste Landserromane im Deckmäntelchen dieses Genres. Und was noch schlimmer wiegt, ist, daß der Autor dabei von einer sehr zweifelhaften Moral Gebrauch macht: Der Gegner ist übles verabscheuungswürdiges, mordendes Vieh, das nicht lebenswert ist und vernichtet gehört (!). Doch wie ›die gute Seite‹ dabei vorgeht, ist eigentlich genau die Art und Weise, die man dem Gegner vorwirft: brutal und unbarmherzig! Nur wenn ›die Guten‹ so etwas machen, dann ist das natürlich was anderes. Was wäre der Mensch schließlich ohne seine Feindbilder?!

Zusammenfassend muß man sagen, daß, abgesehen vom moralischen (Un-)Wert der vorliegenden Bände, der Blackcollar-Zyklus selbst für Freunde von Kriegs-Geschichten und Agenten-Stories kaum einer Beachtung wert erscheint. Da gibt es, selbst in der SF-Literatur, wesentlich Besseres. Von Spannung keine Spur. Ein Schandfleck in der sonst so überaus angesehenen und ausgeglichenen ›Heyne SF & Fantasy Reihe‹, und überflüssig dazu.

Die Ryqril haben das galaktische Imperium besetzt, das die Terraner gegründet hatten, und führen ein strenges Regiment. Die Blackcollars, die ehemals terranische Eliteeinheit, existiert zwar noch im Untergrund, aber erstens wissen die Ryqril über diese Existenz Bescheid und halten sie unter Beobachtung, zweitens gibt es ein terranisches Sicherheitssystem, das sich mit den Ryqril arrangiert hat und ebenfalls ein wachsames Auge auf die Blackcollars hat, und drittens wird Backlash nicht mehr erzeugt. Backlash ist eine Droge, die ausschließlich den Blackcollars vorbehalten war, und ihre Reflexe um ein Vielfaches beschleunigt hat. Die Blackcollars auf einem fernen Planeten sind davon überzeugt, daß es auf der Erde noch Backlash oder zumindest das Rezept zu seiner Herstellung geben muß. Sie haben ihr scharfes Training nie unterbrochen und starten jetzt eine detailliert geplante Aktion, um auf die Erde und zu Backlash zu gelangen. Sie nehmen an, daß sie es am ehesten in der letzten intakten Verteidigungsanlage der Terraner finden werden. Den Ryqril ist es nie gelungen, in diese Anlage einzudringen. Sie haben sich damit begnügt, die Luftfilter zu zerstören, Giftgas hineinzublasen und damit die Verteidiger zu töten. Und sobald der Leser so weit informiert ist, besteht das Buch nur noch aus der unglaublich einfallsreichen Schilderung der Tricks, mit denen die Blackcollars die Sicherheitssysteme der Ryqril und der Terraner ausschalten und sich ihrem Ziel immer mehr nähern. Die Spannung wird dadurch gesteigert, daß es sowohl bei den Blackcollars als auch bei den terranischen Sicherheitsbehörden zwielichtige Elemente gibt und man nie genau weiß, auf welcher Seite sie in Wirklichkeit stehen. Den Blackcollars gelingt es am Ende tatsächlich, in die Verteidigungsanlage einzudringen, sie finden jedoch keine Spur von Backlash. Durch einen Zufall stoßen sie auf eine Droge, die in den Computeraufzeichnungen als Whiplash bezeichnet wird, und die offenbar von den Insassen der Festung entwickelt wurde. Sie testen sie an gefangenen Sicherheitsmännern und wollen schon aufgeben, weil keine Wirkung eintritt. Doch im letzten Moment stellt sich heraus, daß die Droge wesentlich wirkungsvoller ist als Backlash und daß sie damit die entscheidende Waffe gegen die Ryqril gefunden haben.

Zwei überaus spannende, sehr gut geschriebene Romane, die ausschließlich aus Action bestehen, weder Sex noch Brutalität enthalten und den Leser bis zur letzten Zeile fesseln.

BIBLIOGRAFIE

Phantastische Literatur im Heyne-Taschenbuch 1989

von Werner Bauer

ABKÜRZUNGSVERZEICHNIS

A	Anthologie (Sammlung von Erzählungen verschiedener Autoren)
ANTH	Heyne Anthologie
AR	Heyne Allgemeine Reihe
Ausw.	Auswahl
Bd.	Band
C	Collection (Sammlung von Erzählungen eines Autors)
C/OA	Collection/deutsche Originalausgabe, die in dieser Zusammenstellung in der Sprache des Verfassers nicht erschienen ist
F	Folge
Hrsg.	Herausgeber
in Vorb.	in Vorbereitung
JB	Heyne Jubiläumsbände
JUM	Heyne Jumbobände
NA	Neuauflage
NN	Nomen Nescio (Name nicht bekannt)
o.J.	ohne Angabe des Publikationsjahres
SP	Heyne Sonderproduktion
UB	Die Unheimlichen Bücher
Ü	Übersetzer
I	Erster Teil
II	Zweiter Teil
:	entspricht
↗	ist enthalten in

Teil Eins

Numerisches bibliographisches Verzeichnis der Neuerscheinungen der Reihe »Heyne Science Fiction & Fantasy« sowie aller SF- und Fantasy-Publikationen in anderen Reihen im Jahre 1989

1. Heyne Science Fiction & Fantasy

Ein Umstand, der Sammler offenbar zunehmend ärgert, ist die Tatsache, daß in der Reihe HEYNE SCIENCE FICTION & FANTASY in letzter Zeit Nummern fehlen, oder genauer gesagt: es gibt Bandnummern, zu denen nie Bücher erschienen sind. In diesen Lücken waren Bände eingeplant, die dann aus irgendwelchen Gründen aus dem Programm genommen wurden, hauptsächlich waren dies Neuausgaben, die unter neuer Nummer erscheinen sollten, oder es handelte sich um kurzfristig eingeplante Projekte, deren Realisierung jedoch scheiterte oder die fallengelassen werden mußten, weil die Verträge nicht zustande kamen, und ferner um Neuerscheinungen, deren Vorverkauf weit hinter den Erwartungen zurückblieb, woraufhin der Verlag auf eine Publikation verzichtete.

Solche Fälle gab es auch früher häufig, nur wurden die herausgefallenen Nummern dann anderweitig »vergeben«, daß die Numerierung der Reihe lückenlos blieb. Dies ist durch die zunehmende Computerisierung leider nicht länger möglich. Ist eine Nummer einmal durch einen Titel »besetzt«, darf sie, auch wenn der Titel entfällt, nicht mehr benutzt werden. Es ist indes nicht der Computer selbst, der dies unmöglich macht (ein Titel wäre leicht im Speicher zu löschen und durch einen anderen zu ersetzen); es ist die Vielzahl an ausgedruckten Listen, in denen durch solche Änderungen eine heillose Verwirrung gestiftet würde. Es tut mir leid für all jene, die HEYNE SF immer nach Nummern gesammelt haben und denen diese Lücken ein Dorn im Auge sind.

Um sie über »scheinbare« Lücken (im Gegensatz zu den echten in ihrer Sammlung) nicht im unklaren zu lassen — hier eine Aufstellung der echten toten Briefkästen im Programm:

06/4193	06/4351
06/4271	06/4394
06/4306	06/4395
06/4327	06/4396
06/4341	06/4450
06/4350	06/4471

3697 Alan Burt Akers
Krozair von Kregen
(1980/1989)
14. Roman der Saga von Dray Prescot
Krozair of Kregen (1977)
Ü: Thomas Schlück
(NA unter alter Nummer)

3746 Alan Burt Akers
Geheimnisvolles Scorpio
(1980/1989)
15. Roman der Saga von Dray Prescot
Secret Scorpio (1977)
Ü: Thomas Schlück
(NA unter alter Nummer)

4506 Randall Garrett/
Vicki Ann Heydron
Der heilige Stein (1989)
Siebter und letzter Roman des Gandalara-Zyklus
The River Wall (1986)
Ü: Christian Jentzsch

4531 Stephen R. Donaldson
Einer reitet durch (1989)
Zweiter Roman des Zyklus »Mordants Not«
A Man Rides Through (1989)
Ü: Horst Pukallus

4546 Dorothea Sara
Katerherz und Tigerseele
(1986) (1989)

4547 Jack Dann
Der schmelzende Mensch
(1989)
The Man Who Melted (1984)
Ü: Hilde Linnert

4548 Anne McCaffrey
Nerilkas Abenteuer (1989)
Nerilka's Story (1986)
Ü: Birgit Reß-Bohusch

4549 Charles Sheffield
Zwischen den Schlägen der Nacht (1989)
Between the Strokes of Night (1985)
Ü: Walter Brumm

4550 Wolfgang Jeschke (Hrsg.)
Das Science Fiction Jahr # 4
Ausgabe 1989 (A) (1989)

Editorial

Peter Schattschneider/
Günter Zettl
Science versus Fiction

Hermann Urbanek
Die amerikanische SF-Szene 1987/88
Die britische SF-Szene 1987/88
Die deutsche SF-Szene 1987/88

SF-Neuerscheinungen in der DDR (August 1987 bis September 1988)

Karsten Kruschel
Höhenflüge und triviale Träume: Noch einmal zur DDR-SF der achtziger Jahre

René Mahlow
Ein Gespräch mit William Gibson (1988)
Ü: Reinhard Heinz

Dieter Hasselblatt
Trioptes, Pfifltriggis, Ssfaira, Solaris, Berenice: »Tiere«, Wesen, Unwesen — vernachlässigte Denkmuster der Science Fiction

Horst Tröster/Thomas Tilsner/Ute Bauer
Science Fiction-Hörspiel 1987/88

Horst Tröster
Science Fiction als Radiospiel: Die Geschichte der SF aus dem Studio Heidelberg des SDR

Horst Tröster/Thomas Tilsner
Is There Anybody Out There? — Ein Gespräch mit dem Regisseur Andreas Weber-Schäfer

Norbert Stresau
Die Bilder des Jahres 1988
Eine Zensur findet nicht statt ...
»Tanz der Teufel« vor Gericht

Günter Luxbacher
Europäisches Film- und Fernsehjahr 1988: Die elektronischen Medien machen Dampf. Eindrücke von drei europäischen Medienfestivals

Jörg Helbig
Die Vergangenheit, die keine war: Über parahistorische Literatur

Raphael Sáadah
Ein Gespräch mit Lucius Shepard (1988)
Ü: Jürgen Langowski

Ernst Petz
Science Fiction — quo vadis?
Erinnerungen an die Vergangenheit bei der 13. Euro-Convention von SF-Autoren in Budapest

Michael K. Iwoleit
Herbert W. Frankes Leonardo — Über Kunst und Pseudokunst

Preise — Preise — Preise

Buchrezensionen

Werner Bauer
Phantastische Literatur im Heyne-Taschenbuch 1988

4551 Melinda Snodgrass
Die Tränen der Sänger (1989)
The Tears of the Singers (1984)
Ü: Andreas Brandhorst

4552 Lyndon Hardy
Der Herr der fünf Zauber (1989)
1. Roman des Magic-Zyklus
Master of the Five Magics (1980)
Ü: Malte Heim

4553 Lyndon Hardy
Das Geheimnis des sechsten Zaubers (1989)
2. Roman des Magic-Zyklus
Secret of the Sixth Magic (1984)
Ü: Malte Heim

4554 Alan Burt Akers
Die Klauen von Scorpio (1989)
30. Roman der Saga von Dray Prescot
The Talons of Scorpio (1983)
Ü: Thomas Schlück

4555 Lucius Shepard
Das Leben im Krieg (1989)
Life During Wartime (1987)
Ü: Irmtraud Kremp u. Irene Bonhorst

4556 Bruce Sterling
Schismatrix (1989)
Schismatrix (1985)
Ü: Roland Fleissner

4557 Maria J. Pfannholz
Den Überlebenden (1989)

4558 Philip José Farmer
(erscheint 1990)

4559 Alan Dean Foster
Afrikas dunkles Herz (1989)
Into the Out of (1986)
Ü: Ralph Tegtmeier

4560 Wolfgang Jeschke (Hrsg.)
Papa Godzilla (A) (1989)

David Brin
Tankfarm-Dynamo
Tank Farm Dynamo (1983)
Ü: Irene Bonhorst

Charles Sheffield
Die Höfe von Xanadu
The Courts of Xanadu (1988)
Ü: Peter Robert

Bert Vos
Schwarze Flügel in einem Kranz von Dunkelheit
Zwarte vleugels in een krans van duisternis (1986)
Ü: Hildegard Höhr

Connie Willis
Schwarzschild-Radius
Schwarzschild Radius (1987)
Ü: Susanne Tschirner

Karen Joy Fowler
Andere Ebenen
Other Plains (1986)
Ü: Peter Robert

Einar Gjärevold
Der Flötenspieler
Fløytespilleren (1987)
Ü: Angela Hede

Ian McDonald
Romy tanzt
Romy Dances (1989)
Ü: Ronald M. Hahn

Joern J. Bambeck
Stern mit vom Weinen verklebten Augen (1968)

Walter Jon Williams
Der Zeuge
Witness (1986)
Ü: Malte Heim

Ian McDonald
Radio Marrakesch
Radio Marrakech (1989)
Ü: Irene Bonhorst

Christian Mähr
Die Essenz des Realen

David Brin/Daniel Brin
Bühne der Erinnerung
A Stage of Memory
(1986)
Ü: Inge Holm

Hans-Joachim Schmidt
Innen und Außen

George Alec Effinger
Der Ghost-Writer
The Ghost Writer (1973)
Ü: Peter Pape

Manfred Fischer
Vier Gedichte (1988)

Friedrich Scholz
Auf der Suche nach dem Schöpfer

Mauro Antonio Miglieruolo
Papa Godzilla
Papa Godzilla (1982)
Ü: Hilde Linnert

David I. Masson
The Show Must Go On
The Show Must Go On
(1970)
Ü: Michael K. Iwoleit

4561 Katherine Kurtz
Das Erbe des Bischofs (1989)
Erster Roman des Zyklus »Die Geschichte von König Kelson«
The Bishop's Heir (1984)
Ü: Horst Pukallus

4562 Katherine Kurtz
Die Gerechtigkeit des Königs (1989)
Zweiter Roman des Zyklus »Die Geschichte von König Kelson«
The King's Justice (1985)
Ü: Horst Pukallus

4563 Katherine Kurtz
Die Suche nach St. Camber (1989)
Dritter Roman des Zyklus »Die Geschichte von König Kelson«
The Quest for Saint Camber (1986)
Ü: Horst Pukallus

4564 Katherine Kurtz
Die Deryni-Archive
(erscheint 1990)

4565 Vernor Vinge
Der Friedenskrieg (1989)
The Peace War (1984)
Ü: Rosemarie Hundertmarck

4566 Vernor Vinge
Gestrandet in der Realzeit (1989)
Marooned in Realtime (1986)
Ü: Rosemarie Hundertmarck

4567 John Sladek
Laß die Giraffe brennen (C) (1989)
Keep the Giraffe Burning (1977)
Ü: Joachim Körber

Vorwort

Elefant mit Holzbein
Elephant with Wooden Leg (1975)

Der Entwurf
The Design (1968)

Das Gesicht
The Face (1977)

Der Meisterplan
The Master Plan (1968)

Flachland
Flatland (1969)

Das Sprungspiel
A Game of Jump (1977)

Der Hammer des Bösen
The Hammer of Evil
(1970)

Das verschlossene
Zimmer
The Locked Room
(1972)

Ein zweiter Blick
Another Look (1975)

Die Weltraumschuhe der
Götter
Space Shoes of the
Gods (1977)

Die Dichter von
Millgrove, Iowa
The Poets of Millgrove,
Iowa (1974)

Die Rezensionen
The Commentaries
(1969)

Der Himmel unter uns
Heavens Below (1975)

Bilder aus dem
Landleben
Scenes from Rural Life
(1975)

Das Geheimnis des alten
Puddings (1987)
The Secret of the Old
Custard (1966)

Undezember
Undecember (1976)

Die Große Mauer von
Mexiko
The Great Wall of
Mexico (1973)

Nachwort

4568 Jean Lorrah
Mord an der Vulkan-Akademie
(1989)
The Vulcan Academy Murders
(1984)
Ü: Andreas Brandhorst

4569 Breg Bear
Der Schlangenmagier (1989)
2. Roman des Sidhe-Zyklus
The Serpent Mage (1986)
Ü: Walter Brumm

4570 Wolfgang Jeschke (Hrsg.)
Heyne Science Fiction Jahres-
Band 1989 (A) (1989)

Joe Haldeman
Jahreszeiten
Seasons (1985)
Ü: Malte Heim

Karen Joy Fowler
Ein Mensch mit
Seltenheitswert
The Faithful Companion
at Forty (1987)
Ü: Peter Robert

Walter Jon Williams
Dinosaurier
Dinosaurs (1987)
Ü: Andreas Brandhorst

Phillip Mann
Lux in Tenebris
Lux in Tenebris (OA) (1989)
Ü: Walter Brumm

George R. R. Martin
Der Seuchenstern
Tuf Voyaging: The Plague Star (1985)
Ü: Malte Heim

Lucius Shepard
Delta Sly Honey
Delta Sly Honey (1986)
Ü: Irene Bonhorst

James Tiptree jr.
Yanqui Doodle
Yanqui Doodle (1987)
Ü: Irene Bonhorst

Ian McDonald
Vivaldi
Vivaldi (OA) (1989)
Ü: Ronald M. Hahn

Robert Silverberg
Vox
The Secret Sharer (1987)
Ü: Roland Fleissner

4571 Frank Herbert & Brian Herbert
Mann zweier Welten (1989)
Man of Two Worlds (1986)
Ü: Ronald M. Hahn

4572 Robert Silverberg
Der Gesang der Neuronen (1971) (1974/1985/1989)
Thorns (1967)
Ü: Elke Kamper
(NA unter neuer Nummer)

4573 Edgar Pangborn
Westlich der Sonne (1989)
West of the Sun (1953)
Ü: René Mahlow

4574 Ronald M. Hahn (Hrsg.)
The Magazine of Fantasy and Science Fiction, 79. F.
Die Rückkehr von der Regenbogenbrücke (A) (1989)

Marion Zimmer Bradley
Der Verfolger
The Walker Behind (1987)
Ü: Michael Windgassen

Edward F. Shaver
Die Ankunft der Götter
The Gods Arrive (1987)
Ü: Ronald M. Hahn

Martha Soukup
Meister aller Klassen
Master of the Game (1987)
Ü: Ronald M. Hahn

Russell M. Griffin
Zeitersparnis
Saving Time (1987)
Ü: Michael K. Iwoleit

Kate Wilhelm
Der Demontierer
The Disassembler (1987)
Ü: Ronald M. Hahn

Barry N. Malzberg & Jack Dann
Melancholie und die abstrakte Wahrheit
Blues and the Abstract Truth (1988)
Ü: Ronald M. Hahn

Kim Stanley Robinson
Rückkehr von der Regenbogenbrücke
The Return from Rainbow Bridge (1987)
Ü: Michael J. Berridge u. Ronald M. Hahn

4575 Tanith Lee
Die Herrin des Deliriums (1989)
Delirium's Mistress (1986)
Ü: Irene Holicki

4576 Lawrence Watt-Evans
Das verhexte Schwert (1989)
The Misenchanted Sword (1986)
Ü: Joachim Pente

4577 Frank Herbert & Bill Ransom
Der Himmelfahrts-Faktor (1989)
Vierter und abschließender Roman des »Schiff-Zyklus«
The Ascension Factor (1988)
Ü: Thomas Schlück

4578 Walter Jon Williams
Die Stimme des Wirbelwinds (1989)
Voice of the Whirlwind (1987)
Ü: Peter Robert

4579 Christopher Evans
Capellas goldene Augen (1989)
Capella's Golden Eyes (1980)
Ü: Walter Brumm

4580 Horst Pukallus & Michael Iwoleit
Hinter den Mauern der Zeit (OA) (1989)

4581 Friedel Wahren (Hrsg.)
Isaac Asimov's Science Fiction Magazin — 33. F. (A) (1989)

Neal Barrett jr.
Ginny Sweethips' fliegender Zirkus
Ginny Sweethips' Flying Circus (1988)
Ü: Ingrid Herrmann

David Brin
Gordons Berufung
The Postman (1982)
Ü: Jürgen Langowski

Dave Smeds
Termiten
Termites (1987)
Ü: Irene Bonhorst

Lucius Shepard
Des Schuppensammlers schöne Tochter
The Scalehunter's Beautiful Daughter (1988)
Ü: Irene Bonhorst

Robert Feldhoff
Orgienengel

4582 Tim Powers
Zu Tisch in Deviants Palast (1989)
Dinner at Deviant's Palace (1985)
Ü: Walter Brumm

4583 Terry Pratchett
Das Licht der Phantasie (1989)
Erster Roman des Zyklus von der Scheibenwelt
The Light Fantastic (1986)
Ü: Andreas Brandhorst

4584 Terry Pratchett
Das Erbe des Zauberers (1989)
Zweiter Roman des Zyklus von der Scheibenwelt
Equal Rites (1987)
Ü: Andreas Brandhorst

4585 Robert Silverberg
Am Ende des Winters (1989)
At Winter's End (1989)
Ü: Roland Fleissner

4586 Timothy Zahn
Die Blackcollar-Elite (1989)
The Blackcollar (1983)
Ü: Hilde Linnert

4587 Timothy Zahn
Die Backlash-Mission (1989)
The Backlash Mission (1986)
Ü: Hilde Linnert

4588 Adam Wiśniewski-Snerg
Nacktes Ziel (1989)
Nagi cel (1980)
Ü: Hanna Rottensteiner

4589 David Gerrold
Mission Farpoint (1989)
Encounter at Farpoint (1987)
Ü: Andreas Brandhorst

4590 Lyndon Hardy
Das Rätsel der sieben Sphären (1989)
3. Roman des Magic-Zyklus
The Riddle of the Seven Realms (1988)
Ü: Malte Heim

4591 Jack Vance
Die grüne Perle
(erscheint 1990)

4592 Gloria Rand Dank
Der Wald von App (1989)
The Forest of App (1983)
Ü: Irene Holicki

4593 Alan Burt Akers
Die Masken von Scorpio (1989)
31. Roman der Saga von Dray Prescot
Masks of Scorpio (1984)
Ü: Thomas Schlück

4594 David Brin
Gordons Berufung (1989)
The Postman (1985)
Ü: Jürgen Langowski

4595 George R. R. Martin
Armageddon Rock (1986) (1989)
Armageddon Rag (1983)
Ü: Peter Robert

4596 Kate Wilhelm
Huysmans Schoßtierchen (1989)
Huysman's Pets (1986)
Ü: Irene Bonhorst

4597 Robert W. Franson
Der Schatten des Schiffs
(erscheint 1990)

4598 Barry Longyear
Sie kommen aus Schenectady (C) (1989)
It Came from Schenectady (1984)
Ü: Ronald M. Hahn

Vorwort

Sammlerstück
Collector's Item (1981)
Ü: Joachim Körber

Träume
Dreams (1979)

Das Wenn-Haus
The House of If (1981)

Der Neuling
The Initiation (1979)

Das Bildnis des Baron Negay (1983)
The Portrait of Baron Negay (1981)
Ü: Jürgen Langowski

Shawna Ltd.
Shawna, Ltd. (1979)

Es gibt Zeiten für Terror
Time for Terror (1979)

Die Heimkehr (1981)
The Homecoming (1979)
Ü: Biggy Winter

Die allerletzte Pointe
Twist Ending (1979)

Der Sonne hinterher
Catch the Sun (1984)

Adagio
Adagio (1984)

Woher haben Sie diese Ideen?
Where Do You Get Your Ideas? (1984)

4599 Stephen Gallagher
Tal der Lichter (1989)
Valley of Lights (1987)
Ü: Jürgen Langowski

4600 Isaac Asimov/Martin H. Greenberg (Hrsg.)
Science Fiction aus den Goldenen Jahren (A) (1989)
Isaac Asimov Presents the Great SF Stories 6: 1944 (1981)
Ü: Rosemarie Hundertmarck

Einführung

A. E. Van Vogt
Ferner Centaurus
Far Centaurus

Cleve Cartmill
In letzter Sekunde
Deadline

Leigh Brackett
Der Schleier von Astellar
The Veil of Astellar

Fritz Leiber
Geistige Gesundheit
Sanity

John R. Pierce
Unveränderlich
Invariant

Clifford D. Simak
Die Stadt
City

Fredric Brown
Arena (1978)
Arena
Ü: Ulrich Kiesow

Clifford D. Simak
Zuflucht (1978)
Huddling Place
Ü: Bernd W. Holzrichter

Lester Del Rey
Güte (1984)
Kindness
Ü: Edda Petri

Clifford D. Simak
Flucht
Desertion
Ü: Elisabeth Klein

Lewis Padgett
Wenn der Zweig bricht
When the Bow Breaks

Theodore Sturgeon
Killdozer!
Killdozer!

C. L. Moore
Nie wurde eine solche Frau geboren (1982)
No Woman Born
Ü: Irene Holicki

4601 Henry Rider Haggard
Marie (1989)
23. Band der Haggard-Ausgabe
Marie (1912)
Ü: Reinhard Heinz

4602 Gene Wolfe
Soldat des Nebels (1989)
Soldier of the Mist (1986)
Ü: Jürgen Langowski

4603 Tanith Lee
Nächtliche Zauber (C) (1989)
Night's Sorceries (1987)
Ü: Irene Holicki

4604 Lucius Shepard
Grüne Augen (1989)
Green Eyes (1984)
Ü: Irene Bornhorst

4605 Janet Kagan
Uhuras Lied (1989)
Uhura's Song (1985)
Ü: Andreas Brandhorst

4606 Sharon Webb
Erdenkind (1989)
Erster Roman der Trilogie »Die Unsterblichen»
Earthchild (1981/82)
Ü: Peter Robert

4607 Sharon Webb
Erdenlied (1989)
Zweiter Roman der Trilogie »Die Unsterblichen«
Earth Song (1983)
Ü: Peter Robert

4608 Sharon Webb
Raketenlied (1989)
Dritter Roman der Trilogie »Die Unsterblichen«
Ramsong (1984)
Ü: Peter Robert

4609 Iain Banks
Bedenke Phlebas (1989)
Consider Phlebas (1989)
Ü: Rosemarie Hundertmarck

4610 Wolfgang Jeschke (Hrsg.)
An der Grenze (A) (1989)

Lucius Shepard
An der Grenze
On the Border (1987)
Ü: Jürgen Langowski

Pat Murphy
Fynns Pflanzenfrau
His Vegetable Wife (1986)
Ü: Biggy Winter

Reinmar Cunis
Testosteron

David Brin
Dr. Paks Vorschule
Dr. Pak's Preschool
(1989/OA)
Ü: Michael Kubiak

Marcia Martin & Eric Vinicoff
... und ihr Baby macht drei
And Baby Makes Three
(1977)
Ü: Edda Petri

Vance Aandahl
Ein Abenteuer in der Yolla Bolly Middle Eel Wilderness
An Adventure in the Yolla Bolly Middle Eel Wilderness (1969)
Ü: Malte Heim

Daniela Piegai
Der Mann, der kein Grau sah
L'uomo, que non vedeva il grigio (1981)
Ü: Hilde Linnert

Jan J. P. Kuipers
Unter den Ebenen
Onder de vlakten (1983)
Ü: Hildegard Höhr

Michail Puchov
Pilotballon
*Lider/*лидср (1982)
Ü: Winfried Petri

Vladimir Colin
Der Fotograf des Unsichtbaren
Fotograful Invizibilului
(1975)
Ü: Hilde Linnert

Ghassan Homsi
Träume vor dem Einbruch der Nacht
Ahlām ma kabla hulūl al-Lail (1989/OA)
أحلام ما قبل حلول الليل
Ü: Ahmad M. Al-Khammas

Jack Dann & George Zebrowski
33⅓
Thirty-Three and One-Third (1974)
Ü: Michael Kubiak

Tony Richards
Verloren in den Schaltern
Lost in The Switchboard
(1980)
Ü: Horst Pukallus

James Patrick Kelly
Der Tanz mit den Stühlen
Dancing with the Chairs
(1989)
Ü: Biggy Winter

Vittorio Curtoni
Morgen, sehr bald
Domani, molto presto
(1984)
Ü: Hilde Linnert

Oliver Behnssen
Grün ist des Lebens goldener Baum (Gedicht)

Ron A. Montana
Interstate 15
Interstate 15 (1975)
Ü: Malte Heim

David Brin
Nur ein Hinweis
Just a Hint (1980)
Ü: Irene Bonhorst

Ian Watson
Als das Zeittor versagte
When the Timegate Failed (1985)
Ü: Jürgen Langowski

Bernd H. Schoeps
Das Zeichen des dritten Planeten

Erich Vinicoff
Ein Haiku für einen Asteroiden-Scout
Haiku for an Asteroid Scout (1986)
Ü: Inge Holm

Robert Feldhoff
Wolkenstadt

Richard Paul Russo
Hörst Du meinen Herzschlag
Listen to My Heartbeat (1988)
Ü: Susanne Tschirner

Joachim Grünhagen
Kalkül (Gedicht)

John Crowley
Schnee
Snow (1985)
Ü: Biggy Winter

4611 Ad Visser
Sobriëtas (1989)
Sobriëtas (1982)
Ü: Hildegard Höhr

4612 James Tiptree jr.
Aus dem Überall und andere seltsame Visionen (C) (1989)
Out of the Everywhere and Other Extraordinary Visions (1981)
Ü: Jürgen Langowski

Ein sauberer Deal
Angel Fix (1974)

Biberträhnen
Beaver Tears (1976)

Eure Gesichter, meine Schwestern! Eure strahlenden Gesichter!
Your Faces, O My Sisters! Your Faces Filled of Light (1976)

Die Goldfliegen-Lösung
The Screwfly Solution (1977)

Geteiltes Leid (1979)
Time-Sharing Angel (1977)
Ü: Ronald M. Hahn

Wir haben den *Traum* gestohlen
We Who Stole the Dream (1978)

Sphärenklänge (1985)
Slow Music (1980)
Ü: Birgit Reß-Bohusch

Eine Quelle unschuldiger Freude
Source of Innocent Merriment (1980)

Mit zarten irren Händen
With Delicate Mad Hands

4613 Norbert Stöbe
Namenlos (1989)

4614 Susan Dexter
Der Ring von Allaire (1989)
Erster Roman des »Allaire«-Zyklus
The Ring of Allaire (1981)
Ü: Irene Bonhorst

4615 Susan Dexter
Das Schwert von Calandra (1989)
Zweiter Roman des »Allaire«-Zyklus
The Sword of Calandra (1985)
Ü: Irene Bonhorst

4616 Susan Dexter
Die Berge von Channadran (1989)
Dritter Roman des »Allaire«-Zyklus
The Mountains of Channadran (1986)
Ü: Irene Bonhorst

4617 Greg Bear
Schmiede Gottes (1989)
The Forge of God (1987)
Ü: Winfried Petri

4618 Alan Dean Foster
Die Fahrt der Slanderscree (1989)
Dritter Roman der Eissegler-Trilogie im Homanx-Zyklus
The Deluge Drivers (1987)
Ü: Ralph Tegtmeier

5619 Vonda McIntyre
Die erste Mission (1989)
Enterprise: The First Adventure (1986)
Ü: Andreas Brandhorst

4620 Charles Sheffield
Die Nimrod-Jagd
(erscheint 1990)

4621 Ronald M. Hahn (Hrsg.)
The Magazine of Fantasy and Science Fiction, 80. F.
In Video Veritas (A) (1989)

Alan Dean Foster/
Sally McBride
Tanz auf einsamem Strand
Dance on a Forgotten Shore (1988)
Ü: Michael Windgassen

Ray Bradbury
Das Ding auf der Treppe
The Thing at the Top of the Stairs (1988)
Ü: Michael Windgassen

Ron Goulart
Das Haus der Geheimnisse
House of Secrets (1988)
Ü: Ronald M. Hahn

Larry Tritten
In Video Veritas
In Video Veritas (1987)
Ü: Michael Windgassen

Keith Roberts
Der Tigerpulli
The Tiger Sweater (1987)
Ü: Michael Windgassen

James Tiptree jr.
Mitten im Leben
In Midst of Life (1987)
Ü: Ronald M. Hahn

Brian Aldiss
Wie sich eine innere Tür meinem Herzen öffnete
How an Inner Door Opened to My Heart (1988)
Ü: Michael Windgassen

F. Paul Wilson
Muskeln
Muscles (1988)
Ü: Ronald M. Hahn

Charles Platt
Unergründliche Science Fiction
Inside Science Fiction (1988)
Ü: Michael Windgassen

4622 Patricia Kennealy
Die Kupferkrone (1989)
Erster Roman der »Keltiade«
The Copper Crown (1984)
Ü: Uta McKechneay

4623 Patricia Kennealy
Der Thron von Scone (1989)
Zweiter Roman der »Keltiade«
The Throne of Scone (1986)
Ü: Irene Holicki

4624 Alan Burt Akers
Seg der Bogenschütze (1989)
32. Roman der Saga von Dray Prescot
Seg the Bowman (1984)
Ü: Thomas Schlück

4625 Michael Coney
Charisma (1989)
Carisma (1975)
Ü: Hans Maeter

4626 Alan Dean Foster
Prisma (1989)
Sentenced to Prism (1985)
Ü: Michael Kubiak

4627 Laurence Yep
Herr der Schatten (1989)
Shadow Lord (1985)
Ü: Andreas Brandhorst

4628 William H. Keith jr.
Entscheidung am Thunder Rift (1989)
Battle Tech I
Decision at Thunder Rift (1987)
Ü: Reinhold M. Mai

4629 William H. Keith jr.
Der Söldnerstern (1989)
Battle Tech II
Mercenary's Star (1987)
Ü: Reinhold M. Mai

4630 William H. Keith jr.
Der Preis des Ruhms (1989)
Battle Tech III
Battle Tech: The Price of Glory (1987)
Ü: Reinhold M. Mai

4631 Friedel Wahren (Hrsg.)
Isaac Asimov's Science Fiction Magazin — 34. F. (A) (1989)

Nancy Kress
In Memoriam
In Memoriam (1988)
Ü: Jürgen Langowski

Harry Turtledove
Winterlager
Trapping Run (1988)
Ü: Ingrid Herrmann

George Alec Effinger
Das Untier aus Ein-Viertel-Faden-Tiefe
The Beast from One-Quarter Fathom (1985)
Ü: Irmtraud Kremp

John Barnes
Unter dem Sternenbogen
Under the Covenant Stars (1988)
Ü: Ingrid Herrmann

Bruce Sterling
Das Schöne und das Erhabene
The Beautiful and the Sublime (1987)
Ü: Ingrid Herrmann

Peter Gustav Bartschat
Forcierte Perspektive (1989)

4632 Tim Powers
Seltsame Gezeiten (1989)
On Stranger Tides (1987)
Ü: Walter Brumm

4633 Laurence Yep
Seedämonen (1989)
Seademons (1977)
Ü: Friedel Schröder

4634 David Brin
Entwicklungskrieg (1989)
The Uplift War (1987)
Ü: Gottfried Feidel

4635 Kate Wilhelm
Verrückte Zeit (1989)
Crazy Time (1988)
Ü: Irene Bonhorst

4636 Michael Swanwick
Vakuumblumen (1989)
Vacuum Flowers (1987)
Ü: Peter Robert

4637 Leigh Kennedy
Das Tagebuch von Nicholas dem Amerikaner (1989)
The Journal of Nicholas the American (1986)
Ü: Biggy Winter

4638 Uwe Luserke & Wolfgang Jeschke (Hrsg.)
Frohes Fest! — 13 grausige Bescherungen (A) (1989)

Vorwort

Ardath Mayhar
Das Weihnachtsmann-Komplott
The Nicholas Caper (1989)
Ü: Alfons Winkelmann

Curt Clark
(Donald Westlake)
Nackles
Nackles (1964)
Ü: Alfons Winkelmann

Cherry Wilder
Das Haus in der Friedhof-Straße
The House on Cemetary Street (1988)
Ü: Maria Castro

J. N. Williamson
Stille Weihnachten
You'd Better Watch Out (1989)
Ü: Ingrid Herrmann

Thomas Ligotti
Die Weihnachten mit Tante Elise — Die Geschichte einer Besessenheit aus Old Grosse Point
The Christmas Eves of Aunt Elise: A Tale of Possession in Old Grosse Point (1982)
Ü: Ingrid Herrmann

John Jakes
Fröhliche Weihnachten — Post-Gutenberg
Merry Xmas, Post/Gute (1970)
Ü: Michael K. Iwoleit

Arthur C. Clarke
Der Stern (1982)
The Star (1955)
Ü: Irene Holicki

Fritz Leiber
Eine Station auf dem Weg
One Station on the Way (1968)
Ü: Michael K. Iwoleit

Harlan Ellison
Ein von Touristen unentdeckter Außenposten
The Outpost Undiscovered by Tourists (1981)
Ü: Florian F. Marzin

Sven Christer Swahn
Die Weihnachtskarte
Julkortet (1985)
Ü: Regine Schmitz

Robert F. Young
Dein Reich komme GmbH
Kingdom Come, Inc. (1967)
Ü: Florian F. Marzin

Terry Pratchett
Zwanzig Pence — mit Umschlag und Weihnachtsgrüßen
Twenty Pence with Envelope and Seasonal Greetings (1987)
Ü: Florian F. Marzin

4639 Terry Pratchett
Die dunkle Seite der Sonne (1989)
The Dark Side of the Sun (1976)
Ü: Andreas Brandhorst

4640 Wolfgang Jeschke (Hrsg.)
Das Science Fiction Jahr # 5
Ausgabe 1990
(erscheint hiermit)

4641 Zach Hughes
Killervögel (1989)
Killbird (1980)
Ü: Irene Holicki

4642 Alan Burt Akers
Die Werwölfe von Kregen (1989)
33. Roman der Saga von Dray Prescot
Werewolves of Kregen (1980)
Ü: Thomas Schlück

4643—4645 (erscheinen 1990)

4646 Gene Deweese
Die Friedenswächter (1989)
The Peacekeepers (1988)
Ü: Andreas Brandhorst

4647—4660 (erscheinen 1990)

4661 Ursula K. Le Guin
Planet der Habenichtse
(1976/1985/1989)
The Dispossessed (1974)
Ü: Gisela Stege

4662—4675 (erscheinen 1990)

4676 Thea von Harbou
Frau im Mond (1989)

4677 Hans Dominik
Drei Romane in einem Band (C)
(1974/1974/1974/1989)

Der Band der
Cheopspyramide
(↗ 3375)

Die Macht der Drei
(↗ 3420)

Das Erbe der Uraniden
(↗ 3395)

4678—4680 (erscheinen 1990)

4681 William Gibson
Mona Lisa Overdrive (1989)
Dritter Roman der
Neuromancer-Trilogie
Mona Lisa Overdrive (1988)
Ü: Reinhard Heinz

2. Bibliothek der Science Fiction Literatur

73 A. E. van Vogt
Ischer (C) (1989)
Ü: Rainer Eisfeld

Rainer Eisfeld
Vorwort

Die Wippe
The Seesaw (1941)

Der Waffenladen
The Weapon Shop (1942)

Die Waffenläden von Ischer
The Weapon Shops of Ischer (1949)

Die Waffenschmiede
The Weapon Makers (1943)

Rainer Eisfeld
Nachwort/Anhang

74 Brian W. Aldiss
Graubart (1989)
Greybeard (1964)
Ü: Reinhard Heinz

75 Robert A. Heinlein
Ein Mann in einer fremden Welt (1989)
Stranger in a Strange Land (1961)
Ü: Rosemarie Hundertmarck
(NA in ungekürzter Fassung unter neuer Nummer)

76 Frederik Pohl
Mensch + (1989)
Man Plus (1976)
Ü: Tony Westermayr

77—90 (erscheinen 1990 ff.)

91 James Gunn (Hrsg.)
Wege zur Science Fiction, Zweiter Band (A) (1989)
The Road to Science Fiction 1, Zweiter Teil (1977)

Edgar Allan Poe
Mellonta Tauta
Mellonta Tauta (1849)
Ü: Rosemarie Hundertmarck

Fritz-James O'Brien
Die Diamanten-Linse
The Diamond Lens (1858)
Ü: Rosemarie Hundertmarck

Jules Verne
Zwanzigtausend Meilen unter dem Meer
Vingt mille lieues sous les mers (1870)
Ü: Angelika Schlenk

Jules Verne
Reise um den Mond (Kapitel XIII u. XVIII)
Autour de la lune, Auszug (1870)
Ü: Angelika Schlenk

Henry Rider Haggard
Sie (Kapitel 24 u. 25)
She, Auszug (1887)
Ü: Helmut Degner

Edward Bellamy
Ein Rückblick aus dem Jahr 2000 auf das Jahr 1887
Looking Backward, 2000—1887, Auszug (1888)
Ü: Jürgen Langowski

Ambrose Bierce
Das verfluchte Ding
The Damned Thing (1898)
Ü: Rosemarie Hundertmarck

Rudyard Kipling
Mit der Nachtpost
With the Nightmail (1905)
Ü: Rosemarie Hundertmarck

Herbert George Wells
Der Stern (1964/1977)
The Star (1913)
Ü: Werner Kortwich

92—93 (erschienen 1988)

94 James Gunn (Hrsg.)
Wege zur Science Fiction, Fünfter Band (A) (1989)
The Road to Science Fiction 3, Erster Teil (1979)

Einführung
Ü: Werner Bauer

Robert A. Heinlein
Entführung in die Zukunft (1971)
All You Zombies ... (1964)
Ü: Wulf H. Bergner

Isaac Asimov
Vernunft (1970/1982)
Reason (1950)
Ü: Otto Schrag

Clifford D. Simak
Flucht
Desertion (1944)
Ü: Elisabeth Klein

Catherine L. Moore & Henry Kuttner (Lewis Padgett)
Gar elump war der Pluckerwank (1978)
Mimsy Were the Borogoves (1943)
Ü: Bernd W. Holzrichter

Ray Bradbury
Oktober 2026: Das ewige Picknick (1974/1983)
The Million-Year Picnic (1946)
Ü: Thomas Schlück und Wolfgang Jeschke

Theodore Sturgeon
Donner und Rosen
Thunder and Roses (1947)
Ü: Birgit Reß-Bohusch

Judith Merril
Nur eine Mutter (1981)
That Only a Mother (1948)
Ü: Franziska Zinn

William Tenn
Das Projekt Brooklyn (1970)
Brooklyn Project (1948)
Ü: Alfred Joseph

Fritz Leiber
Maskenball (1981)
Coming Attraction (1950)
Ü: Franziska Zinn

Arthur C. Clarke
Der Wächter
The Sentinel (1951)
Ü: Irene Holicki

Philip José Farmer
Weitersegeln! Weitersegeln!
Sail On! Sail On! (1953)
Ü: Ronald M. Hahn

3. Allgemeine Reihe

7727 Alan Dean Foster
Spacecop L.A. 1991 (1989)
Alien Nation (1988)
Ü: Norbert Stresau

7773 Tabitha King
Die Entscheidung (1989)
Pearls (1988)
Ü: Walter Ahlers

7779 Thomas Harris
Schwarzer Sonntag (1989)
Black Sunday (1975)
Ü: Ulla H. de Herrera

7784 James Herbert
Die Brut (1989)
Lair (1979)
Ü: Peter Pape

7810 Dean R. Koontz
Schattenfeuer (1989)
Shadowfires (1987)
Ü: Andreas Brandhorst

7815 Isaac Asimov
Die Rettung des Imperiums (1989)
Prelude to Foundation (1988)
Ü: Heinz Nagel

7828 Whitley Strieber
Der Kuß des Todes (1989)
The Hunger (1981)
Ü: Ralph Tegtmeier

7857 James Herbert
Die Gruft (1989)
Sepulchre (1987)
Ü: Helmut Degner

7870 Marion Zimmer Bradley
Die geheimnisvollen Frauen (1989)
Bluebird's Daughter (1968)
Ü: Irene Bonhorst

7873 John Saul
Im Banne des Bösen (1989)
The Unwanted (1987)
Ü: Walter Brumm

7877 Das Stephen-King-Buch (A) (1989)
Ü: Joachim Körber

Vorwort

Einige autobiographische Anmerkungen (1988)
Danse Macabre, Auszug

Ein Vortrag in der Billerica Library
An Evening at the Billerica Library (1989)

Warum ich Richard Bachman war
Why I Was Bachman (1984)
Ü: Nora Jensen

Charles Platt
Stephen King
Stephen King (1983)

Douglas E. Winter
Stephen King, Peter Straub und die Suche nach dem Talisman
Stephen King, Peter Straub, and the Quest for the Talisman (1985)

Alan Ryan
Das Marsten Haus in *Salem's Lot*
The Marsten House in Salem's Lot (1982)

Charles L. Grant
Die graue Arena
The Grey Arena (1982)

Heiko Langhans
Kurzarbeit für die Nachtschicht

Dennis Rickard
Horror ohne Grenzen: Ein Blick in den Nebel
Horror without Limits: Looking into the Mist (1988)

Whoopi Goldberg
Es kapiert
Digging It (1987)

Bernadetty Bosky
Angst und Freundschaft: Stephen King und Peter Straub
Fear and Friendship: Stephen King and Peter Straub (1985)

Ben P. Indick
King als Schriftsteller für Jugendliche
King as Writer for Children (1986)

L. Sprague De Camp
Der Drache mit den gläsernen Augen
The Glass-Eyed Dragon (1988)

Joachim Körber
Der Mythos vom dunklen Turm

Hans Joachim Alpers
King als »Richard Bachman«

Peter Tremayne
Crouch End, auf den Inseln
In Crouch End, on the Isles (1988)

Eric Norden
Das *Playboy*-Interview mit Stephen King
Playboy-*Interview: Stephen King* (1983)

Peter Straub
Mein Freund Stevie
Meeting Stevie (1982)

Ramsey Campbell
Willkommen in Zimmer 217
Welcome to Room 217 (1982)

Clive Barker
Die Fahrt überleben
Surviving the Ride (1988)

Warum lesen wir phantastische Geschichten?
Foreword, Auszug (1978)
Ü: Michael Görden

Ben P. Indick
Wie macht er uns nur solche Angst?
What Makes Him So Scary (1985)

Joachim Körber
Notizen aus der Toten Zone

Fritz Leiber
Horror vom Feinsten
Horror Hits a High
(1982)

Norbert Stresau
Horror in Hollywood

Michael R. Collings
Maximum Overdrive:
Stephen King als
Regisseur (1987)
Maximum Overdrive
(1986)
Ü: Norbert Stresau

Der Sensenmann (1986)
The Reaper's Image
(1985)
Ü: Alexandra v. Reinhardt

Das Schreckgespenst
The Boogey Man (1973)
Ü: Harro Christensen

Die Höllenkatze (1984)
The Cat from Hell (1977)
Ü: Rolf Jurkeit

Die Kiste (1985)
The Crate (1979)
Ü: Sonja Hauser und
Bernd Lenz

Der Überlebenstyp
(1984)
Survivor Type (1982)
Ü: Monika Hahn

Das Floß (1987)
The Raft (1982)
Ü: Alexandra v. Reinhardt

Der Gesang der Toten
(1987)
The Reach (1984)
Ü: Alexandra v. Reinhardt

Popsy
Popsy (1987)
Ü: Ingrid Herrmann

Joachim Körber
Bibliographie der
Veröffentlichungen von
Stephen King

7880 Bertram Kircher (Hrsg.)
Das Buch vom Gral — Mythen,
Legenden und Dichtungen
(A) (1989)

7885 Robin Moore & Gerald
Griffin
Grüne Pest (1989)
The Death Disciple (1987)
Ü: Uwe Anton

7887 Arthur C. Clarke &
Gentry Lee
Die Wiege der Zukunft (1989)
Cradle (1988)
Ü: Irene Holicki

7888 Whitley Strieber
Die Kirche der Nacht (1989)
The Night Church (1983)
Ü: Ronald M. Hahn

7903 Dean R. Koontz
Schwarzer Mond (1989)
Strangers (1986)
Ü: Alexandra v. Reinhardt

7909 Peter Straub
Wenn Du wüßtest … (1989)
If You Could See Me Now
(1977)
Ü: Elisabeth Hartweger

7927 Charles L. Grant
Haus der Nacht (1989)
For Fear of the Night (1987)
Ü: Eva Malsch

7944 John Saul
Zeit des Grauens (1989)
The Unloved (1988)
Ü: Hartmut Huff

4. Heyne Jubiläumsbände

37 Zukunftsabenteuer (A)
(1989)

John Wyndham
Die Triffids
(1960/1964/1969/1982)
The Day of the Triffids
(1951)
Ü: Hubert Greifeneder

Robert A. Heinlein
Die Zeit der Hexenmeister
(1970)
Waldo and Magic, Inc.
(1940)
Ü: Walter Brumm

Harry Harrison
New York 1999 (1983)
Make Room! Make Room!
(1966)
Ü: Tony Westermayr

Chad Oliver
Brüder unter fremder
Sonne (1964/1970)
Unearthly Neighbours
(1960)
Ü: Werner Kortwich

Nelson Bond
Lancelot Biggs'
Weltraumfahrten
(1961/1964)
Lancelot Biggs: Spaceman
(1958)
Ü: Kurt Seibt

5. Heyne Jumbo-Bände

4 Peter Straub
Koko (1989)
Koko (1988)
Ü: Uta McKechneay

11 Stephen King
Schwarz (1989)
The Dark Tower: The Gunslinger (1982)
Ü: Joachim Körber

14 Stephen King
Drei (1989)
The Dark Tower: The Drawing of the Three (1989)
Ü: Joachim Körber

17 Horror vom Feinsten
(A) (1989)

Douglas E. Winter
Einführung (1988)
Ü: Walter Ahlers

Stephen King
Der Nachtflieger
The Night Flier (1988)
Ü: Joachim Körber

Paul Hazel
Mittagessen mit Dame
Having a Woman at Lunch (1988)
Ü: Walter Ahlers

Dennis Etchison
Der Todeskuß
The Blood Kiss (1988)
Ü: Walter Ahlers

Clive Barker
Heimkehr in Trauer
Coming to Grief (1988)
Ü: Joachim Körber

Thomas Tessier
Essen
Food (1988)
Ü: Walter Ahlers

M. John Harrison
Der große Gott Pan
The Great God Pan (1988)
Ü: Walter Ahlers

David Morrell
Die Farbe des Wahnsinns
Orange Is for Anguish, Blue for Insanity (1988)
Ü: Walter Ahlers

Peter Straub
Der Wacholderbaum
The Juniper Tree (1988)
Ü: Joachim Körber

Charles L. Grant
Märchenstunde mit den Toten
Spinning Tales with the Dead (1988)
Ü: Walter Ahlers

Thomas Ligotti
Alices letztes Abenteuer
Alice's Last Adventure (1988)
Ü: Walter Ahlers

Ramsey Campbell
Ihr werdet mich noch kennenlernen
Next Time You'll Know Me (1988)
Ü: Joachim Körber

Whitley Strieber
Der Pool
The Pool (1988)
Ü: Joachim Körber

Jack Cady
Wegen des Dunkels
By Reason of Darkness (1988)
Ü: Walter Ahlers

18 Clive Barker
Cabal (1989)
Cabal (1988)
Ü: Joachim Körber

6. Heyne Sonderproduktion

62 Stephen King
Nachtgesichter (1989)
— Photographiert von f-stop
Fitzgerald —
Nightmares in the Sky —
Gargoyles and Grotesques
(1988)
Ü: Joachim Körber

Teil Zwei

Alphabetisches Verzeichnis sämtlicher Autoren und ihrer im Wilhelm Heyne Verlag im Jahre 1989 publizierten Werke

AANDAHL, Vance
Ein Abenteuer in der Yolla Bolly Middly Eel Wilderness ↗ 4610
An Adventure in the Yolla Bolly Middle Eel Wilderness

AKERS, Alan Burt
Geheimnisvolles Scorpio : 3746
15. Roman der Saga von Dray Prescot
Secret Scorpio

Die Klauen von Scorpio : 4554
30. Roman der Saga von Dray Prescot
The Talons of Scorpio

Krozair von Kregen : 3697
14. Roman der Saga von Dray Prescot
Krozair of Kregen

Die Masken von Scorpio : 4593
31. Roman der Saga von Dray Prescot
Masks of Scorpio

Seg der Bogenschütze : 4624
32. Roman der Saga von Dray Prescot
Seg the Bowman

Die Werwölfe von Kregen : 4642
33. Roman der Saga von Dray Prescot
Werewolves of Kregen

ALDISS, Brian W(ilson)
Graubart : 73
Greybeard
(3107, Aufstand der Alten)

ALDISS, Brian
Wie sich eine innere Tür meinem Herzen öffnete ↗ 4621
How an Inner Door Opened to My Heart

ALPERS, Hans Joachim
King als »Richard Bachman« ↗ 7877 AR

ASIMOV, Isaac
Die Rettung des Imperiums : 7815 AR
Prelude to Foundation

Vernunft ↗ 20, auch ↗ 94, auch ↗ 3217
Reason

ASIMOV, Isaac/GREENBERG, Martin H(arry)
Einführung ↗ 4600

Science Fiction aus den Goldenen Jahren : 4600
Isaac Asimov Presents the Great SF Stories 6: 1944

BAMBECK, Joern J.
Stern mit vom Weinen verklebten Augen ↗ 4560

BANKS, Iain
Bedenke Phlebas : 4609
Consider Phlebas

BARKER, Clive
Cabal : 17 JUM
Cabal

Die Fahrt überleben ↗ 7877 AR
Surviving the Ride

Heimkehr in Trauer ↗ 17 JUM
Coming to Grief

BARNES, John
Unter dem Sternenbogen
↗ 4631
Under the Covenant Stars

BARRETT jr., Neal
Ginny Sweethips' fliegender
Zirkus ↗ 4581
Ginny Sweethips' Flying
Circus

BARTSCHAT, Peter Gustav
Forcierte Perspektive
↗ 4631

BAUER, Ute
s. TRÖSTER, Horst/TILSNER,
Thomas/BAUER, Ute

BAUER, Werner
Phantastische Literatur im
Heyne-Taschenbuch 1989. Eine
Bibliografie. ↗ 4550

BEAR, Greg
Der Schlangenmagier : 4569
2. Roman des Sidhe-Zyklus
The Serpent Mage

Schmiede Gottes : 4617
The Forge of God

BEHNSSEN, Oliver
Grün ist des Lebens goldener
Baum ↗ 4610

BELLAMY, Edward
Ein Rückblick aus dem Jahr
2000 auf das Jahr 1887 ↗ 91
Looking Backward, 2000—1887

BIERCE, Ambrose
Das verfluchte Ding ↗ 91
The Damned Thing

BOND, Nelson (Slade)
Lancelot Biggs'
Weltraumfahrten ↗ 37 JB,
auch : 139 AR, auch : 3006
Lancelot Biggs: Spaceman

BOSKY, Bernadetty
Angst und Freundschaft:
Stephen King und Peter
Straub ↗ 7877 AR
Fear and Friendship:
Stephen King and Peter Straub

BRACKETT, Leigh
Der Schleier von Astellar ↗ 4600
The Veil of Astellar

BRADBURY, Ray(mond
Douglas)
Das Ding auf der Treppe ↗ 4621
The Thing at the Top of the
Stairs

Oktober 2026 : Das ewige
Picknick ↗ 94, auch ↗ 3410,
auch ↗ 4001
The Million-Year Picnic

BRIN, Daniel
s. BRIN, David/BRIN, Daniel

BRIN, David
Dr. Paks Vorschule ↗ 4610
Dr. Pak's Preschool

Entwicklungskrieg : 4634
The Uplift War

Gordons Berufung : 4594
The Postman

Gordons Berufung ↗ 4581
The Postman

Nur ein Hinweis ↗ 4610
Just a Hint

Tankfarm-Dynamo ↗ 4560
Tank Farm Dynamo

BRIN, David/BRIN, Daniel
Bühne der Erinnerung ↗ 4560
A Stage of Memory

BROWN, Fredric
Arena ↗ 3614, auch ↗ 4600
Arena

CADY, Jack
Wegen des Dunkels ↗ 17 JUM
By Reason of Darkness

CAMPBELL, Ramsey
Ihr werdet mich noch kennenlernen ↗ 17 JUM
Next Time Yo'll Know Me

Willkommen in Zimmer 217 ↗ 7877 AR
Welcome to Room 217

CARTMILL, Cleve
In letzter Sekunde ↗ 4600
Deadline

CLARK, Curt (Donald Westlake)
Nackles ↗ 4638
Nackles

CLARKE, Arthur C(harles)
Der Stern ↗ 13, auch ↗ 4638
The Star

Der Wächter ↗ 94
The Sentinel

CLARKE, Arthur C./LEE, Gentry
Die Wiege der Zukunft : 7887 AR
Cradle

COLIN, Vladimir
Der Fotograf des Unsichtbaren ↗ 4610
Fotograful invizibulului

COLLINGS, Michael R.
Maximum Overdrive: Stephen King als Regisseur ↗ 112 FB, auch ↗ 7877 AR
Maximum Overdrive

CONEY, Michael
Charisma : 4625
Charisma

CROWLEY, John
Schnee ↗ 4610
Snow

CUNIS, Reinmar
Testosteron ↗ 4610

CURTONI, Vittorio
Morgen, sehr bald ↗ 4610
Domani, molto presto

DANN, Jack (Mayo)
Der schmelzende Mensch : 4547
The Man Who Melted

DANN, Jack (Mayo)/ ZEBROWSKI, George
33⅓ ↗ 4610
Thirty-Three and One-Third

DANN, Jack (Mayo)
s. MALZBERG, Barry N(orman)/
DANN, Jack (Mayo)

DE CAMP, L(yon) Sprague
Der Drache mit den
gläsernen Augen ↗ 7877 AR
The Glass-Eyed Dragon

DEL REY, Lester
Güte ↗ 4074, auch ↗ 4600
Kindness

DEWEESE, Gene
Die Friedenswächter : 4646
The Peacekeepers

DEXTER, Susan
Die Berge von Channadran
: 4616
Dritter Roman des »Allaire«-
Zyklus
The Mountains of Channadran

Der Ring von Allaire : 4614
Erster Roman des »Allaire«-
Zyklus
The Ring of Allaire

Das Schwert von Calandra
: 4615
Zweiter Roman des »Allaire«-
Zykuls
The Sword of Calandra

DOMINIK, Hans
Drei Romane in einem Band
: 4677

Der Brand der Cheopspyramide
: 3375, auch ↗ 4677

Das Erbe der Uraniden : 3395,
auch ↗ 4677

Die Macht der Drei : 3420
auch ↗ 4677

DONALDSON, Stephen R.
Einer reitet durch : 4531
Zweiter Roman des Zyklus
»Mordants Not«
A Man Rides Through

EFFINGER, George Alec
Der Ghost-Writer ↗ 4560
The Ghost-Writer

Das Untier aus Ein-Viertel-
Faden-Tiefe ↗ 4631
*The Beast from One-Quarter
Fathom*

EISFELD, Rainer
Nachwort/Anhang ↗ 73

Vorwort ↗ 73

ELLISON, Harlan (Jay)
Ein von Touristen unentdeckter
Außenposten ↗ 4638
*The Outpost Undiscovered by
Tourists*

ETCHISON, Dennis (William)
Der Todeskuß ↗ 17 JUM
The Blood Kiss

EVANS, Christopher
Capellas goldene Augen : 4579
Capella's Golden Eyes

FARMER, Philip José
Weitersegeln! Weitersegeln!
↗ 94, auch ↗ 4254
Sail On! Sail On!

FELDHOFF, Robert
Orgienengel ↗ 4581

Wolkenstadt ↗ 4610

FISCHER, Manfred
Vier Gedichte ↗ 4560

FOSTER, Alan Dean
Afrikas dunkles Herz : 4559
Into the Out of

Die Fahrt der Slanderscree
: 4618
Dritter Roman der Eissegler-Trilogie im Homanx-Zyklus
The Deluge Drivers

Prisma : 4626
Sentenced to Prism

Spacecop L.A. 1991 : 7727 AR
Alien Nation

FOSTER, Alan Dean/McBRIDE, Sally
Tanz auf einsamem Strand
↗ 4621
Dance on a Forgotten Shore

FOWLER, Karen Joy
Andere Ebenen ↗ 4560
Other Plains

Ein Mensch mit Seltenheitswert
↗ 4570
The Faithful Companion at Forty

GALLAGHER, Stephen
Tal der Lichter : 4599
Valley of Lights

GARRETT, Randall/HEYDRON, Vicki Ann
Der heilige Stein : 4506
Siebter und letzter Roman des Gandalara-Zyklus
The River Wall

GERROLD, David
Mission Farpoint : 4589
Encounter at Farpoint

GIBSON, William
Mona Lisa Overdrive : 4681
Dritter Roman der Neuromancer-Trilogie
Mona Lisa Overdrive

GJÄREVOLD, Einar
Der Flötenspieler ↗ 4560
Fløytespilleren

GOLDBERG, Whoopi
Es kapiert ↗ 7877 AR
Digging It

GOULART, Ron(ald Joseph)
Das Haus der Geheimnisse
↗ 4621
House of Secrets

GRANT, Charles L.
Die graue Arena ↗ 7877 AR
The Grey Arena

Märchenstunde mit den Toten
↗ 17 JUM
Spinning Tales with the Dead

GREENBERG, Martin (Harry)
s. ASIMOV, Isaac/GREENBERG, Martin H(arry)

GRIFFIN, Russell M.
Zeitersparnis ↗ 4574
Saving Time

GRÜNHAGEN, Joachim
Kalkül ↗ 4610

GUNN, James (Edwin)
Einführung ↗ 94

Wege zur Science Fiction, Zweiter Band : 91
The Road to Science Fiction 1, Zweiter Teil

Wege zur Science Fiction, Fünfter Band : 94
The Road to Science Fiction 3, Erster Teil

HAGGARD, Henry Rider
Marie : 4601
– 23. Band der Haggard-Ausgabe –
Marie

Sie ↗ 91, auch : 4130
She, Auszug

HAHN, Ronald M.
The Magazine of Fantasy and Science Fiction, 79. Folge: Die Rückkehr von der Regenbogenbrücke : 4574

The Magazine of Fantasy and Science Fiction, 80. Folge In Video Veritas : 4621

HALDEMAN, Joe (William)
Jahreszeiten↗ 4570
Seasons

HARBOU, Thea von
Frau im Mond : 4676

HARDY, Lyndon
Das Geheimnis des sechsten Zaubers : 4553
2. Roman des Magic-Zyklus
Secret of the Sixth Magic

Der Herr der fünf Zauber : 4552
1. Roman des Magic-Zyklus
Master of the Five Magics

Das Rätsel der sieben Sphären : 4590
3. Roman des Magic-Zyklus
The Riddle of the Seven Realms

HARRIS, Thomas
Schwarzer Sonntag : 7779 AR
Black Sunday

HARRISON, M. John
Der große Gott Pan ↗ 17 JUM
The Great God Pan

HARRISON, Harry
New York 1999 : 26, auch ↗ 37 JB
Make Room! Make Room!

HASSELBLATT, Dieter
Trioptes, Pfifltriggis, Ssfaira, Solaris, Berenice: »Tiere«, Wesen, Unwesen — vernachlässigte Denkmuster der Science Fiction ↗ 4550

HAZEL, Paul
Mittagessen mit Dame ↗ 17 JUM
Having a Woman at Lunch

HELBIG, Jörg
Die Vergangenheit, die keine war: Über parahistorische Literatur ↗ 4550

HEINLEIN, Robert A(nson)
Ein Mann in einer fremden Welt
: 75, auch : 3170
Stranger in a Strange Land

Entführung in die Zukunft
↗ 94, auch ↗ 3229
All You Zombies . . .

Die Zeit der Hexenmeister
↗ 37 JB, auch : 3220
Waldo and Magic, Inc.

HERBERT, Brian
s. HERBERT, Frank/HERBERT, Brian

HERBERT, Frank/HERBERT, Brian
Mann zweier Welten : 4571
Man of Two Worlds

HERBERT, Frank/RANSOM, Bill
Der Himmelfahrts-Faktor : 4577
Vierter und abschließender Roman des »Schiff-Zyklus«
The Ascension Factor

HEYDRON, Vicki Ann
s. GARRETT, Randall/
HEYDRON, Vicki Ann

HOMSI, Ghassan
Träume vor dem Einbruch der Nacht ↗ 4610
Ahlām ma kabla hulūl al-Lail
أحلام ما قبل حلول الليل

HUGHES, Zach
Killervögel : 4641
Killbird

INDICK, Ben P.
King als Schriftsteller
für Jugendliche ↗ 7877 AR
King as Writer for Children

Wie macht er uns nur solche Angst? ↗ 7877 AR
What Makes Him So Scary

IWOLEIT, Michael K.
Herbert W. Frankes Leonardo — Über Kunst und Pseudokunst
↗ 4550

IWOLEIT, Michael K.
s. PUKALLUS, Horst/
IWOLEIT, Michael K.

JAKES, John
Fröhliche Weihnachten — Post-Gutenberg ↗ 4638
Marry Xmas, Post/Gute

JESCHKE, Wolfgang
An der Grenze : 4610

Editorial ↗ 4550

Heyne Science Fiction-Jahresband 1989 : 4570

Papa Godzilla : 4560

Das Science Fiction Jahr # 4 — Ausgabe 1989 : 4550

JESCHKE, Wolfgang
s. LUSERKE, Uwe/
JESCHKE, Wolfgang

KAGAN, Janet
Uhuras Lied : 4605
Uhura's Song

KEITH jr., William H.
Entscheidung am Thunder-Rift : 4628
Battle Tech I
Decision at Thunder Rift

Der Söldnerstern : 4629
Battle Tech II
Mercenary's Star

Der Preis des Ruhms : 4630
Battle Tech III
Battle Tech: The Price of Glory

KELLY, James Patrick
Der Tanz mit den Stühlen ↗ 4610
Dancing with the Chairs

KENNEALY, Patricia
Die Kupferkrone : 4622
Erster Roman der »Keltiade«
The Copper Crown
(: 6818 AR, Die dreizehn Schätze von Keltia)

Der Thron von Scone : 4623
Zweiter Roman der »Keltiade«
The Throne of Scone

KENNEDY, Leigh
Das Tagebuch von Nicholas dem Amerikaner : 4637
The Journal of Nicholas the American

KING, Stephen
Drei : 17 JUM
The Dark Tower: The Drawing of the Three

Ein Vortrag in der Billerica Library ↗ 7877 AR
An Evening at the Billerica Library

Einige autobiographische Anmerkungen ↗ 7877 AR
Danse Macabre, Auszug

Das Floß ↗ 6498 AR, auch ↗ 6705 AR, auch ↗ 7877 AR
The Raft

Der Gesang der Toten ↗ 6705 AR, auch ↗ 7877 AR
The Reach

Die Höllenkatze ↗ 20 UB, auch ↗ 7877 AR
The Cat from Hell

Die Kiste ↗ 9 JB, auch ↗ 7877 AR
The Crate

Der Nachtflieger ↗ 17 JUM
The Night Flier

Nachtgesichter : 62 SP
Nightmares in the Sky: Gargoyles and Grotesques

Popsy ↗ 7877 AR
Popsy

Das Schreckgespenst ↗ 7877 AR
The Boogey Man

Schwarz : 17 JUM
The Dark Tower: The Gunslinger

Der Sensenmann ↗ 6705 AR, auch ↗ 7877 AR
The Reaper's Image

Der Überlebenstyp ↗ 6351 AR, auch ↗ 6705 AR, auch ↗ 7877 AR
Survivor Type

Warum ich Richard Bachman war ↗ 7877 AR
Why I Was Bachman

Warum lesen wir phantastische Geschichten? ↗ 7877 AR
Foreword, Auszug aus *Nightshift*

KING, Tabitha
Die Entscheidung : 7773 AR
Pearls

KIPLING, Rudyard
Mit der Nachtpost ↗ 91
With the Nightmail

KÖRBER, Joachim
Bibliographie der Veröffentlichungen von Stephen King ↗ 7877 AR

Der Mythos vom dunklen Turm ↗ 7877 AR

Notizen aus der Toten Zone ↗ 7877 AR

Vorwort ↗ 7877 AR

KRESS, Nancy
In Memoriam ↗ 4631
In Memoriam

KRUSCHEL, Karsten
Höhenflüge und triviale Träume: Noch einmal zur DDR-SF der achtziger Jahre ↗ 4550

KUIPERS, Jan J. B.
Unter den Ebenen ↗ 4610
Onder de vlakten

KURTZ, Katherine
Das Erbe des Bischofs : 4561
Erster Roman des Zyklus »Die Geschichte von König Kelson«
The Bishop's Heir

Die Gerechigkeit des Königs : 4562
Zweiter Roman des Zyklus »Die Geschichte von König Kelson«
The King's Justice

Die Suche nach St. Camber : 4563
Dritter Roman des Zyklus »Die Geschichte von König Kelson«
The Quest for St. Camber

LANGHANS, Heiko
Kurzarbeit für die Nachtschicht ↗ 7877 AR

LEE, Gentry
s. CLARKE, Arthur C./ LEE, Gentry

LEE, Tanith
Die Herrin des Deliriums : 4575
Delirium's Mistress

Nächtliche Zauber : 4603
Night's Sorceries

LE GUIN, Ursula
Planet der Habenichtse : 43, auch 3505, auch : 4661
The Dispossessed

LEIBER, Fritz
Eine Station auf dem Weg ↗ 4638
One Station on the Way

Geistige Gesundheit ↗ 4600
Sanity

Horror vom Feinsten ↗ 7877 AR
Horror Hits a High

Maskenball ↗ 94, auch ↗ 3787
Coming Attraction

LIGOTTI, Thomas
Die Weihnachten mit Tante Elise — Die Geschichte einer Besessenheit aus Old Grosse Point ↗ 4638
The Christmas Eves of Aunt Elise: A Tale of Possession in Old Grosse Point

Alices letztes Abenteuer ↗ 17 JUM
Alice's Last Adventure

LONGYEAR, Barry
Adagio ↗ 4598
Adagio

Die allerletzte Pointe ↗ 4598
Twist Ending

Das Bildnis des Baron Negay ↗ 4034, auch ↗ 4598
The Portrait of Baron Negay

Der Sonne hinterher ↗ 4598
Catch the Sun

Es gibt Zeiten für Terror ↗ 4598
Time for Terror

Die Heimkehr ↗ 3853, auch ↗ 4598
The Homecoming

Der Neuling ↗ 4598
The Initiation

Sammlerstück ↗ 4598
Collector's Item

Shawna Ltd. ↗ 4598
Shawna, Ltd.

Sie kommen aus Schenectady : 4598
It Came from Schenectady

Träume ↗ 4598
Dreams

Vorwort ↗ 4598

Das Wenn-Haus ↗ 4598
The House of If

Woher haben Sie diese Ideen? ↗ 4598
Where Do You Get Your Ideas?

LORRAH, Jean
Mord an der Vulkan-Akademie : 4568
The Vulcan Academy Murders

LUSERKE, Uwe/JESCHKE, Wolfgang
Frohes Fest!
13 grausige Bescherungen : 4638

McBRIDE, Sally
s. FOSTER, Alan Dean/McBRIDE, Sally

McCAFFREY, Anne (Inez)
Nerilkas Abenteuer : 4548
Nerilka's Story

McDONALD, Ian
Radio Marrakesch ↗ 4560
Radio Marrakech

Romy tanzt ↗ 4560
Romy Dances

Vivaldi ↗ 4570
Vivaldi

McINTYRE, Vonda (Neel)
Die erste Mission : 4619
Enterprise: The First Adventure

MÄHR, Christian
Die Essenz des Realen ↗ 4560

MALZBERG, Barry N(orman)/
DANN, Jack (Mayo)
Melancholie und die abstrakte Wahrheit ↗ 4574
Blues and the Abstract Truth

MANN, Phillip
Lux in Tenebris ↗ 4570
Lux in Tenebris

MARTIN, George R(aymond) R(ichard)
Armageddon Rock : 4595
Armageddon Rag

Der Seuchenstern ↗ 4570
Tuf Voyaging: The Plague Star

MARTIN, Marcia/VINICOFF, Eric
... und Baby macht drei ↗ 4610
And Baby Makes Three

MASSON, David I.
The Show Must Go On ↗ 4560
The Show Must Go On

MAYHAR, Ardath
Das Weihnachtsmann-Komplott ↗ 4638
The Nicholas Caper

MERRIL, Judith
Nur eine Mutter ↗ 94, auch ↗ 3787
That Only a Mother

MIGLIERUOLO, Mauro Antonio
Papa Godzilla ↗ 4560
Papa Godzilla

MONTANA, Ron A.
Interstate 15 ↗ 4610
Interstate 15

MOORE, C(atherine) L(ucile)
Nie wurde eine solche Frau geboren ↗ 3874, auch ↗ 4600
No Woman Born

MORRELL, David
Die Farbe des Wahnsinns ↗ 17 JUM
Orange Is for Anguish, Blue for Insanity

MURPHY, Pat
Fynns Pflanzenfrau ↗ 4610
His Vegetable Wife

NAGULA, Michael
Nachwort zu ↗ 4555

Nachwort zu ↗ 4556

Nachwort zu ↗ 4578

NORDEN, Eric
Das *Playboy*-Interview mit Stephen King ↗ 7877 AR
Playboy-*Interview: Stephen King*

O'BRIEN, Fitz-James
Die Diamanten-Linse ↗ 91
The Diamond Lens

OLIVER, (Symmes) Chad(wick)
Brüder unter fremder Sonne ↗ 37 JB, auch : 3036, auch : 3177
Unearthly Neighbours

PADGETT, Lewis
Gar elump war der Pluckerwank ↗ 94, auch ↗ 3614, auch ↗ 4001
Mimsy Were the Borogoves

Wenn der Zweig bricht ↗ 4600
When the Bow Breaks

PANGBORN, Edgar
Westlich der Sonne : 4573
West of the Sun

PETZ, Ernst
Science Fiction — quo vadis? Erinnerungen an die Vergangenheit bei der 13. Euro-Convention von SF-Autoren in Budapest ↗ 4550

PFANNHOLZ, Maria J.
Den Überlebenden : 4557

PIEGAI, Daniela
Der Mann, der kein Grau sah ↗ 4610
L'uomo que non vedeva il grigio

PIERCE, John R.
Unveränderlich ↗ 4600
Invariant

PIETREK, Klaus W.
Nachwort ↗ 4572

PLATT, Charles
Stephen King ↗ 7877 AR
Stephen King

Unergründliche Science Fiction ↗ 4621
Inside Science Fiction

POE, Edgar Allan
Mellonta Tauta ↗ 91
Mellonta Tauta

POHL, Frederik
Mensch + : 76
Man Plus

POWERS, Tim
Seltsame Gezeiten : 4632
On Stranger Tides

Zu Tisch in Deviants Palast : 4582
Dinner at Deviant's Palace

PRATCHETT, Terry
Die dunkle Seite der Sonne : 4639
The Dark Side of the Sun

Das Erbe des Zauberers : 4584
Zweiter Roman des Zyklus von der Scheibenwelt
Equal Rites

Das Licht der Phantasie : 4583
Erster Roman des Zyklus von der Scheibenwelt
The Light Fantastic

Zwanzig Pence — mit Umschlag und Weihnachtsgrüßen ↗ 4638
Twenty Pence with Envelope and Seasonal Greetings

PUCHOV, Michail
Pilotballon ↗ 4610
Lider / лидср

PUKALLUS, Horst/IWOLEIT, Michael K.
Hinter den Mauern der Zeit : 4580

RAND DANK, Gloria
Der Wald von App : 4592
The Forest of App

RANSOM, Bill
s. HERBERT, Frank/RANSOM, Bill

RICHARDS, Tony
Verloren in den Schaltern ↗ 4610
Lost in the Switchboard

RICKARD, Dennis
Horror ohne Grenzen: Ein Blick in den Nebel ↗ 7877 AR
Horror without Limits: Looking into the Mist

ROBERTS, Keith
Der Tigerpulli ↗ 4621
The Tiger Sweater

ROBINSON, Kim Stanley
Rückkehr von der Regenbogenbrücke ↗ 4574
The Return from Rainbow Bridge

RUSSO, Richard Paul
Hörst Du meinen Herzschlag? ↗ 4610
Listen to My Heartbeat

RYAN, Alan
Das Marsten Haus in *Salem's Lot* ↗ 7877 AR
The Marsten House in Salem's Lot

SA'ADAH, Raphael
Ein Gespräch mit Lucius Shepard ↗ 4550

SARA, Dorothea
Katerherz und Tigerseele : 4546

SCHATTSCHNEIDER, Peter/ZETTL, Günter
Science versus Fiction ↗ 4550

SCHMIDT, Hans-Joachim
Innen und Außen ↗ 4560

SCHOEPS, Bernd H.
Das Zeichen des dritten Planeten ↗ 4610

SCHOLZ, Friedrich
Auf der Suche nach dem Schöpfer ↗ 4560

SHAVER, Edward F.
Die Ankunft der Götter ↗ 4574
The Gods Arrive

SHEFFIELD, Charles
Die Höfe von Xanadu ↗ 4560
The Courts of Xanadu

Zwischen den Schlägen der Nacht : 4549
Between the Strokes of Night

SHEPARD, Lucius
An der Grenze ↗ 4610
On the Border

Delta Sly Honey ↗ 4570
Delta Sly Honey

Des Schuppensammlers schöne Tochter ↗ 4581
The Scalehunter's Beautiful Daughter

Grüne Augen : 4604
Green Eyes

Das Leben im Krieg : 4555
Life During Wartime

SILVERBERG, Robert
Am Ende des Winters : 4585
At Winter's End

Der Gesang der Neuronen ↗ 1005, auch : 3392, auch : 4572
Thorns

Vox ↗ 4570
The Secret Sharer

SIMAK, Clifford D(onald)
Flucht ↗ 94, auch ↗ 4600
Desertion

Die Stadt ↗ 4600
The City

Zuflucht ↗ 3614, auch ↗ 4600
Huddling Place

SLADEK, John
Bilder aus dem Landleben ↗ 4567
Scenes from Rural Life

Die Dichter von Millgrove, Iowa ↗ 4567
The Poets of Millgrove, Iowa

Ein zweiter Blick ↗ 4567
Another Look

Elefant mit Holzbein ↗ 4567
Elephant with Wooden Leg

Der Entwurf ↗ 4567
The Design

Flachland ↗ 4567
Flatland

Das Geheimnis des alten Puddings ↗ 4432, auch ↗ 4567
The Secret of the Old Custard

Das Gesicht ↗ 4567
The Face

Die Große Mauer von Mexiko ↗ 4567
The Great Wall of Mexico

Der Hammer des Bösen ↗ 4567
The Hammer of Evil

Der Himmel unter uns ↗ 4567
Heavens Below

Laß die Giraffe brennen : 4567
Keep the Giraffe Burning

Der Meisterplan ↗ 4567
The Master Plan

Nachwort ↗ 4567

Die Rezensionen ↗ 4567
The Commentaries

Das Sprungspiel ↗ 4567
A Game of Jump

Undezember ↗ 4567
Undecember

Das verschlossene Zimmer ↗ 4567
The Locked Room

Vorwort ↗ 4567

Die Weltraumschuhe der Götter ↗ 4567
Space Shoes of the Gods

SMEDS, Dave
Termiten ↗ 4581
Termites

SNODGRASS, Melinda
Die Tränen der Sänger : 4551
The Tears of the Singers

SOUKUP, Martha
Meister aller Klassen ↗ 4574
Master of the Game

STERLING, Bruce
Schismatrix : 4556
Schismatrix

Das Schöne und das Erhabene
↗ 4631
The Beautiful and the Sublime

STÖBE, Norbert
Namenlos : 4613

STRAUB, Peter
Koko : 17 JUM
Koko

Mein Freund Stevie
↗ 7877 AR
Meeting Stevie

Der Wacholderbaum ↗ 17 JUM
The Juniper Tree

Wenn Du wüßtest ... : 7909 AR
If You Could See Me Now

STRESAU, Norbert
Die Bilder des Jahres 1988
↗ 4550

Eine Zensur findet nicht statt ...
»Tanz der Teufel« vor Gericht
↗ 4550

Horror in Hollywood
↗ 7877 AR

STRIEBER, Whitley
Der Pool ↗ 17 JUM
The Pool

STURGEON, Theodore
Donner und Rosen ↗ 94
Thunder and Roses

Killdozer! ↗ 4600
Killdozer!

SWAHN, Sven Christer
Die Weihnachtskarte ↗ 4638
Julkortet

SWANWICK, Michael
Vakuumblumen : 4636
Vaccum Flowers

TENN, William
Das Projekt Brooklyn ↗ 94, auch
3264
Brooklyn Project

TESSIER, Thomas
Essen ↗ 17 JUM
Food

TILSNER, Thomas
s. TRÖSTER, Horst/TILSNER,
Thomas/BAUER, Ute

TILSNER, Thomas
s. TRÖSTER, Horst/TILSNER,
Thomas

TIPTREE jr., James
Aus dem Überall und andere seltsame Visionen : 4612
Out of the Everywhere and Other Extraordinary Visions

Aus dem Überall ↗ 4612
Out of the Everywhere

Bibertränen ↗ 4612
Beaver Tears

Ein sauberer Deal ↗ 4612
Angel Fix

Eine Quelle unschuldiger Freude ↗ 4612
A Source of Innocent Merriment

Eure Gesichter, meine Schwestern! Eure strahlenden Gesichter! ↗ 4612
Your Faces, o My Sisters! Your Faces Filled of Light!

Geteiltes Leid ↗ 3642, auch ↗ 4612
The Sharing Angel

Die Goldfliegen-Lösung ↗ 4612
The Screwfly Solution

TIPTREE jr., James
Mit zarten irren Händen ↗ 4612
With Delicate Mad Hands

Mitten im Leben ↗ 4621
In Midst of Life

Sphärenklänge ↗ 4021, auch ↗ 4175, auch ↗ 4612
Slow Music

Wir haben den *Traum* gestohlen ↗ 4612
We Who Stole the Dream

Yanqui Doodle ↗ 4570
Yanqui Doodle

TREMAYNE, Peter
Crouch End, auf den Inseln ↗ 7877 AR
In Crouch End, on the Isles

TRITTEN, Larry
In Video Veritas ↗ 4621
In Video Veritas

TRÖSTER, Horst
Science Fiction als Radiospiel: Die Geschichte der SF aus dem Studio Heidelberg des SDR ↗ 4550

TRÖSTER, Horst/TILSNER, Thomas
Is There Anybody Out There? — Ein Gespräch mit dem Regisseur Andreas Weber-Schäfer ↗ 4550

TRÖSTER, Horst/TILSNER, Thomas/BAUER, Ute
Science Fiction-Hörspiel 1987/88 ↗ 4550

TURTLEDOVE, Harry
Winterlager ↗ 4631
Trapping Run

URBANEK, Hermann
Die amerikanische SF-Szene 1987/88 ↗ 4550

Die britische SF-Szene 1987/88 ↗ 4550

Die deutsche SF-Szene 1987/88 ↗ 4550

VAN VOGT, A(lfred) E(lton)
Ferner Centaurus ↗ 4600
Far Centaurus

Ischer : 73

Der Waffenladen ↗ 3579, auch ↗ 73
The Weapon Shop

Die Waffenläden von Ischer ↗ 73
The Weapon Shops of Isher
(: 3100, Die Waffenhändler von Isher)

Die Waffenschmiede ↗ 73
The Weapon Makers
(: 3102, Die Waffenschmiede von Isher)

Die Wippe ↗ 73
The Seesaw

VERNE, Jules
Reise um den Mond ↗ 91
Autour de la lune, Auszug

In achtzig Tagen um die Welt : 76 SP
Le tour du monde en quatre-vingts jours

Zwanzigtausend Meilen unter dem Meer ↗ 91
Vingt mille lieues sous les mers

VINGE, Vernor
Der Friedenskrieg : 4565
The Peace War

Gestrandet in der Realzeit : 4566
Marooned in Realtime

VINICOFF, Eric
Ein Haiku für einen Asteroiden-Scout ↗ 4610
Haiku for an Asteroid Scout

VINICOFF, Eric
s. MARTIN, Marcia/VINICOFF, Eric

VISSER, Ad
Sobriëtas : 4611
Sobriëtas

VOS, Bert
Schwarze Flügel in einem Kranz von Dunkelheit ↗ 4560
Zwarte vleugels in eeen krans van duisternis

WAHREN, Friedel
Issac Asimov's Science Fiction Magazin, 33. Folge : 4581

Isaac Asimov's Science Fiction Magazin, 34. Folge : 4631

WATSON, Ian
Als das Zeittor versagte ↗ 4610
When the Timegate Failed

WATT-EVANS, Lawrence
Das verhexte Schwert : 4576
The Misenchanted Sword

WEBB, Sharon
Erdenkind : 4606
Erster Roman der Trilogie »Die Unsterblichen«
Earthchild

Erdenlied : 4607
Zweiter Roman der Trilogie
»Die Unsterblichen«
Earth Song

Raketenlied : 4608
Dritter Roman der Trilogie
»Die Unsterblichen«
Ramsong

WELLS, H(erbert) G(eorge)
Der Stern ↗ 91
The Star
(↗ 293 AR, auch ↗ 3024, auch ↗ 3550, Stern der Vernichtung)

WILDER, Cherry
Das Haus in der Friedhof-Straße ↗ 4638
The House on Cemetary Street

WILHELM, Kate
Der Demontierer ↗ 4574
The Disassembler

Huysmans Schoßtierchen : 4596
Huysman's Pets

Verrückte Zeit : 4635
Crazy Time

WILLIAMS, Walter Jon
Dinosaurier ↗ 4570
Dinosaurs

Die Stimme des Wirbelwinds : 4578
Voice of the Whirlwind

Der Zeuge ↗ 4560
Witness

WILLIAMSON, J. N.
Stille Weihnachten ↗ 4638
You'd Better Watch Out

WILLIS, Connie
Schwarzschild-Radius ↗ 4560
Schwarzschild Radius

WILSON, F(rancis) Paul
Muskeln ↗ 4621
Muscles

WINTER, Douglas E.
Einführung ↗ 17 JUM

Stephen King, Peter Straub und die Suche nach dem Talisman ↗ 7877 AR
Stephen King, Peter Straub, and the Quest for the Talisman

WIŚNIEWSKI-SNERG, Adam
Nacktes Ziel : 4588
Nagi cel

WOLFE, Gene (Rodman)
Soldat des Nebels : 4602
Soldier of the Mist

WYNDHAM, John
Die Triffids : 27, auch ↗ 37 JB, auch : 39 AR, auch : 3001, auch : 3134
The Day of the Triffids

YEP, Laurence
Herr der Schatten : 4627
Shadow Lord

Seedämonen : 4633
Seademons

YOUNG, Robert F(ranklin)
Dein Reich komme GmbH ↗ 4638
Kingdom Come, Inc.

ZAHN, Timothy
Die Blackcollar-Elite : 4586
The Blackcollar

Die Backlash-Mission : 4587
The Backlash Mission

ZEBROWSKI, George
s. DANN, Jack (Mayo)/
ZEBROWSKI, George

ZETTL, Günter
s. SCHATTSCHNEIDER, Peter/
ZETTL, Günter

ZIMMER BRADLEY, Marion
Der Verfolger ↗ 4574
The Walker Behind